LE VER À SOIE

DU MÊME AUTEUR

L'Appel du Coucou, Grasset, 2013.

ROBERT GALBRAITH

LE VER À SOIE

roman

Traduit de l'anglais
par
FLORIANNE VIDAL

BERNARD GRASSET

PARIS

*L'édition originale de cet ouvrage a été publiée en 2014 par Sphere,
une filiale de Little, Brown Book Group à Londres, sous le titre :*

THE SILKWORM

À Jenkins,
sans qui…
Il comprendra.

... sang et vengeance comme scène, la mort comme intrigue,
une épée maculée de sang, la plume qui écrit,
et le poète, ce terrible camarade chaussé des cothurnes de tragédie
et coiffé d'une couronne non pas de lauriers, mais d'allumettes enflammées.

Thomas DEKKER, *Le Noble Soldat espagnol*

1.

QUESTION
De quoi donc te nourris-tu ?
RÉPONSE
De mes insomnies.

Thomas DEKKER, *Le Noble Soldat espagnol*

« J'ESPÈRE AU MOINS QUE c'est pour m'annoncer la mort d'une superstar, Strike », dit la voix rauque au bout du fil.

Il faisait encore nuit. Le téléphone collé à sa joue mal rasée, Strike promenait son imposante silhouette à travers les rues de Londres. La sortie de son interlocuteur lui arracha un sourire.

« Non, mais c'est dans cet ordre d'idées.

— Enfin bordel, il est six heures du mat' !

— Six heures et demie. Mais si tu veux savoir ce que j'ai trouvé, tu vas devoir te déplacer, répliqua Cormoran Strike. Je suis près de chez toi. Il y a un...

— Et comment tu sais où j'habite ?

— C'est toi qui m'as donné ton adresse, répondit-il en étouffant un bâillement. Tu vends ton appart'.

— Ah, c'est vrai. Quelle mémoire !

— Il y a un bar ouvert la nuit...

— Je m'en fous. On se verra plus tard, à ton bureau.

11

— Culpepper, je reçois un client ce matin, un type plus généreux que toi. Et j'ai bossé toute la nuit. Si tu veux cette info, je te conseille de ne pas traîner. »

Strike perçut un grognement suivi d'un froissement de draps.

« T'as intérêt à m'offrir un truc bien juteux.

— Le Smithfield Café sur Long Lane », dit Strike avant de raccrocher.

Quand il s'engagea dans la rue qui montait vers Smithfield Market, sa légère claudication devint plus visible. Édifiée à l'ère victorienne, l'immense bâtisse rectangulaire se dressait dans la pénombre hivernale, comme un temple voué au culte de la viande. Depuis des siècles, chaque jour de la semaine, dès quatre heures du matin, on y déversait des tonnes de barbaque qui finissaient, une fois dûment découpées et emballées, dans les multiples boucheries et restaurants de la capitale. Des voix résonnaient dans la nuit. Les livreurs s'interpellaient, lançaient des ordres. On entendait gronder le moteur des camions qui reculaient lentement jusqu'aux quais de déchargement en émettant des bips sonores. Sur Long Lane, Strike se mêla aux travailleurs emmitouflés qui déambulaient dans le quartier. On était lundi.

Sous le griffon de pierre montant la garde au coin de la grande halle, un petit groupe de coursiers en gilets fluorescents serraient des tasses de thé entre leurs mains gantées. Sur le trottoir d'en face, le Smithfield Café brillait comme un brasier dans la pénombre. Dans ce refuge à peine plus grand qu'un placard, on pouvait trouver de jour comme de nuit un peu de chaleur et de friture.

Il n'y avait pas de toilettes, mais les clients pouvaient utiliser celles des bookmakers à deux pas de là. Malheureusement, ils n'ouvraient que dans trois heures. Strike fit donc un détour par une ruelle et s'arrêta sous un porche, le temps de soulager sa vessie. Il avait passé la nuit à boire du mauvais café. Fatigué et affamé, le détective ressentit, en poussant la porte du bar, le genre de plaisir que seul peut éprouver un homme au bord de l'épuisement. L'odeur entêtante du bacon rissolé et des œufs frits l'accueillit dès l'entrée.

Deux hommes en veste polaire et imperméable venaient de quitter leur table. Strike parvint à se faufiler dans l'espace vacant et, avec un soupir de satisfaction, s'affala sur une chaise en bois aux montants en acier. À peine avait-il commandé que l'Italien qui tenait le troquet posa devant lui une grande tasse de thé et des triangles de pain de mie beurré, bientôt suivis d'un vrai petit déjeuner anglais, servi dans une grande assiette ovale.

Physiquement, rien ne distinguait Strike des armoires à glace qui entraient ou sortaient du café à grand bruit. Un colosse brun, aux cheveux épais, bouclés et courts, le front bombé et légèrement dégarni, le nez épaté et les sourcils broussailleux d'un boxeur. Un début de barbe lui ombrait les joues et des cernes bleuâtres soulignaient ses yeux sombres. Tout en mangeant, il contemplait d'un air rêveur le marché couvert de l'autre côté de la rue. Les contours de l'entrée la plus proche apparaissaient peu à peu dans le petit jour : gravés sur l'arche de pierre, le chiffre 2 et la statue d'un vieux sage barbu qui lui renvoyait son regard. Le dieu des carcasses, peut-être, à supposer qu'il existât ?

Il venait d'attaquer les saucisses quand Dominic Culpepper fit irruption dans le café. Presque aussi grand que Strike mais beaucoup plus mince, le journaliste avait une gueule d'enfant de chœur, des traits délicats, presque féminins, n'était l'étrange asymétrie qui déformait son visage, comme une torsion exercée dans le sens contraire des aiguilles d'une montre.

« Alors, de quoi s'agit-il ? » dit Culpepper en s'asseyant. Il retira ses gants et jeta un regard méfiant autour de lui.

« Tu as faim ? demanda Strike, la bouche pleine.

— Non, lâcha Culpepper.

— Tu préfères attendre l'heure des croissants ? insista Strike avec un sourire ironique.

— Je t'emmerde, Strike. »

Cet étudiant attardé s'énervait pour un oui pour un non ; c'en était presque pitoyable. D'un air méprisant, il commanda du thé en donnant du « mon vieux » au serveur qui faisait semblant de ne pas le voir (détail qui amusa Strike).

« Alors ? » répéta Culpepper. La tasse fumait entre ses longues mains blanches.

Strike sortit de la poche de son pardessus une enveloppe qu'il glissa sur la table. Culpepper l'ouvrit et se mit à lire.

« Nom de Dieu », murmura-t-il peu après. D'une main fébrile, il passa d'une page à l'autre. Sur certaines, on reconnaissait l'écriture de Strike. « Où est-ce que tu as déniché ce truc ? »

Tout en mastiquant, Strike planta son doigt sur l'un des feuillets. L'adresse d'un bureau y était griffonnée.

« Sa propre secrétaire, ni plus ni moins, dit-il dès qu'il eut fini d'avaler. Il la faisait marcher, comme les deux autres. Elle vient tout juste de comprendre qu'elle ne sera jamais la prochaine Lady Parker.

— Pas croyable. Tu peux me dire comment tu as fait ? s'écria Culpepper en dévisageant Strike par-dessus les feuilles qui frémissaient entre ses doigts.

— C'est mon boulot, marmonna Strike entre deux bouchées. Il me semble qu'autrefois, c'étaient les journaleux qui se coltinaient ce genre d'enquêtes. Mais maintenant, c'est fini. Vous préférez déléguer aux types comme moi. Enfin bref, cette femme doit songer à son avenir professionnel. Alors pas question de la citer dans ton papier, Culpepper. Tu m'as bien compris ? »

Culpepper grommela : « Elle aurait dû y penser avant de piquer... »

D'un geste adroit, Strike récupéra les documents des mains du journaliste.

« Elle n'a rien volé. C'est lui qui lui a demandé d'imprimer ces pages. Bon, d'accord, elle n'aurait pas dû me les montrer. Mais à part ça, elle n'a rien à se reprocher. Alors, que les choses soient claires, Culpepper, si tu comptes étaler sa vie privée à la une des journaux, je les reprends aussi sec.

— Fais pas chier, marmonna Culpepper en tentant d'attraper les preuves de la fraude fiscale. D'accord, on la laisse en dehors de ça. Mais il n'est pas idiot, il saura d'où ça vient.

— Et alors, il fera quoi ? Je le vois mal porter plainte contre elle. Si elle est poursuivie en justice, elle ne se gênera pas pour tout déballer. Depuis cinq ans qu'elle travaille pour lui, elle en a vu passer, des dossiers louches.

— Ouais, bon, d'accord, soupira Culpepper après un instant de réflexion. Donne-les-moi. Je ne parlerai pas d'elle dans mon article mais j'ai besoin de la rencontrer, histoire de vérifier si elle est réglo.

— Ces documents sont fiables. Et elle n'a rien à te dire de plus », déclara Strike d'un ton sans réplique.

Il n'avait aucune envie de laisser seule face à Culpepper la femme désemparée qui s'était confiée à lui. Tout à l'heure, quand il l'avait quittée, elle tremblait encore de rage et ne pensait qu'à se venger du type qui lui avait promis monts et merveilles. Avec Culpepper, elle risquait de compromettre son avenir, et de façon irrémédiable. Strike, lui, l'avait vite mise en confiance. À bientôt quarante-deux ans, elle s'était imaginée mariée à Lord Parker, mère de ses futurs rejetons. D'où la sainte fureur qui la possédait à présent. Strike avait passé des heures à l'écouter. En versant toutes les larmes de son corps, la pauvre femme lui avait raconté comment elle était tombée amoureuse de Parker. Strike la voyait encore arpenter son salon comme un fauve en cage, n'interrompant ses déambulations que pour s'asseoir sur le canapé, en se balançant d'avant en arrière, la tête dans les mains. Au bout du compte, elle avait accepté de le dénoncer, faisant ainsi le deuil de toutes ses illusions.

« Tu la laisses en dehors de cette histoire », répéta Strike sans lâcher prise. Sa main était deux fois plus volumineuse que celle de Culpepper. « D'accord ? Même sans son témoignage, cette affaire fera l'effet d'une bombe. »

15

Après une seconde d'hésitation assortie d'une grimace, Culpepper s'avoua vaincu.

« Ouais, ça marche. File-les-moi. »

Le journaliste glissa les papiers dans la poche intérieure de son manteau puis avala une gorgée de thé. À l'idée de détruire la réputation d'un pair du Royaume, il jubilait, oubliant à quel point Strike l'avait agacé.

« Lord Parker de Pennywell, murmura-t-il d'un ton guilleret. Tu vas l'avoir dans l'os, mon vieux.

— Je suppose que c'est ton patron qui régale ? dit Strike quand l'addition atterrit entre eux.

— Ouais, ouais... »

Il jeta un billet de dix sur la table. Les deux hommes sortirent ensemble du café et, dès que la porte eut claqué derrière eux, Strike alluma une cigarette.

« Comment tu t'y es pris pour la faire parler ? demanda le journaliste pendant qu'ils progressaient dans le froid, en louvoyant entre les coursiers à moto et les camions de livraison.

— J'ai écouté », répondit Strike.

Culpepper lui lança un regard en coin.

« Les autres privés que je connais préfèrent espionner les conversations téléphoniques.

— C'est illégal, dit Strike en soufflant un nuage de fumée vers le ciel blêmissant.

— Alors comment... ?

— Tu protèges tes sources, je protège les miennes. »

Ils marchèrent en silence sur une cinquantaine de mètres. La claudication de Strike s'accentuait à chaque pas.

« Ça va être énorme. Énorme, répéta Culpepper. Quand je pense que ce sale hypocrite n'arrête pas de râler contre les grandes entreprises qui s'en mettent plein les poches et que, par-derrière, il a réussi à planquer vingt millions aux îles Caïmans...

— Ravi que tu sois satisfait, dit Strike. Tu recevras ma note par mail. »

De nouveau, Culpepper lui jeta un regard. « Tu as vu le fils de Tom Jones dans le journal, la semaine dernière ?

— Tom Jones ?

— Le chanteur gallois, précisa Culpepper.

— Ah, lui ! fit Strike d'un ton blasé. J'ai connu un Tom Jones à l'armée.

— Tu as lu l'article ?

— Non.

— Il a donné une longue interview où il dit qu'il n'a jamais rencontré son père. Ils n'ont aucun contact. Je parie qu'il a touché largement plus que ce que tu vas nous réclamer.

— Tu n'as pas encore vu la facture.

— Entre nous, il te suffirait de répondre à quelques petites questions et après, tu pourrais te payer un peu de bon temps, au lieu de te fatiguer à cuisiner des secrétaires.

— Change de disque, Culpepper. Sinon, je te préviens, je mets un terme à notre collaboration.

— Entendu. Mais je pourrais quand même publier un truc. Imagine : un détective privé, héros de guerre, fils d'un célébrissime chanteur de rock qui ne l'a jamais reconnu et refuse de le voir…

— À ma connaissance, demander à mettre quelqu'un sur écoute est illégal aussi. »

Au bout de Long Lane, ils ralentirent l'allure et se tournèrent l'un vers l'autre. Culpepper eut un petit rire gêné.

« Bon, alors j'attends tes honoraires.

— Ça marche. »

Chacun partit de son côté, Strike en direction du métro.

« Strike ! » La voix du journaliste retentit dans la pénombre derrière lui. « Tu l'as baisée ?

— Patience, tu liras tout ça dans la presse », lui cria Strike d'une voix lasse sans se retourner.

Culpepper le vit entrer en boitant dans la station de métro et se fondre dans l'obscurité.

2.

Combien de temps devons-nous lutter ? Car je
ne peux ni ne veux m'attarder ! J'ai fort à faire.

Francis BEAUMONT et Philip MASSINGER,
Le Petit Avocat français

MALGRÉ L'HEURE MATINALE, le métro était déjà bondé.
Têtes du lundi matin : visages moroses, crispés, rési-
gnés. Il trouva une place en face d'une jeune femme
blonde aux yeux bouffis de sommeil. De temps à autre, elle
piquait du nez et se réveillait en sursaut, jetant des regards
inquiets aux panneaux des stations qui défilaient, craignant sans
doute de rater son arrêt.

Produisant son habituel vacarme métallique, le train ramenait
Strike vers le misérable deux-pièces cuisine où il avait installé ses pénates. Un logement mal isolé, perché sous les toits.
Malgré sa fatigue, observant les faces inexpressives, les mines
soumises des autres voyageurs, il songeait à l'incroyable série
de coïncidences qui avait abouti à leur arrivée sur cette terre.
Tout bien considéré, chaque naissance était le fruit du hasard.
Sur cent millions de spermatozoïdes nageant à l'aveugle dans
les ténèbres, quel était le taux de probabilité pour que l'un
d'entre eux eût donné lieu à la création de tel ou tel de ces

individus ? Parmi les centaines de passagers circulant dans cette rame, combien avaient été désirés ? se demanda-t-il en défaillant presque d'épuisement. Combien étaient nés par accident, comme lui ?

À l'école primaire, il avait connu une petite fille au visage marqué d'une tache de vin. Strike se sentait proche d'elle, comme s'ils faisaient partie de la même famille. L'un comme l'autre étaient porteurs d'un signe distinctif, d'une trace indélébile et totalement imméritée. Au quotidien, ils ne la remarquaient même pas, mais les autres autour d'eux ne se gênaient pas pour la leur rappeler. Jusqu'à l'âge de cinq ans, il avait cru que les gens s'intéressaient à lui pour des raisons liées à sa petite personne. Par la suite, il comprit qu'ils ne voyaient en lui que le rejeton du célèbre chanteur, la preuve vivante de ses écarts de conduite. Strike n'avait croisé son père biologique que deux fois dans sa vie. Jonny Rokeby n'avait reconnu sa paternité que contraint et forcé après une analyse ADN.

À part quelques fouille-merde comme Dominic Culpepper qui venaient ranimer les sempiternelles interrogations du public, presque plus personne aujourd'hui ne faisait le lien entre l'ancien soldat mal embouché et le vieux rocker sur le retour. Les rares fois où cela arrivait encore, les gens s'imaginaient aussitôt des fonds fiduciaires, des pensions mirobolantes, des jets privés, des salons VIP, des cadeaux somptueux. Et quand ils découvraient avec stupéfaction que Strike tirait le diable par la queue et devait se tuer au travail pour gagner sa vie, ils se demandaient ce qu'il avait bien pu faire pour que son père le renie. Feignait-il la pauvreté pour mieux soutirer de l'argent à Rokeby ? Où étaient passés les millions que sa mère avait sûrement extorqués à son richissime amant ?

Dans ces moments-là, Strike se consolait en pensant à sa carrière militaire. À l'armée, il avait joui d'un relatif anonymat. Pour peu que vous fassiez correctement votre boulot, on ne vous interrogeait ni sur votre passé ni sur vos parents. Lorsqu'il avait intégré la Brigade spéciale d'investigation, la question la plus personnelle à laquelle il avait dû répondre n'avait rien eu de bien méchant. On lui avait juste demandé de décliner son nom et de répéter le prénom peu banal dont sa mère, d'une excentricité frisant l'extravagance, l'avait gratifié.

À la sortie du métro, les véhicules avançaient pare-chocs contre pare-chocs sur Charing Cross Road. L'aube grisâtre de novembre s'étendait sans grande conviction sur la ville encore baignée d'ombres. En tournant péniblement sur Denmark Street, Strike se réjouissait à l'avance de la petite sieste qu'il comptait s'offrir avant son rendez-vous de neuf heures et demie. D'un geste de la main, il salua la fille du magasin de guitares, avec qui il s'accordait souvent une pause cigarette sur le trottoir, puis il franchit la porte noire à côté du Bar 12 et s'engouffra dans l'escalier métallique. L'ascenseur était en panne. Au premier étage, il passa devant le local de son voisin graphiste et, quand il arriva au deuxième, au lieu de pousser la porte en verre dépoli de son propre bureau, il continua jusqu'au dernier palier, le plus petit des trois, qui donnait chez lui.

Après plusieurs mois passés à camper dans son bureau, Strike avait appris que le locataire du troisième, le patron du Bar 12, déménageait pour s'installer dans un appartement plus salubre. Il avait donc sauté sur l'occasion pour le louer, ravi d'avoir trouvé une solution commode à son problème de logement. Son deux-pièces mansardé était exigu, surtout pour un homme d'un mètre quatre-vingt-douze. Strike devait se contorsionner pour changer de position dans la douche, la cuisine et le salon étaient mal disposés l'un par rapport à l'autre, et son lit double tenait à peine dans la chambre. Au grand dam du propriétaire, il entreposait une partie de ses affaires dans des cartons sur le palier.

Ses étroites fenêtres donnaient sur les toits et Denmark Street en contrebas. Les basses qui pulsaient dans le bar du rez-de-chaussée étaient assourdies et souvent noyées sous les décibels de sa propre musique.

D'un naturel ordonné, Strike gardait son intérieur dans un état impeccable. Le lit était fait, la vaisselle propre, rien ne traînait. Une douche chaude et un bon rasage ne lui auraient pas fait de mal mais il verrait cela plus tard. Après avoir suspendu son pardessus à un cintre, il régla l'alarme du réveil sur neuf heures vingt, s'étendit tout habillé sur le lit et s'endormit presque aussitôt pour ouvrir les yeux quelques secondes plus tard – du moins lui sembla-t-il – en entendant frapper à la porte.

« Je suis désolée, Cormoran, vraiment désolée... »

De fait, la jeune femme élancée aux longs cheveux blond vénitien qui lui servait de secrétaire semblait vraiment navrée de le déranger. Mais quand elle vit la tête de son patron, elle eut soudain l'air atterré.

« Vous allez bien ?

— Mmm... dormi... Pas fermé l'œil... depuis deux jours.

— Désolée, répéta Robin, mais il est neuf heures quarante, William Baker est arrivé et il commence à...

— Merde, marmonna Strike. J'ai dû me tromper en mettant le réveil – accordez-moi cinq min...

— Ce n'est pas tout, renchérit Robin. Il y a une dame. Elle n'avait pas rendez-vous. J'ai eu beau lui dire que vous ne preniez plus de nouveaux clients, elle n'a pas voulu partir. »

Strike se frotta les yeux en bâillant.

« Cinq minutes. Faites-leur donc du thé ou un truc dans le genre. »

Six minutes plus tard, il n'était toujours pas rasé mais avait enfilé une chemise propre. Laissant dans son sillage une odeur de dentifrice et de déodorant, Strike pénétra dans la pièce tenant lieu de bureau et de vestibule qu'occupaient Robin et son ordinateur.

« Eh bien, mieux vaut tard que jamais, lança William Baker avec un sourire pincé. Vous avez de la chance d'avoir une secrétaire aussi charmante, sinon je me serais sans doute lassé de vous attendre. »

Strike vit Robin rougir de colère. Elle se détourna et, pour s'occuper les mains, se mit à classer le courrier avec de grands gestes nerveux. Dans la bouche de Baker, un chef d'entreprise vêtu d'un costume rayé à la coupe impeccable, le mot « secrétaire » prenait une connotation insultante à dessein. Il avait engagé Strike pour enquêter sur deux collègues siégeant comme lui au conseil d'administration de sa société.

« Salut, William, dit Strike.

— Pas la moindre excuse ? » souffla Baker, les yeux collés au plafond.

Strike ignora sa mine compassée. « Bonjour, qui êtes-vous ? » demanda-t-il à la femme assise sur le canapé, une personne menue, entre deux âges, vêtue d'un manteau marron qui avait connu des jours meilleurs.

« Leonora Quine, répondit-elle avec un accent dont l'oreille exercée de Strike identifia la provenance : le sud-ouest de l'Angleterre.

— J'ai une matinée très chargée en perspective, Strike », intervint Baker et, sur ces mots, il entra de son propre chef dans le deuxième bureau. Voyant que Strike ne le suivait pas, il crut bon de lui lancer une pique :

« J'imagine que dans l'armée, vos supérieurs n'appréciaient guère votre manque de ponctualité. Mettons-nous au travail, je vous prie. »

Strike fit mine de ne rien entendre.

« Mrs Quine, qu'attendez-vous de moi exactement ? demanda-t-il à la petite femme effacée.

— Eh bien, c'est au sujet de mon mari...

— Mr Strike, j'ai un autre rendez-vous dans une heure, tonna William Baker.

— ... Votre secrétaire m'a dit que vous n'étiez pas disponible mais ça m'est égal, je patienterai.

— Strike ! » gueula William Baker comme s'il s'adressait à son chien.

C'en était trop. « Robin, s'il vous plaît, fit Strike d'un ton exaspéré. Préparez la note de Mr Baker et remettez-lui le dossier. Il est à jour.

— Quoi ? Comment ? lâcha Baker en revenant sur ses pas.

— Il vous vire, traduisit Leonora Quine avec une nuance de satisfaction dans la voix.

— Vous n'avez pas fini le boulot, dit Baker à l'intention de Strike. Vous disiez qu'il y avait encore d'autres…

— Adressez-vous à un confrère. J'en connais qui acceptent n'importe quels clients, même les emmerdeurs dans votre genre. »

Une vague de stupeur s'abattit sur l'assistance. Le visage impavide, Robin récupéra le dossier de Baker dans l'armoire et le tendit à Strike.

« Comment *osez-vous*…

— Vous trouverez là-dedans bon nombre d'infos susceptibles d'intéresser les juges, dit Strike en remettant la chemise à son ex-client. Vous en avez pour votre argent.

— Ce n'est pas fini…

— Pour vous, si, intervint Leonora Quine.

— Vous, fermez-la, espèce de… » William Baker s'arrêta au milieu de sa phrase et recula vivement d'un pas en voyant Strike esquisser un mouvement dans sa direction. Un ange passa. Soudain, on aurait dit que le vétéran de l'armée britannique occupait deux fois plus d'espace qu'avant.

« Installez-vous dans mon bureau, Mrs Quine », dit tranquillement Strike.

La femme s'exécuta.

« Vous croyez peut-être qu'elle a les moyens de s'offrir vos services ? » ricana William Baker en amorçant un repli stratégique vers la sortie, la main déjà posée sur la poignée.

« Mes honoraires sont négociables, dit Strike, si le client me plaît. »

Strike rejoignit Leonora Quine dans le bureau et claqua la porte derrière lui.

3.

... livré à moi-même pour endurer tous ces maux...

Thomas DEKKER, *Le Noble Soldat espagnol*

« QUEL SALE TYPE ! dit Leonora Quine en s'asseyant devant le bureau.

— Oh oui, dit Strike en s'affalant dans son fauteuil. Ça, vous pouvez le dire. »

Malgré son teint frais, sa peau encore lisse, ses yeux bleu clair que l'âge n'avait pas ternis, elle accusait une petite cinquantaine d'années. Les barrettes qui retenaient ses cheveux gris et mous étaient en plastique, tout comme les énormes boutons de son manteau garni d'épaulettes, qui était propre mais semblait dater des années 1980, et les larges montures démodées de ses lunettes. Elle regardait Strike en battant des paupières.

« Donc, Mrs Quine, vous êtes venue me parler de votre mari ?

— Oui, dit Leonora. Il a disparu.

— Depuis combien de temps ? » Strike prit son calepin d'un geste automatique.

« Dix jours.

— Avez-vous prévenu la police ?

— Je n'ai pas besoin de la police, répliqua-t-elle avec impatience. Une fois, je les ai appelés et après, ils étaient furieux parce que Owen était juste avec une amie. Ça lui arrive assez souvent de disparaître sans prévenir. Il est écrivain, précisa-t-elle comme si cela expliquait tout.

— Une sorte d'habitude ?

— Owen est quelqu'un d'émotif, répondit-elle, l'air maussade. Mais en général, il revient assez vite. Là, ça fait dix jours que je ne l'ai pas vu. Je sais qu'il est contrarié mais j'ai besoin de lui à la maison. J'ai des trucs à faire, et il y a Orlando, et en plus, je dois...

— Orlando ? » l'interrompit Strike dont le cerveau ensommeillé se focalisait déjà sur le parc d'attractions en Floride. Il n'avait pas le temps de se rendre aux États-Unis et doutait fort que Leonora Quine eût les moyens de lui payer un billet d'avion, à en juger par sa tenue vestimentaire.

« Orlando, c'est notre fille. Il faut bien que quelqu'un s'occupe d'elle. Pour venir ici, j'ai dû demander à une voisine de la garder. »

On entendit frapper. La chevelure dorée de Robin apparut dans l'entrebâillement. Elle leur proposa du café, qu'ils acceptèrent volontiers.

Robin se retira puis Leonora déclara :

« Ça ne vous prendra pas beaucoup de temps. Je crois savoir où il est. Le problème, c'est que je retrouve pas l'adresse et que si j'appelle, on me répondra pas. Ça fait dix jours, insista-t-elle. On a besoin de lui à la maison. »

Strike s'interrogea. Visiblement, cette femme ne roulait pas sur l'or et elle voulait engager un détective privé pour une affaire somme toute banale. Étrange !

« Si un simple coup de fil peut résoudre votre problème, madame, pourquoi ne pas vous adresser à un ami ou... ? dit-il pour ne pas la brusquer.

— Edna ne peut pas le faire », coupa-t-elle. En l'entendant avouer implicitement qu'elle n'avait qu'une seule amie au monde, Strike ressentit un élan de compassion disproportionné (l'épuisement provoquait parfois en lui ce genre de faiblesse). « Owen leur a demandé de ne rien me dire. J'ai besoin d'un homme pour les forcer à parler.

— Owen, c'est le prénom de votre mari, c'est ça ?

— Oui, répondit-elle, Owen Quine. C'est lui qui a écrit *Le Péché de Hobart*. »

Strike ne connaissait ni le nom de l'auteur ni le titre de l'ouvrage.

« Et vous pensez savoir où il se trouve ?

— Oui. Un soir, on était invités à une réception. Il y avait beaucoup de monde, des tas d'éditeurs – il ne voulait pas m'emmener mais je lui ai dit que j'avais trouvé une baby-sitter et que je venais. C'est là-bas que Christian Fisher lui a parlé d'un genre de résidence pour écrivains. Plus tard, je lui ai demandé : "C'était quoi l'endroit dont il t'a parlé ?" Et Owen m'a répondu : "Un endroit où on peut bosser tranquillement sans avoir sa femme et ses gosses sur le dos. Tu ne crois quand même pas que je vais te donner l'adresse !" »

Non seulement Leonora trouvait tout naturel que son mari se moque d'elle mais elle semblait attendre que cela amuse Strike, fière, comme certaines mères, des impertinences de leur progéniture.

« Qui est Christian Fisher ? demanda Strike en essayant de se concentrer.

— Un éditeur. Un jeune type branché.

— Avez-vous essayé de le joindre ?

— Oui, je l'ai appelé tous les jours pendant une semaine. À chaque fois, on me disait qu'il était occupé, qu'on lui transmettrait le message. Mais je n'ai pas eu de réponse. Je pense qu'Owen lui a dit de se taire. Vous, vous obtiendrez l'adresse. Vous connaissez votre métier, ajouta-t-elle. Vous avez résolu l'affaire Lula Landry alors que la police tournait en rond. »

Bientôt huit mois depuis que, Strike, sur le point de mettre la clé sous la porte, avait prouvé, à la grande satisfaction du procureur, que la chute mortelle d'une jeune top model était un meurtre maquillé en suicide. Cette brillante réussite lui avait fait une publicité monstre et les clients se bousculaient au portillon. Pendant quelques semaines, le Tout-Londres n'avait parlé que de ses talents d'enquêteur, si bien que Jonny Rokeby était passé au second plan, comme une note de bas de page dans la biographie de Strike. Il s'était fait un nom, enfin. Même si ce nom...

« Je vous ai interrompue, bredouilla-t-il en essayant de renouer le fil de la conversation.

— Ah bon ?

— Oui... » Strike jeta un œil sur les gribouillis qu'il venait de faire sur son calepin. « Vous disiez : "J'ai des choses à faire, et il y a Orlando, et en plus, je dois..."

— Ah oui. Depuis qu'il est parti, il s'est passé des trucs étranges.

— De quel genre ?

— De la merde, dit platement Leonora Quine. Dans la boîte aux lettres.

— Quelqu'un a introduit des excréments par la fente de votre boîte aux lettres ?

— Oui.

— Depuis que votre mari a disparu ?

— Chien », reprit Leonora. Pendant une fraction de seconde, Strike crut qu'elle parlait de son mari puis il comprit. « Ça fait trois ou quatre fois. Pendant la nuit. C'est agréable de trouver ça le matin. Et l'autre jour, une bonne femme est venue, elle était bizarre. »

Leonora s'interrompit et attendit la question suivante. Visiblement, elle aimait qu'on l'interroge. Strike savait que les personnes esseulées appréciaient qu'on leur accorde de l'attention et faisaient tout pour prolonger cette expérience.

« C'était quand ?

— La semaine dernière. Elle voulait voir Owen et quand je lui ai dit, Il n'est pas là, elle a grogné : "Dites-lui qu'Angela est morte." Et elle est partie.

— Vous ne la connaissez pas ?

— Jamais vue.

— Et Angela, ça vous dit quelque chose ?

— Non. Mais Owen a des tas d'admiratrices. Des fois, elles font des trucs bizarres pour qu'il les remarque, déclara Leonora, soudain prolixe. Il y en a une qui lui envoyait des lettres et des photos d'elle, habillée comme l'un de ses personnages. Elles croient qu'il les comprend parce qu'il écrit des bouquins. Stupide, n'est-ce pas ? dit-elle. Y a rien de vrai dans ses livres.

— Ses admiratrices savent où il habite ?

— Non. Mais c'était peut-être une élève, un truc comme ça. Il donne de temps en temps des cours d'écriture. »

Robin entra, chargée d'un plateau qu'elle posa sur le bureau avant de ressortir.

« À part cette curieuse visite et les excréments, avez-vous noté quelque chose d'inhabituel ? reprit Strike.

— J'ai l'impression qu'on me suit. Une grande fille en noir un peu voûtée.

— Différente de celle qui… ?

— Oui, celle qui est venue à la maison était une rouquine plutôt boulotte. L'autre est brune et maigre, on dirait.

— Vous êtes sûre qu'elle vous suivait ?

— Je crois bien. Je l'ai vue derrière moi deux ou trois fois. Elle n'est pas d'ici. Ça fait bien trente ans que je vis à Ladbroke Grove et je ne l'ai jamais vue dans le coin.

— Très bien, articula Strike. Vous disiez que votre mari était contrarié ? Pour quelle raison ?

— Il s'est engueulé avec son agent.

— Et pourquoi ?

— Son bouquin, le dernier. Liz – c'est le nom de son agent – lui a dit que c'était la meilleure chose qu'il ait jamais écrite, et de loin. Et puis voilà que le lendemain, je crois, elle l'emmène dîner au restaurant pour lui annoncer qu'il est impubliable.

— Pourquoi a-t-elle changé d'avis ?

— Vous n'avez qu'à lui demander ! rétorqua Leonora qui commençait à s'énerver. C'est normal qu'il soit contrarié, après ça. N'importe qui le serait, à sa place. Il a bossé sur ce bouquin pendant deux ans. Il est rentré à la maison complètement chamboulé, il a filé direct dans son bureau pour tout prendre…

— Prendre quoi ?

— Son manuscrit, ses notes… tout, quoi ! Il criait, il insultait la terre entière. Après, il a tout fourré dans un sac, il est parti et je ne l'ai pas revu depuis.

— Il a un téléphone portable ? Vous avez appelé ?

— Il répond pas, en tout cas jamais quand il s'en va en claquant la porte. Une fois, il a jeté son téléphone par la fenêtre de la voiture, ajouta-t-elle, toujours aussi fière des frasques de son mari.

— Mrs Quine », soupira Strike. Quoi qu'il ait dit à William Baker, son altruisme avait des limites. « Je serai honnête avec vous : mes tarifs sont élevés.

— Ça ira, répondit Leonora très calme. Liz paiera.

— Liz ?

— Elizabeth Tassel, l'agent d'Owen. C'est de sa faute s'il est parti de la maison. Elle prendra ça sur sa commission. C'est son meilleur client. Quand elle réalisera ce qu'elle a fait, elle voudra qu'il réapparaisse illico. »

Leonora paraissait sûre de son fait. Strike un peu moins. Il mit trois sucres dans sa tasse et avala son café d'un trait tout en réfléchissant. Il avait vaguement de la peine pour Leonora Quine. Cette femme simple et modeste, qui semblait accepter sans broncher les coups de gueule d'un mari lunatique, trouvait normal que personne ne réponde à ses appels et qu'elle doive payer pour être aidée. Certes, son comportement était quelque peu atypique, mais il la sentait foncièrement honnête. D'un autre côté, depuis qu'il avait failli boire le bouillon, Strike mettait un point d'honneur à ne prendre que des enquêtes rentables. Les quelques personnes désargentées qui avaient sollicité ses services au cours des derniers mois en se disant qu'un homme ayant longtemps mangé de la vache enragée (sur ce point, la presse avait un peu forcé le trait) accepterait peut-être de travailler pour rien, étaient reparties déçues.

Mais déjà Leonora Quine se levait, comme si l'affaire était entendue.

« Je ferais mieux d'y aller. J'aime pas laisser Orlando trop longtemps. Son papa lui manque. Je lui ai dit que j'allais embaucher quelqu'un pour le retrouver. »

Ces derniers temps, Strike avait aidé plusieurs jeunes femmes fortunées à divorcer de leurs banquiers de maris, ces beaux messieurs de la City qui avaient perdu de leurs attraits depuis la crise financière. Tout compte fait, ce serait peut-être amusant de rendre un mari à sa femme, pour changer.

« Très bien, fit-il en étouffant un bâillement. Je vais avoir besoin de vos coordonnées, Mrs Quine. Une photo de votre mari ne serait pas inutile non plus. »

Leonora inscrivit sur le calepin de Strike son adresse et son numéro de téléphone en lettres rondes et enfantines. En revanche, elle s'étonna qu'il veuille une photo.

« À quoi bon ? Puisqu'il est dans cette résidence pour écrivains, il suffit que vous demandiez l'adresse à Christian Fisher. »

Et elle sortit avant même que Strike, fatigué et endolori, s'extraie de derrière son bureau. Il l'entendit lancer à Robin : « Merci et au revoir », puis la porte en verre se referma en vibrant légèrement. Sa nouvelle cliente était partie.

4.

Quel bonheur d'avoir un ami astucieux…

William CONGREVE, *Le Fourbe*

STRIKE SE LAISSA TOMBER sur le sofa du bureau de Robin, qui servait aussi de hall d'accueil. Le précédent canapé, qu'il avait acheté d'occasion à l'époque où il démarrait son activité, avait rendu l'âme depuis peu. Dans le magasin, celui-ci lui avait paru très chic, mais il possédait un défaut majeur. Pour peu qu'on s'y assoie de trop bon cœur, il produisait des bruits incongrus ressemblant fort à des flatulences. Son assistante – une belle blonde élancée au teint clair et aux yeux gris-bleu pétillants – lui jeta un regard appuyé par-dessus sa tasse de café.

« Vous avez une mine horrible.

— J'ai passé la nuit à interroger une femme hystérique sur les pratiques sexuelles et les malversations financières d'un pair du Royaume, dit Strike en bâillant à se décrocher la mâchoire.

— Lord Parker ? souffla Robin, ébahie.

— Exact, dit Strike.

— Il avait… ?

— … trois maîtresses et quelques millions placés dans une banque offshore. Si vous avez le cœur bien accroché, vous n'aurez qu'à lire *News of the World* dimanche prochain.

32

— Comment avez-vous fait pour découvrir le pot aux roses ?

— Grâce à l'ami d'un ami d'un ami, psalmodia Strike en bâillant de nouveau si fort que c'en était douloureux à voir.

— Vous devriez aller dormir, lui conseilla Robin.

— Oui, je devrais, dit Strike sans bouger d'un centimètre.

— Gunfrey passe à quatorze heures mais vous n'avez pas de rendez-vous avant.

— Gunfrey, soupira Strike en se massant les paupières. Pourquoi tous mes clients sont-ils aussi chiants ?

— Cela ne semble pas être le cas de Mrs Quine. »

Il écarta légèrement ses gros doigts pour la regarder d'un œil trouble.

« Comment savez-vous que j'ai accepté l'affaire ?

— Je vous connais, fit Robin avec un petit sourire irrépressible. C'est votre genre.

— Une femme mûre qui se croit encore dans les années 1980 ?

— Votre genre de clients, je voulais dire. En plus, vous n'aviez qu'une seule idée en tête : faire la nique à William Baker.

— On dirait que ça a marché, hein ? »

Le téléphone sonna. Le sourire aux lèvres, Robin décrocha. « Bureau de Cormoran Strike. Oh, c'est toi ? »

C'était son fiancé, Matthew. Robin regarda discrètement son patron vautré sur le canapé, yeux clos, tête renversée, bras croisés sur sa large poitrine.

Quand il l'appelait depuis son bureau, Matthew n'était jamais très aimable. « Écoute, dit-il. Je ne pourrai pas me libérer vendredi soir. Il faudrait déplacer le rendez-vous à jeudi.

— Oh, Matt », répondit-elle en tentant de masquer sa déception et son agacement.

C'était la cinquième fois que ce rendez-vous était déprogrammé. Sur les trois personnes concernées, seule Robin avait obligeamment accepté chaque report, même si cela ne l'arrangeait pas toujours.

« Pourquoi ? » marmonna-t-elle.

Tout à coup, un ronflement sonore s'éleva du canapé.

« Le 19, il y a un pot au bureau, expliqua Matthew. Ça la ficherait mal si je n'y allais pas. Il faut qu'on m'y voie. »

Elle l'aurait volontiers envoyé promener mais préféra s'abstenir. Matthew travaillait pour un grand cabinet d'expert-comptable mais parfois, à la façon dont il se soumettait à toutes ces prétendues obligations mondaines, on aurait dit qu'il était attaché d'ambassade.

En réalité, Robin savait que ce n'était qu'un prétexte. Strike lui aussi avait décalé leur rendez-vous, et à trois reprises, à cause d'un travail urgent à terminer dans la soirée. Il avait eu beau présenter ses plus plates excuses, Matthew n'avait pas du tout apprécié. Pour lui, un tel comportement trahissait un manque absolu de politesse. Il estimait qu'en agissant ainsi, Strike voulait démontrer que son temps était plus précieux, ses activités plus importantes que les siennes.

Depuis huit mois qu'elle travaillait pour Cormoran Strike, pas une fois les deux hommes ne s'étaient rencontrés, pas même le fameux soir où Matthew était passé la chercher à l'hôpital. Strike avait coincé un tueur qui l'avait poignardé au bras et Robin lui avait fait un garrot avec la ceinture de son manteau avant de l'emmener aux urgences. Quand elle était sortie – sonnée, les vêtements tachés de sang – de la salle où le médecin recousait la plaie de Strike, elle avait proposé à Matthew de faire les présentations. Mais il ne voulait pas en entendre parler. Toute cette histoire le rendait furieux, même si Robin lui avait juré qu'elle n'avait couru aucun danger.

En fait, Matthew ne supportait pas qu'elle travaille pour Strike. D'emblée, il l'avait considéré comme un raté, un minable, exerçant un métier absurde. Et le peu d'informations que lui donnait Robin – ex-enquêteur de la Brigade spéciale d'investigation dont les membres, bien qu'appartenant à la Police militaire, exerçaient en civil ; décoré pour bravoure ; amputé de la jambe droite au-dessous du genou ; expert dans

34

de nombreux domaines auxquels Matthew, qui aimait briller aux yeux de Robin, ne connaissait rien ou presque – n'avait pas contribué à rapprocher les deux hommes (comme Robin l'avait naïvement espéré) mais au contraire à consolider le mur qui les séparait.

La soudaine notoriété de Strike, son brusque passage du statut de *loser* à celui de chouchou des médias, n'avait fait que renforcer l'animosité de Matthew. Robin s'était rendu compte qu'en pointant les contradictions du discours de son fiancé – « tu ne l'aimais pas parce qu'il n'avait pas un rond et dormait dans son bureau et maintenant tu continues à ne pas l'aimer parce qu'il est célèbre et qu'on s'arrache ses services ! » – elle l'avait poussé à se radicaliser.

Mais le pire crime de Strike aux yeux de Matthew était la robe de soirée griffée excessivement moulante qu'il avait offerte à sa fiancée après la scène des urgences en cadeau d'adieu et de remerciement. Quand Robin l'avait déballée pour la montrer fièrement à son fiancé, ce dernier avait si mal réagi qu'elle n'avait jamais osé la porter.

Malgré tout, elle tenait à ce qu'ils se rencontrent, mais rien ne se passait comme prévu. En plus, Strike n'y mettait pas du sien. La dernière fois, il n'était même pas venu au rendez-vous, au prétexte que l'épouse d'un de ses clients, ayant remarqué qu'il la surveillait, s'était mise à le suivre et qu'il avait dû faire un large détour pour la semer. Robin, qui connaissait les détails de cette affaire de divorce particulièrement complexe, avait accepté ses excuses. Mais cela avait accru l'hostilité de Matthew, désormais convaincu que Strike était un moins que rien, frimeur et arrogant.

Cette fois-ci, Matthew avait eu le choix de la date, de l'heure et du lieu. Elle avait insisté auprès de son patron pour qu'il se libère vendredi. Et voilà que maintenant Matthew décalait le rendez-vous pour se venger et montrer à Strike que lui aussi avait d'importantes obligations.

« Parfait, soupira-t-elle dans le combiné. Je vais voir si Cormoran est libre jeudi.

— Je sens comme une contrariété dans ta voix.

— Matt, ne commence pas. Je vais lui poser la question, d'accord ?

— Très bien, à plus tard. »

Robin reposa le téléphone. Strike ronflait comme un sonneur, bouche ouverte, jambes écartées, bras croisés, pieds posés à plat sur le sol.

Elle soupira en le regardant dormir. Strike n'avait jamais critiqué son fiancé ni fait le moindre commentaire à son sujet. Contrairement à Matthew qui ne cessait de ruminer sa rancœur et perdait rarement une occasion de lui signaler qu'elle gagnerait mieux sa vie si, au lieu de se faire exploiter par un privé à la manque, et endetté jusqu'au cou par-dessus le marché, elle avait accepté l'un ou l'autre des postes mieux rémunérés qu'on lui avait offerts. Cette situation conflictuelle lui pesait. Elle se disait que si un jour Matthew changeait d'avis et se mettait à apprécier Cormoran Strike à sa juste valeur, voire à l'admirer, leur vie de couple serait bien plus agréable. Robin était d'un naturel optimiste : elle les aimait l'un et l'autre, alors pourquoi ne s'entendraient-ils pas ?

Après un grognement plus sonore que les autres, Strike se réveilla, ouvrit les yeux et la regarda en clignant des paupières.

« J'étais en train de ronfler, dit-il en s'essuyant la bouche.

— Pas vraiment, non, mentit-elle. Écoutez, Cormoran, ça vous ennuierait si on déplaçait notre rendez-vous de vendredi à jeudi ?

— Rendez-vous ?

— On devait prendre un verre, vous, Matthew et moi. Vous ne vous souvenez pas ! Au King's Arms, sur Roupell Street. Je vous l'ai inscrit quelque part, ajouta-t-elle sur un ton trop cordial pour être naturel.

— Très bien, bredouilla-t-il. D'accord. Ça marche pour vendredi.

36

« — Non, Matt voudrait… vendredi, il n'est pas disponible. On pourrait faire ça jeudi, d'accord ?

— Ouais, ça me va, fit-il d'une voix pâteuse. Je crois que je vais essayer de dormir un peu.

— D'accord. Je note pour jeudi.

— Que se passe-t-il jeudi ?

— On prend un verre avec… oh, laissez tomber. Allez vous coucher. »

Quand la porte vitrée se fut refermée, Robin resta un instant immobile devant son écran puis sursauta en entendant Strike rentrer brusquement.

« Robin, pourriez-vous appeler un dénommé Christian Fisher ? Dites-lui qui je suis, que je recherche Owen Quine et que j'ai besoin de l'adresse de la résidence pour écrivains dont ils ont parlé ensemble.

— Christian Fisher… Où travaille-t-il ?

— Quel imbécile, marmonna Strike. J'ai oublié de poser la question à Leonora. Je suis tellement crevé. C'est un éditeur… un éditeur branché.

— Pas de problème, je vais vous trouver ça. Allez dormir. »

Quand la porte se ferma pour de bon, Robin ouvrit une page Google et, en l'espace de trente secondes, apprit que Christian Fisher, fondateur d'une petite maison d'édition nommée Crossfire, exerçait ses activités sur Exmouth Market.

Tout en composant le numéro, elle songeait au faire-part de mariage qui traînait dans son sac à main depuis une semaine. Elle n'avait toujours pas annoncé la grande nouvelle à son patron, et de plus Matthew ignorait qu'elle comptait l'inviter à leurs noces. Si tout se passait bien jeudi…

« Crossfire, j'écoute », claironna une voix à l'autre bout du fil. Robin reporta toute son attention sur l'affaire en cours.

5.

Il n'est rien qui soit pour l'homme plus infinie
torture que ses pensées.

John WEBSTER, *Le Démon blanc*

À VINGT ET UNE HEURES VINGT, Strike, toujours étendu
sur sa couette en T-shirt et caleçon, feuilletait les pages
sportives de son journal devant le flash info à la télé.
Les restes d'un curry à emporter étaient posés sur une chaise
et la lampe de bureau, perchée sur la caisse servant de table
de chevet, faisait luire la tige de métal argenté qui lui tenait
lieu de cheville droite.

Un match amical entre l'Angleterre et la France se dispu-
terait sur la pelouse de Wembley mercredi soir, mais Strike
s'intéressait davantage au derby national qui devait opposer
l'équipe d'Arsenal à celle des Spurs le samedi suivant. Tout
petit, pour imiter son oncle Ted, Strike s'était rangé parmi les
supporteurs d'Arsenal. Aujourd'hui encore, il ignorait pourquoi
Ted, qui n'avait jamais quitté ses Cornouailles natales, s'était
entiché des Gunners. Strike ne lui avait jamais posé la question.

La lumière des étoiles peinait à percer la brume nocturne.
La sieste qu'il s'était accordée en milieu de journée ne l'avait
guère reposé et maintenant, après avoir dévoré son agneau

biryani arrosé d'une pinte de bière, il n'avait plus vraiment envie de dormir.

Une note de la main de Robin était posée à côté de lui sur le lit ; elle la lui avait donnée un peu plus tôt dans la soirée, quand il avait quitté le bureau. Deux rendez-vous y étaient inscrits. Le premier :

Christian Fisher, demain 9 heures, éditions Crossfire, Exmouth Market EC1

« Pourquoi veut-il me voir ? lui avait demandé Strike, surpris. J'ai seulement besoin de l'adresse de la résidence dont il a parlé à Quine.

— Je sais, lui avait répondu Robin, c'est ce que je lui ai répondu, mais il avait l'air de tenir à vous voir. Il a dit qu'il pouvait vous recevoir à neuf heures demain matin et qu'il comptait sur votre présence. »

Bon sang, songea Strike avec agacement, *mais qu'est-ce qui m'a pris ?*

Épuisé, il avait perdu son sang-froid et congédié un client qui avait les moyens et aurait pu l'engager un bon bout de temps. Ensuite, il s'était laissé attendrir par Leonora Quine, dont il ne verrait sans doute jamais la couleur de l'argent. Il ne ressentait plus le mélange de pitié et de curiosité qui l'avait poussé à accepter de retrouver son mari. Dans sa mansarde silencieuse et glaciale, il voyait les choses sous un autre angle. Il s'était comporté comme un imbécile, un irresponsable. Pourtant, il s'était juré de ne plus jouer les Don Quichotte, de rembourser ses dettes et de se payer un peu de bon temps. Par exemple un samedi après-midi à l'Emirates Stadium, une grasse matinée le dimanche matin… Depuis des mois qu'il travaillait presque vingt-quatre heures sur vingt-quatre, l'argent commençait à rentrer. Et les clients, d'abord uniquement attirés par sa soudaine notoriété, venaient à présent grâce au bouche-à-oreille.

N'aurait-il pas pu garder William Baker pendant trois semaines encore ?

Et pourquoi, pensa-t-il en revenant à la note de Robin, Christian Fisher tenait-il absolument à le recevoir en tête à tête ? Voulait-il rencontrer le brillant détective qui avait résolu l'affaire Lula Landry ou (ce qui serait pire) le fils de Jonny Rokeby ? Il était très difficile d'estimer son propre degré de notoriété. Strike ne s'était jamais bercé d'illusions. Il savait que le soufflé retomberait très vite. Et il avait eu raison. Une fois passé l'engouement des débuts, les journalistes avaient cessé de le harceler au téléphone. Et cela faisait longtemps que, lorsqu'il se présentait, plus personne ne pensait à Lula Landry. On l'appelait de nouveau « Cameron Strick », ce dont il avait pris l'habitude au fil des ans.

D'un autre côté, peut-être que Fisher avait des informations sur la disparition d'Owen Quine. Mais dans ce cas, pourquoi refusait-il de les communiquer à Leonora ?

Il passa au deuxième rendez-vous inscrit sur le bout de papier :

Jeudi 18 novembre, 18 h 30, King's Arms, 25 Roupell Street

Strike voyait pourquoi Robin avait pris la peine de l'inscrire noir sur blanc : elle tenait absolument à ce qu'il rencontre son fiancé, après trois ou quatre tentatives infructueuses.

Matthew aurait peut-être eu du mal à le croire, mais Strike considérait son existence comme une bénédiction. Et la bague sertie de diamants et de saphirs qui étincelait au doigt de Robin le rassurait. Ce comptable était peut-être un crétin (Robin ne se doutait pas que son patron avait mémorisé au fil des jours les moindres détails de sa vie de couple) mais sa présence, même virtuelle, dressait une barrière salutaire entre Strike et cette femme qui aurait pu rompre l'équilibre de sa vie.

Depuis que Robin était arrivée, alors qu'il était au trente-sixième dessous, Strike ressentait à son égard un peu plus que de la reconnaissance. Elle était séduisante et il n'était pas de marbre. Ses fiançailles constituaient un rempart contre toute tentation de perturber le cours de sa propre existence. Il se remettait à peine d'une longue histoire d'amour et d'une rupture vécue dans la violence et le mensonge. Son actuel statut de célibataire lui convenait à merveille. Il avait besoin de calme et de liberté et, jusqu'à présent, il avait réussi, malgré l'acharnement de sa sœur Lucy à lui présenter des femmes incapables de se caser, même en passant par des sites de rencontre, à déjouer tous les pièges.

Bien sûr, il était possible qu'après leur mariage, Matthew exige que Robin démissionne de ce job qu'il voyait d'un si mauvais œil (Strike savait interpréter les légères hésitations, les faux-fuyants dont elle usait dès qu'ils abordaient le sujet). Mais une chose était sûre : ce n'était pas pour demain, sinon elle lui en aurait parlé. Alors, inutile de se tracasser.

Après un nouveau bâillement, il replia son journal, le jeta sur la chaise et regarda les informations. En emménageant dans ce minuscule appartement mansardé, Strike s'était accordé un seul luxe : un abonnement à la télévision par satellite. Depuis qu'elles ne passaient plus par la vieille antenne râteau, les images de son petit téléviseur étaient très nettes. Sur l'écran, Kenneth Clarke, le ministre de la Justice, annonçait une réforme qui amputerait de 350 millions de livres le budget consacré à l'aide judiciaire. Dans son demi-sommeil, Strike écoutait le politicien ventripotent et rubicond expliquer aux membres du Parlement qu'il fallait « dissuader les citoyens de faire appel à un avocat au moindre problème et les encourager à résoudre autrement les conflits ».

Ce qui signifiait à mots couverts que les personnes ayant des revenus modestes devraient renoncer aux services de la justice. Celles qui avaient les moyens de s'offrir les ténors du barreau – autrement dit, les clients de Strike et leurs congénères – seraient toujours bien servies. Strike voyait défiler dans son bureau beaucoup de clients fortunés persuadés qu'on essayait de les filouter. Son travail consistait à donner du grain à moudre

41

à leurs avocats tirés à quatre épingles. Tout cela pour obtenir une meilleure pension alimentaire ou des dommages et intérêts plus conséquents en cas de litiges commerciaux. Les clients satisfaits transmettaient ses coordonnées à leurs relations, et ainsi de suite. C'est ainsi que fonctionnait une agence de détective florissante. On s'y ennuyait souvent mais l'argent rentrait.

À la fin du journal télévisé, Strike se leva péniblement, rattacha sa prothèse, ramassa les restes de son repas et, clopin-clopant, se dirigea vers l'évier pour tout nettoyer. De son séjour à l'armée, il conservait des habitudes qu'il n'avait jamais reniées, même quand il n'avait plus un sou vaillant. C'était dans sa nature ; son amour de l'ordre et de la propreté remontait à son enfance, quand il voyait son oncle Ted entretenir soigneusement ses outils et la cabane où il rangeait son bateau. Tout le contraire de sa mère, Leda, qui avait toujours vécu dans le capharnaüm le plus total.

Dix minutes plus tard, après un crochet par les toilettes dont le siège trop proche de la douche était humide en permanence, et un brossage de dents au-dessus de l'évier de la cuisine, plus accessible que le lavabo, Strike retrouva son lit et retira sa prothèse.

C'était l'heure du bulletin météo. Demain : brouillard et chute des températures. Strike saupoudra de talc le moignon de sa jambe amputée ; l'irritation semblait moins vive. Mis à part le copieux petit déjeuner de ce matin et le curry qu'il s'était offert pour le dîner, il essayait de faire attention à ce qu'il mangeait depuis qu'il disposait d'une cuisine. Du coup, il avait un peu maigri et sa jambe ne s'en portait que mieux.

Il pointa la télécommande vers le téléviseur et coupa le sifflet à la blonde hilare qui vantait une lessive. Ne lui restait qu'à glisser sa volumineuse carcasse entre les draps.

Si Owen Quine était effectivement parti se cacher dans cette résidence pour écrivains, il n'aurait aucun mal à le débusquer. Quel sale égoïste, ce type, pour claquer ainsi la porte et disparaître avec son précieux bouquin…

42

L'espace de quelques secondes, l'image d'un homme furibond s'enfuyant de chez lui avec un gros sac sur l'épaule trotta dans la tête de Strike. Puis il sombra d'un coup dans un sommeil profond et sans rêves, et bientôt ses ronflements couvrirent les échos de guitare basse qui montaient du bar en dessous.

6.

Oh, Mr Tattle, rien n'est à craindre avec vous, nous le savons bien.

William CONGREVE, *Amour pour amour*

LE LENDEMAIN MATIN À NEUF HEURES MOINS DIX, des lambeaux de brume s'accrochaient encore aux immeubles bordant Exmouth Market, une jolie rue pavée, avec des terrasses de café, des bâtiments peu élevés aux façades couleur pastel et un genre de basilique en briques rehaussées de bleu et d'or : l'église Saint-Sauveur, dont le clocher se fondait dans le ciel bas. Entre le brouillard glacial, les boutiques de souvenirs et les tables de bistrot disposées au bord des trottoirs, on se serait cru ailleurs qu'à Londres. Ne manquaient plus que l'odeur d'iode et les cris lugubres des mouettes pour s'imaginer sur les côtes des Cornouailles où Strike avait passé les meilleurs moments de son enfance.

Le nom de la maison d'édition Crossfire figurait sur une petite plaque fixée à une porte parfaitement banale, près d'une boulangerie. À neuf heures pile, Strike appuya sur la sonnette et pénétra dans un hall donnant accès à un escalier peint en blanc qu'il gravit en se tenant à la rampe.

Un homme d'une trentaine d'années l'attendait sur le dernier palier. Mince, des lunettes, une allure de dandy, des cheveux

longs et bouclés. Il portait un jean, un gilet court et une chemise bariolée avec des manchettes en dentelles.

« Bonjour, dit-il. Christian Fisher. Cameron, n'est-ce pas ?

— Cormoran, corrigea Strike sans se formaliser. Mais… »

Il aurait voulu préciser que Cameron lui convenait également, depuis le temps qu'on écorchait son prénom, mais Christian Fisher ne lui en laissa pas le loisir.

« Cormoran ! Comme le géant des Cornouailles.

— C'est exact, s'étonna Strike.

— L'année dernière, nous avons publié un livre sur le
folklore anglais, dans notre collection jeunesse », expliqua
Fisher en poussant les portes blanches qui donnaient sur un
vaste espace encombré, avec des tas d'affiches sur les murs et
des monceaux de livres entassés sur des étagères. Une jeune
femme brune habillée n'importe comment leva le nez de son
travail pour observer Strike qui passait devant elle.

« Café ? Thé ? » proposa Fisher en le faisant entrer dans son
petit bureau. Ses fenêtres s'ouvraient sur la rue endormie et
embrumée, la vue était belle. « Je peux demander à Jade d'aller
nous chercher un truc. » Strike déclina son offre en arguant sans
mentir qu'il venait de déjeuner. En même temps, il se demanda
pourquoi Fisher tenait à prendre son temps. Il ne s'agissait que
d'une visite de circonstance, censée durer quelques minutes à
peine. « Juste un *latte* alors, Jade », lança Fisher à travers la porte.

« Asseyez-vous, dit-il à Strike avant de se tourner vers
sa bibliothèque qu'il survola d'un œil rapide, cherchant un
livre. Dans mon souvenir, le géant Cormoran vivait sur le
St. Michael's Mount, n'est-ce pas ?

— En effet, répondit Strike. Et d'après la légende, c'est
Jack qui l'a tué. Avec ses haricots magiques.

— Je suis sûr qu'il est par ici, marmonna Fisher en farfouil-
lant dans la bibliothèque. *Contes et légendes des îles Britan-
niques.* Vous avez des enfants ?

— Non.

— Oh, dans ce cas, je laisse tomber. »

Avec un léger sourire, il s'assit en face de Strike.

« Puis-je vous demander qui vous a engagé ? Non, attendez que je devine.

— Mais je vous en prie, répondit Strike qui, par principe, laissait libre cours aux spéculations de ses interlocuteurs.

— Je ne vois que deux personnes : soit Daniel Chard, soit Michael Fancourt. Ai-je raison ? »

Derrière ses lunettes, le regard de Fisher était curieusement précis. Strike parvint à dissimuler sa surprise. Curieuse réponse… Michael Fancourt était un écrivain célèbre ; il venait de remporter un prix littéraire très prestigieux. En quoi la disparition de Quine aurait-elle pu l'affecter ?

« Je crains que non, répliqua-t-il. Il s'agit de la femme de Quine, Leonora. »

Fisher prit un air stupéfait, presque comique.

« Sa femme ? articula-t-il. Cette petite personne effacée qui ressemble à Rose West, la tueuse en série ? Pourquoi aurait-elle embauché un détective privé ?

— Son mari a disparu. Ça fait onze jours maintenant qu'elle ne l'a pas revu.

— Quine a disparu ? Mais – mais alors… »

Visiblement, Fisher ne s'y attendait pas. Il s'était préparé à discuter avec Strike d'un sujet bien différent, et qui lui tenait à cœur.

« Mais pourquoi vous a-t-elle donné mon nom ?

— D'après elle, vous savez où il se trouve.

— C'est absurde, s'exclama Fisher, sincèrement abasourdi. Nous ne sommes pas amis.

— Mrs Quine prétend vous avoir entendu discuter avec lui d'une résidence pour écrivains. C'était lors d'une réception…

— Ah oui, en effet ! Je parlais de Bigley Hall. Mais Owen ne peut pas y être ! » Quand il riait, il prenait des airs de lutin malicieux, comme le personnage de Puck dans *Le Songe d'une nuit d'été*, les lunettes en plus. « Même s'il les payait, ils ne le laisseraient pas s'installer là-bas. Ce type est un emmerdeur patenté. Et l'une des personnes qui gèrent cette résidence ne peut pas le sentir. Il a pondu un article assassin sur son premier roman et, depuis, elle lui en veut à mort.

— Pourriez-vous quand même me donner le numéro ? demanda Strike.

— Je dois l'avoir ici, dit Fisher en sortant son portable de la poche arrière de son jean. Je vais l'appeler tout de suite… »

Ce qu'il fit en posant l'appareil sur le bureau, haut-parleur allumé pour que Strike puisse suivre la conversation. Il fallut attendre une bonne minute avant que la voix d'une femme essoufflée retentisse dans la pièce.

« Bigley Hall.

— Bonjour, c'est Shannon ? Chris Fisher, de Crossfire.

— Ah, salut Chris, comment ça va ? » La porte du bureau s'ouvrit, la brune débraillée entra, déposa un *latte* devant Fisher et ressortit sans avoir prononcé un mot.

« Shan, je t'appelais pour te demander si tu sais où se trouve Owen Quine, reprit Fisher quand la porte se fut refermée. Il ne serait pas chez vous, par hasard ?

— *Quine* ? »

Cette unique syllabe, même prononcée par une voix lointaine et déformée par l'électronique, traduisait clairement l'aversion et le dédain de Shannon.

« Ouais, est-ce que tu l'aurais vu passer ?

— J'ai pas vu ce type depuis un an, au moins. Pourquoi ? J'espère qu'il ne s'est pas mis en tête de rappliquer ici. Rassure-moi. Parce que je me chargerais personnellement de le recevoir, tu peux en être sûr.

— Ne t'inquiète pas, Shan, je crois que sa femme se fait des idées. On se rappelle plus tard. »

Pressé de revenir vers Strike, Fisher abrégea les salutations.

« Vous voyez ? Qu'est-ce que je vous disais ? Il n'aurait pas pu se rendre à Bigley Hall même s'il l'avait voulu.

— Vous auriez dû le dire à sa femme quand elle vous a téléphoné.

— Ah, c'est pour ça qu'elle cherchait à me joindre sans arrêt ! s'écria Fisher en comprenant soudain. Je croyais qu'elle m'appelait à la demande de son mari.

— Pourquoi lui aurait-il demandé de vous appeler ?

— Allons, vous savez bien », répliqua Fisher avec un sourire entendu. Comme Strike demeurait impassible, il eut un petit rire avant de répondre : « À cause de *Bombyx Mori*. Je l'imagine parfaitement se servir de sa femme pour me sonder.

— *Bombyx Mori*, répéta Strike en s'efforçant de moduler le ton de sa voix pour ne pas paraître étonné.

— Oui, j'ai cru qu'il cherchait à savoir si je comptais le publier. Se cacher derrière sa femme… ça lui ressemblerait bien. Si quelqu'un a envie de publier *Bombyx Mori*, libre à lui. Moi, pas question. Notre maison d'édition n'a pas les reins assez solides pour supporter un procès. »

Voyant que faire semblant d'être au parfum ne lui apporterait rien, Strike changea de tactique.

« *Bombyx Mori* est donc le dernier roman de Quine ?

— En effet, dit Fisher en prenant une gorgée de *latte*, l'esprit occupé à suivre le fil de ses propres pensées. Donc il a disparu, c'est ça ? C'est marrant, j'aurais cru qu'il resterait aux premières loges, histoire de profiter du spectacle. Sinon, quel intérêt ? À moins que ses nerfs aient craqué au dernier moment ? Mais ça ne cadre pas vraiment avec le personnage.

— Depuis quand publiez-vous ses livres ? renchérit Strike.

— Je ne l'ai jamais publié ! se récria Fisher.

— Ah bon ? Je croyais…

— Ses trois – ou quatre ? – derniers romans ont paru chez Roper Chard. Non, voilà ce qui s'est passé : il y a quelques mois, j'ai croisé Liz Tassel, son agent, dans une réception. C'est là qu'elle m'a confié, sous le sceau du secret, bien sûr, que Roper Chard n'était plus très chaud pour le publier. Alors je lui ai dit que je jetterais bien un œil sur le prochain, pour voir. Quine n'est pas trop mal coté ces derniers temps. Avec une bonne petite campagne de pub, allez savoir ! N'oublions pas *Le Péché de Hobart*. C'était un bon livre. Je me suis dit que Quine avait peut-être encore un peu d'inspiration.

— Et elle vous a envoyé *Bombyx Mori* ? » demanda Strike. Intérieurement, il se maudissait pour sa négligence. Pourquoi n'avait-il pas pris plus de temps pour interroger Leonora Quine, la veille ? Voilà ce qui arrivait quand on recevait des clients alors qu'on était épuisé. Lui qui d'habitude préparait ses entretiens, au point de savoir presque à l'avance ce que son interlocuteur allait lui révéler, se sentait pour le coup curieusement fragilisé.

« Liz m'en a fait porter un exemplaire, vendredi dernier, dit Fisher avec un sourire toujours plus moqueur. La pauvre ! La plus grosse erreur de sa vie.

— Pourquoi dites-vous cela ?

— Parce que, de toute évidence, elle ne l'avait pas lu attentivement, du moins pas jusqu'à la fin. Deux heures après l'avoir reçu, je trouve un message d'elle sur mon portable : "Chris, je me suis trompée, je t'ai envoyé le mauvais manuscrit. Ne le lis pas, je t'en prie, retourne-le immédiatement, je reste au bureau pour le réceptionner." Elle était complètement paniquée, ce qui ne lui arrive jamais. En général, Liz Tassel est un vrai dragon. Personne n'ose lui tenir tête.

— Vous l'avez renvoyé ?

— Bien sûr que non. J'ai passé presque tout mon samedi à le lire.

— Et alors ?

— Vous n'êtes pas au courant ?

— De quoi ?

— De ce que contient ce bouquin, dit Fisher. De ce qu'Owen a fait.

— Qu'est-ce qu'il a fait ? »

Le sourire de Fisher s'effaça d'un coup. Il posa sa tasse.

« Je ne dirai rien. De grands avocats du barreau de Londres m'ont déconseillé d'en parler.

— Ils travaillent pour qui, ces avocats ? » demanda Strike. Et comme l'autre ne répondait pas, il ajouta : « Je veux dire, à part Chard et Fancourt ?

— Non. Seulement Chard », répliqua Fisher sans réfléchir. Le piège tendu par Strike avait fonctionné. « Cela dit, à la place d'Owen, c'est Fancourt qui m'inquiéterait le plus. Ce type peut être un vrai salaud, quand il s'y met. Il n'oublie jamais un affront. Tout cela reste entre nous, bien sûr.

— Et le fameux Chard ? hasarda Strike en procédant par tâtonnements.

— Daniel Chard est le PDG de Roper Chard, expliqua Fisher avec une légère impatience. Je ne comprends pas qu'Owen ait osé calomnier le patron de son propre éditeur. Mais tout compte fait, c'est du Owen tout craché. Je n'ai jamais rencontré quelqu'un d'aussi arrogant. Il vit dans un autre monde, on dirait. Pourtant, dépeindre Chard sous les traits de... »

Fisher partit d'un rire gêné.

« Je suis en train d'en dire trop. Disons juste que je m'étonne qu'Owen ait cru pouvoir s'en tirer comme ça. Peut-être a-t-il soudain compris qu'il avait poussé le bouchon trop loin. Alors, il a paniqué et il est parti se cacher.

— Il s'agirait d'un écrit diffamatoire ? s'enquit Strike.

— La frontière est un peu plus floue dans un roman. Il arrive qu'on dise la vérité mais dans un style outrancier, voire injurieux – ce qui ne signifie pas, entendons-nous bien, que son livre dit la vérité, ajouta-t-il précipitamment. Pas la vérité au sens littéral. Mais dans son histoire, tous les personnages sont reconnaissables ; d'abord il y en a peu et les descriptions sont précises... En fait, ça me rappelle les premières œuvres de Fancourt. Des litres de sang, des métaphores ésotériques... Dans certains passages, on ne voit pas trop où il veut en venir mais c'est très accrocheur. On veut savoir ce qu'il y a dans le sac, dans le feu...

— Dans le quoi... ?

— Laissez tomber – c'est juste un épisode parmi tant d'autres. Leonora ne vous a rien dit ?

— Non.

— Bizarre. Elle est forcément au courant. J'aurais cru que Quine était du genre à déclamer sa prose devant sa famille à tous les repas.

— Pourquoi supposiez-vous que Chard ou Fancourt avaient engagé un détective privé, alors que vous ignoriez la disparition de Quine ? »

Fisher haussa les épaules.

« Je n'en sais rien. Je me disais qu'ils souhaitaient peut-être découvrir ce que Quine comptait faire de son roman, histoire de lui mettre des bâtons dans les roues ou de menacer d'un procès l'éditeur qui aurait la mauvaise idée de le publier. Ou alors, pour découvrir un truc louche sur son compte – et combattre le feu par le feu.

— C'est pour cela que vous étiez si impatient de me rencontrer ? demanda Strike. Vous avez des infos compromettantes sur Quine ?

— Pas du tout, s'esclaffa Fisher. Je suis curieux, c'est tout. Je voulais savoir ce qui se tramait. »

Il vérifia l'heure à sa montre puis retourna l'épreuve de couverture posée devant lui en repoussant légèrement sa chaise. Strike comprit le message.

« Merci de m'avoir reçu, dit-il en se levant. Si vous avez des nouvelles d'Owen Quine, tenez-moi au courant, voulez-vous ? »

Il tendit une carte de visite que Fisher examina d'un air interloqué, alors même qu'il faisait le tour de son bureau pour le raccompagner.

« Cormoran Strike… Strike… Ce nom me dit quelque chose… »

Soudain, le regard de Fisher s'éclaira comme si quelqu'un avait appuyé sur l'interrupteur.

« Nom de Dieu, mais c'était vous, l'affaire Lula Landry ! »

51

Strike aurait très bien pu se rasseoir, demander qu'on lui serve un *latte* et passer encore une heure ou deux à discuter avec Fisher qui semblait tout à coup très disponible. Mais il n'en fit rien, préférant prendre congé d'un ton aimable mais ferme. Quelques minutes plus tard, il ressortait de l'immeuble et s'éloignait sous la brume glaciale.

7.

Et sur ma foi, jamais je ne fus coupable de lire
pareille chose.

Ben JONSON, *Chaque homme a son humeur*

QUAND LEONORA QUINE APPRIT AU TÉLÉPHONE que son
mari, en réalité, n'était pas dans la fameuse résidence
pour écrivains, elle s'inquiéta.

« Mais alors où est-il ? marmonna-t-elle presque pour elle-
même.

— D'habitude, où va-t-il quand il quitte le domicile conjugal ?

— À l'hôtel. Une fois, il s'est installé chez une femme mais
aujourd'hui il ne la voit plus. Orlando ! cria-t-elle en écartant
le combiné. Pose ce truc, c'est à moi. J'ai dit : c'est à moi.
Quoi ? reprit-elle sans baisser le ton.

— Je n'ai rien dit. Vous voulez que je continue à chercher
votre mari ?

— Évidemment ! À part vous, je ne vois pas qui pourrait le
retrouver. Je ne peux pas laisser Orlando toute seule. Demandez à Liz Tassel. Une fois, elle l'a déniché dans la chambre
d'un Hilton, où il s'était planqué.

— Lequel ?

53

— J'en sais rien, posez-lui la question. C'est elle qui l'a débusqué, elle sait y faire avec lui. Moi, quand je l'appelle, elle ne décroche pas. Orlando, pose ça, s'il te plaît !

— Voyez-vous quelqu'un d'autre susceptible de… ?

— Non. Si je connaissais quelqu'un, je lui aurais déjà demandé, bon sang ! lâcha Leonora. C'est vous le détective, alors trouvez-le ! Orlando !

— Mrs Quine, je dois…

— Appelez-moi Leonora.

— Leonora, votre mari est peut-être un danger pour lui-même. C'est une possibilité qu'il ne faut pas négliger. Si nous prévenons la police, nous le retrouverons plus rapidement, ajouta Strike en haussant la voix pour couvrir le vacarme qu'il entendait à l'autre bout de la ligne.

— Pas question. La fois où il s'est barré pendant toute une semaine, j'ai appelé la police pour apprendre ensuite qu'il était chez sa copine. Les flics n'ont pas apprécié. Si je remets ça, Owen va se fâcher. De toute manière, il… *Orlando, lâche ça !*

— La police pourrait diffuser sa photo et…

— Je veux juste qu'il revienne à la maison et sans faire de vagues. Pourquoi il rentre pas, maintenant ? ronchonna-t-elle. Il a eu le temps de se calmer.

— Avez-vous lu son dernier roman ? demanda Strike.

— Non. Je préfère attendre que ses bouquins soient imprimés, avec une couverture et tout ça.

— Vous a-t-il raconté l'histoire ?

— Non, il n'aime pas parler de son travail pendant qu'il… *Orlando, pose ce truc !* »

Elle lui raccrocha au nez. Volontairement ou non, impossible à dire.

Le brouillard matinal avait fait place à la pluie qui mouchetait à présent les vitres du bureau. Son prochain client allait arriver d'un instant à l'autre. Encore une femme en pleine procédure de divorce qui cherchait à savoir où son futur ex-mari planquait ses avoirs.

54

« Robin, dit Strike en passant d'une pièce à l'autre, pourriez-vous me trouver une photo de Quine sur Internet et l'imprimer ? Et puis, essayez de joindre son agent, Elizabeth Tassel. J'aimerais bien lui poser quelques questions. Et… pendant que vous y êtes, regardez donc ce que signifie "bombyx mori".

— Comment épelez-vous cela ?

— Allez savoir ! » dit Strike.

La future divorcée débarqua à onze heures trente précises. Une quadragénaire visiblement rajeunie par des moyens peu naturels dont Robin n'apprécia ni le charme tapageur ni le parfum musqué. Strike s'enferma dans son bureau avec elle et, pendant deux heures, Robin les entendit discuter calmement sur un fond sonore où se mêlaient les échos de l'averse et le tapotement de ses propres doigts sur le clavier. Rien que des bruits paisibles, en somme. Robin avait tellement l'habitude d'entendre des pleurs, des gémissements, voire des cris sortir du bureau de son patron que les plages de silence l'inquiétaient. Comme la fois où un client avait littéralement tourné de l'œil (une attaque cardiaque bénigne, apprirent-ils par la suite) en découvrant les photos de sa femme et de son amant, prises au téléobjectif.

Quand enfin Strike eut raccompagné sa cliente et que celle-ci eut pris congé à grand renfort d'obséquiosités, Robin lui tendit le portrait d'Owen Quine qu'elle avait déniché sur le site des Rencontres littéraires de Bath.

« Bon Dieu », s'écria Strike.

Owen Quine avait un physique peu ordinaire. La soixantaine, corpulent, un visage très pâle encadré de cheveux hirsutes d'un blanc tirant sur le jaune et une barbiche à la Van Dyck. La différence de couleur entre ses deux yeux conférait une intensité particulière à son regard. Pour la photo, il s'était affublé d'un genre de cape tyrolienne et d'un chapeau mou orné d'une plume.

« Je n'imagine pas que ce type soit capable de rester incognito pendant très longtemps, commenta Strike. Voudriez-vous tirer ce cliché en plusieurs exemplaires, Robin ? Il se peut que nous fassions le tour des hôtels. Sa femme pense qu'il a séjourné au Hilton, autrefois, mais ne se rappelle pas lequel. Si vous commenciez par appeler les plus proches, histoire de vérifier ? Il n'y est sûrement pas descendu sous son vrai nom mais vous pouvez maintenant le décrire. Quoi de neuf du côté d'Elizabeth Tassel ?

— Eh bien, vous n'allez pas me croire mais j'allais composer son numéro quand elle a appelé.

— Elle a appelé ici ? Pourquoi ?

— Christian Fisher lui a parlé de votre visite.

— Et ?

— Elle n'est pas disponible cet après-midi mais elle veut vous rencontrer à onze heures demain à son bureau.

— Sans blague ! fit Strike d'un air amusé. De plus en plus intéressant. Vous lui avez demandé si elle sait où se trouve Quine ?

— Oui. Elle n'en a pas la moindre idée mais elle tient quand même à vous voir. C'est une femme très autoritaire. Elle s'exprime comme une directrice d'école. Au fait, ajouta-t-elle, *Bombyx Mori* est le nom latin du ver à soie.

— Du ver à soie ?

— Oui, et attendez la suite. J'ai toujours cru que les vers à soie étaient comme les araignées qui tissent leurs toiles. Mais pas du tout. Savez-vous comment on récupère la soie ?

— Aucune idée.

— On les ébouillante. On les plonge dans l'eau brûlante alors qu'ils sont encore vivants pour éviter d'endommager les cocons. Charmant, n'est-ce pas ? Et d'où vous vient ce soudain intérêt pour les vers à soie ?

— Je voulais savoir pourquoi Owen Quine avait intitulé son dernier roman *Bombyx Mori*. Mais je ne suis pas tellement plus avancé. »

Strike passa l'après-midi à éplucher un dossier ennuyeux – encore une affaire de surveillance – tout en espérant que le temps s'améliore : il allait devoir sortir faire des courses car il n'avait presque plus rien à manger. Après le départ de Robin, il continua de travailler en écoutant la pluie cogner toujours plus violemment contre les vitres. Finalement, il enfila son pardessus, sortit sous l'averse et longea les trottoirs détrempés de Charing Cross Road jusqu'au supermarché le plus proche. Il avait abusé des plats préparés, ces derniers temps.

Il rentrait chez lui, encombré de gros sacs en plastique, quand, sur un coup de tête, il s'engouffra dans l'échoppe d'un bouquiniste sur le point de fermer. Le libraire ne savait plus si *Le Péché de Hobart*, premier roman d'Owen Quine et son meilleur, disait-on, était encore en rayon, mais après quelques marmonnements et une lecture rapide de son fichier informatique, il lui proposa un autre ouvrage du même auteur, *Les Frères Balzac*. Trop fatigué et affamé pour marchander, Strike échangea le livre de poche corné contre la somme de deux livres et rentra se sécher chez lui.

Ayant rangé ses provisions et englouti une assiettée de pâtes, Strike s'étendit sur son lit pour commencer sa lecture. Dehors, la nuit glaciale se pressait contre les vitres.

Le style était ampoulé, l'histoire abracadabrante et macabre. Enfermés à double tour dans une salle voûtée, deux frères nommés Varicocèle et Vas buvaient tout en devisant, tandis que le cadavre de leur aîné pourrissait dans un coin. Entre deux débats avinés, portant tantôt sur le thème de la loyauté, tantôt sur la littérature en général et Balzac en particulier, les compères rédigeaient de concert la biographie de leur frère défunt. Varicocele ne cessait de palper ses couilles endolories – grossière métaphore de la page blanche, songea Strike – si bien que Vas devait se coltiner tout le boulot.

Au bout de cinquante pages, Strike marmonna « Nul à chier », posa le bouquin et essaya de dormir.

Contrairement à la veille où il était tombé comme une masse, il n'arrivait pas à trouver le sommeil. La pluie tambourinait sur la vitre de sa lucarne. Strike rêva de catastrophes tout au long de la nuit. Quand il émergea au petit matin, il avait comme une gueule de bois et la bouche pâteuse. La pluie ne s'était pas arrêtée. Lorsqu'il alluma la télé, il apprit que les Cornouailles subissaient de graves inondations. Des gens étaient restés coincés dans leurs véhicules, on évacuait des habitations, on entassait les familles dans des centres d'hébergement.

Strike attrapa son portable et composa le numéro qu'il connaissait par cœur, celui des seules personnes qui incarnaient à ses yeux le bonheur d'une vie stable et paisible.

« Allô ? répondit sa tante.

— C'est Cormoran. Tu vas bien, Joan ? J'ai vu les informations.

— Rien de grave pour l'instant, mon chéri. Les dégâts sont concentrés sur la côte, dit-elle. Cela dit, il tombe des cordes et il fait un vent à décorner les bœufs, mais à St Austell c'est bien pire. Nous aussi, on vient de voir ça aux actualités. Et toi, comment vas-tu, Corm ? Ça fait des siècles. Ted et moi on parlait de toi hier soir, vu qu'on n'a pas de nouvelles. On voulait te proposer de venir passer Noël avec nous, pour que tu ne restes pas seul à Londres. Qu'en penses-tu ? »

Strike était incapable de s'habiller ou d'ajuster sa prothèse tout en téléphonant. Joan parla une demi-heure sans discontinuer et, quand elle eut épuisé les divers potins, elle embraya sur la vie privée de son neveu, lequel préféra botter en touche. Puis, après une dernière salve de questions – ses amours, ses dettes, sa jambe amputée –, elle raccrocha.

Strike arriva au bureau en retard, fatigué et de mauvaise humeur. Comme il portait un costume et une cravate sombre, Robin supposa qu'il déjeunerait avec la brune en instance de divorce, après son rendez-vous avec Elizabeth Tassel.

« Vous avez entendu les nouvelles ?

— Les inondations en Cornouailles ? demanda Strike en allumant la bouilloire, son premier thé du matin ayant refroidi pendant le coup de fil de Joan.

— William et Kate sont fiancés, dit Robin.

— Qui ça ?

— Le prince William, sourit Robin, et Kate Middleton.

— Ah oui, dit Strike avec froideur. Tant mieux pour eux. »

Lui aussi avait été dans cette situation quelques mois auparavant. Il ne savait rien de la nouvelle liaison de son ex-fiancée et ne souhaitait pas qu'elle se termine. (Du moins, pas comme la leur. Elle ne lui grifferait pas le visage après lui avoir avoué sa trahison ; non, ces fiançailles déboucheraient sur un mariage qu'il n'aurait jamais pu lui offrir, plus proche de celui que William et Kate célébreraient sans doute bientôt.)

Pour rompre le silence, Robin attendit que Strike eût vidé la moitié de sa tasse. C'était plus prudent.

« Lucy a téléphoné juste avant que vous ne descendiez. Elle vous rappelle qu'elle organise un dîner pour votre anniversaire, samedi soir, et elle vous demande si vous viendrez accompagné. »

Le moral de Strike en prit un coup. Il avait complètement oublié ce repas chez sa sœur.

« Très bien, marmonna-t-il.

— Votre anniversaire tombe ce samedi ? demanda Robin.

— Non.

— Quand alors ? »

Strike soupira. Il ne voulait pas de gâteau, pas de carte d'anniversaire, pas de cadeaux. Mais Robin attendait une réponse.

« Mardi, fit-il.

— Le 23 ?

— Oui. »

Il laissa passer un blanc et se dit que, par politesse, il devait lui renvoyer la balle.

« Et le vôtre ? » La petite hésitation de Robin lui mit la puce à l'oreille. « Non ! Ne me dites pas que c'est aujourd'hui ! »

Elle éclata de rire.

« Non, c'est passé. Le 9 octobre. Ne vous en faites pas, c'était un samedi, ajouta-t-elle en voyant son air penaud. Je ne suis pas restée toute la journée devant mon ordinateur à attendre que vous m'offriez des fleurs. »

Il sourit. Quand même, il devrait faire un effort, se dit-il. Non seulement il avait raté son anniversaire mais il n'avait même pas cherché à en savoir la date.

« Heureusement que Matthew et vous n'avez pas encore fixé la date de vos noces, renchérit-il pour alléger l'atmosphère. Sinon vous risquiez de vous marier le même jour que le couple princier. »

Robin piqua un fard. « En fait si, la date est arrêtée.

— Ah bon ?

— Oui. Nous nous marions le 8 janvier. J'ai dû ranger votre invitation ici », bredouilla-t-elle en fourrageant dans son sac (Matthew ignorait qu'elle souhaitait inviter son patron et maintenant c'était un peu tard pour lui demander son avis). « La voilà.

— Le 8 janvier ? dit Strike en prenant l'enveloppe argentée. C'est pour bientôt ! Dans – quoi ? – sept semaines.

— Oui », dit Robin.

Il y eut un moment de flottement. Strike avait une autre question à lui poser mais impossible de s'en souvenir. Puis elle lui revint en tête et, quand il reprit la parole, il se surprit à agiter le faire-part, à le tapoter au creux de sa paume tel un homme affairé, impatient de passer aux choses sérieuses.

« Où en êtes-vous avec les Hilton ?

— J'en ai appelé quelques-uns. Ils n'ont pas trouvé le nom de Quine dans leurs registres et personne n'a reconnu sa description. Mais il en reste encore pas mal, je n'ai vérifié que les premiers sur la liste. Que faites-vous après votre rendez-vous avec Elizabeth Tassel ? demanda-t-elle d'un air détaché.

— Je fais semblant de vouloir acheter un appart' à Mayfair. J'ai dans l'idée qu'un mari se dépêche de réaliser une partie de son capital pour le transférer dans un paradis fiscal avant que les avocats de sa femme l'en empêchent… Bon, il vaudrait mieux que j'y aille, conclut-il en glissant l'enveloppe non décachetée dans la poche de son manteau. J'ai un mauvais écrivain à retrouver. »

8.

Je pris le livre et le vieil homme disparut alors.

John LYLY, *Endymion, ou l'Homme dans la lune*

COMME LE BUREAU D'ELIZABETH TASSEL n'était qu'à une station de Denmark Street, Strike préféra voyager debout (il évitait de s'asseoir durant les trajets courts mais pour rester en équilibre, il devait s'appuyer sur sa mauvaise jambe). Il songea tout à coup que Robin ne lui avait fait aucun commentaire à propos du dossier Quine. Non pas qu'elle ait voix au chapitre ; c'était lui le patron. Mais il se sentait redevable envers elle. Elle avait refusé des postes mieux payés pour continuer à travailler avec lui. Et maintenant qu'il avait presque épongé ses dettes, elle était en droit d'espérer une augmentation. Mais Robin ne le jugeait pas, ni n'allait bouder dans son coin. En fait, c'était la seule femme qui le prenait comme il était. Toutes celles qui étaient passées dans sa vie avaient tenté de corriger ses défauts, comme si cette volonté de vous rendre meilleur était une preuve d'amour.

Ainsi donc, elle se mariait dans sept semaines. Dans sept semaines, elle deviendrait Mrs Matthew... comment déjà ? Le nom de son fiancé lui était sorti de la tête, à supposer qu'il l'eût jamais su.

À Goodge Street, pendant qu'il attendait l'ascenseur, Strike ressentit soudain le besoin urgent d'appeler sa cliente en instance de divorce – laquelle lui avait signifié ses intentions sans aucune ambiguïté. Il se voyait déjà la prendre dans son lit moelleux de Knightsbridge, entre ses draps copieusement parfumés. Mais cette vision torride fut aussitôt écartée. Ce serait de la folie ; pire encore que d'avoir accepté une enquête qui ne lui rapporterait probablement pas un rond…

Pourquoi perdait-il son temps à courir après Owen Quine ? se demanda-t-il en baissant la tête pour se protéger de l'averse. La curiosité sans doute, pensa-t-il après un court instant de réflexion et peut-être quelque chose d'autre, de plus subtil. En arrivant sur Store Street, la pluie tombait si dru qu'il n'y voyait presque rien et les pavés glissants représentaient un danger permanent. Tout en avançant prudemment, il réfléchissait à sa carrière. S'il continuait à ne choisir ses clients qu'en fonction de leur fortune, il risquait de perdre tout intérêt pour ce métier. Cupidité et désir de vengeance avec toutes les variations possibles finissaient par devenir lassants. Cela faisait longtemps qu'il n'avait pas travaillé sur une affaire de disparition. Si jamais il rendait Quine à sa famille, il en éprouverait une satisfaction personnelle.

Elizabeth Tassel avait installé son agence littéraire dans l'une de ces charmantes impasses résidentielles nichées près de Gower Street. Une allée particulièrement calme, bordée de petites maisons en briques sombres. Strike appuya sur la sonnette placée à côté d'une plaque en cuivre assez discrète. Il y eut un léger bruit de pas puis un jeune homme pâle, vêtu d'une chemise à col ouvert, apparut au pied d'un escalier moquetté de rouge.

« Vous êtes le détective privé ? » demanda-t-il sur un ton qui trahissait un mélange d'excitation et d'appréhension. Strike lui emboîta le pas, tandis que son pardessus dégoulinait sur le tapis usé qui recouvrait les marches. Derrière une grosse porte en acajou, il découvrit un grand bureau qui en d'autres temps avait sans doute été un vestibule et un salon séparés par une cloison.

L'élégance d'autrefois n'était plus que vétusté, faute d'entretien. Strike remarqua la buée sur les vitres, l'odeur écœurante de tabac froid. Partout le long des murs, une profusion de livres entassés sur des rayonnages en bois voisinant avec des gravures humoristiques et autres caricatures de grands écrivains, glissées dans des cadres entre lesquels apparaissaient à de rares endroits des bouts de papier peint jauni. Sur un tapis élimé, deux gros bureaux inoccupés se faisaient face.

« Puis-je vous débarrasser ? » demanda le jeune homme tandis qu'au même instant, une fille maigrichonne passait la tête au-dessus d'un bureau, comme si on venait de la surprendre. Elle avait une éponge sale dans la main et ses yeux lançaient des regards inquiets.

« J'arrive pas à nettoyer, Ralph ! murmura-t-elle, affolée, à l'intention du jeune homme qui accompagnait Strike.

— C'est vraiment dégueulasse, s'énerva Ralph. Le vieux chien d'Elizabeth a vomi sous le bureau de Sally, expliqua-t-il à Strike à voix basse tout en suspendant son pardessus au portemanteau perroquet placé derrière la porte d'entrée. Je vais la prévenir de votre arrivée. Continue à frotter », conseilla-t-il à sa collègue en s'éloignant vers une autre porte en acajou qu'il se contenta d'entrouvrir avant de se faufiler à l'intérieur.

« Mr Strike est là, Liz. »

On entendit un aboiement, aussitôt suivi d'une quinte de toux caverneuse qui semblait provenir des bronches d'un mineur de fond.

« Attrape-le », ordonna une voix cassée.

Quand la porte s'ouvrit en grand, Strike vit Ralph agrippé au collier d'un doberman dont le grand âge n'avait guère entamé la vitalité et, près d'eux, une femme d'une soixantaine d'années au physique imposant et au visage ingrat. Ses cheveux gris acier coupés au carré, son tailleur noir strict et la balafre de rouge à lèvres qui ensanglantait sa bouche concouraient à lui

64

donner une certaine allure. Elle était de ces femmes mûres que la réussite grandissait, remplaçant la beauté par la prestance et le panache.

« Il vaudrait mieux que tu le sortes, Ralph », dit-elle en posant sur Strike son regard couleur olive noire. Il pleuvait toujours. « Et n'oublie pas d'emporter les sacs à crottes. Il est un peu dérangé, ce matin. Entrez, Mr Strike. »

L'air dégoûté, son assistant s'en alla en traînant derrière lui le grand chien dont le museau effilé rappelait l'Anubis des mythes égyptiens. À l'instant où il passa devant Strike, le doberman poussa un grognement réprobateur.

« Du café, Sally ! »

La jeune fille apeurée sursauta, cacha son éponge et disparut par une porte située derrière son bureau. Strike se prit à espérer qu'elle se laverait correctement les mains avant de préparer le café.

Le bureau d'Elizabeth Tassel était la copie conforme de la première pièce, mais en plus concentré. On ne savait ce qui sentait le plus mauvais, du tabac froid ou des odeurs laissées par le vieux chien dont le panier en tweed reposait aux pieds de sa maîtresse. Sur les murs s'alignaient des gravures et des photos anciennes. La plus grande représentait un vieil écrivain que Strike reconnut : Pinkelman, un célèbre auteur d'albums pour la jeunesse dont il ignorait s'il était encore de ce monde. D'un simple geste, l'agent lui indiqua le siège d'en face sur lequel Strike ne put s'asseoir qu'après avoir enlevé la pile qui l'encombrait – divers papiers et de vieux numéros de *Bookseller*. Elle prit une cigarette dans un paquet posé devant elle, l'alluma à la flamme d'un briquet en onyx et inspira la fumée. Aussitôt, elle fut secouée d'une nouvelle quinte de toux.

« Alors, croassa-t-elle quand elle eut retrouvé son souffle, Christian Fisher me dit qu'Owen recommence à faire des siennes. Il a toujours adoré jouer les filles de l'air.

— En effet, il a disparu le lendemain de votre dispute au sujet de son prochain livre. »

Elle voulut répondre mais sa voix se transforma très vite en un râle horrible. Une toux rauque jaillit du plus profond de sa poitrine. Strike attendit en silence qu'elle reprenne sa respiration.

« Ça m'a l'air méchant », dit-il. Puis, n'en croyant pas ses yeux, il la vit tirer une autre bouffée de sa cigarette.

« La grippe, murmura-t-elle, la gorge encore prise. J'arrive pas à m'en débarrasser. Quand est-ce que Leonora est venue vous voir ?

— Avant-hier.

— Elle a les moyens de vous payer ? coassa-t-elle. J'imagine que vous n'êtes pas donné depuis que vous avez résolu l'affaire Landry.

— Mrs Quine m'a laissé entendre que vous vous chargeriez de mes honoraires. »

Ses joues épaisses s'empourprèrent et deux fentes remplacèrent ses yeux sombres, mouillés par des larmes d'effort.

« Dans ce cas, dites-lui qu'elle se fait des idées. » Sa poitrine se soulevait comme un soufflet de forge sous son élégante veste noire ; une nouvelle quinte menaçait. « Je ne débourserai pas un seul p… penny. Il n'a qu'à rester où il est. Ce salaud n'est… n'est plus mon client. Dites-lui… dites-lui… »

C'était reparti. Un grondement comparable à un coup de grisou.

La porte s'ouvrit et la jeune fille malingre entra, soutenant de ses bras frêles le lourd plateau en bois contenant des tasses et une cafetière. Strike se leva pour l'aider mais ne sut où le poser tant le bureau était encombré. L'assistante voulut faire de la place. Elle tremblait tellement qu'elle renversa une pile de papiers.

Entre deux accès de toux, sa patronne la congédia d'un geste furibond, et la jeune fille, terrorisée, fila sans demander son reste.

« Quelle… petite… gourde… », siffla-t-elle.

Strike posa le plateau en évitant de marcher sur les papiers éparpillés sur la moquette, puis se rassit. Cette femme était une despote d'un modèle hélas trop courant. Une de ces femmes d'un certain âge qui martyrisaient leur entourage en s'appuyant, consciemment ou pas, sur l'avantage qu'elles tiraient de leur position de matrone, réveillant chez certaines personnes des peurs enfantines jadis suscitées par une mère autoritaire. Strike était immunisé contre ce genre d'intimidation. La mère de Strike n'avait certes pas été un modèle de vertu et d'abnégation, mais il se souvenait d'elle comme d'une jeune femme gaie et passionnée. Et par-dessus le marché, sous les écailles du dragon Tassel, il devinait sans peine une bonne dose de vulnérabilité. Sa tabagie compulsive, les photos jaunies, le vieux panier à chien étaient autant d'indices probants. L'agent de Quine était plus sentimentale et moins sûre d'elle-même que ne le supposait sa jeune employée.

Quand elle eut récupéré sa voix, Strike lui tendit la tasse qu'il venait de remplir.

« Merci, murmura-t-elle difficilement.

— Si je comprends bien, vous avez viré Quine ? demanda-t-il. Vous le lui avez annoncé le soir où vous avez dîné ensemble ?

— Je ne m'en souviens pas. La discussion a tourné au vinaigre très rapidement. Owen s'est levé en plein milieu du dîner pour m'agonir d'injures. Après cela, il a tourné les talons et il m'a laissé régler l'addition. Toute la salle en a profité, vous n'aurez aucun mal à trouver des témoins. Owen s'est payé un beau scandale devant des dizaines de personnes. Bref, il a eu ce qu'il voulait. »

Elle repiocha dans son paquet puis, comme si l'idée venait de germer dans sa tête, le tendit à Strike. Quand elle eut passé la flamme du briquet sous les deux cigarettes, elle lui demanda :

« Qu'est-ce que Christian Fisher vous a dit ?

— Pas grand-chose.

— J'espère que c'est vrai, dans votre intérêt à tous les deux », lança-t-elle.

Au lieu de répondre, Strike se contenta de tirer une bouffée entre deux gorgées de café, en regardant Elizabeth qui, manifestement, attendait qu'il dévoile son jeu.

« A-t-il fait allusion à *Bombyx Mori* ? » reprit-elle enfin.

Strike hocha la tête.

« Qu'a-t-il dit ?

— Que Quine y évoquait un certain nombre de personnes faciles à reconnaître car à peine déguisées. »

Un ange passa.

« J'espère que Chard va le poursuivre en justice et lui clouera le bec.

— Avez-vous tenté de contacter Quine depuis qu'il est sorti du… dans quel restaurant avez-vous dîné ? demanda Strike.

— Le River Café. Non, je n'ai pas essayé. Ce n'est plus mon affaire.

— Et lui ?

— Non plus.

— D'après Leonora, vous avez dit à Quine que son livre était la meilleure chose qu'il ait jamais écrite mais qu'ensuite, vous avez changé d'avis, allant jusqu'à lui refuser vos services.

— Elle a dit *quoi* ? Ce n'est pas ce… pas ce que… ce que… »

S'ensuivit une nouvelle quinte de toux, pire encore que les précédentes. Strike dut se faire violence pour ne pas lui arracher sa cigarette pendant qu'elle crachait ses poumons, pliée en deux sur son bureau. Finalement, la crise passa. Elizabeth avala une bonne rasade de café. Le remède fut sans doute efficace car, d'une voix raffermie, elle refit un essai :

« Ce n'est pas ça du tout. Je n'ai pas dit "la meilleure chose qu'il ait jamais écrite". C'est ce que prétend Leonora ?

— Oui. Alors, qu'avez-vous dit réellement ?

— J'avais de la fièvre. La grippe. Je n'ai pas mis le nez dehors de la semaine. Quand Owen a téléphoné ici pour m'annoncer que le roman était terminé, Ralph lui a dit que j'étais clouée au lit. Donc Owen a fait porter le manuscrit chez moi.

Il a quand même fallu que je me lève pour signer le reçu. C'est lui tout craché : j'avais 40° de fièvre, je tenais à peine debout mais comme il avait fini son roman, il fallait que je le lise sur-le-champ. »

Elle but une gorgée de café avant de poursuivre :

« J'ai balancé le paquet sur la console dans l'entrée et je suis retournée me coucher aussi sec. Mais quasiment une heure plus tard, Owen a commencé à me harceler au téléphone. Et ça a continué pendant deux jours, mercredi et jeudi... Alors j'ai fait une chose que je n'ai jamais faite en trente ans de métier. J'étais censée partir me reposer tout le week-end. J'attendais cela avec impatience. D'un côté, je ne voulais pas annuler mais de l'autre, je n'avais pas envie qu'Owen m'appelle toutes les trois minutes pendant mes vacances. Donc... pour me débarrasser de lui... j'étais encore dans un état pitoyable... j'ai lu son manuscrit en diagonale. »

Elle inspira une bonne bouffée de sa cigarette, toussa un bon coup, se ressaisit et ajouta :

« Il n'était pas pire que les deux précédents. Un peu meilleur même. Le procédé de départ m'a paru assez intéressant. Certaines descriptions étaient saisissantes. Un conte de fées gothique. Ça m'a rappelé *Le Voyage du pèlerin* mais en plus macabre.

— Avez-vous reconnu certaines personnes dans les passages que vous avez lus ?

— La plupart des personnages sont surtout des allégories, dit-elle sur la défensive. Y compris l'autoportrait hagiographique. Pas mal de scènes de sexe, de per... perversion. » Elle s'interrompit pour se dégager les bronches. « Toujours les mêmes ficelles, je me suis dit... mais je... je n'ai pas lu attentivement. Je dois l'admettre. »

Elle n'était pas femme à reconnaître facilement ses torts, songea Strike.

« Je... enfin, j'ai survolé le dernier quart du bouquin, les passages où il met en scène Michael et Daniel. Quant à la fin, j'y ai à peine jeté un œil, mais elle m'a paru grotesque et un peu bêbête... Si j'avais été en forme, j'aurais tout lu attentivement et bien sûr, je lui aurais tout de suite dit qu'il n'était pas question de le publier. Daniel est quelqu'un de très par... particulier, de très sus... susceptible. » Sa voix se brisa mais elle voulut quand même finir sa phrase. « Et Michael est le pire... le pire... » Nouvelle quinte de toux.

« Pourquoi Owen Quine aurait-il voulu publier un texte qui risquait de lui valoir un procès ? demanda Strike quand la tempête fut passée.

— Parce qu'il se croit au-dessus des lois, rétorqua-t-elle. Il se prend pour un génie, un *enfant terrible*. Plus il choque, plus il est content. Il se voit comme un être courageux, héroïque.

— Qu'avez-vous fait du manuscrit après l'avoir lu ?

— D'abord, j'ai appelé Owen, articula-t-elle en fermant les yeux un instant, visiblement en rage contre elle-même. Et je lui ai dit : "C'est pas mal du tout." Après, j'ai demandé à Ralph de venir chercher ce torchon et de faire deux photocopies, une pour Jerry Waldegrave, l'éditeur qui s'occupe d'Owen chez Roper Chard, et l'autre, D... Dieu me pardonne, pour Christian Fisher.

— Vous auriez pu leur envoyer le texte par mail, non ? s'étonna Strike. Il n'était pas sur une clé USB ? »

Elle écrasa sa cigarette dans un cendrier en verre débordant de mégots.

« Owen s'obstine à utiliser la vieille machine électrique sur laquelle il a écrit *Le Péché de Hobart*. Je ne sais pas si c'est de l'originalité ou de la stupidité pure et simple, mais je peux vous dire qu'il est totalement réfractaire aux nouvelles technologies. Je crois qu'il n'a jamais su se servir d'un ordinateur portable. À mon avis, c'est encore une façon d'emmerder le monde.

— Pourquoi avoir envoyé le manuscrit à deux éditeurs ? demanda Strike qui connaissait déjà la réponse.

— Parce que Jerry Waldegrave a beau être un saint et le type le plus gentil du monde littéraire, répondit-elle en reprenant un peu de café, il commence à en avoir par-dessus la tête d'Owen Quine et de ses sautes d'humeur. Son dernier ouvrage paru chez Roper Chard s'est à peine vendu. Je me suis dit qu'il valait mieux ne pas mettre tous mes œufs dans le même panier.

— Quand vous êtes-vous rendu compte que ce roman allait provoquer un scandale ?

— Le même jour, en début de soirée. Ralph m'a appelée pour me dire qu'il avait fait porter les deux exemplaires et qu'il avait jeté un œil sur l'original. Et c'est là qu'il m'a demandé : "Liz, vous l'avez lu ou pas ?" »

Strike imaginait sans peine avec quelle appréhension le jeune homme pâle avait dû composer le numéro de sa patronne. Il devinait la longue discussion animée qu'il avait sans doute eue avec sa collègue avant de prendre son courage à deux mains.

« Il a bien fallu que j'admette la vérité… je ne l'avais pas lu. Du moins pas sérieusement, murmura-t-elle. Quand il m'a cité certains passages… »

Elle prit son briquet et le tripota d'un air absent avant de tourner les yeux vers Strike.

« Eh bien, j'ai paniqué. J'ai voulu appeler Christian Fisher mais je suis tombée sur son répondeur. Alors j'ai laissé un message disant que le manuscrit qu'il avait reçu n'était qu'un premier jet, qu'il ne devait pas le lire, que j'avais commis une erreur. Je l'ai supplié de me le retourner aussi vite que… aussi vite que p… possible. Après, j'ai téléphoné à Jerry qui n'était pas là non plus. Je savais qu'il partait en week-end avec sa femme, pour fêter leur anniversaire de mariage. Du coup, j'espérais qu'il n'aurait pas le temps de le lire et je lui ai laissé à peu près le même message qu'à Fisher… Et en dernier, j'ai rappelé Owen. »

Elle ralluma une cigarette. En inhalant la fumée, ses grosses narines palpitèrent tandis que les rides d'amertume autour de sa bouche devenaient plus visibles.

« J'étais si furieuse que j'en bégayais mais j'aurais aussi bien pu pisser dans un violon. Il n'a rien écouté de ce que je disais, comme d'habitude. Il était tellement fier de lui. Il m'a proposé de sortir dîner pour fêter ça. Donc je me suis habillée tant bien que mal, je me suis traînée jusqu'au River Café et j'ai attendu. Il n'était même pas en retard, alors qu'il l'est toujours. Il a débarqué tout joyeux, il était sur un petit nuage. Je suis sûre qu'il pense avoir pondu un chef-d'œuvre. Il s'est mis à déblatérer au sujet d'une prétendue adaptation cinématographique. Et moi je n'arrivais pas à en placer une. »

Entre ses petits yeux noirs et la fumée qui jaillissait de ses lèvres écarlates, on aurait vraiment dit un dragon.

« Quand j'ai réussi à lui expliquer que son roman était impubliable à cause des abominations qu'il contenait, il s'est levé subitement, a envoyé sa chaise valdinguer et s'est mis à hurler. D'abord il m'a traitée de tous les noms, il m'a insultée à la fois sur les plans personnel et professionnel et ensuite il m'a dit que je n'avais pas assez de cran pour le représenter, qu'il se débrouillerait tout seul, quitte à publier son livre sur Internet. Puis il est sorti en trombe sans payer l'addition. Ce qui, ricana-t-elle, n'avait rien d'inha... d'inhabitu... »

Elle était tellement énervée qu'elle manqua s'étrangler en toussant. Voulant lui porter secours, Strike se leva à demi de sa chaise. Elle l'en dissuada d'un geste de la main. Rouge comme une pivoine, les yeux débordants de larmes, elle reprit d'une voix râpeuse comme du papier de verre :

« J'ai tout essayé pour régler la situation. Mon week-end à la mer a été fichu ; j'étais tout le temps pendue au téléphone, mais sans parvenir à joindre ni Fisher ni Waldegrave. Je leur ai laissé message sur message. Je me revois encore faire les cent pas sur les falaises de Gwithian pour pouvoir capter...

— Vous êtes originaire de cette région ? l'interrompit Strike, vaguement surpris, car l'accent de Tassel ne lui évoquait guère sa propre enfance en Cornouailles.

— Non, j'étais chez l'une de mes auteures. Quand je lui ai dit que je n'avais pas quitté Londres depuis quatre ans, elle m'a invitée chez elle pour le week-end. Elle voulait me faire visiter tous les beaux coins qu'elle décrit dans ses livres. J'ai rarement vu des paysages aussi magnifiques, d'ailleurs. Mais comment pouvais-je en profiter avec ce sa… satané *Bombyx Mori* qui me trottait dans la tête ? Je n'ai pas pu fermer l'œil. J'étais dans un état lamentable. Puis, le dimanche vers midi, Jerry s'est manifesté. Son week-end en amoureux était tombé à l'eau et il n'avait soi-disant pas reçu mes messages. Du coup, il avait eu tout le temps de lire ce foutu manuscrit. Il était écœuré, hors de lui. Je lui ai promis de faire l'impossible pour empêcher la publication… Mais il a bien fallu que je lui dise que Christian l'avait entre les mains. Et là, il m'a raccroché au nez.

— Lui avez-vous dit que Quine avait l'intention de le faire publier sur Internet ?

— Non. J'espérais qu'il s'agissait d'une menace en l'air, sachant qu'Owen est incapable de faire la différence entre un ordinateur et une machine à coudre. Mais j'étais inquiète… »

Sa voix s'éteignit.

« Inquiète ? » l'encouragea Strike.

Elle ne répondit pas.

« S'il a l'intention de s'autopublier, cela pourrait expliquer qu'il ait disparu avec son manuscrit et toutes ses notes, reprit Strike comme s'il réfléchissait à voix haute. Quand Leonora m'en a parlé, j'ai pensé qu'il l'avait emporté pour le brûler ou le jeter. Mais tout compte fait, il voulait en faire un e-book. »

Cette annonce ne fit qu'aggraver la mauvaise humeur d'Elizabeth Tassel. Elle répondit en marmonnant entre ses dents : « Il y a une femme dans l'affaire. Ils se sont rencontrés dans l'atelier d'écriture qu'il animait. Elle a l'habitude de publier ses textes en ligne. C'est Owen qui m'a parlé d'elle. Il a même essayé de me fourguer ses romans. Des histoires fantastico-érotiques atroces.

— Vous l'avez contactée ? demanda Strike.

— Oui, je l'avoue. Je voulais lui faire peur en lui disant que si elle aidait Owen à retravailler son livre ou à le vendre sur Internet, elle risquait d'avoir un procès sur le dos.

73

— Qu'a-t-elle répondu ?

— Je n'ai pas réussi à lui parler, et pourtant j'ai essayé à plusieurs reprises. Elle a peut-être changé de numéro.

— Pourrais-je avoir ses coordonnées ? demanda Strike.

— Je vais demander à Ralph, c'est lui qui a sa carte. Je lui ai dit de continuer à l'appeler, on ne sait jamais. Ralph ! beugla-t-elle.

— Il est toujours en bas, avec Beau ! » répondit la jeune assistante sans oser ouvrir la porte. Elizabeth Tassel leva les yeux au ciel et quitta pesamment son fauteuil.

« Il faut que je fasse tout moi-même ici. »

Dès que la porte se referma derrière elle, Strike contourna le bureau et s'approcha d'un cadre accroché au mur. Pour le voir correctement, il dut déplacer la photo de deux dobermans.

Le portrait en format A4 avait perdu une grande partie de ses couleurs. À en juger par les vêtements des quatre personnages représentés, il datait d'au moins vingt-cinq ans. Et la photo avait été prise devant ce même bâtiment.

On y reconnaissait Elizabeth, la seule femme du groupe. Déjà bien enrobée, elle avait de longs cheveux bruns mal coiffés et une robe Empire rose vif et turquoise qui ne faisait que souligner son absence de grâce. Près d'elle, un jeune homme blond et fluet d'une beauté à couper le souffle. De l'autre côté, un type au teint cireux, à l'expression revêche, dont la grosse tête accentuait encore la petite taille. Strike l'avait déjà vu quelque part, peut-être dans un magazine ou à la télévision.

Debout près de lui, Strike reconnut Owen Quine en beaucoup plus jeune. Il dépassait tout le monde en taille, portait un costume blanc fripé, et sa coupe de cheveux lui faisait une tête de hérisson. Avec quelques kilos de moins, on l'aurait pris pour la doublure de David Bowie.

La porte pivota discrètement sur ses gonds bien huilés. Sans essayer de donner le change, Strike se retourna vers Elizabeth Tassel qui entrait en tenant une feuille de papier.

« C'est Fletcher, dit-elle en regardant le cadre que Strike tenait dans la main. Il est mort l'année dernière. »

Il reposa la photo des deux chiens à sa place, sur la bibliothèque.

« Ah oui, dit-elle, bien sûr, c'est l'autre photo que vous regardiez. »

Elle s'approcha du vieux cliché ; quand elle arriva à sa hauteur, Strike fut impressionné par sa stature. Cette femme mesurait près d'un mètre quatre-vingts. Il renifla le parfum qui émanait d'elle, un mélange de John Player Specials et d'Arpège.

« Elle a été prise le jour où j'ai inauguré mon agence. Et voici mes trois premiers clients.

— Qui est cet homme ? demanda Strike en désignant le blondinet.

— Joseph North. Le plus talentueux des trois, et de loin. Malheureusement, il est mort jeune.

— Et à côté… ?

— Michael Fancourt, évidemment, fit-elle d'un air surpris.

— Je me disais bien que je l'avais déjà vu quelque part. Vous êtes toujours son agent ?

— Non ! Je pensais… »

Elle s'arrêta net mais Strike devina la suite de la phrase : *je pensais que le monde entier était au courant.* Le Tout-Londres littéraire savait qu'elle ne représentait plus Fancourt, mais Strike n'en faisait pas partie.

« Pourquoi vous a t-il quittée ? » demanda-t-il en se rasseyant.

Elle posa sur son bureau la feuille de papier qu'elle tenait et la fit glisser vers lui ; c'était une photocopie d'une carte de visite fine et crasseuse.

« Un jour, il y a des années, j'ai dû choisir entre Michael et Owen, expliqua-t-elle. Et comme une imb… imbécile (elle se remit à tousser et sa voix se brisa en un aboiement guttural) j'ai choisi Owen. Voici les coordonnées de Kathryn Kent. Je n'ai rien d'autre », ajouta-t-elle sèchement, ne souhaitant pas s'étendre sur le sujet.

« Merci, dit Strike en pliant le papier pour le ranger dans son portefeuille. Savez-vous depuis combien de temps Quine et elle se fréquentent ?

— Un bout de temps. Elle l'accompagne dans des réceptions tandis que Leonora reste coincée à la maison avec Orlando. Ce type n'a honte de rien.

— Vous ne voyez vraiment pas où il pourrait se cacher ? Leonora dit que vous l'avez trouvé, les dernières fois où…

— Je ne l'ai pas "trouvé", répliqua-t-elle. Un jour, il m'a téléphoné de l'hôtel où il venait de passer une semaine. Tout ça pour me demander une avance sur ses droits d'auteur afin de régler la note du minibar. Un don en argent, comme il dit.

— Et vous avez payé ? » s'étonna Strike. Elizabeth Tassel n'avait franchement pas la tête d'un pigeon.

Il interpréta sa grimace comme un aveu de faiblesse et sa réponse le surprit encore plus.

« Vous connaissez Orlando ?

— Non, je ne l'ai jamais vue. »

Elle ouvrit la bouche mais sembla se raviser et préféra contourner l'obstacle :

« Nous nous connaissons depuis très longtemps, Owen et moi. Nous étions amis… autrefois, précisa-t-elle avec une nuance d'amertume dans la voix.

— Dans quels hôtels est-il descendu les fois précédentes ?

— J'en ai oublié quelques-uns. Je me souviens du Kensington Hilton, du Danubius à St John's Wood. Rien que des grandes chaînes avec des chambres anonymes possédant tout le confort qu'il n'a pas chez lui. Owen n'a rien d'un bohème – si ce n'est sa conception très particulière de l'hygiène.

— Vous qui le connaissez bien, pensez-vous qu'il aurait pu… ? »

Elle termina sa question en ricanant.

« … commettre un geste désespéré ? Bien sûr que non. Le monde a trop besoin de lui et de son génie. Il n'aurait pas le cœur de l'en priver. Non, il est certainement planqué quelque part à fomenter une obscure vengeance contre nous. Et il rumine sa colère en se demandant pourquoi personne n'a encore lancé de battue dans tout le pays.

— Une battue ? Pourquoi s'attendrait-il à être recherché, puisqu'il a l'habitude de disparaître ?

— Voyez-vous, chaque fois qu'il part ronger son frein sans prévenir, il croit qu'il va faire la une des journaux. Le problème c'est que son truc n'a fonctionné qu'une seule fois, il y a des années. Il s'était accroché avec son premier éditeur. Quand on s'est aperçu de son absence, il y a eu une petite vague de panique et la presse en a fait ses choux gras. Depuis, il vit dans l'espoir que ça recommence.

— Sa femme est certaine qu'il ne veut pas que la police s'en mêle.

— D'où tient-elle cette idée ? s'étonna Elizabeth en piochant dans son paquet de cigarettes. Owen est tellement imbu de lui-même qu'il trouverait parfaitement naturel qu'on lâche les hélicoptères et les chiens pour le retrouver.

— Eh bien, merci de m'avoir accordé un peu de votre temps, dit Strike en se soulevant de son siège. C'était très généreux de votre part. »

Elizabeth Tassel l'arrêta d'un geste.

« Pas du tout. J'avais quelque chose à vous demander. »

Il attendit, intrigué. Cette femme n'avait pas l'habitude de solliciter des services, la chose crevait les yeux. Elle resta quelques secondes à fumer sans rien dire, ce qui déclencha une autre quinte de toux.

« Ce… cette histoire de… *Bombyx Mori* m'a causé un grand préjudice, finit-elle par articuler. Je devais participer à la soirée prévue pour le centenaire des éditions Roper Chard, vendredi prochain. Mais j'ai été rayée de la liste des invités. Ils m'ont renvoyé deux manuscrits sans même un mot de remerciement.

Et je me fais du souci pour le dernier livre de ce pauvre Pinkelman. » Elle désigna la photo de l'écrivain pour la jeunesse, accrochée au mur. « J'ai eu vent d'une infâme rumeur selon laquelle je serais de mèche avec Owen ; je l'aurais incité à exhumer une vieille affaire nauséabonde concernant Michael Fancourt. Tout ça pour créer un scandale et faire monter les enchères sur son livre. Si vous avez l'intention de rencontrer tous les gens qui connaissent Owen, conclut-elle en formulant enfin sa demande, je vous serais reconnaissante de leur faire savoir – surtout à Jerry Waldegrave, si vous le voyez – que j'ignorais tout du contenu de ce roman. Si je n'avais pas été aussi malade, jamais je ne l'aurais envoyé, et surtout pas à Christian Fisher. J'ai fait preuve… (elle chercha le bon terme) … de négligence. Rien de plus. »

Voilà donc pourquoi elle brûlait de le voir. Tout bien pesé, sa requête semblait plutôt raisonnable en contrepartie des renseignements qu'elle lui avait fournis : deux hôtels et une maîtresse.

« Je ferai passer le message si l'occasion se présente, promit Strike en se levant.

— Merci, fit-elle sur un ton bourru. Je vous raccompagne. »

Ils furent accueillis par un concert d'aboiements. Ralph et le vieux doberman revenaient de leur promenade. Le jeune homme dont les cheveux trempés étaient plaqués en arrière tirait de toutes ses forces sur la laisse pour retenir le chien au museau grisonnant qui reluquait Strike en montrant les dents.

« Il n'aime pas les inconnus, commenta Elizabeth Tassel sur un ton indifférent.

— Un jour, il a mordu Owen, intervint Ralph comme s'il voulait faire comprendre à Strike qu'il n'était pas particulièrement visé.

— Oui, confirma Elizabeth, dommage qu'il… »

Une nouvelle quinte de toux sifflante l'empêcha d'aller jusqu'au bout de sa pensée. Les trois autres attendirent en silence qu'elle reprenne sa respiration.

« Dommage qu'il ne l'ait pas tué. Ça nous aurait épargné pas mal d'ennuis. »

Sous le regard choqué de ses deux assistants, Strike lui serra la main et dit au revoir à la cantonade. La porte se referma sur les aboiements hargneux du doberman.

9.

STRIKE S'ACCORDA UNE HALTE au bout de l'impasse détrempée pour appeler Robin, mais sa ligne sonnait « occupé ». Il retourna le col de son pardessus, s'appuya contre un mur humide et activa la touche « rappel » plusieurs fois de suite. Pendant qu'il attendait en regardant vaguement le bâtiment d'en face, il aperçut une plaque bleue qui rappelait qu'en ces lieux Lady Ottoline Morrell avait jadis tenu un salon littéraire. On y avait sans doute disséqué un certain nombre de *romans à clé* plus ou moins scabreux...

« Bonjour Robin, dit Strike quand son assistante finit par décrocher. Je vais avoir du retard. Pouvez-vous joindre Gunfrey et lui dire que j'ai rendez-vous demain avec qui il sait. Et prévenez Caroline Ingles qu'il n'y a plus d'activité mais que je la rappellerai demain pour faire le point. »

Quand il eut fini de réorganiser son agenda, il demanda à Robin d'appeler le Danubius Hotel à St John's Wood, pour vérifier si Owen Quine était descendu chez eux.

« Des nouvelles du côté des Hilton ?

— Pas vraiment, dit Robin. Il m'en reste deux à contacter. Si jamais il y est descendu, c'est sous un nom d'emprunt ou un déguisement. Ou alors le personnel n'est franchement pas observateur. Difficile de ne pas le remarquer, surtout s'il portait cette drôle de cape.

— Avez-vous essayé celui de Kensington ?

— Oui, mais rien.

— Bon. J'ai une autre piste : une amie, une certaine Kathryn Kent qui publie ses textes sur Internet. Je crois que j'irai faire une visite plus tard, et je serai injoignable cet après-midi. Je file Miss Brocklehurst. Envoyez-moi un texto en cas de besoin.

— Très bien. »

Strike était censé surveiller les faits et gestes d'une assistante de direction royalement payée dont le patron et amant soupçonnait qu'elle le trompait. Il poussait la parano jusqu'à croire qu'elle prodiguait non seulement ses faveurs sexuelles mais aussi certaines informations commerciales à l'un de ses concurrents. Pour l'instant, rien ne venait corroborer cette hypothèse. Miss Brocklehurst avait déclaré qu'elle passait son après-midi dans un institut de beauté pour plaire à son amant, et c'était parfaitement exact. Strike resta pendant presque quatre heures à surveiller la porte, assis, derrière la vitre trempée du Caffè Nero, tandis que plusieurs mères de famille armées de poussettes cherchant un espace où s'asseoir et papoter lui jetaient des regards noirs. Finalement, quand Miss Brocklehurst réapparut sur le trottoir, avec son bronzage parfait et sans doute une peau de bébé, Strike lui emboîta le pas sur une courte distance avant de la voir monter dans un taxi. Par pur miracle étant donné le temps pourri, Strike en trouva un autre dans la foulée. S'ensuivit une poursuite à vitesse d'escargot à travers les embouteillages, qui s'acheva – sans grande surprise pour Strike qui avait déjà reconnu l'itinéraire emprunté par le taxi – devant l'appartement du patron jaloux. Strike rangea l'appareil photo qui lui avait servi à mitrailler sa cible, régla la course et décida que ça suffisait pour aujourd'hui.

Il était à peine quatre heures, le soleil se couchait et la pluie qui tombait sans discontinuer devenait de plus en plus froide.

En passant devant la vitrine d'une trattoria ornée de guirlandes lumineuses, Strike se reprit à songer aux Cornouailles.
Cela faisait trois fois en très peu de temps que ses paysages
lui revenaient en tête, comme s'ils le suppliaient de rentrer
au pays.

Depuis combien de temps n'avait-il plus mis les pieds dans
la petite station balnéaire où il avait coulé les plus belles années
de son enfance ? Quatre ans ? Cinq ? Il voyait son oncle et
sa tante chaque fois qu'ils « montaient à Londres », comme
ils disaient. Sa sœur Lucy les accueillait chez elle pour qu'ils
puissent profiter de la capitale. La dernière fois, Strike avait
emmené son oncle à l'Emirates Stadium assister à un match
contre Manchester City.

Son portable vibra au fond de sa poche. Suivant ses instructions à la lettre, comme toujours, Robin lui avait envoyé un
texto au lieu de l'appeler.

Mr Gunfrey voudrait vous voir demain dans son bureau à
10 heures, il a d'autres choses à vous dire. Rx

Merci, répondit Strike.

Quand il rédigeait un texto, il ne terminait jamais par x. À
part sa sœur et sa tante, il n'embrassait aucune de ses corres-
pondantes.

Dans le métro qui le ramenait à son bureau, Strike songea au
dossier Quine. Cette disparition l'obsédait plus qu'il ne l'aurait
voulu. Ce type était doué pour se rendre invisible. C'était à la
fois agaçant et intriguant. Il prit son portefeuille et sortit la carte
de visite qu'Elizabeth Tassel lui avait photocopiée : Kathryn
Kent, son adresse dans une tour d'habitation à Fulham et son
numéro de portable, puis deux mots : *Auteur indépendant*.

Strike connaissait certains secteurs de la capitale aussi
bien qu'un chauffeur de taxi. Enfant, il ne fréquentait pas
les quartiers vraiment chics ; en revanche sa défunte mère,
éternelle nomade, avait transporté ses pénates dans un grand

nombre de logements à travers Londres – souvent des squats, parfois des HLM. De temps à autre, quand son petit ami du moment en avait les moyens, ils atterrissaient dans un environnement plus bourgeois. L'adresse de Kathryn Kent, Clement Attlee Court, ne lui était pas inconnue. On y trouvait d'anciens immeubles HLM presque tous rachetés par des particuliers, d'horribles tours jaunâtres avec des coursives extérieures desservant chaque étage, empilées comme des boîtes à chaussures à quelques centaines de mètres des maisons cossues de Fulham.

Chez lui, personne ne l'attendait ; il avait passé des heures à se gaver de café et de viennoiseries au Caffè Nero. Alors, au lieu de prendre la Northern Line pour regagner son domicile, il attrapa la ligne menant à West Kensington. Quand il ressortit à l'air libre, il faisait sombre. Sur North End Road, à côté des restaurants indiens, on ne comptait plus les boutiques fermées pour cause de faillite. La crise était passée par là. À la nuit tombée, Strike atteignit les tours qu'il cherchait.

Le bloc d'habitation nommé Stafford Cripps House se trouvait en bord de route, derrière un bâtiment moderne et bas abritant un centre médical. Emporté par son optimisme, ou des idées socialistes utopiques, l'architecte semblait avoir décidé que chaque appartement bénéficierait de son propre balcon. Peut-être imaginait-il les heureux locataires penchés sur leurs jardinières et conversant joyeusement avec leurs gentils voisins par-dessus les balustrades. Dans la réalité, la quasi-totalité de ces espaces servait au stockage d'objets en tout genre : vieux matelas, landaus, appareils ménagers, paquets de vêtements sales exposés au vent et à la pluie. On aurait dit des armoires éventrées bourrées de bric-à-brac. Les passants pouvaient jouir du spectacle.

Une bande de jeunes portant des sweats à capuche tiraient sur leurs clopes près de conteneurs servant à recycler le plastique. En voyant Strike passer devant eux, ils l'examinèrent avec curiosité, sans doute impressionnés par sa taille et sa carrure.

« Gros con », crut-il entendre derrière son dos. Sans se fatiguer à appeler l'ascenseur évidemment en panne, il se dirigea vers l'escalier en ciment.

Pour accéder à l'appartement de Kathryn Kent, situé au troisième étage, il fallait emprunter la coursive venteuse qui courait sur toute la largeur de l'immeuble. Contrairement à ses voisins, Kathryn avait accroché de vrais rideaux à ses fenêtres. Détail que Strike nota avant de frapper à sa porte.

Pas de réponse. Si Owen Quine était ici, il ne voulait pas que ça se sache : il n'y avait pas de lumière, aucun signe de vie. Une cigarette coincée entre les lèvres, la voisine d'à côté passa la tête par sa porte, lui jeta un regard inquisiteur et disparut aussitôt. Une scène digne d'une comédie.

La bise s'engouffrait en hurlant dans la coursive. Les gouttes de pluie luisaient sur le manteau de Strike mais ses cheveux n'avaient pas changé d'aspect. Ils étaient si courts et si crépus que l'eau n'y pénétrait pas. Il enfonça les mains dans ses poches et trouva le faire-part que Robin lui avait remis. Comme l'ampoule censée éclairer l'entrée de Kathryn Kent était cassée, Strike se déplaça deux appartements plus loin pour trouver de la lumière et lire l'invitation.

Mr et Mrs Michael Ellacott
ont le plaisir de vous inviter au mariage de leur fille

Robin Venetia
avec
Mr Matthew John Cunliffe
en l'église St Mary the Virgin, à Masham,

le samedi 8 janvier 2011
à quatorze heures.
La cérémonie sera suivie d'une réception
à Swinton Park.

Cette invitation aurait pu être rédigée par un officier d'état-major. On sentait que la cérémonie se déroulerait exactement comme indiqué. Charlotte et lui n'avaient jamais eu l'occasion d'imprimer de jolis bristols, ornés de caractères en relief, tout en pleins et en déliés.

Strike rangea l'enveloppe dans sa poche, regagna son poste devant la porte de Kathryn et l'attente commença. Sur Lillie Road, on voyait passer les phares des véhicules dont les roues bruissaient sur le bitume inondé. Au pied de l'immeuble, les jeunes à capuche vaquaient à leurs occupations. Strike observa leurs allées et venues. Le groupe se rassemblait, se morcelait, d'autres gosses rappliquaient et ainsi de suite.

À dix-huit heures trente, la bande au grand complet s'éloigna à grandes enjambées. Strike les suivit des yeux et, au moment où ils allaient disparaître au loin, il aperçut une femme qui les croisait. Quand elle passa sous le halo d'un réverbère, Strike discerna une tignasse rousse qui s'échappait de sous un parapluie noir.

Elle avançait de guingois. D'un côté elle tenait son parapluie et de l'autre transportait de gros sacs de supermarché. À cette distance, elle était agréable à regarder. Ses boucles épaisses fouettées par le vent attiraient l'œil et son manteau ouvert laissait voir des jambes fines. Elle se rapprochait toujours plus, sans savoir qu'on l'observait depuis le troisième étage. Puis, quand elle traversa le parking, Strike la perdit de vue.

Cinq minutes plus tard, sa silhouette se dessina au bout de la coursive. Plus elle s'approchait, plus on remarquait son opulente poitrine. Comme elle marchait tête penchée vers le sol, elle ne vit pas tout de suite que quelqu'un l'attendait devant sa porte. Et quand enfin elle leva les yeux, Strike découvrit un visage empâté, plus ridé qu'il ne l'aurait cru. Elle s'arrêta net et prononça d'une voix blanche :

« Toi ! »

Strike comprit qu'en l'absence d'éclairage, elle ne discernait que sa silhouette.

« Espèce de salopard ! »

Elle lâcha brusquement ses sacs de courses, qui s'écrasèrent sur le ciment dans un tintement de verre brisé, et se rua vers lui, les poings en avant.

« Espèce d'ordure, fumier, je ne te pardonnerai jamais ! Dégage ! »

Strike dut parer quelques coups vicieux, accompagnés de hurlements stridents. Ce faisant il recula et la laissa battre l'air de ses bras, tandis qu'elle s'acharnait contre lui, bien résolue à briser ses défenses d'ancien boxeur.

« Tu vas voir… Pippa va te massacrer… tu vas voir… »

La voisine rouvrit sa porte avec la même clope au coin de la bouche.

« Eh ben ! » dit-elle.

Un rayon de lumière venant du vestibule vint frapper le visage de Strike. La rousse poussa un petit cri étranglé et recula, interloquée.

« C'est quoi ce bordel ? demanda la voisine.

— Simple malentendu, j'imagine », dit Strike d'un ton courtois.

La voisine claqua sa porte, replongeant le détective et son agresseuse dans l'obscurité.

« Qui êtes-vous ? murmura la rousse. Qu'est-ce que vous voulez ?

— Vous êtes bien Kathryn Kent ?

— Qu'est-ce que vous voulez ? »

Puis elle ajouta, comme prise de panique : « Si c'est pour ce que je pense, je fais pas ce métier !

— Je vous demande pardon ?

— Qui êtes-vous, alors ? répéta-t-elle, nullement rassurée.

— Je m'appelle Cormoran Strike, je suis détective privé. »

Les gens qui le découvraient soudain sur le pas de leur porte avaient presque tous la même réaction. Aussi le silence abasourdi de Kathryn ne le surprit-il pas. Elle continuait de reculer sans le lâcher des yeux, si bien qu'elle faillit buter sur ses sacs et basculer en arrière.

« Un détective privé ? C'est elle qui vous envoie, je parie ! cracha-t-elle.

— On m'a engagé pour retrouver l'écrivain Owen Quine, expliqua Strike. Il a disparu depuis près de deux semaines. Et sachant que vous êtes une amie…

— Pas du tout », dit-elle. Quand elle se pencha pour ramasser ses courses, on entendit nettement le bruit du verre brisé. « Vous n'avez qu'à lui dire ça de ma part. Qu'elle le reprenne, j'en veux plus.

— Vous n'êtes donc plus amis ? Vous ne savez pas où il est ?

— Non, et je m'en tape. »

Un chat trottinait le long de la rambarde en pierre en les observant d'un air dédaigneux.

« Puis-je vous demander quand vous l'avez vu pour la… ?

— Non, vous ne pouvez pas », répliqua-t-elle avec colère. Elle fit un geste brusque du bras qui tenait le sac de courses et faillit précipiter le matou par-dessus bord. Strike se crispa, craignant le pire, mais l'animal évita le sac de justesse et sauta par terre en crachant. Dès qu'il eut atterri, Kathryn lui balança un méchant coup de pied dans les côtes.

« Sale bête ! » L'animal déguerpit. « Maintenant, poussez-vous, je veux rentrer chez moi. »

Il s'écarta pour la laisser passer. Mais elle ne trouvait pas sa clé, elle tâtait ses poches, sans lâcher ses sacs. Finalement, elle dut les reposer à ses pieds.

« Mr Quine a disparu après une dispute avec son agent littéraire au sujet de son tout dernier livre, embraya Strike pendant que Kathryn farfouillait dans son manteau. Je me demandais si…

— Je me fous de son livre. Je ne l'ai pas lu », marmonna-t-elle. Ses mains tremblaient.

« Mrs Kent…

« — Miss, corrigea-t-elle.

— Miss Kent, l'épouse de Mr Quine dit qu'une femme est venue chez eux, et qu'elle cherchait son mari. D'après sa description, il semblerait... »

Kathryn Kent avait trouvé la clé mais la laissa tomber. Strike la ramassa ; elle la lui arracha des mains.

« Je ne vois pas de quoi vous parlez.

— Vous ne vous êtes pas rendue à son domicile, la semaine dernière ?

— Je vous répète que j'ignore où il est. Je ne suis au courant de rien », lança-t-elle en enfonçant la clé dans la serrure.

Elle ramassa les deux sacs sur lesquels Strike reconnut le logo d'un magasin de bricolage.

« Ça m'a l'air lourd.

— J'ai un problème de robinet », dit-elle sur un ton cinglant.

Et elle lui claqua la porte au nez.

10.

VERDONE : Nous sommes là pour combattre.
CLEREMONT : Et vous combattrez, messieurs,
Bien assez ; d'ici là faites quelques pas...

Francis BEAUMONT et Philip MASSINGER,
Le Petit Avocat français

LE LENDEMAIN MATIN, Robin grimpait les marches du métro, munie d'un parapluie inutile. Elle avait chaud, elle se sentait moite. Les longues journées pluvieuses, les rames bondées qui puaient le chien mouillé, les trottoirs glissants et les vitres trempées n'étaient plus qu'un souvenir. Le retour du beau temps l'avait prise au dépourvu. D'aucuns se seraient réjouis que le déluge soit passé mais Robin n'était pas d'humeur ; Matthew et elle s'étaient disputés à propos de Strike.

En poussant la porte vitrée, elle fut presque soulagée de voir que son patron était déjà enfermé dans son bureau, occupé à discuter au téléphone. Elle devait se ressaisir avant d'aller le saluer.

« Tu l'as invité à notre mariage ? » s'était exclamé Matthew d'un ton cassant.

Redoutant que Strike ne fît allusion au faire-part au cours de leur rendez-vous du lendemain soir – c'est-à-dire aujourd'hui –, elle avait prévenu Matthew, préférant essuyer elle-même les plâtres et épargner à son patron les remarques désobligeantes de son fiancé.

« Depuis quand lance-t-on des invitations sans demander l'avis de l'autre ? avait demandé Matthew.

— Je voulais te le dire. Je croyais l'avoir fait. »

Ensuite, Robin s'en était voulu : c'était la première fois qu'elle lui mentait.

« C'est mon patron ! Si je ne l'invitais pas, il trouverait ça bizarre ! »

Ce qui était entièrement faux ; pour autant qu'elle sache, Strike s'en fichait royalement.

« Enfin, disons que j'aimerais bien qu'il vienne », reprit-elle plus sincèrement. Pour une fois qu'elle exerçait un métier qui lui plaisait, elle avait envie de rapprocher vie professionnelle et vie privée pour être pleinement épanouie, ce qui pour l'instant s'annonçait mal. Elle voulait que Strike vienne à l'église pour approuver (approuver ! pourquoi devait-il approuver ?) son union avec Matthew.

Elle se doutait bien que Matthew ne sauterait pas de joie mais elle se disait que les deux hommes se seraient déjà vus et elle espérait qu'ils finiraient par s'apprécier. S'ils ne s'étaient pas encore rencontrés, ce n'était pas sa faute.

« Après tout ce que tu m'as dit quand j'ai voulu inviter Sarah Shadlock », avait ajouté Matthew. Remarque que Robin encaissa comme un coup bas.

« Eh bien vas-y, invite-la ! répliqua-t-elle. Mais franchement, ça n'a rien à voir. Cormoran n'a jamais essayé de m'attirer dans son lit, lui ! Ça veut dire quoi, ce petit ricanement ? »

La dispute battait son plein lorsque le père de Matthew téléphona pour annoncer que sa femme n'allait pas très bien depuis sa crise de vertiges de la semaine précédente. Les médecins avaient diagnostiqué une mini-attaque.

Ce coup de fil leur avait coupé la chique. Il aurait été de mauvais goût de continuer à se hurler dessus après ça. Les deux fiancés étaient donc partis se coucher en ronchonnant, sans avoir fait la paix ni crevé totalement l'abcès.

Strike n'émergea de son bureau que peu avant midi, vêtu d'un vieux pull taché, d'un jean et de baskets, lui qui d'habitude travaillait en costume. Une barbe naissante lui noircissait déjà le visage ; il aurait pu se raser deux fois par jour. Oubliant tout à coup ses problèmes, Robin le regarda bouche bée : même à l'époque où il dormait dans son bureau, elle ne lui avait jamais vu cette allure de clochard.

« J'ai un peu avancé sur le dossier Ingles et j'ai trouvé quelques numéros pour Longman », dit Strike en lui tendant les dossiers cartonnés à l'ancienne, portant chacun un numéro de série inscrit à la main sur la tranche. C'était ainsi qu'il travaillait autrefois, à la Brigade spéciale d'investigation, et ces boîtes marron demeuraient à ses yeux le meilleur moyen de classer les documents.

« Cette tenue... c'est voulu ? demanda-t-elle, le regard braqué sur les traces de graisse de son jean.

— C'est pour Gunfrey. Une longue histoire. »

Pendant que Strike préparait le thé, ils firent le point sur les trois affaires en cours. Strike lui parla des renseignements qu'il avait rassemblés et lui indiqua les points qui devaient encore être éclaircis.

« Et pour Owen Quine ? demanda Robin en prenant la tasse qu'il lui tendait. Qu'a dit son agent ? »

Strike s'installa sur le canapé – qui émit les pétarades habituelles – et lui fit le récit de son entrevue avec Elizabeth Tassel avant de passer à Kathryn Kent.

« Quand elle m'a trouvé devant sa porte, je suis sûr qu'elle m'a pris pour Quine. »

Robin éclata de rire.

« Vous n'êtes pas si gros.

— Merci, répliqua-t-il sèchement. Quand elle a compris son erreur, et avant de savoir qui j'étais, elle a dit : "Je fais pas ce métier." À votre avis, qu'entendait-elle par là ?

— Je l'ignore. Mais..., ajouta-t-elle, hésitante. Mais j'ai trouvé des infos sur elle.

— Comment ça ? s'étonna Strike.

— Eh bien, sachant qu'elle publiait ses écrits sur le Net, je suis allée jeter un coup d'œil et... » Tout en parlant, elle fit apparaître la page sur l'ordinateur en deux clics. « Voilà son blog.

— Bravo ! » dit Strike ravi en s'extirpant du canapé. Il contourna le bureau et se mit à lire par-dessus l'épaule de Robin.

La page web s'intitulait « Ma vie littéraire ». Entourée de dessins de plumes d'oie, une photo de Kathryn que Strike trouva étonnamment flatteuse ; elle devait dater de dix ans au moins. Une série de posts, classés par date comme dans un journal intime, succédaient à la page d'accueil.

« En gros, elle dit que les éditeurs traditionnels sont tellement dépassés qu'ils ne savent même plus reconnaître un bon livre, résuma Robin en faisant lentement défiler la page pour que Strike puisse en prendre connaissance. Elle a écrit trois volets d'une saga fantastico-érotique, comme elle l'appelle. La *Saga Melina*. Tout le monde peut les télécharger sur Kindle.

— J'en ai ma claque des mauvais romans. Les frères Bazar m'ont largement suffi, dit Strike. Est-ce qu'elle parle de Quine ?

— Abondamment ! Si l'on part du principe que le pseudo "LCE" correspond effectivement à LE CÉLÈBRE ÉCRIVAIN.

— Je doute qu'elle couche avec deux romanciers, répondit Strike. C'est sûrement lui, quoique "célèbre" me paraisse un peu exagéré dans son cas. Vous aviez entendu parler de lui avant que Leonora ne débarque dans ce bureau ?

— Non, reconnut Robin. Tenez, regardez, le 2 novembre. »

Ce soir, longue discussion avec LCE sur les notions d'Intrigue et de Narration, à ne pas confondre, bien évidemment. Pour votre gouverne, l'Intrigue se rapporte à l'action, la Narration au dispositif du récit : **comment** on expose l'histoire au lecteur.

Un exemple tiré de mon deuxième roman, *Le Sacrifice de Melina* :
« Quand ils approchèrent de la forêt de Harderell, Lendor leva son beau profil pour voir quelle distance il leur restait à parcourir. Son corps à la posture impeccable, formé par la pratique de l'équitation, du tir à l'arc… »

« Passez, dit Strike. Voyons s'il y a autre chose sur Quine. » Robin s'exécuta et s'arrêta sur un post du 21 octobre.

LCE m'appelle pour dire qu'il ne viendra pas (encore). Problèmes familiaux. Que puis-je faire à part lui dire que je comprends ? Quand on est tombés amoureux, je savais que ce serait compliqué. Je resterai discrète sur le sujet mais je peux quand même dire qu'il est pris au piège. L'existence d'une Tierce Personne l'empêche de quitter une épouse qu'il n'aime pas. Ce n'est pas sa faute à lui. Ni celle de la Tierce Personne. L'épouse ne le laissera pas partir, même si c'est la meilleure solution pour tout le monde. Résultat, nous sommes emprisonnés dans une sorte de Purgatoire.

L'Épouse sait que j'existe mais elle fait semblant de ne rien voir. Comment peut-elle supporter de vivre avec un homme qui veut vivre avec une autre ? Moi, j'en serais incapable. LCE dit qu'elle fait passer la Tierce Personne avant tout le reste, Lui compris. C'est bizarre comme pour certaines personnes, l'Altruisme peut masquer un profond Égoïsme.

Certains diront que j'ai eu tort de m'amouracher d'un homme Marié. Je le sais déjà. Mes amis, ma Sœur et ma Mère ne cessent de me le rabâcher. J'ai bien essayé de rompre mais c'est trop dur. Le Cœur a ses raisons que la Raison ignore. Et maintenant, ce soir, si je pleure à cause de lui c'est pour une autre raison. Il me dit qu'il a presque terminé son Chef-d'œuvre, le Meilleur livre qu'il ait jamais écrit. « J'espère que tu l'aimeras. Tu es dedans. »

Comment se plaindre lorsqu'un Célèbre Écrivain vous met dans le meilleur livre qu'il ait jamais écrit ? Ceux qui n'ont jamais écrit ne peuvent pas comprendre. Je me sens fière et humble. Oui, nous les

Écrivains faisons entrer certaines personnes dans nos cœurs, mais dans nos Livres ?! C'est spécial. C'est différent.

Je l'aime, c'est plus fort que moi. Le Cœur a ses Raisons.

Suivait un court échange de commentaires.

Tu ne devineras jamais. Il m'en a lu un passage. Pippa2011

Tu plaisantes, Pip, moi il ne veut rien me lire !!! Kath

Patience. Pippa2011 xxx

« Intéressant, dit Strike. Très intéressant. Quand Kent m'a sauté dessus, hier soir, elle m'a promis qu'une dénommée Pippa allait me massacrer.

— Regardez ce que je viens de trouver ! dit Robin tout excitée. À la date du 9 novembre. »

La première fois que j'ai vu LCE, il m'a dit « On n'écrit bien que si quelqu'un saigne, soi-même la plupart du temps. » Comme les habitués de ce blog le savent, je me suis Métaphoriquement ouvert les veines deux fois sur cette page et aussi dans mes romans. Mais aujourd'hui, j'ai l'impression que quelqu'un m'a poignardée à mort, quelqu'un en qui j'avais confiance.

« O Macheath ! Tu m'as volé ma Tranquillité – te voir souffrir me donnerait du Plaisir. »

« D'où est tirée cette citation ? » demanda Strike.

Les doigts agiles de Robin voletèrent sur le clavier.

« *L'Opéra de quat'sous*, de John Gay.

— Quelle érudition pour une femme qui met des majuscules n'importe où.

— Tout le monde ne peut pas être un génie de la littérature, répondit Robin d'un ton réprobateur.

— Dieu merci, après tout ce que j'ai entendu sur leur compte.

— Mais regardez ce commentaire, sous la citation », dit Robin en revenant au blog de Kathryn. Elle cliqua sur le lien et une phrase apparut.

Je lui ferai payer ce qu'il t'a fait, ce gros c*@%rd

Commentaire également signé Pippa2011.
« Cette Pippa m'a l'air bien serviable, commenta Strike. Est-ce que Kent explique comment elle gagne sa vie, dans ce truc ? Je suppose que ses romans fantastico-érotiques ne paient pas les factures.
— Ça aussi, c'est un peu bizarre. Voyez ce passage. »
Le 28 octobre, Kathryn avait écrit :

Comme beaucoup d'Écrivains, j'ai aussi un travail alimentaire mais pour des raisons de prudence, je n'en dirai pas plus. Cette semaine, ils ont encore renforcé les mesures de sécurité à la Boîte. Du coup, mon fayot de Collègue (le cul-bénit, toujours à me faire la leçon sur ma vie privée) s'est empressé d'aller voir la direction pour leur suggérer de surveiller les blogs des salariés, etc., au prétexte qu'ils feraient circuler des informations sensibles. Heureusement, on dirait que la raison a prévalu parce que aucune mesure n'a été prise.

« Très curieux, cette histoire de sécurité renforcée…, dit Strike. Prison de femme ? Hôpital psychiatrique ? À moins qu'il ne s'agisse de secrets industriels ?
— Et là encore. Le 13 novembre. »
Robin passa directement au dernier post, qui intervenait juste après celui où Kathryn affirmait avoir été poignardée à mort.

Il y a trois jours, ma sœur adorée a perdu sa longue bataille contre le cancer du sein. Merci pour tous vos gentils messages et votre soutien.

Deux commentaires faisaient suite. Pippa2011 avait écrit :

Désolée pour cette triste nouvelle, Kath. Je t'envoie tout l'amour du monde xxx.

Réponse de Kathryn :

Merci Pippa tu es une véritable amie xxxx

Rien d'autre. En fait de « gentils messages », elle avait dû se contenter de celui de Pippa2011.

« Pourquoi ? demanda Strike.

— Pourquoi quoi ?

— Pourquoi les gens font-ils ce genre de choses ?

— Vous voulez parler des blogs ? Je n'en sais rien… Qui a dit que la vie sans examen ne vaut pas la peine d'être vécue ?

— Platon, répondit Strike, mais je ne vois pas où est l'examen. Moi j'appelle ça de l'exhibitionnisme.

— Oh, zut, j'ai oublié de vous dire ! » s'écria Robin. Et d'un geste maladroit, elle renversa un peu de thé sur elle. « Il y a autre chose ! Christian Fisher a appelé hier soir, juste au moment où je partais. Il vous propose d'écrire un livre.

— Pardon ?

— Un livre, répéta Robin en réprimant un éclat de rire devant l'expression effarée de son patron. Sur votre vie. Votre expérience de la guerre, l'affaire Lula Landry…

— Rappelez-le et dites-lui que je n'ai aucune envie d'écrire un livre. »

Il vida sa tasse et décrocha de la patère la veste de cuir râpée qui pendait à côté de son pardessus noir.

« Vous n'avez pas oublié pour ce soir ? » s'inquiéta Robin. Aussitôt, elle sentit revenir sa crampe à l'estomac.

« Ce soir ?

— On prend un verre tous les trois : vous, Matthew et moi, gémit-elle. Au King's Arm.

— Non non, je n'ai pas oublié, la rassura-t-il, un peu intrigué par sa soudaine nervosité. Je vais sûrement passer l'après-midi à l'extérieur, alors on se retrouve directement là-bas. À vingt heures, c'est bien ça ?

— Dix-huit heures trente, le reprit Robin d'un ton désespéré.

— Dix-huit heures trente. Parfait. J'y serai… Venetia. »

Elle réagit avec un léger temps de retard.

« Comment savez-vous que…

— Je l'ai lu sur le faire-part. Pas courant comme prénom. D'où ça vient ?

— J'ai été… eh bien, c'est là-bas que j'ai été conçue, il paraît, dit-elle en rosissant. À Venise. Et vous, c'est quoi votre deuxième prénom ? demanda-t-elle, un peu froissée par l'éclat de rire de Strike. C. B. Strike… que signifie le B ?

— Faut que j'y aille. On se voit ce soir.

— Dix-huit heures trente ! » cria-t-elle.

Il était déjà parti.

Cet après-midi-là, Strike devait se rendre à Crouch End, dans un magasin de matériel électronique dont l'arrière-boutique servait à des activités peu recommandables puisqu'on y entreposait du matériel volé, téléphones et ordinateurs portables. Une fois les engins déverrouillés, on recueillait les informations contenues dans leurs disques durs qui étaient ensuite formatés et revendus. Pour ce qui était des fichiers informatiques et autres données utiles, les amateurs ne manquaient pas.

Le patron de cette petite entreprise prospère faisait des misères au client de Strike, Mr Gunfrey, lui-même escroc de son état mais exerçant à une plus vaste échelle et dans un domaine plus prestigieux. Gunfrey avait eu le tort de s'attaquer à plus vicieux que lui. Sa situation était telle que Strike lui avait conseillé de s'éloigner quelque temps ; il savait de quoi son ennemi était capable car ils avaient une relation en commun.

Le bureau où le truand reçut Strike sentait aussi mauvais que celui d'Elizabeth Tassel. Deux petites frappes en survêtement traînaient dans le fond de la boutique. Strike, se faisant passer pour un voyou à la recherche d'un job, expliqua qu'il venait de la part d'une de leurs relations communes. Le job en question consistait à s'occuper du fils de Mr Gunfrey. Le malfrat possédait des informations si précises sur les habitudes de l'adolescent que Strike en fut abasourdi. L'homme alla jusqu'à lui offrir cinq cents livres. (« Pas besoin de le zigouiller, tu le taillades juste un peu, histoire de faire passer le message au paternel, tu piges ? »)

Il était dix-huit heures passées quand Strike parvint à quitter les lieux. Après s'être assuré qu'on ne le suivait pas, il commença par appeler Mr Gunfrey dont le silence horrifié, à l'autre bout du fil, lui parut explicite. Son client avait enfin compris de quoi il retournait.

Ensuite, il composa le numéro de Robin.

« J'aurai du retard, désolé.

— Où êtes-vous ? » demanda-t-elle d'une voix tendue. En arrière-fond, on entendait des bruits de conversation, des rires. Une ambiance de pub.

« Crouch End.

— Oh, mon Dieu, murmura-t-elle. Ça va vous prendre des heures pour…

— Je saute dans un taxi. Je vous rejoins au plus vite. »

Pourquoi Matthew avait-il choisi un pub à Waterloo ? s'interrogeait Strike à l'arrière du taxi qui remontait Upper Street à toute allure. Pour l'obliger à traverser toute la ville ? Était-ce l'expression d'une vengeance mesquine ? Lors des précédents rendez-vous ratés, c'était Strike qui avait choisi le lieu. Pourvu que le King's Arm fasse aussi restaurant, songea-t-il. Il avait une faim de loup, tout à coup.

Il lui fallut quarante minutes pour arriver à destination. Il aurait mis moins de temps si la petite rue où se trouvait le pub, bordée de logements ouvriers datant du XIXe siècle, n'avait pas été bloquée par la circulation. En plus, son chauffeur ne faisait pas beaucoup d'efforts pour comprendre comment fonctionnait la numérotation, laquelle, il fallait le reconnaître, ne suivait aucune logique. Excédé, Strike finit par descendre du taxi et fit le reste du chemin à pied tout en se demandant si ce dernier obstacle – la numérotation bizarre – n'avait pas influencé le choix de Matthew.

Devant l'entrée du King's Arm, pub de style typiquement victorien, Strike croisa toute une foule de jeunes cadres en costume cintré et d'étudiants à la tenue plus décontractée. Tout ce petit monde buvait et fumait dehors. Ils s'écartèrent en le voyant arriver, lui ménageant un passage plus large que nécessaire, même pour un homme de sa corpulence. Quand il franchit le seuil, Strike espérait presque que le patron le ficherait à la porte en le voyant débarquer dans ses vêtements pouilleux.

Pendant ce temps, assis dans une arrière-salle bruyante – une simple cour recouverte d'une verrière et bourrée d'un bric-à-brac qui se voulait décoratif –, Matthew regardait sa montre.

« Il est bientôt le quart », signala-t-il à Robin.

Vêtu d'un costume-cravate qui lui allait à ravir, Matthew était – comme d'habitude – le plus bel homme alentour. Depuis le temps, Robin ne faisait plus guère attention aux regards discrets mais admiratifs que les femmes lui lançaient quand il passait près d'elles. Honnêtement, elle ne savait pas si Matthew se rendait compte de la convoitise qu'il suscitait. Avec son mètre quatre-vingt-cinq ramassé sur le banc de bois qu'ils partageaient avec un groupe d'étudiants éméchés, son menton taillé à la serpe marqué d'une fossette et ses yeux d'un bleu étincelant, il avait l'air d'un pur-sang enfermé dans un paddock avec des poneys Shetland.

« Le voilà », annonça Robin avec un soulagement mâtiné d'appréhension.

Strike lui parut changé depuis qu'il avait quitté le bureau ce matin. Il semblait encore plus volumineux, plus sombre. Il traversa sans difficulté la salle bondée, les yeux braqués sur les cheveux cuivrés de Robin, une pinte de Hophead dans sa large main. Matthew se dressa brusquement comme s'il s'attendait à recevoir un coup.

« Bonjour, Cormoran... vous avez trouvé sans peine ?

— Vous devez être Matthew, dit le détective en lui tendant la main. Désolé pour le retard. Je voulais me libérer plus tôt mais j'étais avec le genre de type auquel on ne tourne pas le dos sans sa permission. »

Matthew lui adressa un sourire inexpressif. Il avait prévu que Strike lui balancerait une excuse dans ce goût-là, juste pour se faire mousser et ménager le mystère autour de ses activités douteuses. À en juger par son accoutrement, il venait de changer une roue, rien de plus.

« Asseyez-vous, Cormoran », intervint Robin d'un ton fébrile. Pour lui ménager une place, elle se glissa tout au bout du banc, au risque de se retrouver par terre. « Vous avez faim ? Nous étions justement en train de nous dire qu'il serait temps de commander quelque chose.

— Ce n'est pas trop mauvais ici, dit Matthew. Cuisine thaïe. Rien à voir avec le Mango Tree, mais c'est mangeable. »

Strike sourit sans conviction. Matthew correspondait à l'idée qu'il s'était faite de lui : un blanc-bec qui cite des noms de restaurants chics pour prouver qu'il connaît Londres comme sa poche, alors qu'il a emménagé depuis un an à peine.

« Comment ça s'est passé, cet après-midi ? » demanda Robin. Elle pensait qu'en entendant Strike parler de son travail, Matthew ressentirait la même fascination qu'elle et que tous ses préjugés s'envoleraient.

Mais quand Strike résuma son entrevue, il garda pour lui les informations susceptibles de démasquer les protagonistes. Si bien que, faute de détails croustillants, son histoire ne rencontra qu'une indifférence courtoise. Pour dégeler l'atmosphère, Strike leur offrit une autre tournée.

« Tu pourrais manifester un peu d'intérêt, siffla Robin à son fiancé dès que Strike fut hors de portée de voix.

— Que voulais-tu que je dise ? Il a rencontré un mec dans une boutique. Je doute qu'Hollywood lui achète les droits pour une adaptation cinématographique. »

Enchanté de sa blague, il se consacra à la lecture du menu inscrit sur l'ardoise fixée au mur d'en face.

Quand Strike revint avec les chopes, Robin insista pour aller commander les plats malgré la foule massée devant le bar. Elle redoutait de laisser les deux hommes seuls mais sentait qu'ils pourraient trouver un sujet d'entente si elle s'éclipsait un moment.

Après le départ de Robin, Matthew oublia vite son bref accès de bonne humeur.

« Vous étiez dans l'armée ? » dit-il malgré lui. Il s'était promis de ne pas l'inciter à parler de ses expériences, de peur que Strike ne monopolise la conversation.

« C'est exact, répondit Strike. La BSI. »

Matthew ne voyait pas trop de quoi il s'agissait.

« Mon père était dans la RAF, dit-il. C'est là qu'il a connu Jeff Young.

— Qui ça ?

— Le rugbyman gallois... vingt-trois sélections...

— Ah !

— Eh oui. Papa était chef d'escadrille. Il a quitté l'armée en 86. Depuis, il dirige sa propre société d'investissement. Il s'est fait lui-même. Rien à voir avec votre père, ajouta Matthew, un peu sur la défensive, mais il s'en sort bien. »

Crétin, songea Strike.

« De quoi parlez-vous ? demanda anxieusement Robin en se rasseyant.

— De papa, dit Matthew.

— Le pauvre, fit Robin.

— Pourquoi le pauvre ? rétorqua Matthew.

— Eh bien... parce qu'il est très inquiet pour ta mère... À cause de son attaque.

— Oh, ça... »

Dans les rangs de l'armée, Strike avait croisé des hommes tels que Matthew, parmi les officiers. Sous la surface, on sentait chez eux une petite fêlure affective, une fragilité secrète, qu'ils essayaient de compenser en en faisant trop, en prenant des décisions disproportionnées.

« Et comment marche le boulot chez Lowther-French ? » demanda Robin, s'adressant cette fois à Matthew dans l'espoir qu'il se montre sous un meilleur jour et que Strike découvre enfin l'homme sympathique qui partageait sa vie, le véritable Matthew, celui qu'elle aimait. « En ce moment, Matthew audite les comptes d'une petite maison d'édition pas comme les autres. Des gens plutôt marrants, n'est-ce pas ?

— Je ne dirais pas vraiment marrants, répliqua-t-il. Étant donné qu'ils sont au bord du gouffre. » Et Matthew parla sans discontinuer jusqu'à ce qu'on apporte leurs plats. Des phrases lisses comme des miroirs, agrémentées de références à des sommes d'argent – tantôt « 90 K », tantôt « un quart de million » – destinées à leur en mettre plein la vue. Manifestement, il voulait qu'on admire son intelligence, sa vivacité d'esprit, sa supériorité sur ses collègues plus expérimentés mais aussi plus lents et moins habiles. Quant aux salariés de la société d'édition dont il assurait l'audit, ce n'était à l'entendre qu'un ramassis d'incompétents.

« … organiser une fête de Noël alors qu'ils tirent le diable par la queue depuis deux ans ; moi j'appelle ça une veillée mortuaire ».

Quand Matthew arriva au bout de sa péroraison, les plats atterrirent sur la table dans un silence pesant. Robin ne trouvait rien à dire pour relancer la conversation. Elle n'avait évoqué le sujet que pour permettre à son fiancé de raconter les charmantes anecdotes qu'il lui rapportait le soir quand il revenait de cette maison d'édition si particulière. Strike, lui, pensait déjà à autre chose. L'allusion à cette fête de Noël venait de faire germer une idée dans sa tête. Le regard ailleurs, il cessa peu à peu de mastiquer. Une fête entre éditeurs… Quelle belle occasion ce serait de collecter des renseignements sur l'éventuelle cachette d'Owen Quine. Et soudain, de sa mémoire phénoménale jaillit l'information dont il avait besoin.

« Vous avez une petite amie, Cormoran ? » demanda Matthew à brûle-pourpoint. Le sujet l'intéressait vivement, d'autant plus que Robin s'était montrée vague sur la question.

« Non, fit Strike d'un air absent. Excusez-moi, je n'en ai pas pour longtemps. J'ai un coup de fil à passer.

— Mais je vous en prie », rétorqua Matthew. Et dès que Strike fut assez loin, il se remit à râler : « Primo, il arrive avec quarante minutes de retard, deuxio il se tire au milieu du repas. Je suppose qu'on va rester là à attendre qu'il daigne revenir.

— Matt ! »

En débouchant dans la pénombre de la rue, Strike sortit son portable, alluma une cigarette et s'éloigna des autres fumeurs pour téléphoner tranquillement, sous le pont en briques de la voie ferrée.

Culpepper décrocha à la troisième sonnerie.

« Strike ! Comment ça va ?

— Bien. J'ai un service à te demander.

— Annonce, dit Culpepper d'une voix plate.

— Ta cousine Nina travaille bien pour Roper Chard ?

— Comment tu peux savoir un truc pareil ?

— C'est toi-même qui me l'as dit, répondit Strike avec patience.

— Quand ça ?

— Il y a quelques mois, quand j'enquêtais pour toi sur ce dentiste louche.

— Putain de mémoire, dit Culpepper, moins impressionné que déconcerté. Ce n'est pas normal. Qu'est-ce que tu lui veux à ma cousine ?

— J'aimerais pouvoir la joindre, si ça ne t'ennuie pas. Roper Chard fête son centenaire demain soir. J'aimerais assister à la réception.

— Pourquoi ?

— Pour une enquête », répondit Strike, évasif. Malgré les fréquentes demandes du journaliste, il ne lui fournissait jamais aucun détail, ni sur les affaires de divorce impliquant des membres de la haute société, ni sur les litiges commerciaux qui émaillaient son quotidien de détective. « En échange, je te filerai le scoop de ta fichue carrière.

— Ouais, ça marche, grommela Culpepper après une courte hésitation. Je crois que je peux faire ça pour toi.

— Elle est célibataire ?

— Pourquoi ? Tu veux tirer un coup, par-dessus le marché ? » répliqua le journaliste. À sa voix, Strike devina que Culpepper était plus amusé qu'irrité à l'idée qu'il essaie de draguer sa cousine.

« Non, je veux savoir si les gens trouveront ça bizarre que je débarque avec elle.

— Ah, d'accord. Je crois qu'elle vient de rompre avec un type. J'en sais rien. Je t'enverrai son numéro par texto. Attends de voir dimanche, ajouta Culpepper avec une jubilation mal dissimulée. Lord Parker va bientôt recevoir un tsunami de merde sur la tronche.

— Commence par appeler Nina, d'accord ? dit Strike. Dis-lui qui je suis pour qu'elle comprenne mieux. »

Culpepper accepta et raccrocha. N'étant pas particulièrement pressé de retrouver Matthew, Strike fuma sa cigarette jusqu'au filtre avant de regagner le pub.

Alors qu'il se frayait un chemin, tête penchée pour éviter de se cogner aux casseroles et aux plaques de rues qui pendaient du plafond, il lui vint à l'esprit que ce restaurant bondé avait un point commun avec Matthew : il en faisait des tonnes pour épater la galerie. Dans un coin, un fourneau à l'ancienne, dans un autre une énorme caisse enregistreuse, des paniers à provisions par dizaines, des vieilles gravures, des assiettes décoratives. Beaucoup d'efforts pour se donner des allures bohèmes.

Matthew espérait avoir terminé son plat au retour de Strike pour bien souligner son incorrection ; il n'avait pas réussi.

Robin avait un air abattu ; en son absence, elle avait sans doute essuyé les reproches de son fiancé. Strike était désolé pour elle.

« Robin m'a dit que vous jouez au rugby, dit-il à Matthew pour détendre l'atmosphère. Dans le championnat régional, c'est ça ? »

Bien que laborieuse, la conversation dura encore une heure. Les aiguilles avançaient plus vite quand Matthew parlait de lui. Robin jouait à merveille son rôle de médiatrice, s'arrangeant toujours pour préparer le terrain et lancer des sujets sur lesquels son fiancé avait quelque chose à dire. Strike n'était pas dupe, il voyait bien qu'elle faisait tout pour lui permettre de briller.

« Vous êtes ensemble depuis longtemps ? demanda-t-il tout à coup.

— Neuf ans, dit Matthew en reprenant son air méfiant.

— Tant que ça ? s'étonna Strike. Vous vous êtes connus à la fac ?

— Au lycée, sourit Robin. En terminale.

— L'établissement n'était pas bien grand, renchérit Matthew. Et Robin était la seule jolie fille avec un peu de cervelle. Je n'avais pas le choix. »

Branleur, songea Strike.

Tout en continuant à bavarder, ils marchèrent ensemble jusqu'à la station Waterloo puis se séparèrent devant la bouche de métro.

Pendant que le couple se dirigeait vers l'escalator, Robin demanda à son fiancé, sans trop d'espoir : « Alors, il est sympa, tu ne trouves pas ?

— Question ponctualité, nul, répondit Matthew qui ne voyait rien de sensé à reprocher à Strike. Je suppose que le jour de la cérémonie, il arrivera avec quarante minutes de retard pour tout gâcher. »

Robin choisit de ne voir dans cette remarque peu amène qu'un consentement tacite. Matthew acceptait que Strike assiste à leur mariage. Certes, elle aurait préféré un peu plus d'enthousiasme, mais les choses auraient pu se passer nettement plus mal.

Matthew, quant à lui, ruminait en silence des pensées inavouables pour un homme comme lui. Robin lui avait décrit son patron avec exactitude – des cheveux frisottés, une carrure de boxeur – mais Matthew ne s'attendait pas à une telle stature. Strike le dépassait de cinq bons centimètres, lui qui se targuait d'être plus grand que ses collègues. Par ailleurs, il avait trouvé Strike particulièrement discret sur son expérience de la guerre. Il aurait été de mauvais goût qu'il fît étalage de ses états de service en Afghanistan et en Irak, qu'il leur raconte comment il avait perdu sa jambe et gagné la médaille que Robin trouvait si impressionnante, mais son mutisme total était encore plus agaçant. Alors même que ses actes héroïques, sa vie aventureuse, ses voyages lointains avaient plané comme des spectres tout au long du repas.

Robin ne décrocha pas un mot durant le trajet en métro. Elle n'avait franchement pas apprécié cette soirée. Jamais elle n'aurait imaginé que Matthew se comporterait ainsi ; du moins, elle ne l'avait jamais *vu* se comporter ainsi. La présence de Strike lui faisait considérer les choses autrement, songeait-elle tandis que les cahots la secouaient sur son siège. Elle avait vu Matthew à travers le regard de Strike. Comment avait-il réussi ce tour de passe-passe ? Toutes ces questions sur le rugby – d'aucuns auraient pris cela pour de la politesse, mais pas Robin… Ou alors était-elle juste énervée par son retard et lui reprochait-elle des fautes qu'il n'avait pas commises ?

Les fiancés regagnèrent leur domicile d'un pas vif, unis par une colère inexprimée contre l'homme qui ronflait déjà comme un sonneur dans une rame de la Northern Line.

11.

M'apprendrez-vous enfin
Pourquoi vous me traitez ainsi ?

John WEBSTER, *La Duchesse d'Amalfi*

« V OUS ÊTES CORMORAN STRIKE ? demanda la voix
d'une jeune fille de bonne famille, à neuf heures
moins vingt le lendemain matin.

— En effet.

— Je suis Nina. Nina Lascelles. Dominic m'a donné votre
numéro.

— Ah oui. »

Strike se tenait torse nu devant le petit miroir qu'il suspen-
dait généralement près de l'évier de la cuisine, la salle de bains
étant trop sombre et exiguë pour qu'il s'y rase. D'un geste de
l'avant-bras, il essuya la mousse autour de sa bouche avant
de poursuivre :

« Vous a-t-il expliqué de quoi il s'agit, Nina ?

— Oui, vous voulez infiltrer la fête d'anniversaire de Roper
Chard.

— "Infiltrer"... le terme est un peu fort.

— Mais il rend la chose beaucoup plus excitante.

— Je vous l'accorde, dit-il en souriant. J'en conclus que
vous êtes partante ?

107

— Plutôt deux fois qu'une. Trop marrant. Puis-je vous demander pourquoi vous voulez les espionner ?

— Encore un mot excessif…

— Cessez de gâcher mon plaisir. Je crois que j'ai deviné.

— Dites toujours », fit Strike en sirotant son thé, les yeux tournés vers la fenêtre. Après une fugace apparition du soleil, le brouillard était revenu.

« *Bombyx Mori.* J'ai raison ? J'ai raison, n'est-ce pas ? Dites !

— Oui. »

Nina poussa un petit cri de ravissement. « Je ne suis pas censée en parler. Tout le monde est tenu au secret, on nous balance sans arrêt des mails internes, les avocats ont pris d'assaut le bureau de Daniel. Où voulez-vous qu'on se rejoigne ? On devrait d'abord se retrouver quelque part et arriver ensemble. Qu'est-ce que vous en pensez ?

— Oui, ce serait parfait. Où ça ? »

Tout en pêchant un stylo dans la poche de son manteau pendu derrière la porte, Strike se prit à rêver d'une soirée bien peinarde à la maison, suivie d'une longue nuit de sommeil. Un interlude de calme et de repos avant de reprendre le collier le samedi matin, dès l'aube. Il avait prévu de filer le mari infidèle de la brunette.

« Vous connaissez Ye Olde Cheshire Cheese ? demanda Nina. Sur Fleet Street ? Mes collègues n'y mettent jamais les pieds et ce n'est pas trop loin du bureau. J'avoue, la décoration est un peu ringarde, mais j'adore. »

Ils convinrent d'un rendez-vous à dix-neuf heures trente et Strike reprit son rasage. Quelles chances avait-il de croiser quelqu'un ayant des renseignements sur la cachette de Quine, au cours de cette réception ? *Le problème avec toi, c'est que tu persistes à te comporter comme si tu faisais encore partie de la BSI,* dit Strike à son reflet dans le miroir. Les deux hommes firent glisser la tête du rasoir sur leurs mentons respectifs.

108

Quand l'État te versait un salaire, tu pouvais te permettre d'être aussi pointilleux. Mais ce n'est plus le cas, mon gars.

Seulement voilà, Strike ne connaissait pas d'autre façon de procéder. Il était indécrottablement pointilleux ; cela faisait partie du code de conduite qu'il s'était fixé en parvenant à l'âge adulte : faire son boulot comme il faut et jusqu'au bout.

Strike avait prévu de passer la journée au bureau, ce qui l'aurait réjoui en d'autres circonstances. En général, Robin et lui se partageaient la paperasse ; Robin était une femme intelligente et, souvent, elle lui servait de caisse de résonance. En outre, depuis qu'elle travaillait pour lui, elle manifestait un vif intérêt pour les méthodes d'enquête. Pourtant, ce matin-là, en descendant l'escalier, il se sentait vaguement gêné, comme s'il appréhendait de la revoir. Et quand il entendit son petit bonjour timide, son flair de détective l'informa qu'il devait s'attendre à la suite tant redoutée : « Que pensez-vous de Matthew ? »

Prudent, Strike se retrancha aussitôt dans son bureau et ferma la porte en prétextant des coups de fil à passer. Voilà pourquoi un patron devait s'abstenir de fréquenter son unique collaboratrice en dehors des heures de bureau, songea-t-il.

La faim le contraignit à sortir de sa tanière quelques heures plus tard. Robin avait acheté les habituels sandwiches mais n'avait pas frappé à sa porte pour le prévenir qu'ils avaient été livrés. Autre signe que le dîner de la veille avait jeté une ombre sur leurs relations. Pour retarder le moment où le sujet arriverait sur le tapis et dans l'espoir que Robin se lasserait et renoncerait à l'évoquer (quoiqu'il sût par expérience que cette tactique ne fonctionnait pas avec une femme), Strike lui annonça qu'il venait juste de raccrocher avec Mr Gunfrey.

« Va-t-il faire appel à la police ? demanda Robin.

— Euh… Non. Gunfrey n'est pas du genre à recourir aux forces de l'ordre quand un type lui cherche des ennuis. Il est presque aussi pourri que le truand qui veut planter son fils. Mais pour le coup, il vient de s'apercevoir que cette affaire-là le dépasse.

— Et si vous portiez vous-même à la police l'enregistrement de votre conversation d'hier avec ce gangster ? suggéra Robin sans réfléchir.

— Non, Robin. Il comprendrait aussitôt d'où vient l'info et je n'ai pas envie de passer ma vie à regarder derrière moi pour éviter de me faire descendre par des tueurs à gages. C'est mauvais pour les filatures.

— Mais Gunfrey ne peut pas garder son fils enfermé chez lui *ad vitam aeternam* !

— Ce ne sera pas utile. Il va emmener sa famille en vacances aux États-Unis et téléphoner à notre amateur de boutonnières depuis son hôtel de Los Angeles pour lui dire qu'il a réfléchi à la question et qu'il renonce à mettre son nez dans ses affaires. L'autre n'y verra que du feu. Avec tout ce qu'il lui a déjà fait subir – des briques dans son pare-brise, des coups de fil de menace à sa femme –, il acceptera sans doute d'enterrer la hache de guerre. J'imagine que je vais devoir retourner à Crouch End la semaine prochaine. Je lui rendrai son fric en lui disant que le gamin est introuvable. » Strike soupira. « Pas très plausible, mais je n'ai pas envie qu'ils se lancent à mes trousses.

— Il vous a donné combien… ?

— Cinq cents livres.

— C'est quand même peu pour poignarder un adolescent ! » s'écria Robin outrée. Et tout de suite après, alors qu'il ne n'y attendait plus, elle lança : « Que pensez-vous de Matthew ?

— C'est un mec sympa », répliqua Strike par simple réflexe.

Il se garda d'en dire plus. Mais Robin n'était pas dupe et il l'avait vue à l'œuvre : elle n'avait pas son pareil pour flairer le mensonge et les faux-semblants. La situation était tellement gênante qu'il changea aussitôt de sujet.

« J'ai réfléchi à un truc. Peut-être que l'année prochaine, si nous continuons à engranger des profits, et si j'arrive à vous augmenter, nous pourrions avoir besoin d'une troisième personne. Je travaille quasiment sept jours sur sept, je n'arriverai pas à tenir ce rythme éternellement. Combien de clients avez-vous refusé ces derniers temps ?

— Deux », répondit sèchement Robin.

Supposant que sa froideur tenait au manque d'enthousiasme dont il avait fait preuve concernant Matthew, mais résolu à ne pas pousser trop loin l'hypocrisie, Strike se retira dans son bureau et ferma la porte.

En l'occurrence, Strike n'avait qu'à moitié raison.

En effet, Robin avait été déçue par sa réponse. Elle savait que si son patron avait vraiment apprécié Matthew, il ne l'aurait pas qualifié de « mec sympa ». Il aurait plutôt répondu « Ouais, c'est un type bien », ou « Vous auriez pu tomber plus mal ».

Mais ce qui l'avait blessée, c'était l'idée d'embaucher un deuxième salarié. Robin retourna s'asseoir devant son écran pour établir la facture hebdomadaire de la brune en instance de divorce. Tout en se défoulant sur son clavier dont elle écrasait les touches, elle remâchait sa colère. Elle qui avait cru – à tort, manifestement – qu'il voyait en elle un peu plus qu'une simple secrétaire ; elle qui l'avait aidé à rassembler (parfois seule et de sa propre initiative) les preuves ayant abouti à l'arrestation de l'assassin de Lula Landry… Au cours des mois suivants, elle avait fréquemment outrepassé les attributions d'une simple assistante. Par exemple, elle avait répondu présent chaque fois que, pour les besoins d'une enquête, il valait mieux qu'on le voie accompagné d'une femme. Elle savait faire parler les concierges et les témoins récalcitrants que Strike effrayait par son allure d'ours mal léché. Elle ne comptait plus les fois où elle avait joué la comédie au téléphone, se faisant passer pour une autre femme, ce dont Strike aurait été incapable avec sa grosse voix.

Bêtement, Robin s'était imaginé que son patron pensait la même chose. Ne lui arrivait-il pas de lancer des phrases comme : « C'est le métier de détective qui rentre » ou « Vous pourriez suivre une formation de contre-surveillance » ! Du coup, elle avait cru qu'une fois les caisses renflouées (et elle pouvait légitimement revendiquer son rôle actif dans le redressement des finances de l'agence), Strike lui paierait les cours dont elle avait besoin. Mais à présent, elle comprenait que ces petites phrases n'étaient que des paroles en l'air, des tapes affectueuses sur l'épaule de la dactylo. Alors, que faisait-elle ici ? Pourquoi avait-elle refusé des postes plus gratifiants ? (Dans sa colère, Robin choisit d'oublier qu'elle aurait détesté travailler dans un service de ressources humaines, même avec un bon salaire à la clé.)

Comble de l'ironie, Strike envisageait peut-être d'embaucher une femme à laquelle il confierait des tâches nobles pendant qu'elle, Robin, se chargerait de recevoir les clients et de taper les rapports. Si bien qu'au final, elle ne mettrait plus jamais le nez dehors. Ce n'était pas dans ce but qu'elle s'était accrochée à ce boulot payé au lance-pierre et qui suscitait des tensions permanentes au sein de son couple.

À dix-sept heures tapantes, Robin s'arrêta au milieu d'une ligne, éteignit l'ordinateur, enfila son imperméable et sortit en claquant la porte vitrée derrière elle avec une violence inutile.

Le bruit réveilla Strike qui s'était endormi sur son bureau, la tête posée sur ses bras repliés. Il regarda sa montre, vit qu'il était dix-sept heures et se demanda qui venait d'entrer. Il dut ouvrir la porte de séparation et constater que le manteau et le sac de Robin n'étaient plus là pour comprendre qu'elle était partie sans dire au revoir.

« Et merde », maugréa-t-il.

Robin n'était pas du genre à se vexer pour un rien. Une des nombreuses qualités qu'il appréciait chez elle. Quelle importance s'il n'aimait pas son fiancé ? C'était elle qui allait l'épouser ! Il monta chez lui en ronchonnant pour se préparer un casse-croûte et se changer avant son rendez-vous avec Nina Lascelles.

12.

C'est une femme avec beaucoup d'aplomb,
d'un esprit extraordinaire et dont la langue est
fort déliée.

Ben JONSON, *Épicène, ou la Femme silencieuse*

IL FAISAIT FROID ET SOMBRE. Les mains enfoncées dans
les poches, Strike marchait sur le Strand en direction de
Fleet Street aussi rapidement que le lui permettaient la
fatigue et sa jambe. Il regrettait déjà d'avoir quitté le calme et
le relatif confort de sa mansarde, surtout que cette expédition
risquait fort d'être inutile. Mais tout en progressant à travers
le brouillard givrant, il fut néanmoins frappé, presque malgré
lui, par la beauté vénérable de cette ville où il avait vécu une
enfance difficile mais qu'il adorait quand même.

Cette soirée glaciale de novembre transformait le pittoresque
en grandiose. De la façade XVIIe de l'Old Bell Tavern aux petits
carreaux illuminés de l'intérieur se dégageait une impression
de noblesse antique ; le farouche dragon qui montait la garde
au sommet du Temple Bar se détachait sur le ciel piqueté
d'étoiles ; et au loin, le dôme brumeux de la cathédrale Saint-
Paul luisait comme une lune pleine. Tout en haut du mur de
brique qui le dominait, à présent qu'il arrivait à destination,

étaient sculptés des titres prestigieux rappelant le passé journa-listique de Fleet Street – *People's Friend*, *Dundee Courrier* – mais Culpepper et ses semblables avaient depuis longtemps fui leur quartier d'origine pour Wapping et Canary Wharf. Fleet Street était désormais le fief des avocats. Strike passa sous le fronton des Cours royales comme autant de temples dédiés à la Justice, le fonds de commerce des détectives.

Perdu dans ses pensées nostalgiques, il s'approcha de la lanterne ronde dont l'éclat doré signalait l'entrée du Ye Olde Cheshire Cheese. Il emprunta d'abord un passage étroit, courba la tête sous le linteau et poussa la porte.

Un étroit vestibule, dont les lambris de bois étaient ornés de plusieurs tableaux anciens, débouchait sur une salle minuscule. De nouveau, il se pencha, cette fois pour éviter l'enseigne délavée marquée « Réservé aux messieurs ». À peine eut-il franchi ce dernier obstacle qu'il fut accueilli par les signes enthousiastes que lui adressait, près de la cheminée, une jeune femme de petite taille, à la peau très pâle et aux immenses yeux noisette. Emmitouflée dans un manteau noir, elle tenait un verre vide entre ses mains blanches.

« Nina ?

— Je vous ai reconnu. Dominic vous a parfaitement décrit.

— Puis-je vous offrir quelque chose à boire ? »

Nina reprit un verre de vin blanc et Strike une pinte de Sam Smith. Il se glissa à côté d'elle sur la banquette inconfortable. Des accents londoniens remplissaient la salle. Comme si elle devinait ses pensées, Nina dit : « Ce pub est resté dans son jus, vous savez ? Les gens qui le croient rempli de touristes n'y ont jamais mis les pieds. Dickens y avait ses habitudes, et Johnson et Yeats également… J'adore cet endroit. »

Revigoré par les gorgées de bière qu'il venait d'avaler, Strike lui retourna son chaleureux sourire.

« On est loin de votre bureau ? demanda-t-il.

— Dix minutes à pied. On n'est pas loin du Strand. C'est un bâtiment neuf avec un toit en terrasse. Il va faire un froid de gueux, ajouta-t-elle en frissonnant d'avance. Mais je comprends que la direction ait hésité à louer un local ailleurs. Les temps sont difficiles dans l'édition.

— Vous disiez que *Bombyx Mori* a suscité quelques problèmes ? » embraya Strike, qui voulait entrer dans le vif du sujet, tout en étendant sa jambe droite au maximum sous la table.

— Des problèmes ? s'esclaffa-t-elle. Ça, c'est l'euphémisme du siècle. Daniel Chard est fou de rage. Lui donner le rôle du méchant dans un roman porno ! Ça ne se fait pas. Non, vraiment. C'est une très mauvaise idée. Chard est un peu bizarre. On dit que sa famille l'a forcé à prendre la direction de la boîte mais qu'en réalité, il aurait voulu être artiste. Comme Hitler », lança-t-elle en gloussant.

Dans ses grands yeux, les lumières au-dessus du bar dansaient. Cette fille ressemblait à une petite souris surexcitée, pensa Strike.

« Hitler ? répéta-t-il, vaguement amusé.

— Oui, quand il est colère, il fait le même genre de gestes – on a découvert ça cette semaine. Avant, il n'élevait jamais la voix et maintenant il n'arrête pas de crier, d'engueuler Jerry. On l'entend hurler à travers les murs.

— Vous avez lu le manuscrit ? »

Elle hésita, la bouche tordue par un sourire coupable.

« Pas officiellement, dit-elle enfin.

— Mais officieusement…

— Il se peut que j'y aie jeté un œil, avoua-t-elle.

— Il n'est pas enfermé dans un coffre ?

— Si. Celui de Jerry. »

Son regard malicieux semblait suggérer que ce Jerry était assez naïf.

« Le problème, c'est qu'il a du mal à se souvenir de la combinaison. Alors, il l'a donnée à des tas de gens pour qu'ils la lui rappellent en cas de besoin. Jerry est l'homme le plus gentil, le plus droit que je connaisse. Je pense qu'il n'imaginait même pas qu'on le lirait sans sa permission.

— Quand l'avez-vous eu sous les yeux ?

— Peu après qu'il l'a mis au coffre. Le lundi. Pendant le week-end, Christian Fisher avait téléphoné à une cinquantaine de personnes pour leur en lire des passages. Vous devinez l'ambiance. On ne parlait plus que de ça. Il paraît que Fisher est allé jusqu'à scanner des chapitres entiers qu'il a envoyés par mail à tous ses contacts.

— Je suppose que cette folie a cessé dès que les avocats ont repris l'affaire en main ?

— Oui. Ils nous ont tous rassemblés dans une salle de réunion pour nous tenir un discours insensé, comme quoi nous aurions les pires ennuis si jamais des informations fuitaient à cause de nous. N'importe quoi. Ils voudraient nous faire croire que la réputation de la société en pâtirait si son PDG était ridiculisé, et que nos emplois seraient mis en péril. Et ils ont dit tout cela sans rire. Une prouesse ! Papa fait partie du Conseil de l'Ordre, continua-elle d'un ton détaché. Il dit que Chard ne serait pas fondé à poursuivre l'un de ses collaborateurs alors que le ban et l'arrière-ban sont déjà au courant de tout.

— Chard est-il un bon patron ? demanda Strike.

— Je crois que oui, répliqua-t-elle aussitôt. Mais il est mystérieux, un peu collet monté… Du coup… ce que Quine a écrit sur lui est d'autant plus marrant.

— À savoir… ?

— Eh bien, dans le roman, Chard s'appelle Phallus Impudicus et… »

Strike avala sa bière de travers. Nina pouffa.

« Quine l'a appelé "Bite impudique" ? » fit le détective en riant de bon cœur. Il s'essuya la bouche d'un revers de main. Nina, elle aussi, se tenait les côtes et son rire égrillard cadrait mal avec son physique de collégienne.

« Vous avez fait du latin ? dit-elle en reprenant son souffle. Moi j'ai abandonné, je déteste cette langue – mais tout le monde connaît le mot "phallus", pas vrai ? Je me suis renseignée : *Phallus impudicus* désigne un champignon vénéneux, communément appelé satyre puant. Il paraît que ce truc sent très mauvais et… euh…, ajouta-t-elle en gloussant de plus belle, qu'il est couvert de pustules. C'est du Owen tout craché : des gros mots, des insultes, de la provoc.

— Et que fait ce fameux Phallus Impudicus dans le livre ?

— Eh bien, il marche comme Daniel, il parle comme Daniel, il lui ressemble comme un frère, il assassine un bel écrivain et pratique la nécrophilie sur son cadavre. C'est franchement dégueu. Comme dit Jerry, si Owen n'a pas donné au moins deux haut-le-cœur à ses lecteurs, il estime qu'il a perdu sa journée. Pauvre Jerry, ajouta-t-elle à mi-voix.

— Pourquoi "pauvre Jerry" ?

— Lui aussi figure dans le roman.

— Et quel genre de phallus est-il ? »

Nina se remit à glousser.

« Aucune idée, je n'ai pas lu les pages qui le concernent. J'ai juste feuilleté le manuscrit pour trouver les passages sur Daniel, vu que ce sont les plus drôles et les plus choquants, paraît-il. J'ai dû faire vite parce que Jerry n'avait quitté son bureau que pour une demi-heure – mais tout le monde sait qu'il est dedans parce que Daniel l'a convoqué à la réunion avec ses avocats et qu'il a ajouté son nom au bas de tous ces mails ridicules disant que le ciel nous tombera sur la tête si jamais nous parlons de *Bombyx Mori*. Je suppose que Daniel est soulagé de ne pas être la seule victime d'Owen. Il sait que tout le monde adore Jerry et il doit se dire qu'on la fermera pour ne pas lui causer de tort. Ce que je ne pige pas, continua Nina dont le sourire s'effaçait peu à peu, c'est pourquoi Quine s'en est pris à Jerry. Il n'a pas un seul ennemi au monde. Vraiment, Owen est un beau salaud, conclut-elle en contemplant son verre vide.

— Un autre ? » proposa Strike.

Il retourna au comptoir. Un perroquet gris empaillé le regardait depuis une armoire vitrée sur la cloison opposée. C'était le seul objet un peu décalé, dans ce pub, et Strike était prêt à parier – dans son indulgence envers l'authenticité supposée de cet îlot préservé du vieux Londres – que l'oiseau avait jadis fait résonner ses cris entre ces murs et n'était pas un simple objet de décoration chiné chez un brocanteur.

« Vous savez que Quine a disparu ? dit Strike quand il eut rejoint Nina.

— Oui, je l'ai entendu dire. Cela ne me surprend pas, après le scandale qu'il a suscité.

— Vous le connaissez personnellement ?

— Pas vraiment. Il passe de temps à autre au bureau et il en profite pour faire le joli cœur, vous savez, avec cette cape débile dont il s'enveloppe. Toujours à provoquer, à essayer de choquer… Moi, je le trouve pitoyable. Et j'ai toujours détesté ses livres. Jerry a insisté pour que je lise *Le Péché de Hobart* et je l'ai trouvé atroce.

— Savez-vous si quelqu'un a eu de ses nouvelles derniè-rement ?

— Pas que je sache.

— Personne ne sait pourquoi il a écrit un bouquin qui ne lui vaudrait que des ennuis avec la justice ?

— On dit qu'il s'est engueulé avec Daniel. Il s'engueule avec tout le monde ; il a changé de maison d'édition un nombre incalculable de fois. J'ai entendu dire que Daniel ne le publie que pour faire croire qu'Owen lui a pardonné d'avoir été infect avec Joe North. Owen et Daniel ne s'apprécient guère, c'est de notoriété publique. »

Strike se remémora le beau jeune homme blond sur la photo, dans le bureau d'Elizabeth Tassel.

« Qu'est-ce que Chard a fait à North ?

— Je ne connais pas trop les détails, répondit Nina. Mais je sais qu'il s'est très mal comporté et qu'Owen a juré de ne plus jamais travailler pour lui. Mais ensuite, comme personne ne voulait l'éditer, il a bien fallu qu'il s'y fasse. Alors, Owen a fait croire qu'il s'était trompé sur le compte de Daniel et

Daniel l'a repris dans l'espoir de redorer son blason, de passer pour un type généreux. En tout cas, c'est ce qu'on dit.

— Quine s'est-il disputé avec Jerry Waldegrave, à votre connaissance ?

— Non, et c'est justement ce qui m'intrigue. Pourquoi s'en est-il pris à Jerry dans son roman ? Jerry est si gentil ! Cela dit, toujours d'après la rumeur, on ne peut pas vraiment… »

Pour la première fois depuis le début de leur conversation, Nina sembla hésiter, avant de poursuivre sur un ton plus mesuré : « Enfin, personne ne sait ce qu'Owen a contre Jerry et, comme je disais, je n'ai lu que des passages. Mais Jerry et Daniel ne sont pas les seuls à en prendre pour leur grade. Même sa propre femme est présente dans son roman, et aussi Liz Tassel. Celle-là, il ne l'a pas gâtée. Bon, j'avoue, c'est une salope, mais elle a toujours soutenu Owen contre vents et marées. Liz ne pourra plus jamais placer le moindre bouquin chez Roper Chard ; tout le monde lui en veut à mort. Ils l'ont rayée de la liste des invités ce soir, à la demande expresse de Daniel – c'est très humiliant. Dans deux semaines, il doit y avoir une autre réception, cette fois-ci en l'honneur de Larry Pinkelman, un autre de ses auteurs. J'espère qu'ils ne lui referont pas le coup – ce vieux Larry est un amour, tout le monde l'adore – mais allez savoir comment ils l'accueilleront. »

Nina rejeta en arrière sa frange châtain clair et sauta du coq à l'âne : « Bref. Il faut qu'on se mette d'accord avant d'y aller. Comment nous sommes-nous rencontrés ? Vous êtes mon petit ami, ou quoi ?

— Les petits amis sont-ils conviés ?

— Oui, mais personne ne sait que je sors avec quelqu'un. On pourrait dire qu'on s'est rencontrés pendant une fête le week-end dernier, OK ? »

Quand elle suggéra cette rencontre fictive, Strike entendit dans sa voix une part d'inquiétude et de vanité.

« Faut que j'aille aux toilettes avant », dit-il en se levant pesamment, pendant qu'elle terminait son troisième verre.

L'escalier qui menait au sous-sol était raide et le plafond si bas qu'il se cogna la tête, malgré toutes ses précautions. Alors qu'il se frottait la tempe en pestant, une idée lui vint dans un flash. Restait à savoir si elle était bonne ou mauvaise.

13.

Le bruit court que vous possédez un registre
Où vous avez noté, grâce à vos intelligences,
Le nom de tous les coupables notoires
Qui rôdent de par la ville.

John WEBSTER, *Le Démon blanc*

STRIKE SAVAIT D'EXPÉRIENCE qu'il plaisait à certaines femmes qui avaient pour point commun une grande intelligence, un caractère irascible et une susceptibilité à fleur de peau. Elles étaient en général séduisantes et, comme son vieux copain Dave Polworth aimait préciser, « absolument pas fiables ». Strike ne s'était jamais vraiment penché sur la question mais Polworth, qui possédait le sens de la formule, avait sa petite idée. D'après lui, ces femmes (« ombrageuses comme des pur-sang ») recherchaient inconsciemment des partenaires solides et endurants comme des « chevaux de trait ».

Charlotte, l'ex-fiancée de Strike, en était l'illustration la plus parfaite. À la fois ravissante, brillante, lunatique et tarée, elle l'avait fait tourner en bourrique pendant seize ans, ne lc quittant que pour mieux le retrouver ensuite. Au grand dam des parents et des amis de la jeune femme, lesquels dissimulaient mal le mépris qu'ils ressentaient pour Strike. Après toutes ces années tumultueuses, ce dernier avait mis un terme à leur relation houleuse au mois de mars. Presque aussitôt, Charlotte s'était fiancée avec l'un de ses ex, qu'elle fréquentait à Oxford et qu'elle avait quitté pour lui. Depuis leur séparation, Strike avait fait une croix sur sa vie amoureuse – mis à part une unique nuit de folie, il se consacrait exclusivement à son travail. Il avait même résisté aux avances, subtiles ou explicites, des jeunes femmes en instance de divorce qui, tout comme sa tapageuse cliente brune, avaient du temps à tuer et un cœur solitaire à réconforter.

Non pas que l'envie lui eût manqué de succomber à leurs charmes. Quitte à risquer d'incontournables complications, il se serait bien consolé une ou deux nuits entre leurs bras. Et voilà que ce soir, il marchait sur le Strand à côté de cette fille si menue qu'elle devait presque courir pour rester à sa hauteur. Elle lui arrivait à peine à l'épaule et Strike n'aimait pas les petites femmes. Nina Lascelles lui donna son adresse exacte à St John's Wood en précisant : « Comme ça, vous aurez l'air de savoir où j'habite. » Son flot intarissable de confidences sur la maison Roper Chard était ponctué de petits rires gratuits et, à deux reprises, elle lui toucha le bras pour mieux le prendre à témoin.

« Nous y voilà », dit-elle devant un bâtiment moderne haut de plusieurs étages avec une grande porte en verre à tambour et, sur les pierres de la façade, une plaque en Perspex orange vif portant le nom de « Roper Chard ».

Des invités en tenue de gala déambulaient dans le hall immense qui se terminait sur une série de portes coulissantes en métal. Nina sortit l'invitation de son sac, la montra à un étudiant affublé d'un smoking mal ajusté, puis rejoignit avec Strike la vingtaine de personnes qui montaient dans un grand ascenseur tapissé de miroirs.

Quand ils débouchèrent dans un vaste espace bondé où un orchestre jouait pour de rares danseurs, Nina cria pour se faire entendre : « C'est l'étage qui sert aux réunions ! D'habitude, il y a des cloisons. À qui voulez-vous que je vous présente ?

— À tous ceux qui ont bien connu Quine et pourraient me dire où il est.

— Alors, je ne vois que Jerry... »

Un nouvel afflux d'invités les bouscula en sortant de l'ascenseur. Ils allaient se mêler à la foule des convives lorsque Strike sentit Nina empoigner l'arrière de son manteau comme une enfant perdue. Il ne lui rendit pas la pareille, ne lui prit pas la main, ne fit aucun effort pour donner l'impression qu'ils formaient un couple. Il l'entendit saluer deux ou trois personnes tout en marchant puis, quand ils atteignirent le mur du fond où les tables tenues par des serveurs en veste blanche étaient couvertes de nourriture, il devint parfaitement impossible de s'entendre sans hurler. Strike avala deux petits fours au crabe qu'il trouva minuscules, pendant que Nina regardait autour d'elle.

« Je n'aperçois pas Jerry mais il est probablement sorti fumer sur la terrasse. Vous voulez qu'on monte ? Oh, regardez là-bas – Daniel Chard, se mêlant à la foule !

— Lequel est-ce ?

— Le chauve. »

Comme des épis de blé ployant sous le souffle d'un hélicoptère qui décolle, un espace s'était libéré autour du grand patron qui discutait avec une jeune femme bien faite, moulée dans une robe noire.

Phallus Impudicus. Strike sourit malgré lui en voyant sa totale calvitie. Il l'avait imaginé plus vieux, moins vigoureux. Tout compte fait, il était plutôt beau dans son genre, avec ses yeux profondément enfoncés, ses épais sourcils bruns, son nez aquilin et ses lèvres minces. Son costume anthracite n'avait rien d'exceptionnel, contrairement à sa cravate mauve pâle, plus large que la moyenne et ornée d'un motif représentant des nez. Strike, dont les goûts vestimentaires ne brillaient guère par leur originalité – surtout depuis son séjour à l'armée –, nota avec surprise cette touche d'extravagance, légère mais explicite.

123

« Où sont les boissons ? demanda Nina, sur la pointe des pieds, ce qui ne l'avançait guère.

— Là-bas », dit Strike. Un coin-bar était aménagé devant les fenêtres qui donnaient sur les eaux sombres de la Tamise. « Ne bougez pas, je vais vous chercher un verre. Du vin blanc ?

— Champagne, au cas où Daniel aurait décidé de faire les choses en grand. »

Il se fraya à travers la foule un chemin qui lui permettait de se rapprocher discrètement de Chard, lequel laissait sa compagne faire tous les frais de la conversation. Elle avait sur le visage cette crispation des gens qui savent qu'on ne les écoute pas. Strike vit que le PDG tenait un verre d'eau dans sa main droite et que le dos de cette main était criblé d'un eczéma rouge vif. Strike s'immobilisa derrière lui, pour laisser passer un groupe de jeunes femmes.

« ... et je vous assure, c'était très drôle », disait la femme en robe noire.

— Oui, répondit Chard avec un air de profond ennui. Je n'en doute pas.

— Comment avez-vous trouvé New York ? Merveilleux, non ? Enfin, disons plutôt... utile ? Amusant ?

— Fatigant », répondit Chard. Strike ne voyait pas son visage mais comprit qu'il bâillait. « Toutes ces discussions sur le numérique... »

Un homme corpulent en costume trois-pièces, déjà pris de boisson bien qu'il fût à peine vingt heures trente, s'arrêta devant Strike et lui céda le passage avec une courtoisie exagérée. Strike fut donc obligé de poursuivre son chemin sans avoir entendu la suite de la conversation.

« Merci, dit Nina en prenant sa coupe de champagne. Si nous montions sur la terrasse ?

— Bonne idée », fit Strike. Faute d'avoir trouvé une boisson à son goût, lui aussi s'était servi du champagne. « Qui est la personne en grande discussion avec Daniel Chard ? »

Nina tendit le cou tout en marchant vers un escalier métallique en forme d'hélice.

« Joanna Waldegrave, la fille de Jerry. Elle vient de pondre son premier roman. Pourquoi ? C'est votre genre de femme ? demanda-t-elle avec un petit rire.

— Non. »

Pour grimper les marches grillagées, Strike s'appuya lourdement à la rampe et quand ils arrivèrent sur le toit, l'air glacial s'engouffra dans ses poumons. La terrasse était recouverte de bandes de gazon moelleux, avec de grandes vasques plantées de fleurs et d'arbustes. Il y avait des bancs un peu partout et même un bassin éclairé par des projecteurs où des poissons filaient comme des flèches entre les feuilles de nénuphars. Des parasols chauffants, disposés comme de gros champignons entre les carrés de pelouse, abritaient les convives frigorifiés qui, tournant le dos au décor champêtre artificiel, discutaient avec leurs collègues fumeurs, le bout de leurs cigarettes luisant dans le noir.

Cette terrasse offrait une vue sublime sur la ville qui s'étirait comme un velours noir incrusté de diamants. Strike reconnut le bleu fluo du London Eye, la tour Oxo et ses fenêtres couleur rubis, le Southbank Centre, et plus loin sur la droite, l'éclat doré de Big Ben et du palais de Westminster.

« Venez, dit Nina en prenant Strike par la main d'un geste résolu pour le conduire vers trois femmes dont les souffles se mêlaient dans un halo brumeux, même quand elles ne tiraient pas sur leurs cigarettes.

« Salut, les filles, lança Nina. Vous avez vu Jerry ?

— Il est bourré, déclara froidement une rousse.

— Oh, non ! gémit Nina. Lui qui allait si bien ! »

Une blonde osseuse jeta un œil par-dessus son épaule et murmura : « Il était à côté de ses pompes, la semaine dernière, chez Arbutus.

— C'est à cause de *Bombyx Mori*, dit une fille nerveuse aux cheveux bruns coupés court. Son week-end à Paris est tombé à l'eau. Fenella lui a encore fait une scène, j'imagine. Quand va-t-il se décider à la larguer ?

— Elle est ici ? s'enquit la blonde.

— Oui, quelque part, fit la brune. Tu ne nous présentes pas, Nina ? »

Les présentations furent si embrouillées que Strike ne put déterminer laquelle était Miranda, Sarah ou Emma. Dans la foulée, elles reprirent leur débat animé sur leur sujet de prédilection : Jerry Waldegrave, son alcoolisme et l'échec de son couple.

« Il aurait dû la jeter depuis des années, déclara la brune. Cette femme est ignoble.

— Chuuut ! » souffla Nina. Brusquement, les quatre collègues se turent. Un homme presque aussi grand que Strike s'avançait tranquillement vers elles, son visage bouffi en partie caché par de grosses lunettes à monture de corne et une mèche de cheveux bruns. Le verre de vin rouge qu'il tenait à la main était si rempli qu'il menaçait de déborder.

« Je vous y prends ! » fit-il avec un sourire débonnaire. À son élocution étudiée pour donner le change, Strike le rangea dans la catégorie des alcooliques invétérés. « Laissez-moi deviner. J'ai droit à trois essais. Vous parliez de *Bombyx... Mori...* Quine. Oh, bonsoir, ajouta-t-il en regardant Strike dont les yeux étaient au même niveau que les siens. Nous n'avons pas été présentés, n'est-ce pas ?

— Jerry, voici Cormoran ; Cormoran, voici Jerry », dit très vite Nina, avant de préciser en aparté à l'intention de ses trois compagnes : « On sort ensemble.

— Cameron, c'est cela ? demanda Waldegrave en portant la main à son oreille.

— Presque, répondit Strike.

— Désolé, mais je suis sourd d'une oreille, s'excusa Waldegrave. Mesdames, ne me dites pas que vous colportiez des ragots devant un bel et sombre inconnu, dit-il avec un semblant d'humour. Et cela bien que Mr Chard ait fort clairement

126

interdit à quiconque de divulguer notre petit secret honteux en dehors de la maison.

— Tu ne nous dénonceras pas, hein, Jerry ? minauda la fille brune.

— Si Daniel voulait garder le secret, répliqua la rousse sans omettre de vérifier autour d'elle si son patron n'écoutait pas, il n'enverrait pas ses avocats à travers la ville intimer le silence à tout le monde. On n'arrête pas de m'appeler, de me demander ce qui se passe.

— Jerry, intervint la brune en prenant son courage à deux mains, pourquoi les avocats t'ont-ils convoqué ?

— Parce que j'y suis, Sarah », dit Waldegrave. Il fit de la main un geste qui envoya une partie de son vin rejoindre la pelouse taillée au cordeau. « J'y suis jusqu'au cou. Dans ce livre. »

Les quatre femmes manifestèrent bruyamment leur indignation.

« Quine n'a pourtant rien à te reprocher. Tu as toujours été correct avec lui, non ? demanda la brune.

— Je connais son refrain par cœur : Owen me trouve trop brutal avec ses chefs-d'œuvre, dit-il en mimant des lames de ciseaux avec sa main libre.

— C'est tout ? fit la blonde, légèrement déçue. La belle affaire. Il a déjà de la chance d'avoir trouvé un éditeur, vu la manière dont il se comporte.

— Je commence à me dire qu'il nous refait le coup du sous-marin, leur confia Waldegrave. Il ne répond plus au téléphone.

— Quel lâche ! Quel salaud ! s'indigna la rousse.

— En fait, je me fais du souci pour lui.

— Du souci ? répéta la rousse incrédule. Tu n'es pas sérieux !

— Si tu avais lu le livre, tu te ferais du souci toi aussi, insista Waldegrave avec un petit hoquet. Je crois qu'Owen est en train de craquer. C'est le genre de texte qu'on écrit avant de se suicider. »

La blonde partit d'un petit rire qui cessa brutalement. Walde-grave avait l'air sérieux.

« Je ne plaisante pas. Je crois qu'il a pété les plombs. Si on fait abstraction de son verbiage grotesque et qu'on lit entre les lignes, le message est clair : tout le monde est contre moi, tout le monde cherche à m'avoir, tout le monde me déteste...

— C'est vrai, tout le monde le déteste, dit la blonde.

— Comment une personne dotée de raison pourrait-elle ima-giner qu'un tel torchon serait accepté ? Et maintenant, voilà qu'il a disparu.

— C'est une habitude chez lui, rétorqua la rousse. Et ça ne date pas d'hier. Daisy Carter de chez Davis-Green m'a dit qu'il avait claqué la porte deux fois quand ils travaillaient ensemble sur *Les Frères Balzac*.

— Moi, je m'inquiète », s'obstinait Waldegrave. Il prit une bonne gorgée de vin et ajouta : « Il s'est peut-être ouvert les veines...

— C'est pas le genre d'Owen ! » ricana la blonde. Walde-grave baissa les yeux vers elle et la considéra avec un mélange de pitié et d'antipathie.

« Tu sais, Miranda, il arrive que les gens se tuent quand ils découvrent qu'ils ont perdu leur unique raison de vivre. Ils se tuent même si les autres ne prennent pas leur souffrance au sérieux. »

La blonde adopta une mine incrédule puis chercha du soutien auprès de ses collègues. Mais personne ne broncha.

« Les écrivains ne sont pas des gens comme les autres, pour-suivit Waldegrave. Croyez-moi. Tous ceux qui ont un tant soit peu de talent ont aussi un grain. Ce que Liz Tassel, malgré son expérience, aurait tendance à oublier.

— Elle dit qu'elle ignorait ce qu'il y avait dans le livre, intervint Nina. Elle raconte partout qu'elle était malade, qu'elle l'a lu en diagonale...

— Je connais Liz Tassel », maugréa Waldegrave. À cet ins-tant, Strike nota chez lui un brusque accès de colère contrastant avec son air bonhomme et son ivresse. « Elle savait pertinemment ce qu'elle faisait en envoyant ce bouquin. C'était sa dernière chance de se faire du pognon sur le dos d'Owen, et par la même occasion, d'emmerder Fancourt qu'elle n'a jamais pu sentir… De la pub à bas prix. Et maintenant qu'elle a foutu le bazar, elle se retire du jeu. Il n'y a pas plus ignoble comme façon de faire.

— Daniel ne voulait pas la voir à cette réception, dit la brune. C'est moi qui l'ai appelée pour la prévenir. Affreux.

— Où Owen a-t-il bien pu disparaître, Jerry ? » insista Nina. Waldegrave haussa les épaules.

« Je n'en sais rien. Mais j'espère qu'il va bien, où qu'il soit. C'est plus fort que moi, je l'aime bien, ce salopard, malgré tout ce qu'il a fait.

— Quel est ce scandale Fancourt qu'il évoque dans *Bombyx Mori* ? demanda la rousse. Ce serait à propos d'un article… »

Soudain, tout le monde se mit à parler en même temps, hormis Strike. Mais la voix de Waldegrave dominait celle de ses petites camarades, lesquelles baissèrent le ton avec la courtoisie instinctive dont les femmes font souvent preuve face aux hommes en situation de faiblesse.

« Je croyais que cette histoire était de notoriété publique, dit Waldegrave dans un hoquet. En bref, la première épouse de Michael, Elspeth, a commis un roman exécrable. Quelqu'un a fait paraître une parodie de son livre dans un magazine littéraire. Elspeth a découpé l'article, l'a épinglé sur le devant de sa robe et s'est suicidée au gaz dans sa cuisine, comme Sylvia Plath. »

La rousse s'étrangla d'horreur.

« Elle s'est tuée ?

— Ouaip, dit Waldegrave en sifflant une nouvelle gorgée de vin. Les écrivains ont tous un grain.

— Qui était l'auteur de cette parodie ?

— On a toujours cru que c'était Owen. Il a nié, mais moi je pense que c'est lui, étant donné ce qui a suivi. Après la mort d'Elspeth, Owen et Michael ne se sont plus jamais adressé la parole. Mais dans *Bombyx Mori*, Owen s'arrange pour faire croire que le vrai responsable n'est autre que Michael lui-même.

— Incroyable, articula la rousse, frappée de stupeur.

— À propos de Fancourt, dit Waldegrave en regardant sa montre, je suis censé vous prévenir qu'il y aura un discours dans la salle du bas, à neuf heures. Ce serait dommage que vous ratiez ça. »

Sur ce, il s'éloigna de son pas de sénateur. Deux filles écrasèrent leur cigarette et trottinèrent derrière lui. La blonde se dirigea vers un autre groupe.

« Jerry est charmant, vous ne trouvez pas ? demanda Nina à Strike en frissonnant sous son épais manteau de lainage.

— Très magnanime, dit Strike. À part lui, personne ne semble penser qu'Owen ignorait la portée de ses écrits. Vous voulez qu'on se mette au chaud ? »

Strike sentait la fatigue déferler sur lui comme une vague. Il ne souhaitait qu'une chose : rentrer chez lui. Il avait hâte de retirer sa prothèse, ce qui représentait chaque jour une besogne fastidieuse, et de coucher sa jambe (comme il disait). Ensuite, il fermerait les yeux et tâcherait de dormir huit heures d'affilée avant de repartir à l'affût d'un mari infidèle.

La salle du bas était encore plus peuplée que tout à l'heure. Nina aborda plusieurs personnes pour leur hurler quelque chose à l'oreille. Elle présenta Strike à un auteur de romans d'amour, un gaillard visiblement ébloui par le champagne bon marché et l'orchestre discordant, à la femme de Jerry Waldegrave, laquelle salua Nina avec une effusion accrue par l'ivresse en louchant entre les mèches de cheveux bruns qui lui balayaient la figure.

« Toujours aussi lèche-cul, celle-là », dit froidement Nina en lui tournant le dos. Elle conduisit Strike devant l'estrade improvisée où devait se tenir le discours. « Elle vient d'une famille friquée et fait tout pour qu'on sache qu'elle a fait une mésalliance en épousant Jerry. Quelle snob !

— C'est votre bâtonnier de père qui l'impressionne ? demanda Strike.

— Quelle mémoire ! Hallucinant ! s'exclama Nina admirative. Non, je crois que c'est… enfin, c'est parce que je suis l'Honorable Nina Lascelles, en fait peu importe. Moi je m'en fiche mais les gens comme Fenella trouvent ça chic. »

Un technicien réglait la hauteur du micro sur le pupitre en bois. Une banderole affichait le logo de Roper Chard, avec une corde nouée entre les deux noms, et les mots « 100e anniversaire ».

S'ensuivirent dix interminables minutes d'attente durant lesquelles Strike écouta poliment le bavardage de Nina, ce qui nécessitait un gros effort de sa part car il devait se baisser pour l'entendre à cause de sa petite taille et du raffut qui régnait dans la salle.

« Larry Pinkelman est-il là ? demanda-t-il en se rappelant le vieil écrivain qu'il avait vu en photo chez Elizabeth Tassel.

— Oh non, il a horreur des soirées, lança joyeusement Nina.

— Je croyais que vous prépariez une fête en son honneur ?

— D'où tenez-vous ça ? fit Nina interloquée.

— Vous me l'avez dit tout à l'heure, au pub.

— Ouah, rien ne vous échappe ! Oui, c'est vrai, nous organisons un dîner pour la réimpression de ses contes de Noël, mais ce sera très intime. Larry déteste la foule, il est vraiment timide. »

Dès que Daniel Chard fut monté sur l'estrade, le volume des conversations baissa jusqu'au murmure. Quand le silence fut complet, Strike sentit monter la tension. Chard éplucha rapidement ses notes puis s'éclaircit la voix.

Chard n'avait pas l'air à son aise. Pourtant, il devait avoir l'habitude de parler en public, se dit Strike. À intervalles réguliers, ses yeux se fixaient sur un point, toujours le même, quelque part au-dessus de son auditoire ; il évitait les regards et il fallait parfois tendre l'oreille pour suivre son discours dont la première partie consistait en un court historique des fameuses éditions Roper. Puis, après une petite digression vers un passé plus lointain, époque où son grand-père dirigeait Chard Books, il exprima sa joie et sa fierté devant la fusion des deux entités et sa nomination, dix ans auparavant, à la tête de Roper Chard. Tout cela sur le même ton monocorde. Ses quelques saillies reçurent un accueil dont l'exubérance tenait autant à l'embarras qu'à l'alcool, se dit Strike qui ne pouvait détacher ses yeux des mains de l'orateur. L'eczéma faisait comme des brûlures sur sa peau. Autrefois, à l'armée, il avait connu un jeune soldat souffrant de la même maladie, laquelle s'était aggravée à cause du stress au point qu'on avait dû l'hospitaliser.

« Personne ne conteste, dit Chard en tournant encore une page – Strike était assez grand et assez proche de l'estrade pour voir que c'était la dernière –, que le monde de l'édition traverse une période de mutation rapide. Nous affrontons sans cesse de nombreux défis. Mais une chose demeure inchangée. Aujourd'hui comme il y a cent ans, le contenu est roi. Non seulement Roper Chard peut s'enorgueillir d'éditer les meilleurs écrivains du monde mais nous continuerons à divertir, enthousiasmer et poser les vraies questions. C'est dans ce contexte (le point culminant du discours se signala non par une tension dans la voix et la posture de l'orateur mais au contraire par un certain relâchement, Chard sentant venir la fin de l'épreuve) que j'ai l'honneur et le plaisir de vous apprendre qu'un des plus grands auteurs du monde a bien voulu joindre son talent à cette belle aventure. Mesdames et messieurs, je vous prie d'accueillir Michael Fancourt ! »

Comme un souffle de vent agitant des feuillages, on entendit le public retenir sa respiration. Une femme glapit d'excitation. Les applaudissements retentirent d'abord au fond de la salle puis se répandirent vers l'estrade comme un feu de forêt. Strike vit une porte s'ouvrir sur une grosse tête au visage amer, et la foule enthousiaste avala Fancourt pour le recracher quelques minutes plus tard devant l'estrade où Chard l'accueillit, la main tendue.

« Oh, mon Dieu ! criait Nina, surexcitée. Oh, mon Dieu ! »

Jerry Waldegrave, qui lui aussi dépassait d'une bonne tête l'assemblée surtout composée de femmes, se tenait dans le prolongement de l'estrade, à quelques mètres de Strike. Son verre de vin l'empêchait d'applaudir. Il le porta à ses lèvres et observa sans sourire Michael Fancourt agiter la main pour réclamer le silence.

« Merci, Dan, dit-il. Eh bien, j'avoue que je n'aurais jamais pensé me retrouver ici un jour. » Quelqu'un dans le public s'esclaffa bruyamment. « Et pourtant, j'ai l'impression de rentrer à la maison. Au début de ma carrière, j'ai écrit pour Chard, ensuite j'ai écrit pour Roper. C'était le bon temps. J'étais un jeune homme en colère (il y eut des gloussements ici et là) et maintenant que je suis un vieil homme en colère (autres rires, et rictus amusé du côté de Daniel Chard) j'ai l'intention de vous faire profiter de mes coups de gueule (hilarité générale, Chard compris, Strike et Waldegrave étant les deux seuls à ne pas se tordre de rire). Je suis enchanté d'être de retour parmi vous et je ferai de mon mieux pour que Roper Chard continue à divertir, exalter et poser les vraies questions. »

Sous un tonnerre d'applaudissements et les flashes des photographes, les deux hommes se serrèrent longuement la main.

« Un demi-million, à vue de nez, dit un homme ivre derrière Strike. À quoi il faut ajouter 10 K pour sa prestation de ce soir. »

Fancourt descendit de l'estrade devant Strike sans pour autant renoncer à sa mine renfrognée coutumière. Pourtant, dès que les mains se tendirent vers lui, son expression s'adoucit quelque peu. Michael Fancourt ne détestait pas qu'on l'adule.

« Ouah, c'est trop génial ! » s'écria Nina.

Tandis que la tête hypertrophiée de Fancourt disparaissait au milieu de la foule, la jolie silhouette de Joanna Waldegrave resurgit. Elle essayait de se frayer un chemin vers lui quand son père la rattrapa. Il tangua, reprit son équilibre et saisit sa fille par le bras d'un geste brusque.

« Jo, laisse-le. Tu n'es pas la seule à vouloir lui parler.

— Maman a foncé sur lui. Pourquoi pas moi ? »

Strike vit Joanna se dégager et s'éloigner d'un pas décidé. Daniel Chard avait disparu lui aussi. S'était-il esquivé en profitant du désordre causé par les admirateurs de Fancourt ?

« Votre PDG n'aime pas se retrouver sous les feux de la rampe, lança-t-il à Nina.

— Et il paraît que c'était pire avant, répondit Nina sans quitter Fancourt des yeux. Il y a dix ans, il ne levait même pas le nez de ses notes. En revanche, c'est un homme d'affaires hors pair. Malin comme tout. »

Strike se sentait tiraillé entre fatigue et curiosité.

« Nina », dit-il en entraînant la jeune femme loin de la masse humaine qui se pressait autour de Fancourt. Elle ne résista guère. « Où dites-vous que se trouve le manuscrit de *Bombyx Mori*, exactement ?

— Dans le coffre de Jerry. À l'étage en dessous. » Le champagne faisait étinceler ses grands yeux. « Est-ce que vous pensez ce que je pense que vous pensez ?

— Cela vous causerait des ennuis ?

— Des tonnes, répondit l'insouciante. Mais j'ai emporté mon badge magnétique et tout le monde est très occupé, n'est-ce pas ? »

Son père était un grand avocat, songea Strike. Ils hésiteraient à la licencier.

« Vous pouvez m'en faire une copie ?

— Allez, en route », dit-elle en vidant son verre.

L'ascenseur était inoccupé, l'étage inférieur sombre et vide. Nina ouvrit la porte du service avec sa carte magnétique, longea des ordinateurs éteints, des box déserts et s'immobilisa devant un grand bureau avec vue. Pour seul éclairage, ils devraient se contenter des lumières de la ville et des petits points orangés qui luisaient sur les écrans en veille.

Le bureau de Waldegrave n'était pas fermé à clé mais le coffre, caché derrière une bibliothèque pivotante, possédait un digicode. Nina tapa quatre chiffres, la porte s'ouvrit, révélant une liasse de feuillets mal empilés.

« Bingo, s'écria-t-elle.

— Moins fort », lui conseilla Strike.

Il fit le guet pendant que la jeune femme passait le manuscrit dans la photocopieuse à l'extérieur du bureau. Les gémissements mécaniques, le chuintement des feuilles produisaient un effet curieusement apaisant. Ni vu ni connu, quinze minutes plus tard, Nina remettait le roman à sa place dans le coffre.

« Tenez. »

Quand elle lui tendit l'exemplaire maintenu par un solide élastique, Nina, prise d'un léger vertige, s'appuya contre Strike un peu plus longtemps que nécessaire. Conscient qu'il lui était redevable, Strike se sentait toutefois trop épuisé pour la raccompagner à son appartement de St John's Wood. Quant à l'inviter chez lui, il n'en était pas question. Est-ce qu'un verre, demain soir par exemple, suffirait en guise de remerciement ? C'est alors qu'il se souvint de l'invitation de sa sœur. Lucy avait bien dit qu'il pouvait venir accompagné à sa fête d'anniversaire.

« Ça vous dirait de m'accompagner à un dîner barbant, demain soir ? » demanda-t-il.

Elle éclata de rire comme si cette idée la transportait de joie.

« Qu'y aura-t-il de si barbant ?

— Tout. Vous mettriez un peu d'ambiance. Ça vous dit ?

— Eh bien… pourquoi pas ? »

Cette proposition parut lui suffire. Strike sentait qu'elle n'exigerait rien de plus pour l'instant. Ils sortirent sur le palier comme deux bons amis, le manuscrit de *Bombyx Mori* planqué sous le manteau de Strike. Après avoir noté son adresse et son numéro de téléphone, il ouvrit pour elle la portière du taxi et la regarda s'éloigner avec soulagement.

14.

Là, il demeure, parfois l'après-midi entier, à lire
ces effroyables, ignobles (maudits soient-ils, je les
abhorre !) et misérables vers.

Ben JONSON, *Chaque homme a son humeur*

LE LENDEMAIN, des milliers de personnes manifestèrent
contre la guerre dans laquelle Strike avait perdu sa
jambe. Le défilé traversa le centre de Londres malgré
un froid de canard. Des familles de soldats ouvraient la marche.
Strike savait par d'anciens camarades que les parents de Gary
Topley – décédé dans l'explosion qui l'avait mutilé – étaient
présents. Il n'avait pas envie de se joindre à eux. Ce qu'il
pensait de cette guerre ne pouvait se résumer à ces slogans,
ces mots tracés à la peinture noire sur les banderoles des mani-
festants. Faire son boulot et bien le faire restait son credo,
aujourd'hui comme hier. Participer à cette marche reviendrait à
reconnaître qu'il avait des regrets, ce qui n'était pas vrai. Dès
qu'il fut bien réveillé, sa toilette faite, il ajusta sa prothèse,
enfila son plus beau costume italien et partit pour Bond Street.
    Le mari infidèle qu'il surveillait en ce moment – celui de
sa cliente brune – accusait sa future ex-épouse d'avoir égaré,
dans un moment d'ivresse, lors d'un séjour dans un hôtel,

plusieurs bijoux précieux. Sachant que l'homme avait rendez-vous à Bond Street dans la matinée, Strike avait pris le pari que les fameuses pierres referaient sous peu leur apparition.

Dans le reflet de la vitrine d'en face, il vit sa cible pousser la porte de la bijouterie et ressortir une demi-heure plus tard. Strike alla s'asseoir dans un café, laissa passer deux heures et, à son tour, entra dans la boutique d'un pas décidé, en se faisant passer pour un client fortuné désireux d'offrir des émeraudes à sa femme. On lui montra diverses parures qu'il examina d'un œil critique et enfin, au bout de trente minutes de tergiversations, il vit surgir le superbe collier. Strike l'acheta sur-le-champ grâce aux dix mille livres que lui avait avancées sa cliente. Dix mille livres n'étaient rien pour une femme qui espérait toucher plusieurs millions.

Strike prit un kebab sur le chemin du retour. Après avoir enfermé le collier dans un petit coffre caché dans son bureau (où il rangeait en général les clichés compromettants), il monta chez lui, se prépara une tasse de thé bien fort, ôta son costume et alluma la télévision pour suivre les préparatifs du match qui opposerait Arsenal à l'équipe des Spurs. Il s'étendit confortablement sur son lit et ouvrit le manuscrit dérobé la veille au soir.

Comme l'avait dit Elizabeth Tassel, *Bombyx Mori* était une version abâtardie du *Voyage du pèlerin*. L'action se déroulait dans un pays imaginaire mais haut en couleur. Le héros éponyme (un jeune écrivain de génie) quitte son île natale, remplie de crétins incapables de reconnaître son talent, pour entreprendre un genre de voyage initiatique vers une cité lointaine. Strike, ayant déjà survolé *Les Frères Balzac*, ne fut guère surpris par le style ampoulé et les descriptions tarabiscotées. Mais cette fois-ci, il comptait lire plus attentivement.

Du fatras amphigourique et souvent obscène émergea un premier personnage reconnaissable : Leonora Quine. Le jeune et brillant Bombyx traversait une contrée peuplée de monstres quand il tombait sur une certaine Succuba, qualifiée de « vieille putain », laquelle se jetait sur lui, le ligotait et lui faisait subir les derniers outrages. Succuba et Leonora se ressemblaient comme deux sœurs : maigres, mal fagotées, affligées d'énormes lunettes et d'un visage inexpressif. Après qu'elle l'eut violé à maintes reprises pendant plusieurs jours, Bombyx persuadait Succuba de le libérer. Mais elle était si triste de le voir partir que le jeune homme consentait à l'emmener. Premier renversement de situation tombant comme un cheveu sur la soupe : ce procédé se répéterait de nombreuses fois au cours du récit, comme si, dans cette ambiance onirique, toute chose effrayante ou maléfique pouvait, sans qu'on sache pourquoi, subir une métamorphose et acquérir inopinément un caractère agréable et bienfaisant.

Quelques pages plus loin, Bombyx et Succuba rencontraient la Tique, une créature agressive dotée d'une mâchoire carrée et d'une voix de basse. Strike n'eut aucune peine à identifier Elizabeth Tassel. Après un nouveau viol, Bombyx, toujours aussi indulgent, pardonnait à son agresseuse et la prenait avec eux. Or, la Tique ayant la mauvaise habitude de se suspendre à ses mamelles durant son sommeil, Bombyx commençait à dépérir.

Au fil du récit, on voyait Bombyx changer étrangement de sexe. On savait déjà qu'il pouvait allaiter mais bientôt, il donna des signes de grossesse. Ce qui ne l'empêchait d'ailleurs pas de satisfaire les nombreuses femmes qui s'offraient à lui en cours de route.

Strike sauta quelques descriptions ordurières en espérant n'avoir pas raté trop d'allusions à des personnes réelles. Les relations de Bombyx avec les autres êtres humains étaient violentes, perverses et dérangeantes. Le jeune homme se faisait prendre par tous les orifices au cours de scènes sadomasochistes d'une cruauté rare. Et malgré tous ces sévices, auxquels il participait tantôt en victime tantôt comme bourreau, l'auteur voulait faire croire que Bombyx gardait une âme pure et innocente. Le simple fait qu'il soit un génie impliquait que les lecteurs l'absolvent de ses crimes aussi abominables que ceux des monstres croisés en chemin. Au détour d'une page, Strike se rappela les paroles de Jerry Waldegrave. L'éditeur pensait que Quine avait l'esprit dérangé et Strike commençait à partager son point de vue.

Le match allait démarrer. Strike émergea de sa lecture avec l'étrange impression d'être resté enfermé des jours durant dans une cave sombre et nauséabonde. Mais à présent, il ne pensait plus qu'au foot, persuadé que les joueurs d'Arsenal remporteraient la victoire – en dix-sept ans, les Spurs ne les avaient jamais battus à domicile.

Pendant quarante-cinq minutes, Strike se laissa porter par le plaisir du jeu en encourageant bruyamment son équipe à chaque belle action.

À la mi-temps, Arsenal menait par deux buts à zéro. À contrecœur, Strike coupa le son et replongea dans l'univers biscornu d'Owen Quine.

Sans identifier personne en route, il suivit Bombyx jusqu'à la grande cité fortifiée, objet de toutes ses convoitises. Mais sur le pont-levis enjambant les douves l'attendait un étrange individu, un géant myope qui marchait en traînant les pieds : le Coupeur.

Le Coupeur portait une casquette enfoncée jusqu'à ses lunettes à monture de corne, et un sac taché de sang qui s'agitait sur son épaule. Il proposait de conduire la petite troupe – à savoir Bombyx, Succuba et la Tique – devant une porte secrète dissimulée dans la muraille. Désormais habitué aux scènes de violence sexuelle, Strike ne fut guère surpris de lire que le Coupeur avait l'intention de castrer Bombyx. Dans la bagarre qui s'ensuivait, le sac que portait le Coupeur tombait ; une naine en sortait et se mettait à courir. Le Coupeur s'élança pour la rattraper. Bombyx, Succuba et la Tique en profitaient pour se sauver par une brèche dans la muraille et, quand ils se retournaient, ils voyaient le Coupeur en train de noyer la naine dans les douves.

Absorbé par sa lecture, Strike s'aperçut trop tard que le match avait repris. Il leva le nez vers l'écran.

« Merde ! »

Deux partout. Incroyable ! Les Spurs étaient remontés au score. Horrifié, Strike repoussa le manuscrit. La défense d'Arsenal s'écroulait devant ses yeux. Normalement, ils auraient dû gagner et prendre la tête du championnat.

« MERDE ! » beugla Strike quand, dix minutes plus tard, un joueur des Spurs envoya le ballon d'un coup de tête dans les buts de Fabianski.

Arsenal avait perdu.

En lâchant une bordée de jurons, il éteignit la télé et regarda sa montre. Il ne lui restait qu'une demi-heure pour se doucher, se changer et aller chercher Nina Lascelles à St John's Wood. Le voyage en taxi pour Bromley, aller-retour, lui coûterait une fortune. Il songea au pensum qui l'attendait ensuite – la lecture du dernier quart du roman – et comprit mieux pourquoi Elizabeth Tassel avait sauté la fin.

Pour quelle raison s'infligeait-il cette épreuve ? Encore la curiosité, sans doute.

Démoralisé et de mauvaise humeur, il se mit sous la douche en regrettant de ne pouvoir rester chez lui ce soir. Peut-être qu'Arsenal aurait gagné, pensa-t-il absurdement, s'il avait pu regarder le match sans se laisser distraire par les aventures cauchemardesques de *Bombyx Mori*.

15.

Croyez-moi, il n'est point dans l'air du temps
d'avoir des relations en ville.

William CONGREVE, *Le Train du monde*

« ALORS ? QUE PENSEZ-VOUS de *Bombyx Mori* ? » lui
demanda Nina dans le taxi qui les emmenait à Bromley. Il aurait été seul, il aurait emprunté les transports
en commun, plus économiques. Mais le trajet en voiture était
plus agréable et moins long.

« C'est l'œuvre d'un esprit dérangé », dit Strike.

Nina éclata de rire.

« Mais vous n'avez pas lu ses autres bouquins. Ils sont
presque aussi nuls, encore qu'ils ne soient pas aussi vomitifs.
Que dites-vous du pénis purulent de Daniel ?

— Je n'en suis pas encore là. Mais je brûle d'impatience. »

Elle portait le même manteau que la veille au soir mais
avait enfilé en dessous une robe noire moulante au décolleté
plongeant dont Strike avait eu un copieux aperçu quand, après
l'avoir accueilli dans son appartement de St John's Wood, elle
s'était penchée pour ramasser son sac et ses clés. Le voyant
arriver les mains vides, elle avait fait un crochet par la cuisine
et pris une bouteille de vin. Cette fille était jolie, intelligente,

bien élevée, mais la manière dont elle s'était jetée sur lui dès le premier soir – un samedi, en plus – dénotait chez elle une certaine désinvolture, ou un manque affectif.

Ils quittaient le centre-ville et se dirigeaient vers la banlieue résidentielle où vivait sa sœur. Strike en était toujours à se demander pourquoi il avait accepté cette invitation. Lucy comme ses voisins, possédait une belle et grande maison remplie d'électroménager, de télévisions HD, autant de biens matériels dont elle ne concevait pas que son frère souhaite se passer.

C'était du Lucy tout craché que d'organiser chez elle son dîner d'anniversaire, même si cela la stressait. N'ayant aucune imagination, elle ne voyait rien de mieux qu'une fête à la maison et ne pouvait concevoir que Strike ne fût pas du même avis. Dans le petit monde bien ordonné de sa sœur, manquer un repas d'anniversaire était un crime de lèse-majesté. Il devait y avoir : gâteau, bougies, cartes de vœux, cadeaux. Où irait le monde si l'on ne respectait plus les dates, l'ordre et les coutumes ?

Le taxi emprunta le Blackwall Tunnel qui passait sous la Tamise et déboucha dans la banlieue sud. Strike était conscient que se présenter avec Nina à un repas de famille revenait à se prévaloir d'un certain anticonformisme. Malgré la traditionnelle bouteille de vin posée sur ses genoux, il la sentait nerveuse, prête à tenter sa chance. Elle vivait seule, s'intéressait plus à la littérature qu'aux bébés. Bref, elle ne plairait certainement pas à la maîtresse de maison.

Presque une heure après avoir quitté Denmark Street, Strike, dont le portefeuille s'était allégé de cinquante livres, aida Nina à traverser le trottoir obscur. Ils remontèrent l'allée devant la maison et passèrent sous le grand magnolia. Avant d'appuyer sur la sonnette, Strike se sentit obligé de préciser : « Il faut que je vous prévienne : c'est un dîner d'anniversaire. Le mien.

— Oh, vous auriez dû le dire ! Joyeux...

— Ce n'est pas aujourd'hui, l'interrompit Strike. Et d'ailleurs, peu importe. »

Il sonna.

Greg, le beau-frère de Strike, les accueillit à grands renforts d'accolades viriles et de paroles de bienvenue pour Nina. Tout le contraire de Lucy qui se contenta de débouler, armée d'une spatule qu'elle tenait comme une épée, un tablier protégeant sa robe de cocktail.

« J'ignorais que tu venais accompagné ! » souffla-t-elle à l'oreille de Strike lorsqu'il se pencha pour lui faire la bise. Lucy était petite, blonde et joufflue. Difficile de les croire frère et sœur. Cela dit, ils n'avaient pas le même père. Leur mère avait eu une aventure avec un autre musicien célèbre, un certain Rick qui jouait de la guitare rythmique et entretenait d'excellentes relations avec sa fille.

« Tu m'avais dit que je pouvais amener quelqu'un, murmura Strike pendant que Greg conduisait Nina au salon.

— Je t'ai demandé si tu avais l'intention de le faire, nuance, répliqua Lucy, furieuse. Oh, mon Dieu, il n'y en aura jamais assez pour tout le monde... Et la pauvre Marguerite...

— Qui est Marguerite ? »

Mais déjà Lucy repartait en courant vers la salle à manger, brandissant toujours sa spatule. Si bien que l'invité d'honneur resta seul au milieu du vestibule. Avec un soupir, il rejoignit Greg et Nina au salon.

« Surprise ! » dit un homme aux cheveux blonds légèrement dégarnis. Il se leva du canapé où sa femme souriait à Strike en lui lançant un regard attendri à travers ses lunettes.

« C'est pas vrai ! » s'écria Strike et, tout heureux, il se dépêcha d'aller saluer Nick et Ilsa, deux de ses meilleurs amis. Leur couple symbolisait l'union réussie des deux lieux où Strike avait passé son enfance – Londres et les Cornouailles.

« Je ne savais pas que vous veniez !

— On voulait te faire la surprise, Oggy, dit Nick pendant que Strike embrassait Ilsa. Tu connais Marguerite ?

— Non. »

Voilà pourquoi Lucy lui avait demandé s'il venait accompagné. Marguerite était l'exemple même de la femme dont Lucy souhaitait qu'il tombe amoureux et partage la vie dans une belle maison avec un magnolia au milieu du jardin. Marguerite avait la peau grasse, les cheveux sombres et la mine triste. Elle devait être un peu plus mince quand elle avait acheté sa robe pourpre pailletée. Strike paria qu'elle était divorcée ; il commençait à avoir du flair pour ces choses-là.

« Bonsoir », dit Marguerite pendant que Nina, joliment gainée dans son fourreau noir, discutait avec Greg. Derrière ce mot anodin, il devina un océan d'amertume.

Ils s'installèrent tous les sept autour de la table. Depuis son départ de l'armée, Strike n'avait pas souvent revu ses vieux amis. Il se laissait déborder par son travail, si bien que ses week-ends ne se distinguaient plus guère des jours de semaine. En retrouvant Nick et Ilsa, il se rappela tout à coup combien il les aimait. Quel dommage de ne pouvoir dîner avec eux en privé dans un petit restaurant indien, au lieu de…

Nina attaqua bille en tête : « Comment avez-vous rencontré Cormoran ?

— On s'est connus sur les bancs de l'école, en Cornouailles », répondit Ilsa. Elle sourit à Strike, placé en vis-à-vis. « Enfin, quand il daignait venir en classe, n'est-ce pas, Corm ? »

Le récit de l'enfance chaotique de Strike et Lucy apporta du piment au saumon fumé. Furent évoqués leurs tribulations à la remorque d'une mère qui avait la bougeotte, leurs séjours réguliers à St Mawes, l'oncle et la tante qui leur avaient tenu lieu de parents jusqu'à ce qu'ils soient assez grands pour voler de leurs propres ailes.

« Ensuite Corm est reparti pour la capitale avec sa mère. Il avait quoi, sept ans ? » conclut Ilsa.

Strike voyait bien que Lucy n'appréciait pas le tour que prenait la conversation : elle détestait qu'on parle de leur enfance nomade, de leur mère excentrique.

« Il a fini par échouer dans un vieux lycée londonien et c'est là que je l'ai rencontré, embraya Nick. Le bon temps…

— Et j'ai bien fait de le rencontrer car il m'a été sacrément utile, renchérit Strike. Il connaît Londres comme sa poche ; son père est taxi.

— Vous êtes taxi, vous aussi ? » demanda Nina en se tournant vers Nick. Les amis de Strike avaient un côté exotique qui semblait lui plaire énormément.

« Non, répliqua Nick en riant. Je suis gastro-entérologue. Un jour, on devait fêter notre dix-huitième anniversaire ensemble, Oggy et moi…

— … et Corm m'avait invitée, ainsi que son ami Dave qui habitait aussi St Mawes, intervint Ilsa. Je n'étais jamais venue à Londres, alors j'étais tout excitée…

— … et c'est comme ça que j'ai fait sa connaissance, termina Nick en décochant une tendre œillade à sa femme.

— Toujours pas d'enfants, après toutes ces années ? » s'immisça Greg qui n'était pas peu fier de son statut de père de famille.

Il y eut un blanc. Strike savait que Nick et Ilsa désiraient des enfants mais ne pouvaient en avoir.

« Pas encore, lança Nick. Et vous, que faites-vous dans la vie, Nina ? »

Quand la jeune femme prononça le nom de Roper Chard, Marguerite parut s'animer. Depuis le début du repas, elle n'avait cessé de couver Strike des yeux, comme s'il était un bout de viande appétissant mais hors de portée.

« Michael Fancourt vient de signer avec Roper Chard, déclara-t-elle. Je l'ai vu sur son site web ce matin.

— Mince alors, les nouvelles vont vite », s'étonna Nina.

Quand il l'entendit s'exclamer « mince alors », Strike se rappela son entrevue avec Dominic Culpepper, son cousin, et la manière dont il avait donné du « mon vieux » au garçon de café. Il comprit qu'elle employait cette expression à l'intention de Nick et peut-être aussi pour montrer à Strike qu'elle était capable de frayer avec le peuple. (Charlotte, l'ex-fiancée de Strike, n'avait jamais changé de vocabulaire ni d'accent avec qui que ce fût. Et elle détestait ses amis, tous sans exception.)

« J'admire énormément son travail, renchérit Marguerite. *La Maison du Val* fait partie de mes romans favoris. J'adore les Russes et il y a quelque chose chez Fancourt qui me rappelle Dostoïevski… »

Strike supposa que Lucy lui avait fait l'article. Marguerite devait donc savoir qu'il avait étudié à Oxford et en avait dans la cervelle. Soudain, il aurait voulu que Marguerite fût à mille kilomètres de lui et que Lucy le vît enfin tel qu'il était.

« Fancourt est incapable d'écrire sur les femmes, dit Nina avec mépris. Il essaie mais n'y arrive pas. Ses personnages féminins se résument en trois mots : hystérie, nichons et tampons. »

Nick faillit cracher son vin en l'entendant prononcer le mot « nichons ». En voyant son ami s'étrangler, Strike fut pris d'un fou rire.

« Je vous rappelle que vous avez trente-six ans l'un et l'autre, les gronda Ilsa. Pour l'amour du ciel !

— Eh bien moi, je trouve que Fancourt est formidable », répéta Marguerite sans sourciller. On l'avait privée d'un amant potentiel, si éclopé et enrobé fût-il ; elle ne laisserait personne lui enlever Michael Fancourt. « C'est un être terriblement séduisant. Complexe, intelligent. Le genre d'homme qui me fait craquer, soupira-t-elle en jetant à Lucy un regard entendu, évoquant sans doute d'anciennes calamités.

— Il a la tête trop grosse pour son corps, rétorqua Nina, ce qui venait contredire son enthousiasme de la veille. Et d'une arrogance !

— C'est tellement touchant, ce qu'il a fait pour ce jeune écrivain américain, poursuivit Marguerite sans se démonter, tandis que Lucy débarrassait les hors-d'œuvre et faisait signe à Greg de la rejoindre dans la cuisine. Finir son roman à sa place… Vous savez, ce romancier qui est mort du sida… comment s'appelait… ?

— Joe North, dit Nina.

— Je suis étonné que tu aies eu le courage de venir, souffla Nick à l'oreille de Strike. Après ce qui s'est passé cet après-midi. »

Malheureusement, Nick était un supporter des Spurs.

Greg, qui revenait avec le gigot d'agneau et avait capté les paroles de Nick rattrapa la balle au bond.

« Quel sale coup, hein, Corm ? Alors que tout le monde pensait que c'était dans la poche ?

— Qu'est-ce que j'entends ? claironna Lucy comme une maîtresse d'école rappelant ses élèves à l'ordre. Pas de football à table, Greg, je t'en prie. » Et elle posa les légumes et les pommes de terre devant ses invités.

Marguerite profita du temps mort pour reprendre le fil de la conversation.

« Oui, *La Maison du Val* se déroule dans la demeure dont Fancourt a hérité à la mort de son ami. Ils y avaient passé des jours heureux. C'est terriblement émouvant. Une vie perdue, des ambitions déçues…

— Joe North a légué sa maison conjointement à Michael Fancourt et Owen Quine, corrigea Nina. Et tous les deux lui ont dédié un roman ; celui de Michael a remporté le Booker, celui d'Owen s'est fait descendre en flammes, ajouta-t-elle à l'intention de Strike.

— Et qu'est devenue cette maison ? demanda-t-il pendant que Lucy lui passait le plat.

— Oh, cette histoire remonte à des siècles, elle a sûrement été vendue depuis. Je vois mal Fancourt et Owen co-propriétaires. Ça fait des années qu'ils se détestent. Depuis qu'Elspeth Fancourt s'est tuée à cause de cette parodie.

— Vous savez où se trouve cette maison ?

— Il n'y est pas, lui murmura Nina.

— Qui n'y est pas ? » intervint Lucy, dissimulant mal son agacement. Ses plans matrimoniaux ayant été déjoués, elle garderait à jamais une dent contre Nina.

147

« L'un de nos auteurs a disparu, expliqua la jeune femme. Cormoran le recherche pour le compte de son épouse.

— Ce mec a du succès ? » demanda Greg.

Sans doute Greg était-il las de voir sa femme s'inquiéter pour ce frère aussi brillant qu'impécunieux, qui travaillait comme une brute pour boucler ses fins de mois. Néanmoins, le mot « succès », fortement connoté dans sa bouche, toucha Strike comme une piqûre d'ortie.

« Non, maugréa-t-il. Je ne pense pas qu'on puisse parler de Quine comme d'un auteur à succès.

— Qui t'a engagé, Corm ? Son éditeur ? demanda Lucy d'une voix anxieuse.

— Sa femme.

— Mais elle a les moyens de régler tes honoraires, n'est-ce pas ? fit Greg. Pas de canards boiteux, Corm, c'est la règle numéro un dans les affaires.

— Tu devrais noter ces paroles de sagesse dans un carnet », chuchota Nick à l'intention de son ami, pendant que Lucy proposait à Marguerite de se resservir (maigre compensation pour celle qui s'était déjà crue mariée, et installée à deux pas de chez son amie et désormais belle-sœur, avec une nouvelle cafetière rutilante, cadeau de Lucy-et-Greg).

Après le dîner, ils passèrent au salon où étaient exposés cadeaux et cartes de vœux et prirent place dans les canapés beiges. Lucy et Greg lui avaient acheté une montre. « Comme je sais que l'autre est cassée », expliqua Lucy. À l'idée qu'elle s'en soit souvenue, Strike ressentit pour elle un élan d'affection – et il lui pardonna un court instant de l'avoir obligé à venir ce soir, de se mêler de sa vie privée, et d'avoir épousé Greg… – et retira celle qu'il avait achetée en dépannage pour attacher à son poignet une grosse montre étincelante à bracelet métallique qui ressemblait à s'y méprendre à celle de son beau-frère.

Nick et Ilsa lui offrirent « ce whisky que tu aimes tant » : Arran single malt. C'était avec Charlotte qu'il l'avait goûté la première fois. Sa bouffée de nostalgie fut vite interrompue par la brusque apparition sur le seuil du salon de trois petits bonshommes en pyjama, dont le plus haut demanda :

« C'est l'heure du dessert ? »

Strike n'avait jamais désiré d'enfant (attitude que Lucy désapprouvait) et connaissait à peine ses neveux, qu'il voyait rarement. L'aîné et le benjamin, impatients de goûter au gâteau d'anniversaire, entraînèrent leur mère dans la cuisine tandis que le cadet se précipitait sur Strike pour lui offrir un dessin de sa composition.

« C'est toi, dit Jack, quand tu reçois ta médaille.

— Vous avez une médaille ? demanda Nina en écarquillant les yeux.

— Merci, Jack, dit Strike.

— Je serai soldat quand je serai grand, décréta Jack.

— C'est ta faute, Corm, dit Greg sur un ton que Strike trouva déplaisant. À force de lui acheter des petits soldats... de lui parler de ton arme...

— Deux armes. Tu avais deux armes, hein ? dit Jack à son oncle. Mais tu as été obligé de les rendre.

— Excellente mémoire, répondit Strike. Tu iras loin. »

Lucy apparut avec le gâteau fait maison, surmonté de trente-six bougies et d'une profusion de Smarties. Greg éteignit la lumière et tout le monde entonna le traditionnel refrain. Strike avait envie de s'enfuir ventre à terre mais il demeura stoïque en se promettant d'appeler un taxi à la première occasion. Il sourit à la ronde et souffla les bougies en évitant les œillades impudiques que lui lançait Marguerite depuis son fauteuil. Ce n'était pas sa faute si, ce soir, ses proches lui avaient collé dans le dos une étiquette marquée « chevalier servant recherche cœur solitaire ».

Dès qu'il put s'éclipser, Strike se réfugia dans les toilettes du rez-de-chaussée pour appeler un taxi et, trente minutes plus tard, il annonça d'un air contrit qu'il s'en allait – avec Nina – car il devait se lever aux aurores le lendemain.

Toute la troupe se massa dans le vestibule pour des adieux bruyants. Strike parvint à déjouer le baiser que Marguerite tenta de poser sur ses lèvres et, pendant que ses neveux brûlaient leur surdose de sucre en sautant dans tous les sens et que Greg aidait Nina à enfiler son manteau, Nick se pencha à l'oreille de Strike :

« Je croyais que tu n'aimais pas les petites femmes.

— Je ne les aime pas, répondit calmement Strike. Elle a fauché un truc pour moi, hier.

— Ah oui ? Eh bien, à ta place, je lui exprimerais ma gratitude en la laissant monter sur toi, sinon tu risques de l'écraser comme une crêpe. »

16.

... Qu'on ne nous serve pas un souper cru, car
vous aurez du sang en suffisance et le ventre plein.

Thomas DEKKER et Thomas MIDDLETON,
La Putain honnête

DÈS QU'IL OUVRIT L'ŒIL, le lendemain matin, Strike
comprit qu'il n'était pas dans son lit. Le matelas était
trop confortable, les draps trop doux ; la lumière du
jour qui tachetait les couvertures tombait du mauvais côté et
de lourdes tentures étouffaient le bruit de la pluie contre les
vitres. Il se redressa, inspecta du regard la chambre de Nina,
qu'il n'avait aperçue qu'à la lueur d'une lampe de chevet, et
se retrouva face à son reflet dans le miroir. L'épaisse toison
noire couvrant son torse formait une grosse tache sur le mur
bleu pâle.

Nina n'était pas près de lui mais on sentait l'odeur du café.
Comme il l'avait prévu, la jeune femme avait fait preuve
d'enthousiasme et leurs fougueux ébats de la nuit lui avaient
épargné la crise de mélancolie qui aurait suivi sa fête d'anniversaire. À présent, il se demandait comment rentrer chez lui sans
passer pour un mufle. S'il traînait chez elle, Nina s'imaginerait
des choses qui n'étaient pas à son programme.

Il allait s'extraire du lit et récupérer sa prothèse quand la porte s'ouvrit. Nina entra, vêtue de pied en cap, les cheveux mouillés, des journaux coincés sous le bras, deux tasses de café dans une main, une corbeille de croissants dans l'autre.

« Je suis sortie en vitesse, dit-elle essoufflée. Il fait un temps de chien. Touche mon nez, je suis frigorifiée.

— Tu n'étais pas obligée, dit-il en désignant les croissants.

— Je meurs de faim et il y a une boulangerie géniale à deux pas d'ici. Regarde un peu ça – *News of the World* – le grand scoop de Dom ! »

À la une s'étalaient la photographie de Lord Parker, celles de ses maîtresses, et le document délivré par la banque des îles Caïmans que lui avait donné son assistante pour prouver ses malversations. Strike lut l'article en diagonale, juste pour s'assurer que Culpepper avait tenu parole et que le nom de cette malheureuse éconduite n'était mentionné nulle part.

Assise sur le lit à côté de Strike, Nina, qui lisait l'article elle aussi, lançait de petits commentaires faussement outrés : « Oh, mon Dieu, j'y crois pas ! Quelle honte ! » et « Quel porc ! ».

« Ton cousin Culpepper tient son heure de gloire », dit Strike en refermant le journal. Son regard tomba sur la date inscrite en une : 21 novembre. L'anniversaire de son ex-fiancée.

Une petite douleur au niveau du plexus solaire annonça l'arrivée d'une charretée de souvenirs dont il se serait bien passé... Un an auparavant, presque heure pour heure, il s'était réveillé auprès de Charlotte, à Holland Park Avenue. Il revoyait ses longs cheveux bruns, ses yeux noisette tirant sur le vert, son corps parfait qu'il n'aurait plus jamais le droit de toucher... Ils avaient connu le bonheur, ce matin-là, leur lit flottant comme un canot de sauvetage sur l'océan agité de leurs éternelles disputes. Pour lui acheter son cadeau, un superbe bracelet, il avait contracté un prêt à un taux usuraire (ce qu'elle ignorait)... Deux jours plus tard, pour ses trente-cinq ans, elle offrait à Strike un costume italien et le même soir, au restaurant, ils parlaient mariage. Ils étaient allés jusqu'à fixer la date au jour anniversaire de leur première rencontre, seize années auparavant…

Dès ce moment, leurs relations s'étaient envenimées, comme si inscrire une date sur un calendrier avait suffi à déstabiliser l'équilibre précaire de leur vie quotidienne. Charlotte devint encore plus lunatique, plus capricieuse. Les crises s'enchaînèrent. Il y eut des scènes mémorables, de la vaisselle brisée, elle l'accusa de lui être infidèle (alors qu'en réalité, c'était elle qui entamait une liaison avec l'homme qui allait devenir son fiancé)… Ils se déchirèrent durant quatre mois à l'issue desquels leur couple explosa pour de bon dans un dernier accès de rage et de rancœur.

Les draps de coton bruissèrent. Strike sursauta presque et jeta autour de lui un regard surpris. Nina s'apprêtait à retirer son pull avec la nette intention de se remettre au lit.

« Je ne peux pas rester, dit Strike, la main tendue vers sa prothèse.

— Et pourquoi ? On est dimanche !

— Il faut que j'aille travailler, mentit Strike. Pour un détective, il n'y a pas de dimanche.

— Ah bon », fit-elle en feignant mal l'indifférence.

Il but son café tout en bavardant gentiment avec Nina de choses et d'autres. Elle le regarda rattacher sa prothèse avant de passer dans la salle de bains et, quand il revint pour s'habiller, il la trouva pelotonnée dans un fauteuil, occupée à mâchonner un croissant d'un air tristounet.

« Vraiment, tu ne sais pas où se trouve cette maison ? Celle dont Quine et Fancourt ont hérité ? lui demanda-t-il en enfilant son pantalon.

— Quoi ? s'exclama-t-elle. Mais… mais tu ne vas quand même pas essayer de la trouver ! Je t'ai dit qu'ils l'avaient sûrement vendue il y a des années !

— Je vais poser la question à la femme de Quine », dit Strike.

Il promit de la rappeler mais sur un ton pressé, pour qu'elle ne perçoive pas son manque de conviction, et il s'en alla sans ressentir trop de culpabilité.

Dès qu'il mit le cap sur la bouche de métro la plus proche, dans cette rue qu'il connaissait mal, la pluie lui fouetta le visage et les mains. Des guirlandes de Noël clignotaient dans la boulangerie où Nina avait acheté les croissants. Strike aperçut son reflet dans la vitrine criblée de gouttes : une haute silhouette marchant contre le vent, serrant dans son poing les anses du sac en plastique où Lucy, toujours bien inspirée, avait rangé sa bouteille de whisky, ses cartes de vœux et l'écrin de sa nouvelle montre tape-à-l'œil.

Malgré lui, Charlotte s'insinua dans ses pensées. Elle venait d'avoir trente-six ans, bien qu'elle en parût dix de moins. Elle devait être en train de fêter ça avec son nouveau fiancé. Peut-être lui avait-il offert des diamants, songea Strike. Charlotte avait toujours prétendu ne pas attacher d'importance à ces choses-là. Mais, durant leurs querelles, tout le luxe qu'il ne pouvait lui offrir revenait souvent.

Ce mec a du succès ? lui avait demandé Greg à propos d'Owen Quine. Ce qui voulait dire : « Une grosse bagnole ? Une belle maison ? Un compte en banque bien garni ? »

En passant devant le Beatles Coffee Shop, il salua les « quatre garçons dans le vent » – dont les têtes en noir et blanc semblaient s'incliner vers lui depuis leur vitrine – puis il retrouva la chaleur relative du métro. L'idée de passer le dimanche chez lui à regarder la pluie tomber sur Denmark Street le déprimait. Le jour de l'anniversaire de Charlotte Campbell, mieux valait s'occuper l'esprit.

Il téléphona à Leonora Quine.

« Allô ? aboya-t-elle.

— Bonjour Leonora, Cormoran Strike à l'appareil...

— Vous avez retrouvé Owen ?

— Non. Je vous appelle parce que je viens d'apprendre que votre mari a hérité d'une maison.

— Quelle maison ? »

Elle avait l'air fatiguée et énervée. Strike repensa à tous les riches maris sur lesquels il avait enquêté qui, à l'insu de leurs femmes, possédaient des garçonnières, et se demanda s'il n'était pas tombé sur une chose que Quine avait cachée à sa famille.

« M'aurait-on mal renseigné ? On m'a dit hier qu'un écrivain, Joe North, aurait laissé sa maison en partage à… ?

— Oh, celle-là ? s'écria-t-elle. La maison de Talgarth Road ? Ça doit remonter à trente ans. Pourquoi elle vous intéresse ?

— Elle a été vendue ?

— Non, maugréa-t-elle. Ce maudit Fancourt n'a jamais donné son accord. Rien que pour nous embêter, parce qu'il n'y a jamais vécu. Personne n'y va jamais, je me demande dans quel état elle est. »

Strike s'adossa au mur, à côté des distributeurs de tickets, et laissa son regard errer au plafond, une surface circulaire maintenue par un réseau de poutres. Voilà ce qui se passait quand on acceptait des clients alors qu'on était crevé, se reprocha-t-il. Il aurait dû lui demander s'ils avaient une autre propriété. Il aurait dû vérifier.

« Mrs Quine, est-ce que quelqu'un est allé voir sur place, au cas où votre mari y serait ? »

Cette question déclencha un petit gloussement à l'autre bout de la ligne.

« Il n'irait jamais là-bas ! répliqua-t-elle comme si Strike venait de lui dire que son mari se cachait peut-être à Buckingham Palace. Il déteste cette baraque, il n'y va jamais ! En plus, je crois qu'il n'y a pas de meubles ni rien.

— Avez-vous une clé ?

— Peut-être. Mais Owen n'y va jamais ! Ça fait des années ! C'est sûrement inhabitable, tout vide, tout moisi.

— Si vous pouviez retrouver cette clé…

— Je ne peux pas aller à Talgarth Road, j'ai Orlando ! dit-elle comme il s'y attendait. De toute façon, je vous le répète, il ne…

— Je passe chez vous dans quelques minutes prendre cette clé, si vous mettez la main dessus, et après j'irai jeter un œil sur place. Juste pour en avoir le cœur net.

— Mais… on est dimanche, dit-elle, soudain réticente.

— Je sais. Pouvez-vous quand même chercher la clé ?

— D'accord, acquiesça-t-elle après une courte pause. Mais je vous répète qu'il n'y est pas ! »

Strike prit la correspondance pour Westbourne Park, sortit de la station en remontant son col sous la pluie glaciale, et marcha jusqu'à l'adresse que Leonora lui avait fournie lors de leur premier rendez-vous. Un de ces vieux quartiers londoniens réhabilités qui attiraient aujourd'hui les millionnaires. À un jet de pierre vivaient encore les familles ouvrières qui, pendant quarante ans et plus, avaient occupé tous les logements du secteur. Un mélange architectural qui, sous la pluie, formait un étrange contraste : des immeubles de haut standing derrière des rangées de maisons mitoyennes sans grand intérêt. Le luxe du neuf, le confort de l'ancien.

La famille Quine logeait sur Southern Row, une petite rue tranquille bordée de pavillons en briques, près d'un joli pub peint en blanc, le Chilled Eskimo – « l'Esquimau transi » – tout comme lui… Il leva les yeux vers l'enseigne et découvrit un Inuit souriant, se réchauffant au soleil du pôle près d'un trou creusé dans la banquise.

La peinture s'écaillait sur la porte verdâtre des Quine. Tout ce qu'il y avait devant nécessitait des réparations, y compris le portillon de bois, qui ne tenait plus que par un gond. En appuyant sur la sonnette, Strike songea à la passion de Quine pour les hôtels quatre étoiles, et l'homme descendit encore d'un cran dans son estime.

« Vous avez fait vite, se contenta de lui dire Leonora en ouvrant. Entrez. »

Il la suivit dans un couloir étroit et sombre. À gauche, une porte entrebâillée sur un bureau, sans doute celui d'Owen Quine. La pièce paraissait poussiéreuse, mal rangée, avec ces tiroirs ouverts et cette vieille machine à écrire électrique posée de guingois sur la table de travail. Strike imagina le romancier penché dessus, pestant contre Elizabeth Tassel tout en arrachant les feuilles de papier coincées dans le rouleau.

« Vous avez trouvé la clé ? » demanda-t-il quand ils entrèrent dans la cuisine vétuste au bout du couloir. Tous les appareils électroménagers semblaient dater des années 1980, se dit Strike en découvrant un four à micro-ondes marron foncé. Sa tante Joan avait le même quand il était petit.

« Plus ou moins, fit Leonora en désignant la douzaine de clés étalées sur la table de la cuisine. Je ne sais pas laquelle est la bonne. »

Elles étaient posées en vrac, sans le moindre porte-clés. Et l'une d'entre elles était trop volumineuse pour ouvrir autre chose qu'un portail d'église.

« Quel numéro de Talgarth Road ? lui demanda Strike.

— Le 179.

— Votre dernière visite remonte à quand ?

— Moi ? Jamais mis les pieds là-bas, dit-elle sans prendre la peine de feindre l'indifférence. Ça m'intéressait pas. C'est stupide d'avoir fait ça.

— D'avoir fait quoi ?

— De leur avoir laissé ça. » Devant la mine interdite de Strike, elle ajouta : « Ce type, Joe North, il a légué sa baraque à Owen et à Michael Fancourt. Soi-disant pour qu'ils écrivent. Mais ils n'y ont jamais mis les pieds. Du gâchis.

— Vraiment, vous n'y êtes jamais allée ?

— Jamais. Je venais d'avoir Orlando quand ils en ont hérité. J'avais autre chose en tête.

— Orlando ? s'étonna Strike qui jusqu'alors s'était imaginé une gosse de dix ans particulièrement intenable.

— Elle est née en 1986, confirma Leonora. Mais elle est handicapée.

— Oh, je vois.

— Elle boude dans sa chambre parce que tout à l'heure j'ai dû la gronder, expliqua Leonora, brusquement expansive. Elle fauche. Elle sait que c'est mal mais c'est plus fort qu'elle. Quand Edna – la voisine – est passée nous voir hier, j'ai surpris Orlando à fouiller dans son sac. C'est pas l'argent qui l'intéresse, précisa-t-elle bien vite comme si Strike avait proféré une accusation. Elle aime la couleur de son porte-monnaie. Comme Edna la connaît, elle comprend, mais ce n'est pas le cas de tout le monde. Je lui dis que c'est mal. Elle sait que c'est mal.

— Ça vous ennuie si je prends ces clés pour les essayer ? demanda Strike.

— Allez-y », dit Leonora avant de répéter sur un air de défi : « Il est pas là-bas. »

Strike empocha son butin, refusa le thé ou le café que Leonora lui proposa un peu tardivement et sortit sous la pluie.

Le trajet le plus court et le plus direct partait de la station Westbourne Park. Il commençait à boiter. Ce matin, dans sa hâte à quitter l'appartement de Nina, il avait remis sa prothèse à la va-vite sans appliquer l'habituelle couche de pommade.

Huit mois plus tôt (le jour où il avait reçu un coup de couteau dans le bras), il avait fait une mauvaise chute dans un escalier. Le médecin des urgences lui avait recommandé du repos, de la glace et des examens complémentaires, ses ligaments ayant souffert dans l'accident. Au lieu de l'écouter, Strike s'était contenté d'un bandage et de soulever sa jambe quand il s'asseyait. La douleur avait presque disparu mais de temps à autre, quand il marchait longtemps, elle revenait et l'articulation se mettait à gonfler.

La rue s'incurvait vers la droite. Derrière lui se profilait la longue silhouette d'une personne mince au visage penché, caché par une capuche noire.

Si Strike avait été raisonnable, il serait rentré chez lui pour éviter de forcer sur son genou. Il n'avait nul besoin de traîner dans Londres un dimanche sous la pluie.

Il est pas là-bas, répétait Leonora dans sa tête.

Mais s'il rentrait chez lui, il passerait sa journée à écouter la pluie cogner contre la fenêtre. Perspective déprimante. Sans parler des albums remplis de portraits de Charlotte, qui dormaient dans les cartons entreposés sur le palier…

Mieux valait bouger, travailler, réfléchir aux problèmes des autres…

Clignant des yeux sous la pluie, il fit semblant d'observer le toit des immeubles et repéra à la limite de son champ de vision la silhouette qui le suivait à une vingtaine de mètres. Malgré le gros manteau noir informe, il eut la vague impression qu'il s'agissait d'une femme, peut-être à cause de sa démarche trottinante.

Il y avait quelque chose de bizarre chez elle. On aurait dit qu'elle ne faisait aucun effort pour se protéger de la pluie. Si elle penchait la tête ce n'était pas pour éviter les gouttes, si elle marchait vite ce n'était pas pour arriver plus rapidement à destination. En fait, son allure variait régulièrement et de manière imperceptible, sauf pour Strike. Tous les dix mètres, elle levait le nez durant une seconde avant de replonger dans l'ombre de sa capuche. Cette femme le surveillait.

Que lui avait dit Leonora lors de leur première rencontre ?

J'ai l'impression qu'on me suit. Une grande fille en noir un peu voûtée.

Pour en avoir le cœur net, Strike essaya une ruse. Il pressa le pas puis ralentit très légèrement. L'espace entre eux resta constant. Seul changement, la tache claire du visage apparaissait un peu plus souvent.

Cette femme n'avait aucune technique. En tant qu'expert de la filature, Strike aurait marché sur le trottoir d'en face en faisant semblant de discuter au téléphone. Il aurait épié sa cible sans se faire remarquer…

Pour s'amuser, il fit semblant d'hésiter, comme s'il cherchait son chemin. Prise au dépourvu, la longue silhouette sombre stoppa net, paralysée. Strike repartit et, quelques secondes plus tard, entendit des semelles claquer sur le trottoir mouillé. Elle était même trop stupide pour comprendre qu'il l'avait repérée.

La station Westbourne Park, bâtiment bas aux murs de brique jaune, n'était plus qu'à quelques mètres. C'est là qu'il avait choisi de l'aborder, au prétexte de lui demander l'heure. Il pourrait ainsi voir son visage.

Il fila directement se cacher dans un renfoncement face à l'entrée. Trente secondes plus tard, la femme en noir arrivait, les mains dans les poches. On la sentait tendue, comme si elle redoutait qu'il l'ait semée.

Strike sortit de l'ombre d'un pas assuré, prêt à lui couper la route, mais le pied de sa prothèse dérapa sur le carrelage humide.

« Merde ! »

Ses jambes se dérobèrent sous lui, il perdit l'équilibre et s'écroula de tout son long sur le sac en plastique contenant la bouteille de whisky. Et pendant que le sol mouillé se rapprochait au ralenti de son visage, il eut le temps de voir la haute et fine silhouette s'immobiliser à trois mètres de lui, faire volte-face et détaler comme une biche effrayée.

« Putain de merde », siffla-t-il, allongé sur le carrelage sale tandis que les gens près du distributeur de tickets le regardaient comme une bête curieuse. Il s'était encore tordu la jambe, peut-être déchiré un ligament. La douleur légère de tout à l'heure s'était transformée en de redoutables élancements. Il essaya de se relever en maudissant dans son for intérieur les agents d'entretien du métro et les prothèses en matériaux rigides. Croyant qu'il était ivre – la bouteille de whisky avait bruyamment roulé hors du sac –, les passants n'osaient s'en approcher.

Au bout du compte, ce fut un employé du métro qui l'aida à retrouver une position plus digne. L'homme lui signala en maugréant la présence d'un écriteau « Attention, sol glissant ». Il était pourtant bien visible, monsieur aurait dû le remarquer, ajouta-t-il en lui rendant sa bouteille. Strike, humilié, le remercia du bout des lèvres et partit en boitant vers les tourniquets, impatient d'échapper aux regards des usagers.

Quand il fut monté sain et sauf dans la rame qui devait l'emmener vers le sud de la capitale, Strike déplia sa jambe meurtrie pour ausculter son genou à travers le tissu de son pantalon. Dès qu'il toucha l'articulation, une décharge douloureuse lui parcourut la cuisse, exactement comme la fois où il était tombé dans les escaliers, au printemps dernier. Furieux contre la femme en noir, il tenta néanmoins de réfléchir à ce qui venait de se passer.

À quel moment avait-elle commencé à le suivre ? Surveillait-elle la maison des Quine ? L'avait-elle vu entrer ? L'aurait-elle confondu avec Quine ? Il voulut écarter d'emblée cette hypothèse peu flatteuse pour lui mais, après tout, Kathryn Kent elle-même s'était trompée un court instant, dans l'obscurité…

Strike préféra se lever bien avant de changer à la station Hammersmith où il comptait prendre la ligne menant à Barons Court. La descente serait périlleuse, il devait s'y préparer. Quand il arriva à destination, il boitait si fort qu'il aurait apprécié une canne. Les pieds posés bien à plat sur le carrelage vert pomme toujours aussi glissant, il passa devant les guichets en regrettant de devoir quitter l'abri de ce petit bijou d'architecture, avec son fronton Art nouveau. Dehors, il pleuvait toujours à verse et on entendait le bruit de la circulation sur la voie rapide qui passait à proximité.

Il fut soulagé de constater qu'il était sorti du bon côté de Talgarth Road et que la maison n'était plus très loin.

Londres regorgeait de bizarreries architecturales mais Strike avait rarement vu plus fort contraste. Les vénérables demeures en briques rouges qui s'alignaient en bordure d'une large artère, tenant plus de l'autoroute que du boulevard puisqu'elle reliait la ville à sa banlieue ouest, témoignaient d'une époque à la fois plus paisible et plus imaginative.

Beaucoup d'ateliers d'artiste avaient été construits ici à la fin de l'époque victorienne. De minuscules carreaux ornaient les fenêtres du bas tandis qu'à l'étage supérieur, de larges baies cintrées regardant vers le nord évoquaient les splendeurs défuntes du Crystal Palace. Malgré le froid, la pluie battante et sa jambe endolorie, Strike s'accorda une pause pour mieux admirer la façade du 179. Il se demanda quelle somme les Quine pourraient tirer de ce bien si jamais Fancourt consentait à sa vente.

Il grimpa péniblement les marches blanches du perron et se réfugia sous un magnifique auvent en brique sculpté de bas-reliefs imbriqués. De ses doigts gourds, Strike essaya une clé après l'autre.

La quatrième tourna dans la serrure aussi aisément que si l'on venait d'en huiler le mécanisme. Avec un léger déclic, la porte s'ouvrit.

En franchissant le seuil, Strike reçut un choc comparable à une gifle ou à un seau d'eau froide sur la tête. Il empoigna le col de son pardessus et le colla contre sa bouche et son nez. Lui qui s'était attendu à renifler des odeurs de moisi et de vieilles boiseries poussiéreuses en était pour ses frais. De violentes émanations de produits chimiques rendaient l'air irrespirable.

D'instinct, il chercha un interrupteur sur le mur à sa droite. Quand jaillit la lumière des deux ampoules nues qui pendaient au plafond, il découvrit un vestibule étroit couvert de lambris couleur miel. Des colonnes torsadées sculptées dans le même bois formaient une voûte marquant le mitan du corridor. Au premier coup d'œil, la maison offrait l'aspect paisible et gracieux d'une vieille demeure harmonieusement agencée.

Mais ensuite, on notait les premières anomalies. Entre ses paupières plissées, Strike discerna d'abord sur les lambris de larges taches brunes, pareilles à des brûlures. Un produit corrosif, un acide sans doute – ce qui expliquerait la puanteur toxique qui régnait en ces lieux –, avait été projeté alentour comme si quelque vandale s'était amusé à tout détruire. L'acide avait pelé le vernis des parquets, fissuré la patine de l'escalier qui s'élevait devant ses yeux ; il avait même rongé la surface des murs, si bien que de larges pans semblaient décolorés à l'eau de Javel.

Après avoir respiré quelques secondes à travers son col de serge, Strike s'aperçut qu'il faisait chaud. Chose étonnante dans une maison inhabitée, la chaudière devait fonctionner à plein régime, ce qui ne faisait qu'accentuer les remugles chimiques.

En entendant du papier crisser sous ses semelles, Strike se rendit compte que des sachets ayant contenu des repas à emporter jonchaient le paillasson, sous la fente de la boîte aux lettres, à côté d'une enveloppe marquée À L'INTENTION DU LOCATAIRE/ GARDIEN. Il se pencha pour la ramasser. À l'intérieur, un petit mot tracé d'une main nerveuse par un voisin qui se plaignait de l'odeur.

Strike le laissa tomber et progressa le long du couloir en observant l'une après l'autre les marques laissées par les projections d'acide. Il ouvrit une porte sur sa gauche, qui donnait accès à une salle vide et intacte. Le rez-de-chaussée ne comprenait qu'une seule autre pièce, une cuisine sans aucun mobilier mais entièrement ravagée. L'acide avait même dévoré une miche de pain rassis, posée sur l'évier.

Strike passa dans la cage d'escalier dont les parois avaient été aspergées. Il imagina que l'individu avait monté ou descendu les marches en tenant un énorme bidon dont il avait projeté le contenu au fur et mesure. Il y en avait partout, même sur le rebord de la fenêtre du palier, où la peinture avait cloqué avant d'éclater.

Au premier étage, Strike s'arrêta pour souffler. Malgré l'épais lainage de son col, il détectait une autre odeur presque plus agressive que celle de l'acide : les relents douceâtres de la chair en putréfaction.

Négligeant les pièces du premier étage, dont toutes les portes étaient fermées, il suivit les traces d'acide jusqu'au niveau supérieur en examinant au passage les marches abîmées, le bois éraflé sur la rampe sculptée. Et tandis qu'il montait, le sac en plastique contenant la bouteille de whisky se balançait au bout de son bras.

À chaque pas, l'odeur de pourriture toujours plus puissante faisait resurgir dans sa mémoire des images qu'il aurait préféré oublier. Il se revit penché sur un long bâton qu'il enfonçait dans la terre meuble puis ressortait pour en renifler l'odeur. C'était ainsi qu'on localisait les charniers, en Bosnie. Au dernier étage, il écrasa carrément le col de son manteau sur son nez. Autrefois, cette grande salle avait servi d'atelier à un artiste victorien. La lumière n'y variait jamais puisqu'elle donnait au nord.

Sur le seuil, Strike n'hésita que le temps de tirer sur la manchette de sa chemise puis, de sa main couverte pour ne pas laisser d'empreintes, il tourna le bouton de la porte. Le léger grincement des charnières fut suivi du bourdonnement irrégulier d'une myriade de mouches.

Il s'attendait à voir un cadavre, mais pas cela.

Une carcasse méconnaissable, à moitié décomposée, vidée de ses entrailles, gisait sur le plancher, ligotée tel un animal de boucherie qu'on aurait décroché de son esse. Mais ce qui avait tout l'air d'un cochon massacré était habillé comme un être humain.

Le corps était posé là, sous les solives du haut plafond voûté, baigné d'une lumière blanche que filtrait la grande fenêtre romane. Malgré les bruits ordinaires de la circulation automobile, malgré le caractère profane de cette maison particulière, on avait l'impression de contempler les restes d'un sacrifice païen, abandonnés entre les murs d'un temple. Vision obscène, effroyable.

Sept assiettes, sept couverts étaient disposés autour du cadavre en putréfaction, comme pour un repas monstrueux dont il aurait été le plat principal. Toujours planté sur seuil, Strike sentit monter la nausée. Sa haute taille lui permettait de voir la scène en plongée, et dans tous ses détails. Le torse de la victime, fendu de la gorge au bas-ventre, n'était qu'un trou béant. Les viscères avaient été retirés, peut-être dévorés. Les vêtements troués par l'acide laissaient apparaître de larges surfaces de peau carbonisée, ce qui renforçait la première impression :

celle d'une orgie de chair humaine. Aux plaques luisantes, d'aspect humide, qui parsemaient la chair, Strike devina que le processus de décomposition était bien avancé. Les quatre radiateurs réglés au maximum n'y étaient pas pour rien.

La tête du cadavre était tournée vers la fenêtre. Strike, qui n'osait ni bouger ni respirer, dut plisser les yeux pour apercevoir un reste de barbiche jaunie et une orbite calcinée.

Il avait vu pas mal de morts et de blessures horribles à la guerre mais là, c'était différent, peut-être à cause du mélange ignoble des odeurs. Il plia le bras, fit coulisser le sac en plastique vers son coude et prit des photos de la scène avec son portable en essayant de varier les angles sans toutefois pénétrer davantage. Puis il sortit de l'atelier, laissa la porte se refermer toute seule et composa le numéro de la police.

Il avait hâte de se retrouver dehors pour respirer l'air frais, purifié par l'averse, mais il redoubla de prudence en descendant l'escalier vandalisé. Puis il sortit sur le perron et attendit l'arrivée de la police.

17.

Tu ne noieras plus ton chagrin,
quand la mort t'aura pris demain.

John FLETCHER, *Le Frère sanglant*

CE N'ÉTAIT PAS LA PREMIÈRE FOIS que Strike était convoqué dans les locaux de Scotland Yard. Alors qu'il attendait dans la salle d'interrogatoire, il s'aperçut que son genou le faisait moins souffrir, sans doute parce qu'il était assis là depuis des heures. Il se souvenait que sa précédente déposition avait eu lieu après la découverte d'un cadavre et, autre similitude, qu'il avait fait l'amour la nuit d'avant.

Seul dans cette pièce à peine plus vaste qu'un placard à balais, Strike remuait des pensées nauséeuses, obsédé par la scène ignoble qu'il avait découverte dans l'atelier d'artiste. Ces images étaient collées à sa rétine comme des mouches sur la chair en putréfaction. Dans sa vie professionnelle, il avait vu toutes sortes d'atrocités : des meurtres maquillés en suicides ou en accidents ; des corps portant des marques horribles, censées masquer les sévices infligés avant la mort ; des hommes, des femmes, des enfants mutilés, démembrés. Mais le spectacle macabre du 179 Talgarth Road était du jamais vu. Ce dispositif avait quelque chose d'orgiastique, comme si l'assassin avait

166

voulu donner une démonstration parfaitement calculée de son talent pour les mises en scène sadiques. Pire encore : la manière dont l'acide avait été répandu, le corps éviscéré. Y avait-il eu torture ? Quine était-il vivant ou mort quand son meurtrier avait arrangé les assiettes et les couverts autour de lui ?

À l'heure qu'il était, l'immense atelier voûté où reposait le corps de Quine devait être envahi de techniciens en combinaison blanche, occupés à relever les indices. Strike aurait aimé prendre part aux recherches. Rester sans rien faire après une telle découverte était la pire des choses ; il se sentait blessé dans son orgueil. Dès son arrivée, la police l'avait relégué au rang de simple quidam tombé par hasard sur une scène de crime. (Le mot « scène » prenait ici tout son sens, songea-t-il. Un corps ligoté, placé en évidence dans la lumière, sous une fenêtre rappelant le vitrail d'une église… un sacrifice dédié à quelque divinité maléfique… sept assiettes, sept couverts…)

À travers la vitre en verre dépoli de la salle d'interrogatoire, il ne voyait pas grand-chose sinon que la nuit était tombée. La police n'avait pas encore fini de recueillir son témoignage. Le soupçonnaient-ils ? Ou voulaient-ils marquer le coup en le faisant mariner ? Impossible à dire. Il pouvait comprendre qu'ils prennent leur temps et soient prudents : la personne qui découvrait la victime d'un meurtre en savait souvent davantage qu'elle ne voulait l'avouer. Parfois même, elle savait tout. D'où la nécessité d'un interrogatoire approfondi. Mais Strike doutait que ce fût la seule raison. En résolvant l'affaire Lula Landry, il avait paraît-il humilié la police qui, de son côté, était restée braquée sur la thèse du suicide. Non, il n'était pas parano ; il avait bien remarqué l'attitude de la policière aux cheveux courts qui venait de quitter la pièce : elle était déterminée à lui en faire baver. Sans parler de tous ces flics qui ne cessaient d'entrouvrir la porte pour le dévisager. Certains se contentaient de passer la tête, d'autres avaient des mots peu aimables.

S'ils croyaient que cela le dérangeait, ils se trompaient. Strike n'avait rien de prévu pour l'instant et on lui avait servi un repas décent. Une cigarette l'aurait comblé. La femme qui l'avait interrogé pendant une heure lui avait proposé de sortir sous escorte pour en griller une sous la pluie, mais l'inertie et la curiosité l'avaient maintenu vissé à son siège. La bouteille de whisky était toujours dans son sac à ses pieds. S'ils le retenaient plus longtemps, peut-être l'ouvrirait-il. On lui avait laissé de l'eau dans un gobelet en plastique.

Il entendit derrière lui le frottement de la porte sur la moquette gris souris.

« Mystic Bob », lança une voix.

Richard Anstis, inspecteur à Scotland Yard et officier de réserve, entra en souriant, les cheveux trempés de pluie, une pile de dossiers sous le bras. De profondes cicatrices marquaient un côté de son visage ; sous son œil droit, on voyait une surface de peau luisante, comme étirée au maximum. Les médecins de l'hôpital militaire de Kaboul lui avaient évité de devenir borgne, pendant que des chirurgiens s'employaient à sauver ce qu'il restait de la jambe arrachée de Strike.

« Anstis ! s'écria Strike en serrant la main que lui tendait son ancien camarade. Mais qu'est-ce que… ?

— T'occupe, mon vieux, c'est moi qui reprends l'affaire, dit Anstis en se laissant tomber sur le siège que venait de quitter l'inspectrice revêche. Tu n'es pas très populaire par ici, tu sais ? Heureusement que l'oncle Dickie s'est porté garant de ta personne. »

Anstis était persuadé que Strike lui avait sauvé la vie en Afghanistan, et c'était peut-être vrai. Ils roulaient le long d'une route poussiéreuse sous le feu ennemi quand soudain, Strike avait eu le pressentiment d'une explosion imminente. Il ne savait toujours pas pourquoi. Peut-être à cause de ce jeune qui courait sur le bas-côté, devant son petit frère visiblement. Mais les deux gosses auraient pu tout aussi bien fuir la fusillade. Strike avait crié halte au conducteur du char Viking, lequel ne s'était pas arrêté. L'avait-il entendu ou pas ? Toujours est-il que Strike avait attrapé Anstis par le col de son uniforme et l'avait tiré en arrière. Si Anstis était resté à sa place, il aurait probablement partagé le sort du jeune Gary Topley, assis juste devant Strike et dont on n'avait pu enterrer que la tête et le torse.

« Va falloir tout reprendre à zéro, mon pote, dit Anstis en étalant devant lui la déposition recueillie par la policière.

— Je peux boire un coup ? » demanda Strike d'un air las.

Sous le regard amusé d'Anstis, Strike sortit du sac le whisky single malt et en versa deux doigts dans le gobelet d'eau tiède.

« Bien : tu as été engagé par l'épouse pour retrouver le mari mort... à supposer que le corps soit celui de cet écrivain, ce...

— Owen Quine, termina Strike pendant qu'Anstis déchiffrait péniblement l'écriture de sa collègue. Sa femme m'a engagé il y a six jours.

— Et à ce moment-là, il avait disparu depuis...

— Dix jours.

— Et elle n'avait pas prévenu la police ?

— Non. Il avait l'habitude de disparaître sans prévenir personne, puis de rentrer chez lui comme si de rien n'était. Il aimait de temps en temps aller à l'hôtel, loin de sa femme.

— Pourquoi a-t-elle fait appel à toi, cette fois-ci ?

— Les choses ne sont pas faciles pour elle. Elle a une fille handicapée et très peu d'argent. En plus, il n'avait jamais disparu aussi longtemps. Elle pensait qu'il s'était installé dans une résidence pour écrivains. Elle n'a pas su me dire le nom de l'endroit mais j'ai vérifié et il n'y était pas.

— Je ne comprends toujours pas pourquoi elle s'est adressée à toi plutôt qu'à nous.

— Elle avait déjà fait appel à vous par le passé, dans les mêmes circonstances. Et quand son mari était rentré, il lui avait fait une scène. En fait, il était avec une femme.

— Je vérifierai, dit Anstis tout en notant. Qu'est-ce qui t'a poussé à te rendre dans cette maison ?

— J'ai découvert hier soir que les Quine en étaient copropriétaires. »

Une courte pause.

« Sa femme ne te l'avait pas dit ?

— Non, fit Strike. Elle a prétendu qu'il détestait cette baraque et n'y mettait jamais les pieds. J'ai eu l'impression qu'elle avait presque oublié qu'elle existait...

— C'est plausible ? murmura Anstis en se grattant le menton. Tu disais qu'ils étaient fauchés.

— C'est compliqué. L'autre copropriétaire est Michael Fancourt...

— Je vois qui c'est.

— ... et, d'après elle, il refusait de vendre. Ils étaient en très mauvais termes. » Strike but une gorgée de whisky allongé qui lui réchauffa la gorge et l'estomac. (On avait retiré les entrailles de Quine – pour les mettre où ?) « Enfin bref, j'y suis allé vers midi et je l'ai trouvé – enfin, ce qu'il restait de lui. »

L'alcool avait accru son besoin de nicotine.

« Le corps est dans un état indescriptible, d'après ce qu'on m'a dit, reprit Anstis.

— Tu veux voir ? »

Strike sortit son portable, afficha les photos à l'écran et le tendit à son ami, de l'autre côté du bureau.

« Dieu du ciel », murmura Anstis. Il passa une bonne minute à examiner les clichés du cadavre avant de reprendre la parole, d'un air dégoûté : « C'est quoi ces trucs autour de lui... des assiettes ?

— Oui, dit Strike.

— Ça t'évoque quelque chose ?

— Rien.

— Tu sais quand on l'a vu vivant pour la dernière fois ?

— Dans la soirée du 5, il a claqué la porte au nez de sa femme. Il sortait d'un dîner avec son agent qui lui avait annoncé que son dernier roman était impubliable, de la pure diffamation – en particulier envers deux personnes plutôt chatouilleuses. »

Anstis baissa le nez sur les notes de l'inspectrice Rawlins.

170

« Tu n'en as pas parlé à Bridget.

— Elle ne m'a pas posé la question.

— Depuis combien de temps ce livre est-il en vente ?

— Il n'est pas en librairie, répondit Strike en se resservant. Il n'a pas encore été publié. Je te l'ai dit, Quine s'est disputé avec son agent parce qu'elle lui avait annoncé qu'il était impubliable.

— Tu l'as lu ?

— En grande partie, oui.

— C'est sa femme qui te l'a donné ?

— Non, elle prétend ne pas l'avoir lu.

— Elle oublie qu'ils ont une résidence secondaire et elle ne lit pas les livres de son mari, énonça Anstis sans forcer sa voix.

— Elle les lit mais seulement à leur parution, répondit Strike. C'est ce qu'elle m'a dit et je n'ai aucune raison de douter de sa sincérité.

— Mouais, fit Anstis en griffonnant des ajouts sur la précédente déposition de Strike. Comment t'en es-tu procuré un exemplaire ?

— Je préfère ne rien dire.

— Ça pourrait poser problème…, dit Anstis en levant les yeux.

— Pas à moi.

— Il se peut que nous revenions sur ce point, Bob. »

Strike haussa les épaules puis demanda :

« Vous avez prévenu sa femme ?

— Normalement c'est fait, oui. »

Strike n'avait pas appelé Leonora. Il supposait qu'elle avait appris la triste nouvelle de la bouche d'un agent spécialement formé pour cela.

Lui-même s'était souvent acquitté de ce genre de tâche autrefois, mais depuis, il avait un peu perdu la main ; tout à l'heure, par respect pour la dépouille profanée d'Owen Quine, il avait préféré rester dans la rue jusqu'à l'arrivée de la police.

Pendant qu'on l'interrogeait, il n'avait cessé de penser à la terrible épreuve que Leonora était en train de traverser. Il l'avait imaginée ouvrant la porte à un policier – ou deux peut-être. Après un premier frisson d'inquiétude à la vue de l'uniforme, son cœur avait dû exploser quand, d'une voix posée, compatissante, l'officier lui avait proposé de s'asseoir quelque part pour discuter ; puis il lui avait annoncé l'horrible nouvelle (bien sûr, il n'était pas question de lui parler, pour l'instant du moins, des cordes rouges qui ligotaient le corps, du trou béant qu'il avait dans le ventre, du visage brûlé à l'acide ; il n'avait pas non plus évoqué les assiettes disposées autour de Quine comme s'il était un énorme rôti... Strike repensa au plat de viande que Lucy avait présenté à chacun de ses convives, la veille. Il n'était pas facilement impressionnable mais la gorgée de whisky lui resta coincée dans la gorge ; il reposa son verre).

« Combien de personnes ont lu ce roman, d'après toi ? demanda Anstis.

— Aucune idée. Mais ça doit faire pas mal de gens maintenant. L'agent de Quine, Elizabeth Tassel – comme ça se prononce, ajouta-t-il pour Anstis qui notait au fur et à mesure –, l'a envoyé à Christian Fisher, le patron de Crossfire. Ce type adore les ragots. En ce moment, l'affaire est entre les mains des avocats. Ils essaient d'étouffer la rumeur.

— De plus en plus intéressant, murmura Anstis en gribouillant toujours plus vite. Tu veux grignoter un truc, Bob ?

— Je préférerais une cigarette.

— Ce ne sera pas long. Qui a-t-il diffamé ?

— La question se pose de savoir s'il s'agit vraiment de diffamation, dit Strike en pliant sa jambe endolorie, ou s'il s'est contenté d'écrire la vérité. J'ai cru reconnaître un certain nombre de personnes – donne-moi de quoi écrire », ajouta-t-il en se disant qu'il serait plus rapide de noter la liste que de la dicter. Tout en inscrivant les noms, il les prononçait à haute voix. « Michael Fancourt, l'écrivain ; Daniel Chard, le patron

172

de la maison d'édition qui publie Quine ; Kathryn Kent, la copine de Quine…

— Il y a une copine dans l'histoire ?

— Oui, ils sont restés un an ensemble, apparemment. Je suis allé la voir – à Stafford Cripps House, dans le quartier de Clement Attlee Court – mais elle dit qu'il n'était pas chez elle et qu'elle ne l'a pas vu… Liz Tassel, son agent ; Jerry Waldegrave, son éditeur, et… (infime hésitation) sa femme.

— Sa femme est dans son roman ?

— Oui, dit Strike en passant la liste à Anstis. Mais il reste des tas d'autres personnages que je n'ai pas identifiés. Si tu cherches le meurtrier dans le bouquin, tu auras l'embarras du choix.

— Tu as encore le manuscrit ?

— Non », mentit Strike qui s'attendait à cette question. Anstis n'aurait qu'à se débrouiller pour trouver un exemplaire, sans les empreintes de Nina.

« Tu vois autre chose qui pourrait nous aider ? demanda Anstis en se levant.

— Oui. Je ne pense pas que sa femme soit impliquée. »

Anstis lui lança un regard moqueur mais non dénué de bienveillance. Strike était le parrain de son fils, Timothy Cormoran Anstis. Le gosse était né deux jours avant l'explosion du blindé. Strike ne l'avait pas vu très souvent et le trouvait quelconque.

« OK, Bob. Signe là. Et je te ramène chez toi. »

Strike relut soigneusement sa déposition, corrigea pour le plaisir les fautes d'orthographe de l'inspectrice Rawlins, et signa.

Son portable sonna pendant qu'il se dirigeait vers les ascenseurs avec Anstis. Son genou recommençait à l'élancer.

« Cormoran Strike ? C'est moi. Leonora. » Elle s'exprimait toujours de la même manière, même si sa voix semblait altérée.

D'un geste, Strike s'excusa auprès d'Anstis et s'éloigna vers une fenêtre donnant sur la rue. En bas, les voitures défilaient sous la pluie incessante.

« Avez-vous reçu la visite de la police ? lui demanda-t-il.

— Ouais. Ils sont là autour de moi.

— Je vous plains, Leonora.

— Vous allez bien ? fit-elle d'un ton bourru.

— Moi ? s'étonna Strike. Oui, merci.

— Ils ne vous ont pas trop embêté ? Il paraît que vous êtes au commissariat. Moi je leur ai dit : "C'est pas de sa faute, c'est moi qui lui ai demandé de chercher Owen. Pourquoi vous l'avez arrêté ?"

— Ils ne m'ont pas arrêté. Ils avaient juste besoin de ma déposition.

— Mais ils vous ont gardé tout ce temps.

— Comment savez-vous que… ?

— Je suis là. Au rez-de-chaussée, dans le hall. Comme je voulais vous voir, je leur ai demandé de m'emmener. »

Entre sa stupéfaction et le whisky qui stagnait au fond de son estomac vide, Strike ne trouva rien d'autre à dire que : « Qui garde Orlando ?

— Edna, dit Leonora sans s'étonner que Strike s'inquiète pour sa fille. Ils vont bientôt vous relâcher ?

— Je suis en train de sortir.

— Qui c'était ? demanda Anstis après que Strike eut raccroché. Charlotte ?

— Non, non. » Strike avait totalement oublié de lui dire qu'ils avaient rompu. En tant qu'ami et policier, Anstis occupait un compartiment hermétique où les potins ne passaient pas. « C'est fini entre nous. Depuis des mois.

— Vraiment ? Merde, navré », répondit Anstis quand la cabine se mit à descendre. Il semblait sincèrement désolé pour Strike mais aussi pour lui-même, car il faisait partie des admirateurs de Charlotte, dont il appréciait la grande beauté et le rire coquin. Quand les deux hommes étaient rentrés à Londres, après avoir quitté l'hôpital et l'armée, Anstis n'avait cessé de lui seriner : « Amène donc Charlotte à la maison. »

Strike ressentait le besoin instinctif de protéger Leonora contre Anstis, mais c'était impossible. Quand les portes de l'ascenseur s'ouvrirent, il la vit qui l'attendait. Toujours la même : maigrichonne, ses cheveux gris tenus par des peignes, son petit visage terne et son éternel manteau serré autour d'elle. Elle portait des chaussures noires usées mais on avait toujours l'impression qu'elle marchait en pantoufles. Les deux agents en uniforme qui l'accompagnaient – un homme et une femme – étaient certainement ceux qui lui avaient appris la triste nouvelle. D'après les regards entendus qu'ils lancèrent à Anstis, Strike comprit qu'ils avaient des doutes sur elle ; que sa réaction à l'annonce de la mort de son mari leur avait paru bizarre.

Elle ne pleurait pas, ne manifestait aucune émotion particulière, hormis son soulagement de revoir Strike.

« Vous voilà. Pourquoi ils vous ont gardé si longtemps ? »

Anstis la dévisagea mais Strike ne fit pas les présentations.

« Si nous allions nous asseoir par là-bas ? » proposa-t-il à Leonora en désignant un banc placé contre le mur. Tandis qu'il s'éloignait en clopinant à ses côtés, Strike sentit le regard des trois policiers dans leur dos.

« Comment vous sentez-vous ? » lui demanda-t-il, espérant qu'elle manifeste un quelconque signe de détresse, pour que les trois autres cessent de la regarder comme une bête curieuse.

« J'en sais rien, dit-elle en se laissant choir sur le banc. Je n'arrive pas y croire. Je n'aurais jamais pensé qu'il irait se cacher là-bas, cet idiot. J'imagine que c'est un cambrioleur qui a fait le coup. Il aurait mieux fait d'aller à l'hôtel, comme d'habitude. »

Donc ils ne lui avaient pas tout dit. Strike supposait qu'elle était plus choquée qu'elle ne le paraissait, plus qu'elle ne le pensait elle-même. Le fait qu'elle ait couru le retrouver au commissariat était bien la preuve de son désarroi. Elle était perdue et n'avait personne vers qui se tourner à part lui.

« Voulez-vous que je vous raccompagne chez vous ? lui demanda Strike.

— J'espère bien qu'ils vont s'en charger, répliqua-t-elle avec la même assurance que la fois où elle lui avait dit qu'Elizabeth Tassel s'occuperait du règlement de ses honoraires. Je voulais juste vous voir pour m'assurer que vous alliez bien et que je ne vous avais pas causé d'ennui. Je voulais aussi savoir si vous souhaitiez continuer à travailler pour moi.

— Continuer à travailler pour vous ? » répéta Strike.

Pendant une fraction de seconde, il se demanda si elle avait bien suivi les derniers événements. Peut-être croyait-elle que Quine était toujours dans la nature. Sa légère excentricité masquait-elle des problèmes plus sérieux comme des troubles mentaux ?

« Ils croient que je suis au courant de quelque chose, dit Leonora. Je le sens. »

Strike fut tenté de lui répondre : « Mais non, je suis sûr que non », mais il ne voulait pas lui mentir. Il savait pertinemment que la police la soupçonnait déjà. Et comment aurait-il pu en être autrement ? Son mari la délaissait, la trompait ; elle ne les avait pas prévenus de sa disparition et pendant dix jours n'avait même pas essayé de le chercher ; elle possédait une clé de la maison où son corps avait été retrouvé, une maison où elle aurait très bien pu l'attendre et le tuer par surprise. Il savait tout cela et pourtant, il lui demanda : « Pourquoi dites-vous ça ?

— Je ne sais pas. La façon dont ils me parlent. Ils ont dit qu'ils fouilleraient notre maison, son bureau. »

Simple routine, mais Strike voyait bien que Leonora prendrait cette perquisition comme une intrusion dans sa vie privée.

« Vous avez parlé à Orlando ? s'inquiéta-t-il.

— Oui, mais je ne crois pas qu'elle réalise », répondit Leonora. Et pour la première fois, Strike vit des larmes dans ses yeux. « Elle m'a dit : "C'est comme Mr Poop" – notre chat, il s'est fait écraser – mais elle ne comprend pas vraiment.

Enfin, je crois. C'est difficile à savoir avec Orlando. J'ai juste dit qu'il était mort, pas qu'on l'avait tué. Au-dessus de mes forces. »

Elle fit une pause durant laquelle Strike se demanda inopinément si son haleine ne sentait pas trop le whisky.

« Vous allez continuer à travailler pour moi ? Vous êtes meilleur qu'eux, c'est pour ça que j'ai fait appel à vous. C'est d'accord ?

— Oui, acquiesça-t-il.

— Parce que je vois bien qu'ils croient que j'ai quelque chose à voir là-dedans, réaffirma-t-elle en se levant. À la façon dont ils me causent. »

Elle resserra son manteau autour d'elle.

« Je ferais mieux de rentrer auprès d'Orlando. Je suis contente que vous alliez bien. »

Et de son pas traînant, elle repartit vers son escorte. Surprise qu'on la prenne pour un chauffeur de taxi, la policière interrogea d'abord Anstis du regard puis accepta de ramener Leonora chez elle.

« C'est quoi ce binz ? demanda Anstis quand les deux femmes furent trop loin pour l'entendre.

— Elle croyait qu'on m'avait arrêté.

— Un peu toquée, cette bonne femme !

— Oui, un peu.

— Tu ne lui as rien dit, j'espère ?

— Non », répliqua Strike, froissé. Il n'était pas du genre à divulguer à un suspect des détails sur une scène de crime.

« Il faut que tu fasses attention, Bob, dit Anstis, gêné, tandis qu'ils franchissaient les portes à tambour. Ne t'en mêle pas. Il s'agit d'un meurtre et tu n'as pas tellement d'amis dans la maison, mon pote.

— La rançon de la gloire. Écoute, je vais prendre un taxi… Non, non, insista-t-il malgré les protestations d'Anstis. J'ai besoin d'en griller une avant de rentrer. Merci pour tout, Rich. »

Les deux hommes se serrèrent la main ; Strike releva son col pour se protéger de la pluie et, après un geste d'adieu, partit en claudiquant le long du trottoir obscur, presque aussi heureux de s'être débarrassé d'Anstis que de tirer sa première bouffée de cigarette.

18.

C'est pourquoi je trouve, là ou prospère la jalousie
Que mieux vaut encore des cornes sur la tête que
dans l'esprit.

Ben JONSON, *Chaque homme a son humeur*

S TRIKE AVAIT TOTALEMENT OUBLIÉ que Robin était partie
fâchée, vendredi soir. Il ne voyait qu'une chose : elle
était la seule personne à qui il avait envie de parler de ce
qui venait de se passer. En général, il évitait de lui téléphoner
le week-end mais, étant donné les circonstances, il lui envoya
un texto depuis le taxi qu'il trouva après un quart d'heure de
marche dans les rues sombres, humides et froides.

Robin était chez elle, pelotonnée dans un fauteuil avec un
livre acheté en ligne : *L'Interrogatoire de police : psychologie
et pratique*. Sur le divan, Matthew parlait au téléphone avec
sa mère qui ne se sentait pas bien. Chaque fois que Robin le
regardait gentiment, son fiancé exprimait son exaspération en
levant les yeux au ciel.

En entendant vibrer son portable, Robin fronça les sourcils ;
décidemment, elle n'arriverait jamais à se concentrer.

Trouvé Quine assassiné. C

179

Son petit cri étouffé fit sursauter Matthew. Robin ne vit même pas le livre glisser de ses genoux et tomber par terre. Elle empoigna son portable et courut s'enfermer dans la chambre.

Matthew resta encore vingt minutes au téléphone avec sa mère puis alla coller l'oreille à la porte. Robin posait de brèves questions, écoutait longuement les réponses. Au timbre de sa voix, il devina qu'elle discutait avec Strike ; sa mâchoire carrée se crispa.

Quand elle ressortit de la chambre, encore sous le choc, Robin lui raconta que Strike avait retrouvé le cadavre de l'homme qu'il recherchait depuis quelques jours. Matthew était partagé entre sa curiosité naturelle et son animosité envers Strike, lequel avait osé appeler sa fiancée un dimanche soir.

« Eh bien, je suis heureux que quelque chose t'intéresse ce soir, vu que tu te fous de la santé de ma mère.

— Espèce d'hypocrite ! » se récria Robin, choquée par cette injustice.

Le ton monta à une vitesse hallucinante. Et tout y passa : l'invitation de Strike à leur mariage ; le mépris de Matthew pour le métier de Robin ; la dégradation de leur vie de couple ; ce qu'ils se devaient l'un à l'autre. Robin était horrifiée de voir avec quelle facilité les fondements mêmes de leur relation pouvaient être mis sur le tapis, disséqués, critiqués. Mais elle ne lâcha pas le morceau. Elle était en colère, elle en voulait à tous les hommes qui lui pourrissaient la vie par leur aveuglement – Matthew qui ne comprenait pas à quel point ce boulot lui tenait à cœur ; Strike qui ne comprenait pas qu'elle avait du potentiel.

(Et pourtant, il l'avait appelée après avoir découvert le corps... Elle avait réussi à glisser une question – « À qui d'autre en avez-vous parlé ? » – et il avait répondu, sans imaginer un seul instant ce que cela signifiait pour elle : « À personne à part vous. »)

Matthew, lui, se sentait frustré. Avant de travailler pour Strike, Robin était toujours la première à calmer le jeu après

180

leurs disputes, la première à s'excuser, mais sa nature conciliante semblait s'être évaporée depuis qu'elle exerçait ce satané boulot... et il ne pouvait décemment pas se plaindre, ce qui l'agaçait d'autant plus.

Comme ils n'avaient qu'une seule chambre, Robin descendit les couvertures pliées en haut de l'armoire, prit des draps propres et déclara qu'elle dormirait dans le salon. Persuadé qu'elle ne tiendrait pas longtemps (le divan était très inconfortable), Matthew n'essaya pas de l'en dissuader.

Mais il avait eu tort d'espérer qu'elle se calmerait. Quand il se réveilla le lendemain matin, le sofa était vide et Robin partie. Sa colère se mua en fureur. Elle avait dû se rendre au travail avec une heure d'avance, et pour quoi faire ? Dans son imagination – une fonction que Matthew n'utilisait guère – il la vit monter l'escalier et, au lieu de s'arrêter au deuxième étage, continuer jusqu'à l'appartement de cet horrible type qui l'attendait sur le seuil...

19.

… À vous, je vais ouvrir
Le livre d'un sombre péché, gravé au plus profond de moi.
… ce mal qui habite mon âme.

Thomas DEKKER, *Le Noble Soldat espagnol*

S TRIKE AVAIT RÉGLÉ L'ALARME plus tôt que d'habitude. Il voulait avoir un peu de temps à lui, loin de ses clients et du téléphone. Vite levé, il se doucha, avala son petit déjeuner, rattacha sa prothèse sur son genou enflé et, trois quarts d'heure plus tard, descendit clopin-clopant, les dernières pages de *Bombyx Mori* sous le bras. Il avait hâte d'achever sa lecture car une idée lui était venue, qu'il n'avait pas confiée à Anstis.

Il se fit un thé corsé, s'assit au bureau de Robin, mieux éclairé que le sien, et se plongea dans le roman.

Ayant échappé au Coupeur, et pénétré dans la cité tant convoitée, le jeune homme voulait se débarrasser de ses compagnes de voyage, Succuba et la Tique. Pour ce faire, il les conduisait dans un bordel où elles étaient apparemment ravies d'être embauchées. Bombyx repartait seul à la recherche de Vantard, un écrivain célèbre dont il espérait devenir le disciple.

Alors qu'il parcourait une allée obscure, une femme l'accostait. Elle avait de longs cheveux roux, une allure démoniaque et revenait de braconner des rats dont elle comptait faire son souper. Apprenant qui il était, Harpie l'invitait chez elle, une cave jonchée de crânes d'animaux. Strike passa rapidement sur les quatre pages de la scène de sexe, notant toutefois que Harpie attachait son invité avec des lanières accrochées au plafond avant de le fouetter. Après cela, elle voulait lui téter le sein, comme l'avait déjà fait la Tique, mais le jeune homme, malgré ses liens, l'envoyait promener. Harpie en concevait un violent chagrin. Elle se mettait à pleurer en révélant ses propres mamelles d'où s'écoulait une substance brune et visqueuse tandis que la poitrine de Bombyx rayonnait d'une lumière surnaturelle.

Devant cette dernière description, Strike grinça des dents. Non seulement Quine frisait la parodie, avec des excès proprement écœurants, mais il devenait foncièrement méchant. Dans cette scène, il poussait le sadisme à son paroxysme, ne cherchait qu'à blesser, qu'à tourmenter. C'était donc à cela que Quine avait consacré des mois, peut-être des années de sa vie ? Était-il sain d'esprit ? Et pouvait-on qualifier de fou un homme qui écrivait avec une telle maîtrise – même si Strike détestait son style ?

Le thé chaud lui fit du bien. Il se calma et reprit sa lecture. Révulsé, Bombyx allait fuir la cave de Harpie quand un nouveau personnage s'interposait : Épicène, fille adoptive de la maîtresse de céans. La jeune fille, qui portait une toge ouverte sur un pénis, affirmait que Bombyx et elle étaient des âmes sœurs, à savoir qu'ils possédaient l'un comme l'autre les attributs des deux sexes. Elle lui offrait son corps hermaphrodite pour qu'il l'essaye, mais elle lui faisait d'abord écouter sa voix soi-disant mélodieuse. Malheureusement, de sa bouche ne sortaient que des aboiements d'otarie. Horrifié, Bombyx se sauvait à toutes jambes en se bouchant les oreilles.

Devant ses yeux ébahis se dressait un château de lumière perché sur un promontoire, au cœur de la cité. Bombyx grimpait les rues pentues menant à l'éblouissant édifice quand il s'entendait interpeller. Sous un porche obscur, il apercevait un nain qui se présentait sous le nom de Vantard, écrivain de son état. Le personnage contrefait, qui avait les sourcils, la mine revêche et le rictus ironique de Fancourt, offrait à Bombyx de l'héberger pour la nuit car, disait-il, il avait eu vent de son « immense talent ».

En pénétrant dans son logis, Bombyx découvrait avec effroi une jeune femme enchaînée à un fauteuil devant un bureau à cylindre où elle écrivait. Des tisons rougis reposaient dans l'âtre. Sur les fers chauffés à blanc, on lisait des expressions comme *Obstinément puéril* ou *Dialogue grandiloquent.* Pensant ainsi égayer son hôte, Vantard lui expliquait qu'il contraignait sa jeune épouse Effigie à écrire un livre pour qu'elle lui fiche la paix pendant que lui-même pondait son prochain chef-d'œuvre. Malheureusement, ajoutait Vantard, Effigie n'avait pas le moindre talent, raison pour laquelle elle méritait une punition. Joignant le geste à la parole, le nain retirait un tison du feu. Voyant cela, Bombyx se précipitait dans la rue, poursuivi par les hurlements de douleur d'Effigie.

Le jeune homme courait vers le château de lumière où il espérait trouver refuge. Arrivé devant le portail, il levait les yeux et découvrait une inscription gravée sur le fronton : *Phallus Impudicus.* Mais il avait beau frapper, personne ne venait. Il contournait donc l'édifice en jetant des coups d'œil par les fenêtres. C'est ainsi qu'il apercevait un homme chauve, nu comme un ver, penché sur le cadavre d'un jeune garçon couvert d'estafilades. Des plaies sourdait une lumière aveuglante, rappelant celle qui avait jailli des seins de Bombyx. Le pénis érigé de Phallus semblait en voie de décomposition.

« Bonjour. »

Strike sursauta. Robin se tenait devant lui, avec son imperméable et son visage rosi par le froid. Les premiers rayons du soleil rehaussaient la blondeur cuivrée de ses cheveux décoiffés flottant sur ses épaules. L'espace d'un instant, Strike la trouva merveilleusement belle.

« Vous êtes tombée du lit ? lui demanda-t-il.

— J'étais impatiente d'en savoir plus. »

Quand elle retira son imper, Strike détourna les yeux en se reprochant sa réaction. Quoi de plus normal qu'il la trouve belle comparée à ce chauve hideux qui lui collait encore à la rétine, avec son sexe rongé par le chancre…

« Vous reprendrez du thé ?

— Volontiers, merci, répondit-il, le nez dans le manuscrit. Donnez-moi cinq minutes, je voudrais terminer ce truc… »

Strike eut l'impression de replonger dans un marigot infesté de serpents, mais il repartit pour le royaume grotesque de *Bombyx Mori*.

Posté à l'extérieur, Bombyx épouvanté observait la scène par la fenêtre du château. Soudain, une troupe d'esclaves encapuchonnés s'emparait de lui. Ils le traînaient jusqu'à leur maître, lequel ordonnait qu'on lui ôte ses vêtements. Entre-temps, le ventre de Bombyx avait tellement gonflé que l'accouchement semblait imminent. Phallus Impudicus distribuait des ordres à ses larbins. En l'entendant parler, Bombyx, toujours aussi naïf, croyait qu'on donnait une fête en son honneur.

À cet instant, six personnages entraient en scène – Succuba, la Tique, le Coupeur, Harpie, Vantard et Impudicus –, bientôt rejoints par Épicène. Les sept convives prenaient place autour d'une grande table surmontée d'une aiguière fumante et d'un plat de service assez grand pour contenir un homme.

Quand Bombyx les rejoignait, il cherchait en vain son propre siège. Les sept autres se levaient, s'avançaient vers lui d'un air menaçant. L'ayant fermement ligoté, ils le déposaient sur le grand plat et entreprenaient de l'éventrer. La chose qu'il portait en lui apparaissait sous la forme d'une boule de lumière surnaturelle. Phallus Impudicus s'en saisissait et l'enfermait dans un coffret.

L'aiguière fumante se révélait contenir du vitriol que ses bourreaux versaient allégrement sur Bombyx encore vivant. Quand ses hurlements cessaient, le festin commençait.

En guise d'épilogue, les sept convives repus sortaient en rang du château, échangeant souvenirs et anecdotes sur leur victime. Derrière eux, dans la salle de torture désertée, les restes encore fumants de leurs ignobles agapes et, au plafond, le coffret lumineux suspendu comme une lanterne.

« Merde alors ! » murmura Strike.

Il n'avait pas vu la tasse de thé posée à côté de lui. Perchée sur l'accoudoir du canapé, Robin attendait patiemment qu'il lève le nez du manuscrit.

« Tout est là-dedans, articula Strike. Ce que Quine a subi…

— Que voulez-vous dire ?

— Le héros du roman meurt exactement de la même façon que Quine. Ligoté, éviscéré, aspergé d'acide. Dans le livre, ils le bouffent. »

Robin le considéra d'un air atterré.

« Les assiettes. Les couteaux, les fourchettes…

— Précisément », dit Strike.

Sans réfléchir, il sortit son portable pour lui montrer les photos de la scène de crime. Puis, voyant son expression apeurée, il hésita : « Non, désolé, j'avais oublié que…

— Donnez-moi ça », répliqua-t-elle.

Qu'avait-il oublié ? Qu'elle n'avait ni formation ni expérience ? Qu'elle n'avait jamais été dans la police ou l'armée ? Et alors ? Elle n'avait donc pas le droit de progresser, de se dépasser ?

« Je veux voir », mentit-elle.

Avec réticence, il lui tendit l'appareil.

Robin resta de marbre et pourtant, quand elle vit le trou béant dans le ventre et le thorax du cadavre, ses propres intestins se nouèrent. Elle leva sa tasse mais elle n'avait pas envie de boire quoi que ce fût. La photo la plus horrible de toutes avait été prise au zoom. On voyait nettement le visage rongé par l'acide, une orbite oculaire calcinée…

Les assiettes la frappèrent comme une obscénité. Strike avait fait un gros plan sur l'une d'elles, encadrée de couverts parfaitement disposés.

« Mon Dieu, dit-elle d'une voix blanche en lui rendant le téléphone.

— Maintenant, lisez ceci. » Strike lui remit les pages qu'il venait de lire.

Elle lut en silence et, à la fin, leva vers lui des yeux ronds.

« Mon Dieu », répéta-t-elle.

Le portable de Robin sonna. Elle le sortit du sac à main posé à côté d'elle et regarda l'écran. Matthew. Toujours furieuse contre lui, elle ignora l'appel.

« Combien de gens ont eu ce roman entre les mains, d'après vous ?

— Pas mal, j'imagine, depuis le temps qu'il circule. Fisher a balancé des morceaux choisis à travers toute la ville. Entre lui et les lettres des avocats, je parie qu'on doit se l'arracher, en ce moment. »

Tandis qu'il parlait, une curieuse réflexion lui traversa la tête. Quine n'aurait pu rêver meilleure campagne de pub… mais il n'avait pas pu se ligoter lui-même, s'asperger d'acide et s'arracher les entrailles…

« Le manuscrit est chez Roper Chard, dans un coffre dont tout le monde ou presque semble connaître le code, poursuivit-il. C'est comme ça que j'ai pu l'avoir.

— Mais vous ne pensez pas que le tueur est forcément quelqu'un qui appartient au… ? »

Le portable de Robin se remit à sonner. Matthew. De nouveau, elle coupa la sonnerie.

« Pas nécessairement, dit Strike qui avait deviné la fin de sa question. Mais les personnes figurant dans son roman vont être suivies de près par la police. Parmi celles que j'ai rencontrées jusqu'à présent, Leonora prétend ne pas l'avoir lu, et Kathryn Kent auss…

— Vous les croyez ? l'interrompit Robin.

— Je crois Leonora. Pour Kathryn Kent, c'est autre chose. Rappelez-vous son blog : "Te voir souffrir me donnerait du plaisir."

— Je n'imagine pas une femme capable de commettre de telles atrocités, rétorqua Robin en regardant le portable de Strike, posé sur le bureau.

— C'est que vous ne connaissez pas l'histoire de cette Australienne qui a écorché son amant, lui a coupé la tête et les fesses et les a fait cuire en ragoût. Elle a poussé le vice jusqu'à servir le plat aux enfants de sa victime.

— Vous plaisantez ?

— Pas du tout. Vous n'avez qu'à regarder sur Internet. Quand les femmes s'y mettent, elles n'y vont pas de main morte.

— Quine était grand et lourd…

— Il s'agit peut-être d'une femme en qui il avait confiance. Une femme avec laquelle il couchait.

— Savez-vous avec certitude qui a lu le roman ?

— Christian Fisher, Ralph, l'assistant d'Elizabeth Tassel, Tassel elle-même, Jerry Waldegrave, Daniel Chard – ils y sont tous sauf Ralph et Fisher. Nina Lascelles…

— Qui sont Waldegrave et Chard ? Qui est Nina Lascelles ?

— L'éditeur de Quine, le patron de sa maison d'édition et la fille qui m'a aidé à voler ceci », énuméra Strike en donnant une petite tape sur le manuscrit.

Le portable de Robin se remit à sonner.

« Désolée », dit-elle, agacée, et elle décrocha. « Oui ?

— Robin. »

Matthew s'exprimait d'une voix inhabituelle, confuse, comme s'il avait le nez bouché. Elle ne l'avait jamais vu pleurer ni exprimer des remords après leurs disputes.

« Oui ? redit-elle, moins sèchement.

« — Maman a eu une attaque. Elle est… Elle est… »

Un glaçon se forma au creux de son ventre.

« Matt ? »

Il pleurait.

« Matt ? insista-t-elle.

— Maman est morte, gémit-il comme un petit garçon.

— J'arrive. Où es-tu ? J'arrive tout de suite. »

Strike, qui l'observait attentivement, vit qu'on lui annonçait un décès. Il espéra que la personne défunte n'était pas proche de Robin, qu'il ne s'agissait ni de ses parents ni de ses frères…

« Écoute, dit-elle en se levant. Reste où tu es. Je te rejoins. C'est la mère de Matt, informa-t-elle Strike. Elle est décédée. »

La nouvelle lui était tombée dessus si soudainement qu'elle avait du mal à réaliser.

« C'est dingue, quand je pense que Matt l'avait encore au téléphone hier soir. » Elle le revit lever les yeux au ciel et cette image se superposa aux sanglots qu'elle venait d'entendre. Une bouffée de tendresse et de compassion l'envahit. « Je suis vraiment désolée mais…

— Allez-y. Et présentez-lui mes condoléances.

— D'accord », dit Robin, qui essayait fébrilement de fermer son sac à main. Elle connaissait Mrs Cunliffe depuis l'école primaire. Robin jeta son imperméable sur son bras, la porte en verre lança un bref éclair et se referma derrière elle.

Tout s'était déroulé si vite que Strike resta quelques secondes les yeux braqués dans le vide, là où Robin s'était envolée. Puis il regarda sa montre. À peine neuf heures. La brune divorcée dont il avait récupéré les émeraudes devait passer le voir dans une demi-heure.

Il débarrassa les tasses, les lava, alla sortir le collier du coffre et enferma le manuscrit de *Bombyx Mori* à sa place. Puis il remplit la bouilloire et consulta ses mails.

Ils vont reporter le mariage.

Il refusait de s'en réjouir. Pour se changer les idées, il appela Anstis qui répondit presque aussitôt.

« Bob ?

— Anstis, tu le sais peut-être déjà mais je tenais à te dire que le meurtre de Quine est décrit dans son dernier roman.

— Répète ça ? »

Le court silence qui suivit les explications de Strike montrait clairement qu'il n'était pas au courant.

« Bob, j'ai besoin d'un exemplaire de ce manuscrit. Si j'envoyais quelqu'un le chercher… ?

— Donne-moi trois quarts d'heure », répondit Strike.

Il était encore en train de le photocopier quand sa cliente arriva.

« Où est votre secrétaire ? » furent ses premières paroles. Elle se tourna vers lui en minaudant, faussement surprise, comme si elle pensait que Strike s'était arrangé pour la recevoir sans témoin.

« Elle est malade. Diarrhées, vomissements, vous voyez le tableau, répondit Strike, on ne peut plus dissuasif. Bon, si nous passions à notre affaire ? »

20.

La Conscience est-elle une camarade pour un vieux Soldat ?

Francis BEAUMONT et John FLETCHER, *L'Homme faux*

TARD DANS LA SOIRÉE, Strike, seul à son bureau, mangeait des nouilles chinoises d'une main tout en prenant des notes de l'autre. Dehors, les voitures défilaient bruyamment sur la chaussée détrempée. Ayant terminé sa journée de travail, il avait à présent tout loisir de se consacrer au dossier Quine. De son écriture pointue, presque indéchiffrable, il établissait une liste et ajoutait la lettre A comme Anstis devant certaines entrées. Qu'un détective privé dépourvu d'autorité légale se permît de déléguer des tâches à l'officier de police responsable de l'enquête aurait pu être interprété comme de l'arrogance ou de la malhonnêteté, mais Strike n'avait pas ce genre de scrupules.

Il avait assez côtoyé Anstis en Afghanistan pour savoir qu'il ne brillait pas par ses talents d'enquêteur. C'était quelqu'un de compétent mais dépourvu d'imagination. Il appliquait des modèles, savait reconnaître ce qui crevait les yeux, sans plus. Strike ne méprisait pas ces méthodes – la bonne solution était souvent la plus évidente et, pour y parvenir, il suffisait parfois

191

de cocher des cases. Seulement voilà, le meurtre de Quine était d'un genre particulièrement complexe, commis par un individu à l'esprit retors, sadique. Un crime littéraire, pourrait-on dire, par son inspiration, mais impitoyable dans son exécution. Anstis saurait-il analyser la tournure d'esprit d'un individu capable de puiser dans l'imaginaire fétide de Quine les éléments nécessaires à l'élaboration de son assassinat ?

Son portable sonna, déchirant le silence. Dès qu'il entendit la voix de Leonora, il réalisa qu'il avait espéré que ce serait Robin.

« Comment allez-vous ? demanda-t-il.

— La police est là, démarra-t-elle en s'épargnant les politesses d'usage. Ils ont fouillé le bureau d'Owen. Je ne voulais pas mais Edna a dit qu'il fallait les laisser faire. On ne peut pas nous fiche la paix, après ce qui s'est passé ?

— Ils ont le droit de perquisitionner, dit Strike. Ils trouveront peut-être dans son bureau un indice qui les mènera vers son assassin.

— Quoi par exemple ?

— Je l'ignore, dit patiemment Strike, mais je pense qu'Edna a raison. Il vaut mieux les laisser faire. »

Il y eut un blanc.

« Vous êtes toujours là ?

— Ouais, dit-elle. Mais du coup, ils ont condamné la porte, alors je ne peux plus rentrer dans le bureau. Et ils ont l'intention de revenir. Je n'aime pas les voir traîner par ici. Orlando n'aime pas ça non plus. » D'un ton outragé, elle ajouta : « Y en a un qui m'a demandé si je ne voulais pas m'installer ailleurs pendant quelque temps. J'ai répondu : "Ah ça non, pas question." Orlando n'a jamais bougé d'ici, elle ne supporterait pas. Pas question que je m'en aille.

— Ils n'ont pas parlé de vous faire subir un interrogatoire, par hasard ?

— Non. Ils ont juste demandé à entrer dans le bureau.

— Bien. S'ils commencent à vous poser des questions…

« — J'appelle un avocat, je sais. C'est Edna qui me l'a dit.

— Cela vous ennuierait si je passais vous voir demain matin ?

— Non, ça me va. » Elle semblait ravie. « Venez vers dix heures, j'ai des courses à faire avant. Aujourd'hui, je n'ai même pas pu sortir. Je ne voulais pas les laisser seuls dans la maison. »

Strike raccrocha. Décidément, l'attitude de Leonora ne risquait pas de plaider en sa faveur auprès de la police. Anstis était-il en mesure de comprendre – comme l'avait compris Strike – que son esprit un peu obtus, son incapacité à suivre les règles de comportement communément admises, son refus obstiné de voir la réalité en face – autant de particularités qui lui avaient sans doute permis de supporter la vie avec Quine – l'auraient empêchée de commettre un meurtre pareil ? Strike craignait qu'au contraire, toutes ces bizarreries, cette absence apparente d'émotion face à la mort de son mari, due à une honnêteté naturelle qui, en l'occurence, la desservait, n'alimentent les soupçons d'Anstis, un esprit terre à terre, et ne limitent le champ des recherches.

D'une main soudain plus ferme, voire fébrile, Strike continua de dresser sa liste sans pour autant oublier de manger de la main gauche. Il réfléchissait vite, les idées lui venaient à mesure qu'il notait les questions à poser, les adresses à visiter, les pistes à suivre. Il voulait à la fois établir son plan d'action et pousser Anstis à regarder dans la bonne direction, à comprendre qu'une épouse n'était pas systématiquement coupable du meurtre de son mari, même si le mari était un être irresponsable, négligent et infidèle.

Strike posa son stylo, finit ses nouilles en deux coups de fourchette, débarrassa son bureau, rangea ses papiers dans le dossier cartonné marqué « Owen Quine », barra la mention « personne disparue » et la remplaça par « meurtre ». Puis il éteignit les lumières et, sur le point de fermer la porte à clé, revint sur ses pas et s'assit devant l'ordinateur de Robin.

L'article était là, sur le site web de la BBC. Il ne faisait pas la une, bien sûr ; Quine n'était pas aussi célèbre qu'il se l'était imaginé. Il figurait en troisième position, derrière le gros titre de la journée : l'Union européenne avait consenti un prêt à la République d'Irlande.

Un corps sans vie a été retrouvé hier dans une maison de Talgarth Road, à Londres. Il s'agirait de l'écrivain Owen Quine, 58 ans. La macabre découverte faite par un ami de la famille a donné lieu à l'ouverture d'une enquête criminelle.

Pas de photos de Quine dans sa cape tyrolienne, pas de détails sur les horribles mutilations pratiquées sur la dépouille. Mais on n'en était qu'au premier jour ; les journalistes avaient du temps devant eux.

En arrivant chez lui, Strike se sentait vidé. Il se laissa choir sur son lit en se frottant les yeux puis s'allongea et resta ainsi, sans enlever ni ses vêtements ni sa prothèse. Les pensées qu'il avait réussi à maintenir à distance une bonne partie de la journée repartaient à l'assaut...

Pourquoi n'avoir pas averti la police que Quine avait disparu depuis presque deux semaines ? Pourquoi n'avoir pas imaginé un instant qu'il était mort ? Quand l'inspectrice Rawlins lui avait posé ces mêmes questions, Strike avait trouvé des réponses plausibles, sensées, mais guère satisfaisantes à ses propres yeux.

Il n'avait pas besoin de sortir son portable pour voir le cadavre de Quine, ligoté, putréfié. Il était gravé à tout jamais dans son cerveau. Combien avait-il fallu de ruse, de haine, de perversité pour transformer le roman de Quine, cette tumeur littéraire, en un fait divers ? Quel genre d'être humain était capable de découper un homme comme une pièce de viande, l'asperger d'acide, l'étriper et disposer des assiettes autour de son cadavre éviscéré ?

C'était absurde mais Strike ne pouvait s'empêcher de penser qu'il aurait dû sentir la scène de loin, comme le charognard qu'il avait été autrefois, en Bosnie. Pourquoi n'avait-il pas compris – lui qu'attiraient instinctivement l'étrange, le trouble, le dangereux – que cet écrivain exhibitionniste et tonitruant se taisait depuis trop longtemps ?

Parce que ce pauvre abruti criait au loup en permanence... Et parce que je suis mort de fatigue.

Strike roula sur le côté et se leva pour se rendre à la salle de bains. Le macabre diaporama défilait toujours dans son esprit : le trou béant dans le thorax, les orbites calcinées. Le tueur s'était baladé dans la grande salle, autour de sa victime qui saignait encore, dont peut-être l'écho des cris sur les voûtes venait à peine de faire place au silence. Et il avait tranquillement mis le couvert... Strike trouva une question à rajouter sur sa liste : les voisins avaient-ils pu entendre les hurlements de Quine au moment ultime ?

Strike finit par aller se coucher pour de bon. Il posa son avant-bras épais et poilu sur ses yeux et se mit à écouter les pensées qui tournoyaient sous son crâne, comme un jumeau alcoolique incapable de fermer son clapet. La police scientifique travaillait depuis plus de vingt-quatre heures. À présent, ils devaient savoir de quoi il retournait, même s'ils n'avaient pas encore tous les résultats. Penser à appeler Anstis, pour savoir...

Ça suffit, ordonna-t-il à son cerveau survolté. *Ça suffit.*

Et avec cette même volonté qui lui avait permis, à l'armée, de s'endormir n'importe où – sol en béton, cailloux, lit de camp aux ressorts grinçant sous son poids au moindre mouvement –, il sombra doucement dans le sommeil, comme un navire de guerre fendant une mer d'encre.

21.

Est-il donc mort ?
Quoi, mort enfin, bel et bien mort à tout jamais ?

William CONGREVE, *L'Épouse en deuil*

À HUIT HEURES QUARANTE-CINQ le lendemain matin, Strike descendait prudemment l'escalier métallique en se demandant pour la énième fois pourquoi il n'avait toujours pas appelé le réparateur d'ascenseur. Depuis sa chute dans le métro, son genou n'avait pas désenflé. Compte tenu de ce handicap supplémentaire, il lui faudrait bien une heure pour arriver à Ladbroke Grove, sachant qu'il n'avait plus les moyens de prendre un taxi.

Dès qu'il ouvrit la porte du bas, le vent glacé lui gifla le visage. Un éclair blanc explosa à un mètre de lui. Entre ses paupières plissées, il parvint à distinguer trois silhouettes masculines qui ondulaient devant lui. Il leva la main pour protéger ses yeux d'une nouvelle rafale lumineuse. »

« Vous saviez qu'Owen Quine avait disparu, Mr Strike. Pourquoi ne pas en avoir informé la police ? »

« Saviez-vous qu'il était mort, Mr Strike ? »

Pendant une fraction de seconde, il pensa faire demi-tour et leur claquer la porte au nez. Mais il se serait coupé toute retraite et aurait dû attendre leur départ pour pouvoir sortir.

« Pas de commentaires », dit-il sèchement sans se donner la peine de les contourner, si bien qu'ils durent s'écarter. Il y en avait deux qui posaient des questions, pendant que le troisième, le photographe, courait à reculons en le mitraillant. La fille qui tenait la boutique de guitares et partageait souvent une pause cigarette avec Strike regardait la scène bouche bée à travers sa vitrine.

« Pourquoi n'avoir dit à personne qu'il avait disparu depuis plus de quinze jours, Mr Strike ? »

« Pourquoi n'avez-vous pas averti la police ? »

Strike marchait sans rien dire, d'un bon pas, les mains dans les poches, le visage fermé. Les deux journalistes cavalaient à côté de lui en essayant de le faire parler, comme des mouettes au bec acéré descendant en piqué vers le pont d'un chalutier.

« Vous allez encore leur voler la vedette, Mr Strike ? »

« Une longueur d'avance sur la police ? »

« La publicité c'est bon pour le commerce, Mr Strike ? »

Strike avait fait de la boxe dans l'armée. Cette sale engeance aurait bien mérité une petite démonstration. Il se contenta de les frapper en imagination : un pivot sur la jambe suivi d'un crochet du gauche au niveau des côtes flottantes et…

« Taxi ! » hurla-t-il.

Le flash crépita. Strike monta en voiture. Par chance, le feu venait de passer au vert, le taxi s'éloigna sans encombre du trottoir et les journalistes renoncèrent à le poursuivre au bout de quelques mètres.

Bande d'enculés, pensa Strike en regardant derrière lui au moment où le taxi tournait au coin. Un abruti de flic avait dû leur dire qu'il avait trouvé le corps. Ce n'était sûrement pas Anstis, plutôt l'un de ces connards qui n'avaient pas digéré l'affaire Lula Landry.

« Vous êtes une célébrité ? demanda le chauffeur en le dévisageant dans le rétroviseur.

— Non. Déposez-moi à Oxford Circus, s'il vous plaît. »

197

L'homme, qui avait espéré une course plus longue, grommela dans sa moustache.

Strike sortit son portable et envoya un autre texto à Robin.

2 journalistes en bas. Dites que vous travaillez pour Crowdy.

Puis il appela Anstis.

« Bob.

— La presse m'attendait au pied de mon immeuble. Ils savent que j'ai découvert le corps.

— Comment ?

— À toi de me le dire. »

Un blanc.

« C'était prévisible, Bob, mais ce n'est pas moi qui leur ai filé l'info.

— Ouais, j'ai vu la mention "ami de la famille" dans la presse. Ils semblent insinuer que si je n'ai rien dit à tes copains, c'était pour me faire de la pub.

— Je n'ai jamais…

— Arrange-toi pour publier un démenti et que ça vienne d'une source officielle, Rich. Il en va de ma réputation. J'ai besoin de gagner ma vie.

— Ce sera fait, promit Anstis. Écoute, pourquoi tu ne viendrais pas dîner ce soir ? La police scientifique a remis ses premières conclusions ; ce serait bien qu'on en parle tous les deux.

— Ouais, génial, dit Strike pendant que le taxi approchait d'Oxford Circus. À quelle heure ? »

Dans le métro, il voyagea debout. S'asseoir signifiait se relever, et son genou lui faisait trop mal pour ce genre d'exercice. En traversant Royal Oak, il sentit son portable vibrer. Il avait reçu deux textos, le premier venait de sa sœur Lucy.

Joyeux anniversaire, Stick ! xxx

Il avait complètement oublié. Il ouvrit le deuxième texto.

Salut Cormoran, merci de m'avoir prévenue pour les journalistes, je viens de les voir, ils traînent encore en bas. À plus tard. Rx

Soulagé de voir que l'éclaircie persistait, Strike arriva chez les Quine un peu avant dix heures. Sous les rayons du soleil pâle, la maison lui parut aussi triste et misérable que la première fois. Seule différence, un agent de police faisait le planton devant l'entrée, un jeune flic de grande taille, au menton volontaire. Quand il vit Strike boitiller dans sa direction, il fronça les sourcils.

« Puis-je vous demander qui vous êtes, monsieur ?

— Oui », répondit Strike en le dépassant pour sonner à la porte. Anstis mis à part, la police lui tapait sur les nerfs en ce moment. « Vous devriez en être capable. »

Quand la porte s'ouvrit, Strike se retrouva nez à nez avec une jeune fille dégingandée. Elle avait un teint cireux, d'épais cheveux châtain clair bouclés, de grands yeux écartés d'un vert transparent, une bouche large et une expression ingénue. Son sweat-shirt trop long – ou était-ce une robe courte ? – découvrait ses genoux osseux. Elle portait des chaussettes roses duveteuses et serrait sur sa poitrine plate un orang-outan en peluche dont les pattes terminées par des velcros lui enlaçaient le cou.

« Salut, dit-elle en se balançant imperceptiblement, comme si elle déplaçait sans cesse son poids d'une jambe sur l'autre.

— Bonjour, dit Strike. Vous êtes Orlan… ?

— Puis-je avoir votre nom, s'il vous plaît ? redemanda le jeune policier d'une voix forte.

— Bon, d'accord, je vous le dirai si je peux savoir pourquoi vous montez la garde devant cette maison, répondit Strike en souriant.

— Il y a beaucoup de journalistes dans le coin, l'informa le jeune policier.

« — Un monsieur est venu, dit Orlando. Il avait une caméra et maman a dit…

— Orlando ! appela Leonora depuis l'intérieur. Qu'est-ce que tu fais ? »

Elle déboula dans le couloir et se planta derrière sa fille. Strike nota son visage pâle, creusé, sa robe bleu marine démodée à l'ourlet décousu.

« Oh, c'est vous. Entrez donc. »

En franchissant le seuil, Strike sourit au policier qui lui décocha un regard mauvais.

« Comment tu t'appelles ? demanda Orlando à Strike quand la porte d'entrée se referma derrière eux.

« Cormoran.

— C'est un nom rigolo.

— Oui, c'est vrai », répondit Strike qui ajouta presque malgré lui : « C'est le nom d'un géant.

— C'est rigolo, dit Orlando en se balançant.

— Venez, entrez, répéta sèchement Leonora en lui montrant la cuisine. Faut que j'aille aux toilettes. Je vous rejoins. »

Strike longea le couloir étroit. La porte du bureau était fermée et, soupçonna-t-il, toujours verrouillée.

Il eut une surprise en entrant dans la cuisine. Jerry Waldegrave, l'éditeur de Roper Chard, était assis à la table, un bouquet de fleurs dans les tons bleu et violet à la main. L'anxiété se lisait sur son visage blême. Un deuxième bouquet encore enveloppé de cellophane dépassait de l'évier plein de vaisselle sale. Dans un coin, plusieurs sacs de courses provenant d'un supermarché.

« Bonjour », dit Waldegrave. Un peu emprunté, il se leva et regarda le nouveau venu avec un air de circonstance. Manifestement, leur première rencontre sur la terrasse arborée de Roper Chard ne l'avait pas marqué car il lui serra la main en disant : « Vous êtes de la famille ?

— Un ami de la famille, confirma Strike.

— C'est terrible, n'est-ce pas ? Je suis passé voir si je pouvais lui être utile. Depuis que je suis arrivé, elle est enfermée dans la salle de bains.

— Ah bon. »

Waldegrave se rassit tandis qu'Orlando entrait dans la cuisine en marchant de côté comme un crabe, l'orang-outan serré contre son cœur. Elle resta plantée devant eux pendant une longue minute, à les dévisager effrontément. Ils ne savaient plus où se mettre.

« Tu as de jolis cheveux, finit-elle par décréter à l'intention de Jerry Waldegrave. On dirait une perruque.

— Tu as sans doute raison », répondit Waldegrave en souriant. Orlando sortit comme elle était entrée.

Un ange passa. Waldegrave tripotait son bouquet de fleurs en laissant errer son regard.

« Je n'arrive pas à y croire », lâcha-t-il enfin.

Un grand bruit de chasse d'eau retentit à l'étage, puis on entendit des pas lourds dans l'escalier. Leonora réapparut, suivie comme son ombre par sa fille.

« Désolée, dit-elle aux deux hommes. Je ne me sens pas très bien. »

À l'évidence elle ne faisait allusion qu'à ses problèmes intestinaux.

« Écoutez, Leonora », commença Jerry Waldegrave horriblement gêné. Il se leva. « Je ne voudrais pas vous empêcher de recevoir votre ami…

— Lui ? Ce n'est pas un ami, c'est un détective.

— Pardon ? »

Waldegrave était sourd d'une oreille, se souvint Strike.

« Il a un nom de géant, précisa Orlando.

— C'est un détective, hurla Leonora pour couvrir la voix de sa fille.

— Ah oui ? fit Waldegrave, décontenancé. J'ignorais… Pourquoi… ?

— J'en ai besoin, répondit-elle laconiquement. La police pense que c'est moi qui ai tué Owen. »

Un silence. L'embarras de Waldegrave était palpable.

« Mon papa est mort », lança Orlando à la cantonade. Elle regarda les deux hommes avec insistance, guettant leur réaction. Strike sentit qu'il fallait dire quelque chose.

« Je sais. C'est très triste.

— Edna a dit pareil », répliqua Orlando qui semblait attendre une déclaration plus originale. Puis elle tourna les talons et s'en alla.

« Asseyez-vous, dit Leonora. C'est pour moi ? ajouta-t-elle en désignant le bouquet dans la main de Waldegrave.

— Oui, dit-il en lui tendant fébrilement les fleurs mais sans s'asseoir. Écoutez, Leonora, je ne vais pas vous importuner plus longtemps, je sais que vous avez d'autres choses à faire avec… pour organiser…

— Ils ne veulent pas me rendre son corps, lâcha Leonora avec une simplicité accablante. Alors qu'est-ce que vous voulez que j'organise ?

— Oh, j'allais oublier. J'ai une carte, bredouilla Waldegrave en fouillant dans ses poches. Tenez… Bon, si nous pouvons faire quelque chose, Leonora, quoi que ce soit…

— Je vois pas ce que vous pourriez faire », lui balança Leonora en prenant l'enveloppe. Elle s'assit à la table d'où Strike avait déjà tiré une chaise, impatient de soulager sa jambe.

« Eh bien, je crois que je vais y aller, dit Waldegrave. Écoutez, Leonora, ça m'ennuie beaucoup de vous demander cela dans un moment pareil, mais… au sujet de *Bombyx Mori*… auriez-vous un exemplaire ici ?

— Non. Owen l'a emporté avec lui.

— Je suis vraiment désolé mais cela nous aiderait beaucoup si… Puis-je jeter un œil dans ses affaires ? Il a peut-être laissé des choses ? »

Elle le scruta à travers ses grosses lunettes démodées.

« La police a emporté tout ce qu'il a laissé. Ils ont tout retourné dans son bureau, hier, et après ils ont verrouillé la porte et emporté la clé. Même moi, je ne peux plus entrer.

— Oh, eh bien, dans ce cas… si la police… Parfait. Non, je connais le chemin, ne vous donnez pas cette peine. »

Il se précipita dans le couloir et l'on entendit claquer la porte derrière lui.

« Je ne vois pas pourquoi il est venu, marmonna Leonora. Pour se donner l'impression de faire un truc gentil, je suppose. »

Elle ouvrit l'enveloppe et déplia la carte décorée de violettes peintes à la gouache. Il y avait un grand nombre de signatures à l'intérieur.

« Voilà qu'ils sont tous gentils, maintenant. Juste parce qu'ils se sentent coupables, dit-elle en jetant la carte sur la table en Formica.

— Coupables ?

— Ils ne l'ont jamais apprécié à sa juste valeur, déclarat-elle avec une surprenante finesse. Les livres, il faut savoir les vendre, les promouvoir. C'est le boulot des éditeurs que de leur donner le coup de pouce nécessaire. Ils ne l'ont jamais fait passer à la télévision ni rien. »

Strike présuma qu'elle répétait des récriminations maintes fois entendues dans la bouche de son mari.

« Leonora, dit-il en sortant son calepin. Ça vous ennuie si je vous pose quelques questions ?

— Pourquoi pas. Mais je ne sais rien de rien.

— Après avoir quitté votre domicile le 5, Owen aurait-il pu avoir des contacts avec quelqu'un ? »

Elle secoua la tête.

« Pas d'amis, pas de famille ?

— Personne. Vous voulez une tasse de thé ?

— Oui, merci », dit Strike pour l'encourager à poursuivre. En réalité, il n'avait envie de rien qui provînt de cette cuisine crasseuse. « Vous connaissez les personnes qui travaillent chez Roper Chard ? »

Elle haussa les épaules en remplissant bruyamment la bouilloire.

— Quasiment pas. Le type de tout à l'heure, Jerry, je l'ai croisé un jour qu'Owen faisait des dédicaces.

— Vous n'avez aucun ami là-bas ?

— Non. Pourquoi j'aurais des amis dans cette boîte ? C'était Owen qui travaillait avec eux, pas moi.

— Et vous n'avez pas lu *Bombyx Mori*, n'est-ce pas ? fit-il, l'air de rien.

— Je vous ai dit que non. Je n'aime pas lire ses livres tant qu'ils ne sont pas publiés. Pourquoi tout le monde n'arrête pas de me poser cette question ? » s'énerva-t-elle en relevant la tête du sac en plastique où elle cherchait une boîte de biscuits, puis elle enchaîna : « C'est quoi le problème avec le corps ? Qu'est-ce qui lui est arrivé ? Ils ne veulent pas me le dire. Ils ont pris sa brosse à dents pour trouver de l'ADN. Pourquoi je ne peux pas le voir ? »

Strike avait maintes fois entendu cette question dans la bouche d'épouses, de parents désespérés. Alors, il procéda comme d'habitude, en disant la vérité mais pas toute la vérité.

« Il était mort depuis longtemps quand je l'ai trouvé.

— Combien de jours ?

— Cela reste à déterminer.

— Comment est-il mort ?

— Je ne crois pas que la police scientifique le sache, pour l'instant.

— Mais ils doivent bien… »

Elle s'interrompit en voyant Orlando revenir d'un pas traînant, avec sa peluche et une liasse de dessins vivement colorés.

« Où il est passé, Jerry ?

— Il est retourné au travail, dit Leonora.

— Il a de jolis cheveux. Pas toi, dit la jeune fille à l'intention de Strike. Je n'aime pas tes cheveux, ils sont tout frisés.

204

— Je ne les aime pas beaucoup non plus.

— On n'a pas le temps de regarder tes dessins, Dodo », intervint sa mère. Mais Orlando n'en tint aucun compte et entreprit d'étaler ses œuvres sur la table devant Strike.

« C'est moi qui les ai faits. »

On reconnaissait des fleurs, des poissons, des oiseaux. Strike vit un menu pour enfant imprimé au verso d'une peinture à la gouache.

« Ils sont très beaux, dit Strike. Leonora, savez-vous si la police a trouvé quelque chose concernant *Bombyx Mori* en fouillant le bureau, hier ?

— Oui, dit-elle en jetant des sachets de thé dans deux tasses ébréchées. Deux vieux rubans de machine à écrire ; ils avaient glissé derrière sa table. Ils sont sortis et m'ont demandé où était le reste, alors je leur ai dit qu'il avait tout pris avec lui.

— J'aime bien aller dans le bureau de papa, déclara Orlando. Il me donne du papier pour faire des dessins.

— Cette pièce est un vrai souk, dit Leonora en allumant la bouilloire. Il leur a fallu des plombes pour tout inspecter.

— Tante Liz, elle est rentrée dedans, dit Orlando.

— Quand ça ? s'étonna Leonora en dévisageant sa fille.

— Quand elle est venue et que tu étais au petit coin, précisa Orlando. Elle est entrée dans le bureau de papa. Je l'ai vue.

— De quoi se mêle-t-elle ? dit Leonora. Tu l'as vue fouiller ?

— Non, répondit Orlando. Elle est entrée et après elle est sortie et elle m'a vue et elle pleurait.

— Mouais, fit Leonora d'un air satisfait. Moi aussi, je l'ai vue en larmes. Encore une autre qui se sent coupable.

— Quand est-elle venue ? demanda Strike.

— Lundi. Elle voulait voir si elle pouvait m'aider. M'aider ! Elle en a assez fait. »

Le thé de Strike n'avait aucun goût si ce n'est celui du lait, lui qui n'aimait que le thé noir. C'était à se demander ce que contenaient ces sachets. Par courtoisie, il en prit une gorgée quand, tout à coup, les paroles d'Elizabeth Tassel lui revinrent à l'esprit : elle avait regretté que Quine n'eût pas succombé à la morsure de son doberman.

« J'aime bien son rouge à lèvres, proclama Orlando.

— Tu aimes tout et tout le monde aujourd'hui, fit Leonora en se rasseyant devant sa tasse. Je lui ai demandé pourquoi elle lui avait fait ça. Pourquoi elle lui avait dit qu'on ne publierait pas son livre, pourquoi elle l'avait provoqué comme ça.

— Et qu'a-t-elle répondu ?

— Qu'il y avait des vraies personnes à l'intérieur, dit Leonora. Je ne sais pas pourquoi ça les embête autant. C'est ce qu'il a toujours fait. » Elle prit une gorgée. « Moi aussi, j'y suis, dans ses romans. »

Strike se souvint de Succuba, la « vieille putain », et Owen Quine lui parut méprisable.

« Je voulais vous demander… à propos de Talgarth Road.

— Je ne sais pas ce qu'il est allé faire là-bas, répondit-elle aussitôt. Il détestait cette baraque. Il voulait la vendre depuis des années mais Fancourt ne voulait pas.

— Oui, justement, c'est ce qui me chiffonne. »

Orlando s'était glissée sur la chaise à côté de lui, une jambe repliée sous ses fesses et, avec des crayons de couleur surgis d'on ne savait où, elle se mit en devoir d'ajouter des nageoires bigarrées à un gros poisson.

« Comment se fait-il que Michael Fancourt ait pu empêcher la vente pendant tout ce temps ?

— C'est à cause du testament. Ce type, Joe, il voulait que cette maison serve à quelque chose de particulier. Je ne sais pas trop quoi. Vous n'avez qu'à demander à Liz. Elle est au courant de tout.

— Savez-vous quand Owen y est allé pour la dernière fois ?

— Ça fait des années. Je n'en sais rien. Des années.

— Je veux d'autres feuilles pour dessiner, claironna Orlando.

— Je n'en ai plus, dit Leonora. Tout est dans le bureau de papa. Tu n'as qu'à prendre ça. »

Sur le plan de travail encombré, elle pêcha un prospectus qu'elle posa devant sa fille. Mais Orlando n'en voulait pas ; elle sortit de la pièce d'un pas languide, l'orang-outan toujours accroché à son cou. Presque aussitôt, ils l'entendirent agiter la poignée de la porte du bureau.

« Orlando, non ! » hurla Leonora en se ruant dans le couloir. Strike en profita pour verser discrètement une partie de son thé dans l'évier derrière lui. Le liquide pâle éclaboussa le film de cellophane enveloppant le bouquet.

Il entendait Leonora gronder : « Non, Dodo. Ne fais pas ça. Non. On n'a pas le droit. Non, pas le droit, ne touche pas… »

Il y eut un hurlement strident suivi d'un bruit de pas précipités dans l'escalier. Quand Orlando eut claqué la porte de sa chambre, Leonora rentra dans la cuisine, rouge comme une pivoine.

« Elle va m'en faire baver toute la journée. Orlando n'est pas bien en ce moment. Elle n'aime pas voir tous ces policiers. »

Elle eut un bâillement nerveux.

« Vous avez dormi ? demanda Strike.

— Pas beaucoup. Je n'arrête pas d'y penser. Qui ? Qui lui a fait ça ? Je sais bien qu'il a fait enrager tout le monde, dit-elle d'un air distrait, mais c'était dans sa nature. Il s'énervait pour un rien. Il a toujours été comme ça. On ne tue pas les gens pour si peu, non ? »

Puis, tout à coup, comme pour elle-même : « Michael Fancourt doit encore avoir une clé de la maison, dit-elle en se tordant les mains. Ça m'est venu dans la nuit, je ne dormais pas. Je sais que Michael Fancourt n'aime pas trop Owen mais c'est vieux tout ça. En tout cas, je suis sûre qu'Owen n'a jamais fait ce que Michael lui reproche. Il n'a pas écrit ça. Mais Michael Fancourt n'aurait jamais tué Owen. »

Elle leva vers Strike des yeux aussi innocents que ceux de sa fille. « Il est riche, pas vrai ? Et célèbre… Il n'aurait pas fait un truc pareil. »

Strike s'était toujours demandé pourquoi le public avait tendance à considérer les gens célèbres comme des saints, alors même que les journaux les éreintaient, les traquaient, les traînaient dans la boue. Peu importait le nombre de stars convaincues de viol ou de meurtre, la croyance populaire persistait : Non, pas lui. Il n'aurait jamais fait ça. Il est célèbre.

« Et l'autre ? Ce foutu Chard qui lui envoyait des lettres de menace, explosa Leonora. Owen ne l'a jamais aimé. Et après ça, il met son nom sur une carte de condoléances et il fait mine de s'inquiéter pour moi… Où est cette carte ? »

La carte aux violettes avait disparu.

« C'est elle qui l'a ! dit Leonora dont les joues s'empourprèrent à nouveau. Elle l'a prise. » Puis elle regarda le plafond et cria d'une voix si puissante que Strike sursauta : « DODO ! »

Comme ses problèmes digestifs, son excessive irritabilité était liée à son deuil récent. Sous ses airs impassibles, Leonora souffrait terriblement.

« DODO ! beugla-t-elle une deuxième fois. Qu'est-ce que je t'ai dit ! Tu ne dois pas prendre les choses qui ne t'appartiennent… »

Une seconde plus tard, Orlando revenait dans la cuisine, l'orang-outan toujours serré contre elle. Elle avait dû redescendre à pas de loup avant même que sa mère ne l'appelle.

« Tu as pris ma carte ! gronda Leonora. Qu'est-ce que je t'ai dit ? On ne prend pas les affaires des autres. Où tu l'as mise ?

— J'aime bien les fleurs », plaida Orlando en exhibant la carte à présent froissée.

Sa mère s'en empara. « Elle est à moi. Non mais c'est dingue, ajouta-t-elle en montrant à Strike le message le plus long, tracé en lettres rondes et appliquées. "Si vous avez besoin de quoi que ce soit, n'hésitez pas. Signé Daniel Chard." Sale hypocrite.

— Papa n'aimait pas Dannilchar, fit Orlando. Il me l'a dit.

« — C'est un sale hypocrite, moi je vous le dis, répéta Leonora en examinant les autres signatures.

— Il m'a donné un pinceau, ajouta Orlando. Et avant il m'a touchée. »

Il y eut un brusque silence chargé d'électricité. Leonora regarda sa fille. Strike, qui portait la tasse à ses lèvres, se figea sur place.

« Quoi ?

— Je n'ai pas aimé quand il m'a touchée.

— De quoi parles-tu ? Qui t'a touchée ?

— Au travail de papa.

— Arrête de parler comme un bébé, dit sa mère.

— Quand papa m'a emmenée et que j'ai vu... »

Leonora se tourna vers Strike pour lui expliquer d'une voix tendue : « J'avais rendez-vous chez le docteur. C'était il y a un mois ou plus. Owen l'a prise avec lui mais je ne sais pas de quoi elle parle.

— ... et que j'ai vu les images qu'ils mettent dans les livres, poursuivit Orlando. Des images avec plein de couleurs... et alors, Dannilchar m'a touchée...

— Tu ne sais même pas qui c'est, Daniel Chard, dit Leonora.

— Il n'a pas de cheveux. Et après, papa m'a emmenée voir la dame et je lui ai donné mon plus beau dessin. Elle avait de jolis cheveux.

— Quelle dame ? De quoi parles-tu... ?

— Dannilchar m'a touchée, insista Orlando, au bord des larmes. Il m'a touchée et j'ai crié et après il m'a donné un pinceau.

— Tu ne vas pas te mettre à raconter ce genre de bêtises, dit Leonora d'une voix cassée. Comme si ça ne suffisait pas que... Arrête de faire l'idiote, Orlando. »

Orlando piqua un fard, foudroya sa mère du regard et s'enfuit de la cuisine dont elle claqua la porte d'un geste rageur. Au lieu de se fermer, le battant rebondit. Strike entendit la jeune fille grimper les premières marches et s'immobiliser au milieu de l'escalier en braillant des choses incompréhensibles.

« Et c'est reparti », marmonna Leonora, des larmes plein les yeux.

Strike prit le rouleau d'essuie-tout, arracha quelques feuilles et les lui donna. Leonora pleurait en silence, des sanglots agitaient ses maigres épaules. Strike attendit qu'elle se calme en buvant les dernières gouttes de son thé infect.

« J'ai rencontré Owen dans un pub, marmonna-t-elle à brûle-pourpoint en remontant ses lunettes sur son front pour mieux s'éponger les joues. Il était venu pour le festival de Hay-on-Wye. Je ne le connaissais pas mais à ses habits, à sa manière de parler, j'ai bien vu que c'était quelqu'un. »

Une faible lueur s'alluma dans ses yeux las, comme le fantôme de l'admiration qu'elle avait jadis portée à son mari. Admiration en partie éteinte par ces années de malheur et d'abandon où elle avait dû supporter les rodomontades et autres crises de colère du « grand homme », payer les factures, s'occuper seule d'Orlando dans leur misérable pavillon. La mort de son héros avait-elle ranimé la flamme sur le point de s'éteindre ? Peut-être brûlerait-elle à jamais en elle. Peut-être oublierait-elle le pire pour ne garder que le souvenir de celui qu'elle avait chéri… du moins jusqu'à ce qu'elle lise *Bombyx Mori* et découvre ce qu'Owen avait écrit sur elle…

« Leonora, je voulais vous poser une autre question, lui dit-il avec douceur. Et après, je vous laisse tranquille. A-t-on remis de la merde de chien dans votre boîte aux lettres, la semaine dernière ?

— La semaine dernière ? répéta-t-elle lentement en s'épongeant encore les yeux. Ouais. Mardi, je crois. Ou mercredi, plutôt. Oui, ils ont recommencé.

— Et la femme qui vous suivait, l'avez-vous revue ? »
Elle secoua la tête, se moucha.

« Je me faisais peut-être fait des idées, j'en sais rien…

— Et pour l'argent, vous avez de quoi… ?

— Oui. De ce côté-là, ça va. Owen avait une assurance-vie. C'est moi qui l'ai obligé à en prendre une, à cause d'Orlando. Alors on s'en sortira. Edna veut bien nous prêter des sous en attendant qu'on la touche.

— Dans ce cas, je ne vous dérange pas plus longtemps », dit Strike en se levant.

Elle le suivit dans le couloir en reniflant et, avant que la porte se referme derrière lui, Strike l'entendit crier :

« Dodo ! Dodo, descends, je ne voulais pas dire ça ! »

Le jeune policier en faction était planté en travers de son chemin, l'air furieux.

« Je sais qui vous êtes, dit-il en tenant toujours son téléphone. Vous êtes Cormoran Strike.

— Bravo, mon petit, toutes mes félicitations. Maintenant, laisse-moi passer, les grands ont des choses sérieuses à faire. »

22.

Quel scélérat, quel chien infernal, quel démon
peut-ce être ?

Ben JONSON, *Épicène, ou la Femme silencieuse*

SANS PENSER À LA DOULEUR qui lui traverserait le genou
dès qu'il voudrait se relever, Strike s'effondra sur un
strapontin du métro et appela son bureau.

« Salut, Robin. Les journalistes sont partis ?

— Non, ils traînent toujours dans les parages. Vous savez
qu'on parle de vous dans la presse ?

— J'ai regardé sur le site de la BBC, hier. J'ai appelé Anstis
pour lui demander de faire en sorte qu'on me lâche. Il l'a fait ? »

Il entendit cliqueter les touches du clavier.

« Je vous lis l'article : "L'inspecteur Richard Anstis a
confirmé les rumeurs selon lesquelles le détective privé Cormoran Strike aurait découvert le corps. Mr Strike avait fait les
gros titres, au début de cette année, quand il…"

— Passez cela.

— "La famille du défunt l'avait engagé pour retrouver
Mr Quine. L'écrivain n'en était pas à sa première fugue. Aucun
soupçon ne pèse sur Mr Strike et la police le remercie pour
les précieuses informations qu'il leur a transmises." »

— Ce brave vieux Dickie. Dire que ce matin, ils insinuaient que je faisais du recel de cadavre pour stimuler mes affaires. Cela dit, je me demande bien pourquoi la presse s'intéresse à la mort d'un écrivain aussi ringard. S'ils connaissaient les détails du meurtre, je comprendrais mais…

— Ce n'est pas Quine qui les intéresse, coupa Robin. C'est vous. »

Cette idée ne l'enchantait guère. Il n'avait pas envie de voir sa tête dans les journaux ou à la télé. Lors de l'affaire Lula Landry, ils avaient fait paraître quelques minuscules portraits de lui (histoire de garder assez de place pour la victime, un superbe mannequin dont ils avaient bien sûr choisi les photos les plus dénudées). Avec son éternelle mine renfrognée, Strike n'était guère photogénique, et le papier journal n'arrangeait rien. Quand on l'avait appelé à la barre pour qu'il témoigne contre l'assassin de la top model, il s'était arrangé pour éviter le photographe à l'entrée de la salle d'audience. Du coup, les journalistes avaient dû fouiller dans leurs archives, lesquelles ne contenaient que de vieux clichés où on le voyait en uniforme, avec plusieurs kilos de moins. Raison pour laquelle, jusqu'à présent, il avait pu sortir sans se faire alpaguer à tous les coins de rue. Il n'était pas question que ça change.

« Je n'ai rien à faire dans ce panier de crabes. Pour rien au monde », ajouta-t-il sèchement. Il grimaça ; la douleur dans son genou venait de se réveiller. « Pouvez-vous me retrouver au… »

Son café préféré était le Tottenham mais si les journalistes persistaient à le traquer, mieux valait ne pas les y conduire.

« … au Cambridge, dans une quarantaine de minutes ?

— Pas de problème », dit-elle.

Après avoir raccroché, Strike réalisa qu'il avait oublié deux choses : prendre des nouvelles du pauvre Matthew et demander à Robin de lui apporter ses béquilles.

Le pub, qui datait du XIXᵉ siècle, se trouvait à Cambridge Circus. Robin l'attendait à l'étage, sur une banquette en cuir, entourée de lustres en cuivre et de miroirs dorés.

« Ça va ? s'inquiéta-t-elle en le voyant arriver en claudiquant.

— Je ne vous ai pas dit ? » fit-il en s'asseyant tout doucement face à elle. Ce simple mouvement lui arracha un grognement de douleur. « Je me suis encore abîmé le genou dimanche dernier, en essayant d'attraper une femme qui me suivait.

— Quelle femme ?

— Elle m'a filé le train depuis la maison des Quine jusqu'au métro. C'est là que je me suis cassé la figure, comme un imbécile. Elle en a profité pour s'enfuir mais elle correspond à la description d'une femme que Leonora voit traîner du côté de chez elle depuis que son mari a disparu. J'ai vraiment besoin d'un verre.

— Je m'en charge, dit Robin. C'est votre anniversaire, après tout. Et je vous ai apporté un cadeau. »

Elle se pencha sur le côté pour attraper et poser sur la table un petit panier sous cellophane orné d'un ruban. Il contenait des spécialités de Cornouailles : de la bière, du cidre, des confiseries, de la moutarde. Strike se sentit ému.

« Vous n'étiez pas obligée… »

Mais elle était déjà trop loin pour l'entendre. Quand elle revint du comptoir, avec un verre de vin et une pinte de London Pride, il dit : « Merci beaucoup.

— Pas de quoi. Donc, d'après vous, cette femme inconnue surveillait la maison de Leonora ? »

Strike s'accorda une longue et savoureuse gorgée de bière.

« Oui, et c'est probablement elle qui met des crottes de chien dans sa boîte aux lettres. Mais quel intérêt aurait-elle eu à me suivre ? À moins qu'elle n'ait cru que je la conduirais jusqu'à Quine ? »

Avec une grimace, il souleva sa jambe droite et la posa sur un tabouret placé sous la table.

« Quand je pense que je suis censé surveiller Brocklehurst et le mari de Burnett, cette semaine. Ce n'était vraiment pas le moment de me péter le genou.

— Je pourrais vous remplacer. »

Robin avait émis cette proposition sans réfléchir. Strike fit semblant de ne pas avoir entendu.

« Comment va Matthew ?

— Pas très fort, répondit Robin en se demandant si Strike avait saisi ce qu'elle venait de dire. Il est rentré chez lui pour être auprès de son père et de sa sœur.

— À Masham, n'est-ce pas ?

— Oui. » Après une courte hésitation, elle déclara : « Nous allons devoir reporter la date du mariage.

— Désolé. »

Robin haussa les épaules.

« Ce serait trop proche… Toute la famille est sous le choc.

— Vous vous entendiez bien avec la mère de Matthew ? demanda Strike.

— Oui, bien sûr. Elle était… »

À vrai dire, Mrs Cunliffe avait toujours été difficile à vivre. Robin avait toujours cru qu'elle était hypocondriaque ou quelque chose dans ce genre. La jeune femme avait passé les dernières vingt-quatre heures à regretter de l'avoir jugée trop durement.

« … charmante. Mais dites-moi, comment se porte la pauvre Mrs Quine ? »

Strike lui décrivit sa visite à Leonora, la brève apparition de Jerry Waldegrave et ses propres impressions au sujet d'Orlando.

« De quoi souffre-t-elle exactement ? s'enquit Robin.

— On appelle ça des troubles de l'apprentissage, je crois. »

Il songea au sourire ingénu d'Orlando, à l'orang-outan en peluche.

« Elle a dit une chose étrange quand j'étais là-bas, une chose que sa mère ignorait, visiblement : un jour, son père

215

l'a emmenée au travail et Daniel Chard l'a touchée. Elle a prononcé son nom. »

Sur le visage de Robin, il vit se refléter la peur inavouée que les paroles d'Orlando avaient suscitée en lui, quelque temps plus tôt dans la cuisine de Leonora.

« Touchée, mais comment ?

— Elle n'a pas donné de détails. Elle a juste dit : "il m'a touchée" et "je n'aime pas qu'on me touche". Après cela, il lui a donné un pinceau. Ne nous emballons pas, ajouta Strike devant le silence inquiet et le visage crispé de Robin. Il se peut qu'il l'ait bousculée sans le faire exprès et lui ait offert une bricole pour la consoler. Pendant tout le temps que j'ai passé là-bas, elle n'a cessé de crier pour une chose ou pour une autre. Parce qu'elle n'obtenait pas ce qu'elle voulait, parce que sa mère la grondait... »

Tenaillé par la faim, il déchira le cellophane enveloppant son cadeau et choisit une tablette de chocolat qu'il déballa devant Robin, pensive.

« Le problème, dit-il en brisant le silence, c'est que, dans *Bombyx Mori*, Quine insinue que Chard est homosexuel. C'est du moins ce que j'ai cru comprendre.

— Mouais, fit Robin, peu convaincue. Et vous croyez tout ce que Quine raconte dans ce bouquin ?

— Eh bien, quand on sait que Chard voulait lui lancer ses avocats aux fesses, on peut en conclure qu'il était contrarié, dit Strike en brisant un gros carré qu'il glissa dans sa bouche. Rappelez-vous, poursuivit-il en mâchant, le Chard de *Bombyx Mori* est un meurtrier, probablement doublé d'un violeur, et son sexe est en très mauvais état. Cette histoire d'homosexualité doit lui paraître bien secondaire, comparée à tout cela.

— La dualité sexuelle est un thème récurrent dans l'œuvre de Quine », dit Robin. Sans cesser de mastiquer, Strike la regarda en levant les sourcils. « Je suis passée chez Foyles en allant au bureau, et j'ai acheté un exemplaire du *Péché de Hobart*, expliqua-t-elle. C'est l'histoire d'un hermaphrodite. »

Strike déglutit.

« Il m'a l'air d'avoir un problème avec ça. Il y a aussi un hermaphrodite dans *Bombyx Mori*, dit-il en examinant l'emballage cartonné de la tablette de chocolat. Fabriqué à Mullion. C'est sur la côte, pas loin de l'endroit où j'ai grandi... Alors, comment avez-vous trouvé *Le Péché de Hobart* ?

— Il me serait sans doute tombé des mains au bout de quelques pages si son auteur ne venait pas d'être assassiné, admit Robin.

— Ça va probablement faire grimper les ventes de ses livres.

— À mon avis, s'obstina Robin, il ne faut pas prendre ce qu'écrit Quine au pied de la lettre quand il parle de la vie sexuelle des gens. Ses personnages ont l'air de coucher avec n'importe qui et n'importe quoi. J'ai regardé sa fiche sur Wikipédia. Ils disent que son œuvre est basée sur les changements de sexe ou d'orientation sexuelle.

— C'est pareil dans *Bombyx Mori*, grommela Strike en se resservant. Il est bon, ce chocolat, vous en voulez un bout ?

— Je suis censée suivre un régime, répondit tristement Robin. Pour le mariage. »

Strike trouvait qu'elle était très bien ainsi mais ne dit rien quand il la vit en prendre un carré.

« J'ai réfléchi au sujet du meurtrier, reprit Robin d'un ton hésitant.

— L'avis d'une psychologue est toujours bon à prendre. Allez-y.

— Je ne suis pas psychologue », répliqua-t-elle avec un petit rire.

Robin n'avait pas terminé son diplôme de psychologie. Strike ne lui avait jamais demandé pourquoi et elle s'était bien gardée d'évoquer le sujet d'elle-même. Ils avaient cela en commun : tous les deux avaient écourté leurs études. Strike avait quitté l'université quand sa mère était morte d'une mystérieuse overdose et supposait, peut-être pour cette raison, que Robin avait elle aussi lâché la fac à cause d'un événement traumatisant.

217

« Je me demandais simplement pourquoi tout le monde faisait le lien entre son meurtre et l'histoire racontée dans le livre. À première vue, sa mort ressemble à un acte de vengeance, de cruauté délibérée, commis par quelqu'un qui voulait montrer à la face du monde ce que Quine méritait en écrivant ce genre de choses.

— C'est en effet l'impression que ça donne », acquiesça Strike qui avait encore faim. Il attrapa une carte sur la table voisine. « J'ai envie d'un steak-frites. Vous prenez quelque chose ? »

Robin choisit une salade au hasard et, pour épargner le genou de Strike, alla passer commande au comptoir.

« Mais d'un autre côté, reprit-elle en se rasseyant, en imitant point par point la dernière scène du roman, l'assassin aurait pu vouloir cacher son véritable mobile, n'est-ce pas ? »

Robin faisait des efforts pour adopter un ton neutre, comme s'il s'agissait d'une discussion théorique, mais elle ne parvenait toujours pas à effacer de son esprit les photos du cadavre de Quine : le trou béant dans son thorax, la bouche absente, les orbites vides, brûlées par l'acide. Elle savait que si elle réfléchissait trop aux souffrances qu'il avait endurées, elle ne pourrait pas avaler son déjeuner, ou elle laisserait voir son émotion à Strike dont les yeux sombres fouillaient son visage d'un regard malicieux.

« Pourquoi ne pas admettre que ce qui lui est arrivé vous donne envie de vomir ? demanda-t-il, la bouche pleine de chocolat.

— Mais non, pas du tout, répliqua-t-elle avant de se reprendre. Enfin, évidemment… je veux dire, c'était atroce…

— Oui, c'était atroce. »

Autrefois, quand il travaillait à la BSI, il en aurait blagué avec ses collègues. Strike gardait le souvenir de nombreux après-midi où l'humour noir était le seul moyen de mener à terme certaines enquêtes. Mais Robin, elle, ne possédait pas encore cette corne mentale qu'on acquiert avec le métier, et les efforts qu'elle déployait pour parler sans passion d'un homme éviscéré en étaient la preuve.

« Laissez tomber le mobile, Robin. Neuf fois sur dix, on ne comprend pourquoi qu'après avoir trouvé qui. Ce qu'il nous faut, ce sont les moyens et l'opportunité. Personnellement… (il avala une bonne rasade de bière)… je pense que nous devrions chercher quelqu'un ayant des connaissances médicales.

— Médicales… ?

— Ou anatomiques. Ce qu'on lui a fait n'a rien à voir avec du travail d'amateur. On aurait pu le taillader sauvagement quand on a tenté d'enlever les intestins, or je n'ai remarqué aucune erreur de découpe. Une seule incision bien nette, pratiquée d'une main ferme.

— Oui, dit Robin en s'efforçant de rester froide, objective. C'est exact.

— À moins que notre maniaque littéraire ne soit tombé sur le bon manuel, plaisanta Strike. Ça fait un peu tiré par les cheveux mais sait-on jamais… Avec une victime ligotée et droguée, et suffisamment d'assurance, l'assassin aurait facilement pu mettre en pratique ses leçons de biologie… »

Robin ne put se contenir davantage.

« Je sais, vous dites toujours que les mobiles sont pour les avocats, fit-elle, légèrement agacée (Strike lui rabâchait cette maxime depuis qu'elle travaillait pour lui), mais écoutez-moi juste un instant. La raison pour laquelle le tueur a choisi d'assassiner Quine en s'inspirant du livre devait à ses yeux prévaloir sur les inconvénients évidents…

— Quels inconvénients ?

— Eh bien, d'abord les difficultés logistiques entourant un crime aussi… élaboré, et aussi le fait que le nombre des suspects serait circonscrit à ceux qui ont lu le livre…

— … ou qui en ont entendu parler en détail, intervint Strike. Vous avez employé le mot "circonscrit", mais je ne suis pas sûr que ce nombre soit si restreint. Christian Fisher a largement diffusé le texte autour de lui. L'exemplaire de Roper Chard se trouvait dans un coffre auquel la moitié de la société semblait avoir accès.

— Mais... »

Robin se tut quand un barman au visage maussade disposa les couverts et les serviettes en papier sur leur table.

« Mais Quine n'a pas pu être tué aussi récemment, n'est-ce pas ? reprit-elle quand l'homme se fut éloigné. Je veux dire, je ne suis pas experte...

— Moi non plus », répondit Strike en engloutissant le dernier carré de chocolat. Il considéra les bonbons à la cacahuète avec moins d'enthousiasme. « Mais je vous suis. Vous voulez dire qu'il semblait mort depuis au moins une semaine.

— En plus, il y a forcément un décalage entre le moment où le meurtrier a lu *Bombyx Mori* et celui où il est passé à l'acte. Ce meurtre demandait de la préparation. Il fallait apporter des cordes, de l'acide et de la vaisselle dans une maison inhabitée...

— Et à moins que l'assassin ait su par avance que Quine prévoyait de se rendre à Talgarth Road, il a dû passer quelque temps à le suivre, renchérit Strike en renonçant aux bonbons à la cacahuète car son steak-frites arrivait. Ou bien il l'a attiré sur place. »

Le barman déposa l'assiette de Strike, le bol de salade de Robin, répondit à leurs remerciements par un vague grognement et se retira.

« Donc, si l'on tient compte de l'organisation et de l'aspect pratique, il paraît impossible que l'assassin ait lu le roman plus de deux ou trois jours après la disparition de Quine, dit Strike en piochant des frites. Le problème c'est que plus nous situons en amont le moment où l'assassin a commencé à mettre au point son forfait, plus nous aggravons le cas de ma cliente. Dès que Quine a eu achevé l'écriture de son roman, Leonora n'avait qu'à faire quelques pas dans le couloir pour mettre la main dessus. Et quand on y pense, il a même pu lui dire voilà des mois comment il comptait le terminer. »

Robin mangeait sa salade sans en sentir le goût.

« Est-ce que Leonora Quine vous paraît…, fit-elle d'une voix prudente.

— Le genre de femme à éviscérer son mari ? Non, mais la police s'intéresse beaucoup à elle, et si on privilégie le mobile, elle est fichue. Quine était un mari odieux : il la négligeait, la trompait, adorait la montrer sous un jour ignoble dans ses livres.

— Mais vous ne pensez pas que c'est elle, n'est-ce pas ?

— Non, mais ma seule opinion ne suffira pas à lui éviter la prison. Nous allons devoir trouver quelque chose de plus solide. »

Sans lui demander son avis, Robin alla faire remplir leurs verres vides au comptoir ; quand elle posa une autre pinte devant lui, Strike éprouva envers elle un vif élan de gratitude.

« Il faut aussi envisager la possibilité que quelqu'un ait appris que Quine comptait publier sa prose sur Internet, renchérit-il tout en mangeant ses frites. Une menace qu'il a, paraît-il, proférée dans un restaurant bondé. Ce qui pourrait constituer un mobile, dans les bonnes conditions.

— Vous voulez dire, dans la mesure où le tueur aurait repéré dans le manuscrit des informations qu'il ne souhaitait pas voir diffusées auprès d'un large public ?

— Tout à fait. Certains passages sont assez hermétiques. Imaginons que Quine ait découvert un truc grave sur quelqu'un et qu'il en ait parlé dans son livre mais de manière cryptée ?

— Eh bien, ce serait logique, articula Robin, car je n'en démords pas : *Pourquoi le tuer ?* C'est vrai, quasiment toutes ces personnes avaient les moyens de s'opposer à la sortie d'un ouvrage diffamatoire, n'est-ce pas ? Ils n'avaient qu'à refuser de lui servir d'intermédiaire ou de le publier ou le menacer d'un procès, comme a fait Chard. Sa mort ne fait qu'aggraver le problème des personnes concernées puisque, sans ça, le bouquin serait passé quasiment inaperçu.

— D'accord, mais vous partez du principe que le tueur a agi de manière rationnelle.

— Ce n'était pas un crime passionnel, répliqua Robin. Il a été minutieusement préparé. L'assassin a pensé à tout. Il devait se tenir prêt à assumer les conséquences.

— D'accord là-dessus aussi, répondit Strike en terminant ses frites.

— J'ai feuilleté *Bombyx Mori* ce matin.

— Après vous être ennuyée à mourir avec *Le Péché de Hobart* ?

— Oui… Eh bien, il était dans le coffre, alors…

— Lisez-le en entier, ce serait dommage que vous ratiez quelque chose. Jusqu'où êtes-vous allée ?

— J'ai lu des passages par-ci par-là. Par exemple, celui qui parle de Succuba et de la Tique. Il y va à fond, je ne vois rien de… disons de… crypté là-dedans. C'est du premier degré. Il dépeint clairement sa femme et son agent comme des parasites vivant à ses crochets, n'est-ce pas ? »

Strike confirma d'un hochement de tête.

« En revanche, un peu plus loin, quand on arrive à Épi… Épi… Comment déjà ?

— Épicène ? L'hermaphrodite ?

— C'est une personne en chair et en os, d'après vous ? Et cette histoire de chant ? On n'a pas l'impression qu'il veuille vraiment parler d'un chant.

— Et pourquoi sa petite amie, Harpie, vit-elle dans une cave infestée de rats ? C'est une métaphore ou quoi ?

— Et le sac taché de sang sur l'épaule du Coupeur, enchaîna Robin, et la naine qu'il essaie de noyer…

— Et les tisons posés dans l'âtre, chez Vantard », compléta Strike avant d'ajouter, devant la mine perplexe de Robin : « Vous n'en êtes pas encore là ? Jerry Waldegrave a lui-même expliqué ce passage devant un groupe de gens dont je faisais partie, lors de la réception d'anniversaire chez Roper Chard. C'est une allusion à Michael Fancourt et à sa première… »

Son portable sonna. Quand il vit s'afficher le nom de Dominic Culpepper, il décrocha avec un petit soupir.

« Strike ?

— Lui-même.

— Tu peux me dire ce qui se passe, bordel ? »

Strike ne perdit pas de temps à feindre l'ignorance. « Je n'ai pas le droit d'en parler, Culpepper. Ça pourrait entraver l'enquête de police.

— Rien à foutre – un flic nous a déjà mis au parfum. Il dit que ce type a été charcuté de la même façon qu'un personnage de son propre livre.

— Ah ouais ? Et combien tu le paies, ce connard, pour qu'il diffuse des infos au risque de faire capoter l'affaire ?

— Strike, nom de Dieu, tu étais au courant de ce meurtre et tu n'as même pas eu l'idée de me téléphoner ?

— Écoute, mon vieux, j'ignore comment tu envisages nos relations, mais de mon côté, la chose a toujours été claire : je te rends des services et tu me paies pour ça. Ça ne va pas plus loin.

— Je t'ai mis en contact avec Nina pour qu'elle t'emmène à cette réception.

— C'était le moins que tu pouvais faire, après que je t'ai remis gratuitement une tonne de preuves supplémentaires qui t'ont permis de couler Parker, répliqua Strike en pourchassant de sa main libre quelques frites égarées dans son assiette. J'aurais très bien pu les garder pour les refiler aux tabloïds.

— Si c'est du fric que tu veux…

— Non, c'est pas du fric, tête de nœud, tonna Strike pendant que Robin, pleine de tact, consultait le site Internet de la BBC sur son propre téléphone. Je ne vais pas bousiller une enquête pour meurtre juste pour faire plaisir à *News of the World*.

— Tu pourrais te faire un paquet de fric si tu acceptais une interview.

— Salut, Culp…

— Attends ! Dis-moi juste de quel livre il s'agit – celui où il décrit le meurtre. »

Strike fit mine de réfléchir.

« *Les Frères Baz... Balzac* », lâcha-t-il.

Il coupa la communication en riant sous cape, récupéra la carte et passa en revue la liste des desserts. Avec un peu de chance, Culpepper passerait tout l'après-midi à se coltiner les redoutables effets de style et les palpations de scrotum des *Frères Balzac*.

« Quoi de neuf ? demanda Strike quand Robin leva le nez de son téléphone.

— Rien ou presque. D'après le *Daily Mail*, des amis de la famille pensent que Pippa Middleton fera un meilleur mariage que Kate. »

Strike la regarda en fronçant les sourcils.

« Je m'amusais juste un peu pendant que vous discutiez au téléphone, fit Robin, légèrement sur ses gardes.

— Non, ce n'est pas ça. Je viens de penser à Pippa2011.

— Je ne vois pas…, bredouilla Robin, toujours polarisée sur Pippa Middleton.

— Pippa2011, souvenez-vous, sur le blog de Kathryn Kent. Elle prétendait que Quine lui avait lu un passage de *Bombyx Mori*. »

Robin poussa un petit cri étouffé et ralluma son portable.

« Voilà, j'ai trouvé ! s'écria-t-elle deux minutes plus tard. "Tu ne devineras jamais. Il m'en a lu un passage." Et c'était… (Robin fit remonter le texte)… le 21 octobre. 21 octobre ! Elle connaissait peut-être la fin avant même que Quine ne disparaisse.

— Exact, dit Strike. Je vais prendre un crumble aux pommes. Et vous ? »

Lorsque Robin revint s'asseoir, après être allée passer commande, Strike lui dit : « Anstis m'a invité à dîner ce soir. Il paraît que les premiers résultats d'analyses sont arrivés.

— Il sait que c'est votre anniversaire ? demanda Robin.

— Non, encore heureux ! s'écria Strike avec un air si choqué que Robin éclata de rire.

— Pourquoi cette réaction outrée ?

— J'ai déjà eu droit à un repas d'anniversaire, maugréa Strike. Le meilleur cadeau qu'Anstis pourrait me faire, ce serait de me donner le jour exact de la mort. Plus cette date sera éloignée, plus la liste des suspects sera courte : les premières personnes ayant eu accès au manuscrit. Malheureusement, Leonora en fait partie, mais il y a aussi la mystérieuse Pippa, Christian Fisher...

— Pourquoi Fisher ?

— Les moyens et l'opportunité, Robin. Il est l'un des premiers à l'avoir lu, on ne peut donc pas l'écarter, au même titre que Ralph, l'assistant d'Elizabeth Tassel, Elizabeth Tassel elle-même et Jerry Waldegrave. Kathryn Kent nie l'avoir eu entre les mains, mais je ne la crois pas une seule seconde. Ensuite il y a Michael Fancourt. »

Robin lui adressa un regard étonné.

« Comment peut-il... ? »

Le téléphone de Strike se manifesta de nouveau ; c'était Nina Lascelles. Dans un premier temps, il hésita, mais se disant que son cousin avait pu lui faire part de leur récente conversation, il jugea préférable de répondre.

« Bonjour.

— Salut la vedette, lança-t-elle d'une voix enjouée qui dissimulait mal une certaine tension. J'avais peur de te téléphoner, au cas où tu croulerais sous les appels des journalistes, de tes groupies et tout et tout.

— Non, ça va. Et l'ambiance chez Roper Chard ?

— C'est l'hystérie. Personne ne travaille ; on ne parle que de ça. Il s'agit vraiment d'un meurtre ? Pour de vrai ?

— Ça m'en a tout l'air.

— Mon Dieu, je n'arrive pas à le croire... Je suppose que tu ne peux rien me dire ? » ajouta-t-elle. Sa question ressemblait à une affirmation.

« La police ne veut aucune fuite, à ce stade de l'enquête.

— Ça s'est passé comme dans le bouquin, n'est-ce pas ? *Bombyx Mori*.

— Je ne peux rien dire.

— Et Daniel Chard s'est cassé la jambe, dit-elle en changeant de sujet.

— Comment ? fit-il, surpris.

— Il se passe des tas de choses bizarres. » Nina parlait d'une voix tendue, comme si elle était à bout de nerfs. « Jerry ne sait plus où donner de la tête. Daniel l'a appelé depuis le Devon, tout à l'heure, pour lui hurler dessus, une fois de plus. La moitié du service a entendu leur conversation parce que Jerry a appuyé par erreur sur la touche du haut-parleur et qu'il n'arrivait plus à l'enlever. Il est coincé dans sa maison de campagne à cause de sa jambe cassée. Daniel, je veux dire.

— Pourquoi hurlait-il contre Waldegrave ?

— La sécurité, comme toujours, dit-elle. La police s'est procuré un exemplaire du manuscrit, on ne sait trop comment. Et Daniel est furieux. Enfin bref, poursuivit-elle, j'ai eu envie de t'appeler pour te féliciter – je suppose qu'on félicite un détective quand il trouve un cadavre, n'est-ce pas ? Passe-moi un coup de fil quand tu auras cinq minutes. »

Elle raccrocha avant qu'il ait pu répondre.

« Nina Lascelles, annonça-t-il pendant que le garçon réapparaissait avec le crumble et un café pour Robin. La fille qui…

— Qui a volé le manuscrit pour vous, termina Robin.

— Votre mémoire aurait été bien utile dans les ressources humaines, dit Strike en s'emparant de sa cuiller.

— Vous êtes sérieux quand vous parlez de Michael Fancourt ? demanda-t-elle à mi-voix.

— Bien sûr. Daniel Chard l'a forcément mis au courant de ce que Quine avait osé faire – il n'allait pas attendre que Fancourt l'apprenne par quelqu'un d'autre, n'est-ce pas ? Fancourt est leur plus grosse acquisition. Non, nous devons partir du principe que Fancourt savait dès le début de quoi il retournait… »

226

Ce fut au tour du portable de Robin de sonner.

« Bonjour, dit Matthew.

— Bonjour, comment vas-tu ? demanda-t-elle anxieusement.

— Pas terrible. »

Quelque part au fond de la salle, quelqu'un monta le volume : « *First day that I saw you, thought you were beautiful...* »

« Où es-tu ? réagit aussitôt Matthew.

— Oh... Dans un pub. »

Soudain l'espace parut se remplir de bruits divers : tintements de verre, éclats de rire rauques venant du bar.

« C'est l'anniversaire de Cormoran », invoqua-t-elle. (Après tout, Matthew et ses collègues n'allaient-ils pas arroser chaque anniversaire au pub ?...)

« Charmant, explosa Matthew. Je te rappellerai plus tard.

— Matt, non. Attends... »

La bouche pleine de crumble aux pommes, Strike lui jeta un regard discret pendant qu'elle se levait et s'éloignait vers le comptoir sans fournir d'explication. De toute évidence, elle allait essayer de rappeler Matthew. Le petit comptable n'appréciait pas que sa fiancée sorte déjeuner au lieu de pleurer sa défunte future belle-mère.

Robin dut composer plusieurs fois le numéro de Matthew avant de l'avoir. Strike, ayant terminé à la fois son crumble et sa troisième pinte, s'aperçut qu'il avait besoin d'aller aux toilettes.

Dès qu'il se leva, son genou protesta, alors qu'il s'était fait oublier tout le temps où il était resté assis à manger, boire et parler avec Robin. Quand il regagna son siège, il avait si mal qu'il transpirait un peu. Il jeta un œil sur Robin au loin et jugea d'après son expression qu'elle s'efforçait toujours de calmer son fiancé. Quand, ayant raccroché, elle revint à leur table et voulut savoir s'il se sentait bien, Strike la rassura laconiquement.

« Vous savez, renchérit-elle, je pourrais suivre Miss Brocklehurst à votre place, si votre jambe vous fait trop... ?

— Non », aboya Strike.

Décidément, rien n'allait. Il souffrait le martyre, il était en colère contre lui-même, Matthew l'énervait et voilà qu'à présent il avait mal au cœur. Il n'aurait jamais dû manger de chocolat avant d'avaler un steak, des frites, un crumble et trois pintes de bière.

« J'ai besoin que vous rentriez au bureau pour établir la dernière facture de Gunfrey. Et envoyez-moi un texto si jamais ces foutus journalistes sont toujours dans les parages. Dans ce cas-là, j'irai directement chez Anstis. Il faut vraiment qu'on pense à embaucher quelqu'un d'autre », ajouta-t-il dans un souffle.

Robin se figea.

« Bon, alors je retourne à mon ordinateur », lâcha-t-elle. Elle attrapa son manteau, son sac et partit sans se retourner. Strike nota son air furieux mais il était trop contrarié pour lui crier de revenir.

23.

Pour moi, je ne puis croire qu'elle ait l'âme
assez noire pour commettre un acte aussi sanglant.

John WEBSTER, *Le Démon blanc*

L'APRÈS-MIDI PASSÉ AU PUB, la jambe surélevée, n'avait
pas suffi à faire désenfler son genou. Sur le chemin du
métro, il acheta des antalgiques et une bouteille de rouge
bon marché puis s'embarqua pour Greenwich où Anstis vivait
avec sa femme Helen – Helly, comme tout le monde l'appelait.
Le trajet vers leur maison d'Ashburnham Grove lui prit plus
d'une heure, à cause d'un retard sur la Central Line. Strike fit
le voyage debout, le poids de son corps portant sur sa jambe
gauche. Encore une fois, il regretta les cent livres dépensées
pour aller en taxi chez Lucy et en revenir.

À sa descente du Docklands Light Railway, il sentit de nouveau des gouttes de pluie sur son visage. Il releva son col et
s'éloigna en boitillant dans l'obscurité. En temps normal, la
balade lui aurait pris cinq minutes. Là, il lui fallut près d'un
quart d'heure.

Ce ne fut qu'en tournant au coin de la rue proprette, aux
maisons alignées derrière de jolis jardinets bien entretenus,
que Strike réalisa qu'il aurait peut-être dû apporter un cadeau

à son filleul. Il ressentait aussi peu d'enthousiasme à la perspective des mondanités qui l'attendaient qu'il était impatient d'apprendre les détails des analyses médico-légales.

Strike n'aimait pas la femme d'Anstis. C'était une personne dont la cordialité parfois obséquieuse cachait mal l'indiscrétion, si bien que ce vilain défaut apparaissait de temps à autre, à la manière d'une lame de couteau jaillissant d'un manteau de fourrure. Chaque fois que Strike était là, elle débordait de gratitude et d'attentions mais il n'était pas dupe : Helly était surtout avide de connaître les détails de son passé en dents de scie, d'apprendre des choses sur son père, la rock star, et sa mère toxicomane. Il l'aurait bien vue tenter de lui soutirer des confidences sur sa rupture, alors qu'elle n'avait jamais pu encadrer Charlotte malgré ses démonstrations d'affection.

Durant le baptême de Timothy Cormoran Anstis – dont on avait dû reculer la date jusqu'aux dix-huit mois de l'enfant, en attendant le retour d'Afghanistan de son père et de son parrain, puis la fin de leur hospitalisation –, Helly avait tenu à prendre la parole. Avec des trémolos dans la voix, elle avait encensé Strike sans qui le père de son bébé serait mort, Strike qui avait accepté d'être également l'ange gardien de Timmy, ce dont elle le remerciait du fond du cœur. En réalité, il n'avait consenti à devenir parrain de cet enfant que faute de trouver une raison valable pour refuser. Et pendant que Helly lui tressait des couronnes, il avait gardé les yeux fixés sur la nappe, de peur de croiser le regard de Charlotte et d'éclater de rire. Ce jour-là, Charlotte portait – il s'en souvenait comme si c'était hier – la tenue qu'il préférait, une robe fourreau bleu vif qui moulait à la perfection ses formes harmonieuses. Se montrer avec une femme aussi belle à son bras, alors que lui-même marchait encore avec des béquilles, compensait la demi-jambe qu'il avait perdue et pas encore remplacée par une prothèse. Cela le faisait passer du statut d'unijambiste à celui du petit veinard qui avait réussi – par pur miracle, devaient se dire tous ceux qui croisaient Charlotte, du moins Strike le pensait-il – à pêcher une fiancée si époustouflante que les hommes s'interrompaient au milieu d'une phrase dès qu'elle entrait quelque part.

« Mon petit Cormy, roucoula Helly en lui ouvrant la porte. Ça alors… nous qui pensions que tu nous avais oublié… depuis que tu es célèbre. »

Personne ne l'appelait Cormy à part elle. Il détestait ce sobriquet ridicule mais n'avait jamais pris la peine de le lui dire.

Sans y être invitée, elle le serra tendrement dans ses bras. Une étreinte chargée de sens : elle le plaignait d'être redevenu célibataire. Comparée à la nuit glaciale dont il venait d'émerger, la maison lui parut chaleureuse et remplie de lumière. Quand il réussit à échapper aux embrassades de Helly, il fut heureux de voir apparaître son ami Anstis, une pinte de Doom Bar à la main.

« Ritchie, attends qu'il entre. Franchement… »

Mais Strike empoigna le verre qu'on lui tendait et avala goulûment plusieurs gorgées de bière avant même de songer à enlever son manteau.

Le filleul de Strike, un garçonnet de trois ans et demi, fit irruption dans le vestibule en produisant avec la bouche des bruits de moteur assourdissants. Il ressemblait beaucoup à sa mère, dont les traits, par ailleurs charmants et délicats, étaient curieusement concentrés au milieu du visage. Dans son pyjama Superman, Timothy longeait les murs en les raclant du bout de son sabre laser.

« Oh, Timmy, mon chéri, ne fais pas ça, notre jolie peinture toute neuve… Il a voulu rester debout pour voir son parrain Cormoran. On lui parle de toi sans arrêt », précisa Helly.

Strike considéra avec une certaine indifférence le petit bonhomme, qui lui rendit la pareille. Timothy était le seul enfant de son entourage dont il aurait dû mémoriser la date d'anniversaire – quoiqu'il ne lui eût jamais offert de cadeau pour autant – car il était né deux jours avant l'explosion du Viking sur cette route poussiéreuse d'Afghanistan. Celle qui avait emporté la jambe de Strike et une partie du visage de son père.

Strike n'avait jamais parlé à personne des longues heures passées sur son lit d'hôpital à se demander pourquoi il avait empoigné Anstis, et pas un autre, pour le tirer jusqu'au fond du blindé. Parfois, cette question virait à l'obsession. Il avait eu cet étrange pressentiment, presque une certitude, qu'ils allaient partir en fumée, et ensuite sa main s'était tendue vers Anstis, alors qu'il aurait tout aussi bien pu attraper le sergent Gary Topley.

Était-ce parce que Anstis avait passé presque toute la journée à discuter sur Skype avec Helen – Strike avait entendu toute leur conversation – qui tenait contre elle ce nouveau-né qui, sinon, aurait grandi sans père ? Était-ce pour cette raison que Strike avait spontanément tendu la main vers son camarade le plus âgé, officier dans la police militaire, au lieu de choisir le béret rouge Topley, fiancé mais sans enfants ? Strike n'en savait rien. Il ne nourrissait pas de tendresse particulière pour les gosses et ne pouvait pas souffrir la femme qu'il avait sauvée du veuvage. Il n'était rien de plus qu'un soldat parmi des millions d'autres, vivants ou morts, dont les réflexes aiguisés – par l'instinct autant que par l'entraînement – avaient à tout jamais modifié le destin d'autres hommes.

« Cormy, tu veux lui lire une histoire avant qu'il aille au dodo ? Nous avons acheté un nouvel album, n'est-ce pas, Timmy ? »

Strike aurait préféré se pendre, sachant que le gamin hyperactif risquait de s'asseoir sur ses genoux et lui balancer des coups de pied.

Anstis les précéda dans la salle à manger donnant sur une cuisine américaine. Les murs étaient crème, le parquet nu ; tout au bout, une longue table en bois près des portes-fenêtres entourée de chaises avec des housses noires. Strike se rappelait vaguement une autre teinte, lors de sa dernière visite ici avec Charlotte. Helly surgit derrière eux et colla entre les mains de Strike un livre d'images aux couleurs criardes. Contraint et forcé, il s'installa sur une chaise de la salle à manger avec son filleul fermement campé à côté de lui, et se mit à lui raconter l'histoire de *Kyla le Kangourou qui aimait sauter*, un ouvrage publié (ce qui lui aurait échappé en d'autres temps) par Roper Chard. Préférant jouer avec son sabre laser, Timothy n'exprima pas le moindre intérêt pour les acrobaties de Kyla.

« C'est l'heure d'aller au lit, Timmy, fais un bisou à Cormy », dit Helly à son fils qui, avec la silencieuse bénédiction de Strike, se contenta de descendre de sa chaise et de quitter rapidement la pièce en hurlant. Helly lui emboîta le pas. Les voix perçantes s'atténuèrent tandis que la mère et le fils grimpaient l'escalier en tapant des pieds.

« Il va réveiller Tilly », prédit Anstis et, comme de bien entendu, Helly redescendit avec, dans les bras, un bébé d'un an hurlant à pleins poumons, qu'elle passa à son mari avant de retourner à ses fourneaux.

Assis, imperturbable, à la table de la cuisine, Strike tombait d'inanition tout en bénissant le ciel de ne pas avoir d'enfants. Recoucher Tilly prit près de trois quarts d'heure, après quoi le plat de viande atterrit sur la table, avec une autre pinte de Doom Bar. Strike aurait pu enfin se détendre mais hélas, Helly Anstis choisit cet instant précis pour lancer sa première attaque.

« J'ai été tellement, tellement désolée d'apprendre pour toi et Charlotte. »

Comme il avait la bouche pleine, Strike la remercia de cette marque de sympathie d'un vague hochement de tête.

« Ritchie ! s'écria-t-elle sur un ton espiègle, tandis que son mari s'apprêtait à remplir son verre de vin. Ce n'est pas raisonnable ! Nous en attendons un autre », expliqua-t-elle à Strike en se rengorgeant, une main plaquée sur le ventre.

Strike déglutit.

« Félicitations », dit-il, abasourdi. Comment pouvaient-ils se réjouir à la perspective d'avoir un troisième Timothy ou Tilly ?

À point nommé, le garçonnet débarqua en annonçant qu'il avait faim. Et au grand dam de Strike, ce fut Anstis qui se leva pour s'occuper de lui, laissant Helly seule avec lui. Elle

233

le dévisageait par-dessus un morceau de bœuf bourguignon piqué à sa fourchette.

« Alors comme ça, elle se marie le 4. Je n'imagine même pas ce que tu dois ressentir.

— Qui se marie ? » demanda Strike.

Helly prit un air stupéfait. « Charlotte. »

Les pleurs de son filleul lui parvinrent étouffés du haut de l'escalier.

« Charlotte se marie le 4 décembre », répéta Helly, et quand elle comprit qu'il l'ignorait, elle parut tout émoustillée. Mais aussitôt après, un détail dans l'attitude de son interlocuteur la refroidit considérablement.

« Enfin... à ce qu'il paraît », ajouta-t-elle en plongeant le nez dans son assiette.

Justement, Anstis revenait. « Ce petit voyou. Je lui ai promis une fessée si jamais il se relevait encore.

— Il est juste excité, commenta Helly, toujours aussi troublée par la colère qu'elle sentait monter chez Strike. Parce que Cormy est à la maison. »

Dans la bouche de Strike, la viande s'était muée en caoutchouc et polystyrène. Comment Helly Anstis pouvait-elle connaître la date du mariage de Charlotte ? Les Anstis ne fréquentaient pas les mêmes cercles que la jeune femme et son futur époux, fils du quatorzième vicomte de Croy (détail dont Strike aurait aimé ne pas se souvenir). Que pouvait bien savoir Helly Anstis de ce monde-là ? Un monde rempli de clubs privés, de costumes taillés sur mesure à Savile Row, de top models accros à la cocaïne dans l'entourage desquels l'Honorable Jago Ross avait passé toute sa vie de rentier. Elle n'en savait pas plus que Strike lui-même. Charlotte, en revanche, était née au sein de cette société. Quand ils étaient ensemble, elle le rejoignait dans un entre-deux, un *no man's land* où ni l'un ni l'autre ne se sentait à l'aise, tant leurs environnements respectifs étaient différents, leurs codes sociaux inconciliables. Ils devaient se faire violence pour trouver un terrain commun.

234

Timothy était de retour dans la cuisine et il pleurait à chaudes larmes. Ses deux parents se levèrent d'un bond pour le ramener dans sa chambre. Strike remarqua à peine leur départ, plongé qu'il était dans un flot de souvenirs.

Durant sa jeunesse, Charlotte était tellement instable que l'un de ses beaux-pères avait essayé de la placer dans une institution. C'était une menteuse invétérée ; pourrie jusqu'à la moelle. Strike et elle n'avaient jamais réussi à passer plus de deux années consécutives ensemble. Régulièrement, la confiance qu'ils avaient l'un envers l'autre partait en lambeaux, et tout aussi souvent, ils se remettaient ensemble. À chaque fois, leurs liens étaient plus fragiles (c'est du moins ce que ressentait Strike) et leurs retrouvailles plus passionnées. Pendant seize ans, Charlotte avait combattu l'incrédulité, le dédain de sa famille et de ses amis pour se jeter encore et encore dans les bras de Strike, son grand soldat, fils illégitime et invalide. Si cette histoire était arrivée à un ami, Strike lui aurait conseillé de partir sans se retourner. Mais cette femme était comme un virus contre lequel il n'existait pas de remède ; Strike pouvait juste espérer contrôler les symptômes de sa maladie. Juste avant qu'il devienne célèbre grâce à l'affaire Landry, ils avaient rompu pour de bon. Strike n'avait pu lui pardonner son tout dernier mensonge. Il l'avait quittée et elle était retournée vivre dans un monde où les hommes chassaient le faisan, où les femmes possédaient des diadèmes enfermés dans le coffre familial ; un monde qu'elle avait prétendu détester (encore un mensonge, manifestement…).

Les Anstis revinrent sans Timothy mais avec Tilly qui sanglotait comme une âme en peine.

« Je parie que tu te félicites de ne pas en avoir, hein ? » dit joyeusement Helly en se rasseyant à la table, Tilly sur les genoux. Strike lui adressa un grand sourire triste sans la contredire.

Il y avait eu un bébé ; ou plus exactement le fantôme, la promesse d'un bébé, et puis plus rien. Mort, avait-elle dit.

Après lui avoir annoncé sa grossesse, Charlotte avait refusé de consulter un médecin. La date de la conception changeait tous les quatre matins. Puis, un beau jour, alors que Strike n'avait jamais eu la preuve qu'elle était enceinte, elle déclara que c'était fini. Ce mensonge-là, aucun homme ou presque ne l'aurait pardonné. Pour Strike – elle aurait dû le savoir –, ce fut la goutte d'eau, la destruction du peu de confiance qu'il lui accordait encore, après toutes ces années de mythomanie.

Donc elle se mariait le 4 décembre, dans onze jours… Comment Helly Anstis pouvait-elle le savoir ?

Il remerciait presque les deux enfants qui, par leurs couinements et leurs colères, avaient détourné la conversation au moment du dessert, un pudding à la rhubarbe arrosé de crème anglaise. Lorsque Anstis lui proposa d'aller dans son bureau boire une bière et consulter le rapport d'expertise, Strike trouva l'idée excellente. Helly boudait un peu quand ils s'éloignèrent ; visiblement, Strike ne lui en avait pas donné pour son argent. Il ne lui restait plus qu'à s'occuper de Tilly qui tombait de sommeil et de Timothy qui, n'ayant plus du tout envie de dormir, était redescendu annoncer que son verre d'eau s'était renversé partout dans son lit.

Le bureau d'Anstis, une petite pièce tapissée de livres, donnait sur le couloir. Il laissa la chaise pivotante à Strike et s'installa sur un vieux futon. Par les rideaux ouverts, Strike voyait une pluie fine tomber comme des grains de poussière dans le halo orangé d'un réverbère.

« Les experts en ont bavé des ronds de chapeau, à ce qu'ils disent », commença Anstis. Aussitôt, Strike dressa l'oreille. « Attention, rien n'est encore officiel, tous les résultats ne sont pas arrivés.

— Ont-ils pu déterminer la cause de la mort ?

— Coup sur la tête. Enfoncement de l'arrière du crâne. On ne sait pas si la mort a été instantanée mais les dommages causés au cerveau ont suffi pour le tuer. Quand il a été éventré, il était peut-être encore vivant mais presque certainement inconscient.

— C'est déjà ça. Quine a-t-il été ligoté avant ou après qu'on l'a assommé ?

— Cette question fait débat. La zone de peau tuméfiée sous les cordes qui liaient l'un de ses poignets indiquerait qu'il n'était pas mort quand on l'a attaché. Mais était-il conscient ? On n'en sait rien. Le problème, c'est que les litres d'acide répandus partout sur le sol ont fait disparaître les éventuelles traces de lutte ou celles laissées par un corps qu'on déplace. Quine pesait son poids...

— Un homme ligoté est plus facile à traîner, observa Strike en songeant au physique malingre de Leonora. Mais ce serait bien de savoir sous quel angle on l'a frappé.

— Le coup est venu du dessus. Mais on ignore s'il était debout, assis ou à genoux quand ça s'est passé...

— Pour moi, une chose est sûre, il a été tué dans cette pièce, dit Strike en suivant le fil de ses pensées. Je ne vois personne d'assez costaud pour transporter une telle masse corporelle jusqu'en haut des escaliers.

— Tout le monde s'accorde à penser qu'il est mort à l'endroit où on l'a trouvé. C'est là qu'on a découvert la plus forte concentration d'acide.

— Au fait, de quelle sorte d'acide s'agit-il ?

— Oh, je ne te l'ai pas dit ? Acide chlorhydrique. »

Strike rassembla les souvenirs qui lui restaient de ses cours de chimie. « Ça sert à galvaniser l'acier, non ?

— Entre autres. C'est la substance la plus caustique qui soit en vente libre. Elle entre dans de nombreux processus industriels. On s'en sert aussi pour les gros travaux de nettoyage. Le truc bizarre, c'est qu'on en trouve à l'état naturel chez les êtres humains. Dans notre acide gastrique. »

Strike sirota sa bière en méditant les dernières paroles d'Anstis.

« Dans le bouquin, ses bourreaux versent du vitriol sur lui.

— Autrement dit de l'acide sulfurique, dont l'acide chlorhydrique est un dérivé. Ça ronge méchamment les tissus humains, comme tu as pu le constater.

— Mais où est-ce que le tueur a pu s'en procurer une telle quantité ?

— Tu ne vas pas me croire, mais il semble que l'acide était déjà dans la maison.

— Comment ça ?

— Personne n'a encore pu nous le dire. Sur le carrelage de la cuisine, on a retrouvé des bidons de quatre litres, vides, et d'autres couverts de poussière dans un placard sous les escaliers, ceux-là pleins et hermétiquement scellés. Ils viennent d'une usine chimique à Birmingham. Et sur les bidons vides, on a identifié des marques laissées par des mains gantées.

— Très intéressant, dit Strike en se grattant le menton.

— On tente toujours de savoir quand et comment ils ont été achetés.

— Et l'objet contondant qui lui a défoncé le crâne ?

— Dans l'atelier, il y avait un genre de butoir de porte à l'ancienne – en forme de fer à repasser, et tout aussi solide, muni d'une poignée. Il y a de fortes chances pour que ce soit l'arme du crime. La blessure à la tête correspond. Mais cet objet a été arrosé d'acide chlorhydrique comme tout le reste.

— Et le jour de la mort ?

— Eh bien, là, ça se complique. L'entomologiste ne veut pas se mouiller. Selon lui, les méthodes habituelles sont inefficaces à cause de l'état du cadavre. Les émanations d'acide chlorhydrique à elles seules ont pu retarder l'apparition des insectes ; du coup, la datation par infestation est impossible. Aucune mouche à viande qui se respecte ne déposera ses œufs sur de l'acide. On a trouvé un ou deux asticots sur certaines parties intactes mais rien à voir avec l'infestation habituelle. Par ailleurs, comme le chauffage était réglé à fond, le processus de décomposition s'est peut-être déroulé plus rapidement qu'en temps ordinaire, quand il fait froid comme en ce moment. De toute façon, la présence d'acide chlorhydrique aurait quand même perturbé le processus de décomposition. Par endroits, le cadavre est cramé jusqu'à l'os. L'étude des viscères aurait pu départager tout le monde – tu sais, le dernier repas, etc. – mais hélas, ils ont disparu. On dirait que le tueur les a emportés, précisa Anstis. Une pratique totalement inédite, qu'en penses-tu ? Cela représente plusieurs kilos.

— Jamais rencontré ce cas de figure, admit Strike.

— Résultat des courses : les experts refusent de se prononcer précisément, sauf à dire qu'il était mort depuis au moins dix jours. Mais j'ai pu discuter en tête à tête avec Underhill, le meilleur d'entre eux ; il m'a avoué sous le sceau du secret que d'après lui, le décès remonterait à deux bonnes semaines. Il estime toutefois que, même lorsqu'ils auront terminé toutes les analyses, les preuves seront tellement équivoques que l'avocat de la défense pourra s'en donner à cœur joie.

— Et l'expertise toxicologique ? demanda Strike, toujours focalisé sur la difficulté de déplacer une telle masse corporelle.

— Eh bien, on l'a peut-être drogué, reconnut Anstis. On n'a pas les résultats des analyses sanguines et on cherche encore du côté des bidons retrouvés dans la cuisine. Mais… (Anstis termina sa bière et posa son verre avec un geste théâtral)… la victime s'est peut-être laissé faire. Quine aimait qu'on l'attache – tu sais, des jeux sexuels…

— D'où tu tiens ça ?

— De sa copine, dit Anstis. Kathryn Kent.

— Tu l'as déjà interrogée ?

— Oui, on a retrouvé le chauffeur de taxi qui a pris Quine à neuf heures, le 5, à deux rues de chez lui, et l'a déposé sur Lillie Road.

— Juste devant Stafford Cripps House, dit Strike. Donc il a quitté Leonora pour aller directement chez sa copine ?

— Eh bien non, pas vraiment. Kent était à l'hôpital, au chevet de sa sœur mourante. Des témoins ont corroboré sa déposition – elle est restée toute la nuit sur place. Elle a dit que ça faisait un mois qu'elle ne l'avait pas vu. Mais elle ne s'est pas fait prier pour nous raconter sa vie intime.

— Tu lui as demandé des détails ?

— À mon sens, elle pensait que nous en savions davantage. Du coup, elle a tout déballé sans que j'insiste.

— Passionnant, répondit Strike. Elle m'a dit qu'elle n'avait pas lu *Bombyx Mori*...

— À nous aussi.

— ... mais, dans le roman, son personnage ligote et torture le héros. En se montrant si prolixe, elle voulait peut-être vous faire passer un message : elle attache ses partenaires mais juste pour le sexe, pas dans le but de les torturer ou de les assassiner. Qu'en est-il du manuscrit qu'il aurait emporté avec lui, d'après Leonora ? Et ses notes, ses vieux rubans de machine à écrire ? Vous les avez trouvés ?

— Non, dit Anstis. À moins qu'on découvre que Quine a séjourné ailleurs avant de se rendre à Talgarth Road, on doit supposer que son assassin a tout emporté. La maison était vide, à part un peu de nourriture dans la cuisine, un matelas de camping et un sac de couchage dans l'une des chambres. Visiblement, Quine a dormi là, mais comme le tueur a versé de l'acide chlorhydrique dans cette pièce aussi...

— Pas d'empreintes de doigts ? De semelles ? Des poils ? De la boue ?

— Rien. Les collègues de la police scientifique continuent à tout passer au peigne fin mais l'acide a effacé les moindres indices. Les émanations sont encore tellement fortes qu'ils doivent porter des masques pour éviter de se brûler la gorge.

— Mis à part ce chauffeur de taxi, quelqu'un a-t-il aperçu Quine depuis sa disparition ?

— Personne ne l'a vu entrer à Talgarth Road mais la femme qui habite au 183 jure qu'il en est sorti à une heure du matin, le 6. Elle rentrait chez elle après le feu d'artifice.

— Il faisait sombre, sa maison se trouve deux numéros plus loin, donc elle n'a pu distinguer que...

— La silhouette d'une personne de grande taille, enveloppée dans une cape et transportant un gros sac.

— Un gros sac, répéta Strike.

— Ouais.

— L'individu à la cape est-il monté dans une voiture ?

— Non, il s'est éloigné à pied mais il est fort probable qu'une voiture l'attendait au coin de la rue.

— Un autre témoin ?

— Un vieux type à Putney affirme avoir vu Quine le 8. Il a téléphoné au commissariat du quartier et l'a décrit avec précision.

— Que faisait Quine ?

— Il achetait des livres à la librairie Bridlington, où travaille le type en question.

— Le témoin te paraît fiable ?

— Eh bien, il est vieux mais il se rappelle ce que Quine lui a acheté, et la description qu'il a faite de lui est convaincante. Une autre voisine, qui vit dans un immeuble de l'autre côté de la route, juste en face de la scène de crime, certifie avoir croisé Michael Fancourt devant la maison, le 8 au matin également. Tu sais, cet écrivain avec une grosse tête ? Celui dont tout le monde parle ?

— Je vois, dit Strike.

— La femme se serait retournée pour mieux le regarder parce qu'elle l'avait reconnu.

— Il ne faisait que passer ?

— C'est ce qu'elle dit.

— Quelqu'un a vérifié auprès de Fancourt ?

— Il est en Allemagne mais il dit qu'il sera ravi de répondre à nos questions dès son retour. Son agent se met en quatre pour nous aider.

— D'autres allées et venues étranges autour de Talgarth Road ? Des caméras de surveillance ?

— La seule caméra existante filme la circulation, pas la maison – mais je vérifie quand même. Nous avons encore un autre témoin – le voisin d'en face, quatre numéros plus loin. Il a vu une grosse femme en burqa entrer dans la maison, l'après-midi du 4. Elle transportait un sac en plastique venant d'un magasin halal qui fait des plats à emporter. Ça l'a étonné parce que la maison est restée inoccupée pendant très longtemps. D'après lui, elle a passé une heure à l'intérieur et elle est partie.

— Il est certain qu'il s'agit bien de la maison de Quine ?

— C'est ce qu'il dit.

— Et elle avait une clé ?

— Apparemment oui.

— Et une burqa, répéta Strike. Bon Dieu.

— Je doute un peu de son acuité visuelle ; il porte des verres très épais. Il a précisé qu'à sa connaissance, aucun musulman n'habite dans cette rue. Voilà pourquoi il est resté à surveiller.

— En résumé, nous disposons de deux témoins ayant soi-disant aperçu Quine après qu'il a quitté le domicile conjugal. L'un aux premières heures du 6 novembre, l'autre le 8, à Putney.

— Oui, dit Anstis, mais à ta place, Bob, je ne me fierais ni à l'un ni à l'autre.

— Tu crois qu'il est mort la nuit où il est parti de chez lui, demanda Strike sur un ton plus affirmatif qu'interrogatif.

— Underhill le pense aussi, dit Anstis en hochant la tête.

— Pas de trace d'un couteau ?

— Aucune. On en a trouvé un dans la cuisine mais pas du tout affûté. Personne n'aurait pu découper un corps avec.

— Qui possédait une clé de la maison ?

— Ta cliente, évidemment. Quine devait avoir la sienne. Fancourt en possède deux, il nous l'a déjà dit par téléphone. Les Quine en ont prêté une à l'agent d'Owen pour qu'elle supervise des travaux ; elle l'aurait rendue. Le voisin d'à côté en conserve une chez lui pour pouvoir entrer en cas de problème.

— Il n'a rien fait quand il a senti l'odeur ?

— Un autre voisin a glissé un mot par la fente de la boîte aux lettres pour se plaindre de l'odeur mais celui qui possède la clé était parti passer deux mois en Nouvelle-Zélande, quinze jours avant. Nous l'avons joint par téléphone. La dernière fois qu'il s'est servi de cette clé, c'était en mai dernier, pour une livraison. À l'époque, il y avait des ouvriers à l'intérieur, alors il a posé les colis dans le hall. Quand nous avons demandé à Mrs Quine qui d'autre aurait pu s'en procurer une, elle s'est montrée un peu vague. Étrange bonne femme, cette Mrs Quine, poursuivit Anstis d'une voix mielleuse. Tu ne trouves pas ?

— Je n'y ai pas réfléchi, mentit Strike.

— Tu sais que des voisins l'ont entendue crier, le soir où Quine a disparu ?

— Non, je l'ignorais.

— Elle lui a couru après dans la rue. Les témoignages concordent... » Anstis fit une pause pour mieux observer la réaction de Strike. « Elle lui a crié : "Je sais où tu vas, Owen !"

— Rien d'étonnant, dit Strike en haussant les épaules. Elle pensait qu'il partait se réfugier dans la résidence pour écrivains dont Christian Fisher lui avait parlé. Bigley Hall.

— Elle refuse de sortir de chez elle.

— Sa fille est handicapée mentale et n'a jamais dormi ailleurs. Tu imagines Leonora, avec son gabarit, en train de maîtriser Quine ?

— Non, mais nous savons qu'il aimait se faire attacher et je doute qu'ils aient pu passer trente ans ensemble sans qu'elle l'apprenne.

— Tu crois qu'ils se sont disputés et qu'elle l'a suivi pour lui proposer une petite séance de bondage ? »

À cette idée, Anstis eut un rire crispé, puis il dit :

« Les choses se présentent mal pour elle, Bob. Une épouse en colère possédant les clés de la maison du crime, ayant eu très tôt accès au manuscrit. Et les mobiles ne manquent pas, surtout si elle savait que son mari avait une maîtresse et qu'il avait l'intention de les quitter, elle et sa fille, pour s'installer avec Kent. Elle prétend que, lorsqu'elle lui a dit "Je sais où tu vas", elle faisait allusion à cette résidence pour écrivains

243

et pas à la maison de Talgarth Road. Et il faudrait la croire sur parole.

— Présenté comme ça, c'est assez convaincant, répliqua Strike.

— Mais tu ne partages pas mon avis.

— Leonora Quine est ma cliente, elle me paie pour que je trouve des réponses.

— T'a-t-elle dit où elle travaillait autrefois ? demanda Anstis avec l'air d'un joueur sur le point d'abattre sa carte maîtresse. Quand elle habitait Hay-in-Wye, avant leur mariage ?

— Je t'écoute, dit Strike non sans une pointe d'appréhension.

— Dans la boucherie de son oncle », lâcha Anstis.

Derrière la porte du bureau, Strike entendit Timothy Cormoran Anstis redescendre bruyamment les escaliers en exprimant à pleins poumons quelque nouvelle déception. Pour la première fois, le parrain ressentit une véritable empathie pour son filleul.

24.

Toute personne bien née use du mensonge – du reste vous êtes femme ; jamais vous ne devez dévoiler vos pensées…

William CONGREVE, *Amour pour amour*

STRIKE FIT DES RÊVES AFFREUX, cette nuit-là. Sans doute à cause de la Doom Bar et de sa conversation avec Anstis. Ils n'avaient parlé que de sang, d'acide et de mouches à viande.

Dans ses cauchemars, Charlotte se mariait et lui, Strike, courait sur ses deux jambes valides vers une étrange cathédrale gothique, pour sauver l'enfant qu'elle venait de lui donner. Elle était là, désemparée, dans cet immense espace vide et sombre, seule devant l'autel, vêtue d'une robe rouge sang. Et quelque part ailleurs, peut-être dans une sacristie glaciale, reposait l'enfant de Strike, nu, sans défense, abandonné.

« Où est-il ? demandait-il.

— Tu ne le verras pas. Tu ne voulais pas de lui. De toute façon, il a un problème », répondait-elle.

Il craignait de tomber sur une scène horrible, s'il partait en quête de ce bébé. Le futur marié était introuvable mais Charlotte se tenait prête pour les noces, sous son épais voile rouge.

« Laisse-le, il est trop laid », disait-elle froidement. Elle le repoussait et descendait la nef jusqu'au portail qui se profilait au loin. « Tu ne ferais que le toucher, hurlait-elle par-dessus son épaule. Je ne veux pas que tu le touches. Tu finiras par le voir. Ce sera forcément annoncé dans les journaux… », ajoutait-elle d'une voix mourante tandis que sa silhouette écarlate dansait comme une flamme dans la lumière filtrant entre les vantaux.

Il se réveilla en sursaut dans la pénombre de l'aube, la bouche sèche et le genou douloureux malgré une nuit de repos.

Durant son sommeil, l'hiver avait pris possession de la ville. Une épaisse couche de givre tapissait l'extérieur de sa lucarne et la température dans l'appartement – avec ses portes et fenêtres disjointes, son toit dépourvu d'isolation – avait chuté d'un coup.

Strike se leva, attrapa un pull posé au pied de son lit et, quand il voulut rattacher sa prothèse, s'aperçut que son genou était plus enflé que jamais, après sa balade à Greenwich. L'eau de la douche mit plus longtemps que d'habitude à chauffer ; il régla le thermostat à fond, redoutant que les tuyaux n'explosent, que les gouttières ne gèlent et que la chaudière ne rende l'âme. Les plombiers étaient trop chers pour sa bourse. Après s'être séché, il récupéra dans la caisse en carton sur le palier les bandages qu'il utilisait autrefois quand il faisait du sport, et s'enveloppa le genou avec.

À présent il voyait, aussi clairement que s'il avait passé la nuit à y réfléchir, comment Helly Anstis avait eu vent des projets de mariage de Charlotte. Il s'en voulait de ne pas y avoir songé avant. Mais son subconscient, lui, avait tout compris.

Une fois propre et habillé, il prit son petit déjeuner puis descendit dans son bureau où il jeta un œil par la fenêtre. Le petit groupe de journalistes qui avait vainement attendu son retour la veille n'était plus là, sans doute découragé par le froid polaire. Lorsqu'il repassa dans le bureau de Robin, des flocons de neige fondue commençaient à tomber contre les vitres. Il alluma l'ordinateur et tapa : *charlotte campbell jago ross mariage* dans le moteur de recherche.

Les résultats s'affichèrent vite et sans pitié.

Tatler, décembre 2010 : en couverture, Charlotte Campbell va bientôt épouser le futur vicomte de Croy…

« *Tatler* », prononça Strike à haute voix.

Il ne connaissait l'existence de ce magazine que parce que les amis de Charlotte apparaissaient régulièrement dans les colonnes de sa rubrique mondaine. Autrefois, la jeune femme l'achetait de temps à autre, pour le lire ostensiblement devant lui en faisant des commentaires sur les hommes avec lesquels elle avait couché ou les manoirs où elle avait fait la fête.

Et voilà qu'aujourd'hui, c'était elle qui faisait la une du numéro de Noël.

Même bandé, son genou lui fit mal lorsqu'il descendit l'escalier métallique puis se hasarda sur la neige fondue qui recouvrait les trottoirs. Comme tous les jours à cette heure matinale, une file de clients s'étirait devant le comptoir du marchand de journaux. Strike prit le temps d'inspecter les rayonnages. Il y avait là deux sortes de magazines : les bon marché qui présentaient en couverture des stars du petit écran, et les chers qui pouvaient s'offrir des vedettes de cinéma. Bien qu'on fût encore en novembre, les numéros de décembre étaient déjà presque tous vendus. À la une de *Vogue* (« Numéro spécial Super Star »), il reconnut Emma Watson en blanc, Rihanna en rose sur celle de *Marie-Claire* (« Numéro spécial Glamour ») et sur la couverture du *Tatler*…

Un teint clair, parfaitement lisse, des cheveux noirs encadrant de hautes pommettes, de grands yeux noisette tirant sur le vert, mouchetés comme une pomme canada. Elle portait deux énormes diamants aux oreilles et un troisième sur la main qu'elle tenait délicatement posée contre son visage. Un coup de marteau défonça le cœur de Strike mais ses traits demeurèrent impassibles. Il prit le dernier exemplaire restant, paya et regagna Denmark Street.

Il était neuf heures moins vingt. Strike s'enferma dans son bureau et déplia le magazine devant lui.

IN-CROY-ABLE ! Charlotte Campbell, l'ancienne enfant terrible, future vicomtesse.

Ce titre accrocheur barrait le cou de cygne de Charlotte.

C'était la première fois qu'il la voyait depuis le jour où, dans ce même bureau, elle lui avait griffé le visage avant de s'enfuir et de se jeter dans les bras de l'Honorable Jago Ross. Ces photos étaient sans doute retouchées, se dit-il. Sa peau ne pouvait être aussi parfaite, le blanc de ses yeux aussi pur, mais à part cela, tout lui parut authentique, depuis ses attaches fines jusqu'à l'énorme bouchon de carafe qu'elle portait au doigt.

Lentement, il prit connaissance du sommaire puis de l'article lui-même. Une photo de Charlotte, en double page, toute mince dans une longue robe argentée, posant au milieu d'une galerie flanquée de tapisseries de haute lice ; à côté d'elle, négligemment appuyé sur une table de jeu, Jago Ross ressemblait à un renard arctique après une nuit de débauche. Sur d'autres clichés, on voyait Charlotte, assise sur un antique lit à baldaquin, rire en jetant la tête en arrière, son cou d'albâtre jaillissant d'un vaporeux chemisier crème ; Charlotte et Jago en jean et chaussures de randonnée, traversant main dans la main le parc devant leur future demeure, deux jack russell sur les talons ; Charlotte de trois quarts, les cheveux dans le vent, perchée au sommet du donjon du château, regardant l'objectif par-dessus son épaule drapée d'un tartan.

Helly Anstis n'avait sans doute pas hésité à débourser quatre livres dix pour se procurer ce torchon.

Le 4 décembre prochain, la chapelle XVIIe du château de Croy (SURTOUT ne pas dire Château Croy – la famille en serait froissée) sera débarrassée de ses toiles d'araignée pour accueillir son premier mariage depuis plus d'un siècle. La sublime Charlotte Campbell, fille du top model des années 1960 Tula Clermont et d'Anthony Campbell, universitaire et animateur de télévision, épousera l'Honorable Jago Ross, héritier du château et des titres paternels, dont le principal est celui de vicomte de Croy.

L'admission de la future vicomtesse dans la prestigieuse famille Ross de Croy suscite quelques controverses, mais Jago se moque de savoir si certains membres de cette vieille et prestigieuse lignée de nobles écossais auront ou non plaisir à accueillir parmi eux la jeune femme à la réputation quelque peu sulfureuse.

« En réalité, ma mère a toujours espéré que j'épouserais Charlotte un jour, confie-t-il. Nous sortions ensemble quand nous étions à Oxford mais je suppose que nous étions trop jeunes alors… Nous nous sommes retrouvés à Londres… alors que nous venions de rompre l'un et l'autre… »

Quoi ? réagit Strike. *Vous veniez de rompre l'un et l'autre ? Ou tu avais commencé à la baiser avant même notre séparation, si bien qu'elle ignorait lequel de nous deux était le père du bébé qu'elle craignait de porter ? Il suffisait de changer les dates pour parer à toute éventualité, n'écarter aucune option…*

… a fait parler d'elle dans la presse quand elle s'est enfuie du lycée de Bedales, fugue qui a duré sept jours et nécessité la mobilisation de plusieurs équipes de sauveteurs à travers tout le pays… Cure de désintoxication à l'âge de vingt-cinq ans…

« Tout ça c'est du passé, circulez, y a rien à voir, nous répond joyeusement Charlotte. J'ai pris du bon temps dans ma jeunesse mais l'heure est venue de s'assagir et, honnêtement, j'ai hâte. »

Du bon temps ? Tu appelles ça comme ça ? demanda Strike à la Charlotte de papier glacé. *Grimper sur un toit et menacer de sauter dans le vide, tu appelles ça du bon temps ? Tu prenais du bon temps quand tu m'as appelé de l'hôpital psychiatrique pour me supplier de t'en faire sortir ?*

Ross vient de traverser une période pénible, un divorce très compliqué dont on a pu suivre les démêlés dans les colonnes des journaux à scandale… « J'aurais préféré que nous fassions cela proprement, sans recourir aux avocats », soupire-t-il. « J'ai hâte de devenir belle-maman ! » s'écrie Charlotte.

(« Si tu m'obliges encore une fois à passer une soirée avec les sales gosses des Anstis, Corm, je jure devant Dieu que j'en assomme un. » Et chez Lucy, dans son petit jardin de banlieue, quand Charlotte regardait les neveux de Strike jouer au football : « Pourquoi ces gamins sont-ils aussi chiants ? » Strike revoyait l'expression outrée sur le visage rond de Lucy quand elle l'avait entendue…)

Soudain, son propre nom lui sauta aux yeux.

… une surprenante aventure avec le fils aîné de Jonny Rokeby, Cormoran Strike, qui a fait parler de lui dans la presse l'année dernière…

… *une surprenante aventure avec le fils aîné de Jonny Rokeby*

… *le fils aîné de Jonny Rokeby…*

D'un geste brusque, il referma le magazine et le jeta à la poubelle.

Seize ans, par intermittence. Seize années de torture, de folie, parfois d'extase. Et au bout du compte – alors qu'elle l'avait maintes et maintes fois quitté pour se précipiter dans les bras de tel ou tel, comme d'autres se seraient jetées sous un train –, Strike était parti. Il avait franchi le Rubicon, geste d'autant moins pardonnable qu'il représentait l'élément solide du couple, qu'il était tacitement admis qu'il ne la laisserait jamais tomber, qu'il supporterait sans faillir toutes les frasques de Charlotte. Mais cette nuit-là, il l'avait placée au pied du mur, devant le tissu de mensonges qu'elle lui avait servi au sujet de sa prétendue grossesse. Alors, elle était devenue hystérique et la montagne de patience s'était arrachée du sol, avait pris la porte et reçu un cendrier volant en pleine figure.

L'œil au beurre noir de Strike était à peine guéri que déjà Charlotte annonçait ses fiançailles avec Ross. Il ne lui avait fallu que trois semaines. Elle ne connaissait qu'une seule manière de se consoler : la vengeance. Et maintenant, avec ce mariage, elle lui administrait le coup de grâce, sans même songer qu'elle risquait fort de s'en mordre les doigts par la suite. Les amis de Strike l'auraient traité de prétentieux mais au fond de lui-même, il savait que les photos du *Tatler* et la petite phrase assassine au sujet leur « aventure » étaient autant de flèches empoisonnées dirigées contre lui (il l'entendait d'ici articuler ces mots devant le journaliste mondain : « c'est le fils de Jonny Rokeby ») ; pareil pour ce château de Croy à la con… Tout, absolument tout, n'était qu'une mise en scène cruelle. Elle voulait qu'il souffre, qu'il la regarde, qu'il la voie, qu'il regrette amèrement leur rupture. Quant à Ross, elle le connaissait par cœur ; combien de fois n'avait-elle pas parlé à Strike de son alcoolisme, de sa violence – des secrets de polichinelle. Elle avait suivi sa déchéance morale pendant des années grâce à son réseau d'aristocrates amateurs de ragots. Et elle avait ri de soulagement à l'idée d'en être débarrassée. Ri à gorge déployée.

Auto-immolation en robe de bal. *Regarde-moi brûler, mon cœur.* Le mariage aurait lieu dans dix jours et Strike savait pertinemment que s'il appelait Charlotte à l'instant même pour lui dire « Pars avec moi » – même après leurs scènes odieuses, les horreurs qu'elle lui avait dites, les mensonges, les embrouilles, les tonnes de bagages faits et défaits sous lesquels leur relation avait fini par s'écrouler –, elle répondrait oui. Cette femme fuyait depuis toujours, et de préférence pour se réfugier dans les bras de Strike, car c'était avec lui seul qu'elle trouvait à la fois la liberté et la stabilité. Après chacune de leurs bagarres

– ils seraient morts depuis longtemps si les mots avaient pu tuer –, elle lui disait invariablement : « J'ai besoin de toi. Tu es tout pour moi, tu le sais. Près de toi, je suis en sécurité, mon cœur, et nulle part ailleurs… »

Il entendit la porte vitrée donnant sur le palier s'ouvrir et se refermer, puis des bruits familiers : Robin entra, enleva son manteau, remplit la bouilloire.

Il avait toujours trouvé son salut dans le travail. Charlotte détestait le voir s'immerger dans une enquête juste après une scène particulièrement violente, comme si rien ne s'était passé. Jamais elle n'avait pu l'empêcher de renfiler son uniforme, de repartir au boulot, d'aller jusqu'au bout de ses recherches. Elle ne supportait pas son sérieux, sa fidélité envers l'armée, sa faculté à la tenir éloignée de tout cela ; elle se sentait trahie, abandonnée.

Assis derrière son bureau, en ce matin d'hiver glacial, les photos de Charlotte au fond de la poubelle, Strike ressentait le besoin irrésistible de partir loin. Il aurait tant aimé qu'on lui ordonne d'enquêter à l'étranger, sur un autre continent. Il était las des maris infidèles et de leurs maîtresses, las de s'immiscer dans des querelles ridicules entre hommes d'affaires à la petite semaine. Une seule chose, par la fascination qu'elle exerçait sur lui, pouvait rivaliser avec Charlotte : la mort violente.

« Bonjour, dit-il en passant clopin-clopant dans le premier bureau où Robin préparait leur thé. Il faut qu'on se dépêche de le boire. On sort.

— Pour aller où ? » s'étonna Robin.

La neige dégoulinait le long des vitres. Tout à l'heure, quand, malgré les trottoirs glissants, elle se hâtait d'arriver pour se mettre à l'abri, elle avait senti la morsure du froid sur son visage et elle la sentait encore.

« On a du pain sur la planche. L'affaire Quine. »

C'était faux. La police avait pris les choses en main ; que pouvait-il faire de plus qu'eux ? Pourtant, Strike savait intimement qu'Anstis manquait du flair nécessaire pour résoudre cette énigme hors normes.

« Vous avez rendez-vous avec Caroline Ingles à dix heures.

— Merde. Eh bien, je vais reporter. La police scientifique pense que Quine est mort peu après sa disparition. »

Il prit une gorgée de thé chaud et bien corsé. Cela faisait longtemps que Robin ne l'avait pas vu aussi déterminé, aussi énergique.

« Du coup, ils concentrent toute leur attention sur les premières personnes ayant eu accès au manuscrit. Et nous devons faire comme eux. Je veux savoir où vivent ces gens et s'ils vivent seuls. Ensuite, nous irons faire une visite de reconnaissance dans leurs quartiers respectifs, pour vérifier si un individu transportant un sac rempli de viscères pourrait s'y balader sans se faire remarquer. Il faudra aussi voir s'il n'y a pas dans les parages des endroits où on peut enterrer des preuves ou les faire brûler. »

Ce n'était pas grand-chose mais Strike ne voyait rien d'autre à faire aujourd'hui. Or, il avait terriblement besoin de s'occuper l'esprit.

« Vous venez avec moi, ajouta-t-il. Vous avez de l'instinct pour ce type de boulot.

— Alors, je serai votre Watson ? » fit-elle d'un air volontairement détaché. La colère qui l'avait saisie la veille au sortir du Cambridge n'était pas totalement éteinte. « Si nous commencions par les chercher sur Internet ? Histoire de repérer les lieux avec Google Earth.

— Oui, bonne idée, approuva Strike. Pourquoi se déplacer quand on peut se contenter d'images périmées ? »

Piquée au vif, Robin répliqua :

« Je suis ravie de constater…

— Très bien. Je vais annuler Ingles. De votre côté, trouvez sur le Net les adresses de Christian Fisher, Elizabeth Tassel, Daniel Chard, Jerry Waldegrave et Michael Fancourt. Après, nous ferons un saut à Clem Attlee Court et nous envisagerons les choses du point de vue d'un individu cherchant à dissimuler des preuves. Quand j'y suis passé de nuit, j'ai vu pas mal de poubelles et de bosquets… Oh, et appelez aussi la librairie Bridlington, à Putney. On ira tailler une bavette avec le vieux type qui dit avoir vu Quine dans sa boutique, le 8. »

Il regagna son bureau à grandes enjambées pendant que Robin prenait place devant son ordinateur. De l'eau glacée gouttait sous l'écharpe qu'elle venait de suspendre mais elle n'y prit pas garde. Le souvenir du corps mutilé de Quine la hantait encore mais elle avait hâte d'en savoir davantage, de tout savoir sur ce meurtre (même si elle n'osait pas l'avouer à Matthew, comme s'il s'agissait d'un secret honteux).

Ce qui la mettait hors d'elle, c'était que Strike, qui aurait dû la comprendre mieux que quiconque, refusait de voir qu'ils étaient tous deux habités d'une passion identique.

25.

C'est toujours ainsi, quand un homme est igno-
ramment officieux et rend des services sans savoir
pourquoi...

Ben JONSON, *Épicène, ou la Femme silencieuse*

ILS QUITTÈRENT LE BUREAU sous une brusque rafale de
flocons duveteux. Robin avait entré dans son portable
les adresses récupérées sur le Net. Comme Strike voulait
d'abord revoir Talgarth Road, Robin lui exposa le résultat de
ses recherches après qu'ils furent montés dans le métro. La
période de pointe se terminait ; la rame était remplie mais pas
bondée. Tandis qu'ils discutaient, des odeurs de laine mouillée,
de crasse et de Gore-Tex arrivèrent jusqu'à leurs narines ; trois
routards italiens s'accrochaient à la même barre qu'eux, avec
des airs de chiens battus.

« Le vieil homme qui travaille dans la librairie est en congé,
dit-elle à Strike. Il revient mardi prochain.

— Très bien, on verra plus tard. Et nos suspects ? »
Elle leva un sourcil en entendant ce mot.

« Christian Fisher habite Camden avec une femme de trente-
deux ans, dit-elle. Sa petite amie, vous croyez ?

— Probablement. C'est un problème... Notre tueur avait
besoin de paix et de solitude pour se débarrasser de ses

vêtements tachés de sang – sans parler des six bons kilos d'entrailles humaines. Je cherche un lieu discret, où l'on peut entrer et sortir sans se faire voir.

— Eh bien, j'ai observé leur immeuble sur Google Street View, dit Robin, méfiante. Leur appartement donne sur la même entrée que deux autres.

— Et il se trouve à des kilomètres de Talgarth Road.

— Mais vous ne pensez pas réellement que Christian Fisher ait fait le coup, n'est-ce pas ? demanda Robin.

— C'est très improbable, voire tiré par les cheveux, admit Strike. Il connaissait à peine Quine – il n'est pas dans le roman... »

Quand ils descendirent à Holborn, Robin ralentit l'allure par égard pour Strike. Elle ne fit aucun commentaire sur sa démarche claudicante.

« Qu'en est-il d'Elizabeth Tassel ? demanda-t-il.

— Fulham Palace Road. Elle habite seule.

— Bien, dit Strike. Nous irons jeter un œil sur place, pour voir si ses parterres de fleurs n'ont pas été fraîchement retournés.

— La police n'est-elle pas en train de le faire ? » demanda Robin.

Strike fronça les sourcils. Il se faisait l'effet d'un chacal maraudant à la périphérie de l'enquête de police, à la recherche d'un bout de viande ou d'un os à ronger après le passage des lions.

« Peut-être que oui, peut-être que non. Anstis croit Leonora coupable et il ne change pas facilement d'avis ; je le sais, j'ai bossé avec lui sur une affaire en Afghanistan. À propos de Leonora, ajouta-t-il d'un air détaché, Anstis a découvert qu'elle avait travaillé chez un boucher.

— Oh, crotte », s'écria Robin.

Strike sourit. Dans les moments de tension, son accent du Yorkshire ressortait : il avait entendu « crautte ».

Sur la Piccadilly Line qui menait à Barons Court, les places assises étaient plus nombreuses. Soulagé, Strike se laissa tomber sur un siège.

« Jerry Waldegrave vit avec sa femme, c'est cela ? demanda-t-il à Robin.

— Oui, s'il s'agit bien de la fameuse Fenella. Ils habitent Hazlitt Road, à Kensington. Une certaine Joanna Waldegrave occupe un appartement au sous-sol…

— C'est leur fille. Romancière en herbe. Elle était à la réception chez Roper Chard. Et Daniel Chard ?

— Sussex Street, à Pimlico, avec un couple du nom de Nenita et Manny Ramos…

— Des domestiques, j'imagine.

— … et il possède aussi une propriété dans le Devon : Tithebarn House.

— C'est sans doute là qu'il se trouve en ce moment, avec sa jambe cassée.

— Et Fancourt est sur liste rouge, termina-t-elle. Mais sur Internet, on trouve des tonnes d'infos sur lui. Il est propriétaire d'un manoir élisabéthain dans les environs de Chew Magna. Endsor Court.

— Chew Magna ?

— Dans le Somerset. C'est là qu'il vit avec sa troisième épouse.

— C'est un peu loin pour y aller aujourd'hui, dit Strike avec regret. Pas de garçonnière près de Talgarth Road où il aurait pu planquer des intestins dans le frigo ?

— Je n'ai rien trouvé.

— Où logeait-il le jour où il est allé fureter sur la scène de crime ? À moins qu'il n'ait fait l'aller-retour dans la journée, mû par un accès de nostalgie ?

— S'il s'agit bien de lui.

— Oui, s'il s'agit de lui… Et il reste Kathryn Kent. Bon, nous savons où elle habite et qu'elle est seule. Dans la nuit du 5, Quine s'est fait déposer pas loin de chez elle, d'après Anstis, mais Kathryn était absente. Quine avait peut-être oublié qu'elle se trouvait au chevet de sa sœur, songea Strike à voix haute. Et peut-être s'est-il rendu à Talgarth Road ensuite, après avoir trouvé porte close ? Elle aurait pu le rejoindre là-bas en revenant de l'établissement de soins palliatifs. Nous referons un tour dans son quartier après. »

Dans le métro qui les emportait vers l'ouest, Strike lui parla des deux témoignages visuels recueillis dans le voisinage. Des personnes avaient aperçu une femme en burqa entrer dans la maison le 4 novembre et Quine lui-même en sortir avant l'aube, le 6.

« Mais ces gens-là ont pu se tromper ou bien mentir, dit-il en manière de conclusion.

— Une femme en burqa. Le voisin ne serait pas un islamophobe fanatique, par hasard ? »

Depuis qu'elle travaillait pour Strike, elle prenait conscience de la diversité et de l'intensité des phobies et des rancœurs qui couvaient dans le cœur des gens. C'était nouveau pour elle. Après l'affaire Landry et toute la publicité qu'elle leur avait value, ils avaient reçu un courrier monstre. En lisant ces lettres, Robin s'était sentie tantôt troublée, tantôt amusée.

Il y avait eu cet homme qui suppliait Strike de consacrer son immense talent à enquêter sur la mainmise de la « juiverie internationale » sur le système bancaire mondial ; il regrettait de ne pouvoir payer ses services mais ne doutait pas que Strike trouverait une légitime récompense dans la reconnaissance de l'opinion. Une jeune femme lui avait envoyé une lettre de douze pages depuis une unité psychiatrique de haute sécurité, l'implorant d'apporter la preuve que tous les membres de sa famille avaient été enlevés et remplacés par des imposteurs qui leur ressemblaient comme deux gouttes d'eau. Un correspondant anonyme lui avait demandé de faire toute la lumière sur les sévices d'ordre satanique exercés à l'échelle nationale par le Bureau d'aide sociale et juridique.

« Il se peut qu'ils soient dérangés, opina Strike. Les dingues adorent tout ce qui se rapporte aux meurtres. Ça leur permet d'attirer l'attention sur eux. »

Assise sur le siège d'en face, une jeune femme portant un hijab les regardait discuter. Elle était grande, jolie et avait de grands yeux noisette.

« Si l'on suppose qu'un individu a effectivement pénétré dans la maison le 4, il faut reconnaître qu'une burqa est un excellent moyen pour entrer et sortir discrètement. Vous connaissez une autre façon de dissimuler tout son visage et son corps sans susciter la curiosité des passants ?

— Et cette personne transportait un sac qui venait d'un traiteur halal ?

— Aux dires du témoin... Était-ce son dernier repas ? Est-ce pour cela que le tueur l'a éviscéré ?

— Et cette femme...

— Ce pourrait être un homme...

— ... a été vue ressortant de la maison une heure plus tard ?

— Dixit Anstis.

— Donc, il ou elle n'était pas à l'affût de Quine ?

— Non, mais il ou elle était peut-être occupé à dresser la table », dit Strike.

Robin fit la grimace. La jeune femme au hijab descendit à Gloucester Road.

« Je doute qu'il y ait des caméras dans une petite librairie », soupira Robin. Depuis l'affaire Landry, elle était très attentive aux systèmes de surveillance.

« Je pense qu'Anstis l'aurait mentionné », dit Strike.

À la sortie de la station Barons Court, ils furent accueillis par une nouvelle bourrasque de neige. Les yeux plissés pour se protéger des flocons qui leur cinglaient le visage, ils se mirent en route vers Talgarth Road en suivant les indications de Strike, qui regrettait de plus en plus de ne pas avoir de canne. À sa sortie de l'hôpital, Charlotte lui avait offert une jolie canne de Malacca, une pièce ancienne qui, disait-elle, avait appartenu à son grand-père. Trop courte pour lui, elle l'obligeait à pencher à droite quand il marchait. Lorsqu'elle avait emballé les affaires de Strike pour les virer de son appartement, elle avait oublié la fameuse canne.

En s'approchant du numéro 179, ils virent que la police scientifique travaillait encore dans la maison. Un ruban jaune était tendu en travers de l'entrée et une policière faisait le pied de grue devant, bras croisés pour tenter de se réchauffer. Elle tourna la tête à leur approche et fronça les sourcils en reconnaissant le détective.

« Mr Strike », dit-elle sèchement.

Sur le perron, le policier roux en civil, qui discutait avec quelqu'un à l'intérieur, fit volte-face, l'aperçut à son tour et dévala les marches glissantes.

« Salut », lança Strike sans s'encombrer de politesses. Robin le trouva culotté mais, ayant un respect inné pour la loi, se sentit partagée entre admiration et appréhension.

« Pourquoi revenez-vous traîner dans le coin, Mr Strike ? demanda suavement le rouquin dont le regard glissa vers Robin d'une façon qu'elle trouva un tantinet insultante. Vous ne pouvez pas entrer.

— Dommage, dit Strike. Dans ce cas, nous ferons juste le tour du quartier. »

Ignorant les deux policiers qui ne le quittaient pas des yeux, Strike boitilla jusqu'au numéro 183, dont il ouvrit la barrière avant de gravir les marches du perron. Ne sachant que faire, Robin le suivit, intimidée par les regards des flics dans son dos.

« Qu'est-ce qu'on fait ? » marmonna-t-elle après qu'ils se furent réfugiés sous l'auvent de brique qui les protégeait des agents indiscrets. La maison paraissait inoccupée mais Robin craignait que la porte d'entrée ne s'ouvre soudainement.

« Je vérifie si la femme qui vit ici a vraiment pu apercevoir une silhouette enveloppée dans une cape et transportant un gros sac quitter le 179 à deux heures du matin, dit Strike. Et vous savez quoi ? Je crois que c'est possible, du moins si le réverbère fonctionnait. Maintenant, voyons ce que ça donne de l'autre côté.

« Frisquet, hein ? » dit Strike à la policière renfrognée et à son collègue quand ils repassèrent devant eux pour continuer leur tournée d'inspection. « Anstis a dit quatre numéros plus loin, ajouta-t-il à mi-voix pour Robin. Donc, ça nous fait… le 171. »

Strike recommença son manège, suivi comme un toutou par Robin.

« Vous savez, je me demandais si le témoin n'avait pas pu se tromper de maison, mais il y a une poubelle en plastique rouge devant le 177. Si Burqa a monté les marches du 179, juste derrière cette poubelle, c'était facile de… »

La porte d'entrée s'ouvrit.

« Puis-je vous aider ? » demanda courtoisement un homme portant des verres en culs-de-bouteille.

Strike lui présentait ses excuses en arguant qu'il s'était trompé quand l'officier roux, toujours posté devant le 179, hurla quelques mots incompréhensibles. N'obtenant pas de réponse, il enjamba le ruban de plastique interdisant l'entrée et se mit à cavaler vers eux.

« Cet homme n'est pas de la police, braillait-il comme un idiot en désignant Strike.

— Il n'a jamais prétendu le contraire, répondit le binoclard, vaguement surpris.

— Eh bien, je crois que nous en avons terminé », dit Strike à Robin.

Pendant qu'ils regagnaient la station de métro, Robin, un peu amusée mais surtout impatiente de quitter les lieux, lui demanda : « Vous n'êtes pas inquiet de ce que va dire votre ami Anstis quand il apprendra que vous furetez comme ça autour de la scène de crime ?

— Je doute qu'il en soit très heureux, dit Strike en cherchant du regard les caméras de surveillance. Mais rendre Anstis heureux ne fait pas partie de mon boulot.

— Il a été réglo avec vous quand il vous a donné les résultats des analyses médico-légales, fit-elle remarquer.

— Il l'a fait pour me dissuader de poursuivre mon enquête. Il pense que tout désigne Leonora. Le problème, c'est que pour l'instant, il a raison. »

Strike ne vit qu'une seule caméra braquée sur la grande artère encombrée de véhicules. Mais d'autres rues la desservaient. Une personne vêtue d'une cape tyrolienne ou d'une burqa aurait très bien pu passer par là et disparaître avant que quiconque ait pu l'identifier.

Strike acheta deux cafés à emporter au Metro Café situé à l'entrée de la station. Puis ils retraversèrent le hall vert pomme, passèrent devant les guichets automatiques et prirent la direction de West Brompton.

« Il faut vous rappeler une chose », dit Strike pendant qu'ils attendaient leur correspondance à Earl's Court. Robin observa discrètement la manière dont Strike se tenait, tout le poids de son corps portant sur sa jambe gauche. « Quine a disparu le 5. La nuit du feu d'artifice.

— Bon sang, mais bien sûr ! s'écria Robin.

— Des explosions lumineuses, des détonations », poursuivit Strike en vidant rapidement son gobelet avant de monter dans la rame. Il n'était pas sûr de pouvoir assurer à la fois son propre équilibre et celui du café, sur ce sol humide et verglacé. « Vous imaginez l'ambiance, les fusées qui partent dans tous les sens, les gens fascinés par le spectacle. Pas étonnant que personne n'ait vu un individu drapé dans une cape entrer dans la maison, ce soir-là.

— Quine, vous voulez dire.

— Lui ou un autre. »

Robin médita ces derniers mots.

« Pensez-vous que le libraire ment quand il dit avoir vu Quine dans sa boutique le 8 ?

— Je n'en sais rien, dit Strike. Un peu tôt pour se prononcer, non ? »

Mais tout en disant cela, il comprit qu'il ne pouvait en être autrement. La soudaine activité autour d'une maison vide le 4 et le 5 novembre lui paraissait très révélatrice.

« C'est marrant, les trucs que remarquent les gens », dit Robin comme ils montaient les marches rouges et vertes de la station West Brompton. Strike grimaçait chaque fois qu'il posait sa jambe droite. « La mémoire est une chose très étrange, n'est-ce… »

Soudain Strike ressentit une si vive douleur au genou qu'il s'affala contre la balustrade du pont qui enjambait les rails. L'homme en complet-veston qui marchait derrière lui poussa un juron en découvrant ce volumineux obstacle sur son chemin. Robin, quant à elle, fit encore quelques mètres tout en parlant avant de comprendre que Strike n'était plus à ses côtés. Elle revint rapidement sur ses pas et le trouva agrippé à la rampe, le teint blême, le visage couvert de sueur. La foule des banlieusards devait faire un détour pour l'éviter.

« J'ai senti quelque chose lâcher dans mon genou, marmonna-t-il entre ses dents serrées. Merde… merde !

— Je vais chercher un taxi.

— Vous n'en trouverez pas, par ce temps.

— Alors reprenons le métro et rentrons au bureau.

— Non, je veux… »

Il ne s'était jamais senti aussi impuissant qu'en cet instant, sur ce pont de fer grillagé dominé par une verrière en forme de dôme où s'accumulait la neige. Autrefois, il avait toujours un véhicule à sa disposition. Il pouvait convoquer les témoins à son bureau. Il faisait partie de la Brigade spéciale d'investigation, c'était lui qui décidait, lui qui contrôlait tout.

« Dans ce cas, je suis désolée mais il nous faut un taxi, s'obstina Robin. Il y a une trotte d'ici à Lillie Road. Avez-vous… »

Elle hésita. Ils n'avaient jamais évoqué son handicap, sauf de manière détournée.

« Avez-vous une canne ?

— J'aimerais bien », dit-il entre ses lèvres engourdies. À quoi bon faire semblant, alors qu'il redoutait même de marcher jusqu'au bout de ce pont ?

« On va vous en trouver une. Les pharmacies en vendent. On va y arriver. »

Puis, après une autre hésitation, elle ajouta :

« Appuyez-vous sur moi.

— Je suis trop lourd.

— Juste pour maintenir votre équilibre. Faites comme si j'étais une canne. Allez-y », dit-elle avec conviction.

Strike posa son bras sur l'épaule de Robin ; ils progressèrent lentement le long du pont, gagnèrent la sortie et s'arrêtèrent un moment pour souffler. La neige ne tombait plus mais le froid était d'autant plus vif.

« Pourquoi n'y a-t-il de sièges nulle part ? demanda Robin en observant les alentours.

— Bienvenue dans mon monde. » Strike lui lâcha l'épaule.

« À votre avis, que s'est-il passé ? demanda la jeune femme en baissant les yeux sur sa jambe.

— Mystère. Mon genou était très enflé, ce matin. Je n'aurais pas dû mettre ma prothèse, mais je déteste marcher avec des béquilles.

— Bon, avec cette neige, vous ne pourrez pas aller jusqu'à Lillie Road en traînant la patte comme ça. Nous allons trouver un taxi qui vous ramènera au bureau…

— Non. Il faut que je fasse quelque chose, s'énerva-t-il. Anstis est convaincu que Leonora est coupable. Mais c'est faux. »

Quand on souffrait autant, on ne tournait pas autour du pot.

« Très bien. Nous allons nous séparer et vous rentrerez en taxi. Ça vous va comme ça ? insista-t-elle.

— D'accord, répondit-il, vaincu. C'est vous qui irez à Clem Attlee Court.

— Que suis-je censée chercher ?

264

— Des caméras. Des endroits où Kent aurait pu cacher des vêtements et des viscères. Elle n'a pas pu les planquer dans son appartement, à cause de l'odeur. Prenez des photos avec votre portable – tout ce qui vous paraîtra utile... »

Tout en parlant, Strike se disait que c'était insuffisant. Mais il fallait bien faire quelque chose. De manière impromptue, le visage d'Orlando lui revint en mémoire, avec son grand sourire vide ; et l'orang-outan en peluche qui lui pendait autour du cou.

« Et ensuite ? demanda Robin.

— Sussex Street, dit Strike après un instant de réflexion. Même chose. Après, passez-moi un coup de fil pour qu'on se retrouve quelque part. J'aimerais que vous me donniez les adresses exactes de Tassel et de Waldegrave. »

Elle lui remit un bout de papier.

« Je vais vous chercher un taxi. »

Il n'eut pas le temps de la remercier car déjà elle s'éloignait le long de la rue glaciale.

26.

Il faut que je voie où je pose le pied :
Sur le verglas de ces pavés glissants il faut
Être ferré à glace ou bien l'on pourrait se
rompre le col…

John WEBSTER, *La Duchesse d'Amalfi*

PAR CHANCE, STRIKE AVAIT GARDÉ dans son portefeuille les cinq cents livres qu'il avait touchées pour taillader le fils Gunfrey. Il demanda au chauffeur de l'emmener à Fulham Palace Road, où vivait Elizabeth Tassel, et, en chemin, prit note de l'itinéraire. Il serait arrivé à destination en moins de quatre minutes s'il n'avait repéré une pharmacie en chemin. Le taxi l'attendit au bord du trottoir et, quand Strike ressortit peu de temps après, il marchait bien plus facilement grâce à la canne réglable qu'il venait d'acheter.

D'après ses estimations, une femme en bonne santé pouvait faire le trajet à pied en moins d'une demi-heure. Le domicile d'Elizabeth Tassel était plus éloigné de la scène de crime que celui de Kathryn Kent, mais Strike, qui connaissait bien le secteur, savait qu'elle aurait pu emprunter des rues parallèles, plus résidentielles, sans se faire repérer par les caméras. Même en voiture, elle serait passée inaperçue.

Sous la grisaille hivernale, la résidence d'Elizabeth Tassel paraissait triste et vétuste. Une maison de style victorien en brique rouge comme celles de Talgarth Road, le cachet et la fantaisie en moins. Elle se dressait au coin de la rue. Devant sa façade, Strike vit un jardin détrempé, assombri par d'envahissants buissons de cytise. Il resta un moment en observation près de la barrière en abritant au creux de la main sa cigarette allumée, car la neige fondue s'était remise à tomber. Il y avait un autre jardin à l'arrière, lui aussi protégé des regards par des buissons obscurs qui frémissaient sous le poids de l'averse. Les fenêtres à l'étage donnaient sur le cimetière de Fulham Palace Road, dont les arbres décharnés aux bras osseux tendus vers le vide se découpaient en ombres chinoises sur le ciel blanc, tandis que les vieilles pierres tombales s'étiraient dans une interminable cohorte. Le décor était déprimant.

Pouvait-on imaginer Elizabeth Tassel dans son élégant tailleur noir, avec ses lèvres écarlates et sa fureur affichée envers Owen Quine, regagner discrètement ses pénates à la faveur de l'obscurité, les habits tachés de sang et d'acide, transportant un sac rempli de viscères ?

Le froid lui mordait le cou et les doigts. Il écrasa son mégot et demanda au chauffeur de taxi, qui s'obstinait à le lorgner d'un œil soupçonneux depuis qu'ils s'étaient arrêtés devant chez Elizabeth Tassel, de le conduire sur Hazlitt Road, à Kensington. Vautré sur la banquette arrière, il ingurgita les antalgiques qu'il avait également achetés à la pharmacie.

Le taxi sentait le renfermé, le tabac froid, la poussière et le vieux cuir. Les essuie-glaces, battant la mesure comme des métronomes assourdis, balayaient en cadence la pellicule de buée qui brouillait la vue sur Hammersmith Road, bordée de petits immeubles de bureaux et de rangées de maisons serrées les unes contre les autres. Derrière sa vitre, Strike vit passer la maison de retraite de Nazareth House – encore de la brique rouge –, ses bâtiments aussi paisibles que des églises, mais aussi ses barrières de sécurité et la guérite des vigiles comme autant de signes marquant la séparation entre les pensionnaires et le reste du monde.

À travers la buée, il aperçut enfin Blythe House, une énorme bâtisse aux allures de palais, avec ses deux coupoles blanches. Se découpant sur le ciel pluvieux, l'édifice ressemblait à une grosse meringue rosâtre. Strike se rappelait vaguement qu'elle servait désormais d'entrepôt à l'un des grands musées londoniens. Le taxi tourna à droite et s'engagea sur Hazlitt Road.

« Quel numéro ? demanda le chauffeur.

— Je m'arrête ici », dit Strike qui ne souhaitait pas descendre devant la porte et gardait en tête qu'il devrait rembourser l'argent qu'il était en train de dilapider. Il s'appuya sur sa canne dont le bout était heureusement garni d'un caoutchouc antidérapant, régla la course et s'approcha à pas lents de la résidence des Waldegrave.

La rue était jalonnée de maisons de ville pour la plupart divisées en appartements, avec quatre niveaux, sous-sol compris, des façades en brique dorée, des frontons classiques peints en blanc, des balustrades en fer forgé et, aux fenêtres du haut, des couronnes de fleurs sculptées. Il n'y avait pas de jardin à l'avant, seulement des marches qui menaient aux logements en contrebas.

On sentait flotter sur cette rue une légère impression de laisser-aller, presque de décrépitude. Comme ces pots de fleurs mal assortis accrochés à un balcon, ce vélo appuyé sur la rambarde d'un autre. Ailleurs, pendait du linge qu'on avait oublié et qui n'allait pas tarder à geler.

Waldegrave et son épouse habitaient l'une des rares maisons à n'avoir pas été converties en appartements. Quand il regarda sa façade, Strike se demanda combien pouvait gagner un éditeur reconnu, puis il se rappela ce qu'avait dit Nina : la femme de Waldegrave « vient d'une famille friquée ». Sur le balcon du premier étage (il recula jusqu'au trottoir d'en face pour bien le voir), il remarqua des chaises longues, dont les motifs ornant la toile trempée représentaient d'anciennes couvertures de livres de poche Penguin, et à côté, un guéridon en fonte comme on en trouve dans les bistrots parisiens.

Il alluma une autre cigarette et retraversa la rue. Pendant qu'il observait l'appartement en sous-sol où logeait la fille du couple, il se demandait si Quine avait pu discuter du contenu de *Bombyx Mori* avec son éditeur avant de remettre la version achevée à son agent. Aurait-il pu confier à Waldegrave quelques idées sur la manière dont il prévoyait d'écrire la scène finale ? Et l'aimable éditeur aux lunettes cerclées de corne aurait-il pu l'écouter avec intérêt, l'encourager et l'aider à peaufiner le dernier chapitre, le plus sanglant, en se disant qu'un jour, il le transposerait dans la réalité ?

Des sacs-poubelle noirs étaient entassés près de la porte de l'appartement en sous-sol, comme si Joanna Waldegrave avait fait un grand ménage. Strike pivota sur lui-même et se tourna vers la cinquantaine de fenêtres qui avaient une vue directe sur les deux portes de la maison Waldegrave. Avec de tels vis-à-vis, il aurait fallu une chance inouïe pour entrer et sortir sans se faire repérer.

Mais il y avait un problème, songea Strike avec un certain découragement : même si un voisin avait vu Jerry Waldegrave rentrer furtivement chez lui à deux heures du matin avec un gros sac bizarre sous le bras, comment persuader un jury qu'Owen Quine n'était déjà plus de ce monde à ce moment-là ? Il subsistait trop de doutes quant à l'heure du décès. Et l'assassin avait eu dix-neuf jours environ pour se débarrasser des indices compromettants.

Où les intestins d'Owen Quine étaient-ils passés ? Que pouvait-on faire, se demanda Strike, de plusieurs kilos d'organes extraits d'un corps humain ? Les enterrer ? Les jeter dans le fleuve ? À la décharge municipale ? Les viscères brûlaient sans doute mal…

Soudain, la porte des Waldegrave s'ouvrit et Strike vit apparaître une femme aux cheveux noirs, au front marqué de rides. Vêtue d'un court manteau rouge, elle descendit les trois marches du perron et fonça comme une furie sur le détective.

« Je vous surveille de ma fenêtre depuis tout à l'heure, lança-t-elle à Strike qui reconnut l'épouse de Waldegrave, Fenella. À quoi vous jouez ? Pourquoi ma maison vous intéresse-t-elle à ce point ?

— J'attends l'agent immobilier, mentit instinctivement Strike sans montrer le moindre embarras. L'appartement du sous-sol est à louer, n'est-ce pas ?

— Oh, fit-elle, désarçonnée. Non… C'est plus loin, à trois numéros d'ici. » Elle désigna le bâtiment concerné.

Il la vit hésiter à lui présenter ses excuses mais elle préféra s'éloigner en faisant claquer ses hauts talons mal adaptés aux conditions météo. En la regardant se diriger vers une Volvo garée un peu plus loin, Strike nota les racines grises de ses cheveux teints. Leur échange avait été bref mais pas assez pour lui épargner l'haleine chargée d'alcool de Fenella. Sachant qu'elle pouvait le voir dans son rétroviseur, il partit en clopinant dans la direction qu'elle lui avait indiquée, attendit que la Volvo s'écarte du trottoir – évitant de peu la Citroën garée devant elle – puis marcha prudemment vers le bout de la rue et tourna dans l'allée longeant l'arrière des maisons, d'où l'on apercevait par-dessus un mur, pourvu qu'on fût assez grand, les jardinets privés correspondant à chaque lot.

Celui des Waldegrave n'avait rien de remarquable, hormis un vieil abri. Une pelouse au gazon clairsemé, jaunâtre, avec au fond quelques vieux meubles de jardin délabrés. En regardant ce bout de terrain laissé à l'abandon, Strike songea dans un instant de déprime à tous les débarras, tous les recoins ou garages dont il ignorait jusqu'à l'existence.

Penser au chemin qu'il allait devoir faire à pied sous la pluie glacée le fit gémir intérieurement. Quelle était la meilleure solution ? La station la plus proche, Kensington Olympia, ne donnait accès à la District Line, qu'il n'avait besoin d'emprunter, que le week-end. Comme elle était aérienne, la station

Hammersmith serait plus accessible pour lui que Barons Court. Il opta donc pour le trajet le plus long.

Il repartait vers Blythe Road quand son portable sonna : Anstis.

« À quoi tu joues, Bob ?

— Comment ça ? répondit Strike sans s'arrêter, malgré les élancements dans son genou.

— Tu continues à traîner autour de la scène de crime.

— Juste histoire de jeter un œil. Tout le monde a le droit de circuler librement. Je ne fais rien de mal.

— Tu as voulu interroger un voisin...

— Il n'était pas censé ouvrir sa porte. Je ne lui ai pas parlé de Quine.

— Écoute, Strike... »

Le détective apprécia qu'Anstis l'appelle par son vrai nom ; il détestait le sobriquet dont il avait tendance à l'affubler.

« Je t'ai prévenu, ne reste pas dans nos pattes.

— Impossible, Anstis, répondit Strike sans hausser le ton. J'ai une cliente...

— Oublie-la. À chaque nouvel élément que nous collectons, cette femme me paraît un peu plus coupable. Suis mon conseil, tire-toi de ce guêpier au plus vite, sinon tu vas te faire beaucoup d'ennemis. Je t'aurai averti...

— En effet, tu as été parfaitement clair. Personne ne te fera aucun reproche, Anstis.

— Ce n'est pas pour essayer de me couvrir que je te dis ça », répliqua-t-il.

Le portable collé à l'oreille, Strike marchait toujours mais sans parler. Au bout de quelques secondes, Anstis reprit :

« Nous avons les résultats des analyses toxicologiques. Ils ont trouvé une faible quantité d'alcool dans le sang. Rien d'autre.

— OK.

— Et cet après-midi, les maîtres-chiens commencent à arpenter Mucking Marshes. Avant que le temps ne se gâte davantage. La météo prévoit de fortes chutes de neige. »

Strike savait que Mucking Marshes était la plus vaste décharge du Royaume-Uni. La ville de Londres y entreposait ses ordures, aussi bien ménagères qu'industrielles, lesquelles descendaient la Tamise dans d'horribles barges.

« Tu crois que le tueur a jeté les entrailles de Quine à la poubelle ?

— Dans un container. Il y a un chantier de rénovation non loin de Talgarth Road. Depuis le 8, deux bennes sont entreposées devant. Le froid a peut-être empêché l'apparition des mouches. Nous avons vérifié. C'est à Mucking Marshes que finissent les gravats de chantiers.

— Eh bien, je vous souhaite bonne chance.

— J'essaie seulement de t'économiser du temps et de l'énergie, mon pote.

— Sympa de ta part. »

Après avoir hypocritement remercié Anstis pour le dîner de la veille, Strike raccrocha, puis s'appuya contre un mur pour téléphoner plus à son aise. Une petite femme de type asiatique, qu'il n'avait pas entendue arriver derrière lui, dut faire un écart avec son landau pour éviter de lui rentrer dedans. Mais, contrairement à l'homme sur le pont de West Brompton, elle ne l'abreuva pas d'injures. La canne était comme une protection, au même titre qu'une burqa ; la femme lui fit un petit sourire en passant.

Leonora Quine décrocha à la troisième sonnerie.

« Ces fichus policiers sont revenus, dit-elle en guise de bonjour.

— Que cherchent-ils ?

— Maintenant, ils veulent fouiller toute la maison, et le jardin aussi. Est-ce que je dois les laisser faire ? »

Strike réfléchit un instant.

« Je crois qu'il vaut mieux. Écoutez, Leonora…, ajouta-t-il sans hésiter à adopter un ton péremptoire, avez-vous un avocat ?

— Non, pourquoi ? Je ne suis pas en état d'arrestation. Pas encore.

— Je crois que vous avez besoin d'un avocat. »

Une pause.

« Vous en connaissez un bon ? demanda-t-elle.

— Oui. Appelez Ilsa Herbert. Je vous envoie son numéro.

— Orlando n'aime pas voir la police fureter…

— Je vais vous envoyer son numéro par texto et je veux que vous appeliez Ilsa immédiatement. C'est entendu ? Immédiatement.

— Très bien », grommela-t-elle.

Il raccrocha, trouva le numéro de son ancienne camarade d'école sur son portable et le transféra à Leonora. Puis il appela Ilsa pour la prévenir et s'excuser de la déranger.

« Je ne vois pas pourquoi tu t'excuses, répondit-elle avec entrain. Nous adorons les clients qui ont la police sur le dos. C'est même notre gagne-pain.

— Il se peut qu'elle ait droit à l'aide juridictionnelle.

— C'est plutôt rare, de nos jours, répondit Ilsa. Espérons qu'elle est assez pauvre. »

Strike ne sentait plus ses mains et avait une faim de loup. Il glissa le portable dans la poche de son pardessus et partit en clopinant sur Hammersmith Road. Sur le trottoir d'en face, il avait repéré un pub qui lui plaisait, avec une devanture peinte en noir. Son enseigne métallique en forme de médaillon représentait un galion voguant toutes voiles dehors. En traversant la rue, il nota que les automobilistes se montraient beaucoup plus patients dès que vous marchiez avec une canne.

Deux pubs en deux jours… Mais il faisait un temps de chien et son genou ne lui laissait pas une minute de répit ; alors, au diable l'avarice. Comme sa façade le laissait supposer, la salle étroite et longue de l'Albion était vraiment confortable. Un feu brûlait dans la cheminée tout au fond ; une mezzanine fermée par une balustrade s'élevait à mi-hauteur. Tous les murs étaient recouverts de bois vernis. Sous l'escalier de métal noir en colimaçon qui menait à l'étage étaient disposés deux amplis et un micro sur pied. Au centre d'un mur crème, des portraits en noir et blanc de musiciens célèbres. Les places près de la cheminée étant toutes prises, Strike commanda une pinte, attrapa un menu au comptoir et mit le cap sur une table haute entourée de tabourets de bar, près d'une fenêtre donnant sur la rue. En s'asseyant, il aperçut, coincé entre Duke Ellington et Robert Plant, son propre père photographié à la fin d'un concert. Ses cheveux longs étaient collés par la sueur. Rokeby avait l'air d'échanger une blague avec le bassiste qu'il avait jadis essayé d'étrangler, d'après la mère de Strike.

(« Jonny n'a jamais supporté le speed », avait confié Leda à son fils de neuf ans qui la regardait sans comprendre.)

Son portable vibra de nouveau. Les yeux toujours fixés sur la photo de son père, Strike décrocha.

« C'est moi, dit Robin. Je suis revenue au bureau. Et vous, où êtes-vous ?

— À l'Albion, sur Hammersmith Road.

— Vous avez reçu un curieux appel. J'ai trouvé le message en rentrant.

— Allez-y.

— C'était Daniel Chard. Il veut vous rencontrer. »

Le front soucieux, Strike détourna le regard, passant de la tenue en cuir de son père à la salle éclairée par les flammes vacillantes. « Daniel Chard veut me rencontrer ? Comment sait-il que j'existe ?

— Mais enfin, Cormoran, c'est vous qui avez trouvé le corps ! C'était dans tous les journaux.

— Ah oui... je vois. Il a dit pourquoi ?

— Il a une proposition à vous faire. »

L'image très nette d'un homme nu, chauve, le sexe en érection et couvert de pus, se dessina soudain dans l'esprit de Strike, comme une diapositive glissée dans un projecteur. Elle s'effaça aussitôt.

« Je pensais qu'il était coincé dans le Devon à cause de sa jambe cassée.

— C'est le cas. Il voudrait savoir si ça vous ennuierait de le retrouver là-bas.

— Vraiment ? »

Strike soupesa cette proposition, la mit en balance avec sa charge de travail, les rendez-vous qui s'échelonnaient jusqu'à la fin de la semaine, et décida : « Je pourrais y aller vendredi, si je décale Burnett. Qu'est-ce qu'il me veut, ce type ? Il va falloir louer une voiture. Une automatique, ajouta-t-il en sentant sa jambe l'élancer. Vous pourriez m'en trouver une ?

— Pas de problème, dit Robin dont le stylo bruissait pendant qu'elle notait.

— J'ai des tas de choses à vous raconter. Ça vous dirait de me rejoindre ici pour le déjeuner ? Le menu a l'air correct. Ça ne vous prendra pas plus de vingt minutes si vous trouvez un taxi.

— Deux jours de suite ? On ne peut pas continuer à prendre des taxis et à manger au restaurant, fit Robin, ravie malgré tout.

— Ça ira. Burnett adore dépenser l'argent de son ex. Je mettrai ça sur son compte. »

Strike raccrocha, choisit un steak et une tourte à la bière puis boitilla jusqu'au bar pour commander.

Quand il regagna son siège, son regard effleura de nouveau la photo de son père. Le cuir moulant, les cheveux plaqués autour de son visage taillé à la serpe, l'expression hilare.

L'Épouse sait que j'existe mais elle fait semblant de ne rien voir... Elle ne le laissera pas partir, même si c'est la meilleure solution pour tout le monde...

Je sais où tu vas, Owen !

Strike passa en revue les portraits en noir et blanc placardés sur le mur.

Suis-je en train de me raconter des histoires ? demanda-t-il silencieusement à John Lennon qui, du haut de son cadre, le regardait d'un air sarcastique à travers ses lunettes rondes, les narines pincées.

Pourquoi s'obstinait-il à croire à l'innocence de Leonora, alors que – il fallait bien l'admettre – tout semblait démontrer sa culpabilité ? Pourquoi demeurait-il convaincu qu'elle avait fait appel à lui non pour s'assurer une couverture mais parce qu'elle était sincèrement furieuse que Quine l'ait plantée là pour aller bouder dans son coin ? Il aurait juré sur un paquet de bibles que Leonora n'avait pas imaginé une seconde que son mari était mort… Perdu dans ses pensées, Strike termina sa pinte de bière sans même s'en apercevoir.

« Salut, dit Robin.

— Vous avez fait vite ! s'étonna Strike.

— Pas vraiment. Il y a pas mal de circulation. Je vais passer commande ? »

Des hommes tournèrent la tête vers elle quand elle s'approcha du comptoir. Strike, lui, n'y vit que du feu. Il songeait toujours à Leonora Quine, frêle, ordinaire, grisonnante, apeurée.

Robin revint avec une autre pinte pour Strike et un jus de tomate pour elle. Puis elle lui montra les photos prises avec son téléphone, le matin même. On voyait la demeure londonienne de Daniel Chard, une grande villa de stuc blanc avec une balustrade et des colonnes de part et d'autre d'une porte d'entrée noir brillant.

« J'ai remarqué un curieux petit jardin, à l'abri des regards », précisa Robin en désignant le cliché qui venait de s'afficher. Des jarres grecques pansues où prenaient racine divers arbustes. « Chard aurait pu planquer les viscères dans l'un de ces pots, fit-elle, désinvolte. Il suffit d'arracher la plante et de les enterrer dessous.

— J'ai du mal à imaginer Chard se livrant à une activité aussi pénible et salissante, répondit Strike en revoyant le costume immaculé et la cravate flamboyante du grand patron des éditions Roper Chard. Mais il faut tout envisager. Et du côté de Clem Attlee Court ? Les cachettes ne manquent pas là-bas, si j'ai bonne mémoire.

— En effet, il y en a des tas, dit Robin en faisant défiler d'autres photos. Des poubelles municipales, des buissons en veux-tu en voilà. Seulement, je ne vois pas comment on pourrait les utiliser à l'insu des passants et sans que quelqu'un tombe dessus dans l'heure qui suit. Les gens vont et viennent dans ce quartier et on ne peut pas faire trois pas sans que les voisins vous épient de derrière leurs rideaux. Peut-être en pleine nuit, à la rigueur, mais il y a des caméras. Pourtant, quelque chose m'intrigue. Enfin... C'est juste une idée.

— Allez-y.

— J'ai remarqué un centre médical juste en face de l'immeuble. On se débarasse parfois de certaines choses, dans ce genre de...

— Des déchets humains ! s'écria Strike en baissant sa chope. Nom de Dieu, ce serait bien possible.

— Vous voulez que j'aille voir de plus près ? demanda Robin en essayant de cacher à quel point l'expression admirative de Strike la remplissait de plaisir et de fierté. Pour savoir quand et comment... ?

— Absolument ! C'est une bien meilleure piste que celle d'Anstis », dit-il avant d'ajouter devant le regard interrogateur de Robin : « Il croit que les viscères ont été balancés dans une benne à gravats près de Talgarth Road. Il s'imagine que le tueur les a juste transportés jusqu'au coin de la rue.

— Eh bien, pourquoi pas ? » hasarda Robin avant de s'arrêter net en voyant Strike froncer les sourcils, exactement comme Matthew quand elle lui exposait une idée de Strike.

— Cet assassinat a fait l'objet d'une préparation minutieuse. Nous n'avons pas affaire à un meurtrier assez idiot pour jeter un sac d'entrailles dans une poubelle placée à cent mètres du cadavre. »

Ils gardèrent le silence pendant un instant, temps que Robin mit à profit pour songer, non sans une ironie désabusée, que l'animosité de Strike face aux théories d'Anstis tenait peut-être davantage de la rivalité que du raisonnement objectif. Robin en connaissait un rayon sur l'orgueil masculin ; en plus de Matthew, elle avait trois frères.

« Alors, à quoi ressemblent la maison d'Elizabeth Tassel et celle de Jerry Waldegrave ? »

Strike lui raconta sa rencontre avec l'épouse de ce dernier.

« Elle a très mal réagi.

— Curieux, dit Robin. Si je voyais quelqu'un observer notre maison, je n'imaginerais pas aussitôt que cette personne... vous savez... la surveille.

— Elle est aussi imbibée que son mari. Je l'ai senti à son haleine. Quant à la demeure d'Elizabeth Tassel, j'ai rarement vu meilleure planque pour un meurtrier.

— Qu'entendez-vous par là ? demanda Robin, mi-amusée, mi-inquiète.

— Très isolée, presque pas de vis-à-vis.

— Bon, mais quand même, je ne pense pas...

— ... que le tueur soit une femme. Vous l'avez déjà dit. »

Strike but sa bière en silence tout en réfléchissant à une initiative qui agacerait certainement Anstis au plus haut point. Il n'avait pas le droit d'interroger les suspects et il avait clairement reçu l'ordre de ne pas entraver l'action de la police.

Il prit son portable, le contempla un instant, puis appela Roper Chard et demanda qu'on lui passe Jerry Waldegrave.

« Anstis vous a dit de ne plus intervenir ! fit Robin, alarmée.

— Ouais, admit Strike en écoutant le silence à l'autre bout de la ligne. Et il me l'a redit tout à l'heure. Mais je ne vous ai pas raconté la moitié de ce que j'ai appris. Tout à l'heure...

— Allô ?

— Mr Waldegrave, dit Strike avant de se présenter, bien qu'il eût déjà laissé son nom à la personne qui avait pris l'appel. Nous nous sommes croisés chez Mrs Quine, hier matin.

— Oui, je m'en souviens, dit Waldegrave sur un ton de surprise polie.

— Comme Mrs Quine vous l'a expliqué, elle m'a engagé parce qu'elle craint que la police ne la soupçonne.

— Je suis sûr que c'est une erreur, s'empressa de répondre Waldegrave.

— Qu'ils la soupçonnent ou qu'elle ait assassiné son mari ?

— Eh bien – les deux.

— En général, les épouses font l'objet d'une enquête très poussée quand les maris se font tuer, dit Strike.

— Bien sûr, mais je ne peux pas… enfin, je n'en crois rien, en réalité. Toute cette affaire est incroyable, horrible.

— Oui. Je me demandais si nous pourrions nous voir… J'ai quelques questions à vous poser. Je peux, ajouta-t-il avec un clin d'œil à Robin, venir chez vous – après le travail – si cela vous convient. »

Waldegrave ne répondit pas aussitôt.

« Je ferais tout pour aider Leonora, mais je ne vois pas ce que je pourrais vous dire de plus.

— C'est *Bombyx Mori* qui m'intéresse. Mr Quine a brossé bon nombre de portraits peu flatteurs dans son roman.

— Effectivement. »

Strike se demanda si la police avait interrogé Waldegrave ; si elle lui avait demandé son interprétation des sacs sanglants, de la naine noyée.

« Très bien, reprit Waldegrave. Je veux bien vous rencontrer. Mon emploi du temps est assez rempli cette semaine. Pourriez-vous… voyons… lundi pour déjeuner ?

— Parfait », répondit Strike, déçu. Il aurait préféré voir Waldegrave chez lui. En plus, il allait encore devoir régler l'addition. « Où ça ?

— Je préfère ne pas trop m'éloigner du bureau ; j'ai un après-midi chargé. Simpson's-in-the Strand, ça vous dit ? »

Strike trouva ce choix étrange mais accepta sans quitter Robin des yeux. « Treize heures ? Je demanderai à ma secrétaire de nous réserver une table. À lundi, donc.

— Il accepte de vous voir ? souffla Robin dès que son patron eut raccroché.

— Oui. C'est louche. »

Elle secoua la tête en riant à moitié.

« Il n'avait pas l'air particulièrement emballé, d'après ce que j'ai cru comprendre. Il voulait vous prouver qu'il a la conscience tranquille ?

— Non, je vous l'ai déjà dit, les gens sont attirés par les détectives. Ils veulent savoir où en est l'enquête. C'est plus fort qu'eux. Et ils ont terriblement besoin de s'expliquer. Je reviens… Ne bougez pas… J'ai autre chose à vous dire… »

Robin sirota son jus de tomate pendant que Strike s'éloignait, appuyé sur sa nouvelle canne.

Une bourrasque de neige passa devant la fenêtre et se dispersa rapidement. Robin leva les yeux vers les photos en noir et blanc accrochées en face d'elle et sursauta en reconnaissant Jonny Rokeby, le père de Strike. À part le fait que les deux hommes dépassaient le mètre quatre-vingt-dix, ils ne se ressemblaient en rien ; il avait fallu un test ADN pour prouver la paternité. Sur la page Wikipédia de Rokeby, Strike figurait sur la liste de ses enfants. Robin savait qu'ils ne s'étaient rencontrés que deux fois. Après avoir fixé quelques instants le pantalon de cuir hypermoulant qui mettait en valeur la virilité du chanteur, Robin s'obligea à détourner les yeux vers la fenêtre, craignant que Strike ne surprenne son regard.

Leurs plats arrivèrent au moment où Strike regagnait sa place.

« En ce moment, la police fouille la maison de Leonora de fond en comble, annonça Strike en saisissant ses couverts.

— Pourquoi ? demanda Robin, la fourchette en l'air.

— À votre avis ? Ils recherchent des vêtements tachés de sang. Ils regardent si les viscères de son mari ne seraient pas enterrés dans le jardin, sous une surface de terre fraîchement retournée. Je lui ai conseillé un avocat. Ils n'ont pas encore de preuves suffisantes pour l'arrêter, mais je les sens déterminés à y parvenir.

— Sincèrement, vous ne pensez pas qu'elle l'ait fait ?

— Non, je ne le pense pas. »

Strike nettoya son assiette avant de reprendre la parole.

« J'aimerais beaucoup discuter avec Fancourt. Je veux savoir pourquoi il a signé avec Roper Chard alors que Quine y était encore. Il est censé le haïr, et pourtant il a pris le risque de le croiser à tout moment.

— Vous pensez que Fancourt a tué Quine pour éviter de le rencontrer lors d'une réception ?

— Pourquoi pas ? » ricana Strike.

Il vida son verre, ressortit son portable, composa le numéro des renseignements et, peu après, fut mis en relation avec l'agence littéraire d'Elizabeth Tassel.

Ce fut Ralph, l'assistant, qui répondit. Quand Strike donna son nom, le jeune homme réagit sur un ton à la fois craintif et excité.

« Oh, je ne sais pas… Je vais demander. Je vous mets en attente. »

Manifestement, Ralph n'était pas très doué dans le maniement des postes téléphoniques. Strike perçut un puissant déclic mais la ligne resta ouverte, si bien qu'il entendit au loin le jeune homme prévenir sa patronne et la réponse agacée de Tassel : « Bon sang, mais qu'est-ce qu'il veut encore ?

— Il ne l'a pas dit. »

Des pas pesants, le raclement du combiné qu'on ramasse brutalement sur un bureau.

« Allô ?

— Elizabeth, fit-il aimablement. C'est Cormoran Strike à l'appareil.

— Oui, Ralph vient de me le dire. Qu'y a-t-il ?

— Je me demandais si nous pourrions nous voir. Je travaille toujours pour Leonora Quine. Elle est convaincue que la police la soupçonne du meurtre de son mari.

281

— Et de quoi voulez-vous me parler ? Je ne peux pas vous dire si elle l'a tué ou pas. »

Strike imaginait les mimiques atterrées de Ralph et Sally qui écoutaient la conversation dans leur vieux bureau nauséabond.

« J'ai encore des questions sur Quine.

— Oh, Dieu du ciel, grogna Elizabeth. Bon, si nous déjeunions ensemble demain, ça vous irait ? Sinon, je n'ai pas un moment de libre jusqu'à…

— Demain, c'est parfait. Mais il n'est pas indispensable de se voir au restaurant. Je pourrais… ?

— Moi, je veux y aller.

— Très bien, répondit aussitôt Strike.

— Au Pescatori, sur Charlotte Street. Midi et demi, sauf contrordre. »

Elle raccrocha.

« Ils ne jurent que par les déjeuners au restaurant, dans ce métier, dit Strike. Je me fais des idées ou ils n'ont pas envie de m'inviter chez eux de peur que je trouve les entrailles de Quine dans leur congélateur ? »

Le sourire de Robin s'effaça.

« Vous savez, vous pourriez perdre un ami, dit-elle en enfilant son manteau, à force d'appeler les gens et de leur poser des questions. »

Strike grommela.

« Ça vous est égal ? » demanda-t-elle tandis qu'ils prenaient le chemin de la sortie. Dehors, les flocons de neige leur brûlèrent le visage.

« J'ai beaucoup d'autres amis, répondit Strike sans s'émouvoir. Nous devrions prendre une bière à chaque pause déjeuner », ajouta-t-il, penché sur sa canne. Ils marchaient de concert vers le métro, tête baissée sous l'épaisse averse de neige. « Ça coupe la journée de travail. »

Robin, qui avait réglé son allure sur la sienne, le regarda en souriant. Depuis qu'elle travaillait pour Strike, elle ne s'était jamais autant amusée qu'aujourd'hui. Mais il était hors de question que Matthew, qui était toujours dans le Yorkshire pour organiser les funérailles de sa mère, apprenne qu'ils avaient mangé ensemble au pub pour la deuxième fois en deux jours.

27.

Je me fierais à celui qui trahit son ami ?

William CONGREVE, *Le Fourbe*

UN IMMENSE TAPIS DE NEIGE se déroulait sur la Grande-Bretagne. Aux informations du matin, on voyait le nord-est de l'Angleterre déjà enfoui sous une couche blanche et poudreuse, des voitures coincées sur les routes comme des moutons égarés, les faisceaux des phares perçant difficilement le rideau immaculé. Londres attendait son tour en lorgnant le ciel toujours plus menaçant. Tout en s'habillant, Strike jetait des coups d'œil sur le bulletin météo et se demandait s'il pourrait se rendre dans le Devon le lendemain en voiture. À supposer que la M5 soit encore ouverte à la circulation. Bien que déterminé à rencontrer Daniel Chard, dont l'invitation l'intriguait, il redoutait de conduire avec une jambe dans un tel état, même une voiture automatique.

Les chiens policiers étaient sans doute encore en train de ratisser la décharge de Mucking Marshes. Strike les imaginait, tout en rattachant sa prothèse ; leur truffe frémissante reniflant les ordures les plus récentes, les nuages gris acier prêts à se déchirer au-dessus de leur tête, et les goélands qui volaient en cercle. Comme le jour tombait vite, ils devaient déjà être au boulot. Strike les voyait tirer sur leur laisse, leur maître à la remorque, à travers les surfaces semées de déchets congelés, sur la piste des viscères d'Owen Quine. Strike avait parfois travaillé avec des chiens renifleurs. Leur croupe frétillante, leurs queues qui battaient la mesure ajoutaient une note joyeuse et incongrue aux sinistres recherches.

Il eut du mal à descendre les escaliers. Bien sûr, dans un monde idéal, il aurait passé la journée de la veille à se reposer, la jambe surélevée, une poche de glace sur le moignon. Mais non, il avait préféré sillonner Londres en tous sens, juste pour cesser de penser à Charlotte et au mariage qui serait bientôt célébré dans la chapelle restaurée du château de Croy... et non pas du « Château Croy », *parce que la famille à la con en serait froissée*. Encore neuf jours...

À peine eut-il déverrouillé la porte vitrée qu'il entendit le téléphone sonner sur le bureau de Robin. Strike se hâta d'aller décrocher. Toujours aussi soupçonneux, le patron et amant de Miss Brocklehurst voulait l'informer que, sa secrétaire étant alitée chez elle avec un mauvais rhume, il le relevait de sa surveillance jusqu'à ce qu'elle soit rétablie. Strike reposait le combiné sur son socle quand la sonnerie retentit de nouveau. Une autre cliente, Caroline Ingles, lui annonça avec des trémolos dans la voix qu'elle avait renoué avec son mari infidèle. Strike lui présentait ses insincères félicitations lorsque Robin débarqua, les joues rosies par le froid.

« Ça ne s'arrange pas, dehors, dit-elle quand il eut raccroché. Qui était-ce ?

— Caroline Ingles. Elle s'est rabibochée avec Rupert.

— Quoi ? fit Robin, ébahie. Et les stripteaseuses ?

— Ils veulent reconstruire leur couple pour le bien des enfants. »

Robin, incrédule, haussa les sourcils.

« Encore plus de neige dans le Yorkshire, commenta Strike. Si vous souhaitez prendre un jour de congé demain et partir tôt...

— Non, ça ira, coupa Robin. J'ai déjà réservé une place sur un train de nuit, vendredi. Puisque nous avons perdu Ingles, je pourrais rappeler l'un des clients de la liste d'attente… ?

— Pas encore », dit Strike en s'affalant sur le canapé. Ce mouvement trop brusque lui fit très mal à la jambe. Sa main glissa d'elle-même vers son genou enflé.

« Vous souffrez toujours autant ? demanda Robin comme si elle n'avait pas vu sa grimace de douleur.

— Oui, mais ce n'est pas pour cette raison que je ne veux pas prendre d'autres clients, répliqua-t-il sèchement.

— Je sais, fit Robin en partant remplir la bouilloire. C'est pour mieux vous consacrer à l'affaire Quine. »

Strike crut entendre un reproche dans sa voix.

« Elle me paiera, l'assura-t-il. Quine avait contracté une assurance-vie sur les conseils de Leonora. Donc elle a de l'argent maintenant. »

Robin n'apprécia guère sa remarque. En renonçant à un meilleur salaire pour travailler avec lui, n'avait-elle pas prouvé qu'elle ne courait pas après le fric ? N'avait-il pas remarqué combien elle tenait, elle aussi, à prouver l'innocence de Leonora Quine ?

Elle posa à côté de lui une tasse de thé, un verre d'eau et du paracétamol.

« Merci, maugréa-t-il entre ses dents, agacé par la vision des antalgiques dont il comptait pourtant prendre une double dose.

— Je vais réserver un taxi pour votre rendez-vous au Pescatori. Midi, ça ira ?

— Mais c'est au coin de la rue.

— Vous savez, il y a une différence entre fierté et stupidité ! s'écria Robin qu'il n'avait jamais vue réellement en colère jusqu'à présent.

— Très bien, capitula-t-il, un peu surpris. Je le prendrai, votre fichu taxi. »

Mais lorsque, trois heures plus tard, penché sur sa canne bon marché qui se déformait déjà sous son poids, il rejoignit le taxi qui l'attendait au bout de Denmark Street, le fait est qu'il ne fut pas mécontent d'avoir cédé à Robin. Il n'aurait pas dû mettre sa prothèse. Quand il arriva sur Charlotte Street, il eut beaucoup de mal à s'extraire de la banquette arrière, surtout sous le regard impatient du chauffeur. Strike se réfugia avec un certain soulagement dans la tiédeur et le bruit du Pescatori.

Elizabeth n'était pas là mais avait réservé à son nom. On conduisit Strike à une table pour deux, près d'un mur aux pierres apparentes blanchies à la chaux. De rudes madriers soutenaient le plafond ; une barque était suspendue au-dessus du comptoir. Sur le mur d'en face, des banquettes de cuir orange vif. Par pure habitude, Strike commanda une pinte et s'installa pour mieux admirer les couleurs, la luminosité du décor méditerranéen contrastant avec la froidure au dehors.

L'agent littéraire arriva peu après. Strike voulut se lever mais retomba vite sur sa chaise, ce dont Elizabeth ne parut pas s'apercevoir.

On aurait dit qu'elle avait perdu du poids depuis leur dernière rencontre ; le tailleur noir impeccable, le rouge à lèvres écarlate, les cheveux gris acier coupés au carré ne faisaient pas le même effet. Aujourd'hui, elle avait l'air affublée d'un piètre déguisement. La peau de son visage était cireuse et flasque.

« Comment allez-vous ?

— À votre avis ? lui renvoya-t-elle de sa voix cassée, avant de s'adresser sèchement au serveur penché vers elle. Quoi ? Oh, de l'eau. Plate. »

Elle s'empara du menu avec l'air de quelqu'un qui en aurait déjà trop dit. Strike s'abstint de tout commentaire compatissant, sentant qu'il serait mal perçu.

« De la soupe, c'est tout, annonça-t-elle au garçon qui revenait prendre la commande.

— Je vous remercie d'avoir accepté de me revoir, dit Strike quand ils furent seuls.

— Eh bien, Dieu sait que Leonora va avoir besoin de toute l'aide qu'on pourra lui apporter.

— Pourquoi dites-vous cela ? »

Elizabeth le regarda entre ses paupières mi-closes.

« Ne faites pas l'idiot. Elle m'a dit qu'elle avait demandé à ce qu'on la conduise à Scotland Yard pour vous voir, juste après avoir appris pour son mari.

— En effet, c'est ce qu'elle a fait.

— Et d'après vous, comment la police a-t-elle interprété sa démarche ? Ils devaient s'attendre à ce qu'elle s'écroule en pleurs et elle, tout ce qu'elle v… veut, c'est retrouver son copain détective. »

Elle étouffa difficilement la quinte de toux qui menaçait.

« À mon sens, Leonora ne s'occupe pas de ce que les autres pensent d'elle, déclara Strike.

— N… non, eh bien, pour le coup, vous avez raison. Elle n'a jamais été très futée. »

Strike se demanda si Elizabeth Tassel savait quelle opinion les autres avaient d'elle. Comprenait-elle que les gens ne l'appréciaient guère ? Vaincue par la toux, elle lui donna libre cours. Strike attendit que ses aboiements d'otarie se calment.

« Vous estimez qu'elle aurait dû feindre le chagrin ? reprit-il.

— Je n'irai pas jusque-là, répliqua Elizabeth. Je suis sûre qu'elle ressent autant de tristesse qu'elle en est capable. Mais elle devrait jouer les veuves éplorées avec plus de conviction. C'est ce qu'attendent les gens.

— Je suppose que vous avez parlé à la police ?

— Bien sûr. Ils m'ont interrogée sur la dispute au River Café et il a fallu que je leur explique je ne sais combien de fois pourquoi je n'ai pas lu ce foutu bouquin avec attention. Ils m'ont demandé ce que j'ai fait durant les trois jours qui ont suivi ma dernière rencontre avec Owen. »

Elle lui décocha un regard inquisiteur mais Strike resta de marbre.

« Dois-je en conclure qu'il est mort moins de trois jours après notre dispute ?

— Je n'en sais rien, mentit Strike. Et alors, que leur avez-vous dit ?

— Que j'étais rentrée chez moi après qu'Owen m'avait plantée au resto ; que le lendemain, je m'étais levée à six heures pour prendre un taxi qui m'avait emmenée à la gare de Paddington où j'avais pris le train jusque chez Dorcus.

— Une de vos auteures, disiez-vous ?

— Oui, Dorcus Pengelly, elle… »

Elizabeth remarqua la moue amusée de Strike et, pour la première depuis qu'ils se connaissaient, un sourire fugace détendit les traits de son visage.

« C'est son vrai nom, je vous jure, pas un pseudo. Elle écrit des romans pornographiques enrobés dans des romances historiques. Owen méprisait ses bouquins mais il aurait tué père et mère pour en vendre autant qu'elle.

— Quand êtes-vous revenue de chez Dorcus ?

— Le lundi en fin d'après-midi. Ç'aurait dû être un long week-end agréable mais, à cause de *Bombyx Mori*, il a été tout sauf paisible. Je vis seule. Je ne peux pas prouver que je suis rentrée chez moi, que je n'ai pas assassiné Owen dès mon retour à Londres. Mais j'avoue que ce n'est pas l'envie qui m'en manquait… »

Elle reprit de l'eau avant de poursuivre : « La police s'intéresse énormément à ce bouquin. Ils ont l'air de penser qu'il a fourni un mobile à des tas de gens. »

Première tentative manifeste de soutirer une information à Strike.

« Des tas de gens ? Oui, au début on pensait qu'ils étaient nombreux, mais si la police a raison et que Quine est mort dans les trois jours qui ont suivi votre dispute au River Café, le nombre de suspects se réduit considérablement.

— Comment ça ? » rétorqua Elizabeth sur un ton cinglant. Ces deux mots, il les avait maintes fois entendus dans la bouche d'un de ses professeurs d'Oxford, un type particulièrement virulent. Il s'en servait comme d'une aiguille géante pour crever les théories sans fondement.

« Je crains de ne pouvoir vous le dire, répondit aimablement Strike. Cela risquerait d'entraver le bon déroulement de l'enquête. »

Assis en face d'elle à cette petite table, Strike voyait nettement sa peau livide au grain épais, aux pores dilatés. Elle le fixait de ses prunelles noires comme des olives mûres.

« Ils voulaient savoir à qui j'avais montré le manuscrit durant les quelques jours où je l'ai eu chez moi avant de l'envoyer à Jerry et Christian – réponse : personne. Après, ils m'ont demandé avec qui Owen discutait de ses travaux en cours. Je ne vois pas pourquoi, ajouta-t-elle sans le lâcher des yeux. Croient-ils que quelqu'un aurait pu l'influencer ?

— Je n'en sais rien, mentit de nouveau Strike. Avait-il coutume de parler de ses romans pendant qu'il les écrivait ?

— Il a pu en confier des extraits à Jerry Waldegrave. Moi, c'est tout juste s'il daignait m'informer des titres.

— Vraiment ? Il ne vous demandait jamais votre avis ? Vous avez étudié à Oxford, m'avez-vous dit ?

— J'ai obtenu une mention très bien, répliqua-t-elle, courroucée. Mais, soit dit en passant, Owen s'en moquait éperdument. Lui s'était fait renvoyer de Loughborough ou d'un établissement du même genre. Il n'avait aucun diplôme. Et un jour Michael, toujours aussi sympa, lui a dit que du temps où j'étais étudiante, j'écrivais de manière "lamentablement conventionnelle". Ce n'est pas tombé dans l'oreille d'un sourd, croyez-moi. » Le souvenir de ce vieil affront fit rougir ses joues blêmes. « Owen partageait les préjugés de Michael envers les femmes écrivains. Ce qui ne les empêchait pas de jubiler quand une femme leur tressait des louanges, bien s... sûr... » Elle toussa dans sa serviette et, quand elle en émergea, son visage flamboyait d'une sainte colère. « Owen était insatiable de compliments, plus que tous les autres auteurs que j'ai pu connaître, et j'en ai vu passer, croyez-moi. »

Le garçon amena leurs plats : soupe à la tomate et au basilic pour Elizabeth, morue avec des frites pour Strike.

« La dernière fois, vous m'avez dit, commença Strike en enfournant une première bouchée, qu'à un moment vous avez dû choisir entre Fancourt et Quine. Pourquoi avez-vous pris Quine ? »

Elle avala une cuillerée de soupe et affecta de réfléchir longuement à sa réponse.

« J'ai senti – à ce moment-là – qu'on lui faisait plus de mal qu'il n'en faisait.

— Y a-t-il un rapport avec la parodie qu'on avait écrite pour se moquer du roman de la femme de Fancourt ?

— Ce n'est pas "on" qui a écrit cette parodie, souffla-t-elle. C'est Owen.

— Vous en êtes sûre ?

— Il m'a montré le texte avant de l'envoyer au magazine. Et ça m'a fait rire, je dois l'avouer, précisa-t-elle en défiant Strike du regard. Il touchait là où ça faisait mal. Très drôle. Owen a toujours eu du talent pour le pastiche.

— Mais après, la femme de Fancourt s'est suicidée.

— Une horrible tragédie, bien sûr, admit Elizabeth mais sans émotion particulière. Cela dit, son geste a surpris tout le monde. Franchement, une personne assez sensible pour mettre fin à ses jours à cause d'une mauvaise critique ne devrait jamais se lancer dans ce métier. Mais bien évidemment, Michael lui en a voulu à mort, d'autant qu'en apprenant le suicide d'Elspeth, Owen n'a rien trouvé de mieux à faire que de se défiler en disant qu'il n'avait jamais écrit ce truc. Attitude étonnamment lâche pour un homme qui se faisait passer pour un rebelle au-dessus des lois. Michael voulait que je laisse tomber Owen. J'ai refusé. Michael ne m'a plus jamais adressé la parole depuis.

— Quine vous rapportait-il plus d'argent que Fancourt, à l'époque ?

— Mon Dieu, non ! Financièrement, je n'avais aucun intérêt à conserver Owen dans mon écurie.

— Alors pourquoi ?

— Je viens de vous le dire, fit-elle avec humeur. Je crois en la liberté d'expression, y compris pour les trublions. Bref, quelques jours après le suicide d'Elspeth, Leonora a accouché de deux jumeaux prématurés. Il y a eu des complications et le garçon est mort. Quant à Orlando... Vous l'avez vue, non ? »

Strike hocha la tête, et le rêve de l'autre nuit lui revint en mémoire ; le bébé dont Charlotte avait accouché et qu'elle refusait de lui montrer...

« Son cerveau a subi des lésions, poursuivit Elizabeth. Owen vivait sa propre tragédie à l'époque, et contrairement à Michael, il n'était pas responsable. »

Elle se remit à tousser et, devant l'expression intriguée de Strike, agita la main pour lui dire d'attendre que la quinte passe. Après une autre gorgée d'eau, elle reprit d'une voix rauque :

« Si Michael incitait Elspeth à écrire, c'était uniquement pour ne pas l'avoir dans les pattes pendant qu'il travaillait. Ces deux-là n'avaient rien en commun. Michael est terriblement complexé par ses origines modestes. Il l'avait épousée par ambition, parce que c'était la fille d'un comte. Elspeth croyait que Michael lui ferait mener une vie passionnante, qu'il l'emmènerait dans des soirées entre intellectuels, qu'elle fréquenterait des salons littéraires. Elle n'avait pas compris qu'il passerait le plus clair de ses journées à écrire et qu'elle resterait seule pendant ce temps. C'était une femme limitée, dit Elizabeth avec dédain. Mais l'idée de devenir écrivain l'excitait énormément. Vous n'imaginez pas le nombre de personnes qui se croient capables d'écrire. Vous n'imaginez pas les merdes que je reçois, jour après jour. En principe, le roman d'Elspeth aurait été rejeté d'emblée, tant il était bête et prétentieux, mais les circonstances étaient particulières. L'ayant encouragée à produire cette horreur, Michael n'a pas eu les couilles de lui dire la vérité. Il a refilé le manuscrit à son éditeur qui l'a pris pour lui faire plaisir. Ça faisait une semaine que le bouquin était en librairie quand la parodie est sortie.

— Dans *Bombyx Mori,* Quine laisse entendre que c'est Fancourt, l'auteur de la parodie, dit Strike.

— Je sais – à sa place, je ne l'aurais pas provoqué, ajouta-t-elle comme pour elle-même mais assez fort pour que Strike l'entende.

— C'est-à-dire ? »

Elizabeth hésita un court instant, durant lequel Strike la vit presque composer sa réponse.

« J'ai connu Michael dans un groupe de travaux dirigés portant sur la tragédie jacobéenne, dit-elle lentement. Disons seulement que c'est son milieu naturel. Il adore ces dramaturges ; leur sadisme, leur soif de vengeance… les scènes de viol, de cannibalisme, les squelettes empoisonnés habillés en femmes… Michael est obsédé par la cruauté, le châtiment. »

Elle leva les yeux et rencontra ceux de Strike.

« Ben quoi ? » cracha-t-elle.

À quel moment les détails du meurtre d'Owen sortiraient-ils dans la presse ? se demanda Strike. Le barrage était sûrement en train de se fissurer depuis que Culpepper était sur le coup.

« Quel châtiment Fancourt vous a-t-il infligé quand vous avez choisi Owen à sa place ? »

Elle regarda le bol de liquide rouge posé devant elle et le repoussa brusquement.

« Nous étions amis, des amis très proches. Dès l'instant où j'ai refusé de virer Owen, il s'est complètement détourné de moi et il a tout fait pour dégoûter mes autres auteurs en leur disant que j'étais une femme sans honneur ni principes. Mais j'ai un principe, un principe sacré, et il savait lequel. En rédigeant cette parodie, Owen n'a pas fait pire que ce que Michael a infligé à une centaine d'autres écrivains. Bien sûr, après, je m'en suis mordu les doigts, mais j'avoue que ce fut l'une des rares fois où j'ai trouvé Owen moralement correct.

— Cette rupture a dû être douloureuse pour vous, dit Strike. Vous connaissiez Fancourt depuis plus longtemps que Quine.

— Nous avons été ennemis plus longtemps qu'amis, quand on fait le compte aujourd'hui. »

Il ne s'attendait pas à cette réponse.

« Sachez quand même que… Owen n'était pas toujours… il n'était pas foncièrement mauvais, dit Elizabeth. Vous savez, il était obsédé par la virilité, dans sa vie comme dans son œuvre. Tantôt, c'était une métaphore du génie créatif, tantôt un obstacle à l'accomplissement artistique. Dans *Le Péché de Hobart*, le héros éponyme, à la fois mâle et femelle, doit choisir entre avoir des enfants et poursuivre ses ambitions littéraires, avec un abandon à la clé dans les deux cas de figure : la notion d'avortement étant à prendre au sens propre comme au figuré. Mais quand il est devenu père dans la vraie vie – vous comprenez, Orlando n'était pas… on ne choisit pas d'avoir un enfant comme… mais il l'aimait, et elle le lui rendait bien.

— Sauf quand il quittait sa famille pour retrouver ses maîtresses ou dilapider l'argent du ménage dans des hôtels de luxe, nuança Strike.

— Certes, il n'aurait pas remporté la médaille du père le plus dévoué de l'année, lâcha Elizabeth, mais il y avait de l'amour entre eux. »

Un silence pesant s'abattit entre eux, que Strike décida de ne pas briser. Il était persuadé qu'Elizabeth n'avait accepté de le rencontrer – comme la fois précédente – que pour des raisons personnelles. Et il avait hâte de les entendre. Il mangea donc son poisson en attendant qu'elle se décide.

« La police m'a demandé si Owen me faisait chanter, finit-elle par dire quand l'assiette de Strike fut presque vide.

— Vraiment ? »

La salle de restaurant résonnait du bruit des voix, des couverts et des assiettes. Dehors, la neige tombait plus dru que jamais. Le phénomène familier dont Strike avait parlé à Robin se remettait en place : le suspect éprouvait le besoin de s'expliquer de nouveau, par crainte de n'avoir pas été suffisamment clair au premier essai.

« En épluchant mes comptes, ils ont remarqué les gros virements que j'ai faits à Owen au fil des ans », expliqua Elizabeth.

Strike n'intervint pas. Durant leur précédent entretien, il avait été surpris d'apprendre qu'elle réglait les notes d'hôtel de Quine. Une telle générosité ne cadrait pas avec le personnage.

« Je ne vois pas pourquoi quelqu'un me ferait chanter ! s'écria-t-elle en tordant ses lèvres écarlates. J'ai toujours été scrupuleusement honnête dans ma vie professionnelle. Et je n'ai quasiment pas de vie privée. La vieille fille dans toute sa splendeur, pas vrai ? »

Strike, qui estimait impossible de répondre à ce type de question, même de manière rhétorique, sans risquer d'être impoli, resta coi.

« Tout a commencé à la naissance d'Orlando. Owen avait réussi à claquer tout le fric qu'il avait pu gagner. Leonora était à l'hôpital pour deux semaines en soins intensifs. Et Michael Fancourt hurlait à qui voulait l'entendre qu'Owen avait assassiné sa femme. Owen était un paria. Il n'avait pas de famille et Leonora non plus. En tant qu'amie, j'ai commencé à le dépanner pour qu'il achète les affaires du bébé. Puis je lui ai avancé de l'argent pour payer les spécialistes qui ont examiné Orlando quand on s'est aperçu qu'elle ne se développait pas normalement. Ensuite, il a fallu payer les honoraires des psychologues. Très vite, je suis devenue la banque de la famille Quine. Chaque fois que des droits d'auteur tombaient, Owen jurait ses grands dieux qu'il allait me rembourser, et parfois je récupérais quelques milliers de livres. Au fond, Owen n'était qu'un grand gamin, poursuivit Elizabeth Tassel, toujours plus diserte. Il pouvait être insupportable ou bien charmant. Il était irresponsable, impulsif, égoïste, il se fichait de tout, c'était incroyable. Mais il pouvait se montrer drôle, enthousiaste, attachant. Même s'il se comportait mal, il y avait en lui une émotivité, une fragilité qui vous donnait envie de le protéger. Jerry Waldegrave ressentait cela. Les femmes ressentaient cela. Et moi aussi. Pour tout dire, j'ai continué à espérer qu'un jour il produirait un autre *Péché de Hobart*. Dans tous ses fichus nanars, il y avait toujours un petit quelque chose qui valait le coup. »

Un serveur arriva pour débarrasser les assiettes. Quand il lui demanda si son potage lui avait déplu, Elizabeth évacua la question d'un geste brusque et commanda un café. Strike accepta qu'on lui apporte la carte des desserts.

« Orlando est une gentille fille, pourtant, ajouta Elizabeth d'une voix bourrue. Une très gentille fille.

— Oui…, dit Strike en la regardant attentivement. Elle croit vous avoir vue entrer dans le bureau de Quine, l'autre jour, pendant que Leonora était aux toilettes. »

Visiblement, elle ne s'attendait pas à cette remarque et ne l'apprécia guère.

« Première nouvelle ! »

Elle but un peu d'eau, hésita et dit :

« À ma place, n'importe laquelle des personnes caricaturées dans *Bombyx Mori* – sachant qu'Owen a très bien pu leur concocter d'autres mauvaises surprises – aurait fait pareil. Elle serait entrée pour jeter un œil.

— Avez-vous trouvé quelque chose ?

— Non, parce que c'était un vrai souk, là-dedans. J'ai tout de suite compris qu'il me faudrait des heures pour tout fouiller et… (elle leva le menton d'un air de défi)… et pour être tout à fait sincère, je ne voulais pas laisser d'empreintes. Je suis donc ressortie aussitôt. J'ai agi par pure impulsion – et j'admets que ce n'était pas très délicat de ma part. »

Elle semblait avoir vidé son sac. Après avoir commandé un crumble aux pommes et aux fraises, Strike relança la conversation et en prit les rênes.

« Daniel Chard veut me rencontrer », dit-il. Les yeux noirs de l'agent s'agrandirent de surprise.

« Pourquoi ?

— Je l'ignore. À moins que la neige m'en empêche, j'irai le voir demain dans le Devon. Mais j'aimerais savoir auparavant pourquoi Quine le présente sous les traits de l'assassin d'un jeune homme blond, dans *Bombyx Mori*.

— Ne comptez pas sur moi pour vous aider à décrypter ce torchon, répliqua Elizabeth, retrouvant son comportement agressif et soupçonneux. Non, pas question.

— C'est dommage, parce que pendant ce temps-là, les rumeurs vont bon train.

— J'ai déjà commis une lamentable gaffe en diffusant cette ignominie dans toute la ville. Dois-je vraiment en rajouter par mes ragots ?

— Je suis discret, l'assura Strike. Personne n'a besoin de savoir d'où je tiens mes informations. »

Mais elle se contenta de le foudroyer du regard sans rien dire.

« Et Kathryn Kent ?

— Quoi, Kathryn Kent ?

— Pourquoi la cave où elle se terre dans *Bombyx Mori* est-elle remplie de crânes de rats ? »

Elizabeth ne desserra pas les dents.

« Je sais que Kathryn Kent est Harpie, je l'ai rencontrée, reprit Strike en s'armant de patience. Si vous m'expliquez, vous me ferez gagner du temps, c'est tout. Vous voulez qu'on mette la main sur l'assassin de Quine, non ?

— Vous êtes tellement transparent, fit-elle, méprisante. Ça marche avec les autres gens, d'habitude ?

— Oui, plutôt bien. »

Elle se rembrunit puis, soudain, ce qu'il espérait se produisit :

« Après tout, je me contrefiche de Kathryn Kent. Je ne lui dois rien. Si vous voulez vraiment savoir, Owen faisait allusion au fait qu'elle travaille dans un laboratoire pratiquant des tests sur des animaux. Rats, chiens, singes. Ils leur font subir des traitements infâmes. Elle m'a pris la tête avec ça lors d'une soirée où Owen l'avait emmenée. Elle avait un décolleté indécent et faisait tout pour m'impressionner, dit Elizabeth avec mépris. J'ai vu ce qu'elle écrit. À côté, les romans pornos de Dorcus Pengelly ressemblent à du Iris Murdoch. Minable... minable... (Elle toussa dans sa serviette)... des rebuts qu'on trouve sur Internet, termina-t-elle, les yeux larmoyants. Pire encore, elle semblait croire que j'étais de son côté contre les étudiants dépenaillés qui avaient attaqué le laboratoire. Je suis fille de vétérinaire : j'ai grandi au milieu des animaux et je les aime plus que les gens. J'ai trouvé cette Kathryn Kent franchement horrible.

— Savez-vous qui peut bien être Épicène, la fille de Harpie ? demanda Strike.

— Non.

— Et la naine dans le sac du Coupeur ?

— Je ne vous dirai plus rien sur ce fichu bouquin !

— Savez-vous si Quine connaissait une dénommée Pippa ?

— Jamais rencontré de Pippa. Mais il donnait des cours d'écriture – à des femmes plus toutes jeunes qui cherchaient une raison de vivre. C'est là qu'il a ramassé Kathryn Kent. »

Elle but son café et consulta sa montre.

« Que pouvez-vous me dire au sujet de Joe North ? » demanda encore Strike.

Elle lui jeta un regard soupçonneux.

« Pourquoi lui ?

— Simple curiosité. »

À son grand étonnement, elle décida de répondre ; peut-être parce que North était mort depuis longtemps, ou à cause de ce fond de sentimentalité qu'il avait décelé en elle l'autre jour, dans son bureau encombré.

« Il venait de Californie, dit-elle. Il avait débarqué à Londres pour retrouver ses racines anglaises. Il était gay, un peu plus jeune que Michael, Owen et moi, et il écrivait un premier roman sans détour sur la vie qu'il avait menée à San Francisco. Michael me l'a présenté. Il trouvait son travail excellent, et il avait raison, mais Joe n'écrivait pas vite. Il passait beaucoup de temps à faire la fête, et par-dessus le marché – mais nous ne l'avons appris que deux ans plus tard – il était séropositif et refusait de se soigner. Quand le sida s'est déclaré… » Elizabeth s'éclaircit la voix. « Eh bien, vous vous rappelez ce qui s'est passé à l'époque où le virus est apparu. »

Souvent, les gens lui donnaient dix ans de plus que son âge, mais Strike ne s'en formalisait pas. En fait, il avait entendu sa mère (qui ne se gênait pas pour parler de tout, sans craindre de choquer ses enfants) évoquer la maladie mortelle qui fauchait ceux qui pratiquaient l'amour libre et échangeaient des seringues.

« Lorsque Joe est devenu l'ombre de lui-même, tous ceux qui rêvaient de l'approcher quand il était jeune, beau et plein d'avenir ont tout à coup disparu. Tous sauf Michael et Owen – il faut au moins leur reconnaître ça. Ils l'ont soutenu jusqu'au bout, mais il est mort sans achever son roman. Michael, qui était malade, n'a pas pu assister aux obsèques, mais Owen a porté son cercueil. Pour les remercier de s'être si bien occupés de lui, Joe leur a légué à tous les deux cette belle maison où, autrefois, ils avaient fait la fête et discuté littérature jusqu'au bout de la nuit. J'ai participé à quelques-unes de ces soirées. C'était… le bon temps.

— Ont-ils utilisé la maison après la mort de North ?

— Pour ce qui est de Michael, je l'ignore, mais je doute qu'il y ait remis les pieds après sa brouille avec Owen, c'est-à-dire peu après les funérailles de Joe, répondit Elizabeth en haussant les épaules. Et Owen n'y allait jamais, de peur de tomber sur Michael. Les dernières volontés de Joe étaient très particulières ; je crois qu'on appelle cela une clause restrictive. Joe a stipulé que la maison devrait rester en l'état et servir de lieu de résidence pour artistes. C'est ainsi que Michael a pu bloquer la vente durant toutes ces années ; les Quine n'ont jamais réussi à trouver un autre artiste désireux de l'acheter. Un sculpteur l'a louée pendant quelque temps, mais ça n'a pas marché. Bien sûr, pour qu'Owen ne bénéficie pas de cette source de revenus, Michael a toujours été hyper sélectif avec les locataires. Et il a des avocats sous la main pour l'encourager dans ses caprices.

— Qu'est-il arrivé au roman inachevé de North ? demanda Strike.

— Oh, Michael a abandonné l'ouvrage sur lequel il travaillait pour terminer celui de Joe. Il s'intitule *Vers la cible*, et il est sorti chez Harold Weaver : c'est devenu un roman culte depuis, on ne cesse de le réimprimer. »

Elle consulta de nouveau sa montre.

« Il faut que j'y aille. J'ai rendez-vous à trois heures. Mon manteau, je vous prie, lança-t-elle au serveur qui passait par là.

— Quelqu'un m'a dit, fit Strike qui se rappelait fort bien les paroles d'Anstis mais ne voulait pas le nommer, que vous aviez supervisé un chantier de rénovation à Talgarth Road, il y a quelque temps.

— Oui, répondit-elle avec indifférence. Encore une activité insolite pour un agent littéraire, mais avec Quine, c'était ainsi. Il s'agissait de coordonner les travaux, de trouver des ouvriers. J'ai envoyé à Michael la moitié de la facture et ses avocats l'ont réglée.

— Vous aviez une clé ?

— Que j'ai passée à l'entrepreneur avant de la rendre aux Quine, dit-elle froidement.

— Vous n'avez pas surveillé les travaux vous-même ?

— Bien sûr que si ; il fallait bien que je vérifie le résultat. Je pense que j'y suis allée deux fois.

— Est-ce que ces travaux nécessitaient l'usage d'acide chlorhydrique ?

— La police aussi m'a parlé d'acide chlorhydrique. Pourquoi ?

— Je ne peux pas le dire. »

Elle se hérissa. Visiblement, Elizabeth Tassel n'avait pas l'habitude qu'on lui refuse une information.

« Je vous répéterai donc ce que j'ai dit à la police : c'est probablement Todd Harkness qui l'a laissé sur place.

— Qui ?

— Le sculpteur dont je vous ai parlé, celui qui louait l'atelier. C'est Owen qui avait déniché ce type, et les avocats de Fancourt n'ont pas trouvé de motif valable pour s'y opposer. Ce que personne n'a réalisé, c'est que Harkness travaillait essentiellement le métal rouillé et utilisait des produits chimiques très corrosifs. Il a fait énormément de dégâts avant qu'on lui demande de déguerpir. La partie Fancourt s'est chargée du nettoyage et nous a envoyé la facture. »

Le garçon lui avait apporté son manteau, auquel étaient collés quelques poils de chien. Quand elle se leva, Strike entendit un léger sifflement dans sa poitrine oppressée. Elizabeth Tassel le gratifia d'une poignée de main péremptoire et s'en alla.

Strike reprit le taxi pour regagner son bureau avec la vague intention de faire la paix avec Robin ; ils avaient eu un genre de friction, ce matin, et il ne savait pas trop pourquoi. Mais quand il eut réussi à se hisser jusqu'au deuxième palier et que, transpirant de douleur, il poussa la porte vitrée, les premiers mots de Robin lui firent oublier ses bonnes résolutions.

« L'agence de location de voitures vient d'appeler. Ils n'ont pas d'automatique, mais ils peuvent vous donner...

— Une automatique ou rien ! l'interrompit Strike en se laissant tomber sur le canapé dont les flatulences intempestives redoublèrent son irritation. Bordel, je ne peux pas conduire une voiture classique dans cet état ! Avez-vous appelé... ?

— Bien sûr que j'ai appelé d'autres agences, répondit froidement Robin. J'ai tout essayé. Personne n'a de voiture automatique disponible demain. De toute façon, les prévisions météo sont catastrophiques. Je pense que vous feriez mieux de...

— Je vais interroger Chard », martela Strike.

La douleur et la peur alimentaient sa colère : peur de devoir renoncer à sa prothèse, reprendre les béquilles, maintenir sa jambe de pantalon relevée avec une épingle et affronter le regard des personnes bien intentionnées. Il détestait les chaises en plastique rigide dans les couloirs aseptisés ; il détestait voir les médecins se pencher sur son gros dossier en murmurant qu'il faudrait modifier la prothèse ; et leurs conseils énoncés d'une voix calme : se reposer, dorloter sa jambe comme s'il s'agissait d'un enfant malade accroché à lui pour toujours. Dans ses rêves, il n'était pas amputé ; dans ses rêves, il était entier.

L'invitation de Chard était une sacrée aubaine ; Strike avait bien l'intention d'en profiter. Il avait des tas de questions à poser au patron de la maison d'édition qui publiait les romans de Quine. L'invitation elle-même l'intriguait. Il voulait que Chard lui dise pourquoi il le faisait venir dans le Devon.

« Vous avez entendu ce que j'ai dit ? demanda Robin.

— Quoi donc ?

— J'ai dit que je pourrais conduire.

— Non, c'est hors de question, lui renvoya méchamment Strike.

— Pourquoi ?

— Vous avez à faire dans le Yorkshire.

— Il faut que je sois à la gare de King's Cross demain soir à vingt-trois heures.

— La neige va provoquer des embouteillages.

— Nous partirons de bonne heure. Sinon, vous pouvez toujours annuler votre rendez-vous avec Chard, fit Robin en haussant les épaules. Mais les prévisions météo pour la semaine prochaine ne valent guère mieux. »

C'était difficile de faire machine arrière, de passer de l'ingratitude à son contraire, quand Robin le fixait ainsi de ses yeux gris-bleu, vifs comme l'acier.

« Bon, d'accord, bougonna-t-il. Merci.

302

— Dans ce cas, il faut que j'aille chercher la voiture.

— Très bien », dit Strike entre ses dents.

Owen Quine pensait que les femmes n'avaient pas leur place en littérature ; Strike, lui aussi, entretenait un préjugé inavoué – mais sans voiture automatique et avec ce genou en miettes, avait-il le choix ?

28.

Ce fut, de loin, le plus mortel et dangereux
exploit que j'eus jamais accompli, du jour où je
pris les armes face à l'ennemi…

Ben JONSON, *Chaque homme a son humeur*

À CINQ HEURES LE LENDEMAIN MATIN, Robin, tout emmitouflée, les cheveux scintillants de neige, montait dans
l'un des premiers métros de la journée. Elle avait pris
un petit sac à dos et glissé dans un fourre-tout la tenue de
deuil – robe, manteau et chaussures noirs – qu'elle mettrait aux
obsèques de Mrs Cunliffe. Elle n'aurait sans doute pas le temps
de repasser chez elle à son retour du Devon, aussi prévoyait-
elle de filer directement à King's Cross après avoir ramené la
voiture à l'agence de location.

Dans la rame presque vide, Robin tentait de remettre de
l'ordre dans ses pensées, malgré l'excitation qu'elle ressentait,
car elle était persuadée que Strike avait une excellente raison
pour s'entretenir avec Chard au plus vite. Depuis le temps
qu'elle travaillait avec lui, elle savait que ses jugements, ses
intuitions tombaient toujours juste. Ce qui agaçait prodigieu-
sement Matthew, soit dit en passant.

Matthew… Elle portait des gants noirs. Sa main était crispée
sur l'anse du gros sac posé près d'elle. En ce moment, elle lui

304

mentait sans cesse. Pourtant, Robin se considérait comme une personne sincère. Pas une seule fois, durant les neuf années qu'ils avaient passées ensemble, elle n'avait dérogé à ce principe. Du moins jusque récemment. À présent, il lui arrivait de mentir par omission. Mercredi soir, au téléphone, quand Matthew l'avait interrogée sur sa journée, elle ne lui avait pas donné de détails. Pas question de lui dire qu'elle était retournée avec Strike à Talgarth Road, sur les lieux de l'assassinat, qu'ils avaient ensuite déjeuné à l'Albion. Même chose pour l'incident à la station West Brompton, où Strike avait dû s'appuyer sur son épaule pour traverser le pont enjambant les voies.

Mais elle mentait aussi délibérément. La veille au soir, par exemple, quand Matthew lui avait suggéré – tout comme Strike – de prendre sa journée du lendemain et d'emprunter un train qui partait plus tôt.

« J'ai bien essayé, avait-elle répondu spontanément. Mais il n'y avait plus aucune place. À cause de la neige, il faut croire. J'imagine que les gens préfèrent prendre le train plutôt que la voiture avec ces routes dangereuses. Ce n'est pas grave, le train de nuit ira très bien. »

Que pouvais-je lui dire d'autre ? songea-t-il devant le reflet de son visage tendu dans les vitres obscures. *Il aurait pété un câble.*

La vérité était pourtant simple : Robin voulait accompagner Strike dans le Devon, lâcher un peu son ordinateur – même si la bonne gestion de l'agence lui procurait une certaine satisfaction –, et se mettre à enquêter. Était-ce trop demander ? Matthew pensait que oui ; cela ne rentrait pas dans ses prévisions. Il aurait voulu qu'elle travaille aux ressources humaines, dans cette agence de publicité qui lui offrait presque deux fois son salaire actuel. La vie à Londres était si chère. Matthew trouvait leur appartement trop petit. Il devait espérer qu'elle…

Et puis il y avait Strike, et cette petite phrase vexante qui lui nouait l'estomac dès qu'elle y repensait : *Il faut vraiment qu'on pense à embaucher quelqu'un d'autre.* Il faisait si souvent allusion à ce futur associé qu'elle finissait par lui attribuer un caractère mythique. Robin imaginait une femme aux cheveux courts, au visage fermé, copie conforme de la policière qui montait la garde devant la scène de crime, à Talgarth Road. Une femme qui ne serait pas flanquée (jamais Robin n'avait osé formuler cette idée qui lui apparut tout à coup, sous la lumière trop vive de ce wagon désert filant à travers la nuit dans un vacarme assourdissant) d'un fiancé comme Matthew.

Pourtant, Matthew était l'axe, le centre fixe autour duquel se construisait sa vie. Elle l'aimait ; depuis toujours. Il était resté à ses côtés durant la pire période de son existence, alors que tant d'autres jeunes gens l'auraient quittée. Elle voulait l'épouser et elle l'épouserait. Jusqu'à présent, ils n'avaient jamais connu de véritable désaccord. Jamais. Et voilà qu'un grain de sable s'était introduit dans leur relation, un élément perturbateur qui tenait au métier de Robin, à sa décision de rester avec Strike, à la personne même de Strike. C'était une chose nouvelle et inquiétante.

La Toyota Land Cruiser que Robin avait louée attendait depuis la veille dans le Q-Park de Chinatown, l'un des parcs de stationnement les plus proches de Denmark Street, où les places manquaient cruellement. Son sac de voyage oscillant au bout de son bras droit, Robin marchait d'un bon pas vers le parking à étages. Les chaussures qu'elle avait choisies, à la fois élégantes et aussi plates que possible, ne l'empêchaient pas de glisser et de déraper dans la neige. Longeant les rues obscures, elle s'interdit de songer davantage à Matthew, à ce qu'il penserait ou dirait s'il la voyait en ce moment, alors qu'elle s'apprêtait à passer six heures seule dans une voiture avec Strike. Elle mit son fourre-tout dans le coffre, s'assit au volant, régla le GPS, le thermostat, et fit tourner le moteur pour réchauffer l'habitacle.

Strike était en retard, ce qui ne lui ressemblait pas. Pour tuer le temps, Robin se familiarisa avec les commandes du véhicule. Elle adorait conduire. À l'âge de dix ans, dans la ferme de son oncle, elle savait déjà manœuvrer un tracteur, à condition qu'on l'aide à débloquer le frein à main. Contrairement à Matthew, elle avait décroché son permis du premier coup. Comme il était un peu chatouilleux sur le sujet, Robin évitait de le taquiner là-dessus.

Elle leva les yeux en apercevant une ombre dans le rétroviseur. Tout de sombre vêtu, Strike progressait laborieusement vers la Toyota. Elle vit les béquilles et la jambe droite de son pantalon retroussée, fixée par une épingle.

Robin ressentit comme un vertige au creux du ventre – pas à cause de la jambe amputée, qu'elle avait déjà vue et dans des circonstances plus troublantes, mais parce qu'à sa connaissance, c'était la première fois qu'il sortait sans sa prothèse.

Quand elle descendit de voiture pour l'aider, le regard noir qu'il lui décocha lui fit aussitôt regretter son geste.

« Bonne idée d'avoir choisi un 4 × 4, dit-il sur un ton qui la dissuada d'évoquer son handicap.

— Oui, j'ai pensé que ça valait mieux, par ce temps. »

Il contourna le véhicule pour ouvrir la portière côté passager. Robin se garda de lui proposer un coup de main ; elle sentait autour de lui une zone d'exclusion, comme si par la seule force de l'esprit, Strike rejetait toute assistance, toute expression de compassion. Mais parviendrait-il à monter en voiture par ses propres moyens ? Strike jeta ses béquilles sur la banquette arrière, resta un moment en équilibre précaire sur une jambe puis, démontrant qu'il possédait une force peu commune au niveau du torse et des bras – ce que Robin ignorait –, se hissa sans encombre sur son siège.

Robin se mit derrière le volant, ferma sa portière, boucla sa ceinture et fit marche arrière pour sortir du parking. Elle était un peu vexée qu'il l'ait rembarrée tout à l'heure, et cette légère rancune dressait un mur entre eux. Pourtant, se disait-elle, elle ne s'était jamais mêlée de ses affaires, n'avait jamais tenté de le materner. À part lui donner du paracétamol…

Strike savait qu'il se comportait comme un imbécile ; cela l'énervait d'autant plus. À son réveil, en voyant l'état de sa jambe, il avait compris que rattacher la prothèse sur son genou enflammé serait stupide. Il avait été obligé de descendre l'escalier sur les fesses, comme un petit enfant. Et quand il avait traversé sur ses béquilles la chaussée verglacée de Charing Cross Road, les lève-tôt assez courageux pour braver la température polaire l'avaient regardé comme un extra-terrestre. Reprendre les béquilles était pour lui une déchéance, mais il devait se rendre à l'évidence : il avait trop tiré sur la corde, il avait cru que le Strike qui, dans ses rêves, marchait sur deux jambes existait encore dans la réalité.

Une chance que Robin sache conduire, remarqua-t-il avec un certain soulagement. Sa sœur Lucy n'était pas fiable au volant ; elle se laissait trop facilement distraire. Quant à Charlotte, elle conduisait comme une folle ; autrefois, quand il montait avec elle dans sa Lexus, Strike éprouvait une douleur physique à la voir brûler les feux rouges, faire demi-tour dans des rues à sens unique, fumer, téléphoner en roulant. Elle avait souvent failli renverser des cyclistes et emboutir les portières ouvertes des voitures en stationnement… Depuis l'explosion du Viking sur cette route jaune de poussière, Strike supportait mal de ne pas être conduit par un professionnel.

Après de longues minutes de silence, Robin prit la parole :

« Il y a du café dans le sac à dos.

— Quoi ?

— Dans le sac à dos… une Thermos. Je me suis dit qu'on ferait la route d'une seule traite, sauf problème particulier. Et j'ai apporté des biscuits. »

Les essuie-glaces s'évertuaient à chasser les flocons de neige tapissant le pare-brise.

« Vous êtes une vraie perle », dit Strike, dont la mauvaise humeur commençait à se dissiper. Il était parti sans avoir déjeuné, ayant passé deux fois plus de temps que prévu à se préparer : essayer en vain de mettre sa prothèse, chercher une épingle de nourrice pour fixer sa jambe de pantalon, retrouver ses béquilles, descendre l'escalier. Robin se fendit d'un petit sourire.

Strike se versa du café, grignota un sablé. Plus sa faim s'apaisait, plus il appréciait la conduite de Robin qui, décidément, se débrouillait fort bien avec ce véhicule qu'elle ne connaissait pas.

« Matthew a quel genre de voiture ? demanda-t-il tandis qu'ils franchissaient à vive allure le viaduc de Boston Manor.

— Nous n'avons pas de voiture à Londres.

— Oui, pas besoin, dit Strike en songeant que Robin pourrait s'en acheter une s'il lui versait le salaire qu'elle méritait.

— Quelles questions comptez-vous poser à Daniel Chard ?

— Des tas, répondit Strike en époussetant les miettes tombées sur sa veste sombre. Tout d'abord, je voudrais savoir s'il était brouillé avec Quine et, si oui, pour quelle raison. Je ne peux pas concevoir que Quine – même s'il était aussi cassepieds qu'on le dit – ait pris le risque d'attaquer l'homme dont dépendaient ses moyens de subsistance, un homme assez riche pour le traîner en justice et l'anéantir. »

Strike grignota son sablé, puis ajouta : « À moins que Jerry Waldegrave n'ait raison et que Quine n'ait écrit son livre en pleine dépression nerveuse. Ce qui expliquerait pourquoi il s'en est pris à tous ceux qu'il jugeait responsables de son insuccès. »

Robin avait achevé la lecture de *Bombyx Mori* la veille, pendant que Strike déjeunait avec Elizabeth Tassel. « Le style n'est-il pas trop cohérent pour une personne dépressive ?

— Les phrases tiennent debout, mais avouez quand même que cette histoire est le fruit d'un esprit dérangé.

— Ses autres romans sont pareils.

— Aucun n'est aussi dingue que *Bombyx Mori*. *Le Péché de Hobart* et *Les Frères Balzac* reposent sur une intrigue plus ou moins solide.

— *Bombyx* aussi.

309

— Ah bon ? Moi, je trouve que le petit périple de Bombyx n'est qu'un prétexte pour balancer des horreurs sur les uns et les autres. »

La neige tombait toujours plus dru quand ils dépassèrent la bretelle partant vers Heathrow. Robin et Strike discutaient des diverses cocasseries du roman, se moquaient de ses incessantes digressions et autres absurdités. Les arbres qui défilaient de chaque côté de l'autoroute semblaient saupoudrés d'une tonne de sucre glace.

« Quine est peut-être né quatre cents ans trop tard, dit Strike qui continuait à croquer des sablés. Elizabeth Tassel m'a parlé d'une tragédie jacobéenne mettant en scène un squelette empoisonné déguisé en femme. Je suppose que l'un des personnages baise avec et meurt subitement. Ça ressemble pas mal à ce que *Phallus Impudicus*…

— Taisez-vous », dit Robin avec un petit rire frémissant.

Strike se tut mais pas pour obéir à Robin ni à cause d'un improbable accès de pudeur. En fait, l'écho de ses propres paroles avait provoqué un déclic tout au fond de son inconscient. Quelqu'un lui avait dit… Quelqu'un avait dit… mais le souvenir trop fugace disparut dans un éclair argenté, comme un petit poisson se réfugiant dans un bouquet d'algues sous la surface d'un étang.

« Un squelette empoisonné…, marmonna Strike en se creusant la cervelle, mais c'était trop tard.

— Au fait, j'ai aussi terminé *Le Péché de Hobart,* hier soir, reprit Robin en dépassant une Prius qui se traînait.

— Vous êtes insatiable, s'écria Strike en attrapant son sixième biscuit. J'ignorais que la prose de Quine vous plaisait autant.

— Je le trouve nul et je ne changerai pas d'avis. Dans *Le Péché de Hobart*, le héros est…

— Un hermaphrodite enceint qui se fait avorter parce que avoir un enfant entraverait ses ambitions littéraires, compléta Strike.

— Vous l'avez lu !

— Non, mais Elizabeth Tassel m'en a parlé.

— Il y est question d'un sac taché de sang », dit Robin.

Strike tourna la tête pour regarder le profil pâle et sérieux de la jeune femme qui conduisait les yeux braqués sur la route et, de temps à autre, sur le rétroviseur.

« Un sac qui contient quoi ? demanda le détective.

— Le bébé mort-né. C'est horrible. »

Strike digéra cette information pendant qu'ils bifurquaient en direction de Maidenhead.

« Étrange, dit-il enfin.

— Grotesque, corrigea Robin.

— Non, étrange, insista Strike. Encore une redite. C'est le deuxième élément narratif qu'on trouve aussi bien dans *Le Péché de Hobart* que dans *Bombyx Mori*. Cela nous fait deux hermaphrodites, deux sacs tachés de sang. Pourquoi ?

— À ceci près qu'il existe quand même quelques petites différences. Dans *Bombyx Mori*, le sac n'appartient pas à l'hermaphrodite et ne contient pas de bébé mort… Peut-être que Quine n'avait plus d'inspiration. Peut-être que *Bombyx Mori* était son testament littéraire. Un dernier feu d'artifice.

— Ou plutôt le bûcher funéraire de sa carrière. »

Perdu dans ses pensées, Strike voyait à peine défiler le paysage. Ils roulaient en rase campagne. Dans les espaces entre les arbres, on apercevait de vastes étendues enneigées. Blanc sur blanc. Au-dessus, le ciel gris perle. Et l'averse de neige tombait toujours au même rythme et avec la même intensité devant le capot de la voiture.

« Vous savez, dit soudain Strike, je crois qu'il existe deux explications. Ou bien Quine a vraiment pété les plombs et il a écrit n'importe quoi en pensant créer un chef-d'œuvre, ou bien il avait l'intention de faire le plus de dégâts possible, et ces redites ont une raison d'être bien précise.

— Laquelle ?

— Elles servent peut-être de clés. Avec ces références croisées entre ses livres, il aurait voulu guider le lecteur vers le sens véritable de *Bombyx Mori*. Tout en évitant les actions en diffamation. »

Sans quitter des yeux l'autoroute enneigée, Robin tourna légèrement le visage vers Strike.

« Vous croyez qu'il l'a fait exprès ? dit-elle en fronçant les sourcils. Vous croyez qu'il voulait réellement causer un tel scandale ?

— Quand on y réfléchit bien, ce n'est pas une mauvaise stratégie pour un écrivain égocentrique qui peine à écouler ses bouquins. Il jette un énorme pavé dans la mare, un maximum de gens en prennent pour leur grade, dont un auteur célèbre qu'il insulte à mots couverts. Toute la ville ne parle plus que de lui et de son bouquin, on le menace d'un procès, les gens sont scandalisés… et hop, il disparaît pour échapper à la justice et, avant qu'on puisse l'en empêcher, il balance son bouquin sur le Net.

— Mais il était furieux le jour où Elizabeth Tassel lui a dit qu'elle ne le publierait pas.

— Vraiment ? dit Strike pensivement. Ou alors il faisait semblant. S'il la harcelait, était-ce réellement pour l'obliger à le lire ou parce qu'il lui préparait une belle scène en public ? Ce type m'a l'air d'un redoutable exhibitionniste. C'était peut-être une manière de promouvoir son livre. Quine estimait que Roper Chard ne lui faisait pas assez de publicité – c'est Leonora qui me l'a dit.

— Donc vous pensez qu'il avait prévu de causer un esclandre dans le restaurant où il devait retrouver Elizabeth Tassel ?

— C'est bien possible.

— Et d'aller ensuite se cacher à Talgarth Road ?

— Peut-être. »

Le soleil était levé. La neige au sommet des arbres transis lançait des étincelles.

« Et il a obtenu ce qu'il voulait, n'est-ce pas ? ajouta Strike en regardant luire les myriades de cristaux collés sur le pare-brise. Il n'aurait pu espérer meilleure publicité pour son livre. C'est dommage, s'il avait vécu plus longtemps, il se serait vu aux informations de la BBC. Oh merde, ajouta-t-il à mi-voix.

— Qu'y a-t-il ?

— J'ai mangé tous les biscuits... Désolé, dit-il d'un air penaud.

— Ce n'est pas grave, sourit Robin. J'ai déjeuné ce matin.

— Pas moi. »

Le café chaud, leur agréable discussion et les dispositions pratiques qu'elle avait prises pour assurer son confort avaient eu raison de la réticence de Strike à évoquer le problème de sa jambe.

« Je n'ai pas pu remettre cette foutue prothèse. Mon genou n'a jamais été aussi enflé : je vais devoir consulter un médecin. La guérison va prendre un temps fou. »

Robin s'en doutait déjà mais elle apprécia la confiance qu'il lui témoignait.

Ils longèrent un immense terrain de golf, piqueté de fanions qui émergeaient çà et là de la couche de neige. Puis des gravières dont les fosses remplies d'eau rappelaient des feuilles d'étain brunies par le soleil hivernal. Aux approches de Swindon, le portable de Strike sonna. Il s'attendait à lire le nom de Nina Lascelles, mais non, c'était Ilsa, son ancienne camarade d'école. Avant de décrocher, il vit sur la liste des appels manqués que Leonora Quine avait tenté de le joindre à six heures et demie, sans doute au moment où il descendait Charing Cross Road sur ses béquilles.

« Salut Ilsa. Que se passe-t-il ?

— Pas mal de choses, pour ne rien te cacher. » Sa voix était lointaine, à peine audible ; elle appelait sans doute de sa voiture.

« Leonora Quine t'a-t-elle contactée mercredi ?

313

— Oui, nous nous sommes vues dans l'après-midi. Et je viens de l'avoir de nouveau au téléphone. Elle dit qu'elle a essayé de te joindre ce matin.

— Oui, j'ai commencé tôt, j'ai dû la rater.

— Elle m'a autorisée à te dire…

— Quoi ? Qu'est-ce qui se passe ?

— Ils l'ont conduite au commissariat pour l'interroger. Je suis en route pour la rejoindre.

— Merde, merde. Qu'ont-ils contre elle ?

— Ils auraient trouvé des photos dans leur chambre. Apparemment, Quine aimait se faire attacher et photographier dans cette posture, dit Ilsa d'une voix plate. Elle m'a raconté tout ça comme si elle parlait jardinage. »

Dans le fond, il percevait les bruits de la circulation intense du centre de Londres. Ici, sur l'autoroute, on n'entendait rien, à part le va-et-vient des essuie-glaces sur le pare-brise, le ronronnement continu du moteur et le souffle des véhicules qui les dépassaient imprudemment sous les bourrasques de neige.

« Elle aurait pu avoir la bonne idée de se débarrasser de ces photos, marmonna Strike.

— Je nierai t'avoir entendu suggérer une destruction de preuves, plaisanta Ilsa.

— Ce ne sont pas des preuves. Mais bon Dieu, c'est évident qu'ils avaient une vie sexuelle hors normes, ces deux-là ! Comment Leonora aurait-elle pu retenir un homme comme Quine, sinon ? Anstis est pire qu'une vierge effarouchée, c'est ça le problème ; pour lui, tout ce qui s'écarte de la position du missionnaire constitue la preuve de tendances criminelles.

— Que sais-tu des pratiques sexuelles de l'officier chargé de l'enquête ? demanda Ilsa en riant.

— C'est le type qui a été blessé avec moi en Afghanistan, marmonna Strike.

— Oh…

— Et il s'est mis en tête de coincer Leonora. Si c'est tout ce qu'ils ont, des photos cochonnes…

— Non, ce n'est pas tout. Tu savais que les Quine possédaient un débarras ? »

Strike se crispa. Se serait-il trompé ? Avait-il faux sur toute la ligne… ?

« Alors, tu le savais ? insista Ilsa.

— Qu'ont-ils trouvé dedans ? demanda Strike, plus du tout désinvolte. Pas les viscères, quand même ?

— Qu'est-ce que tu as dit ? J'ai cru entendre "pas les viscères" !

— Qu'ont-ils trouvé ? se reprit Strike.

— Je l'ignore, mais je compte bien l'apprendre quand je serai là-bas.

— Elle n'est pas en état d'arrestation ?

— Non, ce n'est qu'un interrogatoire, mais ils sont convaincus que c'est elle, je le sens, et je doute qu'elle mesure la gravité de la situation. Quand elle a appelé, elle m'a juste parlé de sa fille pour dire qu'elle était chez une voisine, qu'elle était bouleversée…

— Sa fille a vingt-quatre ans et est un peu retardée, dit Strike.

— Oh, c'est triste… Écoute, je suis presque arrivée. Je vais te laisser.

— Tiens-moi au courant.

— Ne sois pas trop pressé. J'ai dans l'idée que ça va durer un bout de temps.

— Merde, dit Strike en raccrochant.

— Que s'est-il passé ? » demanda Robin.

Un énorme camion-citerne venait de déboîter de la voie réservée aux véhicules lents pour doubler une Honda Civic avec un panneau « Bébé à bord » sur la lunette arrière. Voyant l'énorme obus argenté osciller en accélérant sur le bitume verglacé, Strike approuva silencieusement le réflexe de Robin qui, par prudence, venait de ralentir afin d'augmenter la distance de freinage.

« Leonora est dans les locaux de la police. Ils l'interrogent. »

Robin étouffa une exclamation.

« Ils ont trouvé des photos de Quine ligoté, dans leur chambre. Et autre chose dans un débarras, mais Ilsa ignore ce que… »

Strike avait déjà éprouvé cela. Le brusque passage du calme à la tempête. Le temps qui ralentit. Une perception hyper-aiguë de la réalité. Ses cinq sens en alerte rouge.

Le camion-citerne dérapa et se mit en travers de l'autoroute.

Strike s'entendit hurler « FREINEZ ! » comme la dernière fois, dans le blindé, quand il avait voulu chasser la mort…

Au lieu d'obéir, Robin enfonça l'accélérateur. Le moteur rugit, le 4 × 4 fit un bond en avant. Mais il n'y avait pas assez de place pour passer. Le poids lourd bascula sur la couche de verglas, tourna sur lui-même ; la Honda l'emboutit, se renversa sur le toit et glissa vers le bas-côté ; accrochées l'une à l'autre, une Golf et une Mercedes qui venaient de se percuter filaient à toute allure vers le camion-citerne…

Quant à eux, ils fonçaient droit sur la Honda Civic accidentée. Robin évita la collision de justesse. Agrippé à la poignée de la portière, Strike sentit les pneus mordre la terre de l'accotement – allaient-ils plonger dans le fossé ? se retourner ? Robin accélérait toujours et le camion poursuivait son dérapage. L'arrière de la citerne se dressait comme un obstacle mortel devant eux. Propulsée par son élan, la Toyota l'évita d'un cheveu. Avec une violente secousse – le crâne de Strike heurta le plafond –, ils repassèrent sur le bitume gelé et s'éloignèrent indemnes de la zone du carambolage.

« Nom de Dieu… »

À ce moment-là seulement, Robin appuya sur la pédale de frein. Son véhicule répondit au doigt et à l'œil. Mais lorsqu'elle se rangea sur la voie de secours, son visage était aussi blanc que la neige mouchetant le pare-brise.

« Il y avait un enfant dans la Honda. »

Strike n'eut pas le temps de répondre. Robin avait déjà claqué la portière derrière elle.

Il se pencha sur le dossier de son siège pour attraper les béquilles. Jamais il ne s'était senti aussi handicapé. Il venait de les récupérer quand il entendit les sirènes. Les yeux plissés, il aperçut à travers le pare-brise enneigé les lumières bleues qui clignotaient au loin. La police était déjà sur place. Et lui n'était qu'un pauvre mutilé. De rage, il rejeta les béquilles sur la banquette arrière en lâchant une bordée de jurons.

Robin revint dix minutes plus tard, hors d'haleine.

« Rien de grave. Le petit garçon est indemne, il était sanglé sur le siège-bébé. Le camionneur est couvert de sang mais il est conscient…

— Vous vous sentez bien ? »

Elle tremblait un peu mais la question de Strike la fit sourire.

« Ouais, ça va. J'étais juste terrifiée à l'idée de voir un enfant mort.

— Tant mieux, dit-il en inspirant profondément. Mais putain, où avez-vous appris à conduire comme ça ?

— Oh, j'ai pris un ou deux cours de conduite avancée », répondit négligemment Robin. Elle écarta les mèches humides qui lui tombaient devant les yeux.

Strike la regarda, médusé.

« Ça date de quand ?

— Peu après que j'ai arrêté la fac. Je… je traversais une mauvaise passe. Je ne sortais pas beaucoup. C'est mon père qui a eu cette idée. J'ai toujours adoré les voitures. C'était juste un passe-temps, reprit-elle en attachant sa ceinture avant de remettre le contact. Parfois, quand je vais chez mes parents, je monte à la ferme pour m'entraîner sur un terrain qui appartient à mon oncle. »

Strike ne la quittait pas des yeux.

« Vous êtes sûre ? Vous ne voulez pas attendre un peu avant qu'on… ?

— Non, je leur ai donné mon nom et mon adresse. On n'a plus qu'à repartir. »

317

Elle passa la première et se replaça en douceur sur l'auto-route. Strike continuait à être subjugué par le calme de la jeune femme. Elle avait repris sa position initiale, les mains posées sur le volant sans crispation mais avec fermeté, le regard braqué sur la route devant elle.

« Dans l'armée, j'ai connu des pilotes expérimentés moins doués que vous parmi les chauffeurs des gradés. Vous savez, ceux qui sont formés à la conduite préventive pour échapper aux fusillades. » Strike se retourna vers le gigantesque caram-bolage qui encombrait la chaussée. « Je ne comprends toujours pas comment vous avez fait pour nous sortir de là. »

Tout à l'heure, après sa performance, Robin avait gardé les yeux secs, mais en entendant les compliments de Strike, elle sentit sa gorge se serrer. Elle dut faire appel à toute sa volonté pour ravaler son émotion.

« Vous vous rendez compte ? dit-elle dans un petit rire. Si j'avais freiné, les pneus auraient dérapé et nous aurions percuté le camion-citerne.

— Oui », répondit Strike, puis il rit à son tour. Il mentit : « Je ne sais pas pourquoi j'ai dit ça. »

29.

À votre gauche il est un sentier qui,
Partant de la conscience coupable,
Aboutit à la forêt de détresse et de peur –

Thomas KYD, *La Tragédie espagnole*

MALGRÉ L'ACCIDENT ÉVITÉ DE JUSTESSE, Strike et Robin arrivèrent à Tiverton, dans le Devonshire, peu après midi. Suivant docilement les instructions du GPS, Robin longea des fermes paisibles aux toits chargés d'une épaisse couche de neige, franchit un petit pont enjambant une rivière couleur silex et passa devant une église du XVIᵉ siècle étonnamment majestueuse. Elle allait ressortir de la ville quand ils virent le portail électrique placé discrètement en retrait de la route.

Un jeune Philippin au visage harmonieux s'escrimait à l'ouvrir manuellement. Il avait enfilé des chaussures bateau et un manteau trop grand pour lui. Quand il aperçut la Land Cruiser, il demanda par gestes à Robin de baisser sa vitre.

« Gelé, lui dit-il succinctement. Attendez un peu, s'il vous plaît. »

Ils patientèrent cinq minutes dans la voiture, le temps que le jeune homme finisse par décoincer les gonds et déblaie pour que le portail s'ouvre.

319

« Vous voulez monter ? » lui proposa Robin.

Il grimpa sur le siège arrière et s'assit à côté des béquilles de Strike.

« Vous amis de Mr Chard ?

— Il nous attend », répondit Strike évasivement.

Sur la longue allée sinueuse, les pneus de la Land Cruiser n'eurent aucun mal à mordre la neige crissante tombée durant la nuit. Les feuilles vert sombre des massifs de rhododendrons plantés de part et d'autre étaient tellement lisses que les flocons ne pouvaient s'y déposer, si bien qu'on avait l'impression d'évoluer dans un décor en noir et blanc, le chemin recouvert de neige pâle cerné par les denses murailles des feuillages. Robin était si épuisée qu'elle voyait passer des points lumineux devant ses yeux. Son petit déjeuner n'était plus qu'un lointain souvenir, et Strike n'avait pas laissé un seul biscuit.

Quand elle descendit de la Toyota, elle avait la nausée et les jambes en coton. Une sensation d'irréalité l'envahit lorsqu'elle leva les yeux sur Tithebarn House, une grande bâtisse oblongue et trapue, collée à un petit bois sombre. L'architecte s'en était donné à cœur joie pour moderniser la structure d'origine, remplaçant la moitié du toit par une verrière, tandis que l'autre moitié était recouverte de panneaux solaires. Dès que Robin vit la verrière dont les montants et traverses se découpaient comme les os d'un squelette sur le ciel gris clair, elle se sentit défaillir. Ce dispositif lui rappelait la haute fenêtre voûtée d'où la clarté du jour se diffusait sur le corps mutilé de Quine.

« Vous vous sentez bien ? s'inquiéta Strike en la voyant blêmir.

— Très bien », fanfaronna Robin, peu désireuse de baisser dans son estime. Elle emplit ses poumons d'air glacé et suivit son patron qui se servait de ses béquilles avec une étonnante dextérité. Leur passager s'était éclipsé sans dire un mot.

Daniel Chard ouvrit lui-même la porte. Il portait une ample chemise de soie chartreuse à col mandarin et un pantalon flottant en lin. Lui aussi était juché sur des béquilles, son pied et

320

son mollet droits bandés et enfermés dans une épaisse botte en résine. Quand il remarqua la jambe droite de son visiteur et vit le tissu qui pendait, il resta comme paralysé durant quelques secondes.

« Et vous qui pensiez avoir des problèmes », dit Strike en lui tendant la main.

Sa petite plaisanterie tomba à plat. L'autre ne sourit même pas. Il semblait aussi peu à l'aise que lors de la réception donnée dans les locaux de sa société. Chard lui serra la main mais sans le regarder dans les yeux, et en guise de bonjour lui lança :

« Je pensais que vous ne viendriez pas.

— Eh bien, nous avons réussi à passer, répondit Strike. C'est mon assistante, Robin, qui tenait le volant. J'espère que…

— Non, bien sûr, elle ne va pas rester dehors sous la neige, réagit Chard sans une once d'amabilité. Entrez donc. »

Il recula en oscillant sur ses béquilles et s'effaça pour les laisser entrer. Le sol de la maison était recouvert d'un magnifique parquet vernis couleur miel.

« Pourriez-vous enlever vos chaussures ? »

Cette question en forme d'injonction provenait d'une robuste Philippine d'âge moyen aux cheveux bruns rassemblés en chignon. Elle avait émergé d'une pièce à droite, derrière un mur de brique, fermée par des portes battantes. Entièrement vêtue de noir, elle tenait à la main deux poches en lin blanc dont Strike et Robin comprirent vite l'usage. Robin lui tendit ses chaussures et, quand elle sentit le plancher sous ses pieds, éprouva une curieuse impression de vulnérabilité. Strike, lui, resta planté sur sa jambe.

« Oh, s'excusa Chard en fixant de nouveau le pantalon de son visiteur. Non, bien sûr… Il vaut mieux que Mr Strike reste chaussé, Nenita. »

La femme regagna la cuisine sans un mot.

Contre toute attente, dès qu'elle pénétra plus avant dans la maison, Robin sentit ses vertiges redoubler. L'intérieur était d'un seul tenant, sans aucune cloison. On accédait au premier étage par un escalier à vis tout en verre et acier, suspendu à d'épais câbles métalliques fixés au plafond. Par transparence, on voyait donc très bien le grand lit de Chard, apparemment en cuir noir, et au-dessus, un crucifix géant en fil de fer barbelé, vissé au mur de brique. Toujours plus nauséeuse, Robin détourna vite les yeux.

Le mobilier du rez-de-chaussée était essentiellement constitué de cubes, également en cuir, blanc ou noir. Des radiateurs verticaux s'intercalaient entre des bibliothèques d'une sobriété étudiée, mêlant bois et acier. Et, dominant cet espace immense et quasiment vide, une sculpture en marbre blanc représentant un ange femelle grandeur nature, perché sur un rocher. Son corps à demi écorché laissait voir la moitié de son crâne, une partie de ses entrailles et un bout de fémur. Sa poitrine, pareille à deux globes de graisse, reposait sur un cercle musculeux rappelant des lamelles de champignon.

Robin ne pouvait détacher son regard de ce corps disséqué. Quelle bêtise de se laisser ainsi impressionner par un bloc de pierre blanche, se dit-elle. Rien à voir avec le cadavre putréfié dont Strike lui avait montré des photos... *Arrête de penser à ça*... Strike aurait pu lui laisser au moins un biscuit, songeait-elle, le cœur chaviré. Des gouttes de sueur perlaient sur sa lèvre supérieure, son cuir chevelu...

« Ça va, Robin ? » insista Strike. Au regard interdit que posaient sur elle les deux hommes, Robin comprit qu'elle avait changé de couleur. Elle qui déjà craignait de tomber dans les pommes commençait à se sentir gênée vis-à-vis de son patron.

« Désolée, marmonna-t-elle entre ses lèvres engourdies. Le voyage a été long... puis-je avoir un verre d'eau... ?

— Euh... oui, bien sûr, dit Chard comme si l'eau était rationnée. Nenita ? »

La femme en noir réapparut.

« La jeune dame a besoin d'un verre d'eau. »

Nenita fit signe à Robin de la suivre. En entrant dans la cuisine, elle entendit derrière elle le bruit feutré des béquilles de Chard cognant sur le parquet. Des surfaces d'acier, des murs blancs passèrent subrepticement devant ses yeux, elle crut voir le jeune homme qu'elle avait emmené en voiture soulever une grande casserole, puis, soudain, elle se retrouva assise sur un tabouret bas.

Robin croyait que le maître de maison l'avait suivie pour s'assurer qu'elle allait bien, mais pas du tout. Lorsque Nenita lui mit un verre d'eau froide dans la main, elle entendit Chard s'adresser à quelqu'un d'autre, comme si elle n'existait pas.

« Merci d'avoir réparé le portail, Manny. »

Le jeune homme ne répondit rien, le martèlement sourd des béquilles s'éloigna, les portes battantes se refermèrent.

« C'est ma faute, lui dit Strike quand son hôte le rejoignit. J'ai mangé toutes les provisions qu'elle avait emportées pour le voyage. » Il s'en voulait énormément.

« Nenita lui donnera quelque chose. Asseyons-nous, voulez-vous ? »

En clopinant sur leurs béquilles, les deux hommes passèrent devant l'ange de marbre qui se reflétait sur le sol vernis. Au fond de la salle, un poêle à bois en fonte noire diffusait une chaleur bienfaisante.

« Magnifique villa », dit Strike en choisissant le plus large des cubes en cuir noir. Une fois assis, il posa ses béquilles près de lui. En réalité, cette maison était beaucoup trop prétentieuse et sophistiquée à son goût. Il préférait les intérieurs pratiques et confortables.

« Oui, j'ai travaillé en étroite collaboration avec mes architectes, répondit Chard qui parut s'animer l'espace d'un instant. Il y a aussi un atelier d'artiste (il désigna une double porte discrète) et une piscine. »

Puis il se posa sur un autre cube et tendit devant lui sa botte en résine.

« Qu'est-ce qui vous est arrivé ? » demanda Strike en la désignant du menton.

Chard leva une béquille pour montrer l'escalier en spirale.

« Douloureux, dit Strike en imaginant la chute.

— Le craquement s'est entendu à l'autre bout de la maison, précisa Chard comme s'il s'en réjouissait. Je n'aurais jamais imaginé qu'un os puisse faire autant de bruit. Voulez-vous du thé ? Du café ?

— J'aimerais bien du thé. »

Chard posa son pied valide sur une petite plaque de cuivre située à côté de son siège, exerça une légère pression, et Manny ressortit de la cuisine.

« Du thé, s'il te plaît, Manny », dit Chard avec une gentillesse qu'il semblait réserver exclusivement à son jeune domestique maussade, lequel fit demi-tour sans s'être déridé.

« Le St Michael's Mount, n'est-ce pas ? » fit Strike en pointant un minuscule tableau accroché près du poêle. Une peinture naïve exécutée sur bois.

« C'est un Alfred Wallis, répondit Chard avec un enthousiasme modéré. La simplicité des formes... De l'art primitif, naïf. Mon père le connaissait. Wallis ne se prenait pas au sérieux en tant que peintre, du moins jusqu'à ses soixante-dix ans. Vous connaissez les Cornouailles ?

— C'est là que j'ai grandi. »

Mais Chard préférait parler d'Alfred Wallis. Il revint sur la vocation tardive de l'artiste puis s'embarqua dans un exposé digne d'un conférencier, sans s'apercevoir que son interlocuteur s'ennuyait ferme. Le visuel n'était pas son fort. Son regard errait à travers la pièce, revenait sur le tableau, puis repartait et parfois, par accident, croisait celui de Strike.

« Vous étiez à New York, n'est-ce pas ? demanda le détective, profitant de ce que l'autre reprenait son souffle.

— Un colloque de trois jours, oui », dit Chard dont l'exaltation s'éteignit aussitôt. Il lui servit un discours stéréotypé : « Les temps sont difficiles. Depuis l'invention des liseuses et autres appareils électroniques, rien n'est plus comme avant. Vous lisez ? demanda-t-il à brûle-pourpoint.

— Ça m'arrive », répondit Strike. Il avait chez lui un exemplaire corné d'un roman de James Ellroy qu'il essayait de terminer depuis quatre semaines, mais le soir il était trop crevé pour se concentrer. Son ouvrage préféré reposait encore au fond d'une caisse, sur le palier, avec le reste de ses affaires. Ce livre avait une vingtaine d'années et Strike ne l'avait pas ouvert depuis bien longtemps.

« Nous avons besoin de lecteurs, marmonna Daniel Chard. Plus de lecteurs. Et moins d'écrivains. »

Strike s'abstint de rétorquer : *Eh bien, vous voilà débarrassé d'un, pour le coup.*

Manny revint et déposa un petit guéridon en Perspex transparent devant son employeur, lequel se pencha pour servir le thé dans deux hautes tasses de porcelaine blanche. En le regardant faire, Strike remarqua que son cube en cuir n'émettait pas le bruit agaçant du canapé qu'il avait dans son bureau. Cela dit, il avait dû coûter dix fois plus cher. La peau sur le dos des mains de Chard était aussi rouge et enflammée que le soir de la réception et, sous le lustre accroché au plafond de verre, il paraissait plus vieux. Dans les soixante ans, songea Strike. Mais il conservait un charme ombrageux, avec ses yeux sombres et profondément enfoncés, son nez aquilin et sa bouche étroite.

« Il a oublié le lait, dit Chard en contemplant le guéridon. Vous prencz du lait ?

— Oui. »

Chard soupira mais, au lieu de recourir à la sonnette dissimulée sous la plaque de cuivre, il se releva tant bien que mal en prenant appui sur son pied valide et ses béquilles. Strike, pensif, le regarda s'éloigner vers la cuisine.

Ses collaborateurs le trouvaient un peu spécial, même si Nina le lui avait décrit comme quelqu'un de malin. Ses crises de colère au sujet de *Bombyx Mori* révélaient un caractère hypersensible, ce qui devait altérer son jugement. Strike se remémora le murmure embarrassé qui avait parcouru l'assistance lorsque Chard avait bredouillé son discours, lors de la réception d'anniversaire. C'était un homme bizarre, à tout le moins, difficile à cerner…

Strike laissa son regard errer au plafond. Plusieurs mètres au-dessus de l'ange en marbre, les flocons se déposaient tout doucement sur la verrière. Elle devait être équipée d'un système de chauffage, supposa Strike, sinon la neige se serait amoncelée. La vision du cadavre de Quine resurgit alors en lui. Un corps en putréfaction, brûlé, vidé comme une volaille, étendu au pied d'une grande fenêtre voûtée. Tout comme Robin un peu plus tôt, il trouvait que la verrière de Tithebarn House avait une désagréable ressemblance avec…

Chard revenait de la cuisine en se balançant sur ses béquilles. Il tenait un petit pot de lait serré dans l'une de ses mains.

« Vous vous demandez pourquoi je voulais vous voir », dit-il après s'être rassis. Sa tasse à la main, Strike essaya de prendre un air intéressé.

« J'ai besoin de quelqu'un en qui je puisse avoir confiance, poursuivit Chard sans attendre sa réponse. Quelqu'un d'extérieur à la société. »

Il lui lança un coup d'œil acéré et, l'instant d'après, se réfugia dans la contemplation du Wallis.

« Je pense être le seul à avoir compris qu'Owen Quine avait un complice.

— Un complice ? répéta Strike, déconcerté.

— Oh ! oui, s'enflamma Chard. Voyez-vous, dans *Bombyx Mori*, on reconnaît le style d'Owen, mais pas seulement. »

Le teint cireux de Chard commençait à s'empourprer. Il empoigna la poignée d'une béquille et se mit à la caresser.

« Si on peut le prouver, je pense que cela intéressera la police, non ? reprit-il en parvenant à regarder son interlocuteur en face. Si Owen s'est fait tuer parce qu'il a écrit *Bombyx Mori*, c'est peut-être son complice le coupable.

— Le coupable ? répéta Strike. Vous pensez que le complice en question aurait incité Quine à insérer certaines choses dans son roman dans l'espoir qu'une tierce personne l'assassine par vengeance ?

— Je… eh bien, je n'en suis pas sûr, dit Chard en fronçant les sourcils. Il n'espérait peut-être pas que la chose aille si loin mais… il devait bien s'attendre à des représailles. »

Il serra si fort la poignée de sa béquille que ses articulations blanchirent.

« Qu'est-ce qui vous fait penser que Quine a reçu l'aide de quelqu'un ? demanda Strike.

— Il y a dans ce roman certains détails qu'Owen ne pouvait pas connaître, dit Chard dont les yeux parcouraient à présent le flanc de l'ange.

— L'existence d'un complice n'intéresserait la police que si cette personne pouvait les conduire jusqu'au meurtrier. »

En énonçant cette évidence, Strike voulait surtout lui rappeler qu'un homme était mort, et dans des circonstances étranges. Mais découvrir le meurtrier ne semblait guère passionner son hôte.

« C'est ainsi que vous envisagez les choses ? dit Chard, légèrement refroidi.

— Oui. Et la police s'y intéresserait encore plus si elle obtenait quelques éclaircissements sur certains passages particulièrement alambiqués du roman. Les enquêteurs pensent qu'on a tué Quine pour l'empêcher de révéler un secret. Dans *Bombyx Mori*, il n'a fait que laisser des indices ici et là. »

Daniel Chard observait Strike d'un air atterré.

« Oui. Je n'avais pas… Bien sûr. »

Strike fut surpris de voir Chard se hisser soudain sur ses béquilles et commencer à arpenter la salle comme s'il effectuait des exercices de rééducation. Ses déplacements lui rappelaient ses propres séances de kiné à l'hôpital Selly Oak, des années auparavant. Au passage, il nota la solide musculature de l'homme, ses biceps saillant sous la soie de ses manches.

« Alors, dans ce cas, l'assassin… », commença Chard avant de s'exclamer en regardant quelque chose derrière Strike : « Quoi, qu'y a-t-il ? ».

Robin venait de sortir de la cuisine, le teint plus rose que tout à l'heure.

« Excusez-moi, dit-elle en s'arrêtant net.

— Ceci est une conversation privée, s'écria Chard. Voudriez-vous retourner dans la cuisine, je vous prie ?

— Pas… pas de problème », bredouilla Robin. Strike voyait bien qu'elle était vexée. D'un coup d'œil, elle le prit à témoin, espérant qu'il intervienne, ce qu'il se garda de faire.

Quand les portes battantes se refermèrent sur elle, Chard râla : « Et voilà, maintenant j'ai perdu le fil. Complètement perdu…

— Vous parliez de l'assassin.

— Oui. Oui, dit Chard en repartant pour un tour en béquilles. S'il connaissait le complice, l'assassin chercherait à le tuer lui aussi, non ? Et peut-être le connaît-il déjà ? » ajouta-t-il, plus pour lui-même que pour Strike. Il scrutait à présent les veines de son beau parquet. « Peut-être que ça explique… Oui. »

Derrière la lucarne percée dans le mur le plus proche de Strike, on apercevait le petit bois jouxtant la maison. La végétation était si sombre que les flocons semblaient tomber du néant.

« La déloyauté me blesse plus que toute autre chose. »

À ces mots, Chard s'immobilisa et tourna la tête vers le détective.

« Si je vous dis qui, d'après moi, a aidé Owen, et si je vous demande de m'en apporter la preuve, vous sentirez-vous obligé d'en parler à la police ? »

Question délicate, songea Strike en se passant la main sur le menton. Il s'était rasé en vitesse avant de partir, ce matin.

« Si vous me demandez d'étayer vos soupçons…, dit lentement Strike.

— Oui. C'est cela. J'aimerais en avoir le cœur net.

— Non, je ne suis pas tenu d'en parler à la police. En revanche, si je découvre l'identité du complice et si je subodore que cette personne pourrait également être le meurtrier – ou du moins savoir qui il est –, il sera de mon devoir d'en informer les autorités. »

Chard se rassit sur son cube en laissant brusquement retomber ses béquilles.

« Bon sang ! » s'énerva-t-il. L'écho de son interjection se répercuta sur les murs. Il se pencha pour vérifier s'il n'avait pas éraflé le vernis du parquet.

« Vous n'ignorez pas que la femme de Quine m'a engagé pour trouver l'assassin de son mari.

— Je l'ai entendu dire, grommela Chard, toujours absorbé par l'examen de son plancher en teck. Cela n'interférera pas avec notre affaire, n'est-ce pas ? »

Ce type était vraiment d'un égoïsme à toute épreuve, songea Strike en se rappelant l'écriture moulée de Chard sur la carte aux violettes : *Si vous avez besoin de quoi que ce soit, n'hésitez pas*. Cette phrase lui avait sans doute été dictée par sa secrétaire.

« Pouvez-vous me dire qui est ce collaborateur à qui vous pensez ? demanda Strike.

— C'est extrêmement pénible », marmonna Chard. Ses yeux ne cessaient de fuir, bondissant d'Alfred Wallis à l'ange de pierre avant de suivre les volutes de l'escalier.

Strike resta silencieux.

« Jerry Waldegrave », lâcha tout à coup Chard. Son regard se fixa une seconde sur Strike avant de dériver une fois de plus. « Et je vais vous dire pourquoi je le soupçonne – comment je le sais. Depuis des semaines, je trouve son comportement étrange. La première fois, c'était quand il m'a appelé pour me parler de *Bombyx Mori*, me dire ce que Quine avait fait. Je n'ai senti aucune gêne de sa part, il ne s'est même pas excusé.

— Vous espériez qu'il s'excuse pour une chose écrite par un autre ? »

La question sembla le surprendre.

« Eh bien… Owen faisait partie des auteurs de Jerry. Alors oui, il aurait dû exprimer ses regrets pour l'image qu'Owen a donnée de moi dans… »

Malgré lui, Strike visionna de nouveau le personnage de Phallus Impudicus, entièrement nu, penché sur le cadavre du jeune Bombyx d'où sortait une lumière surnaturelle.

« Êtes-vous en froid avec Jerry Waldegrave ? demanda-t-il.

— J'ai fait preuve à son égard d'une bien trop grande tolérance, répondit Chard, éludant la question. Quand il est parti en cure de désintoxication, voilà un an, il a continué à percevoir son salaire. Il s'estime peut-être brimé mais je l'ai soutenu, je vous assure, dans des situations où des gens peut-être plus prudents se seraient abstenus. Je ne suis pas responsable des malheurs personnels de Jerry. Il y a du ressentiment chez lui. Oui, un fort ressentiment. Totalement injustifié.

— Du ressentiment à propos de quoi ? demanda Strike.

— Jerry n'aime pas trop Michael Fancourt, marmonna Chard, les yeux perdus dans les flammes du poêle à bois. Michael a eu une… une aventure avec Fenella, la femme de Jerry, il y a bien longtemps. Pour tout dire, au nom de mon amitié pour Jerry, j'ai même tenté de raisonner Michael, à l'époque. Eh oui ! ajouta-t-il en hochant la tête, comme si le souvenir de sa bonne action l'émouvait au plus profond. J'ai dit à Michael qu'il agissait avec cruauté, sans penser aux conséquences, même s'il était… Enfin bref, Michael avait perdu sa première épouse peu de temps auparavant. Il n'a pas apprécié mon intervention. Il a pris la mouche et est parti chez un autre éditeur. Le conseil d'administration était très mécontent. Ça nous a pris quelque chose comme vingt ans pour le ramener au bercail. Mais maintenant Jerry devrait tourner la page, poursuivit Chard dont le crâne chauve n'était qu'une surface réfléchissante parmi tant d'autres, verre, bois vernis, acier. Or il persiste à croire que la politique de la maison doit tenir compte de ses animosités personnelles. Depuis que Michael est revenu chez Roper Chard, Jerry fait des pieds et des mains pour… pour me déstabiliser, tout doucement, par petites touches. Voilà ce qui s'est passé, à mon avis, reprit Chard en regardant Strike par intermittence, comme pour jauger sa réaction. Alors que nous tenions à ce que tout se déroule discrètement, Jerry a informé Owen de l'accord que nous comptions passer avec Michael. Owen, bien sûr, ne pouvait pas sentir Fancourt depuis un quart de siècle. Alors Jerry et lui se sont ligués pour écrire ce… ce livre détestable qui nous traîne dans la boue… Michael et moi. Tout cela dans le seul but de monopoliser l'attention, de gâcher le retour de Michael chez Roper Chard et de se venger de leurs soi-disant ennemis. J'en veux pour preuve, ajouta-t-il, et sa voix se répercuta à travers l'espace vide, qu'ayant moi-même insisté pour que Jerry garde le manuscrit sous clé, il l'a laissé traîner n'importe où, si bien que tout le monde a pu le lire. Et maintenant que le mal est fait, et que tout Londres se moque de nous, il démissionne et me laisse me dépatouiller…

— Jerry a démissionné ? Quand cela ? intervint Strike.

— Avant-hier, dit Chard avant de poursuivre sa diatribe. Et il a fallu que je me fâche pour qu'il accepte de porter plainte contre Quine. Ce qui en soi démontre bien…

— Peut-être estimait-il qu'en portant l'affaire devant la justice, vous ne feriez qu'attirer davantage l'attention sur le livre, suggéra Strike. Après tout, Waldegrave n'est pas épargné dans *Bombyx Mori*, n'est-ce pas ?

— Ça ! » ricana Chard. C'était la première fois que Strike le voyait sourire, et le résultat était assez déplaisant. « Ne prenez pas tout pour argent comptant, Mr Strike. Owen n'a jamais été au courant de ça.

— Ça quoi ?

— Le personnage du Coupeur sort de l'imagination de Jerry – il m'a fallu trois lectures pour le comprendre, dit Chard. Très, très habile. On a l'impression qu'il s'agit d'une méchante caricature de Jerry, alors qu'en réalité c'est une attaque pernicieuse contre sa femme, Fenella. Ils sont encore mariés, voyez-vous, mais leur couple va mal. Très mal. Oui, j'ai tout compris lors de cette relecture, répéta Chard en hochant la tête tandis que les spots au plafond projetaient des ombres ondulantes sur son crâne. Owen n'a pas pu inventer le personnage du Coupeur. Il connaissait à peine Fenella et encore moins cette vieille histoire.

— Que représentent le sac ensanglanté et la naine… ?

— Posez-lui la question. Faites-lui cracher le morceau. Pourquoi l'aiderais-je à répandre la calomnie ?

— Je me demandais, poursuivit Strike, changeant habilement de sujet, pourquoi Michael Fancourt a accepté de réintégrer Roper Chard, sachant que Quine y publiait encore, alors qu'ils étaient en si mauvais termes tous les deux. »

Il y eut une courte pause.

« Légalement, rien ne nous obligeait à publier le prochain livre d'Owen. On avait juste un droit de premier regard. C'est tout.

— Donc vous pensez que Jerry Waldegrave a prévenu Quine que vous alliez le virer pour faire plaisir à Fancourt ?

— Oui, dit Chard en examinant ses ongles. Je le pense. De plus, Owen était sorti fâché de notre dernière entrevue, donc je suppose qu'en apprenant que j'allais le lâcher, il a renoncé à ce qu'il lui restait de loyauté envers moi. Moi qui l'avais pourtant publié alors que tous les autres éditeurs l'avaient envoyé…

— Qu'avez-vous fait pour le fâcher ?

— Oh, c'était le jour où il est passé au bureau avec sa fille.

— Orlando ?

— Comme le personnage du roman éponyme de Virginia Woolf, m'a-t-il dit. » Chard hésitait entre ses ongles et le visage de Strike. « Elle n'est pas… très bien… sa fille.

— Ah bon ? Comment ça ?

— Mentalement, marmotta Chard. J'étais dans le service des illustrateurs quand ils ont débarqué. Owen a dit qu'il lui faisait faire le tour de la maison – je ne voyais pas de quel droit, mais Owen se croyait partout chez lui… il avait une forte tendance à s'approprier… J'ai vu sa fille prendre une maquette de couver-

332

ture – avec des doigts sales – et, pour l'empêcher de l'abîmer davantage, je lui ai saisi le poignet... » Il refit son geste dans le vide et, au souvenir de cet acte sacrilège, son visage se crispa d'indignation. « J'ai agi par réflexe, vous savez, pour protéger la maquette, mais la jeune fille l'a très mal pris. Elle s'est mise à crier. C'était fort fâcheux, fort embarrassant, gémit Chard comme s'il souffrait en revivant la scène. Elle a piqué une crise, Owen fulminait. Voilà mon crime, j'imagine. À ajouter au retour de Michael Fancourt parmi nous.

— D'après vous, qui, parmi tous ceux qui sont décrits dans *Bombyx Mori*, avait le plus de raisons de se sentir offensé ?

— Franchement, je l'ignore », dit Chard avant d'ajouter, deux secondes plus tard : « Enfin, je doute qu'Elizabeth Tassel ait apprécié d'apparaître sous la forme d'un parasite, après tout ce qu'elle a fait pour Owen. On ne compte plus les fois où elle lui a évité le pire en le sortant de certaines soirées où il picolait trop. Cela dit, je ne la plains pas, c'est quand même elle qui a diffusé le manuscrit sans l'avoir lu au préalable. Négligence criminelle.

— Avez-vous contacté Fancourt après l'avoir lu ? demanda Strike.

— Il fallait bien qu'il sache. Et mieux valait qu'il l'apprenne de ma bouche. Il venait de rentrer de Paris où il avait reçu le prix Prévost. Ce coup de fil m'a coûté.

— Comment a-t-il réagi ?

— Michael sait encaisser. Il m'a dit de ne pas m'en faire, qu'Owen se nuisait plus à lui-même qu'à nous. Il est resté parfaitement calme.

— Lui avez-vous dit ce que Quine avait insinué à son propos ?

— Bien sûr.

— Et il n'a pas paru contrarié ?

— Il a dit : "J'aurai le dernier mot, Daniel. J'aurai le dernier mot."

— Qu'entendait-il par là ?

333

— Oh, eh bien, Michael est un assassin célèbre, fit Chard avec un petit sourire. Il est capable de pourfendre n'importe qui en cinq mots bien choisis. » Puis il précisa, comiquement angoissé par le possible quiproquo : « Quand je dis "assassin", je parle de littérature, naturellement...

— Naturellement, le rassura Strike. Avez-vous demandé à Fancourt d'intenter une action avec vous contre Quine ?

— Dans de telles affaires, Michael déteste aller devant les tribunaux.

— Vous connaissiez Joseph North avant sa mort, n'est-ce pas ? » rebondit Strike sur un ton badin.

Les muscles faciaux de Chard se durcirent comme un masque.

« Cela remonte à... très longtemps.

— North était un ami de Quine, n'est-ce pas ?

— J'ai refusé le roman de Joe, murmura Chard entre ses lèvres fines. C'est tout ce que j'ai fait. Comme une demi-douzaine d'autres éditeurs. C'était une erreur, commercialement parlant. Il a connu le succès après sa mort. Bien sûr, ajouta-t-il avec dédain, je crois que Michael en a retouché de nombreux passages.

— Quine vous en a voulu d'avoir refusé le livre de son ami ?

— Oui. Et il l'a fait savoir autour de lui.

— Mais il a quand même accepté de publier chez vous ?

— J'ai refusé le livre de Joe North mais cela n'avait rien de personnel, dit Chard en rougissant un peu. Owen a fini par le comprendre. »

Il s'interrompit comme si le sujet l'embarrassait.

« Donc... quand on vous engage pour trouver un... un criminel de ce genre, repartit Chard en contournant péniblement l'obstacle, vous travaillez main dans la main avec la police, ou... ?

— Oh oui, répondit ironiquement Strike, partagé entre le souvenir de ses dernières dissensions avec les autorités et le plaisir de constater à quel point Chard était malléable. J'ai d'excellents contacts à Scotland Yard. Vos faits et gestes ne semblent pas les inquiéter outre mesure », ajouta-t-il en appuyant sur le « vos ».

La petite phrase produisit l'effet escompté.

« Ils ont surveillé *mes* faits et gestes ? »

Chard avait soudain l'air d'un gosse effrayé. Il semblait incapable de jouer l'indifférence, ne serait-ce que pour écarter les soupçons.

« Eh bien, vous savez, toutes les personnes qui apparaissent dans *Bombyx Mori* font l'objet d'une attention particulière, répondit tranquillement Strike en buvant une gorgée de thé. Tout les intéresse, surtout ce que ces gens ont fait après le 5, le jour où Quine a quitté sa femme en emportant le manuscrit. »

À la grande satisfaction de Strike, Chard réagit au quart de tour. Comme pour se rassurer lui-même, il entreprit de retracer son emploi du temps à voix haute.

« Je n'ai entendu parler du roman que le 7, récita-t-il en fixant de nouveau son plâtre. J'étais ici quand Jerry m'a appelé… J'ai filé à Londres… Manny conduisait. J'ai passé la nuit chez moi, Manny et Nenita peuvent le confirmer… Le lundi, je suis allé au bureau, j'ai reçu mes avocats, j'ai parlé à Jerry… j'ai participé à une soirée – des amis intimes qui habitent à Notting Hill – et Manny m'a raccompagné à la maison… Je me suis couché tôt le mardi parce que le lendemain matin, je partais pour New York. J'y suis resté jusqu'au 13… Le 14, je n'ai pas bougé de chez moi… Le 15… »

La litanie de Chard s'interrompit. Peut-être venait-il de comprendre qu'il ne devait aucune explication à ce détective privé, d'où le regard circonspect qu'il lui décocha. Lui qui avait voulu se faire un allié commençait à comprendre qu'on n'avait rien sans rien. Mais quelle importance, songea Strike, puisque l'entretien s'était révélé plus fructueux qu'il ne s'y attendait ? Si Chard le virait maintenant, il ne perdrait que de l'argent.

Manny revint vers eux à pas menus.

« Vous voulez déjeuner ? demanda-t-il sèchement à son patron.

— Dans cinq minutes, répondit Chard, tout sourire. D'abord, je dois dire au revoir à Mr Strike. »

Dès que Manny se fut éloigné sur ses semelles de caoutchouc, Chard laissa fuser un petit rire gêné. « Il fait la tête. Ils n'aiment pas venir ici. Ils préfèrent Londres. »

Chard récupéra ses béquilles et se leva. Strike fit de même, avec moins d'aisance.

« Et comment va... euh... Mrs Quine ? » demanda Chard, retrouvant un peu tard ses bonnes manières. Les deux hommes marchaient vers la sortie en se balançant sur trois pattes chacun, comme d'étranges animaux. « Une rousse plantureuse, si je me souviens bien ?

— Non. Une femme maigre aux cheveux gris.

— Oh, fit Chard sans s'émouvoir. Ce devait être quelqu'un d'autre. »

Strike s'arrêta devant les portes battantes de la cuisine. Chard l'imita, visiblement contrarié.

« J'ai à faire, Mr Strike...

— Moi aussi, répliqua aimablement Strike, mais je crois que mon assistante n'apprécierait pas que je la laisse ici. »

De toute évidence, Chard avait oublié la présence de Robin qu'il avait tout à l'heure congédiée de manière si brusque.

« Oh ! oui, bien sûr... Manny ! Nenita !

— Elle est aux toilettes », annonça la robuste Philippine en émergeant de la cuisine avec la poche en lin contenant les chaussures de Robin.

Après quelques minutes d'attente un peu embarrassée, Robin refit son apparition, le visage fermé, et renfila ses chaussures.

Dès que Chard leur ouvrit la porte, le vent glacial les mordit au visage. Il serra la main de Strike tandis que, sans desserrer les dents, Robin filait dans la voiture et s'installait au volant.

Manny et son gros manteau se matérialisèrent sur le perron. « Je vous accompagne, dit-il à Strike. Pour vérifier le portail.

— S'il est bloqué, ils pourront toujours sonner, Manny »,
intervint Chard, mais le jeune homme fit la sourde oreille et
grimpa à l'arrière de la Toyota.

Ils roulèrent en silence entre les flocons sur l'allée noire et
blanche. Manny tendit la télécommande qu'il avait emportée
avec lui et les vantaux du portail s'écartèrent sans problème.

« Merci, dit Strike en se retournant vers lui. Mais vous ris-
quez d'avoir très froid sur le chemin du retour. »

Manny renifla, descendit de voiture, claqua la portière et
attendit que Robin eut passé la première pour se poster derrière
la vitre de Strike. Robin freina.

« Qu'y a-t-il ? demanda Strike en baissant sa vitre.

— Je ne l'ai pas poussé, s'écria Manny d'un air farouche.

— Quoi ?

— Dans l'escalier. Je ne l'ai pas poussé. Il ment. »

Robin et Strike le regardèrent, médusés.

« Vous me croyez ?

— Oui, dit Strike.

— Alors ça va, fit Manny en hochant la tête. Ça va. »

Il fit volte-face et s'éloigna vers la maison en patinant sur
ses semelles de caoutchouc.

30.

... en gage d'amitié et de confiance, je vous dirai le dessein que je forme. Pour être honnête et parler à cœur ouvert...

William CONGREVE, *Amour pour amour*

S TRIKE DUT INSISTER POUR QU'ILS S'ARRÊTENT au Burger King, sur l'aire de repos de Tiverton.
« Il faut que vous avaliez quelque chose avant de reprendre la route. »

Robin le suivit dans le restaurant sans rien dire, sans même faire allusion à la dernière déclaration de Manny. Son air de martyre ne surprenait pas vraiment Strike mais l'agaçait un peu. Comme il ne pouvait porter à la fois le plateau et ses béquilles, elle se chargea de faire la queue devant la caisse. Et quand elle posa leur déjeuner sur la petite table en Formica, Strike décida de crever l'abcès.

« Écoutez, je sais que Chard vous a traitée comme une domestique et que vous attendiez que je prenne votre défense.

— Pas du tout », rétorqua-t-elle par esprit de contradiction. (Entendre Strike énoncer clairement le problème la faisait réagir comme une petite fille en colère).

« Comme vous voulez », soupira Strike avant d'attaquer hardiment son premier burger.

Ils mangèrent dans un silence tendu pendant une minute ou deux, puis la bonne nature de Robin reprit le dessus.

« Bon, d'accord, vous n'avez pas tort. »

Adouci par son aveu et le copieux burger, Strike renchérit : « Il fallait que je lui tire les vers du nez, Robin. On ne peut pas interroger quelqu'un et l'engueuler en même temps.

— Désolée, je ne suis qu'une amatrice, répliqua-t-elle, encore vexée.

— Pour l'amour du ciel ! Quelle mouche vous pique ?

— Quand vous m'avez embauchée, qu'aviez-vous en tête ? » demanda-t-elle en laissant tomber sur le plateau son burger encore enveloppé.

C'était comme si tout le ressentiment accumulé au cours des semaines explosait brusquement. Elle voulait la vérité, quelle qu'elle fût. Était-elle réceptionniste, dactylo ou quelque chose de plus ? Méritait-elle de se voir reléguée au rang de domestique, alors qu'elle l'avait soutenu dans les pires moments et aidé à résoudre ses problèmes financiers ?

« Ce que j'avais en tête ? répéta-t-il en la dévisageant. Qu'entendez-vous par là… ?

— Je pensais que vous aviez l'intention de… me former au métier, répondit Robin d'une voix tremblotante, les joues rose vif, les yeux brillants. Vous m'en avez parlé deux ou trois fois et, maintenant, vous prévoyez d'embaucher quelqu'un d'autre. J'ai accepté un salaire minable. J'ai refusé des boulots mieux rémunérés. Tout ça parce que je pensais que vous aviez l'intention… »

Elle avait retenu sa colère si longtemps qu'elle se sentait à présent au bord des larmes. Mais pas question de se laisser aller. L'associée idéale, celle dont elle avait imaginé le profil, ne pleurait pas ; elle conservait une attitude froide et impassible en toutes circonstances.

« Je croyais que vous aviez l'intention… Je ne pensais pas que c'était juste pour répondre au téléphone.

— Vous ne faites pas que répondre au téléphone, dit Strike qui venait d'engloutir son premier burger et observait les efforts de la jeune femme par-dessous ses épais sourcils. Cette semaine, vous m'avez accompagné chez des suspects. Et vous nous avez sauvé la vie sur l'autoroute. »

Mais Robin ne se laissa pas fléchir.

« Qu'attendiez-vous de moi quand vous avez décidé de m'embaucher définitivement ?

— Rien de particulier, mentit Strike. Je ne savais pas que ce boulot comptait à ce point pour vous… que vous teniez à cette formation…

— Mais vous n'êtes pas sérieux ? » hurla Robin.

Une famille de quatre personnes, installée dans un coin du petit restaurant, ne les quittait pas du regard. Robin s'en moquait, elle était hors d'elle. Elle avait conduit des heures dans la neige, Strike avait mangé tout ce qu'elle avait emporté, il avait eu le culot de s'étonner qu'elle sache tenir un volant, Chard l'avait renvoyée à l'office avec le personnel… et maintenant, ça !

« Vous me payez deux fois moins – deux fois ! – que ce que je toucherais si j'avais accepté ce boulot dans les ressources humaines ! Pourquoi vous croyez que je suis restée ? Je vous ai aidé à résoudre l'affaire Lula Landry…

— D'accord, dit Strike en levant sa grosse main velue. D'accord, c'est bon. Je vais vous expliquer, mais ensuite n'allez pas me reprocher ma franchise. »

Cramoisie, le dos collé au dossier de sa chaise, elle attendit qu'il parle sans toucher à son burger.

« Quand je vous ai embauchée, je voulais vous former. Je n'avais pas de quoi vous payer des cours mais je pensais que vous commenceriez à apprendre sur le tas, le temps que je me renfloue. »

Robin n'allait pas se laisser attendrir avant qu'il ait terminé. Elle ne dit pas un mot.

« Vous êtes vraiment douée pour ce métier. Mais vous allez épouser quelqu'un qui déteste ce que vous faites. »

Robin était estomaquée.

« Chaque soir, vous partez à l'heure pile…

— Pas du tout ! répliqua Robin. Au cas où vous ne l'auriez pas remarqué, j'ai renoncé à prendre une journée de congé pour vous accompagner, vous servir de chauffeur jusqu'au Devon…

— Parce que votre fiancé est ailleurs, la coupa Strike. Parce qu'il n'en saura jamais rien. »

S'il l'avait giflée, elle n'aurait pas été plus choquée. Comment Strike pouvait-il savoir qu'elle n'en avait pas parlé à Matthew ?

« Même si c'était vrai – et d'ailleurs, que ce soit vrai ou non, vous n'avez pas à vous immiscer dans ma vie… –, je ne vois pas en quoi Matthew pourrait…

— J'ai vécu avec Charlotte pendant seize ans, répondit Strike en attrapant son deuxième burger. Avec de nombreux passages à vide. Elle détestait mon travail. C'est ce qui a causé notre rupture – entre autres choses, corrigea-t-il par souci d'exactitude. La notion de vocation lui était parfaitement étrangère. Certaines personnes sont ainsi. Dans le meilleur des cas, elles considèrent le travail comme un simple gagne-pain n'ayant aucune valeur intrinsèque. »

Il déballa son burger sous le regard courroucé de Robin.

« J'ai besoin d'un associé qui ne compte pas ses heures, reprit-il, qui accepte de travailler le week-end. Je ne reproche nullement à Matthew de s'inquiéter pour vous…

— Il ne s'inquiète pas. »

Robin avait parlé sans réfléchir. En contredisant Strike systématiquement, elle venait de lui faire un aveu involontaire. Matthew avait très peu d'imagination. Il n'avait pas vu Strike couvert de sang après s'être fait poignarder par l'assassin de Lula Landry. Elle doutait même qu'il l'ait écoutée quand elle lui avait décrit le cadavre éviscéré d'Owen Quine, tant sa jalousie envers Strike lui embrumait le cerveau. S'il détestait le métier de Robin, ce n'était pas parce qu'il craignait pour sa vie. Tout d'un coup, elle en prit conscience.

« Mon boulot est parfois dangereux, fit Strike, la bouche pleine, comme s'il n'avait pas entendu sa réponse.

— Je vous ai quand même bien aidé. » Robin ne mangeait pas mais parlait d'une voix plus pâteuse encore que la sienne.

« Je sais. Sans vous, je ne serais pas ici. Je remercie chaque jour cette agence d'intérim de vous avoir envoyée par erreur sonner à ma porte. Vous avez été formidable, je n'aurais pas pu... Bon sang, arrêtez de pleurer. La petite famille à côté n'en perd pas une miette.

— Je m'en contrefiche », marmonna Robin, le visage enfoui dans une poignée de serviettes en papier.

Strike éclata de rire.

« Si vous y tenez vraiment, dit-il en s'adressant à ses boucles blondes, vous pourrez vous inscrire à un cours de filature dès que j'aurai l'argent nécessaire. Mais en tant que détective stagiaire, vous serez obligée de faire certaines choses qui ne plairont pas à Matthew. C'est tout ce que j'ai à dire. À vous de peser le pour et le contre.

— Oui, comptez sur moi, répondit Robin en se retenant pour ne pas crier victoire. C'est ce que je veux faire. C'est pour ça que je suis restée.

— Alors, séchez vos larmes et mangez. »

Robin se sentait à la fois brisée et transportée de joie mais elle avait encore la gorge serrée, ce qui ne l'aidait pas à ingurgiter son burger. Elle ne s'était donc pas trompée : Strike pensait qu'elle était comme lui et pas comme ces gens qui travaillaient juste pour gagner leur vie...

« Parlez-moi de Daniel Chard », dit-elle.

Pendant que Strike lui résumait sa conversation avec l'éditeur, les quatre indiscrets regroupèrent leurs affaires et sortirent du restaurant sans oublier de jeter un dernier coup d'œil à ce couple inclassable (querelle d'amoureux ? problème familial ? Pourquoi s'étaient-ils si vite réconciliés ?).

« Ce mec est parano, un peu excentrique, centré sur son nombril, conclut Strike cinq minutes plus tard. Mais il m'a confié quelques petites choses. Il pense que Jerry Waldegrave a collaboré avec Quine sur le roman. D'un autre côté, Jerry lui a peut-être donné sa démission parce qu'il en avait par-dessus la tête. Chard doit être infernal dans le boulot. Vous voulez un café ? »

Robin regarda sa montre. La neige tombait toujours ; s'ils rencontraient des bouchons sur l'autoroute, elle risquait de rater son train pour le Yorkshire. Pourtant, déterminée à lui montrer son implication dans ce job, elle accepta un café. De toute manière, elle ne lui avait pas encore tout dit. Et mieux valait lui parler en face que dans la voiture où elle ne pourrait observer ses réactions.

« Moi aussi, j'ai appris des choses sur Chard, reprit-elle quand elle revint avec leurs deux tasses et une tarte aux pommes pour Strike.

— Des ragots de cuisine ?

— Non. Ils m'ont à peine adressé la parole. Ils étaient de très mauvaise humeur.

— Chard dit qu'ils détestent vivre dans le Devon. Ils pré-fèrent Londres. Ils sont frère et sœur ?

— Mère et fils, je crois. Il l'a appelée Mamu. Enfin bref, j'ai demandé où était la salle de bains, et il se trouve que les toilettes des domestiques sont juste à côté d'un atelier d'ar-tiste. Daniel Chard en connaît un rayon, question anatomie. J'ai vu des reproductions des études de Léonard de Vinci ; il y en avait partout sur les murs. Et aussi un écorché, dans un coin ; un truc en cire – glauque. Et sur le chevalet, un dessin au fusain, très naturaliste. Il représentait Manny, couché sur le sol, nu comme un ver. »

Strike posa sa tasse.

« Mais c'est tout à fait passionnant ! s'exclama-t-il.

— Je savais que ça vous plairait, dit Robin avec un petit sourire en coin.

« — Ce qui nous éclaire sur l'étrange insistance de Manny à nous persuader qu'il n'a pas poussé son patron dans l'escalier.

— Ils avaient un peu peur de vous, reprit Robin, mais c'est sans doute ma faute. Je leur ai dit que vous étiez un détective privé, mais comme Nenita ne comprenait pas – elle parle anglais moins bien que Manny –, j'ai cru bon de préciser qu'un détective était une sorte de policier.

— Et ils en ont déduit que Chard m'avait fait venir pour se plaindre de Manny qui l'aurait soi-disant poussé dans l'escalier.

— Chard a-t-il évoqué le sujet ?

— Pas du tout. Il était obsédé par la prétendue trahison de Waldegrave. »

Après un passage aux toilettes, ils ressortirent dans le froid et traversèrent le parking en plissant les yeux pour éviter d'être aveuglés par la neige qui leur piquait le visage. Une fine couche de givre couvrait déjà le toit de la Toyota.

« Vous serez à l'heure pour votre train ? fit Strike en regardant sa montre.

— Si nous n'avons pas d'autres problèmes », souffla Robin en touchant subrepticement l'armature de bois de sa portière.

Ils venaient de repasser sur la M4, où chaque panneau lumineux recommandait la prudence et interdisait de dépasser les 80 km/h, quand le téléphone de Strike sonna.

« Ilsa ? Alors, que se passe-t-il ?

— Salut, Corm. Eh bien, ça pourrait être pire. Ils ne l'ont pas arrêtée mais elle a subi un interrogatoire en règle. »

Strike mit son portable sur haut-parleur pour que Robin entende la conversation. Du même air concentré, ils écoutèrent parler l'avocate pendant qu'un tourbillon blanc s'abattait sur le pare-brise.

— Ils croient dur comme fer qu'elle est coupable, dit Ilsa.

— Sur quoi se fondent-ils ?

— L'opportunité. Et son comportement. Il faut dire qu'elle ne coopère pas beaucoup. Elle répond à peine à leurs questions et ne cesse de parler de toi, ce qui les agace au plus haut point. Elle répète que tu finiras par découvrir le meurtrier.

— Nom de Dieu, s'énerva Strike. Et qu'y a-t-il dans le fameux débarras ?

— Ah oui, le débarras. Un tas de cochonneries et un chiffon brûlé et taché de sang.

— La belle affaire ! Il doit moisir là depuis des années.

— C'est aux experts de le dire, mais je suis d'accord avec toi, c'est un peu maigre, d'autant qu'ils n'ont toujours pas trouvé les viscères.

— Tu es au courant pour les viscères ?

— Tout monde est au courant, Corm. C'est passé aux informations. »

Strike et Robin échangèrent un regard furtif.

« Quand ?

— Au journal de midi. La police devait savoir que la presse en parlerait. Voilà pourquoi ils ont voulu interroger Leonora avant que la nouvelle se répande.

— C'est un flic qui est à l'origine de la fuite, tonna Strike.

— Grave accusation.

— Je tiens l'info du journaliste qui a payé le flic en question.

— Tu connais des gens intéressants…

— C'est la loi du métier. Merci de m'avoir appelé, Ilsa.

— Pas de quoi. J'espère que tu lui éviteras la prison, Corm. Je l'aime bien, cette Leonora.

— Qui était-ce ? demanda Robin quand Ilsa raccrocha.

— Une ancienne camarade d'école, en Cornouailles ; elle est avocate. Elle a épousé l'un de mes meilleurs potes à Londres. Je lui ai confié Leonora parce que… Merde ! »

Au détour d'un virage, ils venaient de découvrir un gigantesque embouteillage. Robin freina et se rangea derrière une Peugeot.

« Merde, répéta Strike en se tournant vers Robin.

— Un autre accident. J'aperçois des gyrophares. »

C'était la catastrophe. Elle voyait la tête de Matthew si jamais elle devait lui annoncer qu'elle ne venait pas, qu'elle avait manqué le train de nuit. Les obsèques de sa mère… *On ne rate pas des obsèques.* Elle qui aurait déjà dû être sur place, dans la maison du père de Matt, pour les aider à tout organiser, les soulager un peu. Normalement, son fourre-tout devrait être posé dans son ancienne chambre, chez ses parents, ses vêtements de deuil repassés, suspendus à un cintre de sa garde-robe de jeune fille. Tout devrait être prêt pour la courte procession vers l'église le lendemain matin. On enterrait Mrs Cunliffe, sa future belle-mère, mais Robin avait choisi de partir en voiture avec Strike, en pleine tempête de neige, et voilà qu'à présent ils étaient coincés, à trois cents kilomètres du cimetière où la mère de Matthew reposerait bientôt.

Il ne me le pardonnera pas. Il ne me pardonnera jamais si je rate les obsèques à cause de…

Pourquoi avait-elle dû faire ce choix, et aujourd'hui en plus ? Pourquoi faisait-il un temps de chien ? Robin était malade d'angoisse et le bouchon s'éternisait.

Strike alluma la radio pour prendre des nouvelles de la circulation. Ils annonçaient une amélioration, ce qui n'était pas évident. La musique lui tapait sur les nerfs mais Robin ne fit aucun commentaire.

La file des véhicules avança de quelques mètres.

Je vous en prie, mon Dieu, faites que j'arrive à King's Cross à temps, suppliait Robin.

Pendant trois quarts d'heure, ils roulèrent au pas sous la neige tandis que la lumière du jour déclinait rapidement. Elle qui avait cru disposer d'un temps infini comme l'océan, s'imaginait à présent debout dans une piscine dont le niveau baissait toujours plus vite. Dans peu de temps, elle se retrouverait à pied sec.

Le lieu de l'accident se profilait à quelques dizaines de mètres devant eux : la police, les lumières clignotantes, la carrosserie froissée d'une Polo.

« C'est bon, vous y arriverez », dit Strike qui n'avait pas prononcé un mot depuis qu'ils écoutaient la radio. Ils attendaient que l'agent de la circulation leur fasse signe de passer. « Ce sera juste mais vous y arriverez. »

Robin s'abstint de répondre. Tout était sa faute, Strike n'y était pour rien. Il lui avait même proposé de prendre une journée de congé mais elle avait insisté pour l'accompagner dans le Devon. Elle avait fait croire à Matthew que les trains étaient tous complets, alors qu'elle aurait dû sauter dans le premier en partance pour Harrogate, quitte à faire le trajet debout depuis Londres, plutôt que de manquer les obsèques de Mrs Cunliffe. Strike et Charlotte avaient vécu ensemble pendant seize ans, et ce travail avait fini par les séparer. Mais elle ne voulait pas perdre Matthew. Pourquoi avait-elle commis cette folie ? Pourquoi avait-elle proposé de le conduire dans le Devon ?

Ils roulèrent tout du long à une allure d'escargot et arrivèrent à dix-sept heures près de Reading où les attendaient les bouchons fatidiques des heures de pointe. Encore bloqués. Strike monta le volume du flash info. Robin essaya d'écouter, au cas où le journaliste parlerait de Quine, mais son esprit était ailleurs ; il s'était élancé par-dessus les embouteillages, par-dessus la campagne enneigée, vers le lointain Yorkshire.

« La police a confirmé que l'écrivain dont le corps a été découvert il y a six jours dans une maison de Barons Court à Londres a été tué de la même manière que le héros de son dernier livre encore inédit. La police n'a procédé à aucune arrestation pour le moment. L'inspecteur Richard Anstis, chargé de l'enquête, a pris la parole devant la presse en début d'après-midi. »

Strike remarqua le ton étrangement crispé d'Anstis. À sa place, il n'aurait pas adopté cette méthode.

« Nous interrogeons toutes les personnes qui ont pu avoir accès au manuscrit du dernier roman de Mr Quine...

— Pouvez-vous nous expliquer la manière dont Mr Quine a été assassiné, inspecteur ? le pressa une voix masculine.

— Nos experts n'ont pas encore rendu leur rapport définitif, dit Anstis, aussitôt interrompu par une journaliste.

— Pouvez-vous confirmer que certaines parties du cadavre ont été emportées par le tueur ?

— Une partie des intestins de Mr Quine a disparu de la scène de crime. Nous suivons plusieurs pistes, mais nous en appelons au public pour toute information susceptible de nous aider. Il s'agit d'un crime atroce perpétré par un individu extrêmement dangereux. »

« Non, ça ne va pas recommencer ! » gémit Robin. Un nouvel écran de lumière rouge leur barrait le passage. « Ne me dites pas qu'il y a eu un autre accident... »

Strike éteignit la radio, baissa sa vitre et sortit la tête sous les bourrasques de neige.

« Non, lui cria-t-il. Un véhicule est coincé sur le bas-côté... dans une congère... On va repartir dans une minute. »

Mais il leur en fallut quarante pour dépasser l'obstacle. Les trois voies étaient tellement encombrées qu'ils roulaient presque au pas.

« Je ne vais jamais y arriver », psalmodiait Robin quand ils entrèrent dans Londres. Il était dix heures vingt.

« Mais si. J'éteins ce satané bidule, dit Strike en coupant le GPS. Et maintenant, c'est moi qui dirige : continuez tout droit...

— Mais il faut que je vous dépose...

— Oubliez cela. Prenez la première à gauche...

— Je ne peux pas, c'est en sens unique !

— Gauche ! hurla-t-il en tournant le volant de force.

— Ne faites pas ça, c'est dange...

— Vous voulez rater ce putain d'enterrement ? Première à droite...

— Où sommes-nous ?

— Je sais ce que je fais, cria Strike en plissant les yeux car le rideau de neige brouillait toute visibilité. Tout droit... Le père de mon copain Nick est chauffeur de taxi. Il m'a appris des trucs – encore à droite – ne faites pas attention au sens interdit. Qui s'amuserait à prendre cette rue, un soir comme celui-ci ? Tout droit et ensuite au feu à gauche !

— Je ne vais quand même pas vous laisser à King's Cross ! dit-elle en obéissant aveuglément à ses instructions. Vous ne pouvez pas conduire cette voiture. Qu'est-ce que vous allez en faire ?

— Laissez tomber la voiture, je trouverai bien une solution – par ici, prenez la deuxième à droite... »

À vingt-deux heures cinquante-cinq, les tours enneigées de St Pancras surgirent devant les yeux de Robin comme une divine apparition.

« Garez-vous là et dépêchez-vous, ordonna Strike. Appelez-moi si vous arrivez à sauter dans le train. Et si vous n'y arrivez pas, je serai là.

— Merci. »

Strike la vit courir en bondissant par-dessus la neige, son fourre-tout au bout du bras. Quand elle disparut dans l'obscurité, il l'imagina dans le hall de la gare. Elle dérapait un peu mais se rattrapait, jetait des regards affolés autour d'elle, à la recherche du bon quai... Sur l'insistance de Strike, elle avait garé la voiture en double file. Alors, si elle attrapait son train, il se retrouverait coincé dans une voiture de location qu'il était incapable de conduire et qui ne tarderait à pas se retrouver à la fourrière.

Les aiguilles dorées de l'horloge de St Pancras glissaient inexorablement vers les vingt-trois heures. Les portes du wagon se refermèrent dans l'esprit de Strike. Et Robin courait le long du quai, ses cheveux dorés volant...

Une minute passa. Les yeux braqués sur l'entrée de la gare, il attendait.

Robin n'apparaissait pas mais il attendit encore. Cinq minutes. Six minutes.

Son portable sonna.

« Vous l'avez eu ?

— À la dernière seconde… Il allait partir… Cormoran, merci, merci du fond du cœur…

— De rien, fit-il en lorgnant la rue sombre et glaciale, la neige qui redoublait d'intensité. Faites un bon voyage. Moi, je vais tâcher de sortir de là. Bonne chance pour demain.

— *Merci !* » criait-elle encore quand il raccrocha.

Il lui devait bien ça, songea Strike en récupérant ses béquilles à l'arrière. C'était bien beau mais il n'était pas sorti d'affaire pour autant. Il allait devoir traverser la ville sous la neige, sur une seule jambe, et par-dessus le marché, il écoperait d'une amende salée pour abandon d'un véhicule au milieu de la chaussée.

31.

Le danger, cet aiguillon des grands esprits.

George CHAPMAN,
La Vengeance de Bussy d'Amboise

DANIEL CHARD N'AURAIT SANS DOUTE PAS AIMÉ le minuscule appartement mansardé que Strike louait sur Denmark Street, à moins de trouver quelque charme à l'antique grille-pain ou à la lampe de bureau chinée dans une brocante. En revanche, il était bien commode pour un unijambiste. Son genou était encore trop enflammé pour y fixer sa prothèse mais Strike avait tout à portée de main ; il pouvait se déplacer par petits bonds d'une pièce à l'autre ; il avait de quoi manger dans le frigo, de l'eau chaude et des cigarettes. Strike appréciait tout particulièrement son petit logement quand il voyait la couche de neige sur le rebord de la fenêtre aux carreaux embués.

Après le petit déjeuner, il resta sur son lit à fumer, une tasse de thé bien fort posée sur la caisse qui servait de table de chevet. Bien qu'il fixât le plafond d'un regard sombre, il n'était pas de mauvaise humeur. Il réfléchissait.

Six jours, et rien.

Pas de viscères, pas de résultats d'analyses permettant de cibler un tueur potentiel (il aurait suffi d'un poil ou d'une empreinte lisible pour épargner à Leonora l'interrogatoire de la veille). Aucun autre témoin n'était venu confirmer qu'une mystérieuse silhouette s'était introduite dans la maison peu avant la mort de Quine (la police mettait-elle en doute la déposition du témoin à lunettes ?). Pas d'arme du crime, pas d'étranges visiteurs sur les bandes vidéo ; aucun passant n'avait remarqué de lopins de terre fraîchement retournés, n'était tombé sur un tas de viscères en décomposition, enveloppés dans une burqa noire. Pas le moindre signe du sac où Quine avait fourré ses notes avant de partir. Rien.

Six jours. Il lui était arrivé de démasquer des tueurs en moins de six jours. Mais ceux-là avaient commis leur forfait à la va-vite, sous l'emprise de la colère ou du désespoir. Par manque d'expérience ou paniqués, ils avaient répandu derrière eux à la fois des monceaux d'indices et des flots de mensonges.

Le meurtre de Quine était bien différent, plus insolite et sinistre.

Strike porta la tasse à ses lèvres. Il voyait le cadavre aussi clairement que s'il regardait les photos sur son portable. Il s'agissait d'un dispositif théâtral, d'un décor de scène.

Lui qui critiquait Robin dès qu'elle évoquait un possible mobile se prit à s'interroger sur l'élément déclencheur d'une telle folie meurtrière : vengeance ? démence ? Le tueur avait-il agi pour préserver un secret (mais lequel) ? L'acide chlorhydrique avait éliminé les indices, empêché de dater le décès. Personne ne l'avait vu pénétrer sur les lieux ni en sortir. *Un plan méticuleusement préparé, dans le moindre détail. Six jours et pas la moindre piste…* Anstis prétendait en suivre plusieurs, mais Strike n'en croyait pas un mot. Et maintenant, son ami ne lui donnerait plus aucun tuyau puisque, au mépris de ses avertissements, le détective était retourné sur la scène de crime.

Strike épousseta d'un air absent la cendre tombée sur son vieux pull et ralluma une cigarette au mégot de la précédente.

Un individu extrêmement dangereux, avait dit Anstis aux journalistes. Déclaration à la fois criante d'évidence et étrangement trompeuse.

C'est alors qu'un souvenir resurgit du fond de sa mémoire : l'extravagant dix-huitième anniversaire de Dave Polworth.

Polworth et lui se connaissaient depuis la maternelle. Strike ayant passé son enfance et son adolescence à faire des allers-retours entre les Cornouailles et ailleurs, au gré des caprices de sa mère, leur amitié s'était adaptée à ce rythme.

L'oncle de Dave, qui avait émigré et fait fortune en Australie, l'avait invité chez lui pour son dix-huitième anniversaire en lui proposant de venir avec un ami. Dave avait choisi Strike.

Les deux jeunes gens avaient donc fait le tour du monde en avion ; aventure enivrante pour des adolescents. L'oncle Kevin, le milliardaire, les avait accueillis dans une gigantesque villa en bois dont les nombreuses baies vitrées donnaient sur la plage. Ils avaient tout à disposition : un bar dans le salon, l'océan qui scintillait comme un diamant sous le soleil torride et d'énormes crevettes roses qu'on faisait griller au barbecue. Sans parler des accents, de la bière qui coulait à flots, des jeunes filles blondes aux cuisses couleur caramel – modèle inconnu en Cornouailles – et, le jour même de l'anniversaire, du requin.

« Ils ne sont dangereux que si on les provoque, avait dit l'oncle Kevin, grand amateur de plongée. N'y touchez pas, les garçons, d'accord ? Pas d'imprudences. »

Mais pour Dave Polworth, qui adorait la mer et qui, chez lui, pratiquait le surf, la pêche et la voile, l'imprudence était un mode de vie.

Des yeux plats, éteints, plusieurs rangées de dents acérées. Tant qu'ils nageaient au-dessus de lui, ébahis par la beauté de son corps fuselé, le requin à pointes noires les ignorait. Strike savait qu'il aurait volontiers poursuivi son chemin à travers l'azur des profondeurs, mais Dave s'était mis en tête de le toucher.

353

Il en portait encore la marque : le squale lui avait arraché un bon morceau de l'avant-bras et son pouce droit était presque insensible depuis. Ce qui ne l'empêchait pas d'exercer son métier : ingénieur civil à Bristol. On lui donnait du « mon vieux » à la taverne Victory où Strike et lui se retrouvaient pour boire de la Doom Bar, quand ils rentraient au pays. Toujours aussi téméraire et entêté, Dave Polworth recherchait encore les sensations fortes en pratiquant la plongée à ses moments perdus, mais il ne s'approchait plus des requins de l'Atlantique.

Strike contemplait la lézarde dans le plafond au-dessus de son lit. L'avait-il déjà vue ? Il la suivit du regard mais, dans son esprit, l'ombre du squale continuait à glisser au fond de l'eau. Un nuage de sang noir, le corps de Dave qui se débattait, la bouche ouverte en un hurlement silencieux.

L'assassin d'Owen Quine et le requin à pointes noires se ressemblaient, songea-t-il. On n'avait pas affaire à un prédateur forcené qui tuait pour tuer. À sa connaissance, aucun des suspects n'avait d'antécédents criminels. Souvent, quand on découvrait un corps, on retrouvait le meurtrier grâce à son passé violent ; il suffisait de suivre la trace sanglante qu'il laissait derrière lui, tel un paquet rempli d'abats pour chiens affamés. L'assassin de Quine était un spécimen plus rare, plus étrange, un animal sournois qui ne montrait sa vraie nature que contraint et forcé. Owen Quine, tout comme Dave Polworth, avait sciemment provoqué son agresseur, réveillant en lui une fureur meurtrière.

« En chacun de nous sommeille un tueur. » Combien de fois Strike n'avait-il pas entendu cette maxime, en fait stupide. Il existait bien sûr des individus pour qui tuer était à la fois facile et gratifiant ; Strike en avait rencontré quelques-uns. Sur cette planète, des millions de personnes étaient spécialement entraînées pour supprimer leurs semblables ; Strike avait fait partie du lot. Certains tuaient en fonction des circonstances, par intérêt ou pour se défendre, quand aucune autre solution ne se présentait ; ils se découvraient capables d'une violence insoupçonnée. Mais il y avait aussi des gens qui s'arrêtaient à temps, même sous la pression du danger, des gens qui ne pouvaient se résoudre à briser le dernier, le plus absolu des tabous.

Strike ne sous-estimait pas le meurtrier d'Owen Quine. Il lui avait fallu une détermination de fer pour attacher, frapper, éventrer sa victime. Il avait atteint son objectif sans se faire repérer, s'était admirablement débarrassé des indices et n'éprouvait à présent ni angoisse ni remords susceptibles de l'amener à se trahir. Ce profil était celui d'un individu particulièrement dangereux, voire perturbé. Quand ces gens-là se croyaient hors d'atteinte, on pouvait les côtoyer sans risque, mais si jamais on les touchait... si on les touchait là où ça faisait mal, là où Owen avait peut-être mis le doigt...

« Merde », pesta Strike en jetant son mégot dans le cendrier posé près de lui ; il s'était brûlé les doigts.

Alors, par quel bout commencer ? Puisque le tueur n'avait laissé aucune trace depuis son crime, il allait devoir faire le chemin inverse. Suivre la piste menant au crime. Et commencer par étudier de plus près les derniers jours de la vie de Quine.

Strike soupira en contemplant son portable. Comment trouver la première pièce du puzzle ? s'interrogea-t-il en faisant défiler dans sa tête la longue liste de ses relations. Chaque option s'élimina d'elle-même au fur et à mesure. Ne lui resta plus que son premier choix, encore qu'il eût préféré se débrouiller sans. Mais, tout compte fait, son demi-frère Alexander était probablement le plus à même de l'aider.

Ils avaient en commun un père célèbre mais n'avaient jamais vécu sous le même toit. Son cadet de neuf ans, Al était le fils légitime de Jonny Rokeby et, en tant que tel, menait une existence privilégiée. Il avait fait ses études en Suisse et, à l'heure qu'il était, il pouvait se trouver n'importe où dans le monde : chez Rokeby à Los Angeles, sur le yacht d'un chanteur de rap ou sur une plage australienne – la troisième épouse de leur père habitait Sydney.

Parmi la ribambelle de demi-frères et demi-sœurs que Strike avait du côté de son père, Al était le seul qui s'intéressait à son sort et désirait entretenir de bonnes relations avec son aîné. Après son amputation, il lui avait rendu visite à l'hôpital ; Strike se souvenait du malaise qu'ils avaient ressenti alors, mais, avec le recul, il trouvait sa démarche touchante.

Al était venu le voir à Selly Oak avec un message de leur père, le genre de chose qu'on n'envoie pas par mail : Rokeby se proposait de l'aider à monter son agence de détective. Son frère lui avait annoncé cela avec une grande fierté, comme si cette offre prouvait l'altruisme de Rokeby. Strike, lui, savait qu'il y avait anguille sous roche. Son père, ou peut-être ses avocats, craignait sans doute que le vétéran décoré et unijambiste ne vende son histoire à la presse. La proposition financière ne servait qu'à l'en dissuader.

Strike avait donc décliné l'offre mais, par la suite, aucune banque ne voulant lui accorder un emprunt, il s'était vu contraint de rappeler son frère pour une contre-proposition : pas question de rencontrer Rokeby mais son argent l'intéressait, à la stricte condition qu'il s'agisse d'un prêt. Évidemment, son père s'en offusqua. Depuis, son avocat ne cessait de le harceler, revenant à la charge chaque mois avec un zèle digne des plus intransigeants banquiers.

Cette dette aurait été déjà épongée si Strike n'avait pas choisi de garder Robin. Mais il était bien décidé à tout rembourser avant Noël, et ensuite il ne devrait plus rien à Jonny Rokeby. Voilà pourquoi il se démenait, allant jusqu'à travailler huit ou neuf heures par jour, sept jours par semaine. Dans ce contexte, la réticence de Strike à contacter son jeune frère pour lui demander un service se comprenait, tout comme la loyauté d'Al envers un père qu'il aimait. Mais dès que le sujet arrivait dans la conversation, il y avait comme une gêne.

Strike laissa sonner jusqu'à ce qu'il tombe sur la messagerie d'Al. Partagé entre le soulagement et la déception, il lui demanda de le rappeler et raccrocha.

Puis, ayant allumé sa troisième cigarette depuis le petit déjeuner, il se remit à fixer la lézarde au plafond. La piste menant au crime… Tout ou presque reposait sur la chronologie des événements, d'où l'importance de déterminer le moment où le tueur avait lu le manuscrit et décidé de suivre le scénario décrit dans le dernier chapitre…

Pour la énième fois, il passa les suspects en revue, comme s'il les tenait en main à la manière d'un jeu de cartes.

Elizabeth Tassel, qui ne cachait pas la rage et les ennuis que lui avait causés *Bombyx Mori*. Kathryn Kent, qui prétendait ne pas l'avoir lu. La mystérieuse Pippa2011, à qui Owen Quine avait lu des passages au mois d'octobre. Jerry Waldegrave, qui avait reçu le manuscrit le 5 novembre mais, selon Chard, aurait pu en connaître le contenu bien avant. Daniel Chard, qui prétendait ne l'avoir eu que le 7. Et enfin Michael Fancourt, qui avait appris son existence par l'intermédiaire de Chard. À cette liste, il fallait ajouter tous les gens à qui Fisher avait envoyé le texte ; ceux-là avaient dû le parcourir plus ou moins attentivement, privilégiant les chapitres les plus salaces. Quant à Fisher lui-même, Strike doutait fort qu'il fût mêlé au meurtre de Quine ; même chose pour le jeune Ralph, l'assistant de Tassel, ou pour Nina Lascelles. Ces trois-là n'apparaissaient pas dans *Bombyx Mori* et n'avaient même pas connu Quine personnellement.

Il devait absolument se rapprocher des quelques personnes victimes de la vindicte de Quine et, qui sait, les inciter à se confier davantage. Il reprit son téléphone et, avec à peine plus d'entrain que tout à l'heure quand il avait cherché à joindre son demi-frère, fit défiler ses contacts et s'arrêta sur le nom de Nina Lascelles.

Leur conversation fut brève. Enchantée de l'entendre, Nina lui proposa de venir chez elle dans la soirée. Elle lui préparerait un petit plat.

Strike ne voyait pas d'autre manière d'obtenir des détails sur la vie privée de Jerry Waldegrave ou sur Michael Fancourt et sa réputation d'« assassin littéraire ». D'un autre côté, il redoutait de rattacher sa prothèse et n'osait imaginer la déception de Nina quand, le lendemain matin, il la quitterait une fois de plus et s'en irait comme un voleur. Pour se consoler, il pensa au match d'Arsenal contre Aston Villa qui passait à la télé dans l'après-midi ; en attendant, il n'était pas obligé de sortir : il avait des antalgiques, des cigarettes, du bacon et du pain.

Strike était tellement obnubilé par son confort, le football et son enquête qu'il n'eut pas l'idée de jeter un coup d'œil dans la rue enneigée où les badauds défiaient les frimas pour faire leurs achats chez les disquaires, les magasins d'instruments, ou prendre un verre dans tel ou tel café. S'il l'avait fait, il aurait peut-être aperçu une longue silhouette drapée dans un manteau noir, appuyée contre un mur entre les numéros 6 et 8, le regard levé vers son appartement. En revanche, il n'aurait sans doute pas vu le gros cutter qu'elle tournait entre ses longs doigts fins.

32.

Dresse-toi, mon ange gardien,
Dont les chants sacrés conjurent cet esprit maléfique
Qui n'a cessé de m'importuner…

Thomas DEKKER, *Le Noble Soldat espagnol*

MALGRÉ LES CHAÎNES ÉQUIPANT LES PNEUS de la vieille Land Rover familiale, la mère de Robin avait eu du mal à refaire en sens inverse le chemin entre la gare d'York et Masham. À travers les trouées en forme d'éventails que les essuie-glaces dégageaient sur le pare-brise – et que la neige recouvrait presque aussitôt –, Robin avait à peine reconnu le paysage de son enfance. Cela faisait des années que l'hiver n'avait pas été aussi rude. La neige tombait en continu depuis des jours. Il leur avait fallu presque trois heures, au lieu d'une seule habituellement, pour arriver à destination. À plusieurs reprises, alors qu'elle touchait au but, Robin avait craint de rater la cérémonie. Du moins avait-elle pu appeler Matthew et lui expliquer qu'elle n'était plus très loin. Il l'avait un peu rassurée en disant que certains membres de la famille étaient encore coincés sur la route et que sa tante de Cambridge ne pourrait sans doute pas venir du tout.

En arrivant dans la maison de ses parents, Robin avait coupé court aux manifestations de joie baveuses du vieux labrador chocolat pour se ruer dans sa chambre à l'étage et revêtir la robe et le manteau noirs sans perdre de temps à les repasser. Dans sa précipitation, elle avait réussi à filer une paire de collants. Puis elle était redescendue en toute hâte retrouver ses parents et ses frères qui l'attendaient dans le vestibule.

À présent, ils avançaient tous ensemble en se protégeant des bourrasques de neige sous des parapluies noirs. Après avoir grimpé la petite pente que Robin avait jadis empruntée tous les jours pour aller à l'école, ils traversèrent la grande place au centre de la vieille ville. Derrière eux se dressait la cheminée géante de la brasserie locale. On avait annulé le marché du samedi. De profondes tranchées creusées dans la neige avaient permis aux plus courageux de franchir l'esplanade. On voyait encore les empreintes de leurs pas converger vers l'église où Robin apercevait une foule de personnes endeuillées, rassemblées sur le parvis. Le soleil pâle se reflétait sur les plaques de glace couvrant les toits des maisons géorgiennes qui cernaient la place. Et la neige tombait toujours, engloutissant comme une marée montante les larges dalles de pierre alignées dans le cimetière.

Robin frissonna quand la famille, sur le point d'atteindre le portail de St Mary the Virgin, passa devant les vestiges de la croix du IXe siècle, monument d'allure curieusement païenne. Et, au dernier moment, elle aperçut Matthew, debout sous le porche, auprès de son père et de sa sœur. Il était si pâle, si merveilleusement beau dans son costume noir. Robin ne le quittait pas des yeux, attendant qu'il s'aperçoive de sa présence. C'est alors qu'elle vit une jeune femme s'approcher de lui pour l'embrasser. Robin reconnut Sarah Shadlock, la vieille copine de fac de Matthew. Son baiser lui parut un peu plus appuyé que nécessaire dans ce genre de circonstances, mais elle s'estimait mal placée pour s'en formaliser. Après tout, elle avait failli rater son train et n'avait pas vu Matthew depuis presque une semaine.

« Robin ! » s'écria-t-il soudain en lui tendant les bras, ce qui lui fit rater la poignée de main de trois personnes. Pendant qu'ils se blottissaient l'un contre l'autre, elle sentit des larmes lui piquer les paupières. C'était si bon de retrouver la vie réelle, Matthew, sa maison…

« Viens t'asseoir devant », lui dit-il en l'entraînant vers le banc placé face à l'autel, près de son beau-frère qui faisait sauter sa fille sur ses genoux et accueillit Robin d'un signe de tête morose.

Elle promena son regard sur les objets décorant la belle et vénérable église où elle avait assisté à tant de messes de Noël et de Pâques. Elle se rappelait aussi les fêtes des moissons avec les enfants de sa classe. Tout en haut, sur la voûte du chœur, une peinture attribuée à Sir Joshua Reynolds attira son attention. Elle la fixa le temps de retrouver ses esprits. C'était une scène mystique, noyée dans la brume ; un angelot contemplait au loin une croix d'où sortaient des rayons dorés… Au fait, qui était l'auteur de ce tableau, se demanda-t-elle, Reynolds lui-même ou l'un de ses élèves ? Et aussitôt elle se reprocha sa curiosité insatiable, surtout en un moment pareil, alors que la pauvre Mrs Cunliffe…

C'était ici qu'elle avait cru pouvoir se marier dans quelques semaines. Sa robe blanche était suspendue dans le placard de la chambre d'amis. Mais au lieu du cortège nuptial, c'était le cercueil de Mrs Cunliffe qui remontait à présent l'allée centrale. Un bloc noir et luisant avec des poignées d'argent. Owen Quine reposait toujours à la morgue… Pas de beau cercueil luisant pour son cadavre éviscéré, décomposé, brûlé…

Arrête d'y penser, se dit-elle pendant que Matthew s'asseyait en appuyant sa jambe contre la sienne.

Les dernières vingt-quatre heures avaient été si mouvementées que Robin peinait à réaliser qu'elle était bien ici, dans sa ville natale, et pas à l'hôpital où Strike et elle auraient pu échouer si elle n'avait évité de justesse ce camion-citerne renversé… Le chauffeur couvert de sang… Le corps de

Mrs Cunliffe était probablement intact dans sa caisse capitonnée de soie… *Arrête d'y penser…*

Elle avait un mal fou à regarder paisiblement les choses autour d'elle. Peut-être qu'à force de voir des horreurs – comme des cadavres ficelés aux entrailles arrachées –, votre vision du monde se déformait.

Quand le pasteur appela à la prière, elle s'agenouilla avec un léger décalage. Le coussin brodé au point de croix meurtrit ses genoux glacés. *Pauvre Mrs Cunliffe…* Cela dit, la mère de Matthew ne l'avait jamais vraiment aimée. *Sois gentille*, s'implora Robin. Pourtant c'était vrai, Mrs Cunliffe ne comprenait pas que son fils restât aussi longtemps avec une seule et même femme. Un jour qu'elle avait le dos tourné, Robin l'avait entendue dire que les jeunes gens devraient se donner du bon temps, jeter leur gourme avant de… En plus, le fait que Robin ait abandonné ses études ne plaidait pas en sa faveur, aux yeux de sa belle-mère.

Couchée sur un banc de marbre, à trois mètres d'elle, la statue grandeur nature de Sir Marmaduke Wyvill contemplait Robin qui venait de se lever pour le cantique. Dans son pourpoint cuirassé, l'aristocrate s'appuyait sur un coude pour mieux voir l'assemblée des fidèles. Allongée sur le banc du dessous, son épouse adoptait une pose identique. Leur attitude irrévérencieuse, les coussins glissés sous leurs coudes de marbre leur conféraient une présence presque réelle. Au-dessus d'eux, dans les écoinçons, étaient sculptées des figures allégoriques évoquant la fuite du temps. *Jusqu'à ce que la mort nous sépare…* Les pensées de Robin s'envolèrent de nouveau : Matthew et elle, liés jusqu'à la mort… *Non, non, pas liés… pas ce mot… Qu'est-ce qui te prend ?* La vérité, c'était que ce voyage en train l'avait épuisée. Trop de cahots. Ils avaient mis le chauffage à fond dans le wagon. Elle n'avait pas fermé l'œil, de crainte de se réveiller coincée en rase campagne.

Matthew lui prit la main et la serra tendrement.

L'inhumation fut expédiée aussi vite que la décence l'autorisait. Personne ne s'attarda sur la tombe et Robin n'était visiblement pas la seule à claquer des dents.

Puis le cortège se rapatria vers la grande demeure en brique des Cunliffe. Le père de Matthew, qui en faisait toujours un peu trop, ne cessait de remplir les verres et de saluer les gens comme s'il s'agissait d'une réception mondaine.

« Tu m'as manqué, dit Matthew. C'était horrible sans toi.

— Moi aussi, j'aurais aimé pouvoir être là avec toi. »

Encore un mensonge.

« Tante Sue dort ici ce soir, dit Matthew. J'ai pensé qu'on pourrait peut-être aller chez tes parents. Ce serait bien de mettre un peu de distance avec tout ça. Cette semaine a été tellement remplie…

— Oui, excellente idée », répondit Robin en lui serrant fort la main, heureuse d'échapper à la famille Cunliffe. Elle trouvait la sœur de Matthew pénible et Mr Cunliffe autoritaire.

Mais pour un soir, tu aurais pu te faire une raison, se gronda-t-elle. Cela ressemblait à une fuite.

La maison des Ellacott était à quelques minutes à pied, et Matthew aimait beaucoup la famille de Robin ; il fut soulagé de troquer son costume contre un jean et d'aider à mettre le couvert pour le dîner. Mrs Ellacott, femme replète dont Robin avait hérité les boucles cuivrées – ce soir vaguement relevées en chignon –, le traitait avec une douce cordialité. De nature enthousiaste, elle avait de nombreux centres d'intérêt et suivait en ce moment un cours de littérature anglaise à l'Université pour tous.

« Comment vont les études, Linda ? demanda Matthew en soulevant la lourde marmite posée sur la cuisinière.

— Nous en sommes à Webster, *La Duchesse d'Amalfi* : "Et cela me rend fou."

— C'est difficile, hein ? fit Matthew.

— C'est une citation, mon chéri. Zut… » Elle lâcha les cuillers de service qui heurtèrent bruyamment les bords de la marmite. « Ça me rappelle que… je parie que je l'ai ratée… »

Elle traversa la cuisine pour attraper *Radio Times*, un magazine qui traînait toujours chez eux.

« Non, c'est à neuf heures. Ils diffusent une interview de Michael Fancourt. Je veux la regarder.

— Michael Fancourt ? s'exclama Robin en se retournant. Pourquoi ?

— Il est très influencé par tous ces anciens dramaturges anglais dont les pièces ont la vengeance pour thème, répondit sa mère. J'espère qu'il expliquera ce qui l'attire chez eux.

— Tu as vu ça ? dit le plus jeune frère de Robin, Jonathan, qui revenait de l'épicerie avec le litre de lait que sa mère lui avait demandé. C'est en première page, Rob. L'écrivain qui s'est fait étriper...

— Jon ! » le rabroua Mrs Ellacott.

Robin savait que sa mère ne grondait pas Jonathan parce que Matthew n'aimait pas qu'on évoque le métier de sa fiancée. Elle estimait simplement que les sujets scabreux étaient déplacés après un enterrement.

« Ben quoi ? » fit Jonathan qui, oubliant toute politesse, colla le *Daily Express* sous le nez de Robin.

Maintenant que la presse connaissait les détails de sa mort, Quine avait droit à la une.

L'AUTEUR DE ROMANS D'HORREUR A DÉCRIT SON PROPRE MEURTRE.

Auteur de romans d'horreur..., songea Robin, *pas vraiment... mais ça fait de l'effet sur un gros titre.*

« Tu crois que ton patron va trouver l'assassin ? lui demanda Jonathan en feuilletant le journal. Il va encore souffler la vedette à la police ? »

Robin se mit à lire par-dessus l'épaule de Jonathan mais se ravisa en surprenant le regard de Matthew.

Et quand elle entendit son portable vibrer au fond de son sac à main abandonné sur une chaise défoncée, dans un coin de la cuisine carrelée, pendant qu'ils mangeaient leur ragoût aux pommes de terre, elle fit semblant de n'avoir rien remarqué et attendit la fin du repas pour vérifier discrètement ses messages tandis que Matthew aidait sa mère à débarrasser la table. À sa grande surprise, c'était Strike qui avait essayé de l'appeler. Jetant un regard furtif vers Matthew qui remplissait le lave-vaisselle, elle consulta sa messagerie pendant que le reste de la famille papotait.

Vous avez un nouveau message. Reçu aujourd'hui à dix-neuf heures vingt.

Elle perçut un grésillement, comme si quelqu'un attendait pour parler.

Puis un bruit sourd, suivi d'un cri. Elle reconnut la voix de Strike :

« Non, arrêtez, espèce de... »

Un hurlement de douleur.

Silence. Encore des grésillements. Le bruit de quelque chose qu'on écrase, qu'on tire. Des halètements, un grattement, puis plus rien.

Le téléphone collé à l'oreille, Robin roulait des yeux horrifiés.

« Que se passe-t-il ? » demanda son père qui rapportait les couverts dans le buffet. Il s'arrêta net, les lunettes presque au bout du nez.

« Je crois que... Je crois que mon patron a... a eu un accident... »

Elle composa le numéro de Strike d'un doigt tremblant et tomba sur la messagerie. Figé au milieu de la cuisine, Matthew la fusillait du regard.

33.

Cruel sort que celui qui contraint les femmes
à faire la cour.

Thomas DEKKER et Thomas MIDDLETON,
La Putain honnête

SI STRIKE N'AVAIT PAS ENTENDU L'APPEL DE ROBIN, c'est
qu'en tombant par terre, quinze minutes auparavant, son
portable s'était mis de lui-même sur « vibreur », à son
insu. Et à l'instant où l'appareil lui échappait des mains, Strike
avait appuyé sans s'en apercevoir sur le numéro de son assistante.

Il venait de sortir de l'immeuble, son téléphone au creux de
la paume (il attendait la confirmation du taxi qu'il s'était décidé
à commander), quand c'était arrivé. La porte de la rue s'était
à peine refermée qu'une haute silhouette encapuchonnée avait
bondi sur lui dans l'obscurité. Strike eut le temps de voir un
visage blême, un foulard, un bras brandissant une lame avec
maladresse mais conviction.

Strike se prépara à recevoir le coup. En se recroquevillant, il
faillit encore déraper dans la neige mais se rattrapa de justesse
et, dans son geste, heurta la porte avec la main qui tenait le
téléphone, lequel atterrit par terre. Choqué mais surtout furieux

366

– il s'était déjà tordu le genou à cause d'elle, lors de leur dernière rencontre –, Strike poussa un rugissement. La femme hésita une fraction de seconde et repartit à l'attaque.

Il avait repéré le cutter mais, quand il voulut l'envoyer valser d'un coup de canne, sa jambe se déroba. Il hurla de douleur. L'autre, qui croyait avoir raté sa cible, eut un réflexe de surprise en l'entendant crier. Elle recula vivement et, comme la fois précédente, paniqua et partit en courant. Hors de lui, Strike resta en plan sur le trottoir. Il ne lui restait plus qu'à fouiller la neige pour retrouver son téléphone.

Putain de jambe !

Au moment où Robin essayait de le joindre, il transpirait de douleur dans un taxi qui se traînait. La petite lame biseautée qu'il avait vue briller dans la main de son agresseuse ne l'avait pas touché. Piètre consolation. Comme il avait remis sa prothèse avant de sortir, son articulation le torturait une fois de plus. À cela s'ajoutait la rage de ne pouvoir cavaler derrière la folle qui le harcelait. Il n'avait jamais frappé ni même blessé – à sa connaissance – une femme, mais la vision de cette lame s'approchant de lui dans l'obscurité lui avait ôté tout scrupule. Au grand dam du chauffeur de taxi qui observait dans son rétroviseur le colosse furibond assis derrière lui, Strike ne cessait de pivoter sur lui-même, dans l'espoir de repérer parmi la foule du samedi soir la silhouette voûtée en manteau noir, un cutter caché dans la poche.

Sur Oxford Street, la voiture passa sous les guirlandes lumineuses garnies de gros paquets argentés fermés par des rubans dorés. Strike, qui n'avait aucune envie de dîner avec Nina, consacra une bonne partie du trajet à ravaler sa mauvaise humeur. Et pendant ce temps-là, Robin s'évertuait à l'appeler. Mais comme son portable se trouvait dans la poche du manteau plié à côté de lui sur la banquette, Strike ne l'entendit pas vibrer.

« Salut, fit Nina dans un sourire forcé lorsqu'il arriva chez elle avec une demi-heure de retard.

« — Excuse-moi, dit Strike en franchissant le seuil d'un pas mal assuré. J'ai eu un accident devant chez moi. Ma jambe. »

En plus, il n'avait rien apporté, réalisa-t-il alors qu'il se tenait devant elle, engoncé dans son manteau. Il aurait pu acheter du vin ou une boîte de chocolats. Nina avait déjà remarqué cet oubli, pensa-t-il en voyant ses grands yeux glisser sur lui ; c'était une fille bien élevée, et lui un goujat.

« J'ai acheté une bouteille mais je l'ai laissée à la maison, dit-il pour se faire pardonner. C'est trop nul. Flanque-moi dehors. »

Nina partit d'un petit rire poli et, au même moment, Strike sentit le téléphone vibrer dans sa poche. Il s'en empara sans réfléchir une seule seconde.

Robin ? Que lui voulait-elle, un samedi ?

« Désolé, il faut que je décroche – c'est urgent, mon assistante. »

Le sourire de Nina se figea, elle fit volte-face et le laissa seul dans le vestibule.

« Robin ?

— Vous allez bien ? Que s'est-il passé ?

— Comment savez… ?

— En écoutant votre message, j'ai eu l'impression qu'on vous agressait !

— Bon Dieu, je vous ai appelée ? C'est sûrement quand j'ai fait tomber mon téléphone. Ouais, c'est exactement… »

Il lui expliqua ce qui lui était arrivé et, cinq minutes plus tard, suspendit enfin son manteau dans l'entrée. Puis il suivit l'odeur provenant de la salle à manger où Nina avait dressé deux couverts. La pièce était joliment éclairée, elle avait fait le ménage, disposé des fleurs fraîches un peu partout. Ça sentait l'ail rôti.

« Désolé, répéta-t-il quand elle amena le plat. Parfois, j'aimerais avoir des horaires de bureau.

— Sers-toi du vin », lâcha-t-elle froidement.

368

Cette situation lui était familière. Combien de fois s'était-il assis devant une femme en colère à cause de ses retards, de sa désinvolture ! Avec Nina, il avait affaire à une débutante. S'il avait osé débarquer en retard chez Charlotte et, à peine arrivé, discuter avec une femme au téléphone, elle lui aurait sans doute balancé un verre de vin à la figure, puis quelques assiettes. En comparaison, Nina lui parut soudain plus aimable.

« Les détectives sont des gens infréquentables, dit-il en s'asseyant.

— Infréquentables, je n'irais pas jusque-là, répondit-elle d'un ton radouci. Je suppose que tu penses sans arrêt à ton travail. »

Elle le fixait de ses grands yeux.

« J'ai rêvé de toi, la nuit dernière, dit-elle. Un cauchemar.

— Décidément, la soirée commence bien !

— Non, rassure-toi, s'esclaffa-t-elle. En fait, nous étions tous les deux à la recherche des intestins de Quine. »

Elle but une longue gorgée de vin sans le lâcher du regard.

« Et nous les trouvions ? lui renvoya Strike pour alléger l'atmosphère.

— Oui.

— Où ça ? En ce moment, toutes les pistes m'intéressent.

— Dans un tiroir du bureau de Jerry Waldegrave, celui du bas, précisa Nina en réprimant un frisson. Je t'assure, c'était horrible. Je l'ouvrais et je voyais… du sang, des organes… Après, tu frappais Jerry. Ça semblait tellement vrai que ça m'a réveillée. »

Elle reprit du vin sans avoir touché à son assiette. Strike, qui avait déjà attaqué la sienne (beaucoup trop d'ail, mais il mourait de faim), modéra son entrain, déglutit et répondit :

« Plutôt glauque.

— C'est parce qu'ils en ont parlé aux infos hier. Personne n'imaginait, personne ne savait qu'il… qu'il était mort comme ça. Comme dans *Bombyx Mori*. Tu ne me l'avais pas dit », ajouta-t-elle. Derrière les relents d'ail, Strike sentit une bouffée de reproches.

« Je ne pouvais pas. C'est à la police de révéler ce genre d'informations.

— Et maintenant, Owen fait la une du *Daily Express*. Il aurait adoré. Son nom en gros titre. Mais moi, je regrette d'avoir lu l'article. » Elle lui jeta un regard furtif.

Strike connaissait ce genre de réaction épidermique. Parfois, les gens ressentaient un malaise devant lui, quand ils imaginaient ce qu'il avait pu faire, voir ou toucher. On aurait dit qu'ils reniflaient sur lui l'odeur de la mort. Certaines femmes étaient attirées par les soldats, les policiers ; elles frissonnaient de plaisir à leur contact et vivaient par procuration les violences qu'ils avaient pu voir ou infliger. Mais d'autres n'éprouvaient que du dégoût. Strike avait cru que Nina appartenait à la première catégorie ; à présent qu'elle affrontait l'écœurante réalité, avec son lot de cruauté sadique, elle commençait à glisser vers la deuxième.

« Hier, ce n'était pas la joie au bureau. Après ce qu'on a appris. Tout le monde était... C'est juste que... s'il a été assassiné comme dans le manuscrit, le nombre des suspects... est très limité, n'est-ce pas ? En tout cas, je peux t'assurer que plus personne ne se moque de *Bombyx Mori*. On se croirait dans un vieux roman de Michael Fancourt, à l'époque où les critiques le qualifiaient d'auteur macabre... Au fait, Jerry a démissionné.

— Oui, j'ai appris.

— J'ignore pourquoi. Il bossait pour Roper Chard depuis des siècles. Ces derniers temps, il n'était plus lui-même. Toujours en colère, alors qu'il était si charmant avant. Et il a recommencé à boire. Beaucoup. »

Elle ne mangeait toujours pas.

« Était-il proche de Quine ?

— Il devait l'être plus qu'il ne le pensait, dit Nina. Ils ont collaboré pendant des années. Owen le faisait tourner en bourrique – il faisait cela avec tout monde –, mais je vois bien que Jerry est bouleversé.

— J'imagine que Quine n'aimait pas trop qu'un éditeur repasse sur ses textes…

— C'est vrai, il était parfois difficile, admit Nina, mais maintenant, Jerry ne supporte plus qu'on dise du mal de lui. Il reste persuadé qu'il faisait une dépression. Tu l'as entendu, l'autre soir à la réception. Il pense qu'Owen était mentalement perturbé et qu'on ne peut pas vraiment lui reprocher d'avoir écrit *Bombyx Mori*. Et il en veut toujours autant à Elizabeth Tassel d'avoir fait cette bourde. Elle est passée l'autre jour pour discuter d'un autre auteur…

— Dorcus Pengelly ? coupa Strike pendant que Nina pouffait de rire.

— Tu aimes ce genre de niaiseries ? Des filles aux gros seins, des bateaux qui font naufrage ?

— Non, c'est juste que son nom m'est resté en mémoire, sourit Strike. Tu disais, à propos de Waldegrave… ?

— Quand il l'a vue débarquer dans le couloir, il a claqué la porte vitrée de son bureau. Il a bien failli la briser. Un geste idiot qui a fait sursauter tout le monde. Tassel avait une mine de déterrée, ajouta Nina. Horrible. Si elle avait été en forme, elle aurait déboulé dans son bureau et lui aurait dit d'être plus aimable…

— C'est son genre ?

— Tu rigoles ? Le sale caractère de Liz Tassel est légendaire. »

Nina regarda sa montre.

« Il y a une interview de Michael Fancourt, ce soir à la télé. Je l'enregistre », dit-elle en remplissant leurs deux verres. Son assiette était toujours intacte.

« Ça t'ennuie si on la regarde ? »

Au regard suspicieux qu'elle lui lança, Strike vit qu'elle s'interrogeait sur les raisons de sa venue. Était-il là pour lui tirer les vers du nez ou pour le plaisir de prendre dans ses bras son corps menu de garçon manqué ?

Le portable de Strike se remit à sonner. Il resta quelques secondes à peser le pour et le contre. S'il répondait, Nina se sentirait blessée ; s'il ne répondait pas, il risquait de passer à côté d'une information potentiellement plus intéressante que l'avis de Nina sur Jerry Waldegrave.

« Désolé », dit-il en regardant l'écran. C'était son demi-frère.

« Corm ! claironna Al pour se faire entendre malgré le bruit sur la ligne. Ravi d'avoir de tes nouvelles, frangin !

— Moi aussi. Comment vas-tu ?

— Très bien ! Je suis à New York, je viens d'avoir ton message. De quoi as-tu besoin ? »

Al savait que Strike n'appelait que par nécessité mais, contrairement à Nina, ne semblait pas s'en formaliser.

« Je comptais te proposer un dîner vendredi prochain, dit Strike, mais si tu es à New York...

— Je rentre mercredi. Ouais, ce serait super. Tu veux que je réserve quelque part ?

— Oui, de préférence au River Café.

— Je m'en occupe », répondit Al sans l'interroger davantage. Peut-être pensait-il que Strike avait juste envie de manger italien. « Et je t'envoie l'heure par texto, d'accord ? À vendredi ! »

Strike raccrocha mais, quand il leva les yeux pour lui présenter ses excuses, Nina avait disparu dans la cuisine. Cette fois, plus de doute : le temps avait viré à l'orage.

34.

Seigneur Dieu ! Qu'ai-je dit ? Maudite langue !

William CONGREVE, *Amour pour amour*

« L'amour est un mirage, affirmait Michael Fancourt sur l'écran de télévision. Un mirage, une chimère, une illusion. »

Robin était coincée entre Matthew et sa mère, sur le canapé déteint et défoncé. Le labrador dormait devant la cheminée, sa queue battant paresseusement le tapis. Robin était vannée, après deux nuits sans presque fermer l'œil et plusieurs jours remplis de stress et d'émotions imprévues. Pourtant, elle s'efforçait d'écouter le discours de Michael Fancourt. Toujours optimiste, Mrs Ellacott espérait glaner quelques clés susceptibles de l'aider à rédiger sa dissertation sur Webster, d'où le carnet et le stylo posés sur ses genoux.

« Assurément…, démarra le journaliste aussitôt interrompu par Fancourt.

— On n'aime pas l'autre, on aime l'idée qu'on s'en fait. Mais la plupart des gens sont incapables de le comprendre ou de le supporter. Ils croient dur comme fer aux fantasmes produits par leur imagination. En fin de compte, il n'est d'amour que l'amour de soi. »

Mr Ellacott dormait dans son fauteuil, le plus proche de la cheminée et du chien. Il ronflait doucement, ses lunettes au bout du nez. Les trois frères de Robin s'étaient discrètement éclipsés. Comme tous les samedis soir, leurs copains les attendaient au Bay Horse, sur la place. Jon, qui était revenu de l'université spécialement pour l'enterrement, se disait que le fiancé de sa sœur lui pardonnerait d'aller écluser quelques pintes de Black Sheep avec ses frères, autour des tables de cuivre martelé posées près du feu.

Robin soupçonnait Matthew d'avoir hésité à se joindre à eux avant d'y renoncer par simple décence. Résultat, il était coincé à regarder une émission littéraire. À la maison, il aurait déjà changé de chaîne sans lui demander son avis, partant du principe que Robin ne pouvait s'intéresser au bavardage de ce mec antipathique et sentencieux. Rien qu'à voir la manière dont Fancourt tordait ses lèvres en haussant les sourcils, on devinait qu'il s'estimait supérieur au reste de l'humanité. Le présentateur, un type pourtant connu, ne paraissait guère à son aise en face de lui.

« Tel est donc le thème de votre nouveau... ?

— Entre autres, oui. Quand le héros comprend que son aimée n'est que le fruit de son imagination, au lieu de se fustiger pour sa propre bêtise, il cherche à punir la femme en chair et en os dont il s'estime dupe. Sa soif de vengeance sert de fil conducteur au roman.

— Tiens, tiens, souffla la mère de Robin en attrapant son stylo.

— Nombre d'entre nous, s'immisça le présentateur, la plupart, je dirais, considèrent plutôt l'amour comme un idéal purificateur, un don de soi...

— Prétexte fallacieux, rétorqua Fancourt. En tant que mammifères, nous avons besoin de partenaires sexuels. Si nous recherchons la protection du cocon familial, c'est uniquement pour survivre et nous reproduire. Nous sélectionnons le soi-disant être aimé sur des critères essentiellement primitifs – par exemple, le fait que mon héros s'attache à une femme grosse se comprend sans peine. Votre conjoint doit ressembler au père ou à la mère qui s'est occupé de vous pendant l'enfance ; il doit rire de la même manière, avoir la même odeur... Tout le reste n'est que balivernes.

— Mais l'amitié..., lança le journaliste pour se raccrocher à quelque chose.

— Si j'avais pu me résoudre à avoir des rapports sexuels avec mes amis hommes, ma vie aurait été plus heureuse et plus productive, martela Fancourt. Malheureusement, je suis programmé pour ne désirer que les femmes, même si cela ne m'avance à rien. Et donc, quand je regarde telle femme, je me dis qu'elle est plus fascinante, plus adaptée à mes besoins, à mes envies, que telle autre. Je suis un être complexe, imaginatif, hautement évolué, qui se voit contraint de justifier *a posteriori* un choix bien plus terre à terre. Ça, c'est la vérité qui gît enfouie sous un millier d'années de courtoisie à la con. »

Robin se demanda ce que la femme de Fancourt pensait de ce discours. Mrs Ellacott avait jeté quelques mots sur son carnet.

« Il ne parle pas de vengeance », marmonna Robin.

Sa mère lui montra ses notes. Elle avait écrit : *Quel connard.* Robin gloussa.

Matthew se pencha pour attraper l'exemplaire du *Daily Express* que Jonathan avait laissé traîner sur une chaise. Il passa les trois premières pages, où le nom de Strike apparaissait plusieurs fois à côté de celui d'Owen Quine, et entreprit la lecture d'un article consacré à la censure exercée sur les chants de Noël de Cliff Richard par une célèbre chaîne de grands magasins.

« On a critiqué la manière dont vous représentez les femmes, réattaqua courageusement le journaliste. En particulier...

— Pendant que nous bavardons, j'entends les critiques se précipiter sur leur stylo comme des cafards sur une poubelle, dit Fancourt avec un sourire narquois. Je n'ai que faire de ce qu'ils pensent de moi ou de mon œuvre. »

Matthew tourna une page. Le regard de Robin coulissa vers le journal, attiré par une photo montrant un camion-citerne en travers d'une route, une Honda Civic retournée, une Mercedes défoncée.

« C'est l'accident qu'on a évité de justesse !

— Quoi ? » s'écria Matthew.

Robin avait parlé sans réfléchir. Elle sentit son cerveau se bloquer.

« Ils disent que ça s'est passé sur la M4 », répliqua Matthew d'un ton moqueur. Robin était incapable de reconnaître une autoroute quand elle en voyait une, songea-t-il.

« Ah… ah oui », bredouilla-t-elle en feignant de déchiffrer la légende imprimée sous l'image.

Trop tard. Matthew avait fini par comprendre.

« Tu as failli avoir un accident hier ? » chuchota-t-il pour ne pas déranger Mrs Ellacott qui suivait toujours l'interview de Fancourt.

Toute hésitation eût été fatale, alors elle se jeta à l'eau.

« Oui. Je ne voulais pas que tu t'inquiètes. »

Matthew la dévisagea. De l'autre côté du canapé, Robin sentait sa mère griffonner sur son carnet.

« Cet accident-là ? » insista-t-il en désignant la photo. Elle hocha la tête. « Qu'est-ce que tu faisais sur la M4 ?

— Cormoran avait un rendez-vous. J'ai dû lui servir de chauffeur. »

« Quand même, votre regard sur les femmes… », poursuivait le journaliste.

« Et il était où, ce putain de rendez-vous ?

— Dans le Devon.

— Le Devon ?

— Il s'est encore blessé au genou. Il ne pouvait pas y aller seul.

— Tu l'as conduit en voiture jusque dans le Devon ?

— Oui, Matt, je l'ai conduit…

— Et c'est pour ça que tu n'es pas venue hier ? Alors que tu aurais pu…

— Mais non, Matt, bien sûr que non. »

Il reposa brusquement le journal, se leva et sortit de la pièce à grandes enjambées.

Robin se sentait mal. Elle tourna la tête vers la porte qu'il avait fermée sans la claquer mais assez bruyamment pour réveiller le labrador et perturber le sommeil de son père, lequel remua en marmonnant des paroles incompréhensibles.

« Laisse-le », conseilla sa mère sans quitter l'écran des yeux.

Robin se retourna vers elle d'un air suppliant.

« Cormoran devait aller dans le Devon et, avec une seule jambe, il ne pouvait pas conduire…

— Je ne vois pas pourquoi tu te justifies devant moi, répliqua Mrs Ellacott.

— Mais maintenant, Matthew croit que je lui ai menti, que j'aurais pu arriver hier.

— C'est le cas ? demanda sa mère, toujours aussi fascinée par Michael Fancourt. *Couché*, Rowntree, tu n'es pas transparent.

— Eh bien, disons que j'aurais pu prendre un billet de première classe, admit Robin pendant que le labrador bâillait, s'étirait puis se replaçait sur le tapis devant la cheminée. Mais j'avais déjà payé la couchette.

— Matt n'arrête pas de dire que tu gagnerais beaucoup plus si tu avais accepté ce poste aux ressources humaines. Il devrait te remercier d'avoir économisé quelques sous. Maintenant, silence, je veux l'entendre parler de vengeance. »

Le présentateur s'évertuait à placer sa question.

« Mais en ce qui concerne les femmes, vous n'avez pas toujours été… Les mœurs ont évolué, notre époque pratique le politiquement correct… Je pense notamment à ce que vous dites des femmes écrivains…

— Encore cette vieille rengaine ? s'écria Fancourt en se tapant sur les cuisses (on vit nettement le journaliste sursauter). J'ai dit que les grandes femmes de lettres, à de très rares exceptions près, n'avaient pas d'enfants. C'est un fait. Et j'ai également dit que les femmes en général, à cause de leur désir de maternité, sont incapables de se concentrer suffisamment pour écrire de la littérature, de la vraie littérature. Je ne renie pas un seul mot. C'est un fait. »

Pendant ce temps, Robin faisait tourner machinalement sa bague de fiançailles autour de son doigt, prise entre le désir de rejoindre Matt pour lui assurer qu'elle n'avait rien fait de mal et la colère de devoir l'en persuader. Son travail à lui passait toujours en premier ; quand il restait tard au bureau, quand il partait à l'autre bout de la ville et ne rentrait pas avant vingt heures, jamais il ne lui présentait ses excuses...

« Ce que je m'apprêtais à dire, se hâta de glisser le présentateur avec un sourire doucereux, c'est que votre dernier roman pourrait couper court à ce genre de critiques. Je trouve en effet que vous traitez votre héroïne avec une grande indulgence, une vraie empathie. Cela dit... (il consulta ses notes puis releva le nez ; Robin ressentait sa nervosité)... on peut établir certains parallèles... dans la scène où une jeune femme se suicide... je suppose que vous vous attendez à... que vous savez que...

— Que des crétins vont penser qu'il s'agit d'un récit auto-biographique où j'évoque le suicide de ma première épouse ?

— Eh bien, il est possible que certains le perçoivent ainsi... que cela soulève des questions...

— Alors laissez-moi vous dire une chose », articula Fancourt, et soudain sa voix se brisa.

Les deux hommes étaient assis devant une haute fenêtre donnant sur une pelouse ensoleillée, balayée par le vent. Robin se demanda vaguement de quand datait cette interview – visiblement, il ne neigeait pas – mais n'alla pas plus loin dans ses réflexions. Matthew monopolisait ses pensées. Il fallait qu'elle se lève, qu'elle lui parle. Mais quelque chose l'empêchait de s'extraire de ce canapé.

378

« Quand Eff... Ellie est morte, reprit Fancourt, quand elle est morte... »

Le gros plan sur son visage lui parut intrusif. Quand il baissa les paupières, de petites rides se creusèrent au coin de ses yeux. Il se cacha derrière sa grosse main carrée.

Michael Fancourt avait l'air de pleurer.

« Je n'y comprends rien, soupira Mrs Ellacott en reposant son stylo. Je croyais que l'amour n'était qu'un mirage, une chimère. Je suis déçue, Michael, j'attendais du sang et des larmes, et je n'ai que des larmes. »

Incapable de rester immobile une seconde de plus, Robin se leva pour sortir du salon. Il fallait tenir compte de la situation. Matthew venait d'enterrer sa mère. C'était donc à elle de faire le premier pas.

35.

Nous sommes tous sujets à l'erreur, monsieur ; si
vous admettez cela, plus ample excuse est inutile.

William CONGREVE, *Le Vieux Garçon*

DANS LA PRESSE DU DIMANCHE, les journalistes parve-
naient difficilement à trouver un digne équilibre entre
la vie et l'œuvre d'Owen Quine, dépourvues d'en-
vergure l'une comme l'autre, et le caractère macabre, voire
gothique, de sa mort.

« Écrivain mineur, parfois intéressant, Quine, sur la fin,
frisait l'autoparodie. Éclipsé par ses contemporains, il restait
pourtant fidèle à son style vieillot », lisait-on en première page
du *Sunday Times*. La colonne se terminait sur la promesse d'un
développement plus excitant : *Le sadisme en littérature : voir
en pp. 10-11*, et à côté d'une minuscule photo de Kenneth
Halliwell, le plus célèbre des assassins d'écrivain : *Livres et
compagnie : Les tueurs littéraires, p. 3 Culture.*

« Certaines rumeurs au sujet du manuscrit qui aurait inspiré
son meurtre courent actuellement dans les cercles littéraires
londoniens, affirmait l'*Observer*. Si le bon goût ne s'opposait
à sa publication, Roper Chard tiendrait là un formidable best-
seller. »

UN ÉCRIVAIN SULFUREUX ÉVISCÉRÉ PENDANT UN JEU SEXUEL, proclamait le *Sunday People*.

En rentrant de chez Nina Lascelles, Strike avait acheté tous les journaux, au risque de ne pouvoir les porter, entre sa canne et les trottoirs glissants. Tandis qu'il regagnait péniblement Denmark Street, il regretta de s'être encombré ainsi. Comment se défendrait-il si la folle réapparaissait ? Mais il ne vit personne.

Plus tard dans la nuit, après avoir retiré sa prothèse, il s'allongea sur son lit et commença sa revue de presse tout en grignotant des chips.

Considérer les faits à la lumière des projecteurs médiatiques stimulait son imagination. Il garda pour la fin le papier de Culpepper dans *News of the World* (« Des sources proches de l'enquête confirment que Quine aimait se faire attacher par sa femme, laquelle prétend qu'elle ignorait que le sulfureux écrivain s'était installé dans leur maison secondaire ») et, quand il l'eut terminé, il repoussa la pile de journaux et prit le carnet qu'il gardait toujours près de son lit. Au lieu d'ajouter les initiales d'Anstis sur son pense-bête, il traça les mots libraire, et date interview MF, chacun suivi de la lettre R. Ensuite, il envoya un texto à Robin pour lui recommander la plus grande prudence le lendemain matin. Une grande femme en manteau noir rôdait dans les parages ; mieux valait ne pas emprunter Denmark Street si elle était encore là.

Robin ne croisa personne répondant à ce signalement sur le court chemin entre la sortie du métro et le bureau dont elle poussa la porte à neuf heures le lundi matin pour trouver Strike assis devant son ordinateur.

« Bonjour. Pas de cinglés dehors ?

— Personne, dit Robin en suspendant son manteau.

— Comment va Matthew ?

— Ça va », mentit Robin.

Leur querelle de la veille lui trottait toujours dans la tête, d'autant qu'elle s'était poursuivie dans la voiture, entre Masham et Clapham. Robin avait encore les yeux gonflés par les larmes et le manque de sommeil.

« C'est dur pour lui, marmonna Strike, toujours penché sur l'écran. Enterrer sa mère…

— Mouais », fit Robin en allant remplir la bouilloire, contrariée que Strike prît la défense de Matthew. Elle aurait aimé qu'il la soutienne et lui confirme que son fiancé était totalement à côté de la plaque.

« Que cherchez-vous ? demanda-t-elle en posant une tasse de thé près du coude de Strike, qui la remercia d'un grognement.

— J'essaie de savoir quand l'interview de Michael Fancourt a été filmée. Il est passé à la télé samedi soir.

— J'ai regardé.

— Moi aussi.

— Une tête à claques », déclara Robin en s'asseyant sur le canapé en faux cuir qui, pour une fois, ne produisit aucun bruit. Peut-être parce qu'elle pesait moins lourd que lui, se dit Strike.

« Vous n'avez rien noté de bizarre quand il a évoqué le suicide de sa femme ? demanda-t-il.

— Il aurait pu s'abstenir de verser des larmes de crocodile, après tout ce qu'il a sorti sur l'amour comme illusion et toutes ces âneries. »

Strike leva la tête vers elle. Le teint clair et délicat de Robin avait tendance à se brouiller dès qu'elle était émue. Il lui suffit de voir ses yeux rougis pour tout comprendre. Une partie de son animosité envers Michael Fancourt était sans doute dirigée contre un autre qui la méritait davantage.

« Vous pensez qu'il jouait la comédie ? dit-il. Moi aussi. » Il jeta un œil sur sa montre.

« Caroline Ingles débarque dans une demi-heure.

— Je croyais qu'elle s'était réconciliée avec son mari ?

— C'est de l'histoire ancienne. Elle vient de me parler d'un texto qu'elle a trouvé sur son téléphone, ce week-end. Par conséquent, dit Strike en se levant du bureau, à vous de jouer. Essayez de découvrir la date de cette interview. Moi, je vais réviser mes notes pour ne pas avoir l'air trop largué quand elle sera là. Et ce midi, je déjeune avec l'éditeur de Quine.

— À propos, le centre médical en face de chez Kathryn Kent... Je sais ce qu'ils font de leurs déchets.

— J'écoute.

— Une entreprise spécialisée les ramasse tous les mardis. Je les ai contactés, ajouta Robin sur un ton laissant présager qu'elle avait fait chou blanc. Ils n'ont rien vu d'étrange ou d'inhabituel dans leur collecte du mardi après le meurtre. J'avais espéré qu'ils remarqueraient un sac rempli d'intestins humains. Il paraît qu'il n'y avait que des seringues et des prélèvements, le truc habituel, et que tout était rangé dans des emballages hermétiques.

— Vous avez bien fait de vérifier malgré tout, l'encouragea Strike. C'est comme ça qu'on mène une enquête – on envisage toutes les possibilités et on les barre au fur ct à mesure. J'ai besoin de vous pour autre chose, enfin si la neige ne vous fait pas peur.

— J'aimerais beaucoup sortir, s'écria Robin en s'illuminant soudain. De quoi s'agit-il ?

— Ce libraire de Putney qui prétend avoir vu Quine le 8. Il devrait être rentré de vacances, non ?

— Je m'en charge. »

Durant le week-end, elle n'avait pas eu l'occasion de discuter avec Matthew du stage de formation que Strike envisageait pour elle. Avant les obsèques, ç'aurait été de mauvais goût ; après leur dispute, il aurait pris cela pour de la provocation. À présent, elle avait juste envie de marcher dans les rues, d'enquêter, de chercher des indices et de rentrer à la maison pour raconter à Matthew, tout simplement, ce qu'elle avait fait de sa journée. Il voulait qu'elle soit franche, il allait être servi.

Caroline Ingles passa plus d'une heure dans le bureau de Strike, ce matin-là, et quand elle ressortit en larmes mais déterminée, Robin avait de bonnes nouvelles pour son patron.

« L'interview a été tournée le 7 novembre, dit-elle. J'ai appelé la BBC. Ça leur a pris des plombes mais ils ont fini par trouver.

— Le 7, répéta Strike. C'était un dimanche. Où l'ont-ils filmée ?

— L'équipe de télé s'est rendue chez lui, à Chew Magna. Au fait, vous aviez remarqué une phrase ou un détail intéressant. Qu'est-ce que c'était ?

— Visionnez l'émission encore une fois, lui conseilla Strike. Vous la trouverez sûrement sur YouTube. Je suis surpris que cela vous ait échappé. »

Piquée au vif, elle se revit dans le canapé de ses parents, assise à côté de Matthew qui l'interrogeait sur l'accident de la M4.

« Je vais me changer pour mon déjeuner au Simpson, dit Strike. Nous fermerons le bureau et descendrons ensemble, voulez-vous ? »

Ils se séparèrent quarante minutes plus tard devant la bouche de métro. Robin partit pour la librairie Bridlington à Putney, Strike s'en alla de son côté vers le Strand. À pied.

« Trop dépensé en taxis », grommela-t-il, passant sous silence la somme qu'il avait dû verser pour la Toyota Land Cruiser laissée en rade vendredi soir. « J'ai du temps devant moi. »

En le regardant s'éloigner, appuyé sur sa canne, Robin trouva qu'il boitait vraiment beaucoup. Seule fille dans une famille de quatre enfants, elle connaissait la tendance des hommes à contredire systématiquement les femmes qui s'inquiétaient pour eux. Combien de temps Strike continuerait-il à forcer sur sa jambe avant de se retrouver dans l'incapacité absolue de marcher ?

Il était presque midi. Les deux femmes assises face à Robin dans le train pour Waterloo papotaient allégrement, leurs emplettes de Noël serrées entre leurs genoux. De la boue salissait le sol de la rame et, de nouveau, l'air ambiant sentait la

384

crasse et les vêtements mouillés. Robin passa l'essentiel du trajet à tenter, en vain, de visionner des extraits de l'interview de Michael Fancourt sur son téléphone portable.

La librairie Bridlington à Putney se situait sur une grande artère. Sur toute la hauteur de sa vieille vitrine en bois s'entassaient une profusion d'ouvrages, neufs ou d'occasion. Le tintement d'une clochette retentit lorsque Robin pénétra dans la boutique, un espace agréable où régnait une odeur de moisi. Deux échelles s'appuyaient contre les rayonnages, eux aussi remplis de livres jusqu'au plafond. Les ampoules pendaient si bas que Strike s'y serait cogné.

« Bonjour ! » dit un vieux monsieur vêtu d'une veste de tweed trop grande pour lui. Robin entendit presque ses os craquer lorsqu'il émergea du bureau par une porte en verre dépoli. À son approche, Robin renifla une bouffée malodorante.

Ayant préparé son affaire, elle lui demanda d'emblée s'il vendait des ouvrages d'Owen Quine.

« Ah ! Ah ! fit-il d'un air entendu. Je devine à quoi nous devons ce soudain intérêt ! »

Comme beaucoup de personnes solitaires, enfermées dans leur petit monde, il parlait sur un ton péremptoire. Sans qu'elle l'y invitât, il s'embarqua dans une critique du style de Quine, toujours plus abscons d'un roman à l'autre, selon lui. Et tout en discourant, il l'entraînait dans les profondeurs de la boutique. Robin n'était là que depuis quelques secondes, mais le libraire semblait déjà convaincu qu'elle ne s'intéressait à l'œuvre de Quine qu'en raison de son récent assassinat. C'était énervant, mais il n'avait pas tort.

« Avez-vous *Les Frères Balzac* ? demanda-t-elle.

— Tiens, vous, ce n'est pas *Bombyx Mori* qui vous intéresse ? dit-il en déplaçant une échelle de ses mains tremblantes. Trois jeunes journalistes me l'ont réclamé l'autre jour.

— Qu'est-ce que venaient faire des journalistes ici ? » s'étonna Robin d'une voix innocente pendant que le vieil homme escaladait les premiers barreaux, laissant entrevoir trois centimètres de chaussettes couleur moutarde au-dessus de ses vieux croquenots.

« Mr Quine est entré dans cette boutique peu avant sa mort, répondit-il en scrutant le dos des livres perchés à près de deux mètres au-dessus de Robin. *Les Frères Balzac*, *Les Frères Balzac*... Il devrait se trouver... Voyons voir, je suis sûr d'en avoir un quelque part...

— Vraiment ? Il est venu ici, dans votre librairie ? demanda Robin.

— Oh que oui. Je l'ai reconnu sur-le-champ. J'admirais beaucoup Joseph North, et Quine a partagé avec lui l'affiche du festival de Hay. »

Quand il redescendit, ses pieds tremblaient tant sur chaque barreau que Robin eut peur qu'il ne tombe.

« Je vais vérifier sur l'ordinateur, dit-il tout essoufflé. Je suis certain que j'en ai un exemplaire. »

Robin lui emboîta le pas. Le vieux monsieur était-il en mesure d'identifier à coup sûr un homme qu'il avait vu pour la dernière fois au milieu des années 1980 ? se demanda-t-elle.

« Owen Quine avait le genre de physique qu'on oublie difficilement, dit-elle. J'ai vu des photos de lui, dans sa cape tyrolienne.

— Et il avait les yeux de couleurs différentes », renchérit le vieillard, le nez collé sur l'écran d'un Macintosh. L'un des premiers modèles sortis vingt ans auparavant, estima Robin. Un cube beige, muni de touches aussi grosses que des caramels mous. « Il fallait se trouver près de lui pour le remarquer. Un œil noisette et un œil bleu. Je crois que le policier a été impressionné par mon don d'observation et ma mémoire. Faut dire que j'étais dans les renseignements pendant la guerre. »

Puis, se tournant vers Robin avec un sourire satisfait : « J'avais raison, on a un *Frères Balzac*. D'occasion. Par ici. »

D'un pas traînant, il se dirigea vers une caisse remplie de bouquins en vrac.

« C'est une information très utile pour la police, reprit Robin sans le lâcher d'une semelle.

— Je ne vous le fais pas dire, se rengorgea-t-il. C'est grâce à moi qu'ils ont pu déterminer la date de la mort. Ça oui, je peux vous garantir que le 8, il était encore de ce monde.

— Je suppose que vous avez oublié ce qu'il venait chercher, fit Robin avec un petit rire d'excuse. C'est dommage, j'aurais bien aimé savoir ce qu'il lisait.

— Pas du tout, je m'en souviens très bien, répliqua le vieux. Il a acheté trois romans : *Freedom* de Jonathan Franzen, *Le Pied mécanique* de Joshua Ferris et... le troisième m'échappe... il disait qu'il voulait emporter de quoi lire en vacances. On a parlé des livres numériques – moi, je ne supporte pas ces trucs, mais lui était plus tolérant... Quelque part par là », marmonna-t-il en fouillant dans la caisse. Robin l'aida sans grand enthousiasme.

« Le 8, répéta Robin. Comment pouvez-vous en être si sûr ? »

Dans ce réduit sombre et moisi, les jours devaient tous se ressembler, pensa-t-elle.

« C'était un lundi, répondit-il. On a passé un moment agréable à discuter de Joseph North, dont il conservait de très bons souvenirs. »

Robin, qui attendait toujours sa réponse, n'eut pas le temps d'insister car, soudain, avec un cri de triomphe, le libraire extirpa un antique livre de poche.

« Le voilà ! Le voilà ! Je savais bien que je l'avais.

— Moi, j'ai un mal fou à me souvenir des dates, mentit Robin quand ils repartirent vers la caisse, munis de leur trophée. Vous n'auriez pas du Joseph North, pendant que j'y suis ?

— Il n'a écrit qu'un seul roman, dit le vieil homme. *Vers la cible*. Je crois pouvoir vous le trouver. C'est l'un de mes livres de chevet... »

Et il retourna à l'échelle.

« Je confonds les jours, ça m'arrive tout le temps, rembraya Robin pendant que les chaussettes moutarde refaisaient leur apparition.

— Comme la plupart des gens, dit-il sur un ton pédant. Moi, je pratique la déduction reconstructive, oui madame. Si je peux certifier que Mr Quine est passé un lundi, c'est que le lundi, j'achète du lait frais. Or, justement, je revenais avec quand il est entré dans ma librairie. »

Elle attendit qu'il ait terminé son inspection des étagères du haut.

« Et comme je l'ai dit à la police, c'était le lundi 8 parce que le soir même, je suis allé chez mon ami Charles – on se voit toujours le lundi –, que je lui ai raconté la visite de Quine et qu'après on a causé de cette affaire des cinq évêques anglicans qui sont passés chez les catholiques. Ça venait de se produire et Charles en était tout retourné. Il est prêcheur laïc.

— Je vois », fit Robin en se promettant de vérifier la date dans la rubrique « religion ». Le vieil homme descendait lentement l'échelle, le livre de North à la main.

« Oui, et je me rappelle un autre truc, poursuivit-il avec un regain d'enthousiasme. Charles m'a montré des images étonnantes d'une doline apparue dans la nuit à Schmalkalden, en Allemagne. J'étais en garnison dans le coin, pendant la guerre. Oui... Ce soir-là, je m'en souviens très bien, j'étais en train de lui parler de Quine, mais les écrivains ne le passionnent pas, et il m'a interrompu pour me dire : "Tu n'étais pas à Schmalkalden ?" (ses mains fragiles et tremblantes s'agitaient au-dessus de la caisse enregistreuse) et c'est là qu'il m'a appris qu'un énorme cratère était apparu... Ils ont sorti des photos formidables dans le journal, le lendemain... La mémoire est une chose extraordinaire, conclut-il fièrement en échangeant le sac en papier kraft contenant les deux livres contre un billet de dix.

— Une doline ? Oui, je me rappelle », mentit Robin. Elle sortit son portable et pianota le temps qu'il compte la monnaie. « Ah, voilà... Schmalkalden... C'est dingue, ce gouffre qui s'est formé du jour au lendemain. Mais je lis ici que ça s'est passé le 1ᵉʳ novembre, pas le 8 », ajouta-t-elle en levant les yeux.

Le vieil homme cligna des paupières.

« Mais non, c'était le 8, s'obstina-t-il, tant l'éventualité d'une confusion lui était intolérable.

— Pourtant, regardez. » Robin lui montra le petit écran ; il releva ses lunettes sur son front pour mieux voir. « Vous êtes sûr d'avoir parlé de la doline et de la visite d'Owen Quine le même soir ?

— Une erreur, sans doute », marmonna-t-il sans préciser qui se trompait, de Robin, de lui ou du site web du *Guardian*. Puis, d'un geste brusque, il lui rendit son téléphone.

« Vous ne vous rapp… ?

— C'est tout ce qu'il vous faudra ? la coupa-t-il d'un ton vexé. Dans ce cas, je vous souhaite une bonne journée. Au revoir. »

Voyant qu'elle n'obtiendrait plus rien du vieil entêté, Robin sortit de la librairie au son de la clochette.

36.

Mr Scandale, il me plairait de m'entretenir avec vous des propos qu'il a tenus – ses dires sont fort mystérieux et hiéroglyphiques.

William CONGREVE, *Amour pour amour*

AVANT D'ARRIVER, STRIKE TROUVAIT déjà étrange que Jerry Waldegrave ait choisi le Simpson's-in-the-Strand pour leur rendez-vous, mais sa curiosité augmenta lorsqu'il découvrit l'imposante façade en pierre de taille du restaurant, ses portes à tambour, ses plaques de cuivre bien astiquées et ses lanternes anciennes. Des pièces d'échecs ornaient les carreaux de céramique autour de l'entrée. Il n'avait jamais mis les pieds dans cette vieille institution londonienne où, supposait-il, venaient se restaurer de richissimes hommes d'affaires et autres visiteurs de marque.

Pourtant, dès qu'il pénétra dans le vestibule, Strike s'y sentit comme chez lui. Au XVIIIᵉ siècle, les amateurs d'échecs se retrouvaient dans ces salons réservés aux messieurs et qui, aujourd'hui encore, évoquaient l'époque révolue où dominaient les notions d'ordre et de hiérarchie, lesquelles, ajoutées à l'aspect solennel des lieux, réveillaient chez Strike un sentiment familier. Il aimait ces teintes sombres, plus ou moins ocre, apanage des clubs anglais où le goût masculin pouvait s'exprimer pleinement, ces épaisses colonnes de marbre, ces fauteuils en cuir assez robustes pour accueillir un dandy éméché. Un coup d'œil par les portes vitrées, derrière la dame du vestiaire, lui fit entrevoir une vaste salle de restaurant aux cloisons recouvertes de chêne foncé, très semblable aux mess des officiers qu'il avait fréquentés durant sa carrière militaire. Il ne manquait plus que les couleurs du régiment et un portrait de la reine.

Chaises en bois massif, nappes immaculées, plateaux d'argent accueillant de gigantesques pièces de bœuf. Quand Strike s'installa à une table pour deux, contre un mur, il se demanda ce que Robin aurait pensé de ce lieu. Son caractère résolument conservateur l'aurait-il amusée ? Agacée ?

Il était attablé depuis dix minutes quand Waldegrave fit son entrée. Le voyant plisser les yeux comme le myope qu'il était, Strike se signala d'un geste de la main et le regarda marcher vers lui d'un pas traînant.

« Bonjour, bonjour. Ravi de vous revoir. »

Ses cheveux châtain clair étaient plus hirsutes que jamais, et au revers de sa veste fripée s'étalait une tache de dentifrice. Quand il s'assit, une légère odeur de vinasse arriva jusqu'aux narines de Strike.

« Merci d'avoir accepté de venir, dit le détective.

— C'est tout naturel, si je peux aider. Cet endroit vous convient-il ? Je l'ai choisi parce que aucune de mes connaissances n'y a ses habitudes. C'est mon père qui me l'a fait découvrir, voilà bien longtemps. Rien n'a changé depuis, je crois. »

Ses yeux ronds encadrés par la monture de corne voyagèrent le long des épaisses moulures courant au sommet des panneaux de bois sombre, que des années de tabagie avaient jaunis.

« Vous voyez suffisamment vos collègues toute la journée, c'est cela ? demanda Strike.

— Je n'ai rien contre eux, dit Jerry Waldegrave en repoussant ses lunettes sur son nez avant de faire signe au garçon. Mais l'atmosphère est délétère en ce moment au bureau. Un verre de vin rouge, je vous prie, commanda-t-il au jeune homme qui voulut savoir sa préférence. Peu importe, ce que vous avez. »

Le garçon, dont la veste était brodée d'un petit roi d'échecs, sera montra intraitable. « Je vous envoie le sommelier, monsieur. » Et il se retira.

« Vous avez vu l'horloge au-dessus des portes en entrant ? reprit Waldegrave en repoussant de nouveau ses lunettes. On dit qu'elle s'est arrêtée en 1984, le jour où la première femme est entrée ici. C'est une blague entre initiés. De même, sur le menu, il est inscrit "carte des prix" car jadis on n'admettait pas l'emploi du mot français "menu". Mon père adorait cette ambiance. Je venais d'entrer à Oxford, alors il m'a invité ici. Il avait une sainte horreur de la cuisine étrangère. »

Strike percevait sa nervosité. C'était une réaction qu'il suscitait fréquemment chez ses interlocuteurs. Mieux valait attendre un peu avant de lui demander s'il avait contribué à la conception du dernier chapitre de *Bombyx Mori*, celui qui avait servi de scénario au meurtre de Quine.

« Qu'avez-vous étudié à Oxford ?

— Les lettres, soupira Waldegrave. Mon père voulait que je fasse médecine. Il était déçu mais n'en laissait rien paraître. »

De la main droite, Waldegrave jouait des arpèges sur la nappe.

« L'ambiance est tendue au bureau, hein ? demanda Strike.

— On peut le dire, répondit Waldegrave en cherchant des yeux le sommelier. Maintenant qu'on sait comment Owen est mort, les gens accusent le coup. Ils détruisent leurs mails, les imbéciles ! Ils voudraient faire croire qu'ils n'ont jamais lu le manuscrit, qu'ils en ignorent la fin. Terminé la rigolade.

— Ils rigolaient avant ?

— Eh bien… oui, quand ils pensaient qu'Owen avait juste fait une fugue. Voir les puissants tournés en ridicule, les gens adorent ça, non ? Fancourt et Chard ne sont pas très populaires. »

Le sommelier arriva avec la carte des vins qu'il tendit à Waldegrave.

« Ça vous va si je prends une bouteille ? C'est vous qui régalez, j'imagine ?

— Oui », répondit Strike avec une certaine appréhension.

Waldegrave commanda un château-lezongars dont Strike repéra le prix. La bouteille coûtait près de cinquante livres, mais d'autres vins sur la carte atteignaient les deux cents.

« Alors, vous avez des pistes ? dit Waldegrave, ragaillardi, dès que le sommelier s'éloigna. Vous savez qui l'a tué ?

— Pas encore. »

Un silence gêné s'ensuivit. Waldegrave remonta ses lunettes sur son nez trempé de sueur.

« Pardonnez ma grossièreté, bredouilla-t-il. Simple réflexe de défense. C'est que… j'ai du mal à y croire. À croire que c'est arrivé.

— Rien que de très normal, dans ce genre de situation. »

Dans un soudain accès de confiance, Waldegrave se lança : « Je n'arrive pas à m'ôter de l'esprit qu'Owen s'est suicidé. Qu'il a mis en scène sa propre mort.

— Vraiment ?

— Je sais que c'est impossible, bien sûr. » L'éditeur continuait à faire ses gammes sur le bord de la table. « C'est tellement… tellement théâtral, la manière dont… dont il est mort. S… si grotesque. Et… c'est triste à dire, mais… jamais un auteur n'a si bien fait la publicité de son livre. Bon Dieu, Owen aimait tellement la publicité ! Pauvre Owen. Un jour, il m'a dit – je ne blague pas –, il m'a dit un jour avec le plus grand sérieux qu'il aimait se faire interviewer par sa copine, que ça l'aidait à réfléchir. Je lui ai dit : "Tu parles dans un micro ?", juste pour aller dans son sens, vous voyez, et savez-vous ce que m'a répondu ce crétin ? "Non, je me sers d'un stylo-bille. Ou de ce qui me tombe sous la main." »

Waldegrave émit une série de halètements, plus proches des sanglots que du rire.

« Pauvre vieux. Pauvre vieil imbécile. Il déraillait complètement à la fin. Enfin, j'espère qu'Elizabeth Tassel est contente. Elle a obtenu ce qu'elle cherchait. »

Le garçon revint avec son calepin.

« Vous avez choisi ?

— Rôti de bœuf », dit Strike qui avait eu le temps de voir le chariot des viandes circuler entre les tables. Il n'avait pas mangé de Yorkshire pudding depuis des années ; pas depuis sa dernière visite chez son oncle et sa tante à St Mawes, en tout cas.

Waldegrave commanda une sole puis allongea le cou pour voir si le sommelier croisait dans les parages. Quand il le vit approcher avec la bouteille tant attendue, il se détendit et s'installa plus confortablement sur sa chaise. Une fois son verre servi, il but plusieurs gorgées et poussa un soupir digne d'un mourant à qui l'on viendrait d'administrer un remède miracle.

« Vous disiez qu'Elizabeth Tassel avait obtenu ce qu'elle cherchait, dit Strike.

— Hein ? » fit Waldegrave en portant la main à l'oreille.

Strike se rappela qu'il était sourd d'un côté. Le brouhaha augmentait à mesure que le restaurant se remplissait. Il répéta donc sa question un ton au-dessus.

« Ah oui. Oui, je disais cela par rapport à Fancourt. Owen et elle ne se lassaient pas de ressasser les misères qu'il leur avait faites.

— Quelles misères ? demanda Strike tandis que Waldegrave s'envoyait une nouvelle rasade.

— Fancourt déblatère sur leur compte depuis des années. » D'un air absent, Waldegrave se gratta la poitrine à travers sa chemise froissée, puis reprit du vin. « Owen, à cause de la parodie du roman de son épouse ; Liz, parce qu'elle a pris le parti d'Owen – cela dit, personne n'a jamais blâmé Fancourt d'avoir changé d'agent. Cette femme est une vraie salope. Aujourd'hui, elle n'a plus que deux clients. Bien fait. Je suppose qu'elle passe ses soirées à calculer ce qu'elle a perdu : quinze pour cent des droits d'auteur de Fancourt, ça fait pas mal d'argent. Les dîners à l'œil, les films en avant-première... et maintenant, il lui reste quoi ? Quine, qui parle à son stylo et des saucisses grillées dans le jardin de Dorcus Pengelly.

— Comment savez-vous pour les saucisses grillées ? demanda Strike.

— C'est Dorcus qui me l'a dit, répondit Waldegrave qui, ayant éclusé son verre, s'en versait un deuxième. Elle voulait savoir pourquoi Liz n'était pas présente à la soirée d'anniversaire de Roper Chard. Quand je lui ai parlé de *Bombyx Mori*, Dorcus m'a assuré que Liz était une femme charmante. *Charmante*. Et qu'elle ne pouvait pas savoir ce que contenait le livre d'Owen. Il paraît qu'elle n'a jamais blessé personne – qu'elle ne ferait pas de mal à une mouche. Je me marre !

— Vous n'êtes pas de cet avis ?

— Fichtre non ! Je connais des auteurs qui ont débuté chez Liz. Ils s'expriment comme des victimes d'enlèvement contre rançon. Un vrai monstre. Un caractère de chien.

— Vous croyez qu'elle a poussé Quine à écrire ce livre ?

— Eh bien, pas directement. Prenez un écrivain aigri qui veut se convaincre que son insuccès tient à la jalousie et à l'incurie d'autrui, et enfermez-le avec Liz qui passe sa vie à fulminer, à cracher son fiel, à emmerder tout le monde en racontant que Fancourt a causé sa perte et celle d'Owen... Pas étonnant qu'il finisse par perdre les pédales. Elle ne s'est même pas donné la peine de lire correctement le bouquin. S'il n'était pas mort, je dirais qu'elle récolte ce qu'elle a semé, puisque ce pauvre cinglé ne s'est pas attaqué qu'à Fancourt. Elle aussi y a eu droit, ha ha ! Et ce sacré Daniel ! Et moi pareil ! Tout le monde en a pris pour son grade. Tout le monde. »

Comme chez les autres alcooliques que Strike avait pu croiser, Jerry Waldegrave tombait dans l'ivresse au-delà d'un certain cap. Pour le franchir, il lui avait suffi de deux verres de vin. Ses gestes devenaient maladroits, son comportement plus démonstratif.

« Donc vous pensez qu'Elizabeth Tassel a incité Quine à attaquer Fancourt dans *Bombyx Mori* ?

— J'en suis sûr. Aucun doute.

— Mais quand je l'ai rencontrée, Elizabeth Tassel m'a dit que ces attaques n'étaient qu'un tissu de mensonges.

— Hein ? fit Waldegrave, la main en coupe derrière l'oreille.

— D'après elle, ce que Quine a écrit sur Fancourt dans *Bombyx Mori* est faux, cria Strike. Fancourt ne serait pas l'auteur de la parodie qui a poussé sa première épouse à se donner la mort – ce serait Quine.

— Je ne parle pas de ça, répondit Waldegrave en secouant la tête comme si Strike ne comprenait décidément rien à rien. J'ai eu tort d'aborder ce sujet. Oubliez ça. »

Il avait sifflé plus de la moitié de la bouteille et l'alcool le rendait disert. Comprenant que, s'il insistait, l'ivrogne ne ferait que s'entêter davantage, Strike s'abstint de répliquer. Mieux valait le laisser dériver et revenir de lui-même sur le sujet, tout en maintenant la barre d'une main légère.

« Owen m'aimait bien, reprit Waldegrave. Je savais comment le prendre. Quand on le caressait dans le sens du poil, on pouvait tout obtenir de lui. Après trente minutes de compliments, il acceptait de modifier un passage. Trente minutes encore, et il en modifiait un autre. C'était le seul moyen. Il n'a pas vraiment voulu me blesser. C'est juste qu'il n'avait plus toute sa tête, le bougre d'imbécile. Il voulait repasser à la télé. Il pensait que le monde entier était contre lui. Et il ne comprenait pas qu'il jouait avec le feu. Owen était dérangé mentalement, je vous dis. »

Waldegrave s'affala si bien sur son dossier que l'arrière de son crâne heurta la tête de la grosse dame assise derrière lui. « Oh, navré ! Excusez-moi ! »

Le regard peu amène qu'elle lui lança par-dessus son épaule l'incita à rapprocher sa chaise de la table dans un grand cliquetis de couverts.

« Que signifie le Coupeur ? demanda Strike.

— Hein ? »

Cette fois-ci, Strike comprit qu'il faisait semblant.

« Le Coupeur…

— Coupeur = éditeur. Ça tombe sous le sens, dit Waldegrave.

— Et le sac ensanglanté, et la naine que vous essayez de noyer ?

— Simples métaphores, répondit Waldegrave en agitant la main de telle manière que son verre faillit chavirer. Il se peut que j'aie tranché dans le vif, un jour. Que j'aie supprimé un morceau de sa prose si minutieusement ciselée. Et il m'en a gardé rancune. »

Strike, qui dans son métier avait entendu des milliers de réponses préparées d'avance, jugea celle-ci trop pertinente, trop facile, trop rapide.

« Rien de plus ?

— Eh bien, dit Waldegrave avec un petit rire tenant du hoquet, je n'ai jamais noyé de naine, si c'est cela que vous suggérez. »

Les alcooliques étaient toujours difficiles à interroger. Quand il travaillait pour la BSI, Strike avait rarement eu affaire à des suspects ou des témoins en état d'ébriété. Une fois, pourtant, il avait rendu visite à un major dont la fille de douze ans avait été victime d'une agression sexuelle dans son école en Allemagne. Quand Strike était arrivé chez lui, l'officier, qui avait bu, s'était jeté sur lui avec un tesson de bouteille. Strike l'avait étendu d'un coup de poing. Mais ici, dans ce restaurant, sous le regard du sommelier, il se voyait mal empêcher cet éditeur soûl mais tellement courtois de le planter là, si l'envie lui en prenait. Il ne lui restait plus qu'à attendre une occasion propice pour remettre sur le tapis cette histoire de Coupeur et pousser Waldegrave à se confier, en douceur, sans l'effrayer.

À présent, le chariot roulait vers Strike. On lui découpa cérémonieusement une superbe tranche de rôti tandis que Waldegrave voyait arriver sa sole.

Pas de taxis pendant trois mois, se gronda Strike qui salivait devant les bonnes choses – Yorkshire pudding, pommes de terre, panais – dont on finissait de remplir son assiette pendant que le chariot poursuivait sa route entre les tables. Waldegrave, qui avait descendu les deux tiers de la bouteille, contemplait son poisson comme s'il ne voyait pas très bien ce qu'il faisait là. Il saisit une petite pomme de terre entre deux doigts et la porta à sa bouche.

« Quine avait-il l'habitude de discuter de ses romans avec vous, avant de remettre sa copie ? demanda Strike.

— Jamais de la vie. La seule chose qu'il m'ait dite à propos de *Bombyx Mori*, c'est que le ver à soie était une métaphore de l'écrivain qui doit souffrir le martyre pour obtenir un bel ouvrage. Et c'est tout.

— Il ne sollicitait jamais votre avis, votre aide ?

— Non, non. Owen pensait qu'il avait toujours raison.

— Comme tous les écrivains ?

— Ça dépend, mais Owen était de ceux qui cultivent le mystère. Il aimait surprendre, épater son monde, vous voyez. Il ménageait ses effets.

— La police vous a sans doute demandé ce que vous avez fait après avoir lu le livre, dit Strike sans varier de ton.

— Moui, on a parlé de tout cela », répondit négligemment Waldegrave. Il tentait, sans grand succès, de retirer les arêtes de sa sole qu'il avait imprudemment commandée entière. « Reçu le manuscrit le vendredi, pas lu avant le dimanche…

— Vous étiez censé ne pas être là, n'est-ce pas ?

— À Paris. Anniversaire de mariage. Ça ne s'est pas fait.

— Un empêchement ? »

Waldegrave versa le fond de la bouteille dans son verre. Plusieurs gouttes de liquide grenat imbibèrent la nappe blanche.

« On s'est engueulés, et pas qu'un peu, sur la route de Heathrow. On a fait demi-tour et on est rentrés.

— Dur, lâcha Strike.

— On ne s'entend plus depuis des années. » Renonçant à combattre la sole, trop forte pour lui, Waldegrave jeta ses couverts sur la table. Le tintement intempestif attira l'attention des clients les plus proches. « Jojo est grande. Reste plus qu'à divorcer.

— Je suis désolé. »

Waldegrave haussa les épaules d'un air lugubre et leva son verre de vin. Strike remarqua les empreintes de doigt qui maculaient les verres de ses lunettes, la crasse sur son col de chemise élimé. Il avait l'air d'un homme ayant dormi tout habillé, et Strike s'y connaissait en la matière.

« Vous êtes rentrés directement chez vous, après la dispute ?

— La maison est grande. On peut y vivre chacun dans son coin. »

Les gouttes de vin s'épanouissaient comme des corolles pourpre sur la nappe blanche.

« Ça me rappelle la marque noire, vous savez, dans *L'Île au trésor*, bredouilla Waldegrave. La marque noire… Les soupçons pèsent sur ceux qui ont lu ce foutu bouquin. Tout le monde se regarde de travers. Tous ceux qui connaissent la fin sont suspects. La police dans mon bureau, les gens autour qui m'observaient… Je l'ai lu le dimanche, reprit-il, pour revenir à la question de Strike. J'ai dit à Liz Tassel ce que je pensais d'elle – et la vie a continué. Owen ne répondait pas au téléphone. J'ai cru qu'il faisait une crise de déprime. Moi, j'avais d'autres choses en tête. Daniel Chard a pété un câble… Je l'emmerde. J'y ai donné ma dém. J'en avais marre. De ses accusations. Marre. Et lui qu'arrêtait pas de gueuler sur moi devant tout le monde… Marre, je vous dis.

— Vous parliez d'accusations… »

Sa technique d'interrogatoire commençait à lui rappeler le Subbuteo, ce jeu consistant à déplacer des figurines représentant des footballeurs, montées sur des socles hémisphériques ; pour faire avancer la figurine Waldegrave, il lui suffisait d'une petite poussée adroite. (Dans les années 1970, on lui avait offert la panoplie des joueurs d'Arsenal ; il se revoyait chez Mrs Polworth, couché à plat ventre sur un tapis, à côté de Dave qui, lui, possédait l'équipe des Plymouth Argyles peinte à la main.)

« Dan croit que j'ai bavé sur lui devant Owen. Quel crétin ! Il croit que personne ne sait… mais les ragots vont bon train depuis des années. Owen n'a pas eu besoin de moi pour l'apprendre. C'est de notoriété publique.

— Que Chard est homo ?

— Homo, la belle affaire !… Homo refoulé, homo qui s'ignore… Mais il a un faible pour les jeunes et beaux garçons, et il aime les peindre nus. Secret de polichinelle.

— Vous a-t-il proposé de vous peindre ? demanda Strike.

— Seigneur, non ! C'est Joe North qui me l'a dit, voilà des années. Ah ! »

Il avait attiré l'attention du sommelier.

« 'core un verre de ce vin, je vous prie. »

Strike était soulagé qu'il n'ait pas commandé une autre bouteille.

« Désolé, monsieur, nous ne le faisons pas au…

— N'importe quoi. Du moment que c'est rouge. Voilà des années, reprit Waldegrave, Dan voulait que Joe pose pour lui ; Joe l'a envoyé sur les roses. Tout le monde sait ça… »

Une fois de plus, il se pencha en arrière et bouscula la grosse dame qui, par une regrettable coïncidence, mangeait à présent du potage. Strike vit son compagnon de table s'indigner et convoquer un garçon qui passait. Le garçon s'inclina vers Waldegrave, s'excusa et lui dit avec une certaine fermeté : « Pourriez-vous avancer votre chaise, monsieur ? La dame assise derrière vous…

— Oh, désolé, désolé ! »

Waldegrave avança sa chaise, cala ses coudes sur la table, repoussa la mèche qui lui tombait dans les yeux et dit à voix forte : « Il pensait qu'à son foutu nombril.

— Qui ? demanda Strike, terminant à regret le meilleur plat qu'il eût mangé depuis bien longtemps.

— Dan. Il a reçu cette foutue maison d'édition sur un plat d'argent… Toujours été plein aux as… Qu'il reste dans sa campagne pour peindre son valet de chambre si ça lui chante… Ras le bol. J'crée ma propre… ma propre maison d'édition. »

Le portable de Waldegrave sonna. Il lui fallut un certain temps pour le trouver, puis il regarda qui l'appelait par-dessus ses lunettes avant de décrocher.

« Qu'y a-t-il, Jojo ? »

Bien que le restaurant fût bondé, Strike perçut la réponse : un cri perçant. Waldegrave se décomposa.

« Jojo ? Es-tu… ? »

Soudain, les traits relâchés de son visage se raffermirent à tel point que Strike lui-même en fut surpris. Les veines de son cou saillirent, sa bouche se tordit en un affreux rictus.

« Je t'emmerde ! » expectora-t-il. Sa voix porta si loin que cinquante têtes se levèrent simultanément. Les conversations cessèrent. « *Ne m'appelle pas sur le portable de Jojo !* Non, sale pocharde… tu m'as parfaitement compris… si je bois c'est parce que je suis marié avec toi, voilà pourquoi ! »

La grosse dame derrière lui se retourna, outrée. Quant aux serveurs, ils s'étaient figés, regard braqué sur la scène ; l'un d'eux, paralysé de stupeur, resta penché sur l'assiette d'un homme d'affaires japonais, le plat de Yorkshire pudding suspendu en l'air. Au cours des âges, d'autres clameurs avinées avaient sans doute vibré entre les murs de ce digne club privé, mais une telle grossièreté ne pouvait manquer de choquer dans cette ambiance feutrée, typiquement britannique, parmi ces vieux lambris, ces lustres en cristal et ces « cartes des prix ».

« Et alors ? *À qui la faute, merde !* » brailla Waldegrave.

Il se leva en chancelant et bouscula une dernière fois son infortunée voisine sans que son compagnon réagisse. On aurait pu entendre une mouche voler dans le restaurant. Ayant ingurgité toute une bouteille et un verre de vin, Waldegrave slaloma vers la sortie sans cesser d'insulter sa femme au téléphone. Laissé en rade, Strike s'aperçut, non sans quelque amusement, qu'il réprouvait toujours autant les gens incapables de tenir l'alcool.

« L'addition, s'il vous plaît », dit Strike au garçon le plus proche. Il devait absolument rejoindre Waldegrave, quitte à renoncer au kouglof qu'il avait repéré sur la carte.

Sous les murmures des convives qui l'observaient à la dérobée, Strike régla la note, dégagea son grand corps de la table et, penché sur sa canne, suivit le sillage sinueux de Waldegrave. L'air scandalisé du maître d'hôtel et les braillements de Waldegrave provenant de la rue lui firent comprendre qu'on l'avait prié de quitter les lieux.

Il le trouva à gauche de l'entrée, appuyé contre le mur gelé. Autour d'eux, la neige tombait à gros flocons, crissait sous les pieds des passants emmitouflés jusqu'aux oreilles. Sous la lumière blafarde de la rue, Waldegrave n'avait plus du tout l'air d'un universitaire vaguement négligé. On ne voyait plus qu'un pauvre type crasseux, fripé, bourré comme un coing, qui beuglait des insanités dans un téléphone caché au creux de sa grande main. Pour un peu, on l'aurait pris pour un clochard frappé de démence.

« … *c'est pas ma faute, bordel, espèce de connasse !* C'est moi qui ai écrit cette nullité ? C'est moi ?… Tu ferais mieux de t'adresser à elle, tu ne crois pas ?… Si tu ne le fais pas, je m'en chargerai… Ne me menace pas, sale traînée… Si t'avais pas écarté les jambes… Tu m'as parfaitement compris… »

Waldegrave vit Strike, resta quelques secondes la bouche ouverte, puis coupa la communication. Le portable glissa de ses doigts tremblants pour atterrir dans la neige.

« Putain de merde », bredouilla Jerry Waldegrave.

Le loup était redevenu agneau. De ses doigts nus, il chercha son téléphone à tâtons, ses lunettes tombèrent, Strike les ramassa.

« Merci. Merci. Désolé pour tout ça. Désolé… »

Quand l'éditeur remit ses lunettes, Strike vit briller des larmes sur ses joues bouffies. Puis, ayant retrouvé son portable, il le glissa dans sa poche et tourna vers le détective un visage empreint de désespoir.

« Gâché ma putain de vie… Ce livre… Moi qui croyais qu'Owen… La seule chose sacrée pour lui… Sa fille… La seule chose… »

Puis il leva la main comme pour évacuer la question, tourna les talons et partit en zigzaguant sous les bourrasques de neige. En le regardant s'éloigner, Strike se dit qu'il avait sûrement descendu une bouteille au moins avant même de le rejoindre au restaurant. Ce n'était pas la peine de le suivre.

Tandis que la haute silhouette se mêlait à la foule des passants chargés de paquets cadeaux, Strike se remémora une scène vécue récemment : une main qui se tend, un bras qu'on attrape, la voix d'un homme, sévère, celle d'une jeune femme, furieuse : « *Maman a foncé sur lui. Pourquoi pas moi ?* »

Strike rabattit le col de son manteau. Il venait de comprendre ce que signifiaient la naine dans le sac ensanglanté, les cornes sous la casquette du Coupeur et, pire que tout, la tentative de noyade.

37.

… quand je suis en colère, je ne puis faire preuve de raison et de patience.

William CONGREVE, *Le Fourbe*

STRIKE REGAGNA SON BUREAU SOUS UN CIEL GRIS. La neige toujours plus épaisse s'enfonçait sous ses pas. Il n'avait pas bu une goutte d'alcool, mais le repas consistant lui faisait tourner un peu la tête, lui procurant une fausse sensation de bien-être. Sensation que Waldegrave avait sans doute expérimentée dans la matinée, en buvant ses premiers verres. N'importe qui aurait mis un petit quart d'heure pour revenir du Simpson's-in-the-Strand à son petit bureau ouvert aux quatre vents de Denmark Street. Strike avait toujours aussi mal au genou mais son budget de la semaine s'était envolé en un seul déjeuner. Alors il alluma une cigarette, rentra la tête dans les épaules et partit à pied sous le froid glacial, en se demandant ce que Robin avait bien pu découvrir dans la librairie Bridlington.

En passant devant les colonnes torsadées du Lyceum Theatre, Strike se rappela sa discussion avec Daniel Chard. Ce dernier semblait convaincu que Jerry Waldegrave avait aidé Quine à écrire *Bombyx Mori*. Waldegrave, de son côté, affirmait qu'Elizabeth Tassel avait attisé la rancœur de Quine jusqu'à ce qu'elle explose sous la forme d'un roman. Pris de court par la mort abjecte de Quine, Chard et Waldegrave cherchaient-ils à reporter leur frustration sur des boucs émissaires ? Ou bien avaient-ils raison de subodorer une influence extérieure ?

Sur Wellington Street, Strike aperçut la façade cramoisie du Coach and Horses. La tentation était grande de s'y arrêter pour se reposer un peu. Douce chaleur, bonne bière, fauteuils moelleux… Mais trois fois en une semaine… Non… Les mauvaises habitudes se prenaient facilement… Jerry Waldegrave était là pour en attester…

Malgré lui, Strike jeta un regard de convoitise sur le cuivre des pompes à bière qui luisait sous les lustres. Les buveurs accoudés au bar semblaient dotés d'une conscience plus élastique que la sienne.

C'est alors qu'il la vit, à l'extrémité de son champ visuel. Grande, penchée sous sa capuche noire, les mains dans les poches, elle le suivait d'un bon pas. La folle qui l'avait agressé samedi soir.

Strike conserva la même allure, ne tourna pas la tête. Pas question de se laisser avoir encore une fois. Maintenant, fini de rire. Au lieu de lui montrer qu'il l'avait repérée, comme il l'avait fait lors de leur première rencontre afin de tester ses réactions, il poursuivit tranquillement sa route. Seul un autre détective aurait pu noter les coups d'œil subreptices qu'il jetait sur les vitrines et les plaques de cuivre, l'attention extrême qu'il dissimulait sous un masque d'indifférence.

La plupart des assassins étaient des amateurs, ils bâclaient le boulot et se faisaient prendre. En l'occurrence, l'obstination de cette femme n'avait d'égale que son imprudence. Strike comptait s'en servir contre elle. Il arriva au bout de Wellington Street comme un simple passant ignorant qu'une furie le suivait avec une lame dans la poche. Quand il traversa Russell Street, la femme en noir fit un pas de côté et feignit d'entrer au Marquess of Anglesey, d'où elle resurgit aussitôt pour reprendre sa filature en se planquant tantôt derrière les piliers d'un immeuble de bureaux, tantôt dans l'ombre d'un porche.

Strike ne sentait presque plus la douleur dans son genou. Tout son corps était tendu vers un seul but. Ce coup-ci, elle ne le prendrait pas au dépourvu. À supposer qu'elle ait un plan, il devait se résumer à peu de choses : saisir la première occasion qui se présenterait. Strike se préparait à lui en fournir une belle.

Il dépassa le Royal Opera House, sa façade de temple classique, ses colonnes, ses statues ; sur Endell Street, il la vit se réfugier dans une vieille cabine téléphonique rouge, sans doute pour se calmer les nerfs et s'assurer qu'il ne l'avait pas remarquée. Strike continua tout droit, sans varier l'allure. Tranquillisée, elle sortit de son abri pour se mêler à la foule des badauds épuisés, leurs sacs de courses à bout de bras. Plus la rue se resserrait, plus elle se rapprochait de lui en sautant d'un porche à l'autre.

Juste avant d'arriver à son bureau, il prit à gauche sur Flitcroft Street, direction Denmark Place, où il connaissait une ruelle peu fréquentée, aux murs couverts d'affiches pour des concerts de rock. Ce passage ramenait vers chez lui.

Oserait-elle le suivre ?

Dès qu'il s'engagea dans la ruelle humide où résonnait le bruit de ses pas, Strike ralentit insensiblement l'allure. Puis il l'entendit courir derrière lui.

Il pivota sur sa bonne jambe, leva sa canne, bloqua le bras tenant le cutter qui s'envola, heurta un mur, rebondit et manqua de peu l'œil de Strike. La femme poussa un cri de douleur, il l'empoigna pour l'immobiliser. Elle se mit à hurler.

Strike craignait qu'un passant ne vole à son secours, mais il n'y avait personne. Il devait se dépêcher, d'autant que cette femme, plus vigoureuse qu'il ne l'aurait cru, se débattait comme une diablesse. Il esquiva quelques ruades dans les parties, des griffures au visage et, s'économisant des efforts inutiles, pivota de nouveau et lui fit une clé au cou. Les pieds de son agresseuse dérapèrent sur le sol détrempé.

Pendant qu'elle gigotait contre lui, les babines retroussées, prête à mordre, il se pencha pour ramasser le cutter. Emportée par son mouvement, elle manqua perdre l'équilibre. Quand il se releva, Strike choisit de laisser tomber la canne, préférant s'occuper de sa prise qu'il entraîna de force vers son bureau de Denmark Street.

Il était rapide et elle si essoufflée par la bagarre qu'elle n'avait plus la force de crier. Ils ne croisèrent personne dans la ruelle. Sur Charing Cross Road, nul ne s'alarma de les voir passer. La porte noire était là, devant lui.

« Ouvrez-moi, Robin ! Vite ! » hurla-t-il dans l'interphone. Dès qu'il entendit le bourdonnement signalant l'ouverture, il poussa le battant d'un coup d'épaule et se mit à grimper les marches avec sa proie. Une violente douleur lui traversa la jambe. Au même instant, la femme poussa un cri strident qui se répercuta du bas en haut de la cage d'escalier. Derrière la porte en verre du graphiste taciturne qui occupait le local du premier étage, Strike vit remuer une ombre.

« Simple querelle de ménage ! beugla-t-il en poursuivant sa laborieuse escalade.

— Cormoran ? Qu'est-ce qui… Oh, mon Dieu ! s'exclama Robin, penchée sur le palier. Vous ne pouvez pas… À quoi jouez-vous ? Lâchez cette femme !

— Elle vient juste… Elle a encore essayé… de me poignarder », fit Strike, hors d'haleine. Puis, dans un dernier effort phénoménal, il projeta son fardeau dans la pièce. « Mettez le verrou ! » hurla-t-il. Robin rentra précipitamment et s'exécuta.

Quand la femme atterrit sur le canapé, sa capuche bascula en arrière, révélant un long visage pâle, de grands yeux sombres et une masse de boucles brunes. Au bout de ses doigts, des ongles rouges, pointus comme des griffes. On lui donnait à peine vingt ans.

« Espèce d'enfoiré ! Enfoiré ! »

Elle voulut se lever mais Strike l'en dissuada d'un regard menaçant, si bien qu'elle retomba sur les coussins en se massant le cou. Des marques mauves s'étiraient sur sa peau blanche, aux endroits où Strike l'avait serrée.

« Vous voulez bien me dire pourquoi vous avez essayé de me poignarder ? demanda-t-il.

— Va te faire foutre !

— Original comme réplique. Robin, appelez la police…

— Nooon ! » hulula-t-elle comme un chien hurlant à la mort. Puis, s'adressant à Robin : « Il m'a fait mal. » D'un air misérable, elle écarta le col de son pull pour lui montrer les bleus sur son cou d'albâtre musclé. « Il m'a traînée sur le trottoir, il m'a trimbalée comme… »

Robin regardait Strike, la main posée sur le téléphone.

« Pourquoi me suivez-vous ? » gronda-t-il, toujours un peu essoufflé. Il la dominait de toute sa hauteur.

Elle eut un mouvement de recul et se blottit contre les coussins. Robin, qui n'avait pas bougé d'un millimètre, décela un subtil mélange de peur et de plaisir dans sa manière de se tenir. Un imperceptible frisson de volupté.

« Dernière chance, rugit Strike. Pourquoi me… ?

— Qu'est-ce qui se passe ici ? » tonna une voix venant de l'escalier en dessous.

Robin et Strike échangèrent un regard. Robin se précipita, enleva le verrou et sortit sur le palier pendant que Strike, mâchoire et poings crispés, surveillait la jeune fille. Dans ses grands yeux bruns ombrés de violet, il vit poindre puis disparaître l'envie d'appeler au secours. C'est alors qu'elle fondit en larmes. Mais, à voir ses dents serrées, ses épaules tremblantes, Strike comprit qu'elle pleurait de rage, pas de chagrin.

« Tout va bien, Mr Crowdy, cria Robin. Querelle de ménage. Navrée pour le dérangement. »

Robin rentra et referma la porte à clé. La jeune femme se tenait toute raide sur le canapé, les joues mouillées de larmes, les ongles plantés dans l'accoudoir.

« Vous l'aurez voulu, dit Strike. Puisque vous refusez de parler, j'appelle la police. »

Elle parut le croire car dès qu'il s'approcha du téléphone, elle dit entre deux sanglots :

« Je voulais vous empêcher.

— M'empêcher de faire quoi ?

— Comme si vous ne saviez pas !

— Ne jouez pas à ce petit jeu avec moi ! » mugit Strike en se penchant vers elle, la menaçant du poing. Un nouvel élancement dans son genou lui rappela que c'était sa faute si ses ligaments le faisaient souffrir.

« Cormoran », s'interposa Robin. Puis elle se tourna vers la fille : « Écoutez-moi bien. Si vous lui expliquez tout, peut-être qu'il n'appellera pas…

— Vous rigolez ! s'écria Strike. Ça fait deux fois qu'elle essaie de me…

— … peut-être qu'il n'appellera pas la police », termina Robin sans se démonter.

La femme bondit sur ses pieds et courut vers la porte.

« Pas si vite », dit Strike. Il contourna Robin, attrapa la fuyarde par la taille et, sans ménagement, la réexpédia sur le canapé. « *Qui êtes-vous ?*

— Vous m'avez fait mal ! brailla-t-elle. Vous m'avez vraiment fait mal… mes côtes… je vais porter plainte, salaud…

— Je vais vous appeler Pippa. Ça vous va ? » dit Strike.

Un cri de surprise, suivi d'un regard assassin.

« Espèce de… de… d'enfoiré…

— Ne vous gênez pas, insultez-moi, rétorqua Strike. C'est quoi votre vrai nom ? »

On voyait sa poitrine battre sous son manteau.

« Je pourrais inventer n'importe quoi. Comment vous saurez que c'est mon nom ?

— Vous ne bougerez pas d'ici avant que j'aie vérifié.

— C'est du kidnapping ! hurla-t-elle d'une voix aussi rocailleuse que celle d'un docker.

— Non, de la légitime défense. Vous avez tenté de me tuer ! Maintenant, pour la dernière fois…

— Pippa Midgley, cracha-t-elle.

— C'est pas trop tôt. Vous avez des papiers ? »

D'un geste provocateur, elle glissa la main dans sa poche et sortit une carte de transport qu'elle lui balança.

« C'est écrit Phillip Midgley.

— Sans blague. »

Strike mit deux secondes à comprendre. En voyant sa tête, Robin fut prise d'une forte envie de rire, malgré la tension régnant dans la pièce.

« Épicène, claironna Pippa Midgley. Ça y est, vous pigez ? Ou c'est trop subtil pour vous, gros con ? »

Strike la regarda plus attentivement. Effectivement, la pomme d'Adam était bien visible sur sa gorge égratignée. Elle avait renfoncé les mains dans ses poches.

« L'année prochaine, ce sera marqué Pippa, dit-elle.

— Pippa, répéta Strike. C'est vous qui avez écrit "Je lui ferai payer ce qu'il t'a fait", n'est-ce pas ?

— Ah ! Ah ! » fit Robin. Elle venait de comprendre.

« Aaaaah, vous êtes trop fort, Mr Grosbras, minauda Pippa pour se moquer d'elle.

— Vous connaissez Kathryn Kent personnellement ou juste via Internet ?

— Pourquoi ? C'est un crime de connaître Kath ?

— Comment avez-vous rencontré Owen Quine ?

— Je n'ai pas envie de parler de ce connard, dit-elle, la poitrine oppressée. Ce qu'il m'a fait… ce qu'il a fait… Il jouait la comédie… Il mentait… C'est qu'un sale menteur… »

Elle se remit à pleurer comme une fontaine. La crise d'hystérie menaçait. De ses mains griffues, elle s'empoignait les cheveux tandis que ses pieds martelaient le sol et qu'elle se balançait d'avant en arrière sur le canapé en gémissant. Strike la regarda faire d'un air dégoûté et, au bout de trente secondes, lui renvoya :

« Si tu fermais ta grande gueule… »

Robin lui lança un regard de reproche, arracha une poignée de mouchoirs de la boîte posée sur son bureau, les mit dans la main de Pippa et lui demanda gentiment : « Vous voulez du thé, du café ?

— Du ca… fé… s'il vous pl…

— Mais enfin, Robin, elle a voulu me poignarder !

— Et alors ? Elle n'a pas réussi, que je sache ! répliqua-t-elle en remplissant la bouilloire.

— La maladresse n'est pas une circonstance atténuante », articula Strike qui n'en croyait pas ses oreilles.

Il reprit l'interrogatoire de Pippa qui les avait écoutés, la bouche ouverte.

« Pourquoi me suivez-vous ? Que voulez-vous m'empêcher de faire ? Et je vous préviens… ce n'est pas parce que Robin se laisse abuser par vos jérémiades…

— Vous travaillez pour elle ! hurla Pippa. Cette folle tordue, sa veuve ! C'est elle qui a son fric maintenant. On sait bien pourquoi elle vous a embauché, on n'est pas complètement stupides !

— Qui ça "on" ? » demanda Strike dont le genou malmené l'élançait si méchamment qu'il devait serrer les dents pour ne pas gémir. Les yeux sombres de Pippa glissèrent vers la porte. « Je vous jure que si vous essayez encore de fuir, j'appelle la police. Et je serai ravi de témoigner contre vous quand ils vous arrêteront pour tentative de meurtre. Vous n'allez pas vous marrer en prison, Pippa, ajouta-t-il. Avant l'opération.

— Cormoran ! le gronda Robin.

— J'énonce des faits. »

Recroquevillée au fond du canapé, Pippa dévisageait Strike d'un air terrorisé.

« Café, lança Robin en glissant une tasse dans la main de Pippa. Dites-lui ce qu'il veut savoir, pour l'amour du ciel. Dites-lui. »

Robin la trouvait certes agressive mais ne pouvait s'empêcher de la plaindre. Elle avait attaqué un détective privé avec

411

un cutter sans penser aux conséquences, ce qui lui rappelait son jeune frère Martin, connu dans la famille pour ses coups de sang. C'était, de ses frères, celui qui avait fréquenté le plus souvent le service des urgences.

« On sait bien qu'elle vous a engagé pour nous piéger, ricana Pippa.

— Qui ça ? gronda Strike. Dites-moi qui vous entendez par "elle" et par "nous".

— Leonora Quine ! On sait comment elle fonctionne, ce qu'elle est capable de faire ! Elle nous déteste, Kath et moi, elle ferait n'importe quoi pour nous avoir. Elle a assassiné Owen, et maintenant elle s'en prend à nous ! Vous pouvez me regarder avec ces yeux de merlan frit ! hurla-t-elle à Strike dont les épais sourcils rejoignaient presque la racine de ses cheveux. Cette bonne femme est barge et jalouse comme une teigne – elle ne supportait pas qu'il nous fréquente, et maintenant elle vous envoie fouiner. Mais vous ne trouverez rien contre nous !

— Ne me dites pas que vous croyez à toutes ces conneries paranoïaques…

— On n'est pas dupes ! cria Pippa.

— La ferme ! Quand vous avez commencé votre petit manège, personne ne savait que Quine était mort, à part son assassin. Vous m'avez suivi depuis le jour où j'ai découvert son cadavre, et je sais que vous suiviez Leonora depuis une semaine avant ça. Pourquoi ? » Comme elle ne répondait pas, il répéta : « Dernière chance : pourquoi m'avez-vous suivi quand je suis sorti de chez Leonora ?

— Je me disais que vous pourriez me conduire jusqu'à lui.

— Pourquoi vouliez-vous savoir où il était ?

— Pour lui faire la peau ! » beugla Pippa. Robin se dit que, tout comme Martin, Pippa n'avait aucune notion du danger.

« Et pourquoi ? demanda Strike, peu impressionné.

— À cause de ce qu'il nous a fait dans cet horrible bouquin de merde ! Vous savez… vous l'avez lu… Épicène… le salaud, l'enfoiré…

— Calmez-vous, bordel ! Donc vous aviez déjà lu *Bombyx Mori* à ce moment-là ?

— Ouais, bien sûr que je l'avais lu…

— Et c'est alors que vous avez commencé à mettre des excréments dans la boîte aux lettres des Quine ?

— Un prêté pour un rendu ! hurla-t-elle.

— Astucieux. Quand l'avez-vous lu ?

— Kath m'a lu au téléphone les passages qui nous concernaient et après…

— De quand date ce coup de téléphone ?

— Quand elle a trouvé le manuscrit sur son paillasson en rentrant chez elle. Le manuscrit complet. Il y avait tellement de pages que ça bloquait la porte. Owen l'avait enfoncé par petits bouts pour le faire passer par la fente. Et il y avait un mot avec. Elle me l'a montré.

— Que disait ce mot ?

— Ça disait : "L'heure de la vengeance a sonné pour nous deux. J'espère que tu es contente ! Owen."

— L'heure de la vengeance a sonné ? répéta Strike en fronçant les sourcils. Savez-vous ce que cela signifie ?

— Kath n'a pas voulu me le dire, mais je sais qu'elle a compris. Elle était ané… anéantie, soupira Pippa, tandis que menaçait une nouvelle crise de sanglots. C'est une femme… une femme formidable. Vous ne la connaissez pas. Elle a été comme une m… mère pour moi. On s'est rencontrées à cet atelier d'écriture et on était comme… on est devenues des… » Elle reprit son souffle et gémit : « Ce type était un salopard, il nous a menti sur ce qu'il écrivait, il a menti sur… sur tout… »

Elle se remit à pleurer, à geindre, à sangloter tout à la fois. Robin, qui redoutait que le bruit n'attire encore Mr Crowdy, lui murmura :

« Pippa, dites-nous juste sur quoi il a menti. Cormoran veut seulement connaître la vérité, il n'a pas de mauvaises intentions… »

Pendant un instant, Pippa ne broncha pas – l'avait-elle entendue ? l'avait-elle crue ? –, puis elle prit une longue inspiration et, comme pour soulager sa conscience soumise à rude épreuve, laissa les mots couler de sa bouche :

« Il a dit que j'étais comme sa deuxième fille, c'est ça qu'il m'a dit ; je lui ai tout raconté, que ma maman m'avait abandonnée, et le reste, et je lui ai mon… montré le livre que j'ai écrit sur ma vie et il était si… si gentil, si atten… attentif, et il a dit qu'il m'aide… m'aiderait à le publier et il nous a dit à tou… toutes les deux, Kath et moi, qu'on était dans son nou… nouveau roman et il a dit que j'étais une "b… belle âme perdue"… c'est ça qu'il m'a dit, hoqueta Pippa, la bouche tordue. Et un jour, il m'a lu un passage au téléphone, et c'était… c'était joli mais ensuite quand j'ai lu le vrai texte et que j'ai vu qu'il… qu'il avait écrit ça… Kath était bri… brisée… la cave… Harpie, Épicène…

— Donc Kathryn rentre chez elle et trouve le manuscrit sur son paillasson, résuma Strike. Elle revenait d'où… de son travail ?

— De l'établissement de soins pa… palliatifs où était sa sœur mourante.

— Et c'était quand ? demanda Strike pour la troisième fois.

— Qu'est-ce que ça peut faire ?

— Vous allez répondre, oui ou merde ?

— Était-ce le 9 ? » suggéra Robin. Elle avait affiché le blog de Kathryn Kent sur son ordinateur et placé l'écran de telle façon que Pippa ne le voie pas. « Était-ce le 9, Pippa ? Le mardi après la nuit des feux d'artifice ?

— C'était… ouais, je crois que c'est ça ! dit Pippa, frappée que Robin ait si facilement deviné la date. Ouais, Kath est partie le soir des feux d'artifice, parce que Angela était si malade…

— Comment savez-vous que c'était ce soir-là ? demanda Strike.

— Parce que Owen a dit à Kath qu'il ne pouvait pas venir la voir, au prétexte qu'il tirait des feux d'artifice avec sa fille.

Et Kath était vraiment déprimée parce que Owen avait promis de quitter sa famille ! Il lui avait promis depuis très très long-temps qu'il quitterait sa salope de femme, et ensuite le voilà qui tire des pétards avec la déb... »

Elle s'arrêta net, mais Strike termina pour elle.

« Avec la débile ?

— C'est qu'une blague, marmonna Pippa qui semblait plus honteuse d'avoir employé ce mot que d'avoir tenté de poignar-der Strike. « Une blague entre Kath et moi : Owen se cachait derrière sa fille pour ne pas se mettre avec Kath...

— Qu'est-ce que Kathryn a fait ce soir-là, au lieu de voir Quine ? rebondit Strike.

— Je suis arrivée chez elle, et c'est là que l'hôpital a appelé pour dire que sa sœur Angela était au plus mal. Alors, elle est partie. Angela avait un cancer. Il s'était généralisé.

— Où était Angela ?

— Dans l'établissement de soins palliatifs de Clapham.

— Comment Kathryn s'y est-elle rendue ?

— Qu'est-ce que ça peut faire ?

— Contentez-vous de répondre.

— J'en sais rien... par le métro, j'imagine. Elle est restée avec Angela pendant trois jours, elle dormait par terre sur un matelas près de son lit parce que Angela pouvait mourir d'un moment à l'autre. Mais elle a tenu bon, et c'est pour ça que Kath est repassée à son appartement prendre des affaires propres, et c'est là qu'elle a trouvé le manuscrit en vrac sur son paillasson.

— Qu'est-ce qui vous fait dire qu'elle est rentrée chez elle le mardi ? » demanda Robin. Strike, qui s'apprêtait à poser la même question, la regarda, étonné. Il n'était pas encore au courant pour le libraire et l'histoire de la doline en Allemagne.

« Parce que tous les mardis soir, je travaille dans un service d'assistance téléphonique. Et c'est là que j'étais quand Kath m'a appelée en larmes. Elle avait remis les pages dans le bon ordre et elle avait lu les passages qui nous concernaient...

415

« — Eh bien, voilà qui est fort intéressant, dit Strike. Je vous signale que Kathryn Kent a déclaré à la police qu'elle n'avait jamais lu *Bombyx Mori*. »

En d'autres circonstances, l'expression horrifiée qui se peignit sur le visage de Pippa aurait pu prêter à rire.

« Vous m'avez piégée, enfoiré !

— Vous êtes une vraie tête de mule, hein ! N'essayez pas, ajouta-t-il en l'empêchant de se lever.

— Ce type était... une merde ! hurla Pippa qui bouillait d'une rage impuissante. Un profiteur ! Il a fait semblant de s'intéresser à notre travail, mais en réalité il s'est servi de nous depuis le départ, ce s... sale m... menteur... Moi qui croyais qu'il comprenait ce que j'avais enduré... on a passé des heures à en parler et il m'encourageait à écrire ma vie... il m'a même dit qu'il m'aiderait à trouver un éditeur... »

Strike ressentit une soudaine lassitude. Quelle était donc cette idée fixe ? Pourquoi tous ces gens cherchaient-ils à tout prix à se faire publier ?

« ... mais il essayait juste de m'amadouer, pour que je lui confie toutes mes pensées secrètes, mes sentiments, et Kath... ce qu'il a fait à Kath... vous n'imaginez pas... je suis bien contente que sa salope de femme l'ait zigouillé ! Si elle ne l'avait pas fait...

— Pourquoi dites-vous sans arrêt que sa femme l'a tué ? demanda Strike.

— Parce que Kath en a la preuve ! »

Courte pause.

« Quelle preuve ? fit Strike.

— Qu'est-ce que ça peut vous faire ? glapit-elle avant de partir d'un rire hystérique. Vous vous en foutez !

— Si elle détient une preuve, pourquoi ne pas l'avoir remise à la police ?

— Par compassion ! brailla Pippa. Un truc que vous ne pouvez...

416

« — C'est quoi encore tous ces cris ? » Mr Crowdy était de nouveau derrière la porte.

« Oh, non, il ne manquait plus que lui », tonna Strike en se tournant vers la silhouette de son voisin.

Robin se précipita pour ouvrir. « Vraiment désolée, Mr Crow... »

Pippa se leva brusquement, Strike voulut l'arrêter mais se tordit le genou. Elle sortit en trombe du bureau, bouscula Mr Crowdy et dévala bruyamment les escaliers.

« Laissez-la partir ! dit Strike à Robin qui allait se lancer à sa poursuite. Au moins, il nous reste son arme.

— Une arme ? » couina Mr Crowdy.

Ils passèrent quinze minutes à tenter de le dissuader d'appeler le propriétaire (depuis l'affaire Lula Landry, le graphiste vivait dans la crainte qu'un autre assassin ne pénètre chez lui en prenant son atelier pour le bureau de Strike).

« Nom de Dieu », soupira Strike quand Mr Crowdy eut enfin regagné ses pénates.

Il se laissa tomber sur le divan, Robin se posa sur sa chaise de bureau, et ils restèrent quelques secondes à se regarder avant d'éclater de rire.

« On ne s'en est pas mal tirés. Vous dans le rôle du gentil flic, moi dans celui du méchant..., dit Strike.

— Je ne jouais pas la comédie. J'étais vraiment triste pour elle.

— J'ai remarqué. Et moi j'ai failli y passer et ça ne vous fait rien ?

— Voulait-elle réellement vous poignarder ou était-ce du cinéma ? demanda Robin, sceptique.

— Je pense que l'idée lui plaisait plus que l'acte en lui-même, reconnut Strike. Seulement voilà, une fois qu'on est mort, on ne se demande pas si la personne qui tenait le couteau était un tueur professionnel ou une conne qui se croyait dans un film. Que pensait-elle obtenir en me poignardant... ?

— L'amour d'une mère », répondit doucement Robin.

Strike la regarda, éberlué.

« Sa mère l'a abandonnée, expliqua Robin. Elle traverse une période extrêmement pénible, j'imagine, avec des traumas à répétition. Prise d'hormones et Dieu sait quoi d'autre, en prévision de l'opération. Avec Quine et Kathryn Kent, elle a cru trouver une nouvelle famille. Rappelez-vous, elle a dit que Quine parlait d'elle comme de sa deuxième fille et que, dans son livre, elle apparaissait sous les traits de la fille de Kathryn. Mais dans *Bombyx Mori*, tout change. Quine la dépeint comme une créature moitié mâle moitié femelle qui ne cherche qu'à coucher avec lui. Non seulement son nouveau père l'a violemment reniée, poursuivit-elle, mais il a aussi trahi sa nouvelle mère, une femme bonne et affectueuse. Résultat, Pippa a décidé de les venger toutes les deux. »

Elle ne put éviter de sourire devant l'expression d'admiration béate qui s'afficha sur le visage de Strike.

« Vous pouvez me dire pourquoi vous avez renoncé à faire psycho ?

— C'est une longue histoire, dit Robin en regardant vers l'ordinateur. Pippa n'est pas bien vieille... vingt ans, qu'en pensez-vous ?

— Oui, guère plus, acquiesça Strike. Dommage qu'on n'ait pas eu le temps de l'interroger sur ses faits et gestes après la disparition de Quine.

— Ce n'est pas elle qui l'a tué, déclara Robin en se retournant vers lui.

— Oui, vous avez probablement raison, soupira Strike. Je la vois mal glisser de la merde de chien dans sa boîte aux lettres après lui avoir arraché les entrailles.

— En plus, elle me paraît plutôt empotée pour ce qui est d'organiser une agression et de l'exécuter. Vous ne trouvez pas ?

— C'est peu de le dire, convint-il.

— Vous allez la dénoncer à la police ?

— Je ne sais pas. Peut-être. Oh merde, dit-il en se frappant le front. On ne sait toujours pas pourquoi elle chante, dans le roman !

— J'ai ma petite idée, dit Robin après une courte recherche sur son ordinateur. Chanter pour adoucir sa voix… Exercices vocaux pour les personnes transgenres.

— C'est tout ? fit Strike, incrédule.

— Vous trouvez qu'elle a eu tort de prendre la mouche ? Quand même, Quine a divulgué des détails très intimes…

— Ce n'est pas ce que j'ai voulu dire. »

Il tourna son front soucieux vers la fenêtre. La neige tombait à gros flocons. Au bout d'un moment, il demanda :

« Que s'est-il passé dans la librairie Bridlington ?

— Oh, mon Dieu, j'ai failli oublier ! »

Elle lui parla du libraire et de la confusion qu'il avait faite entre le 1er et le 8 novembre.

« Quel vieil imbécile ! dit Strike.

— Ne soyez pas méchant.

— Il faisait le fier, hein ? Le lundi, c'est toujours pareil, il va voir son ami Charles…

— Mais comment savoir si c'était le lundi des évêques anglicans ou le lundi de la doline ?

— Vous dites qu'il parlait à Charles de la visite de Quine dans sa boutique quand Charles l'a interrompu pour placer son histoire de doline ?

— C'est ce qu'il a dit.

— Alors, il y a tout lieu de penser que Quine est passé chez lui le 1er, et pas le 8. Ces deux événements sont reliés dans son esprit. Le vieil imbécile s'est trompé. Il voulait avoir vu Quine après sa disparition, il voulait contribuer à déterminer le moment de la mort, donc inconsciemment il s'est focalisé sur le lundi correspondant à la période du meurtre, alors qu'en réalité il a vu Quine une semaine avant.

— Il y a toutefois quelque chose d'étrange dans ce que Quine lui a dit, vous ne trouvez pas ? demanda Robin.

— Oui, en effet. Quine avait besoin de lecture parce qu'il prenait des vacances… Donc, quatre jours avant sa dispute avec Elizabeth Tassel, il prévoyait déjà de partir. Prévoyait-il également de se rendre à Talgarth Road, une maison qu'il prétendait détester au point de n'y avoir plus remis les pieds depuis de nombreuses années ?

— Allez-vous raconter tout ça à Anstis ? »

Strike ricana.

« Non, je ne dirai rien à Anstis. Quelle preuve tangible avons-nous ? De toute façon, Anstis et moi ne sommes pas dans les meilleurs termes, en ce moment. »

Après un long silence, Robin sursauta en entendant Strike dire brusquement : « Il faut que je parle à Michael Fancourt.

— Pourquoi ?

— Pour des tas de raisons. Certaines choses que m'a confiées Waldegrave ce midi. Pourriez-vous appeler son agent, ou n'importe quel autre contact ?

— Oui, dit Robin en prenant note. Vous savez, j'ai regardé une nouvelle fois son interview et je ne vois toujours pas...

— Alors recommencez et faites bien attention. Réfléchissez. »

De nouveau, Strike s'enferma en lui-même, les yeux collés au plafond. Ne voulant pas interrompre le fil de ses pensées, Robin chercha l'agent de Fancourt sur son ordinateur.

La voix de Strike s'éleva par-dessus le cliquètement des touches.

« Quelle preuve pourrait bien avoir Kathryn Kent contre Leonora ?

— Peut-être aucune, répondit Robin, concentrée sur les résultats qui venaient de s'afficher.

— Et elle n'a rien dit "par compassion"... »

Robin tâchait de trouver un contact sur le site de l'agence littéraire de Fancourt.

« Espérons qu'il s'agissait d'une invention délirante de plus », dit Strike.

Mais il était inquiet.

38.

Que dans si peu de papier
Tienne la perte de tant d'hommes...

John WEBSTER, *Le Démon blanc*

MISS BROCKLEHURST, L'ASSISTANTE de direction présumée infidèle, prétendait qu'elle ne pouvait toujours pas sortir à cause de son rhume. Son amant trouvait cela suspect, et Strike avait tendance à penser de même. À sept heures, le lendemain matin, le détective faisait le pied de grue dans un renfoncement face à l'appartement de Miss Brocklehurst, à Battersea. Malgré son manteau, son écharpe et ses gants, il sentait les morsures du froid aux pieds et aux mains. Il bâilla et attaqua le deuxième des trois muffins qu'il avait achetés en passant au McDonald's.

La météo avait prévu du mauvais temps dans le sud-est de l'Angleterre. Une couche de neige compacte recouvrait déjà la rue, et du ciel sans étoiles tombaient les premiers flocons de la journée. Toujours aux aguets, Strike remuait les orteils de temps en temps pour faire circuler le sang. Un par un, les habitants partaient travailler, certains à petits pas prudents vers la station de métro, d'autres dans des voitures dont le pot d'échappement vibrait étrangement fort dans le silence ouaté.

C'était le dernier jour de novembre, mais trois arbres de Noël étincelaient déjà derrière des vitres de salon. Appuyé contre son mur, Strike voyait clignoter les ampoules mandarine, émeraude et bleu fluo. Il se lançait des paris à lui-même : oui ou non, Miss Brocklehurst sortirait-elle par ce temps ? Son genou le faisait toujours souffrir mais, quand il neigeait ainsi, les gens marchaient à la même allure que lui. De plus, il avait toujours vu Miss Brocklehurst perchée sur des talons de huit centimètres. Sur un sol glissant, elle serait encore plus handicapée que lui.

La semaine précédente, il avait un peu délaissé les filatures pour se consacrer à l'enquête sur le meurtre de Quine. S'il ne voulait pas mettre la clé sous la porte, il avait tout intérêt à reprendre ses affaires en main. L'amant de Miss Brocklehurst était riche et Strike espérait s'assurer sa clientèle dans l'avenir. Encore fallait-il lui donner satisfaction sur ce premier dossier. L'homme avait une forte prédilection pour les jeunes femmes blondes, lesquelles se succédaient dans son lit (ce qu'il avait volontiers confessé dès leur entretien préliminaire). Après lui avoir soutiré de fortes sommes et autres cadeaux somptueux, elles avaient l'habitude de le laisser tomber ou d'aller voir ailleurs. Comme il était très improbable que son client change de façon de faire avant longtemps, les Miss Brocklehurst continueraient à défiler et les notes d'honoraires à grimper. C'était peut-être la trahison en elle-même qui faisait frissonner son client, songea Strike dont l'haleine blanche s'élevait dans l'air glacial ; il avait connu des individus atteints de ce syndrome dont la forme la plus extrême se rencontrait chez les hommes qui tombaient amoureux des prostituées.

À huit heures cinquante, les rideaux remuèrent légèrement. Dans la seconde, Strike sortit de son apparente léthargie pour braquer l'appareil photo à vision nocturne qu'il tenait caché sous son manteau.

Un court instant, Miss Brocklehurst apparut en culotte et soutien-gorge (dont sa poitrine siliconée aurait pu se passer) sous la faible clarté qui montait de la rue enneigée. Derrière elle, dans l'obscurité de la chambre, un homme au torse nu, doté d'une belle bedaine. Il s'approcha et posa la main sur son sein, ce qui lui valut une gentille réprimande. Ils se détournèrent de la fenêtre et repassèrent dans la chambre.

Strike baissa l'objectif, le temps de vérifier la qualité des photos. Sur la plus compromettante, on voyait clairement la forme d'un bras et d'une main masculine et le visage souriant de Miss Brocklehurst à demi tourné vers son partenaire, dont les traits demeuraient dans l'ombre. Supposant que l'homme s'apprêtait à partir travailler, il glissa l'appareil photo dans sa poche intérieure et, pour mieux se préparer à la filature qui l'attendait, attaqua son troisième muffin.

Comme prévu, à huit heures cinquante-cinq, la porte d'entrée de l'immeuble s'ouvrit et l'amant de Miss Brocklehurst posa le pied sur le trottoir. Excepté son âge et sa mise élégante, il ne ressemblait pas au patron de la demoiselle. La mince sacoche en cuir qu'il portait en travers du torse suffisait pour une chemise propre et une brosse à dents. Depuis quelque temps, Strike voyait si souvent ce genre de sac qu'il les appelait désormais des « baise-en-ville ». Le couple s'embrassa à pleine bouche sur le seuil, effusions toutefois écourtées par la température polaire et le fait que Miss Brocklehurst ne portait sur elle que quelques grammes de tissu. Quand elle rentra au chaud, Bedaine prit la direction de Clapham Junction en discutant déjà sur son portable. Strike supposait qu'il prévenait de son retard, dû à la neige, bien sûr. Il lui laissa prendre une vingtaine de mètres d'avance puis émergea de sa cachette en plantant dans la neige la canne que Robin avait aimablement récupérée la veille sur Denmark Place.

C'était une filature facile, car Bedaine ne s'intéressait à rien d'autre qu'à sa conversation téléphonique. Sous les flocons, ils descendirent ensemble la pente douce de Lavender Street, à vingt mètres l'un de l'autre. Bedaine dérapa plusieurs fois sur ses semelles de cuir cousues main et pénétra dans la station de métro toujours pendu au téléphone. Quand il s'assit dans la rame, Strike put s'installer non loin de lui sans pour autant éveiller ses soupçons. Il en profita même pour prendre quelques clichés en faisant semblant de lire ses messages.

Un vrai texto s'afficha tout à coup. Robin.

L'agent de Michael Fancourt a rappelé – MF serait enchanté de vous rencontrer ! Il est en Allemagne mais rentrera le 6. Propose le Groucho Club à l'heure qui vous conviendra ? Rx

C'était assez extraordinaire, décidément, songea Strike pendant que le train entrait dans la station Waterloo. Tous les lecteurs de *Bombyx Mori* étaient impatients de s'entretenir avec lui. Cette situation lui semblait inédite. D'habitude, les suspects avaient plutôt tendance à fuir les enquêteurs. Et qu'est-ce que le célèbre Michael Fancourt espérait obtenir d'un entretien avec le détective ayant découvert le cadavre d'Owen Quine ?

Bedaine descendit à Waterloo, comme des centaines d'autres personnes, Strike toujours sur ses talons. Le toit en verrière et les traverses crème lui rappelèrent Tithebarn House. À la sortie, Bedaine discutaillait toujours sur son portable. Il longea les congères de neige boueuse qui bordaient les trottoirs glissants, passa entre des immeubles de bureaux en verre et en béton, se mêla aux cohortes de banquiers grisâtres arpentant le bitume telles des fourmis, et déboucha enfin sur le parking d'un édifice plus grand que les autres, où était stationné son véhicule personnel. Il devait estimer plus judicieux de laisser sa BMW au bureau que de la garer devant l'appartement de Miss Brocklehurst. Caché derrière une Range Rover opportunément placée, Strike le regardait faire quand il sentit vibrer son portable. Il ne se laissa pas distraire. Bedaine possédait une place de parking à son nom. Après avoir récupéré des affaires dans son coffre, il s'éloigna vers l'entrée du bâtiment, laissant toute latitude à Strike d'aller déchiffrer les noms des directeurs inscrits sur un mur. Pour satisfaire pleinement la curiosité de son client, il photographia celui de Bedaine, ainsi que sa fonction dans l'entreprise.

Puis il fit demi-tour. Dans le métro, il vit que l'appel raté sur le parking provenait de son ami d'enfance Dave Polworth, l'homme au requin.

Polworth appelait Strike « Diddy », surnom dont la plupart des gens ignoraient l'origine. Ils supposaient qu'il faisait référence à sa taille de grand dadais (à l'école primaire, Strike était systématiquement le plus grand de sa classe et souvent de la classe supérieure), alors qu'en réalité il dérivait de *didicoy* – romanichel – et se rapportait à la vie de nomade que le jeune Cormoran menait avec sa mère.

Strike le rappela dès qu'il ressortit à l'air libre. Il discutait encore avec lui en arrivant à l'agence, une vingtaine de minutes plus tard. Robin leva les yeux et, croyant qu'il s'adressait à elle, lui répondit une bricole. Puis elle comprit son erreur et reprit son travail en souriant.

« Tu rentres pour Noël ? demanda Polworth pendant que Strike refermait la porte de son bureau.

— Peut-être bien.

— On pourrait écluser quelques bières au Victory, qu'en penses-tu ? proposa Polworth. Ça ne te plairait pas de remettre ça avec Gwenifer Arscott ?

— Je n'ai jamais rien fait avec Gwenifer Arscott, répliqua Strike (c'était une plaisanterie éculée).

— Rien ne t'empêche de réessayer, Diddy. Tu pourrais faire un *strike*, ce coup-ci. Il est grand temps que quelqu'un se décide à la déniaiser. Au fait, à ce propos, tu te souviens de cette nana qui... »

La conversation dégénéra en une série d'évocations salaces. Polworth avait une manière désopilante de raconter les pitreries des amis qu'ils avaient laissés derrière eux à St Mawes. Strike riait si fort qu'il ne prêta pas attention au signal « appel en attente » sur son téléphone et ne vérifia même pas de qui il s'agissait.

« Tu ne t'es pas remis avec Lady Zinzin, mon garçon ? » demanda Dave. C'était ainsi qu'il surnommait Charlotte.

« Eh non. Elle se marie dans… quatre jours, calcula-t-il.

— Sans blague ! Méfie-toi, Diddy, tu risques de la voir rappliquer dare-dare. Je ne serais pas étonné qu'elle se tire avant la cérémonie. Enfin moi, à ta place, je dirais bon débarras.

— Ouais, c'est sûr.

— Alors, on est d'accord ? insista Polworth. On se retrouve à Noël ? Et on s'envoie des bières au Victory ? »

Après quelques derniers échanges grivois, Dave retourna à ses activités et Strike, toujours hilare, consulta son téléphone. Il avait raté un appel de Leonora Quine.

Il repassa dans le bureau de Robin tout en écoutant le message.

« J'ai revu l'interview de Michael Fancourt, annonça la jeune femme. Et j'ai enfin compris ce que vous… »

Strike l'interrompit d'un geste tant la voix de Leonora lui paraissait soudain tendue, voire affolée.

« Cormoran, ils m'ont arrêtée. Je ne sais pas pourquoi – personne ne m'a rien dit. Il paraît qu'ils attendent l'arrivée d'un avocat ou un truc comme ça. Je ne sais plus où j'en suis – Orlando est avec Edna, je ne… Bref, voilà ce qui m'arrive… »

Le message se terminait sur quelques secondes de silence.

« Merde ! hurla Strike si brusquement que Robin sursauta. MERDE !

— Que se passe-t-il ?

— Ils ont arrêté Leonora. Mais pourquoi elle m'appelle moi au lieu d'Ilsa ? Merde… »

Il composa le numéro de son amie avocate et attendit.

« Bonjour Corm…

— Ils ont arrêté Leonora Quine.

— Quoi ? s'écria Ilsa. Pourquoi ? Pas à cause du vieux chiffon taché de sang qu'ils ont trouvé dans le débarras… ?

— Ils ont peut-être mis la main sur autre chose. »

426

(*Kath a la preuve...*)

« Où est-elle, Corm ?

— Au commissariat... celui de Kilburn, sûrement, c'est le plus proche.

— Dieu du ciel, pourquoi elle ne m'a pas appelée ?

— Va savoir ! Elle m'a vaguement dit qu'ils lui cherchaient un avocat...

— Personne ne m'a contactée... mais bon Dieu, qu'est-ce qu'elle a dans la tête ? Pourquoi ne leur a-t-elle pas donné mon nom ? J'y vais tout de suite, Corm. Et ils vont m'entendre... »

Strike entendit divers bruits, des voix, les pas d'Ilsa.

« Appelle-moi quand tu sauras de quoi il retourne, dit-il.

— Bien sûr.

— J'attends ton appel. »

Elle raccrocha. Strike se tourna vers Robin qui le regardait d'un air effaré.

« J'y crois pas, souffla-t-elle.

— J'appelle Anstis », dit Strike en reprenant son téléphone.

Mais son vieil ami n'était pas d'humeur.

« Je t'ai averti, Bob, je t'ai dit ce qui allait se passer. C'est elle qui l'a tué, mon vieux.

— Quelle preuve as-tu ? demanda Strike.

— Je ne peux pas te le dire, désolé.

— C'est Kathryn Kent qui te l'a fournie ?

— N'insiste pas, mon vieux. »

Strike lui raccrocha au nez.

« Quelle tête de nœud, ce mec ! » maugréa-t-il.

À présent, Leonora était retenue dans un lieu inaccessible. Strike redoutait avant tout que l'étrange comportement de Leonora et son animosité affichée envers la police ne lui portent préjudice. Il imaginait le genre de discours qu'elle devait leur tenir en ce moment, indignée qu'on eût perturbé le cours de sa misérable existence : Orlando était seule ; il fallait absolument qu'elle rentre chez elle... Cette femme était quasiment dénuée d'instinct de survie ; pourvu qu'Ilsa fasse vite, pourvu qu'elle arrive avant que Leonora ne commette des impairs, n'émette en toute candeur des commentaires incriminants sur son mari ou ses maîtresses ; avant qu'elle redise pour la énième fois qu'elle ne lisait les romans de Quine que s'ils avaient une couverture – chose aberrante en soi ; avant qu'elle tente de leur expliquer pourquoi elle avait momentanément oublié qu'ils possédaient une résidence secondaire, résidence dans laquelle le cadavre de son mari avait pourri pendant des jours.

Dix-sept heures sonnèrent et toujours pas de nouvelles d'Ilsa. En voyant le ciel s'obscurcir et la neige redoubler d'intensité, Strike insista pour que Robin rentre chez elle.

« Mais vous m'appellerez dès que vous saurez ce qui passe, n'est-ce pas ? le supplia-t-elle en mettant son manteau et sa grosse écharpe de laine.

— Bien sûr. »

Ilsa appela à dix-huit heures trente.

« Ça pourrait difficilement être pire, annonça-t-elle d'une voix fatiguée, tendue. Ils détiennent la preuve d'un achat en ligne, payé avec la carte de crédit commune des Quine. Des combinaisons de protection, des bottes en caoutchouc, des gants, des cordes. Ah, j'oubliais le meilleur… une burqa.

— Tu rigoles ?

— Pas du tout. Je sais que tu la crois innocente…

— Oui, j'en suis certain, répliqua Strike sur un ton qui ne souffrait aucune discussion.

— Très bien, fit Ilsa d'une voix lasse. Comme tu voudras, mais écoute-moi bien : dès qu'elle ouvre la bouche, elle s'enfonce un peu plus. Elle est montée sur ses grands chevaux en disant que c'était son mari qui s'était procuré ces trucs. Une burqa, dieu du ciel… Les cordes achetées en ligne sont identiques à celles trouvées sur le corps. Quand ils lui ont demandé ce que son mari aurait pu faire d'une burqa et de tabliers de plastique assez épais pour résister à des projections de produits chimiques, elle n'a rien trouvé de mieux à leur répondre que : "Comment voulez-vous que je le sache ?" Et entre chaque phrase ou presque, c'était la même rengaine : "Je veux rentrer chez moi, voir ma fille…" Elle n'en démordait pas. Ces objets ont été commandés et livrés à Talgarth Road il y a six mois. S'ils avaient trouvé un plan tracé de sa main, ça n'aurait pas été pire. Elle a eu beau répéter qu'elle ignorait la manière dont Quine allait terminer son roman, ton copain Anstis…

— C'était lui qui menait l'interrogatoire, n'est-ce pas ?

— Oui. Il lui disait sans arrêt qu'elle avait tort de s'obstiner à raconter que Quine ne lui parlait pas de ce qu'il écrivait. Si bien qu'à un moment, elle lui a répondu : "Je ne fais pas trop attention." Évidemment, il lui a aussitôt renvoyé : "Alors, il lui arrivait de vous en parler ?" Après, il est reparti de plus belle, toujours en essayant de la coincer. Du coup, à la fin, elle a vaguement parlé d'une histoire de vers à soie qu'on plonge dans l'eau bouillante. Il n'en fallait pas davantage. Anstis a dit que cela prouvait qu'elle mentait depuis le début et qu'elle connaissait parfaitement l'intrigue du roman. Ah, j'oubliais, ils ont trouvé une surface de terre fraîchement retournée dans leur jardin.

— Et je te parie que s'ils creusent, ils trouveront le cadavre de Mr Poop, le chat, ricana Strike.

— Anstis ne se découragera pas pour si peu, prédit Ilsa. Il est absolument convaincu que c'est elle, Corm. Ils ont le droit de la garder jusqu'à demain onze heures, et je suis sûre qu'ensuite ils vont l'inculper.

— Ils n'ont pas assez de preuves, répliqua Strike. Où sont les échantillons d'ADN ? Où sont les témoins ?

— Voilà bien le problème, Corm, il n'existe rien de tout cela. Et cette facture de carte Visa est très embêtante. Écoute, je suis de ton côté, dit Ilsa pour ne pas le brusquer. Mais tu veux savoir le fond de ma pensée ? Anstis fait un pari à l'aveugle en espérant que ça va marcher. Il a toute la presse sur le dos et il a très peur que tu t'immisces dans cette affaire. Du coup, il doit prendre l'initiative. »

Strike grommela.

« Où sont-ils allés chercher une facture de carte Visa datant d'il y a six mois ? Il leur a fallu si longtemps que ça pour éplucher les papiers de son bureau ?

— Non, elle n'était pas dans son bureau mais derrière un dessin de sa fille. Apparemment, Orlando a offert le dessin à une amie, voilà quelques mois, et cette amie l'a porté au commissariat ce matin très tôt, en prétendant qu'elle venait juste de s'apercevoir qu'il y avait quelque chose derrière... Qu'est-ce que tu viens de dire ?

— Rien, soupira Strike.

— J'ai cru entendre "Tachkent".

— Ce n'était pas loin. Il faut que je te laisse, Ilsa... Merci pour tout. »

Strike passa un moment à remâcher ses idées noires. « Merde... », gronda-t-il soudain.

Il voyait parfaitement la scène. Après s'être enfuie de son bureau, Pippa Midgley, toujours aussi délirante et persuadée que Leonora avait engagé Strike pour qu'il colle son crime sur le dos de quelqu'un d'autre, s'était précipitée chez Kathryn Kent. Elle lui avait avoué sa trahison involontaire et l'avait avertie qu'elle ne pouvait plus prétendre n'avoir jamais lu *Bombyx Moxi*. Elle devait remettre à la police la preuve qu'elle avait de la culpabilité de Leonora. Résultat, Kathryn Kent avait attrapé le dessin de la fille de son amant (Strike l'imaginait collé sur le frigo par un magnet) et couru le porter au commissariat.

« Bordel de merde », glapit-il. Et il appela Robin.

39.

Le désespoir m'est si familier
Que je ne sais espérer…

Thomas DEKKER et Thomas MIDDLETON,
La Putain honnête

COMME SON AVOCATE L'AVAIT PRÉDIT, Leonora Quine fut inculpée du meurtre de son mari à onze heures le lendemain matin. Alertés par téléphone, Strike et Robin suivirent les développements de l'affaire qui proliféraient sur Internet comme une bactérie. À chaque minute tombait une nouvelle info. À onze heures et demie, le site du *Sun* publia un long article sur Leonora, intitulé LE SOSIE DE ROSE WEST A FAIT SES CLASSES CHEZ UN BOUCHER.

Les journalistes n'avaient pas tardé à rassembler des éléments prouvant que Quine était un mari déplorable. Ils attribuaient ses fréquentes disparitions à des aventures amoureuses, disséquaient ce qui dans son œuvre se rapportait à la sexualité, tout en brodant copieusement. Ils avaient localisé Kathryn Kent, fait le siège de son domicile, photographié celle qu'ils appelaient désormais « la maîtresse de Quine, une rousse aux formes avantageuses, auteur de fictions érotiques ».

Peu avant midi, Ilsa rappela Strike.

« Ils vont la faire passer devant le juge demain.

— Où ça ?

— À Wood Green, onze heures. Et après, direction Holloway, je suppose. »

Jadis, Strike avait vécu avec sa mère et Lucy à trois minutes à peine de cette prison pour femmes située au nord de Londres.

« Je veux la voir.

— Tu peux toujours essayer, mais je doute que la police accepte que tu l'approches. D'ailleurs, si tu veux mon conseil en tant qu'avocate, je crains…

— Ilsa, je suis sa dernière chance.

— Merci. Je vois que la confiance règne, répliqua-t-elle.

— Tu sais bien ce que je veux dire. »

Il l'entendit soupirer.

« Je pense aussi à toi. Tu veux vraiment te mettre la police à dos… ?

— Comment va-t-elle ? l'interrompit Strike.

— Pas très bien. Elle dépérit, loin d'Orlando. »

L'après-midi fut ponctué d'appels téléphoniques. Il y avait d'un côté les journalistes, de l'autre les anciennes connaissances de Quine, mais tous désiraient la même chose : des informations de première main. Lorsque la voix d'Elizabeth Tassel retentit au bout du fil, Strike la prit pour celle d'un homme, tellement elle était rauque.

« Où est Orlando ? » demanda-t-elle. À l'entendre, on aurait dit qu'elle l'estimait responsable de tous les membres de la famille Quine. « Qui s'occupe d'elle ?

— Elle est chez une voisine, je crois, dit-il en écoutant sa respiration sifflante.

— Mon Dieu, quel désastre ! Leonora… La chenille a fini par se métamorphoser, après toutes ces années… C'est incroyable… »

La réaction de Nina Lascelles ne le surprit guère. Au téléphone, la jeune femme cachait mal son soulagement : l'assassin ne faisait pas partie de ses relations. Du coup, le meurtre réintégrait la place qui lui revenait, aux frontières de la réalité. Il ne la hanterait plus.

« C'est vrai, cette femme ressemble un peu à Rose West, la tueuse en série. Tu ne trouves pas ? » Strike comprit qu'elle était en train de consulter le site web du *Sun*. « À part qu'elle a les cheveux longs. »

Il sentit dans sa voix qu'elle le plaignait un peu. Il n'avait pas résolu l'affaire, la police l'avait pris de vitesse. « Écoute, j'invite quelques amis à la maison vendredi, ça t'amuserait de venir ?

— Désolé, c'est impossible. Je dîne avec mon frère. »

Elle n'en crut rien. Et, de fait, la très légère hésitation qu'il avait marquée avant de dire « mon frère » aurait très bien pu signifier qu'il cherchait une excuse. En réalité, c'était la pre-mière fois qu'il employait ce terme pour désigner Al. Strike parlait rarement de sa famille du côté de son père.

Avant de quitter le bureau, ce soir-là, Robin posa une tasse de thé devant son patron, toujours plongé dans le dossier Quine. Il faisait de son mieux pour paraître calme, mais elle sentait bouillir sa colère, une colère dirigée autant contre Anstis que contre lui-même.

« Tout n'est pas terminé, dit-elle en enroulant son écharpe autour de son cou. Nous prouverons que ce n'est pas elle. »

Elle avait déjà utilisé le pronom « nous », un jour où Strike ne croyait plus en lui. Il appréciait son soutien moral mais se sentait tellement impuissant qu'il ne parvenait plus à réfléchir correctement. Sa position actuelle, en marge de l'affaire, lui paraissait détestable. Il était coincé là, à regarder les autres se repaître des preuves, des indices, des informations.

Il resta à sa table de travail jusqu tard dans la nuit, à relire les notes qu'il avait prises durant les interrogatoires, à exa-miner une fois de plus les photos imprimées à partir de son téléphone. On aurait dit que le corps mutilé d'Owen Quine lui lançait des appels silencieux, comme font souvent les cadavres. Il demandait justice, il criait grâce. Parfois, les gens assassinés transmettaient des messages, comme si leurs bourreaux avaient abandonné entre leurs mains inertes des signes de leur forfait. Strike observa longuement la cavité rongée par l'acide qui béait au centre de son corps, les liens entourant ses poignets, ses chevilles, sa carcasse vidée et ficelée comme une dinde de Noël, mais il eut beau se creuser la cervelle, aucune nouvelle idée n'émergea de ces images. Alors, il éteignit les lumières et monta se coucher.

Piètre récréation que cette convocation mardi matin chez l'avocat de Mrs Burnett, à Lincoln's Inn Fields. Un spécialiste du divorce aux tarifs exorbitants. Strike n'était pas mécontent de ce dérivatif, mais il soupçonnait sa cliente de l'avoir attiré là sous un faux prétexte pour tenter à nouveau de le séduire. Elle lui avait dit que son avocat souhaitait l'entendre expliquer comment il avait obtenu la preuve irréfutable de la duplicité de son mari. Assis près d'elle à une table d'acajou assez grande pour accueillir une douzaine de personnes, il l'écoutait se répandre en éloges – « ... comme Cormoran peut en témoigner, n'est-ce pas, mon cher ? », « grâce à Cormoran, il est maintenant prouvé que... » – tout en lui touchant le poignet pour ponctuer ses dires. L'irritation qu'il décelait sous le rictus courtois de son avocat ne laissait planer aucun doute : l'idée de cet entretien à trois ne venait pas de lui. Mais comme ses honoraires dépassaient les cinq cents livres de l'heure, on comprenait aisément qu'il prît son mal en patience.

En se rendant aux toilettes, Strike consulta son portable. Un site d'actualités publiait de minuscules photos de Leonora montant dans un fourgon de police à sa sortie du tribunal de Wood Green Crown. La cour avait prononcé la mise en examen. On voyait un grand nombre de reporters mais pas de badauds criant vengeance – comme cela arrive parfois lors des procès retentissants. Le meurtre de Quine n'intéressait pas le grand public.

434

Il regagnait la salle de conférences quand il reçut un texto de Robin :

Êtes-vous disponible pour voir Leonora ce soir à 18 heures ?

Il répondit :

Et comment !

« Je me disais que Cormoran impressionnerait le juge s'il se présentait à la barre des témoins », roucoula sa cliente quand il se fut rassis.

Strike avait déjà remis à l'avocat toutes les notes, toutes les photos qu'il avait pu rassembler sur les détournements de biens de Mr Burnett – y compris sa tentative de vendre l'appartement en douce, ainsi que le collier d'émeraude. Au grand dam de Mrs Burnett, aucun des deux hommes ne voyait la nécessité d'une comparution personnelle. Mieux encore, l'avocat semblait trouver offensante la confiance que sa cliente portait au détective privé, estimant sans doute que ses caresses furtives et ses œillades énamourées eussent été plus justement dirigées vers un homme comme lui, avec un beau costume rayé cousu main et ce qu'il faut de cheveux poivre et sel pour faire distingué, que vers cet éclopé aux allures de boxeur catégorie poids lourd.

Strike poussa un ouf de soulagement en quittant l'atmosphère confinée de l'étude. Il s'engouffra dans le métro, impatient d'arriver chez lui pour retirer son costume et ravi d'être enfin débarrassé de cette enquête qu'il avait acceptée uniquement pour le gros chèque qu'il ne tarderait pas à toucher. À présent, il était libre de se consacrer pleinement à la quinquagénaire maigrichonne et grisonnante qui croupissait dans sa cellule à Holloway, celle que l'*Evening Standard* – qu'il avait acheté en chemin – qualifiait en page 2 d'ÉPOUSE EFFACÉE MAIS SACHANT MANIER LE HACHOIR À VIANDE.

« Son avocat était-il satisfait ? demanda Robin en le voyant apparaître.

— Encore heureux », dit Strike. Puis, en découvrant sur le bureau bien rangé de son assistante, un sapin de Noël miniature décoré de boules et d'ampoules LED, il ajouta : « Pourquoi ?

— C'est Noël, dit Robin sans tenter de se justifier. Je voulais déjà l'installer hier mais avec ce qui s'est passé pour Leonora, je n'avais pas le cœur à la fête. Enfin bref, je vous ai obtenu un rendez-vous à dix-huit heures. Vous n'oublierez pas d'apporter une pièce d'identité avec une photo…

— Bon travail, merci.

— … et j'ai acheté des sandwiches et je vous ai gardé cet article. Michael Fancourt a donné une interview au *Times*. Il parle de Quine. »

Elle lui remit un paquet de sandwiches au fromage et aux cornichons, plus le journal ouvert à la bonne page. Strike s'installa sur le divan péteur et mangea en lisant l'article, illustré par deux photographies. Sur celle de gauche, Fancourt posait devant un manoir élisabéthain ; la vue en contre-plongée réduisait un peu le volume excessif de son crâne. L'autre cliché montrait Quine, toujours aussi excentrique avec son chapeau à plumes et ses yeux fous, s'adressant à un auditoire clairsemé sous un genre de chapiteau.

L'auteur de l'article faisait remarquer qu'autrefois, Fancourt et Quine avaient été amis, et que la critique les plaçait sur le même plan.

Rares sont ceux qui se rappellent aujourd'hui le roman novateur de Quine, *Le Péché de Hobart,* que Fancourt cite encore comme un magnifique exemple du « brutalisme magique » de son auteur. Bien que Fancourt ait la réputation de cultiver ses animosités, il faut saluer la générosité avec laquelle il a bien voulu discuter avec nous de l'œuvre de Quine.

« Toujours intéressant, fréquemment sous-estimé, dit-il à son propos. J'imagine que dans l'avenir, les critiques reviendront sur les jugements trop sévères de nos contemporains. »

Cette grandeur d'âme surprend d'autant plus quand on sait que, voilà vingt-cinq ans, la première épouse de Fancourt, Elspeth Kerr, s'est suicidée après avoir lu une cruelle parodie de son premier roman, attribuée en général au meilleur ami de Fancourt, comme lui écrivain anticonformiste, feu Owen Quine.

« On s'adoucit sans y prendre garde – telle est la rançon de l'âge, car la colère est un sentiment épuisant. Dans mon dernier roman, je me suis délivré des rancœurs qui m'étouffaient depuis la mort d'Ellie. Je ne dirais pas qu'il s'agit d'une autobiographie, et pourtant… »

Strike sauta les deux paragraphes suivants, qui apparemment ne servaient qu'à vendre le bouquin de Fancourt, et reprit sa lecture quand le mot « violence » lui sauta aux yeux.

Quand je vois Fancourt assis devant moi dans sa veste en tweed, j'ai peine à reconnaître l'écrivain qui se décrivait autrefois comme un « punk littéraire », celui dont la violence inventive et débridée des premières œuvres déchaîna aussi bien l'enthousiasme que les critiques acerbes.

« Si Mr Graham Greene avait raison de dire qu'un romancier doit avoir un morceau de glace dans le cœur, écrit le critique Harvey Bird sur son premier ouvrage, alors j'affirme que Michael Fancourt possède ce qu'il faut pour faire carrière dans ce métier. Il suffit de lire la scène du viol dans *Bellafront* pour comprendre à quel point c'est vrai. Selon moi, on peut considérer *Bellafront* – œuvre aboutie et fort originale, nul ne le conteste – selon deux points de vue. Première hypothèse, le jeune Fancourt aurait atteint la maturité dès son premier livre en ne tombant pas dans le piège qui guette les néophytes et les pousse à s'attribuer le rôle du (anti) héros. On peut trouver son histoire ridicule et immorale mais la puissance et la beauté de sa prose demeurent incontestables. Dans la deuxième hypothèse, la plus gênante, Mr Fancourt serait dépourvu de l'organe où Greene place son fameux morceau de glace et sa fable singulièrement inhumaine serait le reflet exact de son paysage intérieur. Le temps – et les œuvres qui suivront – nous le dira. »

Originaire de Slough, Fancourt est le fils unique d'une infirmière célibataire. Sa mère vit toujours dans la maison où il a grandi.

« Elle est heureuse là-bas, dit-il. C'est une femme qui a la chance d'apprécier les choses simples. »

Sa propre maison, en revanche, n'a rien d'un logement ouvrier. Il me reçoit dans un grand salon rempli de bibelots en porcelaine de Saxe et de tapisseries d'Aubusson, dont les fenêtres donnent sur les immenses pelouses d'Endsor Court.

« Toutes ces choses ont été choisies par ma femme, dit Fancourt d'un air blasé. Mes goûts en matière artistique sont tout autres et, pour ainsi dire, plus terriens. » Dans le parc, une large tranchée a été creusée pour recevoir les fondations en béton d'une sculpture en métal rouillé représentant la Furie Tisiphone, œuvre qu'il décrit en riant comme « un achat impulsif… vous savez, celle qui punit les meurtriers… une pièce très chargée. Ma femme la déteste ».

Ce qui nous ramène à notre premier sujet de conversation : le macabre destin d'Owen Quine.

« Je n'ai pas encore digéré le meurtre d'Owen, murmure Fancourt. Comme la plupart des écrivains, j'ai tendance à découvrir mes sentiments au moment où je les couche sur le papier. C'est ainsi que nous interprétons le monde, que nous lui donnons du sens. »

Cela signifie-t-il que nous pouvons espérer un récit romancé de l'assassinat de Quine ?

« J'entends déjà les gens m'accuser de mauvais goût, de vouloir exploiter le malheur d'autrui, sourit Fancourt. Je dirais seulement que certains thèmes comme l'amitié brisée, le désir de se justifier avant qu'il ne soit trop tard, de faire son mea-culpa, pourraient nourrir l'une de mes œuvres, un jour, peut-être. Quant au meurtre d'Owen, il a déjà été raconté, et par lui-même. »

Fancourt est l'une des rares personnes à avoir lu le fameux manuscrit qui semble avoir servi de trame au meurtre de son propre auteur.

« Je l'ai lu le jour même où le corps de Quine a été découvert. Mon éditeur a eu l'amabilité de me le montrer – j'y figure, voyez-vous. » Il ne semble pas affecté par le portrait injurieux qu'on fait de lui dans ce roman. « Je n'avais pas envie d'appeler mes avocats. Je déteste la censure. »

Que pense-t-il du livre, sur le plan littéraire ?

« C'est ce que Nabokov appelle le chef-d'œuvre d'un maniaque, répond-il en souriant. Il pourrait faire l'objet d'une publication, un jour, qui sait ? »

Je lui demande s'il parle sérieusement.

« Et pourquoi pas ? L'art sert à provoquer : si l'on se fonde sur cet unique critère, *Bombyx Mori* est une parfaite réussite. Oui, pourquoi ne pas le publier ? s'interroge l'ancien punk, confortablement assis dans son manoir élisabéthain.

— Avec une préface de Michael Fancourt ?

— On a vu des choses plus étranges, répond Michael Fancourt, débonnaire. Bien plus étranges. »

« Bon Dieu », grommela Strike. Il jeta le *Times* sur le bureau de Robin et rata de peu l'arbre de Noël.

« Vous avez remarqué, il dit avoir lu *Bombyx Mori* le jour où vous avez trouvé Quine ?

— Oui.

— Il ment.

— Nous *pensons* qu'il ment », la corrigea Strike.

Bien décidé à ne plus dépenser son argent en taxis, mais voyant que la neige tombait toujours en fin d'après-midi, Strike monta dans le bus 29. Le trajet de vingt minutes en direction du nord sur des chaussées récemment sablées débuta entre chien et loup. À Hampstead Road, une femme exténuée monta à bord, accompagnée d'un petit garçon pleurnichard. Son sixième sens l'avertit qu'ils descendraient au même arrêt que lui et, de fait, ils se levèrent à l'approche de Camden Road. Le bus longeait le mur nu de la prison d'Holloway. « Tu vas voir ta maman », dit la femme à l'enfant qui devait être son petit-fils, bien qu'on ne lui donnât guère plus de quarante ans.

L'établissement pénitentiaire, entouré d'arbres décharnés et de talus couverts d'une neige épaisse, aurait pu ressembler à un bâtiment universitaire en brique rouge n'était la présence des panneaux de signalisation bleu et blanc et des portes de cinq mètres de haut servant au passage des fourgons. Strike rejoignit la file des visiteurs, la plupart accompagnés d'enfants qui s'amusaient à laisser des marques dans la neige intacte entassée sur les côtés. La procession avançait lentement le long des murs de terracotta renforcés par une couche de ciment, sous les paniers suspendus que la neige avait transformés en boules blanches. La majorité étaient des femmes et, parmi les quelques hommes qui attendaient, Strike faisait figure d'exception. À cause de sa taille, bien sûr, mais aussi parce qu'il n'avait pas le regard perdu de ceux que la vie a malmenés. Devant lui, un jeune homme couvert de tatouages et portant un jean descendant au ras des fesses ne pouvait faire un pas sans tituber. À Selly Oak, Strike avait vu des soldats atteints de troubles neurologiques, mais il doutait que ce gosse-là ait été blessé dans un bombardement au mortier.

La robuste gardienne dont la tâche consistait à vérifier les papiers d'identité examina son permis de conduire avant de le scruter d'un regard perçant.

« Je sais qui vous êtes », dit-elle.

Strike supposa qu'Anstis avait demandé qu'on le prévienne s'il rendait visite à Leonora.

Il avait fait exprès d'arriver tôt pour profiter de chaque minute du temps de visite imparti. Cette légère avance lui permit d'avaler un café dans la salle des visiteurs, tenue par une association d'aide à l'enfance. Le local lumineux, presque accueillant, comprenait une aire de jeux. Les gosses se jetèrent sur les camions en plastique et les peluches comme s'ils les connaissaient depuis longtemps. La femme du bus observait d'un œil morne son petit garçon promener une figurine Action Man autour des grands pieds de Strike, comme si le détective était une statue monumentale (*Tisiphone, celle qui punit les meurtriers…*).

440

À six heures pile, on l'appela au parloir. Sur les murs en béton, des fresques colorées, peintes par les détenues, adoucissaient quelque peu l'austérité des lieux où le bruit des pas sur le sol ciré, les claquements métalliques, le tintement des clés se mêlaient au murmure des conversations. Pour réduire au strict minimum les contacts entre prisonnières et visiteurs, et empêcher la contrebande, les chaises en plastique étaient vissées de part et d'autre d'une petite table basse, également fixée au sol. Un bébé hurlait. Debout le long des murs, les gardiennes surveillaient le parloir. Strike, qui ne connaissait que les prisons pour hommes, ressentit une légère répulsion en découvrant ce spectacle inédit, ces gosses qui dévoraient du regard leurs mères amaigries, dont certaines semblaient souffrir de troubles mentaux, à en juger par la manière dont elles secouaient, tordaient leurs mains aux ongles rongés. Ces femmes somnolentes, assommées par les médicaments, avachies sur des chaises en plastique, étaient bien différentes de la population carcérale masculine.

Frêle comme un moineau, Leonora l'attendait avec une impatience bouleversante. Elle portait ses propres vêtements, un sweat-shirt et un pantalon tellement larges qu'elle semblait avoir rétréci.

« Orlando est venue », dit-elle. En voyant ses yeux injectés de sang, Strike comprit qu'elle passait son temps à pleurer. « Elle ne voulait pas me laisser. Il a fallu qu'ils la fassent sortir de force. Ils ne m'ont pas laissée la calmer. »

Son étrange passivité étonna Strike. Elle aurait dû s'énerver, récriminer, mais pas du tout. Il n'entendait dans sa voix que les prémices de la résignation. Quarante-huit heures en cellule avaient suffi à lui ôter le contrôle de sa vie.

« Leonora, il faut qu'on parle de cette carte de crédit.

— C'est Owen qui la gardait, dit-elle, les lèvres tremblantes. Il ne me la prêtait que les fois où j'avais besoin d'aller au supermarché. Le reste du temps, il me donnait des espèces. »

Strike se rappela qu'elle était venue solliciter son aide, en premier lieu, parce qu'elle n'avait plus de quoi vivre.

441

« Je préférais le laisser s'occuper des sous. Mais Owen s'y prenait mal, il était négligent. Au lieu de vérifier ses factures et ses relevés bancaires, il les entassait dans son bureau. Je n'arrêtais pas de lui dire : "Fais attention, sinon tu vas te faire rouler." Mais lui, il s'en fichait. Quand Orlando lui demandait du papier pour dessiner, il ne regardait même pas ce qu'il lui donnait. Voilà pourquoi elle a fait ce dessin…

— Laissez tomber le dessin. Est-ce que quelqu'un d'autre, à part vous et Owen, avait accès à cette carte de crédit ? Nous allons y réfléchir ensemble, d'accord ?

— Bon, marmonna-t-elle, apeurée.

— C'est Elizabeth Tassel qui a supervisé les travaux de rénovation à Talgarth Road, n'est-ce pas ? Comment avez-vous payé ? Avait-elle un double de votre carte de crédit ?

— Non.

— Vous êtes sûre ?

— Oui, je suis sûre, vu qu'on lui a proposé de la lui donner mais qu'elle a dit qu'elle se rembourserait sur les droits d'auteur d'Owen au moment où ils tomberaient. Il se vend bien en Finlande, je ne sais pas pourquoi. Ils aiment ce…

— Pas une seule fois Elizabeth Tassel n'a payé une facture avec votre carte Visa ?

— Non, fit-elle en secouant la tête. Jamais.

— OK. Maintenant, réfléchissez, prenez votre temps et dites-moi si Owen aurait pu régler un achat chez Roper Chard avec sa carte de crédit. »

Et à son grand étonnement, Leonora répondit : « Pas exactement chez Roper Chard, mais oui. Ils étaient tous là. Et moi aussi. Ça s'est passé… je ne sais plus… il y a deux ans. Peut-être moins… un grand repas avec des tas d'éditeurs, au Dorchester. On nous avait placés avec les jeunes, Owen et moi. Très loin de Daniel Chard et de Jerry Waldegrave. Bref, il y a eu un genre de vente aux enchères, vous savez, quand on inscrit une offre sur un papier…

— Oui, je vois, dit Strike en essayant de maîtriser son impatience.

— Pour une œuvre de charité qui venait en aide aux écrivains emprisonnés. Owen a misé sur un week-end dans une maison d'hôtes à la campagne, et il a gagné. Du coup, il a fallu qu'il donne sa carte de crédit. Il y avait là des filles qui bossent pour les éditeurs, vous savez, celles qui sont fringuées comme des princesses. Il a donné sa carte à l'une d'entre elles. Je m'en souviens parce que ça l'emmerdait, précisa-t-elle en retrouvant un peu de son ton grincheux. Il a payé huit cents livres pour ça. Juste pour épater la galerie et faire croire qu'il gagnait du fric, comme les autres.

— Il a remis sa carte de crédit à une hôtesse, résuma Strike. S'est-elle approchée de votre table pour effectuer le paiement ou… ?

— Elle n'arrivait pas à faire marcher sa petite machine. Alors elle est partie, et après elle l'a ramenée.

— Vous avez reconnu des gens à ce repas ?

— Il y avait Michael Fancourt avec son éditeur, à l'autre bout de la salle. C'était avant qu'il revienne chez Roper Chard.

— Owen et lui se sont-ils parlé ?

— Je suppose que non.

— Bien. Pouvez-vous me dire si… » Il hésita. Leonora et lui n'avaient jamais évoqué l'existence de Kathryn Kent.

« Vous ne pensez pas que sa copine aurait pu lui piquer sa carte ? demanda-t-elle comme si elle lisait dans ses pensées.

— Donc, vous étiez au courant ? dit-il sans changer de ton.

— La police m'en a parlé, répondit Leonora d'un air sinistre. Il avait toujours quelqu'un. C'était dans sa nature. Il les prenait dans son atelier d'écriture. En général, je lui passais un savon. Quand ils ont dit qu'il était… quand ils ont dit qu'il était… attaché… »

Elle pleurait.

« J'ai compris que c'était une femme qui avait fait le coup. Il aimait se faire attacher. Ça le faisait jouir.

443

— Connaissiez-vous l'existence de Kathryn Kent avant que la police vous parle d'elle ?

— J'ai vu son nom sur le téléphone d'Owen, elle avait envoyé un texto, mais il a dit que ce n'était rien. Juste une étudiante à lui. C'est ce qu'il disait toujours. Il m'a promis que jamais il ne nous quitterait, Orlando et moi. »

De sa main décharnée, tremblante, elle essuya les larmes qui roulaient sous ses lunettes démodées.

« Mais vous ne l'avez jamais rencontrée jusqu'à ce qu'elle sonne à votre porte pour annoncer que sa sœur était morte ?

— C'était elle, alors ? » demanda Leonora en reniflant. Elle s'épongea les yeux avec la manche. « Cette grosse dondon ? J'imagine qu'elle aurait pu prendre sa carte dans son portefeuille à n'importe quel moment. Pendant qu'il dormait, par exemple. »

Strike savait qu'il aurait du mal à poser la question à Kathryn Kent. Elle avait certainement quitté son domicile, pour échapper aux journalistes.

« Les objets que le meurtrier a payés avec la carte ont été achetés sur Internet, dit-il en changeant de sujet. Vous n'avez pas d'ordinateur chez vous, n'est-ce pas ?

— Owen n'aimait pas ces engins, il préférait sa vieille machine à…

— Vous est-il arrivé de faire des achats sur Internet ? »

Quand elle répondit par l'affirmative, Strike sentit son cœur chavirer. Il avait espéré que Leonora faisait partie de ces créatures quasiment légendaires n'ayant jamais touché un clavier d'ordinateur.

« Où ça ?

— Chez Edna. Elle m'a prêté le sien pour que je commande une boîte de couleurs pour l'anniversaire d'Orlando. Ça m'a évité d'aller en ville », dit Leonora.

La police ne tarderait pas à confisquer et désosser l'ordinateur de cette serviable voisine.

À la table d'à côté, une femme au crâne rasé, arborant un tatouage sur la lèvre, se mit à déverser des flots d'injures sur une surveillante qui lui avait ordonné de rester assise. Leonora recula d'un air craintif en voyant approcher la gardienne.

« Leonora, une toute dernière chose, dit Strike en haussant le ton pour se faire entendre par-dessus les hurlements qui allaient crescendo. Avant de quitter le domicile, le 5 novembre, Owen vous a-t-il dit qu'il comptait aller se reposer quelque part ?

— Non. Bien sûr que non. »

La femme qui hurlait avait fini par se taire, contrainte et forcée. Sa visiteuse, aussi tatouée qu'elle mais un tantinet moins agressive, fit un doigt d'honneur dans le dos de la gardienne.

« Vous êtes certaine ? Owen n'a pas dit ou fait quelque chose qui pourrait suggérer qu'il prévoyait de s'éloigner quelque temps ? insista Strike pendant que Leonora observait ses deux voisines avec des yeux ronds, anxieux.

— Quoi ? bredouilla-t-elle. Non... il ne me dit jamais... il ne me disait jamais rien. Il partait, c'est tout. S'il comptait s'en aller pour longtemps, il aurait dit au revoir, non ? »

Elle éclata en sanglots, la main sur la bouche.

« S'ils me gardent en prison, qu'est-ce que Dodo va devenir ? fit-elle entre deux hoquets. Edna ne peut pas s'occuper d'elle éternellement. Elle ne sait pas s'y prendre. Elle est venue en oubliant Cheeky Monkey et les dessins que Dodo m'avait faits... » Strike mit un instant avant de comprendre que Cheeky Monkey était l'orang-outan en peluche qu'Orlando serrait contre elle l'autre jour. « S'ils m'obligent à rester ici...

— Je vais vous faire sortir », promit Strike. Rien n'était moins sûr, mais quel mal y avait-il à lui donner un peu d'espoir, si cela pouvait l'aider à tenir le coup pendant les prochaines vingt-quatre heures ?

Le temps prévu pour la visite était écoulé. Strike partit sans se retourner. Et, tout en marchant, il se demanda pour quelle raison cette quinquagénaire effacée, bourrue, dotée d'une fille handicapée mentale et d'une vie désespérément vide, suscitait en lui une si farouche détermination, un désir si acharné de…

Parce qu'elle ne l'a pas fait. Parce qu'elle est innocente. Tout simplement.

Durant ces huit derniers mois, les nombreux clients qui avaient poussé la porte en verre dépoli gravée à son nom recherchaient une seule et même chose, dans le fond. Ils voyaient en lui un espion, une arme, un instrument capable de faire pencher la balance en leur faveur, de les aider à s'extraire de situations délicates. Ils recouraient à ses services parce qu'ils espéraient tel ou tel profit, qu'ils s'estimaient lésés et prétendaient mériter une compensation. Mais ce qu'ils convoitaient avant tout, c'était la richesse.

Leonora s'était présentée à lui pour une autre raison. Elle voulait que son mari rentre à la maison. Un souhait empreint de lassitude et d'amour, sinon pour son mari infidèle, du moins pour la fille qui se languissait de lui. Face à cette pureté de sentiments, Strike ne pouvait qu'offrir le meilleur de lui-même.

L'air glacial qui l'attendait au sortir de la prison lui parut tout à coup différent. Cela faisait bien longtemps que Strike n'avait plus fréquenté le genre de lieux où la vie quotidienne se déroulait au rythme des ordres donnés et reçus. En rejoignant l'abribus, penché sur sa canne, il ressentait dans sa chair le plaisir d'être libre.

Au fond du bus, trois jeunes femmes éméchées portant des bandeaux ornés de bois de rennes chantaient :

They say it's unrealistic,
But I believe in you Saint Nick…

Pitié, c'est bientôt Noël, songea Strike. Il allait devoir acheter des cadeaux pour des neveux et filleuls dont il ne se rappelait même pas l'âge.

446

À travers les vitres embuées du bus grinçant qui parcourait les rues boueuses en sens inverse, Strike regardait défiler les lumières multicolores. Renfrogné, il réfléchissait à l'injustice, à la violence, au meurtre. Son air maussade aurait dissuadé quiconque de s'asseoir à côté de lui.

40.

Réjouissez-vous que votre nom n'ait été révélé ;
il n'en adviendrait rien de bon.

Francis BEAUMONT et John FLETCHER, *L'Homme faux*

LE LENDEMAIN, sur les vitres de son bureau, les gouttes
de pluie succédaient aux flocons de neige et inverse-
ment. Aux environs de midi, le patron de l'infidèle
Miss Brocklehurst vint prendre connaissance des preuves que
Strike avait rassemblées. Peu après son départ, Caroline Ingles
débloula en disant qu'elle avait juste fait un crochet en allant
chercher ses enfants à l'école mais qu'elle tenait à lui remettre
la carte d'un nouveau club de strip-tease, le Golden Lace Gentleman's Club, trouvée dans le portefeuille de son mari. Or,
Mr Ingles avait promis de renoncer aux stripteaseuses, call-girls
et autres dames légèrement vêtues. C'était la condition de leur
réconciliation. Strike accepta d'aller fureter du côté du Golden
Lace, histoire de vérifier si Mr Ingles était oui ou non retombé
dans ses travers. Lorsqu'elle partit, Strike voulut attaquer les
sandwiches qui l'attendaient sur le bureau de Robin, mais dès
la première bouchée, son téléphone sonna.

Voyant approcher la fin de leurs relations professionnelles,
Mrs Burnett, oubliant toute prudence, lui proposait de dîner

avec elle ce soir. Strike crut voir Robin sourire en mangeant devant son ordinateur. Il déclina poliment l'invitation, en commençant par dire qu'il avait beaucoup de travail, puis, pour que les choses soient plus claires, qu'il avait une amie.

« Je n'étais pas au courant, fit Mrs Burnett, soudain glaciale.

— Par principe, je ne mélange pas vie privée et vie professionnelle. »

Elle raccrocha alors qu'il lui présentait ses sincères salutations.

« Vous auriez peut-être dû accepter ce dîner, fit Robin d'un air innocent. Juste pour vous assurer qu'elle paiera la note.

— Il ne manquerait plus qu'elle ne paie pas », grommela Strike. Rattrapant le temps perdu, il engouffra une moitié de sandwich d'un seul coup.

Le téléphone se mit à vibrer. Strike gémit et se pencha pour voir qui lui avait écrit. Son estomac se contracta.

« Leonora ? » demanda Robin devant son air atterré.

Strike secoua la tête, la bouche pleine.

Le message ne contenait que ces quelques mots :

C'était le tien.

Il n'avait pas changé de numéro depuis sa rupture avec Charlotte. L'opération était trop compliquée. Il aurait fallu prévenir la centaine de personnes qui figuraient dans son répertoire professionnel. C'était la première fois depuis huit mois qu'elle l'utilisait.

Strike se souvint des paroles de Dave Polworth : *Méfie-toi, Diddy, tu risques de la voir rappliquer dare-dare. Je ne serais pas étonné qu'elle se tire avant la cérémonie.*

On était le 3 décembre. Elle était censée se marier demain.

Depuis qu'il possédait un téléphone portable, Strike n'avait jamais autant souhaité pouvoir localiser l'appelant. Lui avait-elle écrit de son foutu château de Croy, entre un appel au traiteur et un autre au fleuriste ? Ou bien se tenait-elle au coin de Denmark Street en train d'espionner ses fenêtres comme une émule de Pippa Midgley ? Une chose était sûre : si Charlotte se carapatait à la veille d'un mariage aussi médiatique, ce serait le couronnement de sa carrière d'emmerdeuse.

Strike rangea le portable dans sa poche et entama son deuxième sandwich. Devinant qu'elle n'apprendrait pas de sitôt la cause de son soudain changement d'humeur, Robin mit à la poubelle les restes de son déjeuner, et dit :

« Vous voyez votre frère ce soir, n'est-ce pas ?

— Quoi ?

— Votre frère… ce soir… ?

— Oh ! Oui, dit Strike. Oui.

— Au River Café ?

— Oui. »

C'était le tien.

« Pourquoi ? » demanda Robin.

Le mien. Tu parles. À supposer qu'il ait jamais existé.

« Comment ? émergea Strike.

— Vous allez bien ?

— Ouais, ça va, dit-il, essayant de se ressaisir. Vous m'avez posé une question ?

— Pourquoi allez-vous au River Café ?

— Oh, eh bien… » Strike tendit la main vers son paquet de chips. « Je n'espère pas grand-chose, mais j'aimerais bien rencontrer des personnes ayant assisté à la dispute entre Quine et Tassel. Je cherche à savoir si c'était une mise en scène, s'il avait prévu dès le départ de la planter là.

— Vous espérez tomber sur un membre du personnel qui travaillait le soir en question ? dit Robin, dubitative.

— Oui. Raison pour laquelle j'y vais avec Al, précisa Strike. Il connait tous les serveurs de tous les restaurants chics de Londres. Comme tous les enfants de mon père. »

Son déjeuner terminé, il emporta son café dans son bureau et ferma la porte. La neige fondue éclaboussait encore les vitres. Malgré lui, il jeta un coup d'œil dans la rue comme s'il allait (espérait ?) apercevoir en bas le beau visage pâle de Charlotte, encadré de ses longs cheveux bruns bouclés, ses magnifiques yeux noisette tirant sur le vert levés vers lui, l'implorant… Mais dans la rue, il n'y avait que des inconnus emmitouflés.

Il se faisait des idées. Charlotte était en Écosse et cela valait mieux ainsi. Franchement.

Plus tard, après le départ de Robin, il monta chez lui enfiler le costume italien que Charlotte lui avait offert, mit son pardessus, tourna la clé dans la serrure et, toujours appuyé sur sa canne, brava les frimas pour aller prendre le métro.

Noël semblait le narguer depuis chaque boutique : guirlandes lumineuses, monceaux de nouveaux objets, jouets, gadgets, neige artificielle sur les vitrines, affiches annonçant des ventes promotionnelles. Tout cela ajoutait une note lugubre à la crise. Le métro transportait les noceurs du vendredi soir. Des filles en robes pailletées exagérément courtes frisaient l'hypothermie pour les beaux yeux d'un amoureux d'un soir. Strike avait le cafard.

Le trajet à pied depuis Hammersmith était plus long qu'il ne le croyait. Sur Fulham Palace Road, il s'aperçut que la maison d'Elizabeth Tassel était à deux pas. Elle avait donc choisi ce restaurant – très éloigné en revanche de la maison des Quine à Ladbroke Grove – par simple commodité personnelle.

Dix minutes plus tard, Strike prenait à droite en direction de Thames Wharf. Ses pas résonnaient dans les rues sombres et désertes. Son souffle s'élevait dans une vapeur blanche. Le jardin au bord de la Tamise, qui l'été grouillait de convives attablés autour de nappes blanches, dormait à présent sous la neige. Au-delà, le fleuve déroulait ses eaux noires et glaciales. Dès qu'il entra dans l'ancien entrepôt industriel reconverti en restaurant branché, des flots de lumière, de chaleur et de bruits se déversèrent sur lui.

Accoudé sur la plaque d'acier du comptoir, Al était en grande conversation avec le barman.

Son frère mesurait à peine un mètre soixante-douze – ce qui faisait de lui le plus petit des enfants Rokeby – et cultivait un léger embonpoint. Ses cheveux brun terne étaient coiffés en arrière. Il avait hérité du menton étroit de sa mère et du léger strabisme divergent qui ajoutait une note d'étrangeté au beau visage de Rokeby et désignait Al comme son fils, sans contestation possible.

Al accueillit Strike en poussant un rugissement, puis il s'élança et le serra contre lui. Encombré de sa canne et du pardessus qu'il tâchait de retirer, Strike répondit à peine à son embrassade, si bien qu'Al recula d'un air gêné.

« Comment vas-tu, frangin ? »

Son accent new-yorkais témoignait de ses constants allers-retours entre l'Europe et les États-Unis.

« Pas mal, dit Strike. Et toi ?

— Ben, pas mal non plus. Pas mal. Ça pourrait être pire. »

Il haussa fortement les épaules, comme un Français. Al avait fait ses études secondaires en Suisse, au lycée international du Rosey, et son langage corporel en portait encore la trace. Mais il y avait autre chose dans son attitude, que Strike percevait à chacune de leurs rencontres : Al nourrissait une espèce de culpabilité et se comportait comme s'il craignait que son frère aîné l'accuse d'avoir vécu comme un coq en pâte pendant que lui tirait le diable par la queue.

« Qu'est-ce que tu prends ? demanda Al. Bière ? Une Peroni, ça te va ? »

En attendant leur table, ils s'installèrent ensemble devant le comptoir bondé, face aux bouteilles alignées sur les étagères en verre. Strike laissa traîner son regard à travers la longue salle noire de monde, examina les vagues d'acier stylisées qui ondulaient au plafond, la moquette bleu ciel et, au fond, le gros four à bois qui ressemblait à une ruche géante. Parmi les convives, il nota la présence d'un sculpteur célèbre, d'une architecte de renom et d'un acteur réputé.

« J'ai appris pour toi et Charlotte, dit Al. Dommage. »

Strike se demanda si Al connaissait quelqu'un qui la connaissait. Parmi tous les gens du monde qu'il fréquentait, il pouvait bien y avoir le futur vicomte de Croy.

« Ouais, bon, dit Strike en haussant les épaules. C'est mieux comme ça. »

(Voilà un an jour pour jour, Charlotte et lui avaient savouré leur dernière soirée de bonheur dans ce splendide restaurant près du fleuve. Puis tout était parti à vau-l'eau. Ils avaient rompu quatre mois plus tard. Quatre mois de querelles, de déchirements… *C'était le tien.*)

Une charmante jeune femme qu'Al salua par son nom les accompagna jusqu'à leur table ; un jeune homme tout aussi charmant leur apporta les menus. Strike attendit qu'Al commande le vin et que le serveur s'en aille pour lui expliquer la raison de ce rendez-vous.

« Ici même, il y a quatre semaines exactement, un écrivain nommé Owen Quine s'est disputé avec son agent. Selon les divers témoignages, toute la salle a profité du spectacle. Quine est sorti en trombe et peu après – la nuit même ou quelques jours plus tard…

— … on l'a assassiné, termina Al qui avait écouté Strike, la bouche ouverte. Je l'ai lu dans le journal. C'est toi qui as découvert le corps. »

Strike n'était pas disposé à s'étendre sur le sujet avec son frère, lequel aurait aimé en savoir plus.

« Il n'y a peut-être rien d'intéressant à trouver ici, mais je…

— Mais c'est sa femme qui l'a tué, le coupa Al, interloqué. Ils l'ont arrêtée.

— Sa femme n'y est pour rien », dit Strike en se plongeant dans le menu. Il avait déjà remarqué que son frère, pourtant bien placé – sa famille en avait fait les frais – pour savoir que les journalistes pouvaient raconter n'importe quoi, n'imaginait pas qu'ils puissent se comporter de la même façon dans d'autres circonstances.

(Al avait fait son éducation entre les rives du lac de Genève, l'été, et Gstaad, l'hiver, où il passait ses après-midi à skier ou à patiner. Il avait respiré l'air raréfié des cimes et fréquenté exclusivement le petit monde feutré où gravitaient les autres enfants de célébrités. Avec, en arrière-fond, les ricanements des tabloïds... Du moins, c'était ainsi que Strike imaginait la jeunesse dorée de son frère, d'après les bribes que ce dernier avait bien voulu lui livrer.)

« Elle n'est pas coupable ? dit Al lorsque Strike releva les yeux.

— Non.

— Ouah. Tu vas nous rejouer l'affaire Lula Landry ? » s'écria-t-il. Un grand sourire illumina son regard asymétrique.

« C'est un peu l'idée, dit Strike.

— Et tu comptes sur moi pour sonder le personnel ?

— Tu as tout compris. »

Strike trouvait à la fois drôle et touchant de voir combien Al était ravi de pouvoir lui rendre service.

« Pas de problème. Pas de problème. Je vais te trouver quelqu'un. Où est passée Loulou ? Cette fille est sacrément futée. »

Après qu'ils eurent passé commande, Al se rendit aux toilettes pour essayer de localiser Loulou la futée. Strike l'attendit en buvant du Tignanello et en observant les cuisiniers tout de blanc vêtus s'activer derrière les fourneaux, visibles depuis la salle. Ils étaient jeunes, habiles, expérimentés. Des flammes jaillissaient, des couteaux scintillaient, de lourdes poêles en fonte circulaient ici et là.

Il est loin d'être bête, songea Strike en voyant son frère revenir en contournant les tables, suivi d'une jeune femme brune en tablier blanc. *Il est juste...*

« Voici Loulou, dit Al en se rasseyant. Elle était de service, le soir en question.

— Vous rappelez-vous la dispute ? lui demanda Strike en braquant son regard sur celui de la serveuse trop pressée pour s'asseoir.

454

— Oh, oui, dit-elle en souriant. Ça faisait un sacré raffut. Toutes les conversations se sont arrêtées en même temps.

— À quoi ressemblait l'homme ? demanda Strike pour s'assurer qu'ils parlaient bien de la même scène.

— Un gros bonhomme avec un chapeau. Il hurlait sur une femme aux cheveux gris. Ouais, une engueulade carabinée. Désolée, faut que j'y aille… »

Sur quoi, elle fila prendre une commande à une autre table.

« Je l'attraperai quand elle repassera, le rassura Al. Au fait, Eddie t'envoie son bonjour. Il regrette de ne pas avoir pu venir.

— Comment va-t-il ? » demanda Strike pour la forme. Autant Al voulait entretenir avec lui des liens d'amitié, autant Eddie, son frère cadet, semblait s'en moquer. À vingt-quatre ans, il avait formé son propre groupe, dont il était le chanteur vedette. Strike n'avait jamais eu l'occasion d'écouter sa musique.

« Très bien », répondit Al.

Un ange passa. Ils mangèrent les hors-d'œuvre en silence. Strike savait qu'Al avait obtenu d'excellentes notes au baccalauréat international. Un soir, sous une tente militaire en Afghanistan, il avait vu sur Internet une photo de lui âgé de dix-huit ans, dans un blazer crème avec des armoiries brodées sur la poche, ses longs cheveux coiffés sur le côté luisant comme de l'or sous le soleil de Genève. Rokeby, qui le tenait par les épaules, rayonnait d'orgueil paternel. Si les médias avaient diffusé ce portrait de famille, c'est qu'on n'avait jamais vu le rocker en costume-cravate.

« Al, comment allez-vous ? » lança une voix familière.

À sa grande stupéfaction, Strike découvrit devant leur table Daniel Chard, debout sur ses béquilles. Les spots tamisés fixés au plafond faisaient briller la peau de son crâne. Avec son costume gris et sa chemise rouge sombre au col ouvert, il paraissait trop élégant pour l'ambiance bohème du River Café.

« Oh, bredouilla Al, qui visiblement ne le reconnaissait pas. Euh, bonsoir… »

L'éditeur se porta à son secours. « Dan Chard. On s'est rencontrés le jour où j'ai discuté avec votre père de son projet d'autobiographie.

— Ah, mais oui, bien sûr ! » Al se leva pour lui serrer la main. « Je vous présente mon frère, Cormoran. »

La surprise de Strike n'était rien face à la stupéfaction qui se peignit sur le visage de Chard quand il posa les yeux sur lui.

« Votre… votre frère ?

— Demi-frère », précisa Strike, secrètement amusé par la réaction de Chard. Comment ce larbin de détective privé pouvait-il avoir un lien quelconque avec un play-boy comme Al Rokeby ?

L'effort que lui avait coûté sa démarche auprès du fils de l'homme qui pouvait lui rapporter des millions semblait l'avoir tellement épuisé qu'il ne trouva rien à répondre.

« Comment va la jambe ? demanda Strike.

— Mieux, dit Chard. Bien mieux. Eh bien, je vais… je vais vous laisser dîner. »

Il s'éloigna en naviguant adroitement entre les tables, retourna s'asseoir et sortit du champ visuel de Strike. Londres était tout petit, dès qu'on gravitait dans un certain milieu, loin de tous ceux qui n'avaient pas leurs entrées dans les meilleurs restaurants et les clubs les plus sélects.

« Je ne me souviens plus de qui c'est, dit Al avec un sourire penaud.

— Alors comme ça il songe à écrire son autobiographie, hein ? » demanda Strike.

Quand il parlait de Rokeby, Strike ne disait jamais papa. Néanmoins, devant Al, il s'abstenait de l'appeler Rokeby.

« Ouais, dit Al. Ils lui offrent un gros paquet de fric. Je ne sais pas s'il signera avec ce mec ou un autre. Ils vont probablement lui trouver un nègre. »

Strike se demanda vaguement comment Rokeby comptait évoquer la conception accidentelle et la naissance controversée de son fils aîné. Peut-être ne l'évoquerait-il pas, ce qui arrangerait Strike.

« Il souhaite toujours te rencontrer, tu sais ? dit Al qui semblait se faire violence pour aborder le sujet. Il est très fier… il a tout lu sur l'affaire Lula Landry.

— Ah oui ? fit Strike tout en essayant de repérer Loulou, la serveuse qui se souvenait de Quine.

— Oui.

— Et donc il a fait le tour des maisons d'édition ? » Strike songeait à Kathryn Kent et à Quine, la première incapable de trouver un éditeur, le second viré par le sien. Et ce rockeur sur le retour qui avait l'embarras du choix.

« Oui, plus ou moins. J'ignore s'il finira par se décider. Je crois que ce type, Chard, lui a été recommandé.

— Par qui ?

— Michael Fancourt, dit Al en nettoyant son assiette de risotto avec un bout de pain.

— Rokeby connaît Fancourt ? s'étonna Strike en oubliant ses principes.

— Oui, répondit Al avec une petite moue. Voyons les choses comme elles sont : papa connaît le monde entier. »

Cette expression éveilla un souvenir en lui. Quand il lui avait demandé pourquoi elle ne représentait plus Fancourt, Elizabeth Tassel avait répondu : « Je pensais que le monde entier était au courant. » À une différence près : pour Al, « le monde entier » signifiait « une poignée de gens » – les riches, les célèbres, les puissants. En revanche, les pauvres idiots qui achetaient les disques de son père n'étaient personne, tout comme Strike avant qu'il accède à la notoriété en attrapant un assassin.

« Quand Fancourt a-t-il recommandé Chard à – quand lui a-t-il recommandé Chard ?

— Je n'en sais rien, il y a quelques mois ? fit vaguement Al. Il a dit à papa que lui aussi allait signer avec cette maison d'édition. Contre une avance d'un demi-million.

— Pas mal.

— Il a conseillé à papa de rester à l'écoute parce que ce jour-là, ça ferait du bruit. »

Loulou la serveuse venait de réapparaître. Al lui fit signe ; elle s'approcha, l'air épuisé. « Je reviens. Donnez-moi dix minutes. Juste dix minutes. »

Pendant que Strike terminait ses travers de porc, son frère l'interrogea sur son travail avec un enthousiasme qui le surprit.

« L'armée te manque ? demanda Al.

— Parfois. Et toi, que fais-tu en ce moment ? »

Strike s'en voulut de ne pas avoir posé la question avant. Réflexion faite, il ignorait si son frère avait jamais exercé un métier quelconque.

« Je vais peut-être monter une affaire avec un ami », répondit Al.

Donc, il ne travaille pas, songea Strike.

« Services à la personne… dans le secteur des loisirs, marmonna Al.

— Génial.

— Oui, à condition que ça aboutisse. »

Une pause. Toujours à l'affût de Loulou, Strike ne la voyait nulle part. De toute évidence, la jeune femme était débordée, une situation qu'Al n'avait sans doute jamais connue.

« Toi au moins, tu es crédible, dit Al.

— Hein ?

— Tu t'es fait tout seul, je veux dire.

— Quoi ? »

Strike réalisa tout à coup que son vis-à-vis était sur le point de piquer une crise. Al le considérait avec un mélange de colère et d'envie.

« Ben ouais », fit-il en haussant ses larges épaules.

Il ne trouvait pas de réponse qui ne fût condescendante et ne voulait pas encourager Al à poursuivre sur le sujet. Ils n'avaient jamais eu de conversations vraiment personnelles et Strike souhaitait que cela continue.

« Tu es le seul d'entre nous qui n'en profite pas, dit Al. De toute façon, je suppose que dans l'armée ça n'aurait servi à rien ? »

Inutile de feindre l'innocence, Strike voyait parfaitement où son frère voulait en venir.

« J'imagine que non », confirma-t-il (effectivement, ses camarades de régiment n'étaient guère passionnés par sa famille, et les rares fois où ils avaient évoqué le sujet, c'était pour s'étonner du peu de ressemblance qu'il y avait entre Strike et Rokeby).

En souriant intérieurement, il visualisa son petit appartement plein de courants d'air, ses deux pièces encombrées, mal chauffées. Cette nuit, Al irait sans doute dormir à Mayfair, dans la maison de son père, où l'attendait tout un bataillon de domestiques. Peut-être devrait-il montrer à son frère ce que signifiait être indépendant, histoire de tempérer ses illusions romantiques…

« Tu trouves que je gémis sur mon propre sort, hein ? » dit Al.

Le jour où Strike avait vu sur Internet la photo de son frère après sa remise de diplôme, il sortait d'un entretien avec un jeune soldat de dix-neuf ans en pleurs. Le gosse avait abattu son meilleur ami par accident. Une rafale de fusil mitrailleur l'avait atteint en pleine poitrine.

« Chacun a ses raisons de se plaindre », lâcha Strike.

Al prit un air froissé, puis se fendit d'un sourire contrit.

Soudain, Loulou se matérialisa près d'eux. D'une main, elle tenait un verre d'eau et, de l'autre, retirait adroitement son tablier. Elle s'assit à leur table.

« OK, j'ai cinq minutes, dit-elle à Strike sans autre forme de préambule. Al dit que vous vous intéressez à cet abruti d'écrivain ?

— Oui, fit Strike, aussitôt concentré sur le boulot. Pourquoi abruti ?

— Il adorait ça, dit-elle en buvant une petite gorgée.

— Quoi donc… ?

— Faire du scandale. Il gueulait, il balançait des insultes, mais c'était juste pour la galerie. Ça crevait les yeux. Il voulait que tout le monde l'entende, il cherchait un public. Mais comme acteur, il était nul.

— Vous souvenez-vous de ce qu'il a dit ? demanda Strike en sortant son calepin devant les yeux pétillants de curiosité de son frère.

— Un vrai moulin à paroles, ce type. Il a traité la femme de salope, de menteuse, il a dit qu'il s'occuperait lui-même de son livre, qu'il le publierait autrement et qu'elle pouvait aller se faire voir. Mais il s'écoutait parler, ajouta-t-elle. C'était de la frime.

— Et comment était Eliz… la femme.

— Furieuse, répliqua Loulou sur un ton joyeux. Elle, elle ne faisait pas semblant. Plus il brassait de l'air en vociférant, plus elle rougissait, tremblait de rage. On voyait bien qu'elle se retenait pour ne pas exploser. Elle a dit un truc au sujet d'une "bonne femme stupide" qu'elle refusait d'engager. Je crois que c'est à ce moment-là qu'il est parti en lui laissant payer l'addition. Les gens la dévisageaient, c'était humiliant. J'avais honte pour elle.

— A-t-elle tenté de le suivre ?

— Non, elle a réglé la note, elle est allée aux toilettes où elle est restée quelques minutes. Je me suis dit qu'elle devait pleurer. Puis elle est partie.

— Merci pour votre aide, dit Strike. Vous souvenez-vous d'autre chose ?

— Oui, murmura Loulou, il a dit : "Tout ça à cause de Fancourt et de sa bite molle." »

Strike et son frère la regardèrent avec des yeux ronds.

« Tout ça à cause de Fancourt et de sa bite molle ? répéta Strike.

— Oui. C'est à ce moment-là que les gens se sont tus dans la salle.

— J'imagine la scène, s'esclaffa Al.

— Elle lui a dit de se taire ; elle était scandalisée mais lui, il s'en fichait. Il avait capté l'attention. Il était aux anges. Écoutez, il faut que j'y aille, dit soudain Loulou. Désolée. » Elle se leva et rattacha son tablier. « À plus, Al. »

Ne connaissant pas le nom de Strike, elle le salua d'un sourire et retourna à son service.

Daniel Chard était en train de partir ; son crâne chauve avait refait surface parmi un groupe de personnes élégantes et du même âge que lui. Ils quittèrent la salle en discutant et en s'adressant mutuellement des petits hochements de tête distingués. Strike les regarda s'éloigner, l'esprit ailleurs. Il ne vit même pas qu'on débarrassait son assiette vide.

Tout ça à cause de Fancourt et de sa bite molle…
Bizarre.
Je n'arrive pas à m'ôter de l'esprit qu'Owen s'est suicidé. Qu'il a mis en scène…
« Tu vas bien, frangin ? » demanda Al.
L'heure de la vengeance a sonné pour nous deux…
« Oui, oui », dit Strike.
Des litres de sang, des métaphores ésotériques… Quand on le caressait dans le sens du poil, on pouvait tout obtenir de lui… Deux hermaphrodites, deux sacs tachés de sang… Une belle âme perdue, c'est ça qu'il m'a dit… Le ver à soie était une métaphore de l'écrivain qui doit souffrir le martyre pour obtenir un bel ouvrage…

Comme un couvercle qu'on tente de visser et qui tout à coup glisse dans la bonne encoche, une multitude d'éléments disparates refirent surface dans l'esprit de Strike et se disposèrent d'eux-mêmes à leur place. Il tourna et retourna sa théorie, l'envisagea sous différents angles : tout s'enclenchait parfaitement, rien ne dépassait.

Ne restait plus qu'à trouver des preuves.

41.

Croyez-vous que mes pensées ne sont que folies d'amour ?

Non, elles sont des fers battus au feu de la forge de Pluton...

Robert GREENE, *L'Histoire de Roland le Furieux*

LE LENDEMAIN, STRIKE SE LEVA de bonne heure, après une nuit agitée. Il se sentait fatigué, mal luné. Il vérifia son portable avant de se doucher et une fois habillé. Puis il descendit dans le bureau désert. Robin ne viendrait pas puisqu'on était samedi. Mais son absence l'irritait. Il la ressentait comme un manque d'investissement personnel. Et ça tombait vraiment mal. Il avait terriblement besoin d'une caisse de résonance, et d'un peu de compagnie aussi, après sa grande révélation de la veille au soir. Il songea à l'appeler mais se ravisa. Ce serait bien plus plaisant de lui expliquer tout cela de vive voix que par téléphone, surtout si Matthew écoutait leur conversation dans son dos.

Strike se prépara du thé et le laissa refroidir tandis qu'il feuilletait le dossier Quine pour la énième fois.

Le silence ambiant ne faisait qu'accentuer son sentiment d'impuissance. Toutes les deux minutes, il allumait son portable pour voir s'il avait un message.

Il voulait agir, mais comment, puisqu'il n'avait aucun statut officiel ? Il n'avait pas le droit de perquisitionner, de forcer des témoins à coopérer. Il était pieds et poings liés et n'avait rien de prévu jusqu'à son rendez-vous de lundi avec Michael Fancourt. À moins que… et s'il appelait Anstis pour lui exposer sa théorie ? Strike fronça les sourcils, enfouit ses doigts dans ses cheveux épais. Il imaginait sans peine la réaction condescendante de son ami inspecteur. Il n'avait pas le début du commencement d'une preuve. Tout n'était que conjectures… *Mais j'ai raison*, pensa-t-il, *et lui, il se plante.* Sa théorie éclairait tous les points obscurs de ce meurtre, mais Anstis n'avait pas assez d'intelligence ou d'imagination pour l'apprécier. Elle lui paraîtrait abracadabrante, surtout comparée à sa propre solution, si incohérente et lacunaire fût-elle. Mais il était tellement plus simple d'accuser Leonora.

Alors, à défaut de lui téléphoner, Strike interpella Anstis comme s'il était avec lui dans la pièce. *Explique-moi pourquoi une femme assez habile pour faire disparaître des viscères sans laisser de traces aurait pu commettre l'erreur de commander des cordes et une burqa sur Internet et de payer ses achats avec sa propre carte de crédit ? Explique-moi pourquoi une femme seule au monde, n'ayant pour tout souci que le bien-être de sa fille, risquerait la prison à vie ? Explique-moi pourquoi, après des années passées à supporter l'infidélité et les caprices sexuels de Quine pour éviter qu'il s'en aille, elle aurait tout à coup décidé de le supprimer ?*

Il voyait trop bien ce qu'Anstis répondrait à cette dernière question : Quine était sur le point de la quitter pour Kathryn Kent. Il avait une bonne assurance-vie. Leonora avait dû estimer que la sécurité financière et le veuvage valaient mieux qu'une existence précaire et un ex-mari irresponsable dépensant son argent avec sa deuxième femme. N'importe quel jury se rangerait à cette version des faits, surtout si Kathryn Kent venait à la barre confirmer que Quine lui avait promis le mariage.

Strike craignait d'avoir raté sa chance avec Kathryn Kent. Il n'aurait jamais dû se présenter inopinément sur le pas de sa porte – initiative bien maladroite, à la réflexion. Il l'avait tellement effrayée en surgissant de l'ombre sur la coursive que Pippa Midgley n'avait pas eu grand-chose à faire pour la convaincre qu'il était l'âme damnée de Leonora. Il aurait dû agir avec plus de subtilité, l'amadouer peu à peu comme il l'avait fait avec l'assistante de Lord Parker, l'inciter à se confier, l'assurer de sa sympathie, de son honnêteté. Au lieu de quoi, il lui avait sauté dessus à la manière d'un huissier venant recouvrer une dette.

Encore un coup d'œil sur son portable. Pas de messages. Quelle heure ? À peine neuf heures et demie. Malgré tous les efforts qu'il déployait pour fixer son attention sur la seule chose vraiment importante – le tueur de Quine et ce qui mènerait à son arrestation –, son esprit ne cessait de dériver vers le château de Croy et sa chapelle du XVIIe siècle...

Elle était sûrement en train de se préparer. Une robe de mariée qui coûtait plusieurs milliers de livres attendait sur un cintre. Strike l'imaginait nue devant sa glace, occupée à se maquiller. Il l'avait regardée des centaines de fois manier adroitement brosses et pinceaux devant le miroir de sa coiffeuse, ou dans des chambres d'hôtel, avec une conscience si aiguë de sa propre séduction qu'elle atteignait presque à l'oubli de soi.

Charlotte vérifiait-elle son portable à chaque minute, maintenant qu'elle était sur le point de remonter l'étroite nef de cette chapelle, comme on franchit un précipice sur une passerelle en planches ? Attendait-elle, le cœur battant, la réponse de Strike aux quelques mots qu'elle lui avait envoyés la veille ?

Et s'il lui répondait à l'instant même ? Quelles chances y avait-il pour qu'elle renonce à sa robe de mariée (cette robe qu'il imaginait suspendue tel un spectre dans un coin de sa chambre), enfile un jean, jette trois bricoles dans un sac et se sauve par la porte de derrière ? Pour qu'elle monte dans une voiture et file vers le sud, pied au plancher, afin de retrouver l'homme qui…

« Ça suffit, merde ! » grogna Strike.

Il se leva, fit disparaître le portable au fond sa poche, laissa la fin de son thé froid et enfila son pardessus. Ne pas rester inactif était la seule solution. D'ailleurs, l'action avait toujours été sa drogue favorite.

En toute logique, Kathryn Kent avait dû s'installer chez une amie pour échapper aux journalistes qui faisaient le siège de son domicile. Strike préférait toutefois s'en assurer. Aussi retourna-t-il à Clem Attlee Court sans s'annoncer. Mais personne ne répondit à son coup de sonnette. Les lumières étaient éteintes, rien ne bougeait dans l'appartement.

Un courant d'air glacial balayait la coursive. Strike allait partir quand la voisine grincheuse apparut sur le pas de sa porte. Elle semblait d'humeur plus sociable, aujourd'hui.

« Elle s'est tirée. Vous êtes journaliste ?

— Oui », dit Strike pour ne pas la décevoir car elle semblait très excitée à cette idée. En outre, il préférait que Kent ignore qu'il était repassé chez elle.

« J'ai lu les journaux. Vous avez raconté de ces trucs sur elle ! s'exclama-t-elle en cachant mal sa jubilation. Ben non, elle est pas là.

— Savez-vous quand elle rentrera ?

— Eh non », soupira-t-elle. On voyait son crâne rose entre ses cheveux gris permanentés. « Mais je pourrais vous appeler, si elle se ramène.

— Ce serait très aimable à vous », dit Strike.

Sachant que son nom apparaissait dans les colonnes des journaux, il ne sortit pas sa carte de visite mais déchira une page de son calepin, y inscrivit son numéro et la lui tendit, accompagnée d'un billet de vingt.

« Ça marche, dit-elle d'un air de conspirateur. On s'appelle. »

Il croisa un chat en redescendant l'escalier. C'était celui que Kathryn Kent avait chassé d'un coup de pied. L'animal le toisa d'un air méfiant. La petite bande de l'autre jour avait disparu ; il faisait trop froid aujourd'hui pour des ados en sweat-shirt.

L'effort physique qu'il dut fournir pour rejoindre la station de métro le long des trottoirs boueux l'aida à chasser certaines images de son esprit. C'était à se demander s'il se démenait ainsi pour servir les intérêts de Leonora ou pour oublier Charlotte. Charlotte ! Si elle avait tellement envie de s'enfermer dans sa prison dorée, qu'elle ne se gêne pas. Strike n'avait aucune intention de l'appeler ou de lui envoyer un texto.

Juste avant de descendre dans le métro, il essaya de joindre Jerry Waldegrave. Depuis sa soudaine illumination de la veille, au River Café, il était certain que l'éditeur détenait la réponse dont il avait besoin. Hélas, personne ne décrocha. Strike n'en fut guère surpris, Waldegrave avait d'autres problèmes : un mariage raté, une carrière moribonde, une fille qui lui causait des soucis. Pourquoi répondre aux appels d'un détective par-dessus le marché ? Pourquoi se compliquer inutilement l'existence ?

Entre le froid, les gens qui faisaient la sourde oreille et les appartements inoccupés, Strike se demandait à quoi il allait pouvoir employer sa journée. Il acheta le journal, poussa la porte du Tottenham et s'assit sous une scène champêtre exécutée par un décorateur de théâtre victorien, représentant une voluptueuse créature vêtue de voiles vaporeux. C'était étrange mais, aujourd'hui, Strike avait constamment l'impression de poireauter dans une salle d'attente. Comme des éclats d'obus à jamais enfoncés dans sa chair, les souvenirs des mots d'amour, des serments, des instants de bonheur sublime… gâchés ensuite par… des flots de mensonges… Ses yeux suivaient les lignes des articles, mais son esprit était ailleurs.

Un jour, sous le coup de la colère, sa sœur Lucy lui avait crié : « Pourquoi tu supportes tout ça ? Pourquoi ? C'est juste parce qu'elle est belle ? »

466

Il avait répondu : « Pas seulement. »

Lucy, bien sûr, avait cru qu'il répondrait non. Les femmes consacraient beaucoup de temps à se faire belles mais admettaient difficilement qu'un homme avouât l'importance qu'il accordait à la beauté. Et, de fait, Charlotte était une créature ravissante, la plus belle femme qu'il ait jamais vue. Autrefois, dès qu'il la voyait apparaître devant lui, il ressentait le même émerveillement, la même gratitude et, partant, le même orgueil.

L'amour est une illusion, disait Michael Fancourt.

Machinalement, Strike tourna une page du journal et posa son regard absent sur le visage revêche du Chancelier de l'Échiquier. Se serait-il imaginé des choses ? Lui aurait-il prêté des sentiments qu'elle n'avait pas ? Des vertus qui lui étaient étrangères mais semblaient conformes à son physique de déesse ? Strike avait dix-neuf ans quand ils s'étaient rencontrés. Un âge qui lui paraissait incroyablement tendre, aujourd'hui qu'il était assis dans ce pub avec douze kilos en trop et une jambe en moins.

Peut-être avait-il créé une Charlotte idéale n'existant que dans son imagination d'amoureux éperdu. Mais il avait aussi connu la vraie Charlotte, la femme qui s'était mise à nu devant lui et lui avait demandé s'il l'aimerait envers et contre tout… Et malgré ce qu'il savait d'elle, malgré ce qu'elle lui avait fait subir… il l'avait aimée jusqu'à la limite du supportable. Mais quand cette limite avait été franchie, sa beauté, ses larmes n'avaient pas suffi à le retenir. Et elle était partie se réfugier dans les bras d'un autre homme.

C'était peut-être ça l'amour, songea-t-il en prenant le parti de Michael Fancourt contre Robin dont, curieusement, la présence réprobatrice planait au-dessus de lui, tandis qu'assis devant une pinte de Doom Bar il feignait de lire un article sur le pire hiver que le pays ait jamais connu. *Vous et Matthew…* Strike savait une chose que Robin ignorait : elle devrait choisir entre vivre avec Matthew et être elle-même.

Qui pouvait se vanter de connaître la personne qui partageait sa vie ? Où devait-on chercher cette qualité rare ? Dans le conformisme petit-bourgeois qui cimentait les relations de Lucy et Greg ? Dans les épuisantes variations sur le thème de la trahison qui alimentaient son propre fonds de commerce ? Dans la tolérance aveugle d'une Leonora Quine envers un homme à qui tout était permis « parce qu'il était écrivain » ? Dans le culte que Kathryn Kent et Pippa Medley avaient porté à leur faux héros, lequel avait fini ses jours troussé comme une dinde de Noël ?

Strike s'enfonçait dans la déprime. Il en était à la moitié de sa troisième pinte et hésitait à en commander une quatrième quand son portable vibra sur la table où il reposait à l'envers.

Il termina lentement sa bière pendant que le pub se remplissait autour de lui. Et tout en lorgnant le dos de l'appareil, il prenait des paris : *Ultime tentative avant d'entrer dans la chapelle ? Ou alors, c'est déjà fait et elle veut me l'annoncer ?*

Il avala les dernières gouttes et retourna le portable.

Tu peux me féliciter. Mrs Jago Ross.

Strike contempla ces mots pendant quelques secondes puis glissa le téléphone dans sa poche, se leva, colla le journal sous son bras, prit sa canne et rentra chez lui.

Tout en marchant vers Denmark Street, une phrase lui revint en mémoire. Une phrase tirée de son livre préféré, qui dormait depuis des mois au fond d'une caisse sur le palier.

> *... difficile est longum subito deponere amorem,*
> *difficile est, uerum hoc qua lubet efficias...*

> ... Il est difficile de laisser tout d'un coup un amour de
>   longtemps ;
> difficile, mais tu dois le faire...

La fébrilité qui l'avait habité tout au long de la journée avait disparu. Strike avait faim et envie de se distraire. À quinze heures, Arsenal jouait contre Fulham ; il avait juste le temps de se préparer à déjeuner avant le coup d'envoi.

Après quoi, il pourrait bien aller faire un tour du côté de chez Nina Lascelles. Ce soir, il avait besoin de compagnie.

42.

MATHEO : ... un drôle de jouet.

GIULIANO : Pour sûr, fait pour se moquer d'un singe.

Ben JONSON, Chaque homme a son humeur

LE LUNDI MATIN, ROBIN ARRIVA au bureau fatiguée comme un soldat après la bataille, mais contente d'elle. Elle avait passé le plus clair du week-end à parler de son métier avec Matthew. Curieusement, elle ne se rappelait pas avoir déjà discuté avec lui de manière aussi sérieuse et profonde (chose étonnante pour des gens ayant vécu ensemble pendant neuf ans). Pourquoi avait-elle mis autant de temps à lui avouer que son intérêt pour les enquêtes criminelles était antérieur à sa rencontre avec Cormoran Strike ? Quand elle avait enfin trouvé le courage de lui dire que, depuis sa prime adolescence, elle caressait le désir secret d'exercer une profession dans ce domaine, Matthew était tombé des nues.

« Je croyais que c'était la dernière chose... », avait-il bredouillé. Il n'avait pas terminé sa phrase, mais elle savait qu'il songeait aux études de psychologie qu'elle avait abandonnées.

« J'ignorais comment aborder le sujet. Je croyais que tu te moquerais de moi. Maintenant, tu comprends que si je m'accroche à ce boulot, ce n'est pas pour Cormoran. Ça n'a rien à voir avec lui en tant… que personne (elle avait failli dire "en tant qu'homme" mais s'était retenue à temps). C'est par choix personnel. J'adore ce métier. Il a promis d'assurer ma formation, Matt, et c'est ce que j'ai toujours voulu. »

Ils avaient parlé ainsi jusqu'au dimanche soir. Abasourdi, Matthew assimilait peu à peu la nouvelle.

« Et tu comptes travailler le week-end ? avait-il demandé d'un ton soupçonneux.

— Je n'en sais rien. Si jamais c'est nécessaire, oui. J'en ai assez de faire semblant. Matt, j'adore ce job, tu comprends ? Tout ce que je veux, c'est l'exercer du mieux possible. Et j'aimerais que tu me soutiennes. »

À la toute fin, il l'avait prise dans ses bras et accepté son choix. Elle supposait que son récent deuil l'avait rendu plus tolérant, plus malléable. Pour un peu, elle aurait remercié sa mère d'être morte à point nommé.

Robin était impatiente d'annoncer à son patron la sensible amélioration de sa vie de couple, mais il n'était pas au bureau quand elle arriva. À côté de son petit sapin de Noël, elle trouva un mot portant son écriture si difficile à déchiffrer :

plus de lait, sorti prendre petit déjeuner, ensuite vais acheter jouets chez Hamleys pour éviter la foule. PS : sais qui a tué Quine.

Robin eut un hoquet de surprise. Elle se précipita sur le téléphone. Mais le portable de Strike sonnait « occupé ».

Le magasin de jouets n'ouvrait pas avant dix heures. Robin se sentait incapable d'attendre aussi longtemps. Elle répéta le numéro de Strike en continu tout en ouvrant et en classant le courrier. En vain. La ligne était toujours occupée. Alors elle coinça le combiné contre sa joue et consulta ses mails. Une demi-heure s'écoula, puis une heure. Aucune évolution. Robin commençait à s'énerver. Strike n'oserait quand même pas user de ce stratagème pour faire durer le suspense !

471

À dix heures et demie, un léger carillon électronique annonça l'arrivée d'un mail. L'adresse de l'expéditeur était Clodia2@ live.com. Il n'y avait rien d'écrit dans la partie message mais Robin vit un fichier joint intitulé POUR INFO.

Le téléphone toujours collé à l'oreille, elle cliqua automatiquement sur l'icône. Une photo en noir et blanc se déploya sur toute la largeur de l'écran.

Un paysage désolé, un ciel nuageux, un vieil édifice en pierre. Les personnages sur la photo étaient tous flous, sauf la mariée qui regardait droit vers l'objectif. Elle portait une robe blanche toute simple mais très ajustée, un long voile qui descendait jusqu'au sol, maintenu sur son front par un lacet de diamants. Un vent violent soulevait à la fois les plis du tulle et ses boucles brunes. L'une de ses mains était cachée dans celle d'un homme indistinct, en costume de cérémonie. On aurait dit qu'il riait. Sur le visage de la jeune femme flottait une curieuse expression. Robin n'avait jamais vu mariée aussi accablée, aussi désespérée. Robin avait l'impression qu'elle la fixait de ses grands yeux tristes comme si elle était sa seule amie, comme si elle seule pouvait la comprendre.

Robin laissa tomber le combiné pour mieux examiner la photo. Elle avait déjà vu ce beau visage. Elle connaissait cette femme ; elles avaient même échangé quelques mots au téléphone ; Robin se rappelait sa voix sensuelle, un peu cassée. C'était Charlotte, l'ex-fiancée de Strike, la personne qu'elle avait vue sortir en courant de ce même immeuble, voilà un an.

Elle était tellement belle. Robin se sentait insignifiante, comparée à elle, et intimidée par sa profonde tristesse. Seize ans avec Strike – Strike et ses cheveux frisottés, sa carrure de boxeur, sa jambe en moins… non pas que de telles choses eussent une quelconque importance, se dit Robin en admirant cette mariée si sublime et si malheureuse…

La porte s'ouvrit. Strike entra, deux sacs de jouets à la main. Robin, qui ne l'avait pas entendu monter, sursauta comme s'il l'avait surprise à piquer dans la caisse.

« Bonjour », lança-t-il.

Elle saisit la souris pour fermer la photo avant qu'il ne la voie, mais son geste précipité attira irrésistiblement le regard de Strike vers l'écran.

« Elle a envoyé ça voilà quelques minutes, dit Robin, penaude. J'ai ouvert le message sans savoir ce que c'était. Je suis… désolée. »

Strike fixa la photo quelques secondes puis se détourna et déposa les sacs de jouets par terre, près du fauteuil de Robin.

« Supprimez-le, un point c'est tout. » Il ne semblait ni ému ni froissé, juste catégorique.

Après une seconde d'hésitation, Robin ferma le fichier, détruisit le message et vida la corbeille.

« Merci bien », dit-il en se redressant. C'était une manière comme une autre de lui signaler que la discussion sur le sujet était close. « Je dois avoir au moins trente appels de vous sur mon portable.

— Ne me dites pas que ça vous étonne, répliqua Robin. Dans votre mot… vous disiez…

— Ma tante m'a appelé, expliqua Strike. Et pendant une heure et dix minutes, j'ai eu droit au bulletin de santé de tous les habitants de St Mawes, tout ça parce que je lui ai dit que je venais pour Noël. »

Il éclata de rire en la voyant ronger son frein.

« Très bien, mais on n'a pas beaucoup de temps. Je viens de m'apercevoir qu'il nous reste quelque chose à faire ce matin, avant mon rendez-vous avec Fancourt. »

Sans ôter son pardessus, il s'assit sur le canapé en cuir et, pendant dix bonnes minutes, lui exposa sa théorie dans les moindres détails.

Quand ce fut terminé, il y eut un long silence durant lequel Robin le fixa d'un air incrédule. Dans sa tête surgit une image. Une image mystique où elle reconnut l'ange de Reynolds, noyé dans la brume. L'ange de l'église de son enfance.

« Qu'est-ce qui vous chiffonne ? demanda gentiment Strike.

— Euh...

— Nous sommes déjà convenus que Quine n'a peut-être pas disparu sur un coup de tête, OK ? Si on ajoute à ça le matelas de Talgarth Road – pratique, dans une maison qui ne sert plus depuis vingt-cinq ans –, le fait qu'une semaine avant, Quine a dit à ce libraire qu'il partait et voulait acheter de quoi lire, et enfin la déclaration de la serveuse du River Café selon laquelle Quine aurait simulé la colère devant Tassel mais qu'en réalité il jubilait, je pense qu'on peut supposer sans prendre trop de risques que sa disparition était une mise en scène.

— D'accord », concéda-t-elle. C'était la partie la moins bizarre de sa théorie. Elle ne savait comment lui faire comprendre que le reste était tiré par les cheveux mais s'autorisa toutefois une remarque. « Et il n'en aurait rien dit à Leonora ?

— Bien sûr que non. Leonora est incapable de jouer la comédie, même quand il y va de sa propre vie ; il voulait qu'elle s'inquiète pour de bon, qu'elle soit convaincante lors-qu'elle annoncerait sa disparition. Il espérait peut-être qu'elle préviendrait la police ou ferait un scandale chez son éditeur. De quoi déclencher la panique.

— Mais ça n'a pas marché, dit Robin. Pour la bonne raison qu'il fuguait tout le temps sans que personne s'en préoccupe. Il était peut-être à l'ouest mais quand même, il devait bien se rendre compte qu'il ne ferait pas les gros titres dans la presse rien qu'en allant se cacher dans sa vieille maison.

— Oui, mais ce coup-ci, il laissait derrière lui un roman qui, espérait-il, ferait beaucoup de bruit dans le Londres littéraire. Il avait démarré sa campagne de pub en se querellant avec son agent dans un restaurant bondé, en hurlant devant tout le monde qu'il comptait sortir son roman sur Internet. Après quoi, il rentre chez lui, il se met dans tous ses états devant Leonora et il part se planquer à Talgarth Road. Plus tard, dans la soirée, son complice frappe à la porte, et Quine lui ouvre sans penser à mal puisqu'il croit qu'ils sont sur la même longueur d'onde. »

Robin laissa passer quelques secondes, prit son courage à deux mains (elle n'avait pas pour habitude de discuter les conclusions de Strike qui ne se trompait jamais, à sa connaissance) et lui fit remarquer :

« Mais vous n'avez pas la moindre preuve de l'existence d'un complice, sans parler de… enfin, je veux dire… c'est mon opinion. »

Il se mit à récapituler les points qu'il venait d'énumérer, mais Robin l'arrêta d'un geste.

« J'ai bien compris, mais… vous vous fondez sur les déclarations des gens. Vous n'avez pas de preuves matérielles.

— Bien sûr que si, répliqua Strike. Que faites-vous de *Bombyx Mori* ?

— Ce n'est pas…

— C'est la seule preuve que nous ayons, et elle est de taille.

— Pourtant c'est bien vous qui ne jurez que par les moyens et l'opportunité. C'est vous qui prétendez que le mobile ne…

— Je n'ai pas parlé de mobile, lui rappela Strike. En réalité, je ne suis pas certain du mobile, bien que j'aie quelques petites idées. Et si vous pensez que nous manquons de preuves matérielles, vous n'avez qu'à m'aider à en trouver. »

Elle lui jeta un regard soupçonneux. Des preuves matérielles… Depuis qu'elle travaillait pour lui, c'était la première fois qu'il lui demandait d'en chercher.

« J'ai besoin de vous pour approcher Orlando Quine, dit-il en s'extrayant du canapé. Je préfère ne pas y aller seul, elle est… disons… compliquée. Elle n'aime pas mes cheveux. En ce moment, elle est chez la voisine, à Ladbroke Grove. Il vaut mieux qu'on y aille maintenant.

— C'est bien la jeune fille qui souffre de troubles psychiques ? demanda Robin, perplexe.

— Oui. Elle a un singe, un truc en peluche qui lui pend autour du cou. Il y en a tout un rayon chez Hamleys – en fait, ce sont des range-pyjamas. Ça s'appelle des Cheeky Monkeys. »

Robin le dévisageait comme si elle craignait pour sa santé mentale.

« Quand je l'ai vue la première fois, elle l'avait avec elle et n'arrêtait pas de sortir des trucs de nulle part – des dessins, des crayons, même une carte qu'elle avait volée sur la table de la cuisine. Je n'avais pas compris qu'elle gardait tout ce fourbi dans son range-pyjama. En fait, elle chaparde tout ce qui lui tombe sous la main. Et quand son père était en vie, elle allait le voir dans son bureau pour qu'il lui donne des feuilles de papier pour dessiner.

— Vous pensez qu'il y a dans son range-pyjama un indice qui pourrait nous mener à l'assassin de son père ?

— Non, mais il est très probable qu'elle ait pris des pages de *Bombyx Mori* pendant ses incursions dans le bureau de Quine, ou même qu'il lui ait donné des feuilles de brouillon sur lesquelles il avait tapé le premier jet de son roman. Je cherche des bouts de papier où il aurait pu prendre des notes, des pages raturées, n'importe quoi. Écoutez, je sais que ça doit vous paraître insensé, ajouta Strike devant l'expression de Robin. Mais on ne peut pas entrer dans le bureau de Quine, la police a déjà tout retourné sans rien trouver, et je parie que les carnets et les brouillons que Quine a emportés avec lui ont été détruits. Cheeky Monkey est notre dernier recours. Et… (il regarda l'heure à sa montre)… nous n'avons plus beaucoup de temps si nous voulons aller à Ladbroke Grove et revenir avant mon rendez-vous avec Fancourt. Ce qui me rappelle que… »

Il sortit du bureau. En l'entendant monter l'escalier, Robin pensa qu'il allait chez lui. Mais bientôt, elle perçut des bruits bizarres sur le palier. Il fouillait dans ses cartons. Elle le vit revenir avec une boîte de gants en latex, probablement volée dans les armoires à fournitures de la BSI, et un sac à indices en plastique transparent, ressemblant à s'y méprendre à ceux qui contiennent les articles de toilette dans les avions.

« Il y a une autre pièce à conviction que j'aimerais bien me procurer, dit-il en tendant une paire de gants à Robin qui ne comprenait plus rien. Et je me disais que vous pourriez vous en charger pendant que je serai avec Fancourt. »

Il lui expliqua succinctement ce qu'il attendait d'elle et ne fut guère surpris par le silence abasourdi qui suivit son exposé.

« Vous plaisantez, murmura Robin.

— Du tout. »

D'instinct, elle mit la main devant sa bouche.

« Il n'y a aucun danger, la rassura-t-il.

— Ce n'est pas ça qui m'inquiète. Cormoran, c'est – c'est horrible. Vous… vous êtes vraiment sérieux ?

— Si vous aviez vu Leonora Quine à Holloway la semaine dernière, vous ne me poseriez pas cette question, répondit Strike d'un air sombre. Pour la sortir de là, il va falloir jouer serré. »

Serré ? pensa Robin en contemplant les gants qui pendaient mollement dans sa main. Le programme de Strike pour la journée était on ne peut plus bizarre, et sa dernière requête carrément écœurante.

« Écoutez, reprit-il sur un ton grave. Tout ce que je peux vous dire, Robin, c'est que je le sens. *Je le renifle.* Derrière tout ça, il y a une personne extrêmement dangereuse, gravement déséquilibrée, mais très habile. Une personne qui a mené cet imbécile de Quine par le bout du nez en flattant son narcissisme. Et d'ailleurs, je ne suis pas le seul à le penser. »

Strike prit le manteau de Robin, le lui jeta et, pendant qu'elle l'enfilait, glissa plusieurs sacs à indices dans la poche intérieure de son pardessus.

« Depuis quelques jours, on me répète qu'il y a quelqu'un d'autre dans cette histoire : pour Chard c'est Waldegrave, pour Waldegrave c'est Tassel, Pippa Midgley est trop bête pour voir ce qu'elle a devant le nez, et Christian Fisher – eh bien, il a plus de recul puisqu'il ne figure pas dans le livre. Il a mis le doigt dessus mais par un pur hasard. »

Robin avait du mal à saisir la moitié de ce qu'il disait et restait sceptique en ce qui concernait l'autre moitié. Pourtant, elle le suivit docilement dans l'escalier métallique et sortit avec lui dans le froid.

« Ce meurtre était prévu depuis des mois, dit Strike en allumant une cigarette pendant qu'ils remontaient Denmark Street. Voire des années. C'est l'œuvre d'un génie, quand on y réfléchit bien. Mais à trop fignoler les détails, on finit par se trahir. On ne planifie pas un meurtre comme on écrit un roman. Dans la vie réelle, il y a toujours des impondérables. »

Strike voyait bien qu'elle n'était pas convaincue, mais tant pis, il avait déjà travaillé avec des subordonnés incrédules. Ils descendirent dans le métro et prirent la Central Line.

« Qu'avez-vous acheté à vos neveux ? demanda Robin pour rompre le silence.

— Des tenues de camouflage et des fusils en plastique, dit Strike qui s'était évertué à dénicher ce qui contrarierait le plus son beau-frère. Et j'ai pris un gros tambour pour Timothy Anstis. Ils vont apprécier, à cinq heures du matin, le jour de Noël. »

Malgré son anxiété, Robin salua ses paroles d'un petit rire moqueur.

Comme toute la ville de Londres, la rangée de maisons silencieuses où Owen Quine vivait encore un mois auparavant était couverte de neige. Neige immaculée sur les toits, marronnasse sous les pieds. Quand ils passèrent devant le pub, l'Inuit leur sourit depuis son enseigne, telle une divinité tutélaire veillant sur la rue.

Strike ne connaissait pas le policier posté devant la maison des Quine. Au bord du trottoir était garée une camionnette blanche aux portières arrière ouvertes.

« Ils cherchent les viscères dans le jardin, murmura Strike à Robin quand, en se rapprochant, ils aperçurent des pelles à l'intérieur du fourgon. Ils n'ont rien trouvé à Mucking Marshes et ils ne trouveront rien non plus sous les plantations de Leonora.

— Si vous le dites », répondit Robin à voix basse, un peu intimidée par le policier qui les dévisageait. Un jeune homme plutôt agréable à regarder.

478

« Ne faites pas cette tête et suivez-moi », murmura Strike avant de lancer un grand bonjour au planton qui ne répondit pas.

Strike semblait galvanisé par sa folle théorie, songea Robin. Mais si, par extraordinaire, il avait raison, le cadavre éviscéré ne serait pas le seul élément grotesque de l'affaire…

Ils mirent le cap sur la maison d'à côté et, ce faisant, passèrent sous le nez du policier. Strike sonna et, après une courte attente, la porte s'ouvrit sur une sexagénaire en robe de chambre et charentaises. Elle paraissait inquiète.

« Vous êtes Edna ? demanda Strike.

— Oui », fit-elle timidement en levant les yeux vers lui.

Dès que Strike donna son nom et celui de Robin, le visage d'Edna exprima un sentiment de soulagement presque pathétique.

« Oh, c'est vous ! Leonora m'a raconté des tas de choses sur vous. Vous l'aidez, vous allez la faire sortir, n'est-ce pas ? »

Robin se sentait gênée car le beau policier entendait tout ce qui se disait.

« Entrez, entrez, dit joyeusement Edna en s'écartant pour les laisser passer.

— Mrs… navré mais je ne connais pas votre nom de famille », commença Strike en s'essuyant les pieds sur le paillasson (vu du seuil, son intérieur paraissait accueillant, propret et plus confortable que celui des Quine, même si la disposition des pièces était la même).

« Appelez-moi Edna, dit-elle avec un sourire radieux.

— Merci, Edna. Vous savez, vous devriez demander une pièce d'identité aux gens avant de les laisser entrer chez vous.

— Oh, mais, fit Edna, décontenancée, Leonora m'a raconté… »

Strike insista néanmoins pour lui montrer son permis de conduire puis il la suivit dans le couloir qui menait à la cuisine, bleue et blanche, plus lumineuse que celle de Leonora.

« Elle est en haut, dit Edna quand Strike exposa la raison de leur visite. Elle n'est pas dans un bon jour. Vous voulez du café ? »

Tout en voletant à travers la cuisine à la recherche de tasses, elle les inondait de paroles, comme le font les gens nerveux et solitaires.

« Ne vous méprenez pas, je ne veux pas dire que ça m'ennuie de l'avoir chez moi, la pauvre petite biche, mais… » Elle lança un regard désespéré à ses deux visiteurs, puis lâcha : « Mais pour combien de temps ? Elles n'ont pas de famille, voyez-vous. Une assistante sociale est passée voir Orlando, hier ; elle a dit que si je ne pouvais pas la garder, elle irait en foyer ou un truc comme ça ; alors moi j'ai dit : vous ne pouvez pas lui faire ça, elles n'ont jamais été séparées, elle et sa mère. Non, elle n'a qu'à rester ici, avec moi. Mais… »

Du regard, Edna désigna le plafond.

« En ce moment, elle est bouleversée, très déprimée. Elle veut juste que sa maman rentre à la maison. Qu'est-ce que je peux lui raconter ? Je ne peux quand même pas lui dire la vérité ! Et les autres, à côté, qui retournent le jardin, ils ont même déterré le pauvre Mr Poop…

— Un chat mort, expliqua en aparté Strike à Robin pendant que des larmes perlaient derrière les lunettes d'Edna et roulaient sur ses joues rondes.

— Pauvre petite biche », répéta-t-elle.

Quand elle eut servi le café à ses visiteurs, Edna monta chercher Orlando. Il lui fallut dix minutes pour la faire descendre mais, quand il la vit apparaître, la mine renfrognée, vêtue d'un survêtement sale, Strike nota avec soulagement que Cheeky Monkey était toujours pendu à son cou.

« Il a le nom d'un géant, annonça-t-elle à la cantonade en apercevant le détective.

— Tu as raison, fit Strike en hochant la tête. Excellente mémoire. »

Orlando se glissa sur la chaise qu'Edna avait tirée pour elle, l'orang-outan bien à l'abri entre ses bras.

« Je suis Robin, dit Robin en lui souriant. C'est comme ça qu'on dit rouge-gorge, en anglais.

— Rouge-gorge ! s'écria Orlando. Le dodo aussi c'est un oiseau.

— C'est le surnom que lui ont donné ses parents, expliqua Edna.

— Alors, nous sommes deux oiseaux », dit Robin.

Orlando la regarda fixement, se leva et sortit de la cuisine sans rien dire.

Edna poussa un profond soupir.

« Elle prend la mouche à tout propos. On ne sait jamais si elle… »

Mais Orlando était déjà revenue, armée de crayons de couleur et d'un carnet à spirale qu'Edna lui avait acheté pour qu'elle se tienne tranquille, supposa Strike. Orlando se rassit à la table de la cuisine et adressa à Robin un grand sourire tendre qui lui fendit le cœur.

« Je vais te dessiner un rouge-gorge, annonça-t-elle.

— Oh, c'est très gentil », dit Robin.

Orlando se mit au travail, sa bouche entrouverte laissant apparaître le bout de sa langue. Sans oser parler, Robin regardait l'oiseau apparaître. Constatant que Robin se débrouillait nettement mieux que lui avec la jeune fille, Strike en profita pour croquer dans l'un des biscuits au chocolat que lui présentait Edna et discuter avec elle des dernières chutes de neige.

Quand le rouge-gorge fut achevé, Orlando arracha la page et la fit glisser vers Robin.

« C'est magnifique, dit-elle avec un sourire radieux. J'aimerais pouvoir t'offrir un dodo, mais je suis nulle en dessin. » Strike savait qu'elle mentait, car il avait vu les jolis gribouillages qu'elle faisait dans les marges. « Mais j'ai quand même un cadeau pour toi. »

Sous le regard impatient d'Orlando, elle fouilla dans son sac à main et finit par en extraire un miroir de poche au couvercle décoré d'un oiseau stylisé.

« Et voilà, dit Robin. Tu vois, c'est un flamant rose. Il est pour toi. »

Fascinée par l'objet, Orlando le prit entre ses mains.

« Dis merci à la dame, fit Edna.

— Merci, dit Orlando avant de fourrer le miroir dans le range-pyjama.

— Ton singe est un sac, alors ? s'extasia Robin.

— Mon singe, dit Orlando en s'accrochant à sa peluche. C'est mon papa qui me l'a donné. Mon papa est mort.

— Je suis désolée de l'apprendre », murmura Robin qui aurait préféré ne pas voir aussitôt apparaître dans son esprit l'image du corps de Quine, aussi creux qu'un range-pyjama…

Strike regarda subrepticement sa montre. Le rendez-vous avec Fancourt se rapprochait. Robin prit une gorgée de café et rembraya :

« Tu ranges des choses dans ton singe ?

— J'aime bien tes cheveux, dit Orlando. Ils sont jaunes et ils brillent.

— Merci. Tu gardes des dessins à l'intérieur ? »

Orlando hocha la tête.

« J'peux avoir un biscuit ? demanda-t-elle à Edna.

— Tu as d'autres dessins à me montrer ? » demanda Robin à Orlando qui mastiquait.

La jeune fille réfléchit un instant puis ouvrit l'orang-outan.

Une liasse de papiers froissés, de toutes tailles, de toutes couleurs, en sortit. Ni Strike ni Robin n'osèrent y toucher, se bornant à émettre des commentaires admiratifs pendant qu'Orlando les étalait devant eux. Robin lui posa des questions sur une étoile de mer et des anges danseurs dessinés à la mine et au feutre. Comblée par tant d'éloges, Orlando repartit à la pêche tout au fond du sac en peluche. Quand Strike vit surgir une cartouche de machine à écrire usagée, dont le ruban encreur portait des empreintes de lettres inversées, il dut se faire violence pour ne pas sauter dessus. La cartouche disparut sous une boîte de crayons de couleur et un rouleau de pastilles à la menthe. Il garda l'œil rivé dessus pendant qu'Orlando exhibait le dessin d'un papillon tracé sur un papier où l'on remarquait par transparence des lignes calligraphiées d'une main nerveuse.

À la demande de Robin, Orlando reprit le déballage de ses trésors : des étiquettes autocollantes, une carte postale des Mendip Hills, un magnet circulaire marqué *Fais gaffe sinon tu finiras dans mon roman !* Et, en dernier lieu, trois dessins exécutés sur des supports de meilleure qualité : deux épreuves couleur d'un ouvrage illustré et un cromalin de couverture.

« Mon papa me les a ramenés de son travail, dit Orlando. Je les voulais et Dannilchar m'a touchée », dit-elle en désignant une image vivement colorée que Strike reconnut aussitôt : Kyla le Kangourou qui aimait sauter. Orlando lui avait rajouté un chapeau et un sac à main et, avec des marqueurs fluo, rempli les espaces blancs d'un coloriage représentant une princesse parlant avec une grenouille.

Ravie de voir Orlando si sociable, Edna refit une tournée de café. Robin et Strike savaient que le temps passait mais n'osaient précipiter les choses, de crainte qu'Orlando ne réagisse mal et ne remballe ses trésors. Ils se contentaient donc d'examiner les dessins l'un après l'autre, tout en discutant tranquillement. Chaque fois que Robin tombait sur un papier potentiellement intéressant, elle le passait à Strike.

Derrière le papillon, ils trouvèrent une liste de noms griffonnés.

Sam Breville. Eddie Boyne ? Edward Baskinville ? Stephen Brook ?

La carte postale des Mendip Hills, dont le cachet de la poste était daté du mois de juillet, portait un court message :

Temps magnifique, hôtel décevant, espère que le livre avance ! V xx

Pas d'autres inscriptions manuscrites. Strike reconnut des dessins qu'Orlando lui avait montrés lors de sa précédente visite, dont l'un figurait au verso d'un menu enfant, l'autre au dos d'une quittance de gaz.

« Eh bien, je crois qu'on ferait mieux d'y aller », dit Strike sur un ton de regret poli. Joignant le geste à la parole, il termina sa tasse de café tout en tenant d'une main distraite l'épreuve de couverture du roman de Dorcus Pengelly, *Les Rochers du démon.* Sur le sable d'une crique au pied d'une falaise, une femme à demi vêtue était couchée, l'ombre d'un homme planant au-dessus de son ventre. Orlando avait gribouillé un poisson noir au milieu des vagues. Strike avait placé le cromalin de manière à ce qu'il couvre la cartouche de machine à écrire.

« Je veux pas que tu partes, dit Orlando à Robin sur un ton larmoyant.

— On a passé un moment délicieux ensemble, tu ne trouves pas ? fit Robin. Je suis sûre que nous nous reverrons. Tu gardes mon miroir flamant rose, et moi j'emporte le rouge-gorge… »

Mais Orlando ne l'entendait pas de cette oreille. Elle se mit à pleurnicher en trépignant. Strike profita de la diversion pour envelopper discrètement la cartouche dans l'illustration de couverture, évitant ainsi d'y déposer ses empreintes, et glisser le tout dans sa poche.

Cinq minutes plus tard, ils étaient dans la rue, Robin un peu secouée par la scène déchirante à laquelle elle venait de participer. Orlando s'était agrippée à elle en pleurant pour l'empêcher de s'en aller, si bien qu'Edna avait dû intervenir.

« Pauvre fille, dit Robin assez bas pour que le policier n'entende pas. C'était épouvantable.

— Et pourtant utile, repartit Strike.

— Vous avez le ruban encreur ?

— Oui », répondit Strike en se retournant. Puis, constatant que le policier était hors de vue, il sortit l'objet, encore enveloppé dans l'épreuve de couverture de Dorcus, et le transféra dans un sac en plastique. « Mais pas seulement.

— Ah bon ? fit Robin, surprise.

— J'ai trouvé une piste, mais pas forcément utile. À voir. »

Après un dernier coup d'œil sur sa montre, il voulut presser le pas, mais son genou protesta aussitôt.

« Je n'aimerais pas arriver en retard », dit-il en grimaçant de douleur.

Vingt minutes plus tard, dans le métro bondé qui les ramenait au centre-ville, Strike demanda :

« Vous avez compris ce que vous devez faire cet après-midi ?

— Oui, je crois, dit Robin, un peu sur la réserve.

— Je sais, ce ne sera pas une partie de plaisir…

— Ce n'est pas ça qui me tracasse.

— Et comme je disais, il n'y a pas grand-chose à craindre, poursuivit-il en commençant à se lever pour descendre à Tottenham Court Road. Mais… »

Une ride se forma entre ses épais sourcils.

« Vos cheveux.

— Qu'est-ce qu'ils ont ? demanda Robin en les touchant par réflexe.

— Faciles à reconnaître, dit Strike. Vous n'auriez pas un chapeau ?

— Je… je pourrais en acheter un, fit Robin, étrangement agacée.

— Mettez-le sur la note de frais. Un peu de prudence ne peut pas faire de mal. »

43.

Holà ! Quel flot de vanité arrive ici !

William SHAKESPEARE, *Timon d'Athènes*

STRIKE PARCOURAIT LES TROTTOIRS bondés d'Oxford Street. Il laissa derrière lui les chœurs de Noël et autres musiques de saison pour tourner à gauche et se réfugier sur Dean Street, une rue plus calme, dépourvue de magasins. Il longea les immeubles cubiques se succédant en enfilade avec leurs façades tantôt blanches, tantôt rouges ou taupe, abritant des bureaux, des bars, des brasseries. Strike s'arrêta pour laisser passer un livreur qui transbahutait des caisses de vin d'un camion à une entrée de service. Ici, dans le quartier de Soho qui regroupait les métiers de l'art, du livre et de la publicité, Noël se fêtait d'une manière plus discrète et raffinée. Et au Groucho Club encore plus.

Un bâtiment gris presque anonyme, avec des fenêtres encadrées de boiseries sombres et des arbustes taillés derrière des balustrades arrondies en fer forgé. Sa réputation ne tenait pas à son architecture extérieure mais au fait qu'il s'agissait d'un établissement privé particulièrement select où seuls les artistes pouvaient espérer se faire admettre. Strike passa le seuil en clopinant et se retrouva dans un espace de réception minuscule où une jeune femme derrière un comptoir l'accueillit aimablement :

« Puis-je vous aider ?

— J'ai rendez-vous avec Michael Fancourt.

— Oh oui – vous êtes Mr Strick ?

— C'est cela », dit Strike.

Sur ses conseils, il longea une salle de bar où les membres prenaient l'apéritif dans des fauteuils en cuir, puis monta au premier étage en songeant à l'époque où il travaillait pour la Brigade spéciale d'investigation. Sa formation ne l'avait pas préparé à mener des interrogatoires officieux, sur l'invitation d'un suspect ayant toute liberté d'interrompre l'entretien à tout moment sans fournir de raison. La BSI exigeait de ses officiers qu'ils classent les données recueillies selon une grille préétablie – *individus, lieux, objets...* Cette méthode rigoureuse avait fait ses preuves. En général, Strike s'efforçait de la respecter mais, là, il préférait ne pas montrer à ses interlocuteurs qu'il rangeait leurs déclarations dans des boîtes mentales. Quand on interrogeait des personnes convaincues qu'elles vous rendaient service en acceptant de vous parler, il fallait adopter d'autres techniques.

Il repéra sa cible dès qu'il entra dans l'autre salle, à l'étage, un espace parqueté avec des sofas aux couleurs primaires disposés le long des murs décorés d'œuvres d'art contemporain. Fancourt était assis de biais sur un divan rouge vif, un bras posé sur le dossier, une jambe légèrement levée. De toute évidence, il voulait paraître décontracté. Le tableau pointilliste de Damien Hirst accroché derrière sa tête lui faisait une auréole fluorescente.

L'écrivain avait une grosse touffe de cheveux poivre et sel, des traits marqués et de profondes rides autour de la bouche. Il sourit en voyant approcher Strike. Ce n'était pas le genre de sourire dont il aurait gratifié un égal (sa posture faussement sereine, son expression revêche étaient là pour le confirmer), mais une façon de se présenter sous un jour favorable.

« Mr Strike. »

Peut-être songea-t-il un instant à se lever pour l'accueillir mais, comme la plupart des hommes plus petits que Strike, il renonça à souligner leur différence de taille et de corpulence et resta vissé à son siège. Ils se serrèrent la main par-dessus la petite table en bois. Strike chercha en vain un fauteuil à sa portée mais n'en vit aucun. Et comme il n'envisageait pas de s'asseoir à côté de Fancourt sur le sofa – une position bien trop intime, surtout avec le bras de l'écrivain posé sur le dossier –, il finit par opter pour un pouf rond, certes solide mais peu adapté à sa morphologie et à son handicap.

À la table voisine, Strike reconnut un homme au crâne rasé, ancienne star de sitcom récemment reconvertie dans un rôle de soldat pour une dramatique de la BBC, qui se confessait bruyamment à ses deux compagnons. Fancourt et Strike commandèrent à boire mais refusèrent les cartes qu'on leur proposait. Fancourt n'avait pas faim et Strike ne pouvait que s'en féliciter, étant donné l'état de ses finances.

« Ça fait longtemps que vous êtes membre de ce club ? lui demanda-t-il quand le garçon fut parti.

— Depuis sa création. J'étais l'un des premiers investisseurs. Ce club me convient parfaitement. Je peux même y dormir en cas de besoin. Il y a des chambres en haut. »

Fancourt dardait sur Strike un regard volontairement intense.

« J'avais hâte de vous rencontrer. Le héros de mon prochain roman est un vétéran de la prétendue guerre contre le terrorisme. Je vous consulterai bien volontiers une fois que nous en aurons terminé avec Owen Quine. »

Strike connaissait les ficelles dont se servaient les gens célèbres pour manipuler autrui. Rick, le père guitariste de Lucy – moins célèbre que celui de Strike et que Fancourt, mais suffisamment pour qu'on le reconnaisse dans la rue –, lui avait raconté qu'un jour, alors qu'il faisait la queue devant un glacier à St Mawes, une femme d'âge mûr s'était écriée en tremblant de tous ses membres : « Dieu du ciel – mais qu'est-ce que vous faites là ? » Quand Strike était adolescent, Rick lui avait confié que pour draguer les filles, il suffisait de leur dire que vous écriviez une chanson sur elles. Alors, quand Fancourt disait qu'il s'inspirerait de Strike pour son prochain roman, il ne fallait voir là qu'une variation sur le même thème. Manifestement, il n'avait pas compris que le détective se moquait éperdument de voir son nom apparaître dans un livre – ce qui lui était déjà arrivé, d'ailleurs. Aussi Strike le remercia-t-il d'un petit hochement de tête avant de sortir son calepin.

« Ça vous ennuie ? J'ai inscrit dessus les questions que je voudrais vous poser.

— Mais je vous en prie », dit Fancourt, amusé.

Il posa près de lui le numéro du *Guardian* qu'il lisait avant l'arrivée de Strike. On y voyait la photo d'un vieux monsieur ridé à l'allure distinguée. Le journal était à l'envers mais, pour le reconnaître, Strike n'eut pas besoin de la légende : *Pinkelman a quatre-vingt-dix ans.*

« Ce cher vieux Pinks, s'exclama Fancourt en suivant le regard de Strike. Nous donnons une petite fête en son honneur au Chelsea Arts Club, la semaine prochaine.

— Ah oui ? dit Strike en cherchant un stylo.

— Il connaissait mon oncle. Ils avaient fait leur service militaire ensemble, précisa Fancourt. Quand j'ai écrit mon premier roman, *Bellafront* – je sortais à peine d'Oxford –, mon pauvre vieil oncle, voulant se rendre utile, a envoyé le manuscrit à Pinkelman, le seul écrivain qu'il eût jamais fréquenté. »

Il parlait lentement, en articulant bien, comme si un secrétaire invisible prenait son discours en sténo. Cette histoire n'avait rien de spontané, songea Strike, on aurait dit qu'il l'avait répétée maintes et maintes fois. Peut-être était-ce le cas, vu le nombre d'interviews qu'il accordait.

« Pinkelman – qui venait de pondre la saga des *Merveilleuses Aventures de Bunty* – n'a pas compris un traître mot de ma prose, poursuivit Fancourt. Mais pour faire plaisir à mon oncle, il l'a envoyé chez Chard Books où il a atterri, tout à fait par hasard, sur le bureau de la seule personne capable de l'apprécier.

— Sacré coup de bol », commenta Strike.

Le garçon revint avec du vin pour Fancourt et un verre d'eau pour Strike.

« Et je suppose que c'est pour lui renvoyer l'ascenseur que vous avez présenté Pinkelman à votre agent ?

— En effet, acquiesça Fancourt avec un hochement de tête condescendant, digne d'un professeur satisfait de voir que son élève a bien suivi le cours. À l'époque, Pinks était avec un agent peu scrupuleux qui "oubliait" de lui verser ses droits d'auteur. Quoi qu'on puisse dire par ailleurs d'Elizabeth Tassel, il faut reconnaître qu'elle est honnête – sur le plan des rapports financiers, du moins, se reprit Fancourt en sirotant son verre de vin.

— Je suppose qu'elle participera à la réception donnée en l'honneur de Pinkelman ? dit Strike en surveillant la réaction de Fancourt. Elle le représente toujours, n'est-ce pas ?

— La présence de Liz ne m'ennuie pas particulièrement. S'imaginerait-elle que j'éprouve encore de l'animosité contre elle ? demanda Fancourt avec un sourire acide. Je ne songe même plus à elle depuis des années.

— Pourquoi a-t-elle refusé de virer Quine quand vous le lui avez demandé ? »

Strike ne voyait pas pourquoi il n'attaquerait pas bille en tête un homme qui, dix secondes après avoir fait sa connaissance, envisageait déjà de le revoir pour écrire un livre.

« Je ne lui ai jamais demandé une chose pareille, répliqua Fancourt assez posément pour ne pas affoler le sténographe invisible qui notait ses paroles. Je lui ai simplement expliqué que je ne pouvais pas collaborer avec elle tant que Quine appartiendrait à son agence. Et je suis parti.

— Je vois, fit Strike qui avait l'habitude des réponses alambiquées. Pour quelle raison vous a-t-elle laissé partir, d'après vous ? Vous étiez un plus gros poisson que Quine, non ?

490

— Je crois pouvoir affirmer sans risque d'erreur que j'étais le barracuda et Quine l'épinoche, grimaça Fancourt. Mais, voyez-vous, Liz et Quine couchaient ensemble.

— Vraiment ? Je l'ignorais, dit Strike en sortant la pointe de son stylo à bille.

— Un jour, Liz a débarqué à Oxford. C'était une grande fille robuste qui aidait son père à castrer les taureaux et autres bestiaux dans je ne sais quelle ferme du Nord. Elle essayait à tout prix de se faire déniaiser, mais personne n'avait envie de se dévouer. Elle avait jeté son dévolu sur moi, un très gros dévolu – nous partagions le même tuteur, croustillante intrigue amoureuse à la mode jacobéenne –, mais je n'étais pas assez altruiste pour la soulager de sa virginité. On est restés amis. Et quand elle a créé son agence, je lui ai présenté Quine, lequel se contentait de peu, sexuellement parlant. L'inévitable s'est produit.

— Très intéressant, dit Strike. C'est de notoriété publique ?

— J'en doute. Quine était déjà marié à sa... eh bien, à sa meurtrière. Je présume qu'on doit l'appeler ainsi à présent, non ? dit-il pensivement. En matière de relations intimes, "meurtrière" est plus fort que "femme". Enfin bref, j'imagine que Liz l'a menacé des pires représailles s'il commençait à se répandre à tort et à travers, comme il en avait l'habitude. Il faut dire qu'elle espérait toujours me séduire. »

Était-ce de la vanité, un simple état de fait ou un mélange des deux ? se demanda Strike.

« Elle ne cessait de me regarder avec ses gros yeux de génisse, elle attendait, elle espérait..., dit Fancourt, la bouche tordue par un mauvais rictus. Après la mort d'Ellie, elle a compris que je ne lui céderais jamais, même acculé au désespoir. Et comme, à mon sens, elle ne supportait pas l'idée de demeurer célibataire toute sa vie, elle est restée avec son mec.

— Après avoir quitté son agence, vous est-il arrivé de parler à Quine ? demanda Strike.

— Durant les premières années qui ont suivi la mort d'Ellie, il s'enfuyait dès qu'il me voyait entrer dans un bar. Finalement, il a trouvé le courage de ne plus changer de trottoir. Quand on s'apercevait au restaurant, il ne bougeait pas de son siège mais me surveillait du coin de l'œil. Non, je ne crois pas lui avoir adressé la parole depuis, dit Fancourt comme si le sujet l'indifférait totalement. Vous avez été blessé en Afghanistan, n'est-ce pas ?

— Oui. »

Ces regards intenses fonctionnaient peut-être avec les femmes, songea Strike. Peut-être qu'Owen Quine avait fixé Kathryn Kent et Pippa Midgley avec la même avidité vampirique le jour où il leur avait dit qu'elles apparaîtraient dans *Bombyx Mori*… et qu'elles avaient frissonné de plaisir à l'idée qu'une partie d'elles-mêmes serait à jamais gravée dans le marbre d'un roman…

« Comment est-ce arrivé ? insista Fancourt, les yeux posés sur les jambes de Strike.

— Bombe artisanale. Parlons de Talgarth Road. Vous et Quine étiez copropriétaires de la maison. Il a bien fallu que vous communiquiez. Vous ne vous êtes jamais croisés sur place ?

— Jamais.

— Vous avez quand même dû inspecter les lieux, non ? La maison vous appartient depuis… quoi ?

— Vingt, vingt-cinq ans, quelque chose comme ça, dit Fancourt d'un air dégagé. Non, je n'y ai pas mis les pieds depuis la mort de Joe.

— Je suppose que la police vous a interrogé sur la femme qui pense vous avoir vu à l'extérieur le 8 novembre ?

— Oui. Cette personne s'est trompée. »

À côté d'eux, l'acteur de sitcom continuait sa péroraison : « … croyais avoir compris le truc mais je ne voyais pas vers où j'étais censé courir, avec du sable plein les yeux… »

492

« Donc vous n'êtes pas allé dans cette maison depuis 1986 ?

— Non, s'énerva Fancourt. Ni Owen ni moi ne voulions de cette baraque.

— Et pourquoi donc ?

— Parce que notre ami Joe y était mort dans des circonstances particulièrement sordides. Il détestait les hôpitaux, refusait de se soigner. Quand il est tombé dans le coma, l'endroit était dans un état immonde et lui, autrefois beau comme un dieu, n'était plus qu'un sac d'os, sa peau... une fin horrible... et, pour couronner le tout, Daniel Ch... »

Le visage de Fancourt se figea. Ses mâchoires remuaient bizarrement ; on aurait dit qu'il ruminait littéralement les paroles laissées en suspens. Strike attendit la suite.

« Dan Chard est un homme intéressant, reprit Fancourt en tâchant de se sortir de l'ornière où il s'était enfoncé de lui-même. Je trouve que son personnage dans *Bombyx Mori* aurait mérité un peu plus de subtilité. Mais je doute que les universitaires du futur s'intéresseront à ce roman pour sa finesse psychologique, pas vrai ? ajouta-t-il dans un petit rire.

— Et vous, comment auriez-vous décrit Daniel Chard ? » demanda Strike.

Désarçonné, Fancourt s'accorda un instant de réflexion.

« Dan est l'être le plus insatisfait que je connaisse. C'est un homme compétent dans un métier qui lui déplaît. Il éprouve un désir irrépressible pour le corps des jeunes gens mais ne peut se résoudre qu'à les dessiner. Il est bourré d'inhibitions, il se dégoûte, ce qui explique sa stupide réaction hystérique devant la caricature qu'Owen a faite de lui. Dan a été dominé par une mère castratrice, une mondaine qui rêvait que son fils, pourtant affligé d'une timidité maladive, prenne en charge les affaires familiales. Je pense qu'il y a là de quoi écrire quelque chose d'intéressant.

— Pourquoi Chard a-t-il refusé le livre de North ? » enchaîna Strike.

Fancourt se remit à ruminer, avant de répondre : « J'aime bien Daniel Chard, vous savez.

— J'avais pourtant l'impression que vous étiez un peu en froid, à un moment.

— D'où tenez-vous cette idée ?

— Quand vous avez pris la parole, à la fête d'anniversaire chez Roper Chard, vous avez dit que vous n'auriez jamais pensé vous retrouver ici un jour.

— Ah, vous y étiez ? » s'étonna Fancourt, et quand Strike opina, il lui demanda : « Pourquoi ?

— Je cherchais Quine. Sa femme m'avait engagé pour le retrouver.

— Alors qu'elle savait précisément où il était, comme nous l'avons appris dernièrement.

— Non, je ne suis pas d'accord.

— Vous êtes sérieux ? dit Fancourt en inclinant sa grosse tête vers son épaule.

— On ne peut plus sérieux. »

Fancourt leva les sourcils et passa quelques instants à examiner Strike comme une curiosité exposée dans une vitrine.

« Donc, vous n'en avez pas voulu à Daniel Chard d'avoir refusé le livre de North ? » reprit Strike.

Fancourt réfléchit et dit : « Eh bien si, je lui en ai voulu. Lui seul sait pourquoi il a soudain changé d'avis après avoir promis de lui signer un contrat. Moi, je ne puis que supposer. La presse avait fait tout un foin autour de l'homosexualité de Joe, suscitant l'indignation d'une partie de l'opinion devant ce livre sans concession que Dan se proposait de publier. Il n'avait pas compris que le sida de Joe s'était déclaré. Il a été pris de panique. Il ne voulait pas être associé à des histoires de backroom et de sida, alors il a dit à Joe qu'il renonçait à sortir son roman. Ce fut un acte de pure lâcheté. Owen et moi... »

Nouvelle pause. Combien de temps s'était-il écoulé depuis que Fancourt et Quine avaient mis leur amitié entre parenthèses ?

« Owen et moi estimions que ce coup lui avait été fatal. Joe ne pouvait presque plus tenir un stylo, il était quasiment aveugle, mais il tentait désespérément d'achever son livre avant de mourir. C'était la seule chose qui le maintenait en vie. Puis la lettre de Chard est arrivée, Joe a cessé d'écrire, et quarante-huit heures plus tard, il était mort.

— Ce n'est pas sans ressemblance avec ce qui est arrivé à votre première épouse.

— Ça n'a strictement rien à voir, dit Fancourt.

— Pourquoi ?

— Le livre de Joe était infiniment meilleur. »

Encore une pause, plus longue cette fois.

« Si l'on considère la chose d'un point de vue purement littéraire, bien entendu, reprit Fancourt. Mais, bien entendu, ce n'est pas le seul. »

Il termina son verre de vin et leva la main pour demander au barman de le resservir. L'acteur d'à côté avait à peine repris son souffle et parlait toujours. « ... qu'il m'a dit : "... l'authenticité, tu parles ! Qu'est-ce que tu veux que je fasse, que je me coupe le bras ?" »

« Cette période a dû être très pénible pour vous, dit Strike.

— Oui, répondit Fancourt. Oui, je crois qu'on peut employer ce terme.

— Vous avez perdu un ami très cher et une épouse à... quoi... quelques mois de distance ?

— Quelques mois, oui.

— Vous n'avez pas cessé d'écrire ?

— Non, dit Fancourt en partant d'un rire hystérique et méprisant, je n'ai pas cessé d'écrire. C'est mon métier, cher monsieur. C'est comme si je vous demandais si vous cessiez de servir dans l'armée quand vous aviez des problèmes personnels.

— Bien sûr, répondit Strike sans animosité. Qu'écriviez-vous ?

— Un roman qui n'a jamais été publié. Je l'ai abandonné pour pouvoir terminer celui de Joe. »

Le garçon posa le deuxième verre devant Fancourt et s'éclipsa.

« Est-ce que le livre de North a eu besoin d'un gros travail de réécriture ?

— Presque rien, dit Fancourt. Joe avait du talent. J'ai enlevé quelques lourdeurs, j'ai remanié la fin. Il avait laissé des notes sur la manière dont il comptait procéder. Puis je l'ai remis à Jerry Waldegrave, qui bossait pour Roper. »

Strike se rappela les confidences de Chard au sujet des relations très intimes de Fancourt avec l'épouse de Waldegrave. Aussi redoubla-t-il de prudence.

« Aviez-vous déjà eu affaire à Waldegrave ?

— Jamais pour mes propres ouvrages, mais je le connaissais de réputation. C'était quelqu'un de doué et je savais qu'il appréciait Joe. Nous avons travaillé ensemble sur *Vers la cible*.

— Il a fait du bon boulot, n'est-ce pas ? »

Son bref accès de mauvaise humeur n'était plus qu'un souvenir. Fancourt semblait même se divertir devant le tour que prenaient les questions de Strike.

« Oui, fit-il en prenant une gorgée de vin. Très bon.

— Mais depuis que vous êtes revenu chez Roper Chard, vous ne voulez plus travailler avec lui ?

— Pas vraiment, non, dit Fancourt sans cesser de sourire. Il boit beaucoup trop.

— D'après vous, pour quelle raison Quine a-t-il mis Waldegrave dans *Bombyx Mori* ?

— Comment voulez-vous que je le sache ?

— Apparemment, Waldegrave s'est bien comporté avec Quine. J'ai du mal à comprendre qu'il l'ait attaqué si férocement.

— Vraiment ? demanda Fancourt en observant Strike.

— Tous les gens avec qui j'ai parlé semblent avoir un regard différent sur le personnage du Coupeur.

— Ah bon ?

— La plupart sont choqués par la caricature de Waldegrave. Ils estiment qu'il ne mérite pas tant d'acharnement. Daniel Chard croit que le Coupeur constitue la preuve que Quine avait un collaborateur.

— Qui diable aurait pu collaborer avec Quine sur *Bombyx Mori* ? ricana Fancourt.

— Il a quelques idées là-dessus. Waldegrave, quant à lui, est persuadé que le Coupeur est une attaque contre vous.

— Pourtant je suis Vantard, répliqua Fancourt benoîtement. Tout le monde sait cela.

— Dans ce cas, pourquoi Waldegrave pense-t-il que vous êtes le Coupeur ?

— Vous n'avez qu'à le lui demander, dit Fancourt sans se départir de son sourire. Mais j'ai l'étrange impression que vous le savez déjà, Mr Strike. Et laissez-moi vous dire ceci : Quine se trompait lourdement – comme il aurait dû s'en apercevoir. »

Impasse.

« Donc, durant toutes ces années, vous n'avez pas réussi à vendre Talgarth Road ?

— Il était très difficile de trouver un acquéreur répondant aux conditions posées dans le testament de Joe – Joe avait un côté Don Quichotte. C'était un romantique, un idéaliste. J'ai décrit mes sentiments à ce sujet – l'héritage, le fardeau qu'il représentait pour nous, son caractère poignant – dans *La Maison du Val*, dit Fancourt à la manière d'un conférencier recommandant la lecture d'ouvrages complémentaires. Owen a exposé sa propre opinion, si je puis m'exprimer ainsi, ajouta-t-il avec un léger rictus, dans *Les Frères Balzac*.

— Il parle de la maison de Talgarth Road dans *Les Frères Balzac* ? s'étonna Strike à qui cet aspect avait échappé au cours des cinquante pages qu'il avait lues.

— L'action s'y déroule, en effet. Mais en vérité, il y est surtout question de nos relations à tous les trois. Le cadavre dans le coin, c'est Joe. Owen et moi sommes les deux autres personnages, déterminés à suivre son exemple, à donner un sens à sa mort. Cela se passe dans l'atelier où vous avez trouvé le corps d'Owen – enfin, d'après ce que j'ai lu dans la presse. »

Fancourt semblait attendre une confirmation qui ne vint pas. Strike continuait à prendre des notes.

« Le critique Harvey Bird a dit au sujet des *Frères Balzac* : "Un roman effroyable qui vous crispe, vous laisse pantois et vous remue les tripes."

— Je me rappelle juste qu'on s'y tripote énormément les couilles », dit Strike. Fancourt se mit à glousser comme une collégienne.

« Alors vous l'avez lu ? Oui, Owen était obsédé par ses couilles. »

L'acteur à côté d'eux s'était enfin arrêté pour respirer, si bien que dans le silence retrouvé, les paroles de Fancourt résonnèrent fortement. Strike sourit. L'acteur et ses deux compagnons de table dévisagèrent Fancourt qui les toisa d'un air revêche. Les trois hommes reprirent vite leur discussion.

« C'était vraiment une idée fixe, dit Fancourt en se retournant vers Strike. Un truc à la Picasso, vous voyez ? Ses testicules étaient soi-disant la source de sa puissance créatrice. Il était obsédé, autant dans son œuvre que dans sa vie, par le machisme, la virilité, la fertilité. D'aucuns pourraient trouver cela étrange chez un homme qui aimait se faire attacher et dominer. Personnellement, je vois cela comme un corollaire… le yin et le yang. Vous avez remarqué les noms qu'il nous a donnés dans le roman ?

— Vas et Varicocèle », répondit Strike. De nouveau, il décela une légère surprise dans le regard de Fancourt, qui devait trouver curieux qu'un homme ayant la dégaine de Strike puisse lire des livres et retenir ce qu'il y avait dedans.

— Le *vas* – alias Quine – est le canal déférent qui mène le sperme des couilles au pénis – la force créatrice, la puissance, la santé. Et la *varicocèle* est une dilatation douloureuse d'une veine dans le testicule, menant parfois à la stérilité. Allusion grossière, typiquement quinesque, au fait que j'ai attrapé les oreillons peu après la mort de Joe, et que j'étais trop mal en point pour assister à ses funérailles, mais aussi au fait que – vous le faisiez remarquer – j'écrivais dans un contexte difficile, à l'époque.

— Vous étiez encore amis, en ce temps-là ?

— Quand il a démarré son livre, nous étions – en théorie – toujours amis, dit Fancourt en tordant les lèvres. Mais les écrivains sont une drôle d'engeance, Mr Strike. Si vous cherchez des amitiés sincères, généreuses et pérennes, engagez-vous dans l'armée et apprenez à tuer. Si vous préférez les liens éphémères avec des gens qui exercent le même métier que vous et se réjouiront de tous vos échecs, écrivez des romans. »

Strike sourit. Fancourt ajouta avec désinvolture : « *Les Frères Balzac* ont suscité des articles particulièrement saignants.

— Vous en avez écrit certains ?

— Non.

— Vous viviez avec votre première épouse, à cette époque-là ?

— C'est exact. » Le visage de Fancourt tressaillit comme le flanc d'un cheval quand une mouche s'y pose.

« Je m'efforce seulement d'établir la chronologie des événements. Vous avez perdu votre première épouse peu après la mort de North, c'est cela ?

— Les euphémismes dont on se sert pour évoquer la mort sont franchement intéressants, ne trouvez-vous pas ? repartit Fancourt. Je ne l'ai pas "perdue". Bien au contraire, j'ai trébuché sur son corps dans l'obscurité. Je l'ai trouvée raide morte sur le carrelage de la cuisine, la tête dans le four.

— Je suis désolé, dit Strike pour la forme.

— Oui, bon… »

Fancourt commanda un autre verre. Strike savait que leur entretien était parvenu à un moment charnière. Soit Fancourt se répandrait en confidences, soit il se tairait à jamais.

« Avez-vous jamais parlé à Quine de la parodie qui a poussé votre femme au suicide ?

— Je vous l'ai déjà dit. Dès la mort d'Ellie, je ne lui ai plus adressé la parole. Donc non.

— Mais vous êtes sûr qu'il en était l'auteur ?

— Aucun doute là-dessus. Comme beaucoup d'écrivains n'ayant pas grand-chose à dire, Quine était doué pour les pastiches. Je le trouvais même assez drôle quand il retravaillait les textes de Joe. Cela dit, il ne se serait jamais moqué de lui publiquement. Notre fréquentation à tous les deux lui convenait trop bien.

— Quelqu'un a-t-il admis avoir lu la parodie avant sa publication ?

— Personne ne m'en a jamais parlé mais cela n'est guère surprenant, étant donné les conséquences. Liz Tassel m'a juré les yeux dans les yeux qu'Owen ne lui avait pas montré le texte. Mais j'ai entendu dire qu'elle avait lu les épreuves. Je suis sûr qu'elle l'a encouragé à le publier. Liz était mortellement jalouse d'Ellie. »

Il y eut une pause. Puis Fancourt dit en feignant l'indifférence : « Cela paraît inconcevable de nos jours, mais à l'époque, il fallait attendre la sortie des journaux pour voir son œuvre hachée menu. Avec l'invention d'Internet, n'importe quel crétin illettré peut se prendre pour Michiko Kakutani.

— Pourtant Quine a toujours nié en être l'auteur.

— Oui, je sais, ce type n'avait rien dans le ventre, répliqua Fancourt sans s'apercevoir qu'il sombrait dans le mauvais goût. Comme beaucoup de *soi-disant* écrivains à succès, Quine était quelqu'un d'envieux qui faisait tout pour être le meilleur, pour qu'on l'adule. Après la mort d'Ellie, il a eu très peur d'être ostracisé. Et bien entendu, ajouta-t-il avec un plaisir non dissimulé, c'est exactement ce qui s'est passé. À l'époque où il faisait partie de notre trio, Owen vivait par procuration, dans notre aura. Mais quand Joe est mort et que j'ai coupé les ponts, les gens ont vu son vrai visage : celui d'un écrivain doté d'un imaginaire ordurier et d'un style intéressant mais n'ayant aucune idée qui ne fût pornographique. Certains auteurs ne portent en eux qu'un seul bon livre. C'est le cas d'Owen. Il a tout lâché – une expression qui lui aurait plu – dans *Le Péché de Hobart*. Après, il n'a fait que se répéter.

— N'avez-vous pas qualifié *Bombyx Mori* de "chef-d'œuvre d'un maniaque" ?

— Vous l'avez lu dans le journal, n'est-ce pas ? dit Fancourt, à la fois surpris et vaguement flatté. Eh bien, oui, il s'agit là d'une curiosité littéraire. Je n'ai jamais nié qu'Owen savait écrire. Malheureusement, il était incapable de trouver un sujet assez riche et consistant. C'est un phénomène courant. Mais avec *Bombyx Mori,* il le tenait son sujet, n'est-ce pas ? Tout le monde me déteste, tout le monde est contre moi, je suis un génie mais personne ne le voit. Le résultat est d'un grotesque achevé, ça baigne dans le fiel et l'auto-apitoiement mais, tout bien pesé, j'avoue que c'est assez fascinant. Et la langue ! s'enflamma-t-il soudain. La langue est admirable. Certains passages figurent parmi les meilleurs qu'il ait jamais écrits.

— Tout cela m'est très utile », dit Strike.

Fancourt prit un air amusé.

« Comment cela ?

— J'ai le sentiment que *Bombyx Mori* est au cœur de cette affaire.

— Cette affaire ? » répéta Fancourt, intrigué. Il marqua une pause. « Sérieusement, ne me dites pas que vous pensez que l'assassin d'Owen Quine court toujours ?

— Si, je le pense.

— Alors, s'esclaffa Fancourt, ne serait-il pas plus utile d'analyser les écrits du tueur que ceux de la victime ?

— Peut-être bien, mais on ignore si le tueur écrit.

— Oh, presque tout le monde écrit de nos jours. Le monde entier pond des romans, mais personne ne les lit.

— Je suis sûr qu'on lirait *Bombyx Mori*. Surtout si vous rédigiez la préface.

— Vous avez sans doute raison, dit Fancourt avec un grand sourire.

— Quand l'avez-vous lu pour la première fois ?

— C'était peut-être… laissez-moi réfléchir… »

Fancourt sembla se livrer à un calcul mental.

« Pas avant le, euh… vers le milieu de la semaine, après que Quine l'a envoyé. Dan Chard m'a appelé pour me dire que Quine voulait faire croire que c'était moi l'auteur de la parodie du livre d'Ellie. Et il m'a incité à porter plainte avec lui. J'ai refusé.

— Chard vous en a-t-il lu des passages ?

— Non. Il avait trop peur de perdre son écrivain vedette. Non, il a simplement évoqué les allégations de Quine et m'a proposé les services de ses avocats.

— Quand vous a-t-il téléphoné ?

— Dans la soirée du… 7, je crois bien. C'était un dimanche.

— Le jour où vous donniez une interview à la télévision, à propos de votre nouveau roman.

— Vous êtes très bien informé, dit Fancourt en plissant les yeux.

— J'ai vu l'émission.

— Vous savez, avoua Fancourt non sans une pointe de malice, vous n'avez pas l'air d'un homme qui apprécie les émissions culturelles.

— Je n'ai jamais dit que je les appréciais. » Strike ne fut pas étonné de voir l'air réjoui de Fancourt devant sa repartie. « Mais j'ai remarqué une chose : vous avez bafouillé en prononçant le nom de votre première femme, devant la caméra. »

Fancourt se contenta de lorgner Strike par-dessus son verre de vin.

« Vous avez dit "Eff" avant de vous reprendre et de dire "Ellie".

— Eh bien, comme vous dites, j'ai bafouillé. Cela peut arriver au plus éloquent d'entre nous.

— Dans *Bombyx Mori*, votre défunte femme…

— S'appelle Effigie.

— Pure coïncidence.

— Bien évidemment, répliqua Fancourt.

— Parce que le 7 novembre, vous ne pouviez pas savoir que Quine l'avait nommée Effigie.

— Bien sûr que non.

— La maîtresse de Quine possède un exemplaire du manuscrit. Quelqu'un l'a glissé dans sa boîte aux lettres juste après la disparition de Quine. Vous n'auriez pas reçu un exemplaire vous aussi, par hasard ? »

La pause qui suivit dura un peu trop longtemps. Strike sentit craquer le fil ténu qu'il avait réussi à tendre entre eux, mais cela n'avait pas d'importance. Il avait gardé cette question pour la fin.

— Non. Je n'ai rien reçu. »

Fancourt sortit son portefeuille. Apparemment, il avait changé d'avis et ne s'intéressait plus aux souvenirs de guerre de son interlocuteur, ce dont ce dernier n'eut aucun regret. Strike voulut poser un billet sur la table mais Fancourt l'arrêta d'un geste et lui balança avec une agressivité calculée :

« Non, non, c'est pour moi. Les articles de presse vous concernant soulignent le fait que vous avez connu des jours meilleurs. Voyez-vous, cela me rappelle une phrase de Ben Jonson : "Je suis un pauvre gentilhomme, un soldat qui en des temps plus cléments méprisait de tels expédients."

— Vraiment ? rétorqua Strike sur un ton aimable en remettant le billet dans sa poche. Personnellement, j'avais une autre citation en tête :

> *sicine subrepsti mi, atque intestina pururens*
> *ei misero eripuisti omnia nostra bona ?*
> *Eripuisti, eheu, nostrae crudele uenenum*
> *Uitae, eheu nostrae pestis amicitiae.* »

Il observa sans sourciller l'expression stupéfaite qui se peignit sur le visage de Fancourt. Ce dernier finit par retrouver son souffle pour suggérer : « Ovide ?

— Catulle, corrigea Strike en s'appuyant sur la table pour se relever du pouf trop bas. Ce qui signifie approximativement :

> Est-ce ainsi que tu t'es insinué en moi et, me consumant
> les entrailles,
> Que tu m'as arraché, pour mon malheur, tout ce qui nous
> était bon ?
> Tu me l'as arraché, hélas, poison cruel de notre vie,
> Hélas, fléau de notre amitié.

« Eh bien, j'imagine que nous aurons l'occasion de nous revoir », dit Strike en manière de conclusion. Puis, sous le regard médusé de Fancourt, il rejoignit l'escalier en claudiquant.

44.

Déjà, ses alliés et amis forment des troupes
Tels des torrents en furie.

Thomas DEKKER, *Le Noble Soldat espagnol*

CE SOIR-LÀ, Strike passa un long moment sur le divan, dans son salon-cuisine. Il percevait au loin la rumeur de la circulation sur Charing Cross Road et, de temps en temps, les cris étouffés des fêtards célébrant Noël en avance. Il avait retiré sa prothèse et profitait d'un moment de détente. C'était tellement agréable de rester assis en caleçon, le moignon à l'air, avec assez d'analgésiques dans le sang pour oublier un moment la douleur. Un reste de pâtes était figé au fond d'une assiette posée à côté de lui. Le ciel derrière la lucarne virait au bleu sombre velouté, annonçant l'arrivée de la nuit. Et Strike demeurait immobile, bien qu'il fût parfaitement éveillé.

Il lui semblait qu'un temps infini s'était écoulé depuis qu'il avait vu la photo de Charlotte en robe de mariée. Il n'y avait pas songé une seule fois aujourd'hui. Était-ce le signe annonciateur d'une vraie guérison ? Elle avait épousé Jago Ross et Strike était là, tout seul, dans la semi-pénombre, à retourner dans sa tête les complexités d'un meurtre minutieusement prémédité.

À l'abri au fond du sac en plastique, encore à moitié enveloppée dans le cromalin des *Rochers du démon*, la cartouche de machine à écrire gris foncé qu'il avait prise à Orlando était posée sur la table branlante devant lui. Strike était resté à la contempler pendant une bonne demi-heure, comme un enfant le matin de Noël attiré par un gros paquet mystérieux glissé sous le sapin. Mais il s'était bien gardé de la sortir, craignant de détruire les indices. Au moindre soupçon, la police scientifique rejetterait…

Il regarda sa montre. Il s'était promis d'attendre vingt et une heures trente pour appeler. Il y avait des enfants à mettre au lit, une femme à retrouver après une dure journée de travail. Strike avait besoin de temps pour expliquer en détail…

Mais sa patience avait des limites. Il se leva tant bien que mal et descendit laborieusement l'escalier en s'agrippant à la rampe. Tantôt il sautait d'une marche à l'autre sur un pied, tantôt il s'asseyait. Dix minutes plus tard, muni d'un canif et de gants en latex pareils à ceux qu'il avait remis à Robin, il regagnait son appartement et sa place encore chaude sur le divan.

Avec la plus grande prudence, il sortit la cartouche et le papier qui la protégeait et posa le tout sur la table basse en Formica. Puis, osant à peine respirer, il fit jaillir la pointe de son canif et la glissa délicatement sous les quatre centimètres de ruban visible. Tout doucement, il tira pour le dérouler un peu plus. Des caractères inversés apparurent.

YOB EIDDE ERTÎANNOC SIASNEP EJ T

Son soudain afflux d'adrénaline s'exprima par un léger soupir de satisfaction. Il inséra le tournevis de son canif dans le pignon enrouleur de la cartouche et rembobina adroitement la bande sans rien toucher avec les doigts, puis remit tout dans le sac. De nouveau, il consulta sa montre. N'y tenant plus, il saisit son portable et composa le numéro de Dave Polworth.

« Je te dérange ? demanda-t-il quand son vieil ami décrocha.

506

— Non, s'étonna Polworth. Que se passe-t-il, Diddy ?

— J'ai besoin d'un service, mon vieux. Un grand service. »

Cent cinquante kilomètres plus loin, dans son salon de Bristol, l'ingénieur écouta sans l'interrompre le détective expliquer ce qu'il attendait de lui. Quand ce fut terminé, il y eut un long silence.

« Je sais que je te demande beaucoup, reprit Strike en guettant anxieusement les craquements sur la ligne. Je ne sais même pas si ce sera possible, par ce temps.

— Bien sûr que si, dit soudain Polworth. Mais il faut que je regarde mon agenda, Diddy. J'ai deux jours de congé à prendre bientôt… et je ne crois pas que Penny sera ravie si…

— Ouais, je pensais bien qu'il y aurait un problème. Je sais que c'est dangereux.

— Ne m'insulte pas, j'ai fait bien pire, répliqua Polworth. Non, Penny voulait que je l'emmène faire des courses pour Noël, avec sa mère… mais tant pis. Si c'est une question de vie ou de mort…

— Pas loin, répondit Strike en fermant les yeux, le visage enfin détendu. De vie et de liberté.

— En plus, je t'avoue que je ne serais pas fâché d'être exempté du shopping de Noël. C'est comme si c'était fait, Diddy. Et si je trouve quelque chose, je t'appelle, d'accord ?

— N'oublie pas de sortir couvert, mon vieux.

— Va te faire voir. »

Strike laissa tomber son portable sur le divan et se frictionna le visage avec les mains. Il était aux anges. Ce qu'il venait de demander à Polworth était encore plus fou, plus insensé que caresser un requin. Mais son ami avait le goût du risque et le moment était venu de jouer le tout pour le tout.

Avant d'éteindre la lumière, Strike fit une dernière chose. Il relut attentivement les notes prises durant sa conversation avec Fancourt et souligna, d'une main si nerveuse que la pointe du stylo creva le papier, le mot « Coupeur ».

45.

N'as-tu point remarqué la plaisanterie du ver
à soie ?

John WEBSTER, *Le Démon blanc*

LA POLICE SCIENTIFIQUE CONTINUAIT à passer au peigne
fin le domicile des Quine et la maison de Talgarth Road.
Leonora était toujours incarcérée à Holloway. Il n'y
avait plus rien à faire qu'attendre.

Strike avait l'habitude de rester des heures dans le froid
à surveiller des fenêtres obscures, à filer des inconnus sans
visage ; l'habitude des gens qui ne décrochaient pas leur téléphone, n'ouvraient pas leur porte, vous regardaient d'un air
impassible en jurant n'avoir rien remarqué. Dans ce métier, il
fallait savoir prendre son mal en patience. Mais en ce moment,
cette routine familière connaissait une légère variante. Quoi
qu'il fît, où qu'il allât, Strike entendait en fond sonore une
petite voix qui gémissait d'angoisse.

On avait beau garder ses distances, certaines personnes, certaines injustices vous touchaient plus que d'autres. Leonora
emprisonnée, son visage blême couvert de larmes. Orlando
abandonnée, vulnérable, privée de ses deux parents. Robin avait
punaisé le rouge-gorge au-dessus de son bureau, et l'oiseau,

depuis son perchoir, observait le détective et son assistante occupés sur d'autres affaires. Il leur rappelait qu'à Ladbroke Grove, une jeune fille aux cheveux bouclés attendait toujours que sa mère rentre à la maison.

Robin avait enfin une vraie mission. Et pourtant, ça commençait mal. Deux jours plus tôt, elle était revenue bredouille, malgré tous ses efforts. Son patron lui avait recommandé d'être très prudente, on ne devait pas la reconnaître ni même la remarquer. Il s'était abstenu de préciser qu'une fille aussi jolie qu'elle aurait du mal à passer inaperçue, même avec un bonnet enfoncé sur ses cheveux cuivrés.

« Pourquoi toutes ces précautions ? lui dit-elle en rentrant, bien qu'elle eût suivi ses instructions à la lettre.

— N'oublions pas le genre d'individu auquel nous avons affaire, Robin, rétorqua-t-il, le ventre noué par l'appréhension. Quine ne s'est pas éviscéré tout seul. »

Certaines de ses craintes étaient étrangement confuses. Bien sûr, il redoutait que le tueur ne s'en sorte malgré tout, ne passe au travers des mailles du filet qu'il s'évertuait à tisser. Son raisonnement reposait essentiellement sur des fondements théoriques et, sans preuves tangibles, bien ancrées dans la réalité, la police et la défense n'en tiendraient aucun compte. Mais Strike était inquiet pour d'autres raisons aussi.

Il détestait qu'Anstis l'appelle Mystic Bob et pourtant, en ce moment, il sentait le danger se rapprocher presque aussi nettement que le jour où la bombe artisanale avait détruit le char Viking, en Afghanistan. C'était la même certitude, la même évidence. Les gens auraient parlé d'intuition, mais Strike savait que c'était autre chose. Son inconscient avait détecté des signes impalpables, des points qu'un fil invisible reliait entre eux. D'un monceau d'indices divers et variés, une image émergeait, une image sombre, terrifiante : celle d'un tueur obsessionnel, enragé, doté d'un esprit perturbé mais brillant et calculateur.

Plus le temps passait, plus Strike s'acharnait à refermer le cercle autour de sa cible, plus ses questions se faisaient précises, et plus le tueur pouvait sentir la menace qui planait sur lui. Strike était capable de détecter et de repousser des attaques, mais comme on avait affaire à un malade à l'esprit inventif, amateur de supplices particulièrement cruels, il fallait s'attendre au pire.

Les courtes vacances de Polworth s'achevèrent sans qu'il obtienne de résultat tangible, lui non plus.

« Pas question d'abandonner », dit-il à Strike au téléphone. Curieusement, au lieu de le décourager, l'échec de sa mission le rendait plus opiniâtre. « Lundi, je me fais porter pâle. Je veux réessayer.

— Je ne peux pas te demander ça, marmonna Strike. Le trajet...

— C'est moi qui te le propose, espèce d'unijambiste ingrat.

— Penny va t'étriper. Et ses courses de Noël ?

— Et moi alors ? Tu penses à moi ? Pour une fois que j'ai l'occasion de foutre la honte à la police londonienne, dit Polworth qui, par principe, détestait la capitale et ses habitants.

— Tu es un vrai copain, mon vieux. »

Quand ils eurent raccroché, Strike vit Robin sourire.

« Qu'est-ce qu'il y a de drôle ?

— "Mon vieux", dit-elle. Ça fait un peu potache. Rien à voir avec Strike.

— Dave n'est pas juste un copain d'enfance », répliqua Strike avant de se lancer dans l'histoire du requin. Il en était à la moitié de son récit lorsque son portable sonna de nouveau : numéro inconnu. Il décrocha.

« C'est bien Cameron... euh... Strike ?

— Lui-même.

— Jude Graham à l'appareil. La voisine de Kath Kent. Elle est rentrée, claironna-t-elle.

— Bonne nouvelle, se réjouit Strike en levant le pouce devant Robin.

— Ouais, ce matin. Elle est avec quelqu'un. Je lui ai demandé où elle était passée mais elle n'a rien voulu dire. »

Strike se rappela que Jude Graham le croyait journaliste.

« Ce quelqu'un est-il un homme ou une femme ?

— Une femme, dit-elle comme à regret. Grande, maigre, très brune. C'est pas la première fois que je la vois chez elle.

— Vous m'avez grandement aidé, Miss Graham, dit Strike. Je mettrai un… un petit quelque chose dans votre boîte pour vous remercier du dérangement.

— Super, dit joyeusement la voisine. Merci bien. »

Elle raccrocha.

« Kath Kent est de retour, annonça Strike. Et on dirait que Pippa Midgley loge chez elle.

— Ah, fit Robin malicieusement. Je… J'imagine que maintenant, vous regrettez de l'avoir à moitié étranglée. »

Strike sourit d'un air dépité.

« Elles ne voudront jamais me parler.

— Le contraire m'étonnerait, confirma Robin.

— Elles sont trop contentes que Leonora soit sous les verrous.

— Mais si vous leur exposez votre théorie, sait-on jamais… » suggéra Robin.

Strike se caressa le menton en regardant Robin comme si elle était transparente.

« Impossible, dit-il enfin. Il faut absolument éviter les fuites. Sinon, je risque de me retrouver avec un couteau planté dans le dos, au détour d'une rue obscure.

— Vous êtes sérieux ?

— Robin, vous avez tendance à oublier que Quine a été ligoté et éviscéré », rétorqua Strike.

Il s'approcha du canapé et s'assit sur l'accoudoir, lequel grinça moins que les coussins mais gémit quand même sous son poids.

« Pippa Midgley vous aime bien, suggéra-t-il.

— C'est bon, j'y vais, répondit Robin sans hésiter.

— Pas toute seule. Vous pourriez peut-être me servir d'intercesseur ? Que diriez-vous de ce soir ?

— Ça marche ! » dit-elle, enthousiasmée.

Matthew et elle avaient établi de nouvelles règles de vie. L'occasion ne s'était pas encore présentée de les tester, mais il fallait bien commencer un jour. Aussi décrocha-t-elle son téléphone avec un certain optimisme. Quand elle lui annonça qu'elle rentrerait sans doute tard ce soir, Matthew ne sauta pas de joie mais ne trouva rien à redire.

Ainsi, à dix-neuf heures, après avoir mis au point une tactique d'approche, Strike et Robin sortirent dans le froid en direction de Stafford Cripps House. Robin partit la première, Strike dix minutes après.

La bande de jeunes avait repris ses marques sur la dalle de béton devant l'immeuble. Quand Strike était venu, deux semaines avant, il avait eu droit à des regards méfiants ; pour Robin, ce fut une autre affaire. Tandis qu'elle marchait vers l'escalier, l'un d'entre eux commença à se dandiner devant elle, lui proposant de venir s'éclater avec lui, lui disant qu'elle était belle, et comme elle ne répondait pas, il se moqua d'elle pendant que ses potes restés à l'écart se marraient en parlant de son cul. Dans la cage d'escalier en ciment, l'écho de ses bêtises résonnait sinistrement. Il devait avoir à peine dix-sept ans.

« Laissez-moi passer », dit-elle d'un ton sévère. Pour faire rigoler ses copains, le gamin se vautra en travers des marches en lui barrant le chemin. *Ce n'est qu'un enfant,* se dit Robin qui sentait déjà des gouttes de sueur perler sur son crâne. *Et en plus, Strike n'est pas loin.* Cette idée lui redonna du courage. « Dégage, s'il te plaît. »

Il réfléchit, lâcha un dernier compliment ironique et s'écarta. Elle s'attendait à ce qu'il la harponne quand elle passerait près de lui, mais non. Il rejoignit rapidement le reste de la bande. Les ados l'abreuvèrent d'obscénités tout le temps qu'elle monta l'escalier mais, voyant qu'ils ne bougeaient pas, elle émergea avec soulagement sur la coursive.

Les lumières étaient allumées dans l'appartement de Kath Kent. Robin s'accorda une seconde pour souffler avant d'appuyer sur la sonnette.

Un instant plus tard, la porte s'entrouvrait. Par les cinq centimètres de fente, elle aperçut une femme d'âge moyen, dotée d'une tignasse rousse.

« Kathryn ?

— Ouais, fit l'autre d'une voix méfiante.

— J'ai une nouvelle de la plus haute importance à vous annoncer. »

(« Ne dites pas : "Il faut que je vous parle", lui avait conseillé Strike, ni "J'ai des questions à vous poser". Quand elle ouvrira, éveillez sa curiosité en lui donnant le sentiment qu'elle a tout intérêt à vous écouter. Évitez de vous présenter tout de suite. Faites-lui comprendre qu'il s'agit d'une nouvelle urgente, qu'elle risque de rater quelque chose si elle vous renvoie. Le but, c'est d'entrer avant qu'elle ait eu le temps de réfléchir. Appelez-la par son prénom. Créez un lien. Ne laissez pas de blanc. »)

« Quoi ? demanda Kent.

— Puis-je entrer ? Il fait froid dehors.

— Qui êtes-vous ?

— C'est important, Kathryn.

— Qui êtes… ?

— Kath ? dit une voix derrière elle.

— Vous êtes journaliste ?

— Je suis une amie, improvisa Robin en posant le bout du pied contre le battant. Je suis venue pour vous aider, Kathryn.

— Hé… »

Robin reconnut le long visage pâle et les grands yeux bruns qui venaient d'apparaître derrière Kath.

« C'est la fille dont je t'ai parlé, dit Pippa. Elle travaille avec lui…

— Pippa, l'interpella Robin en accrochant son regard, vous savez que je suis de votre côté – il s'est passé quelque chose dont je dois vous parler à toutes les deux, c'est urgent… »

Ne restait plus que le talon de son pied à l'extérieur. Robin rassembla toute sa force de persuasion et dit en fixant toujours la jeune femme raide de peur : « Je ne serais pas venue si ce n'était pas terriblement important…

— Laisse-la entrer », lança Pippa à Kathryn. Elle avait l'air effrayée.

Le vestibule était bourré de vêtements accrochés un peu partout. Kathryn conduisit Robin dans un petit salon aux murs nus couleur crème. À travers les rideaux marron, on voyait les lumières des immeubles d'en face et les phares des voitures qui passaient au loin. Un plaid orange d'une propreté douteuse cachait en partie un vieux canapé posé sur un tapis dont les motifs abstraits décrivaient des sortes de spirales. Les restes d'un repas chinois à emporter sur une table en bois blanc. Dans un coin, un ordinateur portable sur un bureau branlant. Quand Robin avait sonné, les deux femmes étaient en train de décorer un petit sapin de Noël en plastique. Son cœur se serra lorsqu'elle vit la guirlande lumineuse par terre et les décorations éparpillées sur l'unique fauteuil, parmi lesquelles une petite vignette chinoise marquée *Futur écrivain célèbre !*

« Qu'est-ce que vous voulez ? demanda Kathryn Kent, les bras croisés, en fusillant du regard sa visiteuse.

— Puis-je m'asseoir ? » Robin n'attendit pas la réponse (« Installez-vous, mettez-vous à l'aise sans toutefois être impolie. Faites en sorte qu'elle ait du mal à vous jeter dehors », avait dit Strike.)

« Qu'est-ce que vous voulez ? » répéta Kathryn Kent.

Debout devant la fenêtre, Pippa dévisageait Robin en tripotant nerveusement une souris habillée en Père Noël.

« Vous savez que Leonora Quine a été arrêtée pour meurtre ? démarra Robin.

— Bien sûr qu'on le sait. C'est moi, répliqua Kathryn en désignant son ample poitrine, moi qui ai trouvé la facture de carte Visa pour les cordes, la burqa et les vêtements de protection.

— Oui, dit Robin. Je sais.

— Des cordes et une burqa ! explosa Kathryn Kent. Il n'en espérait pas tant, hein ? Lui qui la prenait pour une petite… une petite conne ennuyeuse ! Eh bien, regardez ce qu'elle lui a fait !

— Oui, dit Robin. Je sais que les apparences jouent contre elle.

— Comment ça, les apparences… ?

— Kathryn, je suis venue vous mettre en garde : ils croient que c'est quelqu'un d'autre. »

(« Ne dites rien de précis. Ne prononcez pas le mot police, tant que vous pouvez l'éviter. Et pas de mensonges trop énormes. Restez vague », avait dit Strike.)

« Ça veut dire quoi, les apparences ? répéta Kathryn. La police ne… ?

— Comme vous aviez accès à sa carte, ils disent que vous auriez facilement pu en faire une copie… »

Kathryn tourna son regard effaré vers Pippa qui, pâle comme un linge, pétrissait la souris Père Noël.

« Mais Strike sait que vous n'y êtes pour rien, ajouta Robin.

— Qui ça ? dit Kathryn, tellement affolée qu'elle n'arrivait plus à penser.

— Son patron, lui souffla Pippa.

— Lui ! réagit Kathryn en se retournant vers Robin. Mais il bosse pour Leonora !

— Il sait que vous n'y êtes pour rien, répéta Robin. Bien sûr, il trouve un peu bizarre que cette facture ait été en votre possession… Enfin, je veux dire… il est convaincu que vous êtes tombée dessus par has…

— Elle me l'a donné ! l'interrompit Kathryn Kent en remuant les bras dans tous les sens. Sa fille – elle me l'a donné. Pendant des semaines je n'ai même pas regardé ce qu'il y avait derrière. Si je lui ai pris son fichu dessin de merde, c'était pour être gentille, faire croire qu'il me plaisait. J'ai fait ça juste pour être gentille !

— Je comprends, dit Robin. Nous vous croyons, Kathryn, je vous assure. Strike est déterminé à découvrir le vrai coupable. Il n'est pas comme la police. (« Parlez par insinuations, n'affirmez rien. ») Il n'est pas juste braqué sur la femme à qui Quine a peut-être... vous voyez ce que je veux dire... »

Elle lui laissa deviner la suite. *À qui Quine a peut-être demandé de l'attacher.*

Contrairement à son amie, Pippa dissimulait mal ses émotions. Plus crédule, plus timorée, elle observait Kathryn qui blêmissait de rage.

« Peut-être que je me fiche de savoir qui l'a tué ! grogna Kath entre ses dents serrées.

— Mais vous ne voulez pas qu'on arrête...

— C'est vous qui dites qu'ils me soupçonnent ! Je n'ai rien entendu aux informations !

— Eh bien... ce n'est pas très étonnant, non ? répliqua gentiment Robin. La police ne va pas convoquer les journalistes pour leur annoncer qu'ils se sont trompés de...

— Mais c'est bien elle qui l'avait, cette carte de crédit !

— Quine ne s'en séparait jamais. Et sa femme n'est pas la seule personne à y avoir eu accès.

— Comment savez-vous ce que pense la police ?

— Strike a des contacts à Scotland Yard, répondit Robin sans se démonter. Il a combattu en Afghanistan avec l'un des officiers chargés de l'enquête. Richard Anstis. »

En entendant le nom de l'inspecteur qui l'avait interrogée, Kathryn accusa le coup. De nouveau, son regard dériva vers Pippa.

« Pourquoi vous me racontez tout ça ? demanda-t-elle.

— Parce que nous voulons empêcher qu'une autre innocente soit jetée en prison, dit Robin. Parce que nous pensons que la police perd son temps et parce que... » (« dès que vous aurez ferré le poisson, ajoutez une petite dose d'intérêt personnel ; ça paraîtra encore plus plausible ») « ... Cormoran a tout intérêt à mettre la main sur le tueur, bien évidemment, précisa-t-elle en feignant d'avouer une intention coupable.

— Ben voyons, s'écria Kathryn en hochant la tête avec véhémence. Ça ne m'étonne pas. Il cherche à se faire de la pub. »

Ayant fréquenté Owen Quine pendant deux ans, elle en connaissait un rayon sur le sujet.

« Écoutez, nous voulions simplement vous prévenir des soupçons qui pèsent sur vous. Et vous demander un petit coup de main. Mais bien sûr, si vous ne souhaitez pas… »

Robin se leva comme à regret.

(« Une fois que vous lui aurez tout déballé, faites comme si son sort vous importait peu. Normalement, elle devrait vous courir après. »)

« J'ai tout dit à la police, bredouilla Kathryn en levant les yeux vers Robin qui la dominait de quelques centimètres. Je n'ai rien d'autre à ajouter.

— Mais vous ont-ils posé les bonnes questions ? » lui rétorqua Robin en se rasseyant sur le divan, les yeux tournés vers l'ordinateur portable. Elle avait décidé d'improviser. « Vous êtes écrivain, n'est-ce pas ? Vous remarquez les choses mieux que les autres. Personne ne comprenait Quine et son œuvre mieux que vous. »

Kathryn se préparait à répliquer vertement mais ce recours inattendu à la flatterie lui coupa le sifflet. Elle resta la bouche ouverte.

« Alors quoi ? » Son agressivité paraissait maintenant plus feinte que sincère. « Qu'est-ce que vous voulez savoir ?

— Accepteriez-vous que Strike vienne écouter ce que vous avez à dire ? Si vous refusez, il respectera votre choix, ajouta Robin en outrepassant son ordre de mission (Strike n'avait rien dit de tel). Mais il aimerait l'entendre de votre propre bouche.

— Je ne sais pas si j'ai quelque chose d'intéressant à vous dire, fit Kathryn en croisant de nouveau les bras sans parvenir à masquer la vanité qui perçait dans sa voix.

— J'ai bien conscience que c'est pénible pour vous, mais si vous nous aidez à trouver le vrai tueur, sachez que la presse parlera de vous en termes élogieux, cette fois-ci. »

Cette agréable perspective resta quelques secondes suspendue sur la tête de Kathryn – elle se vit entourée de journalistes empressés, admiratifs, des journalistes qui l'interrogeraient peut-être sur son œuvre : *Parlez-moi du* Sacrifice de Melina...

Kathryn jeta un regard en coin à Pippa, qui déclara : « Ce salopard m'a kidnappée !

— Mais tu avais essayé de le poignarder, Pip », la modéra Kathryn. Puis, se tournant anxieusement vers Robin : « Ce n'est pas moi qui l'ai poussée à le faire. Elle était... quand on a vu ce qu'il avait écrit dans son livre... on était toutes les deux... et on pensait qu'il... votre patron... avait été embauché pour nous coincer.

— Je comprends », mentit Robin qui trouvait son raisonnement oiseux. Peut-être Kathryn était-elle devenue parano à force de côtoyer Owen Quine.

« Elle a agi sur un coup de tête, conclut Kathryn en posant sur sa protégée un regard affectueux et gentiment réprobateur. Pip a des accès de mauvaise humeur.

— C'est compréhensible, répondit Robin, toujours aussi hypocrite. Puis-je appeler Cormoran ? Enfin, Strike, je veux dire. Pour lui dire de nous rejoindre ? »

Tout en parlant, elle sortit son portable de sa poche. Strike venait de lui envoyer un texto :

Sur la coursive. Je meurs de froid.

Elle lui répondit :

Attendez 5 minutes.

Il ne lui en fallut que trois. Son air sérieux et compatissant finit par avoir raison des dernières réticences des deux femmes.

Et quand finalement Strike frappa à la porte, Kathryn alla lui ouvrir d'un pas presque guilleret.

Dès qu'il entra, le volume de la pièce sembla diminuer. Strike avait l'air d'un géant à côté de Kathryn, et son allure virile un peu déplacée. Quand elle eut enlevé les décorations qui l'encombraient, l'unique fauteuil parut aussi minuscule qu'un meuble de poupée, face à lui. Pippa se réfugia tout au bout du divan et, perchée sur l'accoudoir, considéra Strike d'un regard où se mêlaient méfiance et terreur.

« Vous voulez boire quelque chose ? » lança Kathryn au colosse qui piétinait les spirales de son tapis. Il avait gardé son pardessus.

« Une tasse de thé, s'il vous plaît. »

Quand son amie disparut dans la petite cuisine, Pippa eut un instant de panique et, redoutant de rester seule avec Strike et Robin, courut la rejoindre.

« Vous avez fait des merveilles, murmura Strike à Robin. Je n'imaginais pas qu'elle m'offrirait du thé.

— Elle est très fière d'être écrivain, lui souffla Robin. Pour elle, ça signifie qu'elle était la seule à le comprendre vraiment... »

Leur échange fut interrompu par le retour de Pippa. Elle déposa une boîte de biscuits sur la table et regagna son perchoir en coulant vers Strike des regards apeurés. Attitude théâtrale qui rappelait leur précédente conversation, après son soi-disant kidnapping.

« C'est très aimable à vous, Kathryn », dit Strike quand le plateau atterrit entre eux. Robin remarqua une inscription sur l'une des tasses : *Clame-toi et relis-toi.*

« On verra, répliqua Kent en profitant de ce qu'il était assis pour le toiser.

— Viens t'asseoir, Kath », lui susurra Pippa. Non sans réticence, Kath décroisa les bras et se posa sur le divan entre Pippa et Robin.

Le plus important à ce stade étant d'entretenir la relation de confiance que Robin avait instaurée, Strike entra doucement en matière et s'embarqua dans un discours qui reprenait celui que son assistante avait tenu. Il évoqua les hésitations des autorités quant à la culpabilité de Leonora, dit que ces mêmes autorités repassaient les indices au crible. Tout cela sans employer le mot police mais en laissant entendre que Scotland Yard dirigeait à présent son attention vers Kathryn Kent. Au même moment, une sirène se mit à hurler dans le lointain. Strike certifia que, pour sa part, il l'estimait exempte de tout soupçon et regrettait que la police ne l'ait pas comprise et écoutée comme il se devait.

« Ouais, ça, je vous le fais pas dire », répliqua-t-elle. Les propos lénifiants de Strike l'avaient légèrement décrispée mais sans plus. Elle prit la tasse *Clame-toi* et dit avec une moue dédaigneuse : « Tout ce qui les intéressait, c'était notre vie sexuelle. »

Strike se rappelait la manière dont Anstis lui avait présenté les choses. Selon lui, Kathryn avait tout déballé dans les moindres détails, et sans se faire prier.

« Votre vie sexuelle ne me concerne pas, dit Strike. Il est évident – pour être tout à fait franc – que Quine ne trouvait pas chez lui ce dont il avait besoin.

— Il ne couchait plus avec elle depuis des années », confirma Kathryn.

Robin préféra se concentrer sur sa tasse de thé, car elle se souvenait des photos représentant Quine attaché que la police avait trouvées dans la chambre de Leonora.

« Ces deux-là n'avaient rien, commun, reprit Kathryn. Il ne pouvait pas lui parler de son travail, vu qu'elle s'en fichait comme d'une guigne. Il nous a dit – n'est-ce pas Pip ? » Elle leva les yeux vers son amie, perchée sur le bras du sofa à côté d'elle. « Il nous a dit qu'elle n'avait jamais vraiment lu ses romans. Il avait besoin de quelqu'un qui soit de son niveau. Moi je comprenais quand il parlait littérature.

— Et moi aussi, intervint Pippa, sortant de son mutisme. Il s'intéressait à la théorie du genre, vous savez. On discutait pendant des heures sur comment je vivais le fait d'être née… enfin dans la peau d'un…

— Oui, il était vraiment soulagé de pouvoir se confier à quelqu'un qui comprenait son travail, répéta Kathryn assez fort pour couvrir la voix de Pippa.

— J'imagine parfaitement, dit Strike en hochant la tête. Mais je suppose que la police n'attachait pas d'importance à cet aspect des choses.

— Eh bien, ils m'ont demandé où je l'avais rencontré. Alors je leur ai dit : à son atelier d'écriture. On a appris à se connaître peu à peu, vous savez, il s'intéressait à ce que j'écrivais…

— … à ce que nous écrivions… », la corrigea Pippa, mais sans forcer la voix.

Visiblement passionné parce qu'elle racontait – à en croire ses hochements de tête –, Strike n'eut pas à insister pour qu'elle explique comment Quine et elle étaient progressivement passés d'une relation élève-professeur à quelque chose de plus intime, sous les yeux de Pippa qui ne les lâchait qu'au seuil de la chambre à coucher.

« J'écris des romans fantastiques à énigme », dit Kathryn. Strike fut surpris et un peu amusé de l'entendre s'exprimer comme Fancourt : avec des formules toutes faites, comme tirées d'une bande-annonce. Il se demanda si beaucoup d'auteurs s'entraînaient à répondre aux questions, à la pause-café, entre deux longues séances d'écriture solitaires. Puis il se rappela que Waldegrave lui avait dit que Quine, de son propre aveu, simulait des interviews en parlant devant un stylo. « En réalité, je fais plutôt dans le genre fantastico-érotique mais ça reste assez littéraire. Et le problème avec les maisons d'édition classiques, c'est qu'elles ne veulent pas prendre de risques. Ces gens n'aiment pas la nouveauté, ils ne recherchent que des textes correspondant à leurs critères de vente. Dès qu'un écrivain mêle les genres, crée quelque chose de radicalement différent, ils n'osent pas... Je sais que *Liz Tassel* (Kathryn prononça ce nom comme celui d'une maladie) a dit à Owen que mon travail était trop *singulier*. Justement, ce qui est génial dans l'édition indépendante, c'est la liberté...

— Ouais, se lança Pippa, impatiente d'ajouter son grain de sel. C'est vrai, pour ce qui est de la fiction, les réseaux indépendants peuvent être le moyen de...

— Sauf que je n'entre dans aucun genre, la coupa Kathryn avec un léger froncement de sourcils. C'est bien ça mon souci...

— ... mais Owen estimait que, pour mon autobiographie, j'aurais tout intérêt à suivre la voie traditionnelle, dit Pippa. Vous savez, il se sentait très concerné par les problèmes d'identité sexuelle. Mon expérience le fascinait. Il m'a présentée à deux autres personnes transgenres et il avait promis d'en toucher un mot à son éditeur. Il pensait qu'avec une bonne campagne de pub... et un témoignage inédit... vous savez...

— Owen a adoré *Le Sacrifice de Melina*. Il était tellement impatient de le lire que, dès que je terminais un nouveau chapitre, il me l'arrachait presque des mains, brama Kathryn. Et il me disait... »

Elle s'arrêta brusquement au milieu de sa phrase. Quant à Pippa, agacée par ses interruptions intempestives, elle parut se dégonfler tout d'un coup. Robin devinait que les deux femmes venaient de se rappeler la triste réalité : d'un côté, Quine les avait encouragées, couvertes de louanges, tandis que de l'autre, il faisait naître les odieux personnages de Harpie et d'Épicène sur sa vieille machine à écrire électrique.

« Donc, il vous parlait de son travail ? relança Strike.

— Un peu, dit Kathryn Kent d'une voix éteinte.

— Combien de temps a-t-il passé sur *Bombyx Mori*, d'après vous ?

— Toute la durée de notre liaison, ou presque.

— Que vous disait-il ? »

Kathryn et Pippa se regardèrent.

« Je lui ai déjà tout expliqué, lui dit Pippa en lançant un coup d'œil appuyé à Strike. Il sait qu'Owen disait que ce serait différent.

— C'est sûr, grogna Kathryn en recroisant les bras. Il s'est bien gardé de nous dire que ce serait comme ça. »

Comme ça... Strike se rappela le liquide brun gluant qui suintait des seins de Harpie. L'une des images les plus révoltantes du livre, à son avis. Surtout quand on savait que la sœur de Kathryn était morte d'un cancer du sein.

« Vous a-t-il donné une idée de l'histoire ? demanda Strike.

— Rien que des mensonges, lâcha Kathryn. C'était soi-disant le périple d'un écrivain ou un truc dans le genre. Mais il a bien dit... il a dit qu'on serait...

— De belles âmes perdues, intervint Pippa que cette expression avait fortement marquée, de toute évidence.

— Exact, confirma Kathryn.

— Vous en a-t-il lu des passages, Kathryn ?

— Non. Il voulait nous faire la... la...

— Oh, *Kath* ! s'écria Pippa d'une voix navrée pendant que Kathryn enfouissait son visage dans ses mains.

— Allons, allons, fit gentiment Robin en cherchant un paquet de mouchoirs dans son sac.

— Non ! » Kathryn se leva brusquement, courut dans la cuisine et revint avec un rouleau d'essuie-tout.

« Il a dit qu'il voulait nous faire la surprise. Cet enfoiré, fulmina-t-elle en se rasseyant. Enfoiré. »

Elle se tamponna les yeux, secoua sa longue crinière rousse. Pippa lui caressa le dos.

« Pippa m'a dit que Quine avait glissé un exemplaire de son manuscrit dans votre boîte aux lettres, reprit Strike.

— Ouais. »

Manifestement, Pippa lui avait déjà avoué son indiscrétion.

« Jude la voisine l'a vu en train de le faire. Une fouille-merde, celle-là, toujours à me surveiller. »

Strike venait de mettre un deuxième billet de vingt dans la boîte aux lettres de ladite voisine, justement pour la remercier de le tenir informé des faits et gestes de Kathryn.

« Quand cela ? demanda-t-il.

— Le 6, très tôt le matin. »

Strike ressentait presque la tension de Robin.

« Les lumières devant votre porte fonctionnaient-elles, à ce moment-là ?

— Les ampoules sont cassées depuis des mois.

— A-t-elle parlé à Quine ?

— Non, elle a juste jeté un coup d'œil par sa fenêtre. Il était deux heures du matin, ou pas loin, elle n'allait pas sortir en chemise de nuit. Mais elle l'avait vu passer des tas de fois. Elle connaissait sa dé… dégaine, ajouta Kathryn dans un sanglot, avec sa stu… stupide cape et son chapeau.

— Pippa disait qu'il avait joint un mot, reprit Strike.

— Ouais… "L'heure de la vengeance a sonné pour nous deux."

— Vous l'avez gardé ?

— Je l'ai brûlé.

— Il vous était adressé personnellement ? "Chère Kathryn…" ?

— Non, dit-elle, juste ça et un foutu "je t'embrasse". L'enfoiré ! sanglota-t-elle.

— Voulez-vous que j'aille nous chercher un petit remontant ? proposa Robin à brûle-pourpoint.

— J'ai un truc dans la cuisine, dit Kathryn d'une voix assourdie par la feuille d'essuie-tout qu'elle pressait contre sa bouche. Pip, va donc le prendre.

— Vous êtes certaine que ce mot venait de lui ? demanda Strike pendant que Pippa se précipitait dans la cuisine.

— C'était son écriture.

— D'après vous, que voulait-il dire par là ?

— J'en sais rien, gémit Kathryn en s'essuyant les yeux. Vengeance pour moi parce qu'il s'était attaqué à sa femme ?

Vengeance pour lui parce que tout le monde était dans le même sac… même moi ? Il n'avait rien dans le ventre, ajouta-t-elle, faisant involontairement écho à la malencontreuse expression de Fancourt. Il aurait pu me dire qu'il ne voulait pas… S'il voulait qu'on rompe… pourquoi faire ça ? Pourquoi ? Je n'étais pas seule dans l'affaire… Pip… il lui faisait croire qu'il se souciait d'elle… Elle a vécu des choses terribles… je veux dire, son livre de souvenirs n'est pas de la grande littérature ni rien, mais… »

Elle se tut en voyant Pippa revenir avec des verres qui s'entrechoquaient et une bouteille de cognac.

« On le gardait pour le pudding de Noël, précisa Pippa en débouchant adroitement la bouteille. Tiens, c'est pour toi, Kath. »

Kathryn saisit le verre bien rempli et avala cul sec. L'alcool sembla produire l'effet escompté. Elle renifla, se redressa. Robin en prit un doigt. Strike déclina l'offre.

« Quand avez-vous lu le manuscrit ? demanda-t-il à Kathryn qui se resservait déjà.

— Le jour même où je l'ai trouvé, le 9, quand je suis revenue prendre quelques fringues. J'avais passé trois jours au chevet d'Angela, à l'hôpital, vous voyez… Owen ne répondait plus à mes appels depuis la nuit des feux d'artifice, alors qu'il savait très bien qu'Angela allait vraiment mal, je lui avais laissé des messages. Alors, quand je suis rentrée à la maison et que j'ai trouvé le manuscrit éparpillé par terre, j'ai pensé : c'est pour ça qu'il ne répondait pas, il voulait que je le lise d'abord. Je l'ai emporté à l'hôpital et je l'ai lu sur place, pendant que je veillais Angela. »

Robin préférait ne pas imaginer ce qu'elle avait dû ressentir devant la description qu'avait faite d'elle son amant alors même qu'elle assistait sa sœur dans ses derniers instants.

« J'ai appelé Pip… c'est ça ? » dit Kathryn. Pippa hocha la tête. « Et je lui ai dit ce qu'il avait fait. J'ai réessayé de le joindre mais il ne répondait toujours pas. Et, après qu'Angela

525

est morte, j'ai pensé : tu perds rien pour attendre, je vais te faire ta fête. » Le cognac avait coloré les joues pâles de Kathryn. « J'ai foncé chez eux, mais quand je l'ai vue – sa femme –, j'ai compris qu'elle disait la vérité. Il n'était pas là. Alors je lui ai demandé de lui dire qu'Angela était morte. Il l'avait rencontrée », ajouta Kathryn en se remettant à pleurer. Pippa posa son verre et prit son amie par les épaules. « Je pensais qu'au moins il comprendrait le mal qu'il m'avait fait, juste au moment où ma… ma sœur… »

Pendant plus d'une minute, on n'entendit dans la pièce que les sanglots de Kathryn et les cris lointains de la petite bande sur la dalle de béton.

« Je suis désolé, dit Strike sur un ton solennel.

— Ça a dû être horrible pour vous », renchérit Robin.

Un fragile sentiment de solidarité les liait à présent, tous les quatre. Ils étaient au moins d'accord sur un point : Owen Quine s'était comporté comme un salaud.

« Je vais faire appel à vos dons pour l'analyse textuelle, reprit Strike lorsque Kathryn eut séché ses yeux gonflés.

— Que voulez-vous dire ? » demanda-t-elle. Robin perçut un accent d'orgueil derrière son ton cassant.

« Je ne comprends rien à ce qu'il a écrit dans *Bombyx Mori*.

— Ce n'est pourtant pas sorcier », dit-elle et, faisant encore écho au discours de Fancourt : « Ce truc ne brille pas par sa subtilité, pas vrai ?

— Je ne sais pas, dit Strike. Il y a un personnage qui m'intrigue.

— Vantard ? »

Il était naturel qu'elle saute d'abord sur celui-ci, songea Strike. Fancourt était célèbre.

« Je pensais plutôt au Coupeur.

— Je ne veux pas en parler », répliqua-t-elle avec une froideur qui surprit Robin, laquelle vit le regard de Kathryn coulisser vers Pippa. Ces deux-là partageaient un secret qu'elles dissimulaient mal, se dit-elle.

« Il voulait faire croire qu'il était un homme bien, reprit Kathryn. Que certaines choses étaient sacrées pour lui. Et puis…

— On dirait que personne ne veut m'aider à comprendre le personnage du Coupeur, s'obstina Strike.

— C'est parce qu'il existe encore des gens corrects », dit Kathryn.

Strike croisa le regard de Robin et lui, passa tacitement le relais.

« Jerry Waldegrave a dit à Cormoran que c'était lui, le Coupeur, commença-t-elle en cherchant ses mots.

— J'aime bien Jerry Waldegrave, répondit Kathryn, toujours sur ses gardes.

— Vous l'avez rencontré ? demanda Robin.

— Owen m'a emmenée à une réception, à Noël il y a deux ans. Waldegrave était présent. Un type gentil. Il avait quelques…

— Quelques verres dans le nez ? » compléta Strike.

Il aurait mieux fait de se taire. S'il avait envoyé Robin en première ligne, c'était justement parce qu'elle était moins impressionnante que lui. Kathryn s'arrêta net.

Robin rattrapa le coup. « Y avait-il d'autres personnes intéressantes, à cette réception ? demanda-t-elle en sirotant son cognac.

— Michael Fancourt était là, se hâta de répondre Kathryn. Les gens disent qu'il est arrogant, mais moi je l'ai trouvé adorable.

— Oh… vous lui avez parlé ?

— Owen voulait que je garde mes distances. Alors je suis allée aux toilettes et, en revenant, j'ai abordé Fancourt pour lui dire combien j'avais aimé *La Maison du Val*. Owen n'aurait pas apprécié, précisa-t-elle avec une satisfaction pathétique. Il répétait tout le temps que Fancourt était surestimé. Moi je le trouve génial. Bref, nous avons un peu discuté. Ensuite quelqu'un l'a alpagué, mais oui, répéta-t-elle comme si elle défiait l'ombre d'Owen planant dans le salon, pour moi c'est un homme charmant. Il m'a souhaité bonne chance pour ma carrière, conclut-elle en avalant une lampée de cognac.

— Lui avez-vous dit que vous étiez la copine d'Owen ? demanda Robin.

— Oui, répondit Kathryn avec un sourire tordu. Il a rigolé et il a dit : "Toutes mes condoléances." Ça ne lui faisait ni chaud ni froid. Il n'en avait rien à battre, d'Owen, je le voyais bien. Non, je pense que c'est un homme gentil et un merveilleux écrivain. Dès qu'on a du succès, les gens sont jaloux. »

Sur quoi, elle se resservit. Elle tenait l'alcool remarquablement bien. Son visage rougissait mais elle ne présentait aucun signe d'ivresse.

« Et Jerry Waldegrave vous a plu, lui aussi ? rebondit Robin comme si elle réfléchissait tout haut.

— Oh oui, il est charmant, poursuivit Kathryn qui semblait d'humeur à tresser des louanges à tous ceux que Quine avait pu attaquer. Un homme charmant. Mais il était très, très ivre. Il était dans une autre pièce et tout le monde l'évitait, vous savez. Cette salope de Tassel nous a dit de le laisser parce qu'il racontait n'importe quoi.

— Pourquoi salope ? s'étonna Robin.

— Cette vieille snobinarde ? Il fallait voir comment elle me parlait, comment elle parlait à tout le monde. Mais je sais pourquoi : elle était en rogne parce que Michael Fancourt était là. Alors quand je lui ai dit – Owen était allé voir le pauvre Jerry, il n'allait pas le laisser évanoui sur une chaise pour faire plaisir à cette vieille vache – quand je lui ai dit : "Je viens de discuter avec Fancourt, il a été adorable avec moi", elle n'a pas aimé du tout. Elle n'a pas aimé que je le trouve charmant alors que lui, il la déteste. Owen m'a dit qu'elle était amoureuse de Fancourt autrefois, mais que Fancourt ne pouvait pas la voir en peinture. »

La nouvelle manquait de fraîcheur, mais colporter ce ragot semblait lui procurait un réel plaisir : pour un soir, elle avait fait partie des initiés.

« Elle s'est tirée juste après, fit Kathryn d'un air satisfait. Une bonne femme horrible.

— Michael Fancourt m'a dit… », reprit Strike. À ces mots, Kathryn et Pippa tournèrent vivement la tête vers lui, impatientes de savoir ce que le célèbre écrivain avait bien pu lui raconter. « … Il m'a dit qu'Owen et Elizabeth Tassel avaient eu une liaison. »

Après un court instant de stupeur, Kathryn Kent éclata de rire. Un véritable fou rire, impossible à simuler : rauque, presque joyeux, à la limite du hurlement.

« Owen et Elizabeth Tassel ?

— C'est ce qu'il a dit. »

Devant la soudaine exubérance de Kathryn Kent, Pippa prit un air réjoui. Avec un sourire fendu jusqu'aux oreilles, elle la regarda renverser la tête sur le dossier du divan, étranglée de rire, tandis que des gouttes de cognac éclaboussaient son pantalon. Gagnée par l'hilarité de son amie, Pippa se mit à glousser elle aussi.

« Jamais de la vie, réussit à articuler Kathryn entre deux hoquets. Même sur… une île… déserte…

— C'était il y a très longtemps », insista Strike. Mais Kathryn se tenait toujours les côtes en secouant sa longue crinière rousse.

« Owen et Liz… jamais. Jamais de la vie… Vous ne comprenez pas, souffla-t-elle en s'essuyant les yeux. Il la détestait. Non, il me l'aurait dit… Owen ne se gênait pas pour me raconter toutes ses coucheries. Un parfait gentleman, hein, Pip ? Je l'aurais su, s'ils avaient… Franchement, où Michael Fancourt a-t-il pu pêcher un truc pareil ? Non, jamais… » Et elle s'esclaffa à nouveau. Voyant tomber ses dernières défenses, Robin repartit à l'assaut.

« Mais vous ignorez la signification du Coupeur, c'est cela ? dit-elle en posant son verre vide sur la table basse, du geste de l'invité s'apprêtant à prendre congé.

— Je n'ai jamais dit ça, fit Kathryn, essoufflée. Je le sais, bien sûr. Comment a-t-il pu faire ça à Jerry ? Quel sale hypocrite... Owen m'interdit d'en parler à quiconque, et après, il étale tout dans *Bombyx Mori*... »

Robin n'eut pas besoin du regard de Strike pour savoir qu'il convenait à présent de se taire et de laisser Kathryn parler, libérée, poussée par l'alcool et la joie de pouvoir démontrer à un auditoire suspendu à ses lèvres qu'elle connaissait certains secrets sensibles touchant au gratin de l'édition.

« Bon, d'accord. Je vais vous expliquer... Owen me l'a dit au moment où on partait. Jerry était beurré, ce soir-là, et vous savez que son couple ne va pas fort, depuis des années... Fenella et lui s'étaient méchamment accrochés juste avant la réception. Elle lui avait balancé que leur fille n'était peut-être pas de lui. Que c'était peut-être... »

Kathryn s'accorda une pause pour ménager son effet. Mais Strike avait déjà deviné la suite.

« ... celle de Fancourt. La naine avec une grosse tête, le bébé dont elle voulait avorter parce qu'elle ne connaissait pas le père, vous me suivez ? Le Coupeur et ses cornes de cocu... Owen m'a dit de la fermer. Il a dit : "Ce n'est pas drôle. Jerry adore sa fille, c'est la seule chose bien qui lui soit arrivée dans la vie." Mais, sur le chemin du retour, il a continué à en parler. On ne pouvait plus l'arrêter. Fancourt ne supporte pas les gosses, m'a-t-il dit, et il réagirait très mal s'il apprenait qu'il avait une fille... Toutes ces conneries comme quoi il fallait protéger Jerry ! Il aurait fait n'importe quoi pour emmerder Michael Fancourt. N'importe quoi. »

46.

Léandre lutta, au creux des vagues malmené,
Puis entraîné par le fond, où le sol
De perles était constellé...

Christopher MARLOWE, *Héro et Léandre*

STRIKE SE FÉLICITAIT DE L'EFFET MIRACULEUX produit par le cognac bon marché et l'attitude exemplaire de Robin, mélange réussi de sang-froid et de chaleur humaine. Il partit de son côté une demi-heure plus tard, après l'avoir chaudement remerciée. Rayonnante de bonheur et de fierté, Robin rentra chez elle en se disant que le raisonnement de son patron n'était peut-être pas faux, tout compte fait. Elle avait changé d'avis d'abord parce que les déclarations de Kathryn Kent ne contredisaient pas la théorie que Robin avait dans un premier temps jugée absurde, mais surtout parce qu'elle éprouvait une reconnaissance infinie envers Strike, qui lui avait accordé un rôle majeur durant l'interrogatoire.

N'ayant bu que du thé, Strike regagna sa mansarde dans un état d'esprit sensiblement différent. Il croyait toujours aussi fort à sa théorie mais ne disposait toujours que d'une seule preuve : une cartouche de machine à écrire. Il en faudrait davantage pour faire libérer Leonora.

531

Le mercure dégringola dans la nuit de samedi mais, le lendemain, le soleil réussit à percer de temps à autre la couche nuageuse et la pluie transforma en boue une partie de la neige qui s'était répandue dans les caniveaux. Strike passa son dimanche à ruminer, tantôt chez lui, tantôt dans son bureau. Nina Lascelles l'appela mais il ne décrocha pas. Nick et Ilsa l'invitèrent à dîner mais il refusa au prétexte qu'il croulait sous la paperasse. En réalité, il préférait la solitude aux questions que les uns et les autres lui poseraient.

Il agissait comme s'il était encore tenu au secret. Or, depuis qu'il avait quitté la Brigade spéciale d'investigation, ce n'était plus le cas. Mais il continuait à respecter les règles de confidentialité. Non seulement il était habitué à cette discrétion, mais surtout il redoutait très sérieusement (même si cela pouvait sembler ridicule) que l'assassin se doute de quelque chose. Pour éviter les fuites, rien de mieux que de se taire.

Le lundi, il reçut la visite du patron jaloux de la volage Miss Brocklehurst. L'homme poussa le masochisme jusqu'à lui demander de vérifier si la demoiselle n'avait pas un autre amant caché dans son placard, ce dont il était déjà à moitié convaincu. Strike l'écouta d'une oreille distraite tout en pensant à Dave Polworth, sur lequel reposaient désormais tous ses espoirs puisque, malgré ses efforts, Robin n'avait toujours pu trouver aucun indice.

À dix-huit heures trente, il regardait chez lui le bulletin météo annonçant le retour du froid pour la fin de la semaine quand son téléphone sonna.

« Devine quoi, Diddy ! fit Polworth derrière le crépitement des parasites.

— Tu rigoles ? dit Strike, soudain revigoré.

— J'ai décroché le gros lot, mon vieux.

— J'y crois pas », souffla Strike.

C'était pourtant lui qui avait échafaudé cette théorie, mais il se sentait aussi bluffé que si Polworth avait tout fait lui-même.

« Tout est emballé. Prêt à servir.

— J'enverrai quelqu'un le chercher demain à la première heure…

— Et moi, je rentre à la maison prendre un bon bain chaud, dit Polworth.

— Mon vieux, tu es un sacré…

— Je sais. Tu me remercieras plus tard. Pour l'instant, j'ai trop froid, Diddy. À plus. »

Strike appela Robin. En apprenant la nouvelle, elle poussa un cri d'allégresse.

« Bien, demain alors ! dit-elle, enthousiaste. Demain j'irai le chercher, je vais m'assurer…

— Pas d'imprudence, Robin, la coupa Strike. Ce n'est pas une compétition. »

Il ferma à peine l'œil de la nuit.

Robin n'arriva au travail qu'à une heure de l'après-midi. À l'instant où il l'entendit claquer la porte en verre et prononcer son nom, Strike comprit.

« Vous avez… ?

— Oui », fit-elle, essoufflée.

Elle crut qu'il allait l'embrasser – et franchir du même coup la ligne dont il ne s'était jamais ne serait-ce qu'approché –, mais elle comprit aussitôt que son geste ne lui était pas destiné. S'il se précipitait ainsi, c'était pour attraper le téléphone portable posé sur son bureau.

« J'appelle Anstis. On a réussi, Robin.

— Cormoran, je crois… » Mais il ne l'écoutait pas. Il avait déjà refermé sa porte.

Robin ne savait plus où elle en était. Elle commença par s'asseoir sur son fauteuil pivotant en écoutant la voix assourdie de Strike dans l'autre pièce. Puis elle se leva, passa aux toilettes et, tout en se lavant les mains, regarda son reflet dans le miroir taché et fendillé au-dessus du lavabo, ses cheveux à la blondeur trop reconnaissable. Quand elle regagna sa place, elle était trop agitée pour entreprendre quoi que ce fût. Strike n'avait pas allumé son petit sapin de Noël. Elle le fit et resta à rêvasser devant, tout en se rongeant l'ongle du pouce, habitude qu'elle avait perdue depuis longtemps.

Vingt minutes plus tard, Strike sortit de son bureau avec sa tête des mauvais jours.

« Quel foutu connard, ce mec !

— Non ! hoqueta Robin.

— Il ne veut rien savoir. » Trop furieux pour s'asseoir, il se mit à arpenter la pièce en boitillant. « Il a fait analyser le bout de chiffon qu'ils ont trouvé dans le débarras. Il y a du sang de Quine dessus – tu parles ! Il a pu se couper en faisant un truc il y a des mois. Anstis est tellement sûr d'avoir raison envers et contre…

— Vous lui avez dit qu'il suffirait d'un mandat… ?

— Ce gros connard ! rugit Strike en abattant son poing sur l'armoire métallique avec une telle violence que Robin sursauta.

— Mais il ne peut pas tout rejeter en bloc… Quand les analyses seront faites…

— C'est bien là que ça coince, Robin ! dit-il en reportant sa colère contre elle. Il faudrait qu'il le fasse *avant* le passage de la scientifique. Sinon, il n'y aura plus rien à analyser !

— Mais vous lui avez bien parlé de la machine à écrire ?

— Cet abruti n'est même pas capable de voir ce qu'il a devant les yeux, alors… »

Elle se garda d'insister et se contenta de le regarder aller et venir, les sourcils froncés. Maintenant, elle avait peur de lui avouer ce qui la tracassait.

« Bordel, gronda Strike en passant pour la sixième fois devant le bureau de Robin. Va falloir employer les grands moyens. Pas le choix. Al et Nick, marmonna-t-il en ressortant son téléphone.

— Qui est Nick ? demanda Robin en essayant désespérément de suivre ses vociférations.

— C'est le mari de l'avocate de Leonora. » Strike composa un numéro. « Un vieux pote… il est gastro-entérologue… »

Il repartit dans son bureau et claqua la porte.

Pour occuper ses mains fébriles, calmer les battements de son cœur, Robin remplit la bouilloire et prépara du thé. Mais le breuvage était froid quand Strike émergea de son antre, quinze minutes plus tard, visiblement rasséréné.

« Très bien, dit-il en levant sa tasse. J'ai un plan et je vais avoir besoin de vous. Vous êtes partante ?

— Évidemment ! »

Il lui exposa en détail ce qu'il attendait d'elle. C'était un projet ambitieux, qui exigeait une bonne dose de chance.

« Alors ? demanda-t-il quand il eut terminé.

— Pas de problème, dit Robin.

— Je ne peux pas vous garantir que votre intervention sera nécessaire.

— Non.

— Mais d'un autre côté, elle sera peut-être déterminante.

— Oui.

— Vraiment, c'est sûr ? insista Strike en la regardant attentivement.

— Ça va, pas de problème, dit Robin. Je veux le faire. Vraiment… C'est juste que… je pense que…

— Quoi ?

— Je pense que je ferais mieux de m'entraîner un peu, bredouilla Robin.

— Oh, dit Strike en la dévisageant. Oui, vous avez raison. Vous avez le temps jusqu'à jeudi. Attendez, je vérifie la date… »

Pour la troisième fois, il disparut dans son bureau. Robin regagna sa chaise.

Elle rêvait d'attraper l'assassin d'Owen Quine, ou du moins de participer, mais il y avait un hic. Tout à l'heure, avant que la réponse cinglante de Strike ne lui ôte tous ses moyens, elle avait été sur le point de lui dire : « Je pense qu'il m'a repérée. »

47.

Ah ! Ah ! Tu t'empêtres dans ton propre ouvrage
tel un ver à soie !

John WEBSTER, *Le Démon blanc*

SOUS LA LUMIÈRE DU RÉVERBÈRE À L'ANCIENNE, les dessins colorés couvrant la façade du Chelsea Arts Club prenaient un aspect insolite, irréel. Le club était constitué de plusieurs maisons alignées et réunies en une seule, offrant à la vue des passants une longue fresque arc-en-ciel où s'exhibaient des monstres de foire : une blonde dotée de quatre jambes, un éléphant mangeant son gardien, un contorsionniste filiforme en pyjama rayé, la tête renversée en arrière, avalée par son propre anus. La neige qui étouffait les rares bruits de la rue endormie, bordée d'arbres, recommençait à tomber avec une fureur redoublée, comme si l'hiver arctique voulait faire oublier le bref répit de ces derniers jours. Pendant toute la journée, le blizzard n'avait cessé de souffler de plus en plus fort. Et ce jeudi soir, derrière le rideau de flocons qui ondulait dans le halo des réverbères, le vénérable club, sous ses couleurs pastel, ressemblait à un décor de carton-pâte, un chapiteau en trompe l'œil.

Depuis une ruelle sombre donnant sur Old Church Street, Strike surveillait l'arrivée des invités. D'abord, il vit Jerry

Waldegrave, le visage de marbre, aider le vieux Pinkelman à s'extraire de son taxi, puis Daniel Chard apparut sur le seuil, coiffé d'une toque de fourrure, ses béquilles bien en main. Il leur souhaita la bienvenue à sa manière, d'un hochement de tête accompagné d'un sourire gêné. Ensuite, le taxi d'Elizabeth Tassel se gara le long du trottoir ; elle chercha de la monnaie en grelottant. Et enfin, Michael Fancourt débarqua à bord d'une voiture avec chauffeur. Il descendit du véhicule sans se presser et rajusta son manteau avant d'entrer.

Strike, dont la chevelure était déjà recouverte de neige, sortit son portable pour appeler son demi-frère qui lui répondit, tout excité : « Salut. Ils sont rassemblés dans la salle à manger.

— Combien sont-ils ?

— Une douzaine.

— J'arrive. »

Strike traversa la rue en s'aidant de sa canne. Dès qu'il donna son nom et précisa qu'il venait sur l'invitation de Duncan Gilfedder, on le pria d'entrer.

Dans le vestibule, il tomba sur son frère aux côtés de Gilfedder, un photographe de célébrités que Strike voyait pour la première fois. L'homme semblait se demander qui était le nouveau venu, et pourquoi son ami Al tenait absolument à introduire ce type dans le club aussi insolite que charmant dont il était membre.

« Je te présente mon frère, lui dit Al d'une voix gonflée d'orgueil.

— Ah bon », répondit platement Gilfedder. Il portait le même genre de lunettes que Christian Fisher et ses cheveux coupés au carré lui arrivaient aux épaules. « Je voyais ton frère nettement plus jeune.

— Tu veux parler d'Eddie. Non, lui c'est Cormoran. Il a fait l'armée, et maintenant il est détective privé.

— Ah bon ! redit Gilfedder, toujours plus perplexe.

— Merci pour l'invitation, fit Strike en s'adressant à l'un comme à l'autre. Je vous offre un verre ? »

Le club était bruyant et si bondé qu'on ne pouvait en avoir une vision d'ensemble. Sous le plafond bas, on apercevait juste des bouts de canapés profonds et une cheminée où brûlait un feu de bois. Les murs de la partie bar étaient presque entièrement recouverts de gravures, peintures et photographies. Décor qui accentuait encore l'impression d'un intérieur campagnard douillet et un peu désuet. Comme toujours, Strike était le plus grand de l'assistance. Son regard passa au-dessus des têtes et s'arrêta sur les fenêtres du fond. Au-delà, on apercevait un grand jardin où des projecteurs dessinaient des taches de lumière dans la neige vierge, lisse comme une couche de sucre glace, qui recouvrait des bosquets et des sculptures à demi cachées par la végétation.

Dès qu'il put accéder au comptoir, Strike commanda du vin pour ses deux compagnons tout en surveillant la salle à manger composée de plusieurs longues tables en bois.

Il repéra les invités de Roper Chard dont certains ne lui disaient rien, assis devant des portes-fenêtres donnant sur le jardin fantomatique. Une douzaine de personnes étaient venues fêter les quatre-vingt-dix ans de Pinkelman, qui trônait à la place d'honneur. Celui ou celle qui s'était chargé du plan de table avait pris soin d'éloigner Elizabeth Tassel et Michael Fancourt. Ce dernier hurlait quelque chose à l'oreille de Pinkelman. Chard était assis en face, et Elizabeth Tassel près de Jerry Waldegrave. Ils ne s'adressaient pas la parole.

Strike apporta les verres de vin à son frère et à Gilfedder puis retourna se chercher un whisky tout en continuant à jeter des regards insistants vers la tablée.

« Qu'est-ce que tu fais ici ? » dit une voix claire comme une clochette, quelques centimètres au-dessous de son champ visuel.

Nina Lascelles portait la même robe noire décolletée que le soir du dîner d'anniversaire chez Greg et Lucy. Elle avait abandonné ses habituels roucoulements pour adopter un ton sec, accusateur.

« Salut, dit Strike, surpris. Je ne m'attendais pas à te voir ici.

— Moi non plus. »

Cela faisait plus d'une semaine qu'il ne répondait plus à ses appels. En fait, il ne lui avait pas reparlé depuis la dernière nuit qu'ils avaient passée ensemble, la fois où Strike avait voulu se changer les idées après le mariage de Charlotte.

« Tu connais Pinkelman, alors, embraya-t-il pour tenter de dissiper l'animosité qu'il sentait monter en elle.

— Je reprends certains auteurs de Jerry, maintenant qu'il s'en va. Pinks en fait partie.

— Félicitations », dit Strike. Nina le regarda sans sourire. « Mais je vois que Jerry Waldegrave est quand même venu.

— Pinks adore Jerry. Qu'est-ce tu fais ici ? répéta-t-elle.

— Mon métier. J'essaie de trouver l'assassin d'Owen Quine. »

Nina leva les yeux au ciel comme si son entêtement confinait au grotesque.

« Comment es-tu entré ? Ce club est réservé aux seuls membres.

— J'ai un contact.

— Tu as donc renoncé à te servir de moi ? »

L'image de lui qu'il discerna au fond de ses grands yeux bruns ne lui plut guère. Elle avait raison, il s'était servi d'elle à plusieurs reprises. C'était une attitude mesquine, peu glorieuse. Cette fille méritait mieux.

« J'ai pensé que ce serait pousser trop loin le bouchon, dit Strike.

— Tu n'avais pas tort. »

Elle lui tourna le dos et alla s'asseoir à la table, sur la dernière chaise libre, entre deux collaborateurs qu'il ne connaissait pas.

Strike s'était volontairement placé dans la ligne de mire de Jerry Waldegrave. Dès que ce dernier l'aperçut, ses yeux doublèrent de volume derrière ses lunettes cerclées de corne.

Alerté par le regard médusé de Waldegrave, Chard pivota sur sa chaise et lui aussi le reconnut.

« Comment ça évolue ? demanda tout excité Al en rejoignant son frère.

— Très bien. Où est passé Duncan Gilmachin ?

— Il a fini son verre et il est parti en se demandant ce qu'on mijotait. »

Al lui-même n'en savait guère plus que son ami photographe, Strike lui ayant simplement dit qu'il avait besoin d'une entrée au Chelsea Arts Club ce soir, ainsi que d'une voiture et d'un chauffeur. L'Alfa Romeo Spider rouge vif de son frère était garée un peu plus loin dans la rue. Elle était tellement basse que Strike avait vécu l'enfer pour s'y asseoir et en ressortir.

Comme il l'avait prévu, la moitié des invités de Roper Chard étaient maintenant au courant de sa présence. Strike s'était positionné de manière à les voir se refléter dans les portes-fenêtres. Deux Elizabeth Tassel le dévisageaient par-dessus leurs menus, deux Nina faisaient semblant de l'ignorer. Deux Chard penchèrent leurs crânes luisants chacun vers un serveur et son double et leur glissèrent un mot à l'oreille.

« C'est le type chauve qu'on a croisé au River Café ? demanda Al.

— Oui, dit Strike en souriant de toutes ses dents, pendant que le serveur en chair et en os s'éloignait de son image virtuelle pour s'avancer vers eux. J'ai comme l'impression qu'on va bientôt nous demander de montrer patte blanche.

— Je suis vraiment désolé, monsieur, murmura l'homme, mais pourrais-je vous demander… ?

— Al Rokeby. Mon frère et moi sommes les invités de Duncan Gilfedder », dit aimablement Al sans attendre que Strike réponde. On sentait dans sa voix qu'il n'en revenait pas qu'on ait osé lui poser une question pareille. C'était un jeune homme courtois, bénéficiant d'un statut privilégié, d'une réputation sans tache et, en tant que tel, il était le bienvenu partout. Quant à Strike, son rattachement momentané à la famille

Rokeby lui conférait les mêmes avantages. En outre, il aurait fallu être aveugle pour ne pas reconnaître les yeux de Jonny Rokeby sur le visage étroit d'Al. Le serveur bredouilla un chapelet d'excuses avant de s'éclipser.

« Tu cherches juste à leur mettre la pression ? demanda Al en observant la table de Roper Chard.

— Ça ne peut pas faire de mal », fit Strike avec un sourire.

Il dégustait son whisky tout en regardant Daniel Chard prononcer un discours en l'honneur de Pinkelman. On sortit de sous la table un cadeau accompagné d'une carte. Chaque regard, chaque sourire adressé au vieil écrivain s'assortissait d'un coup d'œil inquiet en direction du géant taciturne qui les lorgnait depuis le bar. Seul Michael Fancourt n'avait pas levé les yeux. Soit il n'avait toujours pas remarqué la présence du détective, soit il s'en moquait.

Au moment des hors-d'œuvre, Jerry Waldegrave se leva et quitta la table pour se rendre aux toilettes. Nina et Elizabeth le suivirent du regard. Quand il passa devant Strike, il se contenta de le saluer du bout des lèvres mais, en revenant, il s'arrêta.

« Surpris de vous voir ici.

— Ah oui ?

— Oui. Vous… euh… vous nous mettez mal à l'aise.

— Que voulez-vous que j'y fasse ?

— Vous pourriez éviter de nous dévisager.

— Je vous présente mon frère, Al », dit Strike en ignorant sa remarque.

Al serra cordialement la main que Waldegrave lui tendit d'un air perplexe.

« Vous ennuyez Daniel, insista Waldegrave en regardant Strike droit dans les yeux.

— C'est regrettable. »

L'éditeur secoua ses cheveux mal coiffés.

« Eh bien, je dois dire que votre attitude…

— Je suis un peu étonné que vous fassiez tant de cas des sentiments de Daniel Chard.

— Ce n'est pas la question. Daniel est du genre à se montrer désagréable quand il est de mauvaise humeur. J'aimerais que tout se passe bien ce soir. Pour Pinkelman. Je ne vois pas ce que vous fabriquez ici.

— J'ai une livraison à faire », dit Strike en sortant une enveloppe blanche de sa poche intérieure.

« Qu'est-ce que c'est ?

— Pour vous. »

Waldegrave la prit d'un air abasourdi.

« Vous devriez réfléchir à un truc, reprit Strike en se rapprochant de l'éditeur pour se faire entendre malgré le bruit ambiant. Fancourt a attrapé les oreillons, vous savez, avant la mort de sa femme.

— Quoi ? bredouilla Waldegrave.

— Il n'a jamais eu d'enfants. Il est très certainement stérile. J'ai pensé que cela vous intéresserait. »

Waldegrave le regarda fixement, ouvrit la bouche mais, ne trouvant rien à dire, s'éloigna en tenant toujours l'enveloppe blanche.

« C'était quoi ? demanda Al, curieux.

— Le plan A. On verra bien. »

Quand Waldegrave regagna son siège, Strike vit son reflet ouvrir l'enveloppe et en découvrir une seconde glissée à l'intérieur. Sur cette dernière était inscrit un nom. Il leva les yeux vers Strike qui lui répondit par un haussement de sourcils.

Jerry Waldegrave hésita un instant puis se tourna vers Elizabeth Tassel et lui remit la chose. Elle lut l'inscription, plissa le front et regarda Strike, lequel sourit et leva son verre comme pour lui porter un toast.

L'espace d'un instant, elle resta interdite, puis donna un petit coup de coude à sa voisine avant de lui donner l'enveloppe, laquelle voyagea ainsi de main en main jusqu'à tomber entre celles de Michael Fancourt.

« Nous y voilà, dit Strike. Al, je vais fumer une clope dans le jardin. Reste ici et surveille ton téléphone.

— Les communications sont inter... »

Mais quand il vit le regard noir de son frère, Al s'inclina :

« Bon, d'accord. »

48.

Le ver à soie consacre-t-il son jeune labeur
À vous ? Est-ce pour vous qu'il s'étiole en
vain ?

Thomas MIDDLETON, *La Tragédie du vengeur*

DÈS QU'IL SORTIT DANS LE JARDIN DÉSERT, Strike s'enfonça dans la neige jusqu'aux chevilles. Il ne ressentait pas le froid qui s'insinuait à travers la jambe droite de son pantalon. Les fumeurs, qui en d'autres saisons se seraient rassemblés sur les pelouses, avaient préféré opter pour la rue. Il s'engagea sur un sentier traversant la belle étendue silencieuse jusqu'à un petit bassin gris posé sur la neige comme un disque de glace. Il abritait en son centre un énorme coquillage où un cupidon couronné de neige pointait son arc vers les cieux obscurs sans risquer d'atteindre un être humain.

Strike alluma une cigarette et se retourna vers les fenêtres illuminées du club. Les silhouettes des convives et serveurs s'y découpaient telles les figurines d'un théâtre d'ombres.

Il le connaissait assez bien pour savoir qu'il viendrait. Ce dispositif était-il irrésistible pour un écrivain comme lui, un homme possédé par le besoin compulsif de convertir la réalité en phrases, par la passion de l'étrange et du macabre ?

Comme prévu, au bout de quelques minutes, Strike entendit une porte s'ouvrir puis une rumeur de conversations sur fond musical, aussitôt remplacée par un bruit de pas assourdi par la neige.

« Mr Strike ? »

Dans la pénombre, la tête de Fancourt paraissait encore plus grosse.

« Ce ne serait pas plus simple d'aller dans la rue ?

— Je préfère ici, dans le jardin, dit Strike.

— Je vois. »

Fancourt prit un air vaguement amusé, comme s'il consentait à satisfaire un caprice, du moins pour un temps. Strike le devinait enchanté, lui le grand spécialiste des situations dramatiques, d'avoir été désigné par ses compagnons de table pour parlementer avec l'homme qui les rendait tous si nerveux.

« De quoi s'agit-il ? dit Fancourt.

— J'aimerais avoir votre opinion d'expert sur *Bombyx Mori*.

— Encore ? »

Sa bonne humeur refroidissait aussi vite que ses pieds. Il serra autour de lui son manteau blanchi par les flocons qui tombaient dru et répliqua : « J'ai déjà fait le tour de la question avec vous.

— L'une des premières choses qu'on m'ait dites sur *Bombyx Mori*, c'est qu'il ressemblait étrangement à vos premiers romans. Des litres de sang, des métaphores ésotériques, je crois que ce sont les termes exacts.

— Et alors ? dit Fancourt, les mains dans les poches.

— Alors, plus je discute avec les gens qui ont connu Quine, plus il m'apparaît clairement que le manuscrit qu'ils ont eu entre les mains n'a qu'un lointain rapport avec celui qu'il avait l'intention d'écrire. »

Une bouffée de vapeur blanche s'éleva devant le visage de Fancourt, cachant le peu que Strike discernait de ses traits marqués.

« J'ai même rencontré une femme qui prétend avoir entendu, de la bouche même de Quine, certains passages qui n'existent pas dans la version finale.

— Les écrivains font des coupes, dit Fancourt en tapant des pieds, le cou rentré dans les épaules. Pour ma part, je trouve qu'il n'en a pas fait assez. Je dirais même qu'il aurait pu nous épargner la plupart de ses romans.

— Une autre chose m'intrigue : toutes ces redites, ces reprises de personnages figurant dans ses œuvres précédentes. Deux hermaphrodites. Deux sacs ensanglantés. Et toutes ces scènes de sexe totalement gratuites.

— Owen ne débordait pas d'imagination, Mr Strike.

— Il avait jeté les noms de plusieurs personnages sur un bout de papier. L'un d'entre eux se retrouve sur un ruban de machine à écrire qui a été récupéré dans son bureau avant que la police n'y mette les scellés. Mais dans la dernière mouture, il n'y est plus.

— Il a dû changer d'avis, grogna Fancourt.

— C'est un nom tout ce qu'il y a de banal, rien de symbolique, contrairement à ceux qu'on trouve dans la version finale. »

Comme ses yeux s'habituaient à l'obscurité, Strike remarqua l'air intrigué de Fancourt.

« Des dizaines de personnes attablées dans un restaurant ont assisté à la dernière – selon moi – apparition en public de Quine, poursuivit Strike. Et à son dernier repas, par la même occasion. Je sais de source sûre qu'il a hurlé, assez fort pour que tous les clients l'entendent, que si Tassel refusait de défendre son livre, c'était parce qu'il y faisait allusion à "la bite molle de Fancourt". »

Les invités de Roper Chard étaient sans doute trop éloignés pour discerner leurs silhouettes mêlées aux arbres et aux statues, mais si l'un d'entre eux les avait observés avec assez d'attention, il n'aurait pas manqué d'apercevoir le petit œil incandescent de la cigarette de Strike : le cœur de la cible.

« Seulement voilà, *Bombyx Mori* ne parle pas de votre bite, poursuivit Strike. Ni des "belles âmes perdues", locution par laquelle Quine prétendait désigner sa maîtresse et sa jeune amie transsexuelle. Quant aux vers à soie, on ne les asperge pas d'acide ; on les ébouillante pour récupérer leur cocon.

— Et alors ? dit Fancourt.

— Alors, j'en suis arrivé à la conclusion suivante : le *Bombyx Mori* que tout le monde a lu n'a rien à voir avec le *Bombyx Mori* qu'Owen Quine a écrit. »

Fancourt cessa de piétiner et dressa l'oreille, comme si les dernières paroles de Strike venaient d'éveiller son intérêt.

« Je... non, marmonna-t-il, presque pour lui-même. C'est bien Quine qui l'a écrit. C'est son style.

— C'est drôle que vous disiez cela, parce que tous ceux qui connaissent un tant soit peu le style de Quine y ont décelé la présence d'une main étrangère. Daniel Chard pensait à Waldegrave. Waldegrave à Elizabeth Tassel. Et Christian Fisher à vous. »

Fancourt haussa les épaules avec son arrogance coutumière.

« Il a dû vouloir imiter un écrivain meilleur que lui.

— Ne trouvez-vous pas qu'il traite ses différents personnages avec une inégale méchanceté ? »

Fancourt accepta la cigarette que Strike lui offrait puis l'écouta avec beaucoup d'attention.

« Il présente sa femme et son agent comme des parasites qui vivent sur son dos, reprit-il. Pas très sympa, mais n'importe qui pourrait lancer ce genre d'accusation contre ceux qui profitent de ses gains. Il insinue que sa maîtresse n'aime pas beaucoup les animaux et construit autour d'elle une scène qui soit veut dire qu'elle ne sait pas écrire, soit fait référence, de manière plutôt ignoble, au cancer du sein. Son amie transgenre s'en tire assez bien puisqu'il se contente de tourner en ridicule ses exercices de chant – signalons en passant qu'elle lui a montré l'autobiographie qu'elle était en train de rédiger et lui a confié ses pensées les plus intimes. Il accuse

Chard d'avoir tué Joe North et fait une allusion vulgaire à ce qu'il aurait aimé lui faire subir dans la vraie vie. Et enfin, il vous accuse d'être responsable de la mort de votre première épouse. En résumé, nous n'avons affaire qu'à des secrets de polichinelle, des ragots ou des accusations gratuites.

— Certes, mais ce n'est pas très agréable à lire quand on est concerné, murmura Fancourt.

— Effectivement, dit Strike. Ces élucubrations sont suffisamment blessantes pour faire enrager un certain nombre de personnes. Mais quand on y réfléchit, il n'y a qu'une seule véritable révélation dans ce livre : le fait que vous seriez le père de Joanna Waldegrave.

— Je vous l'ai dit il n'y a pas si longtemps, répliqua Fancourt d'une voix tendue. Cette allégation est non seulement fausse mais impossible. Je suis stérile, et Quine était bien placé pour…

— … Quine était bien placé pour le savoir, acquiesça Strike, parce que vous étiez encore amis lorsque vous avez attrapé les oreillons. Il le savait si bien qu'il en a même parlé dans *Les Frères Balzac*. Ce qui rend cette accusation d'autant plus étrange, n'est-ce pas ? Comme si quelqu'un d'autre en était l'auteur, quelqu'un qui ignorait que vous étiez stérile. Cela ne vous est pas venu à l'esprit en lisant *Bombyx Mori* ? »

La neige tombait à gros flocons sur les cheveux et les épaules des deux hommes.

« À mon avis, Owen se fichait éperdument que ce soit vrai ou pas, dit Fancourt en soufflant la fumée de sa cigarette. C'est le propre de la calomnie. Il balançait des horreurs juste pour le plaisir de faire du scandale.

— Est-ce pour cela qu'il vous a envoyé le tout premier exemplaire de son manuscrit ? » Et, comme Fancourt ne répondait pas, Strike continua : « C'est facile à vérifier, vous savez. Les services postaux gardent la trace de tous les plis qu'ils distribuent. Vous feriez aussi bien de me le dire. »

Un long silence suivit sa déclaration.

« Très bien, capitula Fancourt.

— Quand l'avez-vous reçu ?

— Le 6 au matin.

— Qu'en avez-vous fait ?

— Je l'ai brûlé, répliqua Fancourt comme Kathryn Kent l'avait fait avant lui. Son intention était évidente : il voulait provoquer, que le débat soit public pour se faire un maximum de publicité. Le dernier expédient d'un écrivain raté – je n'allais pas lui accorder ce plaisir. »

La porte donnant sur le jardin s'ouvrit et se referma, offrant un bref aperçu des festivités qui se déroulaient dans le club. On entendit des pas hésitants dans la neige, puis une ombre immense émergea de l'obscurité.

« Qu'est-ce qui se passe ici ? », coassa Elizabeth Tassel, enveloppée d'un lourd manteau garni de fourrure.

Dès qu'il reconnut sa voix, Fancourt fit volte-face pour s'en aller. Strike se demanda depuis quand ces deux-là ne s'étaient pas retrouvés dans le même endroit et avec moins de cent personnes autour d'eux.

« Attendez une minute, voulez-vous ? » lança-t-il à l'écrivain.

Fancourt hésita tandis que, de sa voix rauque, Tassel annonçait à Strike :

« Pinks réclame Michael. Il lui manque.

— Et à vous aussi, non ? »

La neige bruissait en se déposant sur les feuilles des arbustes et le bassin gelé où Cupidon pointait son arc vers le ciel.

Strike interpella Fancourt. « Vous trouviez l'écriture d'Elizabeth "lamentablement conventionnelle", n'est-ce pas ? Pourtant, vos deux styles ont quelque similitude. Sans doute parce vous avez l'un et l'autre étudié les tragédies jacobéennes à Oxford. » Puis il se tourna vers Elizabeth : « Cela dit, je vous crois capable d'imiter le style de n'importe qui. »

Il avait eu l'idée d'attirer Fancourt dans le jardin en sachant que Tassel les rejoindrait vite, tant elle redoutait les révélations

549

que le détective pourrait lui faire. À présent, au milieu de la pelouse enneigée, elle se tenait droite comme un « i », sans prendre garde aux flocons qui s'accumulaient sur son col de fourrure et ses cheveux gris acier. Les lumières du club au loin suffisaient à peine à dessiner les contours de son visage, mais Strike fut tout de même frappé par ses yeux à la fois intenses et vides. Des yeux de requin.

« Le style d'Elspeth Fancourt, par exemple. »

La mâchoire inférieure de Fancourt parut s'affaisser. Durant quelques secondes, on n'entendit dans le jardin que le chuchotis de la neige et la respiration sifflante d'Elizabeth Tassel.

« Depuis le début, je subodorais que Quine disposait d'un moyen de pression sur vous, reprit Strike. Certains détails ne cadraient pas avec votre tempérament. Vous n'êtes pas du genre à distribuer généreusement votre argent, à servir de bonne à tout faire ou à lâcher un Fancourt pour garder un Quine. Et toutes ces conneries que vous m'avez servies sur la liberté d'expression… C'est vous qui avez écrit la parodie du livre d'Elspeth Fancourt. Vous qui l'avez poussée au suicide. Pendant toutes ces années, vous avez fait croire qu'Owen vous avait montré son texte. Alors que c'était l'inverse. »

Le silence revint, légèrement troublé par le murmure des flocons tombant sur le sol enneigé et la plainte étrange, surnaturelle, qui sortait des poumons d'Elizabeth Tassel. Bouche bée, Fancourt regardait tantôt Strike, tantôt son ancienne camarade d'université.

« La police soupçonnait que Quine vous faisait chanter, reprit Strike. Mais vous les avez endormis en racontant que vous lui prêtiez de l'argent pour Orlando. Comme c'est touchant ! En réalité, vous l'avez arrosé pendant plus d'un quart de siècle, n'est-ce pas ? »

Il voulait l'inciter à répondre, mais elle restait muette et le fixait de ses yeux sombres comme des gouffres creusés dans son visage blême aux traits ingrats.

« La vieille fille dans toute sa splendeur, poursuivit Strike. Rappelez-vous, c'est ainsi que vous vous êtes décrite quand nous avons déjeuné ensemble. Il semble que vous ayez trouvé un exutoire à vos frustrations, n'est-ce pas, Elizabeth ? »

Brusquement, elle tourna son regard inexpressif vers Fancourt qui venait de bouger.

« C'était agréable de massacrer, de violer à votre guise tous les gens que vous fréquentiez ? De donner libre cours à la méchanceté, aux pensées obscènes qui couvaient au fond de vous ? Vous teniez enfin votre revanche. Quel plaisir de pouvoir vous accorder le beau rôle, celui du génie méconnu, tout en salissant ceux qui dans votre entourage avaient une vie amoureuse plus satisfaisante, une existence plus... »

Une voix s'éleva dans la nuit, si ténue que tout d'abord Strike ne comprit pas d'où elle provenait. C'était une voix étrangement douce, plaintive, contrefaite, la voix d'une femme folle imitant l'innocence, la gentillesse, des sentiments qu'elle était incapable d'éprouver.

« Non, Mr Strike, chantonna-t-elle comme une mère murmurant des paroles apaisantes à l'oreille d'un enfant assoupi. Pauvre imbécile. Je vous plains. »

Elle voulut rire mais ne réussit qu'à émettre un horrible sifflement qui la laissa pantelante.

« Il a été grièvement blessé en Afghanistan, dit-elle à Fancourt de sa voix caressante. Je crois qu'il souffre de névrose. Il n'a pas toute sa tête, comme la petite Orlando. Ce pauvre Mr Strike a besoin de se faire soigner. »

Elle respirait toujours plus difficilement.

« Vous auriez dû acheter un masque, Elizabeth », dit Strike.

Il crut voir son expression changer, sans doute à cause de l'adrénaline qui fusait en elle. Une ombre passa dans son regard, ses yeux s'agrandirent, ses pupilles se dilatèrent. Ses grandes mains carrées se crispèrent comme des serres.

« Pourtant, vous aviez pensé à tout. Les cordes, le déguisement, les combinaisons spéciales pour vous protéger des projections d'acide – mais vous n'avez pas songé que les émanations toxiques risquaient d'endommager vos muqueuses. »

L'air glacé qui pénétrait dans ses poumons ne faisait qu'aggraver son état. Sous l'effet de la panique, elle haletait comme si elle jouissait.

« Je crois que ça vous a rendue littéralement folle, déclara Strike avec une cruauté soigneusement dosée. Qu'en dites-vous, Elizabeth ? J'espère pour vous que le jury en tiendra compte. Votre vie n'est qu'un lamentable gâchis. Votre agence est en train de couler, vous n'avez personne, pas d'homme, pas d'enfants… Au fait, vous avez déjà essayé de coucher ensemble, tous les deux ? lança Strike à brûle-pourpoint tout en observant leurs visages tournés l'un vers l'autre. Cette histoire de "bite molle"… on dirait que Quine a voulu évoquer votre copulation ratée, dans le vrai *Bombyx Mori*. »

Comme il les voyait en contre-jour, il lui était impossible de déchiffrer leurs expressions. Mais leurs attitudes étaient suffisamment parlantes. Ils venaient de se détourner l'un de l'autre pour lui faire face et repousser ensemble son attaque.

« Ça s'est passé quand ? renchérit Strike en s'adressant à la silhouette d'Elizabeth. Après la mort d'Elspeth ? » Puis à Fancourt : « Mais après cela, vous avez préféré vous rabattre sur Fenella Waldegrave, pas vrai Michael ? C'est bon, je peux continuer ? »

Elizabeth poussa un petit cri étouffé, comme s'il l'avait frappée.

« Pour l'amour du ciel ! » gronda Fancourt. À présent, il reportait sa colère sur Strike, qui l'ignorait. Seule Elizabeth Tassel l'intéressait. Il poursuivit donc son travail de sape tandis qu'en fond sonore, le pénible sifflement allait crescendo.

« Vous deviez être sacrément emmerdée lorsque Quine s'est mis à donner des détails sur le vrai *Bombyx Mori* devant les clients du River Café. Surtout que vous lui aviez interdit d'en parler à quiconque.

« — Vous êtes fou. Complètement fou », grinça-t-elle. Strike aperçut un rictus sur son visage, une étincelle dans ses yeux de requin, une lueur jaunâtre sur ses grandes dents. « La guerre vous a privé d'une jambe, mais pas seulement…

— Charmant, commenta Strike. Je reconnais bien là l'immonde tyran dont tout le monde m'a parlé…

— Vous n'êtes qu'un pauvre estropié prêt à tout pour faire la une des journaux, cracha-t-elle entre deux halètements. Vous ne valez pas mieux que cet abruti d'Owen, pas mieux… Il adorait qu'on parle de lui dans la presse. Pas vrai, Michael ? » Elle se tourna vers Fancourt pour mieux le prendre à témoin. « C'est vrai, non ? Owen adorait la publicité. C'est pour ça qu'il allait se cacher comme un gosse qui joue à…

— C'est vous qui avez poussé Quine à aller se cacher dans la maison de Talgarth Road, l'interrompit Strike. C'est vous qui en avez eu l'idée.

— Ça suffit, j'en ai assez entendu. » Elle aspira péniblement une goulée d'air puis haussa le ton et se mit à psalmodier : « *Je ne vous écoute plus, Mr Strike. Je ne vous écoute plus. Personne ne vous écoute. Vous n'êtes qu'un imbécile…*

— Vous disiez que Quine était avide de compliments, reprit Strike en criant pour couvrir sa voix stridente. Eh bien, je vais vous donner ma version. Voilà plusieurs mois, il vous a exposé son projet d'écriture, il vous a dit tout ce qu'il comptait mettre dans son roman. J'imagine que Michael y apparaissait d'une manière ou d'une autre. Son personnage n'était pas aussi grossier que Vantard, mais je suppose que Quine faisait des allusions grotesques à son impuissance sexuelle. "L'heure de la vengeance a sonné pour vous deux", n'est-ce pas ? »

Cette dernière affirmation produisit l'effet escompté sur Tassel. Ses folles litanies s'arrêtèrent dans un hoquet.

« Vous lui avez dit que son projet vous paraissait génial, que ce roman dépassait largement tous les autres, qu'il se vendrait comme des petits pains, mais qu'il devait le garder secret pour éviter les poursuites judiciaires et préserver l'effet de surprise.

Et vous, pendant ce temps, vous avez rédigé votre propre version. Vous aviez eu tout le temps d'y réfléchir, n'est-ce pas, Elizabeth ? Vingt-six années de solitude. Toutes ces nuits passées à ruminer votre rancœur. Tous ces livres que vous auriez pu écrire, depuis ce premier essai quand vous étiez étudiante à Oxford… Mais de quoi auriez-vous pu parler ? Vous n'aviez rien vécu. »

Le visage de Tassel n'était plus qu'un masque de haine. Elle serrait les poings mais parvenait encore à se contrôler. Strike voulait la faire craquer, l'obliger à se trahir, tandis que, rivés sur lui, les yeux de requin semblaient guetter un signe de faiblesse, une faille dans son discours.

« Vous avez construit un roman autour d'un projet d'assassinat. L'éviscération, les projections d'acide sur le cadavre n'avaient rien de symbolique. C'était juste une façon d'entraver les recherches de la police scientifique. Mais tout le monde a pris cela pour de la littérature. Et vous avez si bien manipulé ce pauvre idiot égocentrique qu'il a fini par participer à l'élaboration de sa propre mort. Vous lui avez fait croire que vous aviez eu une idée grandiose et que, s'il suivait vos conseils, il deviendrait un auteur à succès. Pour cela, il suffisait de feindre une violente dispute dans un lieu public – dispute durant laquelle vous étiez censée refuser son roman sous prétexte qu'il susciterait trop de controverses. Et après cela, Quine était supposé disparaître le temps que la rumeur se répande dans toute la ville, grâce à vous. Et quand vous auriez réussi à lui décrocher le contrat du siècle, il aurait refait surface. »

Tassel secouait la tête, ses poumons émettaient un bruit de moteur fatigué mais ses yeux morts ne lâchaient pas le visage de Strike.

« Quand il vous a transmis son roman, vous avez attendu quelques jours en vous disant que, dans la nuit du 5 au 6, les feux d'artifice vous permettraient de masquer les bruits suspects. Puis vous avez envoyé votre version de *Bombyx Mori* à Fisher – la personne idéale pour qui souhaite propager une rumeur –, à Waldegrave et à Michael, ici présent. Vous avez simulé la fameuse dispute au restaurant, et après cela, vous avez suivi Quine à Talgarth Road…

— Non, s'écria Fancourt, incapable de se contenir davantage.

— Mais si, répliqua impitoyablement Strike. Quine croyait bêtement n'avoir rien à craindre d'Elizabeth, laquelle venait de lui concocter un magnifique come-back. Avait-il oublié qu'il vous faisait chanter depuis des années ? demanda-t-il à Tassel. Peut-être bien. Il avait tellement l'habitude de vous réclamer de l'argent et d'en recevoir. Je doute même que vous ayez jamais reparlé de la fameuse parodie, cette mauvaise blague qui a détruit votre vie… Et maintenant, Elizabeth, je vais vous dire ce qui s'est passé quand il vous a ouvert la porte. »

Malgré son dégoût, Strike se remémora la scène : la grande fenêtre voûtée, le cadavre gisant au centre de l'atelier, comme une nature morte macabre.

« Vous lui avez proposé de poser pour des photos. Avez-vous fait croire à ce pauvre débile imbu de sa personne que vous vouliez constituer un dossier de presse ? S'est-il agenouillé de lui-même ? Vous a-t-il supplié comme l'aurait fait le héros du vrai *Bombyx Mori* ? Ou alors était-il déjà attaché, comme dans votre propre version du roman ? Poser ligoté n'était pas pour lui déplaire. Et en plus, ça vous facilitait le travail. Vous n'aviez qu'à ramasser le cale-porte en métal, vous placer derrière lui et le frapper à la tête. Avec tous ces pétards qui explosaient aux alentours, pas besoin de s'inquiéter pour le bruit. Vous avez pu l'assommer, lui ouvrir le ventre et… »

Horrifié, Fancourt poussa un gémissement étranglé tandis que Tassel reprenait sa lancinante mélopée : « Vous devriez consulter un médecin, Mr Strike. Pauvre Mr Strike. »

À sa grande surprise, le détective la vit tendre un bras vers lui et poser sur son épaule couverte de neige la grosse main qui avait servi à commettre tant d'horreurs. Il eut un mouvement de recul. Le bras de Tassel retomba et resta ballant, tandis que ses doigts se crispaient sporadiquement.

« Vous avez fourré les viscères d'Owen et le vrai manuscrit dans un gros sac », reprit Strike. Tassel était si proche de lui qu'il pouvait sentir son parfum mélangé à l'odeur du tabac froid. « Puis vous avez mis son manteau, son chapeau, et vous êtes partie. Vous avez poussé jusqu'à l'appartement de Kathryn Kent pour glisser un quatrième exemplaire du faux *Bombyx Mori* dans sa boîte aux lettres. Ce qui vous permettait d'ajouter à la liste des suspects une femme qui ne vous avait rien fait mais que vous vouliez punir parce qu'elle avait ce qui vous a manqué toute votre vie : un partenaire sexuel. Ou ne serait-ce qu'un ami. »

Tassel voulut rire mais n'émit qu'un couinement hystérique. Ses doigts épais continuaient à pétrir le vide.

« Vous auriez fait une belle paire, Owen et vous, marmonna-t-elle. Qu'en dis-tu, Michael ? Ces deux-là se seraient entendus comme larrons en foire. Aussi mythomanes l'un que l'autre… Vous serez la risée de tout le monde, Mr Strike. » Elle respirait de plus en plus fort et ses yeux ternes dévoraient le masque livide de son visage. « Un pauvre estropié qui se berce d'illusions et fait n'importe quoi pour devenir aussi célèbre que son père…

— Avez-vous des preuves de ce que vous avancez ? » s'écria Fancourt entre deux bourrasques de neige. On discernait comme un espoir dans sa voix rauque. Il aurait préféré que Strike se trompe. La tragédie qui se déroulait sous ses yeux n'était pas tirée d'une pièce de théâtre. La femme qui se tenait à côté de lui était bien réelle, il l'avait connue à l'université. Et même si la vie les avait ensuite séparés, il ne supportait pas l'idée que cette grande fille gauche, transie d'amour pour lui, fût devenue un genre de monstre sanguinaire, une meurtrière de la pire espèce.

« Oui, j'en ai, répondit tranquillement Strike. Une machine à écrire électrique, du même modèle que celle de Quine, enveloppée dans une burqa, des combinaisons de protection tachées d'acide chlorhydrique et lestées par des pierres. Un plongeur amateur, qui se trouve faire partie de mes amis, a découvert tout cela au fond de la mer, voilà quelques jours. Le colis avait coulé au pied des falaises de Gwithian, dans un lieu portant un nom prémonitoire : la Bouche de l'Enfer. On voit ce paysage sur la couverture du roman de Dorcus Pengelly. Quand vous avez passé le week-end chez elle en Cornouailles, je suppose que Dorcus vous a fait visiter la côte, pas vrai, Elizabeth ? Et après, sous prétexte de chercher un réseau pour pouvoir téléphoner, vous êtes revenue sur les falaises, mais sans elle. »

Tassel poussa un gémissement étouffé, comme si elle avait reçu un coup de poing à l'estomac. Pendant une seconde, rien ne bougea, puis elle fit volte-face et, en trébuchant dans la neige, se mit courir vers le club. Un rectangle de lumière jaune s'alluma et disparut dès qu'elle referma la porte.

« C'est pas possible… » bredouilla Fancourt. Il s'élança derrière elle mais, au bout de trois pas chancelants, s'arrêta et se retourna vers Strike. « Vous ne pouvez pas la laisser… il faut l'empêcher… !

— Je ne pourrais pas, même si je le voulais, dit Strike en jetant son mégot dans la neige. Mon genou…

— Elle est capable de faire n'importe quoi…

— Se tuer, par exemple », fit Strike en sortant son portable. Fancourt le regarda d'un air sidéré.

« Vous… vous n'avez pas de cœur !

— Vous n'êtes pas, le premier à me le dire, répliqua Strike tout en composant un numéro. C'est bon ? demanda-t-il à son correspondant. Alors, on y va. »

49.

Le danger, telle une étoile, luit davantage au
cœur de sombres entreprises.

Thomas DEKKER, *Le Noble Soldat espagnol*

LA ROBUSTE SILHOUETTE ÉMERGEA SUR LE TROTTOIR
devant le club, passa entre les fumeurs et fonça tête
baissée en dérapant légèrement dans la neige. Elle courait si vite que les pans de son manteau bordé de fourrure
voletaient derrière elle.

Un taxi apparut au croisement. La loupiotte sur le toit indi-
quait qu'il était libre. Tassel lui fit signe en agitant les bras
comme une folle. Il s'arrêta en douceur. L'averse de neige
formait un épais rideau dans les cônes lumineux de ses phares.

« Fulham Palace Road. » Des sanglots hachaient sa voix
rauque.

Le taxi s'éloigna lentement du trottoir. C'était un véhicule
ancien. La paroi vitrée derrière le chauffeur portait des traces
d'éraflures et de nicotine. Au centre du rétroviseur s'encadrait
la tête d'Elizabeth Tassel que les réverbères illuminaient par
intermittence. Elle sanglotait en silence dans ses grandes mains.

Le chauffeur ne lui posa pas de questions, se bornant à
observer les deux hommes qui rapetissaient au centre de sa

558

lunette arrière. Ils firent quelques pas en courant et s'engouffrèrent dans une voiture de sport rouge.

Arrivé au bout de la rue, le taxi tourna à gauche. Elizabeth Tassel pleurait toujours dans ses mains. Le chauffeur avait envie de se gratter la tête tant son gros bonnet de laine était rêche. Pourtant, il lui avait tenu chaud pendant sa longue attente. En haut de King's Road, le véhicule accéléra. Sur la chaussée, la neige était si tassée qu'elle résistait au passage des voitures. Le blizzard qui tourbillonnait inlassablement augmentait les risques d'accident.

« Vous vous trompez de chemin.

— Il y a une déviation, mentit Robin. À cause de la neige. »

Elle croisa un bref instant le regard de sa passagère dans le rétro. Tassel se retourna mais l'Alfa Romeo rouge était trop loin pour qu'elle la voie. Quand elle se mit à jeter des coups d'œil affolés aux immeubles de chaque côté de la rue, Robin remarqua l'horrible sifflement qui sortait de sa poitrine.

« Nous roulons dans la mauvaise direction.

— Je vais bientôt faire demi-tour », dit Robin.

Elle l'entendit actionner la poignée pour sortir. En vain. Sa portière était verrouillée et l'autre aussi.

« Laissez-moi descendre, beugla-t-elle. Ouvrez-moi, j'ai dit !

— Vous ne trouverez pas d'autre taxi par ce temps. »

Ils avaient tablé sur le fait qu'Elizabeth Tassel, perturbée par sa confrontation avec Strike, ne remarquerait pas tout de suite que le taxi n'allait pas là où elle voulait. C'était d'autant plus ennuyeux que Robin n'avait pas encore atteint Sloane Square. Il lui restait quinze cents mètres à parcourir avant d'arriver devant les locaux de New Scotland Yard. L'Alfa Romeo n'était qu'un minuscule point rouge au fond de son rétro.

Elizabeth avait détaché sa ceinture de sécurité.

« Arrêtez ce taxi ! hurla-t-elle. Arrêtez et laissez-moi descendre !

— Je ne peux pas m'arrêter ici », répondit aimablement Robin. Elle parvint à conserver un ton calme malgré la panique qui montait en elle. Tassel, qui s'était levée son siège, plaqua ses grandes mains sur la vitre de séparation pour tenter de l'ouvrir. « Je vous demande de bien vouloir vous rasseoir, madame… »

La paroi coulissa, Elizabeth tendit le bras, agrippa le bonnet de Robin, ainsi qu'une poignée de cheveux. Robin vit sa tête près de la sienne, son regard dément posé sur elle. Des mèches trempées de sueur se balançaient devant les yeux de la jeune femme.

« Lâchez-moi !

— Qui êtes-vous ? brailla Tassel en lui secouant la tête. Ralph m'a dit qu'il avait vu une blonde fouiller dans la poubelle. *Qui êtes-vous ?*

— Arrêtez ! » hurla Robin. Mais déjà Tassel levait son autre main pour lui serrer la gorge.

Deux cents mètres derrière, Strike rugit : « Al, mets la gomme. Il y a quelque chose qui cloche. Regarde… »

Le taxi zigzaguait sur la chaussée.

« Cette bagnole est nulle sur terrain glissant », gémit Al en redressant sa propre trajectoire.

Le taxi vira sur les chapeaux de roue en direction de Sloane Square et disparut de leur champ visuel.

Tassel avait passé le torse à travers la lucarne. Elle beuglait de toute la force de ses poumons malades. De son côté, Robin essayait de la repousser d'une main tout en tenant le volant de l'autre. Elle n'y voyait plus grand-chose, entre ses cheveux qui l'aveuglaient, la neige sur le pare-brise et Tassel qui tentait de l'étrangler. Robin voulut freiner, se trompa de pédale et comprit son erreur quand le taxi fit un bond en avant. Elle ne pouvait plus respirer. Ses mains lâchèrent le volant, se portèrent vers sa gorge, des cris retentirent dans la rue et, une seconde plus tard, le taxi percuta une vitrine de plein fouet. Robin entendit le fracas assourdissant du verre brisé, du métal s'écrasant contre une paroi de béton. Puis une douleur lancinante lui traversa la cage thoracique sous la ceinture de sécurité. Son corps s'affaissa. Un rideau noir se déplia devant ses yeux…

« Putain de bagnole. Viens, on descend. Faut qu'on la sorte de là ! » beugla Strike. Entre l'alarme de la boutique et les cris des passants dans la rue, on ne s'entendait plus parler. Al freina tant bien que mal. Après un dérapage mal contrôlé, l'Alfa Romeo s'immobilisa au milieu de la chaussée, à une centaine de mètres de l'accident. Al sortit d'un bond pendant que Strike se redressait péniblement, accroché à sa portière. Un groupe de joyeux fêtards affublés de nœuds papillons, qui avaient miraculeusement évité le taxi fou au moment où il était monté sur le trottoir, contemplaient la scène, totalement abasourdis. Al glissa, se rétablit de justesse et reprit sa course.

Strike vit la portière du taxi s'ouvrir, Elizabeth Tassel sauter dans la neige et se mettre à cavaler.

« Attrape-la, Al ! rugit Strike en faisant des efforts désespérés pour rejoindre son frère. Attrape-la ! »

Ancien rugbyman dans l'excellente équipe du Rosey, Al réagit dans la seconde à l'ordre de son capitaine. Après une courte poursuite, il réalisa un plaquage de toute beauté. Tassel s'étala de tout son long dans la neige, sous les cris outrés des femmes qui assistaient à la scène. Puis il réussit à la maintenir collée au sol en vociférant avec assez de conviction pour dissuader les éventuels chevaliers servants de se porter au secours de sa victime.

Strike, lui, était concentré sur autre chose. Il avait l'impression de courir au ralenti, tant il faisait d'efforts pour ne pas tomber. Il n'était plus qu'à quelques mètres du taxi. Rien ne bougeait à l'intérieur. Trop captivés par le spectacle qui se déroulait un peu plus loin, les passants ne se préoccupaient pas du chauffeur.

« Robin… »

Elle était affalée sur le côté, encore sanglée sur son siège. Du sang maculait son visage mais, quand il prononça son prénom, elle poussa un petit cri plaintif.

« Dieu merci… Dieu merci… »

La police ne tarderait pas à débarquer. Les sirènes hurlaient plus fort que l'alarme de la boutique et les Londoniens scandalisés réunis. Strike détacha la ceinture de sécurité et, d'une main légère, repoussa Robin qui cherchait à descendre du véhicule.

« Ne bougez pas, dit-il.

— Elle a compris que je ne l'emmenais pas chez elle, marmonna Robin. Elle a tout de suite vu qu'on n'allait pas dans la bonne direction.

— Peu importe, dit Strike, hors d'haleine. Vous l'avez quand même livrée à Scotland Yard. »

Dans les arbres dépouillés qui cernaient la place, des guirlandes lumineuses scintillaient comme des diamants. La neige tombait sans discontinuer sur la foule qui s'agglutinait entre le taxi, dont l'arrière émergeait de la vitrine défoncée, et la voiture de sport garée en travers de la chaussée. Les éclairs bleus des gyrophares se reflétaient sur le tapis de verre brisé. Les sirènes de police et l'alarme de la boutique mêlaient leurs hurlements.

Pendant que son demi-frère s'égosillait devant les agents surpris de le voir ainsi vautré sur une femme de soixante ans, Strike, soulagé mais vaincu par l'épuisement, se laissa tomber sur le siège du taxi, regarda sa nouvelle associée et, transgressant ses propres règles et celles dictées par le bon goût, éclata de rire.

Une semaine plus tard

50.

CYNTHIA : Qu'en dis-tu, Endymion, il ne s'agissait là que d'amour ?

ENDYMION : J'en dis, Madame, qu'alors je préférerais que les dieux m'envoient la haine d'une femme.

John LYLY, *Endymion, ou l'Homme dans la lune*

C'ÉTAIT LA PREMIÈRE FOIS que Strike se rendait au domicile de Robin et Matthew, à Ealing. Au téléphone, il avait exigé que Robin prenne un congé pour se remettre. Après tout, elle souffrait d'une légère commotion, et la tentative de strangulation lui avait laissé quelques marques. Mais elle avait mal réagi.

« Robin, l'agence est fermée, de toute façon, avait-il ajouté en s'armant de patience. La presse a investi Denmark Street… je me suis réfugié chez Nick et Ilsa. »

Mais il ne pouvait partir pour les Cornouailles sans passer la voir auparavant. Quand elle lui ouvrit, il eut le plaisir de constater que les hématomes sur son cou et son front tiraient déjà vers le jaune.

« Comment vous sentez-vous ? demanda-t-il en s'essuyant les pieds sur le paillasson.

— En pleine forme ! » dit-elle.

L'appartement était petit mais accueillant. Le parfum de la jeune femme flottait dans l'air. Depuis qu'ils travaillaient ensemble, il n'y avait jamais fait attention. Peut-être qu'une semaine loin d'elle l'avait rendu plus sensible à ce genre de choses. Dès qu'elle le fit entrer dans le salon aux murs crème, comme ceux de Kathryn Kent, il nota avec intérêt la présence d'un livre posé sur une chaise : *L'Interrogatoire de police : psychologie et pratique*. Dans un coin de la pièce, le petit sapin de Noël garni de lumières bleues et blanches lui rappela les arbres de Sloane Square qui figuraient en arrière-plan sur les photos de presse, derrière la carcasse du taxi.

« Matthew s'en est remis ? demanda Strike en s'enfonçant dans le canapé.

— Disons que je l'ai déjà vu plus heureux, répondit-elle en souriant. Du thé ? »

Elle savait qu'il l'aimait noir comme du charbon.

« Pour votre petit Noël ! » s'écria-t-il quand elle revint avec le plateau. Il lui tendit une simple enveloppe blanche qu'elle ouvrit d'un air intrigué. Elle contenait plusieurs feuilles agrafées.

« Votre formation démarre en janvier, dit Strike. Comme ça, la prochaine fois que vous sortirez d'une poubelle un sac rempli de crottes de chien, personne ne vous prendra sur le fait. »

Elle éclata d'un rire enchanté.

« Merci. Merci beaucoup !

— La plupart des femmes auraient préféré des fleurs.

— Je ne suis pas la plupart des femmes.

— Oui, j'avais remarqué, fit Strike en prenant un biscuit au chocolat.

— Ils l'ont analysée ? La crotte de chien ?

— Oui. Et ils y ont trouvé des viscères humains. Tassel les avait planqués dans son congélo et elle les servait à son doberman par petits bouts, chaque jour. Il en restait un peu dans sa gamelle. Le reste était encore au frais.

— Oh, mon Dieu, souffla Robin qui ne riait plus du tout.

— Cette femme est un génie du crime. Imaginez qu'elle s'est introduite dans le bureau de Quine pour glisser deux rubans de machine à écrire usagés derrière sa table de travail… Anstis a daigné les faire analyser ; aucun des deux ne porte l'ADN de Quine. Il ne les a jamais touchés – donc, il n'a jamais tapé ce qui est imprimé dessus.

— Anstis vous adresse encore la parole ?

— À peine. Il aimerait bien me rayer de son carnet d'adresses, mais c'est difficile. Je lui ai sauvé la vie.

— Ce genre de situation n'est pas commode à gérer, observa Robin. Ils ont approuvé l'ensemble de votre théorie, alors ?

— Quand on sait ce qu'on cherche, on arrive plus facilement à la bonne solution. Il y a presque deux ans, Tassel a acheté la même machine que Quine. Elle a commandé la burqa et les cordes en se servant de sa carte de crédit et les a fait livrer à Talgarth Road pendant les travaux de rénovation. Elle a pu lui piquer sa carte à n'importe quel moment, elle avait le choix. Dans la poche de son manteau suspendu dans le hall de l'agence, quand il était parti pisser… Pendant qu'il dormait, abruti par l'alcool, un soir où elle le ramenait chez lui en voiture… Elle le savait trop négligent pour vérifier ses relevés de compte. Comme elle disposait de la clé de la maison, elle n'avait plus qu'à en faire un double. Et en fouillant les locaux, elle est tombée sur les bidons d'acide chlorhydrique. C'était brillant mais trop élaboré, conclut Strike en sirotant son thé corsé. Ils l'ont placée sous surveillance psychiatrique, au cas où elle essaierait de se suicider. Mais vous ne savez pas le truc le plus dingue.

— Ce n'est pas tout ? » dit Robin avec appréhension.

Elle avait attendu la visite de Strike avec impatience mais se sentait encore fragile depuis les événements de la semaine précédente. Elle redressa le dos, regarda Strike droit dans les yeux et se prépara au dernier choc.

« Ce foutu manuscrit. Elle l'a gardé. »

Robin le dévisagea sans comprendre.

« Qu'est-ce que… ?

— Il était dans le congélo, avec la pâtée du chien. Maculé de sang, bien entendu, puisqu'elle l'avait transporté dans le même sac que les viscères. Le vrai manuscrit. Le *Bombyx Mori* écrit par Quine.

— Mais… pourquoi aurait-elle… ?

— Dieu seul le sait. Fancourt prétend que…

— Vous l'avez vu ?

— On s'est croisés. Il prétend qu'il avait tout deviné depuis le début. Je vous parie que cette histoire sera le sujet de son prochain roman. Bref, il m'a dit qu'Elizabeth était incapable de détruire un manuscrit original.

— Pour l'amour du ciel… alors que détruire son auteur ne lui a posé aucun problème !

— Eh oui. Mais c'était de la *littérature*, Robin, dit Strike en souriant. Ah oui, j'oubliais : Roper Chard a déjà annoncé son intention de le publier. Avec une préface de Fancourt.

— Vous plaisantez ?

— Non. Quine va devenir un auteur à succès, finalement. Ne faites pas cette tête, dit Strike en souriant devant son air incrédule. Au contraire, réjouissez-vous. Dès que *Bombyx Mori* sera en librairie, Leonora et Orlando vont rouler sur l'or… Au fait, ça me rappelle un truc. J'ai un autre cadeau pour vous. »

Il glissa la main dans la poche intérieure de son manteau posé à côté de lui sur le canapé et lui remit le dessin roulé qu'il y avait soigneusement rangé. Robin le déroula et sourit, les larmes aux yeux. Deux anges aux cheveux bouclés dansaient ensemble sous une légende soigneusement calligraphiée : *Pour Robin, Dodo qui t'aime.*

« Comment vont-elles ?

— Très bien. »

Leonora l'avait invité à passer chez elles, à Southern Row. La mère et la fille l'avaient accueilli sur le pas de la porte, main dans la main. Cheeky Monkey était là également, suspendu au cou d'Orlando.

« Où est Robin ? avait demandé la jeune fille. Je croyais qu'elle allait venir. Je lui ai fait un dessin.

— La dame a eu un accident », lui avait rappelé Leonora en s'effaçant pour laisser entrer Strike. Elle ne lâchait pas la main d'Orlando comme si elle craignait qu'on ne les sépare encore. « Je te l'ai dit, Dodo, la dame a fait une chose très courageuse et elle a eu un accident de voiture.

— Tante Liz était méchante », avait dit Orlando à Strike. Elle avait reculé dans le couloir sans s'éloigner de sa mère, ses grands yeux vert limpides posés sur Strike. « C'est elle qui a fait mourir mon papa.

— Oui, je... euh... je sais », avait bafouillé Strike, toujours aussi intimidé en présence de la jeune handicapée.

En entrant dans la cuisine, il était tombé sur Edna, la voisine.

« Oh, vous avez été drôlement habile, répétait-elle inlassablement. Mais ç'a dû être épouvantable ! Comment va votre malheureuse associée ? Ç'a dû être terrible ! »

« Elles sont adorables », dit Robin après qu'il lui eut décrit la scène en détail. Elle étala le dessin d'Orlando sur la table basse, à côté du programme de formation à la surveillance, de manière à pouvoir les admirer tous les deux. « Et Al, comment va-t-il ?

— On ne le reconnaît plus. Il est excité comme une puce, dit joyeusement Strike. À cause de nous, il s'imagine que le travail est quelque chose de passionnant.

— Je l'aime bien, fit Robin en souriant.

— Ouais, bon. Les suites de votre coup sur la tête, j'imagine, plaisanta Strike. Quant à Polworth, il est sur un petit nuage depuis qu'il a fait la nique à la police londonienne.

— Vous avez des amis très intéressants, dit Robin. Combien vont vous coûter les réparations du taxi du père de Nick ?

— Je n'ai pas encore reçu la facture », soupira-t-il. Quelques biscuits plus tard, il posa les yeux sur le cadeau qu'il avait offert à Robin et dit : « Je vais devoir prendre une autre intérimaire pendant que vous serez en formation.

— Oui, ça me paraît logique », concéda Robin et, après une légère hésitation, elle ajouta : « J'espère qu'elle sera nulle. »

Tout en riant, Strike se leva et ramassa son manteau.

« Je ne m'inquiéterais pas trop, si j'étais vous. On ne fait jamais deux *strikes* de suite.

— Vos amis ont tort de vous donner tous ces surnoms bizarres, alors que "Strike" vous va si bien, marmonna-t-elle en le raccompagnant.

— Comment dites-vous ?

— Un *strike*, c'est bien le coup gagnant au jeu de quilles, non ?

— Ça vous amuse de parler de quilles devant moi ? demanda-t-il en montrant sa jambe. Eh bien, joyeux Noël, chère associée. »

Robin sentit qu'il hésitait à lui faire la bise. Alors elle lui tendit la main à la manière d'un vieux camarade de bar.

« Amusez-vous bien dans les Cornouailles.

— Et vous de même à Masham. »

Elle voulut récupérer sa main mais Strike la gardait serrée dans la sienne. Avant qu'elle réalise ce qui lui arrivait, il la leva jusqu'à sa bouche et y déposa un baiser. Puis, avec un sourire et un geste d'adieu, il s'en alla.

Remerciements

Écrire sous le pseudonyme de Robert Galbraith fut pour moi un grand plaisir que j'ai pu partager avec les personnes citées ci-dessous. J'adresse mes sincères remerciements à :

SOBE, Deeby et le Back Door Man. Je n'y serais jamais arrivée sans vous. On remet ça bientôt.

David Shelley, mon incomparable éditeur. Merci pour ton soutien indéfectible, pour ton talent. Merci de prendre au sérieux les choses qui comptent et de t'amuser du reste.

Neil Blair, mon agent, qui a joyeusement relevé le défi et m'a aidée à devenir un auteur débutant. Tu es vraiment une perle rare.

Tous les collaborateurs de Little, Brown, qui ont travaillé dur et avec enthousiasme sur le premier roman de Robert sans savoir d'où il sortait. Je remercie particulièrement l'équipe des livres audio qui l'a fait passer en tête des ventes avant qu'il soit démasqué.

Lorna et Steve Barnes, du Bay Horse, qui m'ont offert à boire et montré la tombe de Sir Marmaduke Wyvill. J'ai appris grâce à eux que la ville de naissance de Robin se disait « Mass-um » et non « Mash-em ». Ce qui m'a évité de gaffer.

Fiddy Henderson, Christine Collingwood, Fiona Shapcott, Angela Milne, Alison Kelly et Simon Brown, sans lesquels je n'aurais pas eu le temps d'écrire *Le Ver à Soie*, ni rien d'autre, d'ailleurs.

Mark Hutchinson, Nicky Stonehill et Rebecca Salt, grâce auxquels je ne suis pas devenue totalement folle.

Ma famille, et surtout Neil, pour tant de choses que je ne peux tout exprimer ici, mais en l'occurrence pour votre soutien si vif à ce crime sanglant.

La version française des exergues est de la traductrice, à l'exception de :

– William Congreve, *Le Fourbe*, traduit de l'anglais par Jean-François Peyron (Nicolas Ruault, Libraire, rue de la Harpe, 1775).

– John Webster, *Le Démon blanc*, suivi de *La Duchesse d'Amalfi*, traduit de l'anglais par Camille Cé (La Renaissance du Livre, 1924, Collection de littérature ancienne française et étrangère publiée sous la direction de Pierre Mac Orlan).

– Ben Jonson, *Épicène, ou la Femme silencieuse*, traduit de l'anglais par Ernest Lafond (J. Hetzel, Paris, 1863).

– Thomas Kyd, *La Tragédie espagnole*, traduit de l'anglais par Joseph de Smet (La Renaissance d'Occident, Bruxelles, 1925).

– Shakespeare, *Timon d'Athènes*, traduit de l'anglais par François-Pierre-Guillaume Guizot (Librairie académique, Didier et Cie, Libraires-Éditeurs, 1862).

Mise en pages PCA
44400 Rezé